I 豪屋大介

DAISUKE GOYA

デビル17

中央公論新社

デビル17　I　目次

装幀　山影麻奈

デビル17

I

1　みなごろしの学園

すべての主要先進国政府は否定している。しかし、〈エンジェル〉は実在する。天より降臨したかのごとく出現し、いずこともなく去ってゆく世界最強の特殊部隊。その正体はまったく不明である。

しかし彼らは、必要とされる時、そこにいる。彼らは主義、体制、宗教、金銭では敵を選ばない。自分たちの求めているものと、この世界のどこかから響く助けを求める叫びが合致した時、すべてを解決する。素早く、鮮やかに、そして、時には無慈悲に。

〈エンジェル〉による救いを求める者は声をあげるがいい。どんな手段でもかまわない。公開されているある番号への電話でも、Eメールでも、新聞の尋ね人欄でも……時にはただ大声をあげるだけでも。その叫びが彼らにとって意味あるものであれば、血まみれた天使たちは必ず降臨する。

〈エンジェル〉は実在するのだ。

父と母は夜一〇時には帰ると連絡してきた。

お腹は空いていないか、と訊かれたので、寿司ならなんとか食べられるとこたえたら、二人の楽しそうな笑い声が聞こえ、二人前買って帰るからと母がこたえた。それが両親の生きた声を耳にした最後だった。

一〇時半までは気にもしなかった。

二人はぼくの目から見ても仲のよい夫婦で、子供の前で言い争ったことなどない。二人とも機嫌の悪いときはぴりぴりした空気にならぬよう、どちらかが別の部屋へ引っこんだし、どうにも抑えられない時は、車庫に停めた車の中でそれを済ませた。ぼくを戸惑わせないためだったのだ、とおもう。二人と血の繋がっていないぼくがいらぬ気を使わないようにと考えてくれていたのだ。

そうなのだ。ぼくはかれらの生んだ子供ではなかった。ぼくにはわからない事情からかれらが育てることになった子供だった。しかし二人はそのことについて気にしているような素振《そぶ》りすら見せなかったし、甘やかすときも叱るときもまったく遠慮はなかった。ぼくもわがままを口にするとき、遠慮などしたことはない。

一一時になるとさすがに遅いな、とおもいはじめた。いい加減ではあったけれど、とうに予習復習は済ませていた。読みかけの本も残り二〇ページほど。本当に腹が減っていた。

それでも、もう三〇分ばかりは我慢した。なにか二人で楽しんでいるのなら、邪魔してはいけないとおもったのだ。

とうとう我慢できなくなって母の携帯に電話したのは一一時四五分だった。

繋がらなかった。電源を切っているか、電波の届かない場所にいます。

父の携帯に電話をかけた。

電源を切っているか、電波の届かない場所にいます。

はじめて不安が兆《きざ》した。

以前に連れていって貰った寿司屋の番号を調べ、電話した。営業はもう終わっていたが、店主は丁寧に、今夜はお見えになっていません、と教えてくれた。

あちこちに電話をした。寿司屋の閉店時間に間に合わず、他の店に回ったのかもしれないとおもったのだ。だが、どの店も来ていない、とこたえた。

どこかで食事でもしているのでは、とはおもわなかった。二人はいつでも約束を守る人だったし、なにかあれば必ず連絡をよこすはずだった。

もう一度二人の携帯にかけた。

電源を切っているか、電波の届かない場所にいます。

不安に耐えきれなくなって警察に電話をかけたのは一二時半を過ぎたあたりだった。

一一〇番の応対をした警官は親切だった。ぼくの名前をたずね、事情を説明するとすぐに調べてみましょうとこたえてくれた。

その後でまた携帯に電話をかけた。

電源を切っているか、電波の届かない場所にいます。いても立ってもいられない気分だった。テレビを点け、ボリュームをあげてくだらないバラエティを選んだ。もちろん本も読んだ。部屋の中も歩きまわった。

電話が鳴ったのは一二時四八分だった。

あわててテレビを消した。父か母の声が聞こえてくることを予想しながら受話器を手にした。耳に当てる前に、かれらの遅れてごめんね、という声や、心配させたことについての恨み言や、警察に詫びの電話を入れること――詫びの言葉の内容までおもいついていた。もうしわけありません、普段はそんなことないものでパニクっちゃって。今後気をつけます。もちろん想像の中の警官は怒りはしない。いやいやいいですよ、とこたえ、中学生なのにしっかりしてるね、君は、と褒めてくれるのだ。

もしもし、とこたえた。

――所轄の交通課からの電話だった。

そのあとは記憶があいまいだ。学生服を着て、迎えのパトカーに乗ったことは覚えている。シーツをかけられた二つの物体、その傍《かたわ》らに立ったことも覚えている。

一日過ぎ、一カ月過ぎ、半年過ぎるうちにすべては変わっていったが、夜の一〇時になると自然に耳を澄ませていた。耳慣れたエンジン音が聞こえないかと窓を開けることもあった。

それから一時間ほどして、あの二つの番号に電話をかける。なにかが聞こえるのでは、あの優しい声がこたえてくれるのではと期待して。

電源を切っているか、電波の届かない場所にいます。

それはそうだ。天国にまで電波は届くまい。

嘘つき、繋がらない電話に向けてぼくは話しかける。

嘘つき、嘘つき。寿司を二人前買ってくるっていったじゃないか。

自分がこの世に一人きりであることを認められたのは一年後のことだ。すでに中学三年の三学期になっており、ぼくは、これからどう生きるかを決めることを強制されていた。

――私立高伸《こうしん》学院からの封書が舞いこんだのはそんなときだった。

プロローグ　ボーイ・ミーツ・ファイア

ダブル・タップという言葉を本で目にしたことがある。拳銃で同じ目標を立て続けに二度撃つことだ。

ならば、トリプル・タップという言葉はあるのだろうか？

玄関ロビーに銃を構えた一団がなだれこんできた時、ぼくは即座にドアの開け放たれていた隣のパーティ・ホールへ逃れた。でもって、ホールの隅にある柱の陰に身を隠した。ホール内からも窓の外からも死角になっている位置である。

なんでかっていえば、そうしないといけないような気がしたからだ。まあ、あんまりうまい判断じゃなかったのかもしれない。銃を持った連中は人質全員をそのホールに押し込め、自分たちもそこに立てこもってしまったからである。

高校の修学旅行が国際テロリズムのターゲットになったのは二年前が初めてだ。以来、同じような事件はなかったから……今回が二度目ということになる。いや、実は修学旅行ではない。春の海外オリエンテーリング、立派な学校行事だ。世の中、お金があるところにはあるものである。

問題は、それがぼくの通う高校の行事だったということだ。つまりぼく、黒江徹《くろえとおる》はオリエンテーリング先として訪れた南太平洋のとある国で、同級生や引率の教師たちとともにテロリストの人質になっていたのである(向こうは気づいてないけど)。テロリストは一二人、こっちはぼくをのぞいて三八人。向こうは全員、拳銃だの突撃銃だので武装している。トカレフだのＡＫ47だのというやつだ。はい、あっちの勝ち。人質はホテル二階のホールで青い顔をして床に座っているしかない。もちろんぼくも、柱の陰で凍り付いているほか手はない。これが二時間ばかり前、事件発生当時の状況である。

そしていま、くぐもった喘《あえ》ぎをぼくは耳にしている。

音源は二メートルほど先の床だ。そこには二人の人間が転がっている。正確にはぼくの同級生である井川詩織《いかわしおり》が床に横たわり、その上に脂で全身をてらてらとさせたテロリストの一人が乗っかっているのだ。

ま、場合が場合でなければ刺激的な光景である。クラスで一番の美人である井川詩織はスカートをたくしあげられ、張りがあって形の良い両脚を大きく広げられている。もちろんショーツはとうにむしりとられていた。でもってテロリストの方は汚《きたね》ぇケツがむきだしだった。

さきほどちらっとのぞいた、日本人の平均よりだいぶん大きいものは見事に彼女自身へおさまっている。

それだけではない、器械体操をしているようなたくましさで、前後運動を繰り返していた。汚ぇケツは強烈なバネつきだったというわけである。

「うっ……ううっ」

井川詩織、ぼくだってもちろんちょっとは憧れた（でもって自動的にあきらめた）クラスのお姫様はもはや抵抗の声をあげていなかった。こっちは悲しむべきことに完全無欠の童貞だけれど、彼女の肉体が痛み以外の感覚を脳にもたらしているだろうことに疑いはなかった。でなければどうして両脚を男の腰にからめたりするものか。おまけに、生々しいことこのうえない粘ついた音まで響いているのだ。夢をブチ壊しにしてくれることおびただしい現実《リアル》である。

そう、リアルって奴は実にハードだった。ホテルを包囲して呼びかけを続けている現地警察との交渉が進まないことに痺れを切らしたテロリストのリーダーが教師全員を射殺させ、死体を窓から放り出したのは三〇分前。彼らは小便や大便を漏らしながら命乞いをし、果ては生徒の陰に隠れてまで逃れようとしたが、すべての努力むなしくあの世行きになった。

それだけじゃない。なおも腹立ちの収まらないリーダーはなんか色々なものが有り余っていそうな部下に、一度に二人ずつ、と区切って強姦を命じたのである（日本語の話せる奴が親切にもアナウンスしてくれた——コレカーラ、オンナノシト、イッペンニフタリズーツ、レイプシマァース）。

種族の保存本能だったかな、人間というやつは生命危険が迫るとあっちの方が元気になることがあるそうだ。その点からいえばテロリストたちは完璧だった。おいしそうな獲物が目の前で抵抗する術《すべ》もないままふるえており、連中の方はまあ、いい具合に煮詰まっていたからである。

だからぼくは柱に縛り付けられているカーテンの隙間から目にすることになった。井川詩織を抑えつけ、そこにつき入れようとしたテロリストのものがおそろしいほどにいきり立っているのを。

井川詩織はむろん、抵抗した。悲鳴をあげ、助けを求め、テロリストを拳で殴った。仲の良いクラスメイトが顔を背《そむ》けたことに気づくと絶望の声を漏らした。その中には彼女に憧れていた者だけではなく、あれやこれやの古典的手順の末、クラブ活動の邪魔になるにも拘《かかわ》らずなぜか校庭のど真ん中に存在している木の下で彼女を射止めた相手も含まれていたからだ。

あ、もちろんぼくだってなにもしなかった。隠れ続けていた。はっきりいおう。ちょっと憧れていた程度の、おまけに他人のものだった美少女のために命を投げ出す気にはなれなかったからである。卑怯と呼びたいならそれでも結構。そのかわりぼくは、いつもはだれにも優しい態度をとる井川詩織がある時、ひどく蔑《さげす》んだ目つきでぼくをちらりと眺めたことを忘れやしない。

そんなはずはない、なんていわせない。確かにぼくは目にしたのである。だれともわけへだてせずに応ずる井川詩織。舞うような足運びで歩き、髪が揺れているだけでシャンプーの香りがただよってきそうな彼女は、ぼくがほんのちょっとしたことでムシの居所が悪かった教師に怒鳴《どな》られた時、確かにそんな視線を向けてきたのだ。

ほんとうだ。ほんとうだよ。

もちろん、ただの逃げである。自分に、困っている女の子を助ける度胸も力もないことからの逃避だというのはよくわかっている。わかっているさ。

すべての希望が奪われたからだろう、準備のまったくできていないそこにテロリストの侵入を許した彼女は、純粋な苦痛のもたらす絶叫のあと、まったく無反応になった。

粘った音が響きだすまでそれほどの時間はかからなかった。生き残ろうとする肉体の力と、信じていたものに裏切られた彼女の脳がなにかを選択したのだ。

だからいま、井川詩織は自分をレイプしているテロリストに両脚をからめ、突き入れられるたびにんっ、あっ、と喘ぎを漏らしつつ、彼の動きにあわせるように腰を使っている。清楚な美少女とはおもえないほどスムーズな動きだった。動くたびにのぞく太腿の内側は油を塗られたように濡れているが、身体《からだ》にも床にも血は見えない。またもや夢は砕かれたというわけである。

で、まあ。

ぼくの股間は目の前の光景に反応していなかった。生まれて初めて目にする生のセックスはどうにも感情移入できるものじゃなかったからである。柱の陰にうずくまり、ちらちらと井川詩織の痴態を盗み見ているのも逃避のためにオナニーをしたいからではなかった。実は、彼女にのしかかっているテロリストが傍らに置いた銃を奪えないかどうかを自分でもイヤになるほどクールな感じで考えていたのである。

なんでそんな気分なのかは、わからない。どうしてこんなに冷静なのか自分でも不思議でしかたがなかった。

なぜかっていえば、ぼくは私立高伸学院の二年C組に所属する目立たない生徒にすぎないからだ。自分で目立たないとかいうな、とおもわれるかもしれないが、本当なんだからしかたがない。

いやだって本当なんだ。

もちろんアレ、中肉中背そのものの体つき、スポーツはまあ、短距離走だけちょっと得意、勉強の方は……は、という程度だから、というのが最大の理由。目立とうとおもっても目立つ材料がないのだ。なにもかも並なのである。性格は暗い方ではないとおもうのだけれど、女の子を見事に口説けるほどフレンドリーというわけでもない。顔は醜男《ぶおとこ》というほどヒドくはないけれど、切なげに空を見上げたり優しげに微笑《ほほえ》んだりするのが似合う美形でもない。どこにでもいるような高校生……なんて使い古された表現は使いたくないけれど、どうにもそんな感じなのだ。実はナニが物凄く立派だとかいう秘密があればまだ明るい気分も抱けようというものだけれど、やはりそんなことはない。以前に日本全国の青少年男子諸君であれば絶対に理解してくれるだろう熱意と衝動《しょうどう》でもって定規の端をなるべく根本付近の肉に潜りこませながら計ってみたことがあるのだけれど、これがまあイヤになるくらい平均値だった。一四センチぴったし。それ以上でもそれ以下でもない。まさに日本人青年男子の平均値そのものだったのである。ま、無理に自慢してしまうなら先っぽがしっかりと顔をだしていることぐらいだろうか。あ、あと実は袋とその中身は意外に重々しい感じである。自慢になるのかな、これ？　スペックはともかく実戦に投入したことないし。

……なんか寂しいな。えーと他には。そうだ、実はもうひとつ理由がある。ぼくの通う高伸学院はとりあえず名門校である。あっちこっちから、ええとこの坊ちゃん嬢ちゃんばかりが入学してくる。入学金だのなんだのもバカっ高い。

でもってぼくには親兄弟親戚その他はいない。本当の両親はどこのだれだかわからないし、やさしかった養父母（ぼくは彼らだけが親だとおもっている）はもともと孤児同士で、その二人も、数年前に事故で亡くなったからである。ま、ふつうに過ごせば大学卒業まで保つだろう保険金は手に入ったが、高伸学院に通っていたのでは全然足りない。

　なのになんで高伸学院に入れたかといえば……ま、不幸な人だと認められる幸運に恵まれたおかげである。高伸学院は学校の評価を高めるために、年に一人だけ、今年の不幸な青少年・オブ・ザ・イヤーを特待生として入学させている。でまあ、去年一番の不幸で幸運な人がこのぼくというわけだった。だから、たとえマイナスの意味でも目立つわけにはいかなかったのである。天涯孤独で生きるのは楽じゃない。

　という次第で、ここ一年あまり、静かな、どこかつまらない高校生活を送ってきたのだが……。

　井川詩織のとろけた声がぼくの鼓膜を震わせた。

「うあっ、んっ、いっ、いっ」

　テロリストの腰の動きが激しさを増していた。詩織の腰も、ぐん、ぐん、と勢いよく突き上げられている。肉が衝突するたびに彼女の背筋が反り、あっ、あっ、と切羽詰まった喘ぎが響いた。床にはもうねっとりとした透明度の低い水たまりができている。ラストスパート、ってなところなのだろうか。

　と、その時、裏返ったつぶやきが聞こえた。

「トカレフだ。モデル１９３３だ」

　声の主は詩織たちのそばに座りこんでいたクラスメイトの御宅《みやけ》だ。レンズの分厚い眼鏡《めがね》をかけた体脂肪と筋肉の少なすぎる奴である。ガンマニアだそうだが、もちろん本物の銃は撃ったことがない。ま、セックスしたことがないにも拘らず女性の全てを知りつくしていると確信しているようなものだろう。あ、さきほど触れたように、そして大いに悲しむべきことにぼくは完全無欠の童貞だから、女性全般についてとりたてて意見はない。いやほんと。せいぜい、ぼくに親切な人は良い子で、ぼくに不親切な人は悪い子、というぐらいである。

　御宅はなぜか股間に手をあてながらぶつぶつといっていた。

「いや……モデル１９３３はもう生産がとまっているから、中国製か。ノーリンコ・タイプ54だ。タイプ54に違いない」

　なにいってやがるんだ、こいつ？

　いや、わかっている。

　御宅は御宅なりに恐怖から逃れようとしているのだ。だものだから、現実の銃口を前にしてロクでもない知識をくっちゃべりつつ、井川詩織の巧みに運動する腰を目にしているあいだに膨《ふく》らんだものを刺激しているわけである。気持ちはわかる感じだけど、つきあいきれない。そういうお楽しみは是非とも自分のお部屋でやっていただきたい。少なくともぼくならそう努力する。

そうなのだ、さっきもいったけれど、ぼくはどうもこの場のノリという奴に浸ることができなかった。だから一人、こうして隠れていられるわけである。テロリストどもが乱入してきたあの時、だれもが凍り付いてしまったのに、だ。

とはいっても、評論家とかいう連中がよく口にする『ゲーム世代特有の現実感の喪失』なんてものではないと思う。現実感を覚えていないわけじゃない。自分が死ぬかもしれない可能性は痛いほど考え続けているんだ。全身鳥肌たちまくり、冷や汗はトランクスまでびっしょり、心悸亢進《しんきこうしん》がひどくてまともに呼吸はできず、心臓は口から飛びでそう。両脚の間にあるしわしわ袋なんかもうひどい感じだ。ナニの縮み上がりぐあいにいたっては目も当てられない。

思わず想像してしまうのだ。自分に向けて乾いた破裂音が響き、直径一〇ミリにもならない小さな穴から、たぶん二〇グラムかそこらの鉛の塊が飛びだす瞬間を。そいつは秒速数百メートルですっ飛んでくるのだろう。そして、柔らかな皮膚をあっさりと食い破り、筋肉をまきこみながら引きちぎり、動脈をぶったぎり、内臓をモツ鍋の具そっくりにかえてしまう。脊椎《せきつい》をぐしゃぐしゃに砕いてしまうかもしれない。そしてぼくはどうなる？　決まっている、痛みに泣き叫びながら傷口からどくどくと血を溢《あふ》れさせ、助けを求めながらのたうち回る。やがて地獄の業苦《ごうく》のような痛みの中で徐々に意識を朦朧《もうろう》とさせ、自分がなぜ生まれてきたのか、なぜここで死ぬのかもわからないままただの死体に変わるのだ。痛いよ、父さん母さん助けて。助けて。ぼくなんで死ぬの。どうして死ななければならないの。畜生。血が溢れでる腹を両手で抑えながら子供のようになきわめく自分の姿が目の前にちらついて離れない。

だが、物を考えることはできた。恐怖で麻痺せずに済んでいた。

おそらくはテロリストに見つかっていないからだろうけれど……どうだろう？　人肉の味を覚えた野獣が扉の向こうにいるとき、いったい何人が冷静でいられるものだろうか。

ともかくぼくは嫌になるほどクールだった。井川詩織ちゃんのアヘ声と粘った音を耳にしながらも銃を奪う方法を考え続けていた。

考えているうちに、本当に気分が落ち着いてきた。われながら妙な気分だ。なんというのか、危険と恐怖がいっしょくたにならない感じだった。まるでこんな状況などいつでも解決できるとあらかじめ知っていたみたいに。

と、一〇メートルほど離れた床で犯されていた名前を知らない女子が絶望の声をあげた。

「ああっ、でてる、でてる……」

しばらく間があったあとでテロリストが彼女から離れた。そのあいだも彼女はつぶやき続けていたが、唐突に悲鳴にかわった。テロリストが彼女の髪をつかんで引きずり起こし、淫《みだ》らに濡れ光っている自分のものをその口へ突き入れたのである。

我慢できなくなったらしい、新たなテロリストが三人、手近な女子へ襲いかかった。助けを呼ぶ声があがる。もちろん、だれも動かない——いや、貴重な例外がいた。肩まで伸ばした黒髪と清楚な顔だちが印象的な少女、真《ま》嶋《じま》みさきだ。ぼくと同じ二年C組の学級委員長である。ただいま奮闘中の井川詩織ちゃん（非処女）ほどではないが、人気のある娘だ。

彼女は怯えきったクラスメイトに腕をまわし、抱きかかえていた。それも、左右一人ずつだ。顔には恐怖とは違うものがあらわれている。怒りだ。いや、それだけではない。ひどく意外なことに、奇妙に感ずるほどの冷静さもそこにはあった。そのせいなのかテロリストたちはもはや女としての魅力を存分に漂わせているみさきには目を向けない。いまの彼女は獣欲を弾きかえすオーラのようなものに包まれているのだ。ぼくはその印象をもっとわかりやすい言葉に翻訳《ほんやく》し、大したものだとひとりでうなずいた。翻訳した言葉はアレ、勇者の『勇』に気力の『気』を順に並べたものである。いまの真嶋みさきには紛れもなくそれがあった。

みさきはともかく、テロリストたちが徐々にコントロールのきかない状態に陥りつつあることは確かなようだった。欲望はコップからこぼした水のようなものだからだ。

悲鳴と怒鳴り声がいくつも交錯《こうさく》した。外を見張っている奴らはちらちらと背後をのぞきみているし、人質に銃を向けている連中ですら股間をふくらませている。無理もない。新たに襲いかかった三人の中にはリーダーらしい男も入っていたのだ。といっても奴は、チャックをおろしてむきだしにしたものをセミロングの髪をつかんでひきずり寄せた女子にしゃぶらせ、彼女の頭に拳銃をつきつけていた。まあ、まだ警戒心は保っているということなんだろうが……。

こりゃまずいな。

ぼくの直感がそう告げた。理由はまあ……よくわからない。まずいからまずい、という感じである。ホールへとっさに逃げこんだ時と同じ感覚だ。

井川詩織がひときわ高いかすれ声をあげたのはその時だった。

背筋が反り返っている。喉奥からの声はとぎれがない。そこには歓喜のようなものがはっきりと滲んでいた。

テロリストの方もタイミングをあわせていた。腰を深く押しつけた位置で背を反り返らせている。食いしばった唇の端から泡をふいていた。

なんともはや。

「詩織……」

井川詩織の恋人だったはずの男、おそらくたぶん絶対これまで彼女を独占していたのだろうクラスメイトの君《きみ》城勇也《しろゆうや》が彼女の名を呼んでいた。顔は真っ赤にふくれあがり、白目は破裂しそうなほど充血している。

「お、俺との時は一度も……一度も……詩織！」

一時的な放心から復活した井川詩織の答えは無慈悲きわまりないものだった。

「なにいってんのよ！　助けようともしなかったクセに！　卑怯者！　それに、あなたなんかより……」

そこまでいって彼女は自分をレイプしたテロリストへとろけるような微笑を向けた。くいくいっ、腰をうごめかす。

「この人の方がすごくよかった」

「し、詩織っ」

「ねえ、殺してよ、こいつ、殺してよ」井川詩織はテロリストに訴えた。ほっそりした指は、君城をぴしりと示している。

「なんでも、なんでもさせてあげるから、こんなやつ、殺してよ！　なにが愛してるよ、生涯の誓いよ！　やられてるわたしを見てチンポを堅くしてたくせに！　ねえ、はやく、はやく、殺して、殺してよ！」

うわお。

いや、ぼくは井川詩織を批判しようとはおもわない。なにもかも信じられないとわかった彼女は、唯一残った肉体という武器を用いているだけなのだ。自分を裏切った男を片づけ、新たな男を手に入れて生き残ろうとしている。つまり、戦っているのだ。彼女なりの手段で。それにだれがケチをつけられるだろう？　いやもちろん、巻きこまれるのはごめんだけれど。

彼女を新たな境地に導いたテロリストは日本語がわからないらしいが、訴えられた内容は理解できたらしい。さすが交わった男女ということだろうか。彼はにやりと笑うと、脇に放りだしてあった（そうなのだ、ぼくには遠すぎたが、他の人質たちは銃を奪える位置にいたのだ）トカレフを握り、君城勇也に銃口を向けた。

「しお、詩織、こ、このっ」

乾いた音が二度響き、君城勇也の声は途絶えた。ぱたり、と床に崩れる。制服の背中が破れ、その下で噴火口のように肉が吹き飛ばされていた。床に鮮やかな色の血が拡がりはじめた。動脈血だ。奴はぴくりともしない。

「あんっ」

井川詩織が艶《なま》めかしい声をあげた。銃の反動が元気なままの男に伝わり、どこか深い場所を突かれたのだろう。

満足げなうめきをもらしたテロリストは銃をおいて詩織へ再び挑みかかった。両脚を肩に乗せ、スカーフをむしりとり、セーラー服のホックを引きちぎり、そのまま上着も引き裂いてしまう。純白のブラを力任せにずりさげると、異常な交わりの興奮に膨張している詩織の胸を握りつぶすような勢いで揉みながら運動を再開した。

我らがクラスのプリンセスは深い悦《よろこ》びの叫びとともに男へ応じた。

御宅が行動をおこしたのはその時である。

ま、ぼくは断言しちゃうのだけれど、奴の行動は人間としてたたえられるべき精神の発露ではなかったとおもう。

御宅はとりつかれたように股間で手を動かしながら、拳銃を見つめ続けていたからだ。奴が耐えきれずに何度も射精していたのは身体の震えでわかっていた。

きっと、すっきりするだけしたところで、彼にとってのもうひとつの欲望……銃に、トカレフに手を伸ばしたのだ。銃を手にするまでだれにも気づかれなかったのは、奴が銃を奪うなどと、だれも想像していなかったからに違いない。

でもって……御宅はやはりバカ野郎だった。銃を握ると、それをほれぼれと眺めてしまったのである。

テロリストたちが叫んだ。言葉はわからないが、銃を御宅に向けている。

やばそうだ。本当にやばそうだ。流れ弾がヘンな具合にはねたらこっちもやられかねない。ぼくはあわてて床に伏せた。

なにもかもが変化したのはその直後である。

カーテンの閉じられた窓が一斉に割れ、なにかが投げ込まれた。

床に伏せていたぼくは瞼《まぶた》を閉じ、両方の親指を耳に突っ込み、残った指で閉じた瞼を覆った。なんでそんなことをしたかといえば――銃声が恐ろしかったし、偶然にでも何かが目に飛びこんできたらイヤだったからだ。それが弾丸だった場合は……考えたくない。

指で抑えていてさえ鼓膜を痺れさせるような破裂音が連続して響き、掌《てのひら》に押しつけてしっかり閉じている瞼の裏がライトを浴びせられたように明るくなった。次の瞬間、透き通った、しかし抗えないほどの迫力を備えた女の声が響き渡った。ありがたいことに日本語である。

「特殊音響閃光手榴弾《スタン・グレネード》を使用した！　意識を保っている人質はその場に伏せろ！　我々は救出チームだ！」

ぼくはわずかに顔をあげた。

窓から突入してきたのは黒ずくめの特殊部隊《SF》スタイルの女たちだった。そうなのだ。女ばかりだった！

全員、顔をゴーグルや目だし帽によく似たヘッドマスクで隠している。上半身は防弾ベスト、下半身にはそりゃもういろいろ。だが、ぼくのイヤになるぐらい率直《そっちょく》な観察力はたぶんどこか別の場所であれば重要であるだろう事実を素早くみてとっていた。全員そろいもそろって、とてつもなくスタイルがいい。うははは。

ぼくの妄想が加速しつつあるなか、消音器を用いてることを教えるセキのようなあっけない連続音と共に女たちの手にした銃が弾丸を吐きだした。テロリストたちが血をまき散らしながらばたばたと倒れてゆく。人質にはあたらない。あの音と光のおかげでふらふらになって倒れている。

偏《かたよ》った知識を生かしてぼく同様に音と光のショックから逃れたらしい御宅の間の抜けた声が聞こえた。

「すげえ、本物のＭＰ５ＳＤ――」

奴の声は突然、とぎれた。特殊音響閃光手榴弾をどうにかやり過ごしたテロリストの放った弾丸に頭を砕かれたのだ。もしかしてトカレフなのかもしれない。えーと奴の好きな言い方に従うなら、初速４５５メートル／秒で放たれた７・６２ミリ×25完全被甲弾《フル・メタル・ジャケット》に左眼球から脳にかけてを貫通された、ということにでもなるんだろう。ってまあ、以前にたまたま目を通した床井雅美《とこいまさみ》の本で覚えた数字を並べてるだけなんだけれど。あ、もちろん意味はよくわからないからね。正しい引用かどうかも自信はない。

が、ひとつだけはっきりわかったことがある。

ともかく御宅はくたばった。もともと生きている意味などなさそうな野郎だから悲しくもなんともないけれど。ついでにいっておくと、だれが放ったのだかわからない弾丸で井川詩織と彼女に新たな悦びを教えたテロリストも血と肉片をまきちらしながら死んでいた。つまりぼくの周囲にはナマの死体がごろごろと転がっている。吐くべきなんだろうか。

しかし、ぼくの注意はまったく別のものにひきつけられていた。のけぞり倒れた御宅の手から落ちた拳銃がするするとこちらへ滑ってきたのだ。

乾いた音とともに滑ってきた軍用拳銃。鈍い色をした、人殺しのためにだけつくられた道具。

——ぼくはためらうことなくそいつを手にした。

で、なにをしたかというと。

そのまま伏せていた。バカじゃないからだ。訓練された特殊部隊が銃を撃ちまくっている時に混じろうなどとおもわないもんね。テロリストに間違われるのがオチだ。

じゃあなんで銃を手にしたかといえば、そりゃ君ね、アレよアレ、たとえ使わないにしても、カンニングペーパーがあれば試験の時落ち着くでしょう。撃ち合いのなかでの銃ときたらそれ以上のものだとおもえたわけだ。反論がある人はまずぼくと同じ経験をしてみるように。ともかく、重さが一キロ近いんじゃないかと感じられた拳銃はその点でぴったりだったのである。

銃声は一分も続かなかった。

再び女の声が命じた。

「テロリストは全員無力化したが、確認の必要がある！　まだ動くな！」

一瞬だけ迷ったあと、ぼくは声の主に呼びかけていた。

「あの、すいません」

「なんだ？　どこにいる？」ちょっと戸惑った、でもおもいきり苛立ちを含んだ声がたずねてきた。

「いえあの、さっきから柱の陰に隠れていて……で、奴らに見つからずに済んでたんです。ですから、間違えて撃たないでください。ぼくも、高伸学院の生徒です」

「……わかった。ゆっくりと出てこい」

ぼくはトカレフの引鉄《トリガー》を囲っている輪っか（用心鉄《トリガー・ガード》と呼ぶそうだ）に人差し指を引っかけてぶらさげ、ゆっくりと隠れ場所から出た。うひゃあ。あちこち血まみれである。突入の巻き添えを食ったのは井川詩織と御宅だけらしいが、テロリストたちのおかげでホールじゅうが生々しいありさまだ。だれもがゲロまみれになっている。ぼくはまあ……なんで平気なんだ？

女たちは一斉に銃を向けてきた。

「……なぜ銃を持っている」抑えた、厳しい返事がきこえた。声は大きくはない。先ほどから命令を下している女はぼくからほんの数メートルの位置にいたのである。彼女は銃口をしっかりとぼくにポイントしていた。ほんの少しでも不用意に動けば、ためらいもなくぼくを射殺するつもり……なんだろうな、やっぱり。

「こっちに滑ってきたので、つい」腹の底が冷えるような感覚と、嫌な汗が吹きだす気色悪さに耐えながらぼくはいった。

「つい……つい、だと？」

女はあきれたようだった。それでも、なおも警戒を解かずにいった。

「銃を床に置きたまえ、ゆっくりと」

あ、すこし優しい感じになった。うれしい。さっきいったように、長身で、色々な装備を身につけてさえ生唾もののスタイルである。顔は無粋なゴーグルとマスクで隠れているが、絶対に美人だろうと確信した。

……という気分はともかく、ぼくは彼女の命令に従った。腰をゆっくりと落とし、銃を床に近づけてゆく。井川詩織の、セックスの悦びがはりついたままの死に顔が異様なほどエロティックだった。まあ、銃弾で蜂の巣にされる危険を冒してまで経験するものじゃないよな、とはおもったが。

で、気づいてしまったわけだ。

どうにも刺激的なクラスのアイドルの遺体の向こう、ぼくにちょっと優しく命令してくれた女性の背後で生じた動きを。

ぼくは指にかけていた拳銃をしっかりと握り、すっと腕を伸ばした。なんのためらいもなくそこへ銃口を向けた。

女たちはもちろん反応をおこしている。

畜生、ぼくに対してだ。

が、ぼくには大声がだせなかった。緊張と恐怖がぼくからその力を奪っていた。少なくともその時はそうおもった。

が、喉奥からようやくでた声は、自分でも場違いにおもえるほど冷静だった。

「そこのお姉さん、ちょい左にどいて」

なんかごちゃごちゃした形の銃を――ＭＰ５ＳＤっていうの、いまは亡き御宅君や――ぼくにポイントしていた謎のお姉さんがびくりと肩をふるわせ、んでもって……ぼくのいったとおりに身体を滑らせた。おお、いってみるもんだ。

ぼくはすでにトカレフを両手で構えていた。狙いをつけていたのは弾丸を喰らったはずのリーダーである。そうなんだ。奴はしぶとくもまだ戦える状態だったのである。

だからぼくは銃を向けた。銃の重さは感じなかった。理由はわからない。反動にも驚かなかった。その理由もわからなかった。わかっていたことは二つだけ。

ひとつ、タマに痛みを感じるほど股間の袋が縮みあがっているのは恐ろしくてたまらない。

そしてもうひとつ。

謎のお姉さんを助けるにはあの男を殺さなければならない、ということ。

奴の頭に弾丸を当てるには三度トリガーを絞らなければならなかった。異常なストレス環境のもと、人間をターゲットに、生まれて初めて銃を握った人間としてはそう悪くない結果だ。いやまあ、ただ人を殺しただけなのだけれど。

とはいえ満足したりびびったりしているヒマなどなかった。その直後、ぼくがだれを狙っているのか気づく以前に駆けだしていた謎のお姉さんの部下に殴り倒され、気絶してしまったからである。

でまあ、最後のしまらない場面はともかく、ぼくは確認殺害戦果《ボディカウント》1、となったわけだ。

天国のお父さんお母さん、ごめんなさい。

本日をもってお二人の養子は殺人者になりました。

畜生。

1　黒江徹、私立高伸学院二年C組

1

校庭は雨に濡れている。

学食の窓に面したテラスに出たぼくは霞がかった七月の雨模様をなにするでもなく見つめていた。『生徒を社会の害悪から切り離す』とかいう理由で人里から離れた辺鄙《へんぴ》な半島部に造られた全寮制高校だから、目にして楽しいものが見えるわけではない。学校は盆地に建てられており、周囲にあるのは山に森に湖、んでもってその先は海なのである。携帯やPHSの電波はおろかテレビですらまともに視られない、という環境なのだ。

どうにもだるかった。最近、そんな気分でいることが多い。

ま、胃が全力運転中だから、という事情もあった。昼飯として月見ソバとフライ定食の大盛りをしっかりと腹に納めてしまったのだ。いい加減慣れてきてはいるものの、それでも周りで食っていた連中は驚いていた。高伸学院の学食は盛りがいい。大盛りともなると殺人的なのだ。ぼくだって、以前は大盛りなど食べきれなかった。それが最近ではどれほど食べても足りない気がする。理由はよくわからない。しかしいつ頃からそうなったのかはわかっている。海外オリエンテーリングから戻って以来だ。

サッシで冷房の効いた学食と仕切られたテラスに人の姿は少ない。テラスにはむろん屋根が張り出しているが、雨滴が飛びこんでこないわけではなく、七月とあってはことさら涼しいわけでもないからである。実際、そこにいたのはぼくの他に二、三人でしかなかった。うち二人はおそらく露出趣味の持ち主だろう三年生のカップルで、今日はまあ汗と分泌物以外のもので一緒に濡れてみようという感じだった。もう一人は女にフラれて三日目という噂の二年生で、じっとりと汗の浮かんだ顔に、なにもかもどうでもいいという表情を浮かべていた。ま、気持ちはわかる。

ぼくは自動販売機で買ったコーヒー缶を手に手すりへもたれていた。もともと苦いものに砂糖やミルクをどばどば入れるのは嫌いなので、学校では全然人気のないブラックだ。甘くてコーヒーっぽいものを飲みたいならコーヒー牛乳でも飲めばいい。

梅雨明けを宣言した気象庁へ喧嘩《けんか》を売るように昨夜から途切れなく降り続いている雨のおかげで校庭はたっぷりと水を吸っていた。水たまりが見えないのは水はけのよい特殊処理された土を入れているからである。ほら、競技場のトラックで目にする妙に赤茶けたあれだ。高校のグラウンドへ用いるにはずいぶんと贅沢《ぜいたく》な気がするが、学校はその必要があると考えているようだった。『知る人ぞ知る』という立場から『だれもが知っている』名門校に成りあがるため、高伸学院はありとあらゆる努力を傾けているのだ。だいたい、設備がよくなければ才能のあるスポーツ特待生をかき集められない。

空になったコーヒー缶を両手の間でころころとやりながらぼくは溜息をついた。周囲は森だしいくらか風もあるので街中にくらべれば過ごしやすいが、七月は七月だ。全身に汗が浮いていた。

オリエンテーリングの惨劇は早くも忘れられつつある。実際にだれもが忘れてしまいたいからだろう。むろんあの後でいろいろとあった。マスコミが帰国したぼくらに群がってきたし、国会では政府が叩かれていた。旅行者や在外邦人を保護する能力がないことを批判されたのである。子供を喪った親たちは学校の安全対策が不充分だったとして集団訴訟をおこす構えをみせた。自衛隊や警察の特殊部隊を即座に派遣しなかった国を訴えようとする動きすらあった。

が、そこまでだった。マスコミはすぐ別の事件へ切り換えたし、政府批判も上っ面《うわつら》を撫でただけで終わった。訴訟をおこすと息巻いた親たちとはほんの一カ月ほどで示談が成立してしまった。特に最後のそれについて詳しいことは知らない。〝学生が知るべきこと〟ではないからだそうだ。でもなんとなく想像はつく。名門校に成りあがろうとする高伸学院の努力はそこに集中されたに違いない。

こうして学園の日常は以前と同じものに戻った。事件後、人質となっていた生徒の何人かは転学したが、その程度のものだった。だれもが消えた顔ぶれを急速に忘れた。ある意味、あの事件が残した最大の影響は二年から一クラスがまるまる消えてなくなったことだろう。オリエンテーリング前には五クラス、E組まであった二学年は、いま、D組までしかない。旅行から戻るなりクラス替えがおこなわれたのである。空いたE組の教室は物置になっている。あ、もうひとつ。学校はPTSD対策にカウンセラーを一人雇った。ま、変化といえばこんなものである。

もちろんぼくに限ってはまったく別の話になる。

ぼくはクラスメイトや教師たちが殺されているなか一

人で身を隠し、テロリストを射殺し、謎のお姉さんに容赦なく殴り倒された。

目覚めたのは病室である。最初はびくびくしていた。テロリストが相手とはいえ殺人を犯したのであるし、自分が人殺しを褒めてくれる国を訪れているとはとてもおもえない。

顎《あご》が痛かった。が、おもったほどひどくはなかった。殴られた時は顎が砕けたかというぐらいの痛みだったのだが、いまはまあ、なんとかなる感じの痛みだ。鎮痛剤を打たれているのかもしれないが、ともかくそうひどい気分じゃない。

助けたのに殴られたことについても腹は立たなかった。なにしろ事情が事情である。向こうは最大限に緊張しており、テロリストを射殺したばかりだった。ぼくはそんな連中の前で銃をぶっ放したのである。撃たれなかったのは運がいいどころではない。むしろ射殺されて当然なのだ。

でまあ、事情聴取だのなんだのがあるもの、とイヤな気分で寝ころがっていたのだが……なにもなかった。体調を診に来たドクターやナースとは言葉が通じないし、警察がくるわけでもなく、領事館の書記官がやってくるわけでもなかった。結局のところそのまま一夜が過ぎてしまい、翌朝、生き残った教師の一人がぼくをホテルに連れ帰った。かれと話しているうちにぼくは気づいた。

テロリストのリーダーを射殺したことは、だれにも気づかれていない。

驚いたが、すぐに当然かもしれないと考え直した。人質にされていた連中はスタン・グレネードで意識朦朧としていたのだ。そしてぼくは、あのお姉さんに警告する時、それほど大きな声をだしたわけではなかった。だれも気づいていなくても奇妙とはいえない。もちろんあの特殊部隊、謎のお姉さんたちは別だけれど、彼女たちはなにも見なかったことにしてくれたようだ。

というわけであの事件に関する限り、ぼくの行為はなかったことになったわけである。ぼく自身を例外として。

そうなのだ。ぼくは忘れたことがない。

なによりもぼくを驚かせたのは人を殺したことにカケラほどの罪悪感も覚えなかったことである。事件のあとビビったのはテロリストを殺したことが正当防衛ではなく過剰防衛に問われるかもしれない、とおもったから。それだけだった。あの銃のずっしりとした重み。トリガーを絞るあの感触。ぱっと拡がる銃声。くんっ、と手首から肩へかけのぼる反動。その後で味わった感覚をぼくはまだ忘れちゃいない。

　射精をうわまわるほどの爽快感だった。

　というわけで、最近ではめっきり自分が信じられなくなっている。ぼくってそんなにアブナイ野郎だったのか、ということである。

　いや、もともとそう幸せだったワケじゃない。

　生みの親の顔を見たこともなく、自慢できるなにかがあるわけでもない。人並の幸せを与えてくれた養父母もいまは亡い。

　そりゃあ、なにかしなければとはおもってる。

　しかし、なにをしたらいいんだ？　何の能もないのに。全日本不幸な生い立ちの少年コンテストで上位入賞確実。いや、そうだからこそ、この学校に入学できた。幸運といえば幸運なのだろうけれど、もともとのマイナスが大きいから全然幸せを実感できない。あまりにも育ちの違う連中に取り囲まれているため、信頼できる友人もこしらえられない。たまにさっぱりした気分を味わえたとおもったら、それは人殺しだ。

　が、いまの自分を変えようとも、変えられるともおもわない。そうできる能力なんかないし、面倒くさい。なにより変わったことで出くわすだろう自分の中にあるなにかが、たまらなく恐ろしい。

　いっそ自殺でもしたほうがいいのかもしれない。もちろん本気だ。計画もできている。期末試験が済んだら無人の旅客機を乗っ取って飛びあがり、北朝鮮《きたちょうせん》か中国《ちゅうごく》の核ミサイル基地か、アメリカの原子力空母に突っこむのだ。いや、地球に攻めてきた異星人《エイリアン》の母艦が一番いい。本当に本気だ。夜中、あれこれと済ませたあとで何度も考えたぐらい本気だ。問題は即座に離陸できる無人の旅客機がどこで手に入るのかわからず、旅客機の操縦もできず、いまのところ地球に異星人は攻めてきていないことだけだ。だから、実行していないのだ。

　畜生。なんてすばらしいぼくの人生。なぜぼくだけが。これからもいいことなんかないのだ。そうに決まっている。

　いや、ちょい待ち。ひとつだけ、素晴らしいことがあった。あの夜収容された病院でだ。

　学校が手配したのか現地警察が不手際を隠したがったのか、ぼくの寝かされた個室には医者とナースをのぞくと、だれもたずねてはこなかった。だから、さきほども触れたように天井を見つめながらイヤな気分でいたわけだ。寝た方がいいとわかっていたが、そうできるはずもない。人殺しという経験は頭の中をメチャクチャにかき乱してしまうのだ。

頬を風が撫でたことに気づいたのは深夜をだいぶすぎたあたりだったとおもう。

おもわずきょろきょろと見回した。観光地らしく病院の施設は立派で、空調も効いている。風が吹きこんでくるはずがなかった。

窓やドアが閉まっていることを確かめ、気のせいか……とおもったところで、身体が石のようになった。

ベッド脇に、黒い人影があることに気づいたのである。

「静かに。君の敵ではない」

ガラスの風鈴の音をおもわせる涼やかな女の声だった。聞き覚えがあった。

ベッドランプ以外の照明が消された病室の薄暗がりに立つ姿にも見覚えがあった。防弾ベストや装備をぶら下げるハーネスはもう身につけてはいなかったが、長身の見事なボディを包む耐熱素材製《ノーメックス》らしい漆黒のジャンプスーツと銀行強盗のようなヘッドマスクはそのままだった。拳銃をおさめたホルスターは脇でも腰でもなく、いかにも特殊部隊風に太腿へ固定されている。

ぼくが緊張を解いたのは度胸が湧いたからではもちろんない。彼女がだれであるか、即座に気づいたからである。

「あの時はありがとう」ヘッドマスクからのぞく漆黒の瞳を見つめてぼくはいった。

目に優しいものが浮かんだのがわかった。手袋に包まれたほっそりした指がベッドランプを消した。暗闇の中で彼女が帽子を脱ぐのがわかった。

「済まないが、顔は見せられない。何者であるかも明かせない」

「……ああ」窓から差しこむかすかな星明りに浮かびあがる彼女のシルエットを見つめ、うなずいた。照明がなくても、いままで目にしたことがないほどの美女であることがわかった。もちろん目鼻だちを見分けられたワケではない。ただ確信できたのである。

ぼくはバカのように口を開けていたに違いない。なぜなら、彼女が怪訝《けげん》そうにこうたずねてきたからだ。

「どうしたのだ――わたしの顔が見えるのか？」

一瞬迷ったあとで、正直にこたえた。彼女の声はびっくりするほど真剣なものがふくまれていたからだ。口にしたのは我ながら恥ずかしいセリフである。見えないけれど想像しちゃいました、といったような。普段なら口が裂けてもいえないセリフである。

が、平気だった。人殺しに比べればどうってことはない。

ぼくの言葉を耳にした彼女が示したのは意外な、まったく意外な反応だった。

「好きなように想像してくれ。礼をいわねばならないのはこちらなのだ、黒江徹君」

口にするやいなや、彼女はベッドサイドに立ち、屈みこんできた。顔が触れそうなほどに近づく。甘い体臭と、柑橘類をおもわせる不思議な息の香りがした。クールでありながら柔らかさをたっぷりと含んだ声が流れこんできた。

「傷はどうだ」

「顎が砕けたかとおもったけど……喋っても痛くない」

ぼくはこたえた。初物の桃を口にしたような気分だった。

彼女はうなずき、安堵の吐息を漏らした。

「そうか……良かった」

手袋に包まれた指が顎に張られたガーゼにのびかけたが、途中で止まった。

「……」ぼくは彼女を見つめた。

「触ってもいいか――男の首から上は勝手に触れていいものではない」

「女の髪と一緒？」

「そんなところだ」

「どうぞ――あ」

「なんだ」

「あの、名前」

彼女はまじまじとぼくを見つめ（見えないがきっとそうだ）、小さな声でいった。

「フェンリル。もちろん本名ではない」

「フェンリル？　北欧神話、だったかな？」

「よく知っている……といっては失礼か。世界の終末に主神オーディンを飲みこむ怪狼だ。女性形でなくとも気にするな。コンピューターが選んだ言葉というだけのことだ」

彼女はくすりと笑った。初めて耳にする心地よい響きだった。衣擦れの音がきこえ、ひんやりとした柔らかなものがぼくの顎に触れた。痛みはなかった。むしろ心地良かった。きっと彼女は治癒魔法が使えるのだ。

「痛みはないのだな、本当に」案ずるような、試すような声がした。

「言葉はわからないけれど、医者が驚いていた」

「驚いた？」

「最初は、もっとひどい状態にみえたらしい。顎がぐしゃぐしゃ、みたいな」

「それが、大したことはなかったと」

「ぼくもちょっと変だとはおもうけれど。確かに最初はぐしゃぐしゃな感じで、声もだせなかった。救急車で病院に着いたら……ちょっとうずくだけになっていた」

「……許して欲しい。部下が、警戒しすぎた」

「いいよ。撃ち殺されなかっただけでも運がいいとわかってるから」

おそらく、フェンリルは微笑んでくれたのだろう。でなければその次にとった行動が説明できない。

廊下から足音が響いてきた。フェンリルは警戒の視線をドアに向け、身を硬くした。だが、ぼくの側から離れはしなかった。それどころかさらに身を寄せ、柔らかな頬がぼくの鼻に触れた。もちろんぼくの脳天には素晴らしい衝撃がつきあげてきた。これほど暖かく柔らかなものを肌に感じたのは生まれてはじめてだった。


別室の患者がトイレにでもいったのだろう。足音が遠ざかった。共犯者の気分でぼくはたずねた。

「見つかるとまずいわけ？」

「本来はそれほどでもない。もうこの国には危険はない——君にとっても」フェンリルはさらに声を落とした。「ただし、ここへ入りこむのにだれの許可もとっていないからな。それに、時間があまりない。すぐに本来の任務へ戻らなければならないのだ」

その言葉を耳にしたぼくは闇の中でさえ隠しようもない落胆《らくたん》を示してしまったらしい。フェンリルは慰めるようにつけくわえた。

「ともかく、君に礼を伝えたかったのだ」

ぼくは無理に微笑をつくっていった。「わざわざ、ありがとう」

彼女は即座にたずねてきた。

「見栄を張っているのか」

「そりゃあね」ぼくはこたえた。あっさり見抜かれたことに恥ずかしさは覚えなかった。声にはむしろそれを褒めるような響きがあったからだ。

「帰らないで、なんて泣きだすワケにはいかない。フェンリルにも都合があるだろうし」

「ありがとう」フェンリルはこたえ、今度はしっかりと頬をすり寄せてきた。不覚にもぼくの肉体はあっさりと反応しはじめた。

「もっと側にいてやりたいが、本当に時間がないのだ」彼女はいった。「だから、手早く礼をする。フェンリルの唇を自由にしていい」

「はい？」

「女の言葉を疑うのと信じるのとどちらが幸せだとおもう？」

「経験ないけど、時と場合によるかも」

「いまはどちらだ。試みまでに付け加えておく。フェンリルはだれにも唇を与えたことはない」

うわぉ。（たぶん、きっと、絶対！）美人のお姉さんが経験値ゼロ。まさにファンタジーだ。

が、彼女が嘘をついているようには見えなかった。わかった。いまわかった。ぼくはだまされるのが好きなのだ。

心臓が破裂しそうなほど高鳴っていることを自覚しながらぼくはいった。「信じる。信じた。そう決めた――でも、そういうこと、さっぱりなんだけど」

「気にするな」ぼくの顔をくすぐった彼女の吐息はさきほどより熱くなっていた。「自分ならばできると信じろ。少なくともフェンリルはおまえを信じる。あの時も即座に信じられた」

バーン。命中。

というわけでぼくは身を起こし、両腕を伸ばし、彼女を抱き寄せた。指先が冷たくなるほど興奮していた。これから起こることだけを考えていた。

特殊部隊風のファッションとは裏腹に、彼女の身体はどこまでも柔らかく、軽々としていた。

触れ合った瞬間、その柔らかさにうっとりし――我慢ができなくなった。

脳のなかで頭痛に似たちくちくする感覚が生じた。不思議だった。いまはそれがたとえようもなく心地よかった。

が、それはますます強くなってくる。ぼくになにか為せと命ずる警報のようにせき立ててくる。

その異常な感覚に抵抗できなかった。

かわいらしい唇の重ねあいは一瞬で終わった。

ぼくは彼女の顎に手を当てて無理やり開かせ、獲物の肉をむさぼる獣のように深く唇を重ねていった。舌を温かく湿ったそこへ突き入れる。おののくように震える彼女の舌を捕まえ、その裏側をしごきたてるようにした。触れ合う部分の心地よさがたまらなかった。果蜜のようにとろりとした唾液を母乳を求める赤ん坊のように吸い、喉を鳴らして飲む。狂いそうなほど悦びと興奮が突きあげてくる。同時に奇妙な感覚もあった。ぼくの一部は自分の行為と彼女の反応をひどく冷静に見つめ続けていたのだ。

フェンリルの喉奥からうっ、うっ、と喘ぎが漏れる。不思議な香りがぼくを包み込む。彼女の身体が小刻みに震えていた。しかしそれはぼくをさらに滾《たぎ》らせただけだ。

溶けたように柔らかい彼女の肉体を抱き寄せながらたっぷり一五分もそうしていたとおもう。よく酸欠にならなかったものだ。

ようやく唇を離した。二人のあいだに唾液の糸がのびる。舌先をのばしたぼくはそれをあさましくもなめとった。

「唇を合わせるとは、こういうことか」ぼくにくったりともたれかかったままフェンリルがいった。呼吸は浅く、速かった。

「たぶん」彼女を抱きしめながらぼくはこたえた。「ぼくも初めてだから」

そうなんだ。これがファースト・なんとやらだったのである。うう、最初からこの調子で、この先どうやって生きてけばいいのだろう。それに、どうしてこうもうまくいくのか、理由がわからなかった。わからなくて良かった。わかったところで試験の成績があがるワケじゃない。だいたいぼくは、経験値ゼロでテロリストを片づけたのではなかったか？　となれば殺人よりキスの才能があると信じたほうが人生は明るくなる。

深い溜息がぼくの胸を熱くくすぐった。

「……おまえは悪魔のようだ。いま何を求められてもフェンリルは抵抗できない。おまえのなすがままになる」

「ぼくもそうしたい」彼女をさらにしっかりと抱き寄せた。首にまわされたフェンリルの腕が強く抱き返してきた。

いけるよな。いけるよな。我が人生の一大転機！　明日からは大人だぁ！

が……ぼくの口が発したのはまったく別の言葉だった。

「時間がないんだろ、フェンリル」

びくりと身体が震え、彼女はのろのろと闇のヴェールに隠れた顔をあげた。

「そうだ――ありがとう」

「お礼をいうのはこっち」ぼくはまた見栄を張った。「フェンリルみたいな人がその……なんて、一生の自慢になる。その先に進めないのは泣きたいぐらい残念だけど。あ、もちろん、絶対他人には話さない。誓うよ」

話してもだれも信じてくれないだろう、とは付け加えなかった。フェンリルがひどく嬉しそうに頬をこすりつけてきたからだ。

身体がゆっくりと離れた。無理やり抱き寄せたいという欲望を抑えつけるには、その、金曜日午後六時の渋谷《しぶや》ハチ公前交差点で全裸になるぐらいの決意が必要だった。

「忘れない」ぼくはいった。「命を助けてもらったことも、こうして来てくれたことも、絶対に忘れやしない」

「フェンリルも忘れない」彼女はいった。「なにもかも。なにもかもすべて。だが——いずれ君は呪うことになるかもしれない」

「フェンリルを?」ぼくは眉を寄せた。窓から差し込むわずかな星明りを頼りに表情を確かめようとする。が、彼女はすでにヘッドマスクで顔を隠していた。

「ともかくいまはこれまでだ、では、黒江徹君」

「あの、フェンリル」

「なんだ」

「気をつけて」

ヘッドマスクからのぞいた目に明るいものが宿った。

「わかった」

窓が音もなく開き、フェンリルの姿は消えた。病室に流れこむ夜風を受けながらぼくはぼんやりとしていた。まさにファンタジー。またその言葉が頭をめぐった。

それから、病室に備えられたユニットバスへ駆けこんだ。いかなる作業をおこなったかはご想像どおり、だ。見栄というものはまずもって身体に無理を要求するものなのである。


素晴らしいことについては以上だ。そしてまあ、現実のぼくは学食のバルコニーで夏の雨に蒸されつつたそがれているわけである。あっちがファンタジーならこっちはリアル。畜生。幸せな想い出があれば生きていけるなんてほざきやがったのはどこのどいつだ? かえって辛いぞ。ぼくはキリスト教徒じゃないが、煉獄《れんごく》ってのはこのことじゃないのか。だいたい、あの素敵なフェンリルとのことは——トカレフのトリガーを三度絞ったことと裏表なのだ。

だもんだから、貴重な昼休みを一人で潰したりしているわけだ。もしかしてどこかのだれかにぼくのアブなさを気づかれやしないか、それが怖かったのだ。実際のところ、いまだって夏の蒸し暑さを無視してベタベタし放題の三年生カップルを横目で見ているうちに抑えきれないものがこみあげてきている。ひどくむかむかさせるものだ。

湿った風が吹きつけ、長くも短くもないところで放置している髪が乱れた。雨粒が顔を濡らし、顎にまでしたたってゆく。三年生カップルはさらに強く身体を寄せ合っていた。男はサッカー部のキャプテンか何かで、長身で美形だ。革命を起こしたら一番最初に粛清《しゅくせい》してやろう。

ああ、フェンリル。君はやっぱりファンタジーなんだよな。リアルに生きなければならないぼくは、君のことをこんな風におもいだしながら……惨《みじ》めな、そうであるがゆえに消える事のない気分をもてあそび続けなければならないのだろうな。なにかに傷ついて、傷ついてしまったから他者を拒絶して。そいつがいけないことなのではないかと考えたりして、結局はどうにもならなくて……まあその、自分が何者かわからないからなのかも。いやまて、何者であるか……というより、自分の『価値』がわかってしまったらどうなるだろう？　おれの人生こんなもの、ってことになるのか？

畜生。

これが高校二年生のテロリスト・キラーが生きるべき世界なんだ。

わかって貰えるだろうか。羊の群に飛びこんだ狼として過ごすのは、生まれつきの狼でもないとひどく面倒なことなのだ。ことに自分が狼なのかどうか自信を抱けない場合は。

畜生。

ぼくが舌打ちを漏らしたちょうどそのとき、学校中に設置されているスピーカーからチャイムが響き、校内放送が流れた。

「二年C組の黒江徹君、黒江徹君、生徒会室まできてください」

げんなりした気分になった。蒸し暑さをことさらに強く意識する。

用件はわかっていた。ぼくにとってはくだらないことだ。だから、聞かなかったことにしようとすぐに決めた。イヤな予感がした。唐突に、小学生の時に読んだライトノベルの筋をおもいだした。

ライトノベル（イヤな呼び方だ。読者と筆者の両方をバカにした感じがする）の定番では、こういうとき、主人公のおもったようにコトが運ばないキマリになっているる。すちゃらかした奴だったり変な奴だったりする主人公は、なんというか、無自覚なまでに明朗快活なヒロインに発見され、あちこちドつかれながら引きずられてゆくことになるのだ。

ぼくにとっての主人公であるこのぼくはそうすちゃらかしているワケでもない。変な奴でもないとおもう。他人の目からみてどうであるかは保証できないが、そうならないように努力は重ねているつもりだ。

しかし運命（これもイヤな言葉だ）はぼくにどれほど爆発だの銃撃戦だのがあってもだれ一人死ななかったり、最後には恐ろしいことに正義が勝ってしまうお話のセオリーに従えと命じているようだった。なぜかっていえば、学食の入り口に、C組の学級委員長である真嶋みさきの姿が見えたからである。そう、あの事件の時にぼくがおもわず素直な敬意を抱いてしまった彼女である。

「なにしてるのよ、黒江」

サッシが開き、ちょっと甘く響く、しかしだからこそいまは耳にしたくない声がぼくに襲いかかった。

「親が死んでも食休みって言葉、現国の時間に習わなかったか」ぼくはこたえた。

「あなたの都合なんか知らない。それに、どうせバカ食いでもしたに決まってる」

たしかにそうだが、いわれる筋合いはない。ぼくは真嶋みさきをあらためて見た。

身長はぼくよりいくらか高い。ヒールの高い靴を履けば女王と下僕のように見えるだろう。スタイルはそれで金が儲けられそうなほどだが、プリーツスカートの丈を詰めたり上着のウエストを締めてその事実を万人へ明らかにするつもりはないらしい。彼女の高伸学院女子制服に、校則からはずれている部分はひとつもないのだ。

他の部分も同じだった。

髪は肩で揃えられている。日本民族そのものの麗《うるわ》しき黒だ。顔だちは、芸能界がファニー・フェイスばかりになった昨今、テレビやスクリーンですら滅多にお目にかかれない古典的な美人顔である。といってもその美しい部分でもっとも印象的なのは目だ。闇のように黒く深い瞳、時たま慈《いつく》しみに満ちた光を宿して他人を見つめる不思議な器官である。あの時、あれほどぴしりとした態度を示していなければ、絶対にテロリストたちに強姦されていただろう。

ちなみにぼくが彼女を心密かに想っているとかいうことはない。彼女が勇気ある女性であることを認めている。いまもその点は変わらない。一年の時から同じクラスで、話をしたこともあるが、美人であるという事実は認めこそすれ、好きになるということはなかった。だれにでも愛想がいいのに、ぼくには妙に乱暴で——こちらといえばまあ、高伸にいる坊ちゃん嬢ちゃんと親しくなっても意味がないと考えていたからだ。革命か核戦争が起きるか親が破産でもしないかぎりかれらの将来に待っているのは輝かしい日々ばかりだが、高伸を卒業したあとのぼくにあるのは、よくてせいぜい二流大学に通う毎日である。しょせんは別人種なのだ。まあフェンリルだって別人種なのかもしれないけれど——いや、ともかく、まあいい。そういうことだ。

「いくわよ、生徒会室」みさきは命令するようにいった。

もちろんぼくは気に入らなかった。命令うんぬんはどうでもいい。みさきが、自分がそうして当然の立場であると信じていることが気に入らなかった。

「なにしてんの！　早くしなさいよ！　わたしが好きで呼びにきたとでもおもってるの？」

動こうとしないぼくへ彼女は怒鳴った。もちろん甘く響く声のままで。後に続いたのは抗えないものを感じたからじゃなかった。動かずにいると、さらに面倒なことになりそうだったからだ。スカートに包まれた形の良いヒップをじっくりと鑑賞したいと願ったからでは絶対にない。ないったらない。いまそこにいる彼女がフェンリルよりもリアルなのは確かだったから、それだけである。

2

高伸学院は寄宿棟、教職員棟、教室棟、管理棟、施設棟、学生棟、体育館などのその他施設が広い敷地内に点在している。寄宿棟と学生棟と教室棟は東西に並んでおり、渡り廊下でつながれていた。生徒会室は管理棟最上階の四階中央、教室棟に面した側にあった。

で、マンガだのエロゲーだのであればそこはなぜか内装がビクトリア時代調だったりして、男なら一人だけ純白の学生服を身につけた会長、女ならば縦ロール（なぜか金髪碧眼）のお嬢様が支配していたりするのだが、マンガでもエロゲーでもない高伸学院にそういう輩《やから》は存在しない。そこまで〝楽しい〟学園じゃないのだ。実際、生徒会室におかれていたのは適当な折り畳み机と折り畳み椅子、壁にはファイル・キャビネット、机の上には何台かの古いパソコン、とまあそんな感じである。生徒会長も例外じゃなかった。ぼくの学校はユートピアなどではないのだ。

会長の菊池理恵《きくちりえ》はみさきとは正反対の意味でなかなかのものだ。ポニーテール、大きな瞳、スタイルもなかなか。顔だちだって整っている。いまの彼女は両親が一致協力してシェイクしてくれた遺伝子の贈り物を無駄遣いしていた。まなじりをつり上げ、わけのわからない優越感とともにぼくへ嚙みついていたのである。

「無責任なのよ！」理恵は怒鳴った。「文集の発行は生徒総会の決議で決まったことなのよ！　それなのにどうして無視するの！　二年で提出していないのはあなた一人だけなのよ！」

理恵の顔には人の良い面の反対にあるものがあらわれていた。だから、なにも答えないことにした。女性には可能な限り親切であろうと努めているからだ。養父の態度というか姿勢から学んだ社会的マナーである。パパ、ありがとう。でもね、学校のほとんどの施設が冷暖房完備でなければどうなったかわからないよ。夏は性犯罪と殺人の季節だからね。

「なんとかいいなさいよ！」理由はよくわからないが理恵はますますボルテージをあげた。

「自分勝手に、生徒総会の決定を無視するなんてどういうつもりよ！　この文集は、テロリストに殺された友達や先生たちを悼《いた》むためにつくられるものなのよ！　あなたも高仲の一員ならみんなのために、学校のために書かなければならないのよ！」

ぼくは相変わらず女性に対する心遣いを優先した。菊池理恵に、あなたはどうでもいいことをさも意味があることのようにわめいていると告げてはいけないと考えたのだ。自分と更年期障害のおばはんたちとの違いは三〇年という生物学的時間だけだという真実は一七歳の少女にとっては辛すぎるだろう。

脇腹がつつかれた。隣に立っていたみさきの肘があたっていた。なにか話せということだ。放っておくと後が面倒なのでしかたなしにぼくはいった。

「書いてどうなるものじゃないから」

「それが勝手だというのよ！　あなた一人のわがままで文集の発行が遅れてるのに！　期末試験前に完成していなければいけないのよ！　わかってるの？　明日から試験なのよ！」

気分が悪くなった。我が養父の教え、その効果が薄れ始めるのがわかった。不快な脳のちくちくを強く意識する。

バカバカしい。バカバカしくてたまらなかった。生徒総会の決定。殺された友達や先生たちを悼むため。高伸の一員。学校のために。期末試験。

なにをほざいていやがる。

こいつはなにを勘違いしているのだろう。高校生であることがそこまで絶対的なものだと信じているのだろうか。

高伸学院は私立だ。つまり、企業なのだ。そして生徒は自由意志を行使した結果として学校と『契約』し、その『サービス』を受けているにすぎない。そう、『顧客』なのだ。私立高校に通うということは、ディズニーランドのシーズンチケットを買うことと本質的にまったく同じ行為なのである。生徒は高卒という資格と大学進学の準備を整えるため、契約した学校の方針を受け入れているだけだ。ディズニーランドの客がエレクトリカルパレードを見物したいばかりに暗くなっても酒を我慢しているのとなんのかわりもない。大人の楽しみは近所のすかしたホテルかベイエリアか渋谷か新宿《しんじゅく》か、または大学入学後にどうぞ、というわけである。実に納得のゆく話だ。毎日授業を受け、予習復習をこなすのも契約のうち、学校の指導に従うのも同じ。こちらが契約を守れば学校の方も契約を守り、高校卒業の資格――そこそこの名門校を卒業したという資格を売ってくれる、というわけだ。ＯＫ。なんの文句もない。親でも子でもない人間同士がおこなうものとしては実に意味のある取引である。それが気に入らないのであれば中学を最後に学校へ通うのをやめ、自分で働けばいい。

菊池理恵はその点を誤解していた。

いや、誤解どころではない。彼女は信じていた。なによりも自分の正しさを疑っていなかった。そうすることが『高校生』としてふさわしいと決めつけていた。

信じられないおめでたさだ。

ああ、そうなのだ。少なくともぼくの認識している『契約内容』にそんなものは含まれちゃいないのである。いや、いざという場面で生徒を楯にして助かろうとした教師たちを批判しているわけじゃない。あの事件は、学校と生徒が結んでいる契約の範疇《はんちゅう》を超えるものだった。どんなことにも限界がある。それがわからないほどバカではないつもりだ。

だからこそ作文を書く気などなかった。

つまり、学校―生徒という契約システムの外で生じた事件であるのならば、その同じシステムが後になって口を出すべきではない、ということである。

だいたい、高校生がその手のご立派な作文を書いたところで内容はあらかじめ決まってるようなものだ。悲劇にみまわれた自分を哀れみながら、偽善的なことを書き散らすのがせいぜいでしかない。そんなものになにか意味があると信じているのは自分を疑う習慣を持たない奴と朝日《あさひ》と赤旗《あかはた》の投稿欄ぐらいだということすら気づいていない。赤の他人が読んで楽しくもない文章を書くのが死んだ人間の供養になるということをこの世で最初におもいついたのはどこのどいつなのだ。くそったれめ。

が、ぼくはどうにか腹立ちを抑えることができた。同時に他のおもいも抱いていたからである。

心のどこかに、彼女をうらやむ気分があった。ぼくのなかは彼女のようにすっきりしちゃいないからである。童貞のくせに（童貞だからこそ、かもしれない）やたらと元気になりたがるナニに心をかき乱され、女の子はいつまでたってもファンタジーにすぎず――いやまあ、実のところそれはまだいい。寄宿舎でちょこちょこと作業してしまえばとりあえずはすっきりできる。

くそっ、また落ちこんできた。

なによりたまらないのは、自分が何者であるのかわからないところだ。見かけは並、勉強だのスポーツだのも並。他人からことさらに好かれる性格というわけでもなく、大金持ちの子供というわけでもない。自分になにができるのかよくわからず、また望んだところでなにができるほどの能力もない。自分などその程度のもの、そんな気分ばかりがぐるぐる心をめぐってゆく。

そうなのだ。ぼくにはわからない。ぼくという存在に意味があるのかすらも――いや、その点だけはなんとなくわかっていた。

意味などないのだ。

はてしなく落ちこんだ意味においても、ぼくという人間に意味を求めているのはこの世でぼくだけなのだ。この世界にとっては、ぼくはいてもいなくても良い存在なのだ。うわぉ。養父母が生きていてくれたら少しは違っただろうか。たとえばかれらに反抗してみせるとかして。だめだ。

ぼくは養父母のことが大好きだった。かれらも、その――実に甘やかしてくれた。ぼくのわがままが度を越せば叱り、テストの成績が良ければ褒め、ぼくの生い立ちをクサす奴がいた時はそいつの家に怒鳴りこみ、帰ってきてから自分たちの力が足りなかったと本気で頭をさげた。

だもんだから、叱られたり向こうの機嫌が悪い時にムッとしたことはあるものの、長続きしたことはない。むしろ、小学生の頃のように素直に甘えられなくなってゆく自分に気づくのが寂しく感じられたほどだった。正直いって、かれらの死を真正面から受け入れることができているかどうかいまだに自信がない。

じゃあ、どうしたらいいんだ？

……そうだ、フェンリルのことをおもえばいいじゃないか。

「なに無視してんのよ！」

理恵の演説は続いていた。脳のちくちくはさらに強まっている。彼女の言葉は無人の体育館で叫んでいるように頭のなかで反響しつづけていた。

たとえようもなく惨めな気分だった。いま、菊池理恵という存在が象徴しているくだらなさにげんなりしながらも、なにかをいいかえす気にもなれない。面倒くさい、とか、関係ねーよ、というわけではない。同じ部屋にいながら、菊池理恵と自分の立っている場所が地球と海王《かいおう》星《せい》以上に離れている事実がぼくをフリーズさせていたのだ。

さすがにまずいとおもったのだろう、みさきが口を開いた。

「会長、もうわかったから。あとはわたしからいって書かせる」

理恵は疑わしげにみさきを見つめた。他人を見下す態度は、なによりもそういう態度を示した本人の性根をはっきりさせてくれるなとぼくはおもった。今度から気をつけることにしよう。

「責任はとってもらうわよ」理恵はいった。そしてぼくに捨てぜりふのような言葉を吐きつけた。

「まったく、信じられないわ！　そんな無責任なことで、どうしていままで生きてこられたの？」

脳のちくちくはますますひどくなった。もしかして、なにか悪い病気にでも罹《かか》ったんじゃないだろうか。

生徒会室からは解放されたものの、ぼくの苦難はまだまだ続いていた。みさきが放してくれなかったからである。

内容はいちいち並べる必要もない。いくらか表現は違うが、菊池理恵とほとんど同じだ。無責任、自分勝手、他人をバカにしている、いい加減……まあともかく、大《おお》雑把《ざっぱ》にまとめてしまえばみんな同じ意味の言葉である。日本語は偉大だ。いやまあ、戦国時代に頼んでもいないのに日本へやってきたカソリックの宣教師のだれかは、日本語は悪魔の言葉だといったそうだけれど。

それでもさっきよりはずいぶんとマシだった。ぼくが作文を書かないことについて、みさきの責任にもされてしまったからである。いまやそれはぼくだけでなく彼女の問題にもなっている。だから、ただ怒鳴るだけではなく、どうやって書かせたらよいかも考えているようなのだ。脂ぎった爺ぃやどこからどう見ても詐欺師《さぎし》としかおもえないオッサンが偉大な指導者ということになっている新興宗教の勧誘みたいではあるけれど、ゲシュタポの拷問室や共産党の自己批判大会でも立派にやっていけそうな菊池理恵よりはよほど人間らしかった。なによりみさきも菊池理恵を嫌っているらしいことがぼくの気分を明るくしてくれた。別にいいだろう？　たとえ好き好き大好きという関係になれないとしても、勇気というなにものにも変えがたいものを心に宿した美少女には好意ぐらい持っていたい。

疲れてしまったのだろう、ぼくを捕まえていた廊下の角でみさきは溜息をつき、あらためてたずねてきた。

「……どうして、書かないの」

やっぱり美人だ。もうすこし可愛げが……たとえば、優しみのある態度で接してくれるならば、彼女の人気はぼくの中でウナギのぼりになるだろう。

「よくわからない」ぼくは正直にこたえた。

「好き嫌いで書かないのは」

「好き嫌いじゃないよ」ぼくはいった。「本当に、わからないんだ。どうして追悼文集なんてものを作らなければならないのか。そんなことをして、だれか喜ぶのか」

「喜ぶ、なんて……遊びじゃないのよ」

「そうかな」ぼくはうつむいた。「遊びだよ。助かった奴が助からなかった奴のことを書くんだよ？　それはつまり、自分は運がよかった、それだけじゃないか。遺族が目にして嬉しくなるとはおもえない。自己満足だよ。それにぼくは——あの場にいた」

話しすぎたような気がした。が、みさきの態度にはぼくをそうさせてしまうところがあった。どうしてだろう？

すぐに気づいた。

「君もあそこにいたじゃないか。むしろぼくのほうが教えてもらいたい――どうして君は書けるんだ？」

みさきは唇を尖らせ、ぼくを睨《にら》んだ。怒っているわけではなかった。はじめてその事実に気づいたような顔をしていた。

「カウンセラーの先生に、書けと勧められたからよ。いつまでも抱えていると良くないからって」

「見たままを書いたのか」

みさきの表情が冷えた。「どういう意味……」

「たとえば現代社会の鈴木《すずき》先生は生徒の陰に隠れようとして撃ち殺されたとか、レイプされているうちに自分から腰振っていた女子がいた、とか。救出してくれた連中だって変だよ。女ばかりの特殊部隊だなんて、聞いたこともない」

みさきの表情は目に見えて険《けわ》しくなった。

「そんなこと、書くわけないでしょ」

「どうして」

「亡くなった人に悪いわ――生きている人にも」

「それが良くわからない」ぼくは首をふった。子猫を苛《いじ》めているような気分だった。「わざわざ嘘を書いて、なんの意味があるんだ」

「だってどうしようもないじゃないの！」とうとうみさきは爆発した。目尻に涙が盛りあがっていた。

「そんなことを書いたって、だれも幸せにならないんだから！」

「少なくとも君の気分はすっきりする」

みさきはぼくを睨みつけた。自分が、その場の勢いでできた子供だと両親から教えられたような心境らしかった。

「最低だわ、あなた」彼女はいった。「あの時はもうすこし勇気のある人かとおもったのに――」

血圧が急激に上下し、どっと寒気が襲いかかってきた。もちろん心悸症状というやつだ。彼女の言葉が原因だった。

「あの時？　いつの話だ」

「ホールで、よ。ホテルの」みさきはいった。「あの時、あなたは突入してきた警察の人を助けたじゃないの。テロリストの落とした拳銃を使って」

驚いた、なんてものじゃない。

すっかりだまされていたわけだ。

見られていた。見られていたのだ。少なくとも、彼女には。

　自分がバカになったような気がした。いや、バカだったのだ。疑問の余地なく。

　ぼくは笑いだした。楽しくなったわけではもちろんなかった。なにかそれっぽいことを――生きている意味だのなんだのと考えたあとで、自分が間抜けだとおもいしらされるのは痛みに近いような快感だったのである。ぼくはマゾなのかもしれない。畜生。

「ねえ、どうしたの」唐突に、そう、まったく唐突にみさきは怯えをあらわにしていた。不思議だとはおもわなかった。彼女にとってぼくは、ただの高校生ではないのだ。

「だとするとなおさらだね」笑いをおさめてぼくはいった。妙な話だけれど、彼女がフェンリルたちのことを現地警察の特別襲撃隊《SWAT》かなにかと間違えたことに安堵感を覚えていた。

「あんなことを追悼文集に書けるとでも？」

「わたしは見たことすべてを書いたわけじゃない。あなたも同じようにできるはずだわ」

「だからさ」ぼくはいった。焦れた声になっていた。「その意味だよ」

　みさきは黙りこみ、何度か舌先で唇を湿らせた。そして小さな声でいった。

「生きていかなければならないから。とりあえずは、高校生として」

　その言葉の意味を理解できるまで数秒が必要だった。ようやく自分なりの認識として翻訳できた時には、真嶋みさきに抱くイメージに備えられていたロケット・ブースターが力強く炎を吐きだしていた。

「君のほうが大人だったわけだ」ぼくはうなずいた。頬が熱くなっていた。自分の子供っぽさを知るのはいつだって恥ずかしい。

「確かに、生きていかなければならない。卒業して、大学に入って。たぶん就職することになって」そうだ。そうなのだ。テロリストを射殺したことに生きてゆく足場を置くわけにはいかないのだ。まあ、警察や海上保安庁や自衛隊にある特殊部隊にでも入ったら違うのかもしれないが、とてもぼくのような人間が入隊できるとはおもえない。繰り返しになるが、ぼくは大抵の事柄について平均の人なのである。

「なら書きなさいよ」みさきはいった。済まなそうだった。「そのほうがいい」

「ごめん」ぼくは首をふった。「無理だ。無理だよ」

「忘れられないの」

「整理できないんだ、まだ」ウソではなかった。ただし、整理できないのはテロリストを射殺したことそのものではない。

はっきりいおう。ぼくはあの殺人についてなんの後悔も抱いていない。本当である。必要だからそうした、という程度の気分しか持っていないのだ。なにしろフェンリルを救えたのだから、心の中でのケリはあっさりとついている。後になって自分があういう場所でのもっとも基本的な認識、死んだり大怪我をしたりする可能性が自分自身にもあったのだということをすっぱりと無視していた事実に気づいていまさらながらの恐ろしさを覚えはしたが、人を殺した恐ろしさや罪悪感で夜も寝られない、ということだけはない。

ぼくを迷わせているのは——。

『どうしてぼくにあんなことが？』

という疑問である。あれほど混乱をきわめていた中で、奇妙なほどクールな気分でトリガーを絞り、生まれて初めての射撃で見事に命中させた。たしか、拳銃《ハンドガン》というのは当てるのが難しい武器だったはずである。

そうなんだ。

ぼくが不安を抱いているのは他ならぬ自分自身に対してなのだ。

「いっそうちの部に入ったら」みさきはいった。彼女が女子射撃部で一番の名手であることをおもいだした。あの出来事について冷静に理解しようと努めているのはその影響かもしれない。

「ありがたいけどだめだよ。所詮は体育会系だろ。人間関係に耐えられそうもない。一五歳を過ぎた人間が先輩だの後輩だの……考えるだけで気分が悪くなってくる。一日中好きなように撃ってられるなら違うかもしれないけれど」

「DNAの最後の一つながりまで文系ね」みさきは溜息をついた。

「ともかく、ありがとう」ぼくはいった。

本気だった。クラスで目立つ存在ではないこのぼくにそこまで気を使ってくれたことが本当にありがたかった。あのときフェンリルだけではなく彼女も助けることができればもっといい気分になれていただろう。

ひとつ大事なことに気づいた。みさきは殺された井川詩織ほどサービス精神に満ちた態度をとるわけではないが、ぼくのことを蔑むように見たことはない。怒鳴っている時も普段のままだ。ただ怒っているだけなのだ。それもやはり勇気の一種だろう。

「あの時の黒江、すごかったから」それだけいってみさきは顔をそむけた。頬が紅《あか》く染まっていた。そのままの姿勢で彼女はいった。

「いいわ、書かなくて。わたしが代わりに書くから。適当なことを。それでいいでしょ。黒江は……なにか他のことで整理をつけたらいい。自分の得意なことに打ちこむとかして。期末試験なんかちょうどいいかもね」

じゃあねともいわずに彼女は去っていた。小走りで遠ざかってゆく制服の後ろ姿を見つめながら、ぼくは下唇を噛んでいた。

得意なこと。それが見つからないから……。

いや、ある。

みさきと話しているあいだは治まっていた脳のちくちくがまたはじまった。心臓の鼓動が強く感じ取られた。寒気がよみがえっていた。

が、意識と脳は溶岩の中に放りこまれたようだった。

このところ後ろ向きなことばかり考えていた本当の理由がようやくわかった。

なんの取り柄もないはずのこのぼくには、ただ一つだけ得意なことがあったのだ。


バーン!

3

その夜、明日に期末試験を控えながらも色々な意味でたまらなくなってしまったのは自分の得意なことに気づいてしまったからだとおもう。

バーン!

もういいか。つまりは人殺しだ。冗談じゃない。

いや、ぼくだって暴力の快感は知っている。時たま、説明のつけられないものが腹の中で渦巻き、なにもかも叩き壊したくなって七転八倒することすらある。嫌いな奴、ぼくをバカにした奴ならば頭のなかで数えきれないほど殺してきた。ぼくのことを相手にしなかった女の子たちはもちろん——ああ、レイプした。頭の中で。エロ小説に登場する男たちのように痛めつけ、隷属《れいぞく》させ、最後は自分から尻を掲げさせた。

ぼくは異常だろうか。

あっさり自己完結するならば、そうとはおもわない。絶対に。絶対に。

毎日に楽しさを見つけられない者であればだれもが抱えているなにかがあるだろうし、とても口にはできないような妄想を膨らませ、消費してしまうことで気分を落ち着けることがあるだろう。好きな女の子がいれば彼女にキスをし、挿入したいと妄想する。その子に手が届きそうにないほど妄想の度合いは激しくなる。だれでも同じだ。もし俺は違う、などという奴がいたら……そいつはただの嘘つきか根性なしかクソったれのエエ格好しいか異常者だ。

そうだ。時にファンタジーはリアルに対する最強の武器になるのだ。

といっても、だらだらとネットゲームとかで遊ぶのとは少し違うとおもう。いや、ファンタジーをもてあそぶという意味では同じかもしれないけれど、目的……いや、質が異なっている。たとえば妄想をもてあそぶことが待ち遠しくてしかたがなくなることはないし、リアルよりも妄想が上位に立つこともない。一七歳ともなればそうでは済まないことを理解するしかなくなっているのだ。妄想は、リアルが押しつけてくる辛さを頭の中だけでも叩き壊し、明日からのリアルとの戦いに望む準備を整えるための攻撃型兵器なのだ。ネットゲームのような防御兵器ではない。少なくともぼくにとっては。

が、ぼくはテロリストをぶち殺してしまった。自分の生きるリアルのなかで。自分がしたわけではないものの、レイプとその結末を直接目にした。自分の生きるリアルのなかで。つまり――ファンタジーがリアルに押し寄せてきたのである。それに、フェンリル。畜生。頭の中だけの存在だとするならば、あれほどファンタジーそのものの存在があるだろうか？　妄想するのも恥ずかしくなるほどの完璧さだ。しかし彼女は実在する。実在しているのだ。

そのファンタジーを超えたリアルが、ぼくのファースト・キスの相手だ。

日本に戻ってきてしばらくの間は唐突な吐き気に見舞われることがあった。病気でも胃が弱っているわけでもないのにこみあげてくるのである。おそらくＰＴＳＤという奴なのだろう。ただの被害者ならば不眠症とか神経質な反応とかになるのだとおもうが、ぼくは被害者であると同時に加害者でもある。だからこその吐き気なのだ。

ＰＴＳＤというのは医学的にみるとアヤシイところがある考え方らしいけれど、少なくともぼくの精神はどこかでバランスをとることを求めていたらしい（もちろん、こんなことはカウンセラーには話していない。殴られて気絶していたことになっているからだ）。当たり前だ。ぼくは一応のところこの地球の高等生物に属しているのだ。人殺しの理由について『理解』はできても『納得』はできない。

だから、夜になると部屋を抜けだすことが多くなった。目的があるわけではない。ともかくもうぶらぶらするのだ。だれもいない場所にいって寝ころがったり、ぶつぶつと独り言《ひとごと》をつぶやいたりする。それだけ。本当にそれだけだ。我ながらバカバカしいとはおもうものの、やめられない。

真嶋みさきのおかげで切り抜けられはしたが、菊池理恵のような奴と顔をあわせたのはぼくにとって最悪の出来事だった。考えるだけで汚《けが》らわしい気がして最初のうちは我慢したものの、そのうち頭の中で何度もトリガーを絞るようになっていた。次はもちろんアレ、彼女を裸に剝《む》いてレイプ。レイプ。レイプ。

もちろんペニスはすぐにカチカチになった。そしてそれが悔しくなった。専用の光回線からユニットバスまで備えられている寄宿舎の部屋が牢獄のように感じられ、いてもたってもいられなくなり――非常階段を使って外にでた。午前二時を過ぎていたとおもう。試験前だというのに窓に灯《あかり》はない。未来の決まっている坊ちゃん嬢ちゃんにとって定期試験とは一夜漬に値しないものなのだ。

といっても校外へでられるわけではない。学校の周囲は高いフェンスで囲われており、閉じられている正門と裏門は三メートル以上はある。校内をぶらぶらするしかない。

もう初夏だけれど、夜気は意外に冷たい。空は晴れあがり、天の川まではっきり見て取れる。くそっ、天文部にでも入っておけばよかったのだろうか。

ぶらぶらと歩き続けた。

あれこれ考えているうちに身体が熱くなっていた。いつもそうなのだが、今夜はひとしおだった。

――普段との違いに気づいたのはほんの偶然だった。

その時ぼくは校内に設けられている遊歩道（左右に銀杏《いちょう》だの植込みだのがある）を歩いていたのだが……。

正門が開いていた。

ぴくりとし、背筋が寒くなった。別にぶらぶらとしている以外になにをしているわけでもないのだが、学校での立場が立場である。教師にしろ職員にしろ姿を見られるのはまずい。素行でマイナス点を喰らうのはまずい。

とはいいつつ、ぼくは歩みをとめなかった。面倒で、いくらか恐ろしくもあったけれど、遊歩道の樹木に隠れながら正門へ近づいた。どうしてかって？

たぶん、変化を求めていたのだとおもう。こんな時間に正門が開いているのは紛れもなく変化だ。そしてぼくは、どんな変化でも歓迎したい気分だった。そうだからこそ、こんな時間にほっつき歩いていたのである。

しばらく進むと人の姿が見分けられた。二人だ。ぼくはさらに足音をひそめ、さらに近づいた。

話し声が聞こえた。若い男の声だ。

「……贅沢なもんだな」

別の声がたずねた。「なにがだ」

「学校だよ、学校。坊ちゃん嬢ちゃんばかり集めてこんな場所に押しこめて……いったいなにをしてやがるんだか」

照明は落とされているためかれらの姿は影絵のようにしか見えなかった。

ぼくは反射的に目を細めた。

暗いはずの世界が微かに明るくなった。男たちの姿が、影絵から、色のあるものに変わった。いつからこんなに目がよくなったのだろうとおもった。ぼくの裸眼視力は左右とも一・五で、眼鏡こそ必要ないものの、特に視力がいい、というわけでもない。夜目が利くという感じでもなかった。実際さきほどまでは探《さぐ》るように歩いていたのだ。

どうしてだろう、とはおもわなかった。ともかくいまは見えるという事実だけが重要だ。

一人はノーネクタイの安っぽいスーツ姿で、もう一人はボマージャケットにジーンズだった。正門からすぐの場所に建てられている管理棟の前に停められたメタリックシルバーのＢＭＷ二台に乗ってきたらしい。どうにもこうにもヤクザっぽい。というか、それ以外に考えられない。いったい学校に何の用事があるのだろう。

男たちは高伸のことをクサし続けた。くだらない妬《ねた》みだといえばそれまでだが、かれらの意見におもわずうなずいてしまいたくもなった。ぼくもこの名門校の、名門であろうとするための形式主義や偽善には呆れているのだ。ま、そのおかげでぼくは入学できたわけだけれど。

とまあ、身を隠しながらヤクザのダベりに頷いてしまった時——気になる言葉を耳が拾いあげた。

「……それにしてもオヤジは凄いな。こんな場所で取引なんて、だれもおもいつきやしない。海で受け取ってここに……」

その時、管理棟の玄関が左右に開き、光が漏れた。

現れたのはアルマーニのスーツを着た体格の良い男と、オーダーメイドのスーツを着たスタイルのいい女だ。背後に、何人もの男たちを従えている。いかにもヤクザ、というスタイルの男たちはそろってスーツケースを手にしていた。

「では……確かに」アルマーニの男がいった。さっきまで話していた連中とは声の響きが違う。ヤクザはヤクザでも、幹部クラスだろう。

「ええ。来週は……新しい荷が入るはずだったわね？」女がたずねた。BMWの車内灯で浮かび上がった横顔を目にしてぼくは唖然とした。島田香澄《しまだかすみ》。学校の副理事長だったからだ。

「木曜日。いつもどおりの手順で。ただし近頃にない大きな取引で、予定は絶対に変更できません。準備の方をよろしく」

「わかりました」

うなずいた島田香澄は男が煙草を取りだしたのを見て声をきつくした。

「ここで吸うのはやめてください。仮にも、学校ですから。校内では職員でも禁煙にしています」

「いや……失礼」

苦笑いした男が歩いてゆくとダベっていたチンピラどもがあわててドアをあけた。スーツケースはトランクに積みこまれる。

いったい、なにを——とわずかに身を乗りだしかけた時、知らぬ間に右手で握りしめていた枝が音を立てて折れた。

全員が凍りついたような顔になり、こちらを見た。

「だれかいる。確かめろ。銃は使うな」アルマーニの男が命じた。

四人の男たちが走りだした。右手を懐《ふところ》に差し入れている。引き抜いた手には短刀《ドス》が握られていた。

どうしたらいい——考える間もなかった。

「そこだ！」

「てめぇ、どこの者だ！」

ぼくは四人の男たちに取り囲まれていた。顔を見られないよう、反射的に顔を俯けていた。

星明りの下《もと》でぼくの姿を確かめた連中の顔に気の抜けた表情が浮かんだ。

「おまえ……ガキか」

「ど、どうします」短刀を握ったボマージャケットの男がつっかえながらいった。青白い肌につりあがった目の持ち主で、いかにもムチャなチンピラ、という風情だ。

「まあ待て」兄貴分らしい黒ずくめの男が制止した。ぼくに蛇のような目を向ける。

「おい、坊主、顔をあげろ」

ぼくは従わなかった。こちらの顔を見せることの問題より、相手の顔を見ないためだった。顔を見たら——殺されることになる。ともかく、この暗さでは俯けば顔を見分けることなどできない。

「顔をあげろって……いったんだよ!」

いい終えるなり、男は拳を突きだした。ぼくの腹に猛烈な衝撃がはしった。

ぼくはくの字に身体を折ってうずくまった。痛みで声もあげられない。

殴ってきた男の声が聞こえた。

「痛めつけろ」

男たちは短刀をしまうとぼくに殺到した。先の尖ったブーツで肩を蹴飛ばされる。身体が簡単に引っくり返り、星空が見えた。が、すぐに顔を隠す。

新たな痛みが腰に炸裂した。身体をよじると、すぐにまた腹を蹴られる。

「けっ、いきがんじゃねぇよ、この甘ったれたぼんぼんが!」ボマージャケットのチンピラがぼくの股間を蹴りあげた。

股間に信じられないほどの痛みが生じ、意識がばらばらになった。睾丸《こうがん》が潰されたのか——ぼくは恐怖と痛みの中で身悶えた。父さん、母さん、とつぶやいた。もちろん意味のない呟きであることはわかっていた。

「父さん母さんだってよぉ!」チンピラはあざ笑い、またぼくの股間を蹴った。

畜生。どうしてこんなことに。痛い。痛い。体中が痛い。変化。変化。変化を求めて。これがその結果。父さんと母さんは助けてくれない。もう死んでしまったから。フェンリルが助けてくれるわけでもない。ぼくは一人。一人。一人きりなのだ。

畜生。死にたくない。死にたくない。死にたくない。たとえ意味のない人生だといっても、どうせ死ぬのであれば自分の都合で死にたい。

こんな奴らに殺されたくない。

　脳がちくちくしていた。目の奥も熱かった。骨の髄《ずい》から奇妙なむずがゆさが生じ、内臓も生き物のようにうねっている感じだった。心臓の鼓動が早くなっている。潰されたはずの睾丸が異様な熱を発していた。ペニスの付け根に切なさが生じている。肺が、焼けただれたように熱くなっていた。

　蹴られる合間を見計らって息を吸いこんだ。

　湿った土の匂いがする空気が流れこみ――肺が踊った。異様な心地良さが全身を包んだ。体中の痛みや不快感が蒸発するように消え去ってゆく。細胞ひとつひとつが歓喜のわななきをあげ、体中の筋肉や器官が踊りだした。

　脳の中でぐるぐると熱感が渦巻いている。渦巻き、渦巻き――爆発し、消え去った。

　ぼくの目に、自分に向けて蹴りだされた革靴の先が見えた。そして……その動きが読めた。

ひどく冷静な気分でぼくは右腕を伸ばした。そうだ。テロリストを射殺した時のように。

　気づけば蹴りだされた足首を掴んでいた。そのまま勢いをつけてねじる。乾いたイヤな音がし、悲鳴があがった。

　両脚に力をこめてたちあがった。まっすぐに、ではない。右足で地面を蹴り、黒ずくめの男の腹へ拳を打ちこんだ。ぼくの拳は手首のあたりまでめりこんだ。男は絶叫をあげた。

　身体を左にひねり、こちらへ駆けよっていた奴の顔に肘を打ちこむ。鼻の軟骨を潰された男は女のような悲鳴をあげてうずくまる。

　残ったのは、呆気にとられてぼくを見ているボマージャケットのチンピラだ。

「て、てめえっ」チンピラはぶるぶる震える手で短刀を抜きだした。刃《やいば》が冷たく星明りを反射している。

　胃がぎゅっと縮んだ。もちろん股《また》の間も。

「ぶっ殺してやる！」チンピラは汚らしくわめきながら突っこんできた。

　ぼくの筋肉は信じられないほどの勢いで反応した。すっと身体を左へ横滑りさせ、チンピラをやり過ごす。いや、それだけではない。右足を奴の足首にひっかけていた。

　チンピラは地べたに倒れた。無様に身悶えている。腹に、自分の短刀が刺さっていた。転んだ拍子にそうなってしまったのだ。

「腹……腹……死ぬ、死ぬ、医者、医者ぁ」

チンピラは毛虫のように悶えながらわめいた。

ＢＭＷの方から声が聞こえた。

「お前ら、一体なにしてやがる！」

ＢＭＷに残っていた連中がこちらへやってくる。ズボンの腰から拳銃を抜いていた。

ここまでだ。

ぼくは駆けだした。遊歩道から外れ、木々の間を走る。頬に当たる夜気が心地よかった。

走りながら考えた。

学校で、なにが行なわれているのだろう？

ぼくの身体に生じたあれはなんなのだろう？

そしてぼくは、どうしてあんなことができたのだろう？

突然、神経をささくれだたせる音が響いた。

火災報知機だ。

樹の陰に身を隠す。ぼくの後を追ってきたヤクザたちが立ち止まり、引き返したのがわかった。車へ駆け込み、急発進させる。副理事長らしい人影が大慌てで管理棟へ戻っていった。

警報が鳴りやんだ。副理事長が本当の火災かどうかを確かめ、警報を停めたのだろう。

寄宿棟や職員棟から人影が一斉に飛びだしてくる。ぼくは騒然としたその人込みにまぎれこんだ。

副理事長の声で全校放送が響いた。

『いまの警報は機械の故障です。安心して部屋にもどってください』

だれもがぶつくさいっていた。そりゃそうだ。もっとも、ぼくの注意はあらたな疑問に向けられていた。

――いったいだれが警報を作動させたのだ？

4

部屋へ歩きながら考えた。

顔を隠していたから、おそらくぼくの身許はばれていない。当面の危険はないだろう。この学校で何かが行なわれており、それに副理事長が絡んでいることについては……後でゆっくりと考えよう。

いや……正直いって、そんな気分ではなかったということもある。ヤクザと副理事長がどうの、というより自分の身体が気になってしかたがなかったのだ。

部屋へ戻ると照明を点けないまま服を脱ぎ捨てた。バスルームへ入り、扉を閉じてからようやくそこの明かりだけを点ける。

洗面台の鏡に裸の自分が写った。

しげしげと確かめるが……どこにも傷はない。恐る恐る両脚の間にある袋にも手を伸ばしたが、これといった変化はなかった。それどころか、多少は持ち重りがするほどだった。

傷を負わずに済んだとわかると、座りこみたくなるほどの安堵感が押し寄せてきた。そうならずにいられたのは、唐突にトイレを使いたくなったからである。前と後ろ、両方だ。

あわてて便器に座り、緊張を緩《ゆる》める。

勢い良く中身が飛びだした。血が混じっていないかどうか確かめるために見下ろしたが――両方とも問題はない。あとはゆったりと排泄《はいせつ》の快感に身をゆだねることにした。

……一時間後。ぼくはまだ便器から離れられないでいた。

すでに一〇回は水を流している。

それでもまだとまらない。前の方は二〇分ほどで勢いを弱めたが、まだちょぼちょぼと滴《したた》っている。後ろの方は元気一杯だ。力を入れるたびにぐいぐいと吐きだし続けている。

あまり長時間そうしていると痛くなってくるものだが、いまのところそれはない。それよりも問題なのは匂いだった。鼻が曲がりそうに臭い。それもあって、何度も水を流している。

臭さの原因はそれだけでないこともわかっていた。

腰に力を入れ続けているせいもあって、ぼくの身体は汗まみれだ。

その汗がイヤな臭いを発しているのである。はやくシャワーで洗い流したいが、後ろが終わらないのでは動きがとれない……。

自分の臭いで気絶しそうになったころ、ようやく便意が失せた。最後に、なにか柔らかいものがぬるりと押しだされ、すべてが終わったのである。臭いとはまた別の意味で気を遠くさせてくれる爽快感が身体の中からひろがってきた。生まれてはじめて知る心地よさだった。

正直いって便器の中をのぞきこみたかった。おそろしくはあったものの、自分がなにを体内から捨て去ったのか知りたかったのだ。

困ったことに異臭の一因は便器の中身でもある。ほんの少し迷ったあとでのぞかずに水を流し、ウォシュレットを使うとすぐに立ち上がり、換気扇のスイッチを入れた。カランをひねり、シャワーを浴びる。

ぼんやりと立ちながら汗の流されてゆく心地よさに包まれた。これまたはじめて知る心地よさだ。満足の呻きが抑えられなかった。なんでこんなに気持ちよいのだろうと身体を見下ろした。

血の気がひいた。

肌がまだらになっていた。

指先でこすってみる。

簡単に表面がめくれた。

まさか皮膚が……と青ざめたところで、はっと気づいた。皮膚は皮膚でも、角質化した皮膚……つまり垢《あか》だったのだ。

汗を大量にかいて垢が浮いたのか……ともかく清潔になるため、タオルをつかってそれを洗い落とそうとして、そうするまでもないことがわかった。お湯が当たるだけで流れ落ちてゆくのだ。

洗い落とされた後の心地よさがたまらず、ぼんやりとしていると……排水口に黒いものがたまっているのが見えた。

毛だ。毛でいっぱいになっている。

湯毛で曇った鏡を拭い、確かめた。

「ひっ、いっ……」

かろうじて悲鳴を殺せたのは、奇跡のようなものだった。

頭髪、眉毛、睫毛《まつげ》……湯にあらわれてどんどん抜け落ちている。くい止めようと手で触れると、またずるりと抜け落ちた。鼻がむず痒いので擤《か》むと鼻毛の山だった。腋がじゃりじゃりするので確かめると、腋毛《わきげ》がすべて抜け落ちていた。股間も——小学生と同じ状態に戻ってしまった。

呆然と抜け落ちてゆく毛を見つめていた。体毛という体毛が抜けている。耳の中が痒いのは、そこでも同じことが起こっているからだろう。

なにをどう考えたらよいのかわからなくなったぼくはそのままただ座りこみ、湯を浴び続けた。時たま、排水口にたまった体毛を洗面器に放りこんで流れを良くするのがせいぜいだ。

手足の指先がむず痒いので確かめると……爪が異様に伸びていた。ほとんど魔法使いのおばあさん状態である。

もはや驚く気分にもなれないぼくは爪を掌に押し当て

てみた。

伸びた爪は、新しく生えた部分と材質が違うように、ぽろりと取れた。

口の中もむずむずするので舌先で探る。じつのところ、ぼくは歯が一本ない。養父母が亡くなった時にちょうど抜歯を済ませたばかりで、その後、なんとなく歯医者へ行かずに済ませてしまったからである。

舌先は、その歯がない部分の歯茎に、なにか硬いものが顔をだしていることを教えた。もちろん乳歯が残っていたはずもない。

もうダメだ。なにがなんだかわからない。

ぼくの身体はどうなってしまったのだ？

わからない。さっぱりわからない。

痺れたような気分のまま、空のバスタブに座りこむ。

カランを切り換え、蛇口から湯を流しこんだ。

湯がだんだんとたまってくる様子を眺めているうちに、股間が疼《うず》きはじめた。

出たのは溜息だけだ。正直、もうどうにでもしてくれ、という気分だった。

体表からなにもかもが落ちてしまったおかげで灼熱《しゃくねつ》したような見かけになっているペニスにそっと触れてみる。

突きあげるようなものが脳で爆発した。うあっ、と声をあげた。張り裂けそうなほどに勃起《ぼっき》したそれに電流のようなものが走り、たちまち射精していた。

そのまま握りしめる。すぐにまた射精してしまう。

もう恐ろしいとはおもわなかった。いや、恐ろしさに耐えるために、そこへ意識を集中した。なにしろいままで味わったことがないほど心地よかったのだ。

すぐに、刺激などする必要のないことがわかった。手を放しても勝手に射精してしまうのだ。

ぼくは連続した快感に身悶えながら、自分はどうなるのだろうと考え続けた……。

5

で、どうなったかといえば……。

どうにもならなかった。ぼくはなにごともなかったかのごとく期末試験に取り組んでいる。

結局バスタブの中で意識を失ってしまったのだが、起床のチャイムに目覚めてみると……あらら。

鏡の中には、いつものぼくがいた。

抜け落ちたはずの頭髪はすべて生え揃っている。

ただし、あの異変が幻想ではないということは、洗面器の中に積み上げられた大量の体毛が教えていた。だいたい、腋毛や陰毛は再生していないのである。毎朝剃《そ》る必要があった髭も消えている。

大慌てでバスルームを片づけると、またシャワーを使う必要があった。汗をかいたからではない——それどころか、汗はほとんどでなかった。

昨夜、意識を失うほど爆発を繰り返したにも拘らず、ぼくのつやつやとしたそこは、腹を叩くほど存在を主張していたからである。というワケで、浴びたのは冷水、もちろん。


まあなんとか普通の生活はできるらしい、と安心して部屋をでた。学食で三人前ほど朝食を食べたあと、教室へ向かった。

いや、何か変だな、とは感じていた。

周囲の眼が気になるのだ。なんということなしに行き違う連中が、微かな驚きを示すのである。

最初に湧いた不安は、まさかあのヤクザとの騒ぎが知られているからじゃないだろうな、ということだった。が、勘違いだったようだ。かれらの驚きは、なんというか……好意的なものだったのである。女子の中には、ぼくと視線があうと顔を紅らめた子もいる。

ようやく安心できたのは、管理棟へ行った時である。ちょうど日直で、クラス日誌を受け取る必要があったからだが、その時、あの副理事長の島田香澄と行き違ったのである。

明らかにぼくが視界に入っていたはずだが、副理事長はこちらを見ようともしなかった。おもいつめた顔で歩いてゆくだけだったのである。あのヤクザたちは当然、犯人を知りたがっているはずで、それが生徒であることはわかっているのだから——副理事長は男子生徒の顔写真すべてをネットかなにかで渡したはずである。大して生徒の数は多くないから、ヤクザの方から、確認に時間はかからない。確認できたなら、こいつだという返事もあったはずだ。ぼくを目にしたなら、なにか反応があって当然のはずである。

それなのに、なにもなかったということは……わからなかったのだ。いまのところぼくの立場は、何人もいる容疑者の一人、というにすぎない。

こうして、ようやく気楽な気分になることができたのだった。といっても、解答欄を機械的に埋めながら試験時間中に考えていたのは、自分に何が起きたのか、そして、学校でなにが起こっているのか、それだけだったけれども。

「ちょっと、いい？」

真嶋みさきが話しかけてきたのは昼休みだった。教室は閑散としていた。試験期間中、午後は自習時間にあてられるからである。

「文集のことか」

「それもあるけど」そこまでいって、彼女は髪をかきあげ、頭を軽くそらせた。ふっと甘い香りがした。

「いいけど、腹が空いているから」ぼくはその香りを楽しみながらこたえた。

「学食だとちょっとうるさいから……購買にいって、外にしない？」

高伸の購買部はちょっとしたスーパー並の品揃えを誇る。商品は壁の金属製ケースに並べられており、学生用のIDチップカードを使うことで取りだせるようになっている無人営業方式だ。消費した金額はコンピューターに記録され、即座に口座に対して請求されるのだ。

昼飯を買うと、遊歩道に沿って設けられているベンチの一つに並んで座った。

みさきはぼくの買いこんだ量に呆れている。

「ほんとうに……食べるの、そんなに？」

「ああ」ぶっきらぼうに答えるなり、ぼくは食べ始めた。海苔弁当二つにオニギリ六つ、栄養ドリンクに栄養飲料のペットボトルという陣容である。人によっては一日分だが、これだけあっても足りるかどうか自信がなかった。しかし、予算の限界があるのでこれで我慢しなければならない。ぼくが自由に使うことができるのは学校から特待生に給付される月一〇万円だけなのだ。両親の遺産は、将来のために手をつけないことにしている。

「……」

一〇分後、みさきは目を丸くしていた。周囲からは鳥のさえずりが聞こえているほか、注意を惹くようなものはない。気温も木陰ならばいい感じだった。人の姿がないのがなおさらいい。今日は外で食べている奴は少ないらしい。そりゃそうだろう。試験期間なのだ。

「凄い……のね」みさきは小さな灰色の宇宙人から握手を求められたリアリストのような顔を浮かべていた。

「最近やたらと腹が減るようになって」ぼくは教えた。

「病気じゃないの」みさきはぼくの顔をのぞきこんだ。

「いや、体調は凄くいいんだ」昨夜なにがあったかをちらりと考えながらぼくはこたえた。みさきのほとんど手をつけていない弁当を見る。

「食べないのか？」

「黒江を見ているだけでお腹がいっぱいになって……」

胃がくいくいとうねった。

「食べないなら、くれよ」

「え、あ、いいけど……」

みさきの食べかけもたちまち片づける。ようやく腹が落ち着いた。うん、これからは四人前にしよう。

気づけば、彼女はぼんやりとぼくを見ている。

「……で？」ぼくはたずねた。

「あ、え、あ、そう」

奇妙なほど取り乱したみさきは脇においてあったファイル・ホルダーからプリントアウトを取りだした。

「昨夜、書いたから……目をとおしてみて」

さっと目をとおした。ゴシック体で印字された文字の羅列である。

「……文章うまいな」ぼくはいった。おだてたわけではない。本当に上手だった。悲惨な事件に出くわしたぼくが、死んでしまった者たちを悼みながら心の傷に向き合って生きてゆく決意を述べた内容になっている。ちょっと感動的ですらあった。すべてがウソであることをのぞけば、だけれど。

「試験準備の邪魔したな」ぼくはいった。「済まなかった。でも、正直助かった。ありがとう」

「よかった」みさきは微笑んだ。試験については一言もいわない。優等生なので頑張《がんば》る必要がないのだ。

「じゃ、これで生徒会にはだしておくけど……あの……」

「なに？」

「なんでもない、いいの」みさきはうつむいた。上目づかいでちらっとぼくを見る。「あのさ、黒江」

「ああ」

「なにか、あった？」

心臓が大きく振幅し、背筋が冷たくなった。

「なにかって？」

「あの……変な意味じゃないんだけど、違うから……いままでと」

「違う？」

「言葉では説明しにくいけれど」ようやく顔をあげてみさきはいった。「なんとなく、違うの。別の人みたい」

「どうかな」自分の顔を撫でた。つるつるしている。冗談めかしていった。「昨夜、長風呂したからかな」

「そういえば昨夜……どうしてた？」

「火災報知機が鳴った時？」

「うん」

鼓動がまた強まった。冷や汗はでないが、肌寒くなる。

「……」

みさきは下唇を噛み、また俯いてしまった。何度か手を組み合わせたあとで、ようやく口を開いた。

「また、見たの」

息が詰まった。空を見上げると、その青さを殴りつけたいような気分になった。

「どこから見ていた」

「黒江が寄宿舎を抜けだしたところから」みさきはいった。「昨夜、ずっと書いていて遅くなって……で、黒江ならどう考えるだろうとおもってよくわからなくなって、あなたの部屋の方を窓からのぞこうとしたら、寄宿舎からでていくのが見えたから……」

「ぼくだとよくわかったな」

「歩き方で、わかるから」

「歩き方で？」正直おどろいた。

「わかる。わかるようになったの。見てたから」

「いつから」

「……いいでしょ、そんなこと」みさきは真っ赤になった。

どう受け取ったものか迷いながらぼくは話題を変えた。

「それで？」

「どこにいくのかな、とおもったら気になって……わたしも、寄宿舎から出て」

「全部見た」

みさきはこくりとうなずいた。

「報知機を鳴らしたのは、君だったのか」

再び、こくり。

「黒江があぶないとおもったから寄宿舎に戻って……」

風が吹き抜けた。柔毛まで抜けてしまったのに、よく感じ取れるものだ、とおもった。

「ありがとう」ぼくはいった。

みさきは顔を俯けたまま頰を染めた。

「警察に知らせるべきかな」ぼくはいった。

「わたし、黒江しか見てなかった……なにがあったの？」

ぼくは話した。彼女の顔がだんだんと険しくなっていった。

「わたし……相談してみる」

「教師はまずいよ。だれが仲間かわからない」

「ううん、絶対に大丈夫な、外部の人。警察じゃないけれど、頼りになる人よ。どうするか決めるのは、それからにしてくれない？」

「かまわないよ、ぼくは。でも、あいつらが動くまで、そう時間はない気がする」

「ええ、急ぐから」

そうこたえた彼女の顔には張りつめたものが浮かんでいた。真嶋みさきが本当の美少女だと胸に刻みこまれたのはこの時だった。

6

三日が過ぎた。期末試験最終日である。

追悼文集はみさきが提出まで片づけてくれた。礼をしなければというと、試験が終わったらちょっと付き合ってといわれた。相談があるというのだ。

もちろんぼくは断らなかった。借りの意識が強くあった。それにまあ、彼女は一緒に歩いていてイヤな女の子ではなくなっている。ぼくを助けてくれたのだ。文集でも、あの危険な夜でも。だいたい、ぼくには彼女が大人の魅力を備えはじめた美少女にしか見えなくなっている。ま、そうしたワケだ。

そうはいいつつ、あからさまな態度をとらないように努力した。いやもちろん、人前でその、あれやこれやとしたかったのはもちろんだ。しかし我慢した。中学でたまたまうまくいった時、はしゃぎすぎて惨めな結果に終わったことがあったからだ。あんなおもいはもう御免である。美少女と秘密を共有することになった幸運はじっくりと味わったほうがいい。いまのぼくは色黒で身長一八〇センチある人好きのする笑顔がさわやかなサッカー部のキャプテンに憧れているぱっとしない女の子よりも慎重でいようと心に決めていた。彼女はフェンリルではない。ファンタジーではないのだ。

ホームルームの終わった教室には女子たちの楽しげな笑い声が響いていた。さっきもいったとおり、お嬢が多いからあけすけな男言葉で話している奴は少数派である。期末試験が終わったとあって、ただひたすらに明るいだけだ。

中心には朗らかな表情を浮かべているみさきがいた。部活が始まるまで少し時間の余裕があるのでムダ話をしていようということだろう。

改めて見直すと、やはり図抜けている。すくなくともいまのぼくにはそう見える。共に語らっている子たち（お嬢ばかりなのでみな見かけは平均よりずいぶん上だ）から浮いているようにすら感じられる。

なんというか……くっきりしているのだ。肌は白く、髪が黒いからか？　そのまんまの理由だけれど、無視できない。昨今のはやりに従い、彼女の周囲にいる女の子たちはだれもが茶色っぽいからである。それにしてもだれもが茶髪にしたがる理由はなんなのだろう。肌が黄色っぽいから色合いを近づけるということなんだろうか。正直いってぼくにはウンコ色にしか見えないのだが。どれだけ肌が白くてもコーカソイドに比べれば黄色がかっているのだから、ますますそうとしか感じられない。どうせ自己主張するのなら、大金かけて肌を脱色し、自前の髪はレーザーで毛根ごと焼き殺してナントカ増毛法の技術を用いて燃えあがるような赤毛にでもしてしまえばいい。

いやもちろんみさきが特別に感じられる理由はそういった表面的なところにあるだけではない。なによりも人間としての態度、芯の強さとでもいうべきものなのだ。あの事件の時の彼女はそれはもう立派なものだったし、追悼文集についても同じである。火災報知機についてはいうまでもない。

たぶん、ぼくは彼女の体重がいまの三倍あっても好意を抱くようになっただろう。彼女のことがたとえようもなく美しく感じられただろう。

みさきたちの語らいはまだ続いている。

といっても、彼女がぼくのように文系の極み、美術部の幽霊部員だからではない。それどころか女子射撃部のホープ（女の子でもこの表現でいいのか？）——というのはもういいよな。ま、他にもいろいろあるのだ。学年順位だってぼくのはるかに上だ。でもって性格は……というわけである。つまり、だれからも好かれているのだ。うう。良く考えたら色黒で身長一八〇センチあるサッカー部のキャプテンに憧れてるぱっとしない娘《こ》よりもぼくのほうがアレだ。まあいい、いまは戦艦でいるより潜水艦として過ごしたほうがいい。深く静かに潜っていよう。試験が終わった解放感を一人かみしめるのも悪くはない。

ぼくは鞄を手に立ちあがった。みさきがちらりとこちらを見たのがわかったので、腕を垂らしたまま手をちょいちょいと振ってこたえた。だれにも気づかれなかった。

なるべく目立たないようにしようと心がけているので、あの、身体が妙なことになった翌朝のような注目はもう浴びていない。が……なにか用事があって女の子と話していると、いつのまにか相手が真っ赤な顔になっていることはよくある。

廊下で、意外な人物に呼び止められた。

「黒江君……ちょっと、いいかしら」

「はい」

担任の麻木《あさぎ》先生だった。まだ二四歳、もちろん女性である。寄宿学校という閉ざされた空間であればこれだけで妄想を刺激しかねない属性だ。

が……彼女に限ってそんなことはない。絶対にない。学校中の男どもがそう信じている。

麻木先生の髪は色艶のよいロングの黒髪である。しかし髪形の方は壊滅している。なんというか、ともかくただ伸ばしましたという感じで、まとまりというものがないのだ。背に垂れた部分などはもつれていることもあり、でもって時たま壮絶な色合いのリボンをつける、などという努力を払うものだからますます目も当てられない感じになるのだった。

他にもいろいろとある。長身だが猫背で、黒縁眼鏡ばかりが目立つ顔は化粧《けしょう》ッ気が皆無で、おまけに顔色もよくない。よくよく見れば目鼻だちは整っているような気もするが、いつもおどおどしているし時たま固まるしでよくよく見る気分になれない。口臭を気にするタチなのか胃でも悪いのか、強烈なミントの香りが吐息に含まれているのもナニだ。

そのまま生徒指導室に連れていかれた。後ろを歩いていても面白くなかった。ごわごわしたカーディガンと生地の厚いブラウス、古びたカーテンのようにおもえるスカートの下にあるボディラインが想像できなかったからである。たぶん、ヨーロッパ中世の鎧のようなガードルでガチガチに固めているのだろう。細く長い首に女らしさがあるような気もするが、ただひたすらにごつい革のチョーカーを着けているおかげでよくわからない。

「成績のことなんだけれど……」指導室でぼくと向き合った麻木先生はいった。成績簿を拡げているが、両腕でぼくがのぞけないようにしている。

「はい」ぼくはうなずいた。脳がちくりとうずいた。期末試験終了直後の話題としては刺激的である。わかることは全部書いたつもりだけれど、もしかして、とんでもなく悪い点数しかとれていないのか？

「あの、あなたのこれまでの成績はクラスで……平均29位で、学年では120位ぐらいで」

麻木先生は口ごもった。潤いの感じられない唇が微かに震えていた。そうなのである。彼女は、これでよく教師になれたなとおもえるほどのアガリ症だった。顔が紅いが、ぼくの『変化』の影響なのか本人の性格なのかわからない。

「で、あの、このあいだの全国統一模試の結果がね」

「期末試験じゃないんですか」ぼくはほっとしながらも訝しんだ。

「期末試験も、そ、そうなんだけど」

彼女は成績を印字したプリントアウトを手にした。ぼくはのぞきこもうとした。

「だ、だめよ、まだ発表してないから」

彼女は強姦魔から身を守ろうとするようにプリントアウトを抱きしめた。ったく、なに考えてやがんだこのねーちゃんは。きっと処女だな。ぼくも童貞だけど。

「早くいってください」ぼくはうながした。自分でも険しい声になっているのがわかった。

「あ、え、そ、そうね」彼女はがくがくとうなずきながらプリントアウトを見た。くしゃくしゃになっていることに気づき、あわてて皺を伸ばす。どうにもならないほど鈍臭《どんくさ》い。いやまあそれは人それぞれだからしかたないけれど、こっちを呼びつけたのだからもう少し手際よく進めてくれてもいいだろう。

「あの、でね、成績がね、おかしいから」

「そんなにひどかったですか」

「ひどい……違うの、逆よ、逆。ほら、見て」

彼女はさきほど大げさに隠してみせたのも忘れてプリントアウトを示した。いやまあ、こういう人なのだ。だから、人気があるとはいえないまでも嫌っている奴は一人もいない、という不思議なポジションに立つ先生なのである。

プリントアウトには私大文系順位、と記されていた。もちろんぼくが私大文系を選んでいるからだ。国立を狙うには知恵も努力も大いに不足している現実のもたらした必然である。

「あなたは国語と英語と世界史で受験したわけだけれど……えーと、どこだったかな」

爪を短く切った指が名前の欄を滑った。ぼくは麻木先生の讃えるべき部分をようやく発見した。彼女の指は白くほっそりしていた。おいおい、実はレズビアンとかいうことはないだろうな。確かレズの人は爪を短くするはずだ。

「あ、ほら、これ。ここなの」

ぼくは彼女の魅力的な部分が示した場所を見た。ぼくの名前がある。その左隣には29という数字があった。

「29位なら、同じじゃないですか。たしかに自慢できるわけじゃないけど」ぼくはいった。

「違うの、違うのよ」彼女はむきになったように否定した。「これ、クラスの順位でもなければ学年の順位でもないの」

はい?

ぼくはもう一度プリントアウトを見直した。見落としていたものに気づく。私大文系順位の前に『全国』とあった。

全国って、おい。

「そ、それはななんのことれすか」おもわず声が裏返った。模試は……ぼくの身体が『変化』を起こすより前だった。

「そ、そそうなの」夫婦漫才の相方のように彼女が相槌を打った。上目づかいにぼくをみて付け加える。

「だからあの、どうしようかとおもって」

「あの、もしかしてカンニングとか疑われてますか、ぼく」

「それはない、ないでですわよ」彼女はあわてて首を振った。あわてているので言葉がおかしくなっていた。ふっといい香りが漂ってくる。ふーん。第二の魅力発見だ。でもすぐにミントの香りがすべてをかき消してしまう。

「試験をしたときの席順を確かめたんだけど、まわりの人の解答を全部のぞきこんでもこんな点数にはならないし。試験前に机のチェックもしてあるし……あ、その、疑っていたわけじゃなくてびっくりしたから」

ウソのつけない人だな。ちょっと腹立つけど。しかし、この成績には自分でもびっくりした。つまり『変化』はもっと前から始まっていた、ということか？　なにしろ勉強した覚えは全然ないのだから。

「要点を整理しますよ」ぼくはいった。

「え、ええ」

「えーとぼくはこの間の全国統一模試で凄くいい成績だった、と」

「ええ、ええ、文系に限れば、高伸開校以来の成績で。日本中のどんな私大でもスキップしながら入学できるぐらいの……」

「……でまあその、カンニングの疑いをかけられているわけでもない、と」

「あ、うん、その……大丈夫よ、もう」

どこまで正直なんだろうかこのひとは。なんかもう腹立てるのもバカらしくなってきたな。まあいいや。

「で、なんじゃこりゃ、ですか？」

「そ、そう。なんじゃこりゃ、なのよ……あ、ごめんなさい」彼女は口を抑え、うつむいた。

いやまあそうだろう。たしかになんじゃこりゃ、である。ぼくは唐突に秀才になっちまったのだ。

「あの……たまたまじゃないでしょうか」

「う、うん、そういった先生もいるんだけど……あ、ごめんなさい、あの、そういうことじゃなくて」

「……別にいいです。もう慣れました」

「あ、あ……でね、授業の成績も調べてみたのね。小テストとかいろいろあったから……で、その、そっちの成績も良かったの」

「となると」ぼくは腕組みをした。

「そうなの」麻木先生も腕を組んだ。ますます漫才みたいになってきた。

「……どうしましょう？」

「うん。あの、でね、その、理事会のほうであなたのこの成績が続くようだったら、という話が出て……ほら、あなたは特別推薦《すいせん》で入学してきて……」そこまで喋ってから彼女はまた口を抑えた。ぼくが一人きりであることをおもいだしたのだろう。

「いいですよ、本当なんだから」ぼくはうながした。

「あの……ごめんなさい……でね、あの、成績がこのレベルで維持できるなら、あの、偏差値《へんさち》の高い大学に理事長先生の個人推薦で……って」

「はぁ」

溜息が漏れた。学園理事長は実のところ教育産業界でかなりの影響力を持っている（という噂だ）。つまりアレだ、私立大ならどこにでもいかせてくれるというわけだ。たぶん、無試験で。もちろん学校の宣伝になるからである。

いや、それだけだろうか。

あのヤクザとのことに関係あるのではないだろうか？　やはりぼくであることはバレており、遠回しに、エサをやるから口をつぐんでいろ、と伝えてきたのでは。理事長と副理事長の関係を調べてみる必要がある。もしかしたら麻木先生も仲間……なんてことはないな、絶対に。

素知らぬ顔でぼくはたずねた。

「ということはナニですか、その、成績を維持しろ、と」

「う、うん。そうなの。そうしたほうがたぶん……だからね、これからも頑張ってっていいたかったの……あの、これ本当はいっちゃいけないんだけど、期末試験の採点が済んだ分も……凄いわよ。迷惑だったかな？」

ぼくは首を振った。

「いえ、ありがたいです」

「本当？」

「いちいち生徒の言葉を疑わないでも」

「あ、違うの、違うのよ、そんなつもりじゃなくって、ほら、わたしまだあなたのことよく知らなくて、それでいらないことをいって傷つけたりしたらあの」

それがいらないことだっつーの。でもま、いいや。麻木先生に悪気があるわけじゃない。だいたい彼女はあの事件後、学園に雇われたのである。いきなり担任を任されたのは、実績があるから……とはおもえないから、季節外れの募集で人材が不足していたからだろう。まさかコネで雇われた学長や理事長の愛人ともおもえないし。

「いいですよ、もう。気にしてませんから」

「あ……ありがとう」

目に見えてほっとした様子の彼女にぼくはいった。

「でも……頑張るっていってもどうしたものか」

「え？」麻木先生は目を丸くした。「だから、復習して頑張ってるんでしょ？」

一瞬だけ迷ったが、すぐに心が決まった。

「そんなことしてないんですよね、ぼく」

「え？」眼鏡がずりおちた。深みのある、優しい瞳が驚きをいっぱいにあらわしていた。白目が青っぽく見えるほどにきれいだ。うーん。よくよく見てみるべきなのだろうか。

「本当に、なんにもしてないんです」

「でも……でも……じゃあ、どうして……」

「ぼくにもわかりません」

やはり『変化』の影響だよな、とはおもっていた。確かに最近、記憶がひょいとよみがえることが多くなっている。たとえば——ずっと以前に読んだ本の一節とかが必要な時に浮かんだりするのだ。いまさらだけれど、期末試験の問題もすらすらと解けた。なるほどね。ぼくの身体に生じた異常ななにかは確実に脳にまで及んでいるのだ。というより、脳からはじまったに違いない。

しかしそれを先生に説明できるはずがない。ごまかすしかなかった。

「たぶん、偶然なんじゃないかと」

「偶然でこんな点数にならないわ、絶対に」麻木先生は駄々をこねている子供のようにぶんぶんと首を振った。妙に嬉しくなった。なにしろ彼女はぼくについて主張してくれているのだ。いい先生なのかもしれない。

考えてもいなかったことを口にしてしまったのはそんな彼女が可哀相になってしまったからだけではなく、本当に心配してくれているとわかったからである。それに、名門校において後ろ楯無き学園生活を送るにあたっては、担任との関係は良好なほうがよろしい。

「えーとじゃあ、これからは少しは勉強するようにします」

麻木先生の顔がぱぁっ、と明るくなった。

「うん、そうして」麻木先生は嬉しそうにうなずいた。

「質問してくれたらマナ、なんでも教えてあげるから……」

「ありがとうございます」ぼくはうなずいた。「あの、ところで……」

「な、なに？」

「マナってだれです？」

「え、あ、あのそれそれは」麻木先生は真っ赤になってうつむいた。「わたしの名前……覚えてくれてなかった？」

はい、すいません、覚えてませんでした。それにしてもマナ、とは。似合っているのかいないのか。つーか、なんでこんな珍しい名前を覚えてなかったんだろう。あ、自己紹介の時寝てたのか。

「どんな字なんですか」

「愛って書いてそう読むの。愛娘《まなむすめ》のときと同じ読み。本当は一文字の時は使わないみたいだけど……いまは、名前をどう読ませてもいいことになっているから」

マナ。愛。麻木マナ。麻木愛。ふーん。

「マナ先生。愛先生、か」

「あの、それ、やめて……恥ずかしいから」彼女は本当に羞《は》じらっているようだった。

「どうしてですか」

「理由なんかないけど、恥ずかしい……」

そうまでいわれてはしかたがない。ぼくは素直にあやまり、指導室を後にした。世界が妙に明るく見え、同時に複雑な気分が沸いてきた。

準備なしで全国で29位、か。
養父母が元気であればどれほど喜んでくれただろう。『変化』やヤクザの件について相談できたなら……どんな顔をしただろうか。

7

だれかがもちこんだのかどこからか迷いこんだのか、学校の敷地内には何匹もの猫がいる。時には母猫の後ろで子猫が行列を作っていることもある。もちろん、猫好きの連中のいいオモチャにされる。しかし悪いことばかりとは限らない。学食や談話室の側にいればだれかが餌《えさ》をくれるし、とびきり運のいい子猫は心優しいだれかに抱きあげられ、裕福なお家のペット様に昇格することもある。この学校に拾われたぼくのように。いや、そんなことをいっては猫のほうが怒るだろう。どこで生きてもかれらは自分自身だ。

ぼくは中庭のベンチに腰掛けてぼんやりとしていた。木陰だが涼しいわけではない。むしろ蒸す感じだ。

が、気にならなかった。ぼくの本当に一皮むけた皮膚は毎日乳液をぬりこまれたようにしっとりすべすべという感じだった。うふん。でもってあれ以来、ほとんど汗をかかなくなっているのだ。いったいぼくの身体はどうやって体温を調整しているのだろう？　まあいい、汗でぐずぐずにならないのであればそれはそれでありがたい。

腹が大きな音を立てた。猛烈な空腹感がつきあげてくる。

舌打ちをしたくなった。このところ、ぼくの食事の量はますます増えている。一食当たり五人前はいってるんじゃないだろうか。ともかく自分でもイヤになるほど食べている。

が、なによりもイヤなのは、そのあとである。食べてしまえばその後必要な手続きは決まっている。だすわけだ。

しかしぼくはもうずっとトイレのお世話になっていない。便秘……なわけあるか。

その必要がないのだ。ぼくの身体は体内に取りこんだすべてを一滴、一かけら余さず消費しているらしい。畜生、物質変換装置でも搭載されてるのか、ぼくは？　いったい身体の中でなにが起こっているのだろう。知りたい。知りたくてたまらない。知りたくない。絶対に知りたくない。いったいどっちだ。はっきりしろ。イヤだ。だっていまほど体力と自信に満ちあふれていたことなんかなかったじゃないか？　どこにでもいる、どうでもいい存在で……しかし『変化』のおかげでなにかが変わった。すくなくともぼくにとってぼくは主人公になった。なんて素晴らしいのだろう。きっとそうだ。そうに決まっている。

自己完結。それとも棚上げ？　知るかよ。

みさきと約束した時間までなにもすることがなかった。寄宿舎に戻る気もしない。部活の終了は午後五時半だが、それ以前に寄宿舎へ戻ると舎監がうるさいのだ。あ、ぼくの部活？　いやえーと。美術部に入部しているような気がするが顔をだしたことはない。部員は一〇人ほどだが、ありがたい親御さんのおかげで高仲に入学する前から大学どころか就職先まで決まっているような連中ばかりである。当然、美大に進学する者など一人もいやしない。ではかれらがなにをしているのかといえば……だらだらと喋っている。それだけだ。いやまあ喋っていること自体はいい。しかしその内容が気に入らない。お育ちが違うからである。まったく、ぼくは三年間を寂しく過ごすために特別枠で入学したようなものじゃないか。

いやまて、今日だけは例外だ。むろん、高仲に入って以来はじめてのことだ。おまけに女性との約束である。色っぽいことではないのだけれど、楽しみではある。

にゃごにゃごと啼《な》き声が足元から響いた。ふわふわした生物がそこにいた。おもわず目を細めたくなるちんまりした顔とつぶらな瞳をぼくに向けている。

抱きあげてやった。だれかが洗ってやっているらしく、埃《ほこり》くさくはなかった。ちなみに女の子だ。どうしてだかわからないが、片手で胸に抱えて顔を近づけるだけで喉をうごめかせはじめた。もちろんはじめての経験である。

とまれ、好意には応えずばなるまい。ぼくは彼女を撫でたりくすぐったりした。彼女のほうも大いに喜んでくれた。うにゃん、うにゃにゃんと甘えるように啼き、ざらざらした舌でぼくの顔を舐《な》めたりした。猫がそんなことをするなど聞いたことはなかったが、やたらと脇の下に顔を突っこみたがるのには参った。

いや、もっと参ったのはその後だ。

いつのまにか猫が集まっていた。そろいもそろってうにゃうにゃ啼いている。雌ばかりのようだ。入れ代わりで脚に身体をこすりつけてくる。学生ズボンは毛だらけになった。

かなわないので逃げだすことにした。猫たちはついてきかねない様子だったが、また今度、と告げると言葉がわかったかのように歩み去っていった。どこかで世界征服の計画でも立案するための集会を開くのだろう。

　毛をはたき落としながら考えた。さて、逃げだしたはいいがどうしたものか。みさきの言葉が蘇った。ちょっと付き合って、といったあとでこうも付け加えたのだ。部活が終わったあとになるから、それまで時間を潰しているか……それとも、女子射撃部をのぞいてみる？


　外はもうすでに夏の盛りだが、空調の効いた空間にはひんやりとした空気が満ちていた。病院のように白く塗られた壁に囲まれたそこの広さは縦も横も二〇メートルほどだろうか。ぼくの座っている椅子が押しつけられた壁から五メートルほどの位置に、床に固定された机がいくつか並べられていた。それぞれに、派手な色合いのキャンバス製射撃コートやパンツに身を固めた少女たちが独特な姿勢をとって立っている。なんというべきか……筋肉ではなく、骨で立っているという姿勢である。ヒップをちょいとひねり、体重は軸にした右脚に載っている。左脚は前に置かれていた。

　彼女たちの手にはライフルがあった。ライフルといっても銃声が轟くわけでもないし無煙火薬《コルダイト》の香りが漂うわけでもない。トリガーをしぼる度《たび》に生ずるのは乾いた音。気体が溢れだす音だ。飛びだした弾が狙うのは一〇メートル先のターゲット。

　正直なところ暇だった。みさきの言葉をおもいだして射場にやってきたのだが……エアライフル（って、要するに空気銃のことだよな、きっと）の射撃というのはぼくが見物するにはどうにもシブすぎた。

　もうただひたすら集中力の勝負なのだ。いや、みさきにいわせると他にも山のように要素があって、そのすべてを組み合わせた総合的な力を要求するスポーツ、ということだが、素人のぼくに理解できたのは集中力の部分だけである。見物しているだけで胃が痛くなってくる。とはいえいまさら逃げだすワケにもいかないので、この場でただ一つだけ興味を抱けるもの――みさきをひたすらに眺めることにした。

　みさきが射撃部で選んでいるのは『一〇メートル・ライフル四〇』という女子競技だ。エアライフル女子立射四〇発競技とも呼ばれるもので、うまく許可を貰えると一四歳からできるらしい。競技の内容は、ターゲットまで一〇メートルの距離がある射場で立った姿勢から四〇発の弾を放つというものである。もちろん規定時間もある。一時間一五分。勝負は、その四〇発が標的のどこにあたったかで点数を判定し、最も点数の多い者が勝者となる（だとおもうんだけど）。点数の計算は簡単だ。ターゲットは黒丸を中心とした同心円である。で、黒丸の内側なら一〇点、その外なら九点……となる。つまり、四〇〇点が最高点である。

　みさきの射撃は小気味が良かった。間が抜けているようにも聞こえる発射音とともに弾を標的へ送りこみ、着弾点を確認すると即座に銃身後端上部の照門《リア・サイト》（狙いをつけるのに用いるパーツだ）の前にある装塡《そうてん》ラッチを開き次のエアライフル弾《ペレット》を装塡し、放つ。

　しばらく見ているうちに彼女の撃ち方が他の子たちと違っていることがわかった。

　他の子たちは一発撃つたびに姿勢を直している。姿勢が不安定だからか——そうおもったぼくは隣で自分の番を待っている一年の女子にたずねた。

　違います、と彼女は教えてくれた。

　射撃で重要なのは銃をしっかりと保持することで、姿勢がそのカギを握っている。となるとすぐに疲れてしまう筋肉ではなく、骨で支える姿勢をとることが大事になるのだ。もちろん、微妙な調整には筋肉の助けが不可欠だが、その筋肉をコントロールしている『自覚』を維持できる時間は長くて五分程度。となれば姿勢を直すことは射撃法としては間違っていないことになる。

　では、みさきの撃ち方はどうなのか。

　矛盾するようだが、あれこそが理想なのだそうだ。ただし骨でつくりあげたバランス（ボーン・サポートというらしい）が維持できて、装塡——照準——発射のシークエンスを脳と肉体が完全に覚えこんでいる時にだけ意味を持つ。そうではないレベルの者がおこなっても百害あって一利なし。筋肉のコントロールができなくなり、狙った場所にはあたらなくなる。

　はあ。

　ともかくみさきが凄腕のエアライフル・シューターだというのはわかった。ポニーテールがちょっとかわいい一年女子はなぜか親切に他のことも教えてくれた。みさきが、エアライフルの世界では大手であるアンシュッツやファインベルクバウの製品ではなく、拳銃で有名なワルサーのＬＧ３００アルテックを使っている、とか、自分は射撃を純粋に楽しむ対象としているためあえて大会へ出場しない主義を貫いている真嶋先輩の姿勢を尊敬している、とか。以前は射撃部だったのにいまは女子射撃部なのは（いまみさきがしている）立射の場合、骨格のつくりから女のほうが有利だからというだけではなく、なにかを間違えたサバイバル・ゲーマーが多すぎたので顧問にもちかけて片っ端から強制退部させたからだ、とか。

振り返って我が射撃体験を考えると……どうもロクでもない感じだ。

えーとあの時は捨てようとしていたトカレフをぱっと握って前へ突きだして三度トリガーを絞った。どんな姿勢をとっていたのだったか？　ダメだ。さっぱりおもいだせない。よく命中したものだ。サバイバル・ゲームすらしない、銃のスペックと軍装品の種類だけを呪文のように暗記している奴らと大差ない……いや、スペックなんぞ知りもしないのだからそれ以下だ。

ほぉっ、とあちこちから声が漏れた。

気がつけばみさきの射撃は終わっていた。電子式のターゲットなので、射撃結果は近くに取り付けられているモニターに表示されている。

――四〇〇点。

……凄い。と同時に、どれほど凄いのかよくわかっていないことも自覚していた。気配を察したのか、一年の子が教えてくれた。ＩＳＳＦ――国際射撃連盟が年に四、五回ワールドカップ大会を開催するんですけど、その最高記録が三九九点なんです。

うわお。

ようやく凄さがわかった。我が事のように嬉しさがこみあげてくる。立ちあがって拍手したいが、他の子たちがまだ撃ちつづけているので我慢し、振り返ってにっこりしたみさきに親指を突きだした。別にスケベな意味じゃない。いつだってうずいてはいるけれど、スケベになっていい時と悪い時ぐらいはわかっている。

木々の向こうから準備運動やランニングの掛け声が響いていた。射場をでたぼくとみさきは学校中を結んでいる遊歩道のような小道を談話室に向かっている。話はそこですると彼女がいったのだ。

「感想はどう」彼女がたずねた。すでに制服へ着替え、エアライフルは射場のロッカーに収めたので鞄だけを手にしている。

「大したもんだよ」ぼくはいった。「四〇〇点って、全部真ん中に命中したってことだろ」

「ま、そんな感じね」

「国体とかに誘われないのか？」

「あなたとちょっと違うけれど、ああいうの、嫌いだから。好きだから撃っているだけだし」

「好きだから……それだけでよくあそこまで集中できるな」

「面白いのよ。標的を狙っていると、他のなにもかもが消えて……気持ちがいいの。永遠に続いてほしいくらい」

「……なるほどね」

納得したわけではなかった。実のところ、ぼくには理解できない情熱だった。

いや、スポーツをバカにしているわけじゃない。たとえレギュラーになれなくとも、ひとつのことに打ちこめるのは素敵なことだとはおもう。

しかしぼくはダメである。みさきが頑張っている射撃のような個人スポーツ、いま音だけが聞こえてくる野球だのサッカーだのという集団スポーツ、両方とも興味が持てない。というより、なぜそんなものに打ちこめるのか理解できないのである。子供のころからそうだった。

いや、物凄く才能のある奴がいて、いずれはオリンピックの強化選手かなにかになり、メダルをとって、そのあとはタレントとか体育大学の助教授にでもなることがスポーツへ打ちこむ目的だ、というなら理解できる。高校をでたあとでどこぞのサッカーチームに入り、いずれはイタリアのチームに移籍して金と名誉と栄光とぱっつんぱっつんのイタリア美女を同時に、というのでもＯＫだ。

しかしその他はダメだ。スポーツで発散して、という表現でわかるように、それはもともと代償行為のはずだ。戦争の代わりにつくられた、人の死なない戦いのはずである。それこそ文化だということなのかもしれないが、ぼくはダメだ。同じ代償行為なら一人で部屋の中に閉じこもって手早く済ませたほうがましである。

つまりぼくは戦争を他のなにかに置き換えること（昇華といってもいいだろう）に意味を見いだせないのである。せっかく戦わなくて済むのであればのんべんだらりと過ごしていればいいじゃないか、そうおもえてならない。現実の戦いを、むきだしの暴力を経験してしまうとことさら……いやいや、忘れないと。

「無理には勧めないわ」みさきはいった。声が小さくなっていた。

「いや、あのこととは関係ないよ」ぼくは打ち消した。

「なんとなく、ダメだというだけさ」

「……そう」こたえた彼女の声にはほっとしたような響きがあった。

「それにしても助かった」ぼくはあのくだらない文集のことをいった。

「いいのよ、こうしてつきあってもらってるんだし」みさきは笑い、ほんの少し声を抑えてつけくわえた。「それに、わたしも理恵、嫌いだから——細かいのよ」

「あ、そう」ぼくはにっこりした。女の子はこういうところはきっぱりしている。いや、それともみさきだからだろうか。後者のほうが気分はいいので、都合よく受けとることにした。

みさきが左に折れた。談話室は右である。

「おい、道が……」

「もうちょっと歩きたいの。いいでしょ？」

にこりと微笑んだ彼女には清らかさすら感じられた。こみあげてくるにやにや笑いを懸命に我慢しつつ彼女と共に歩いてゆく。

校舎の主な部分は渡り廊下で結ばれているが、ぼくは外にでて歩くほうが好きだ。両脇に樹木の植えられている曲がりくねったレンガ敷きの遊歩道が整備されており、ちょっとした公園をぶらぶら歩きしているような気分になれるからである。ちょっと以上に恥ずかしいが、ロマンチックといえないこともない。そう考えるのはぼくだけではないらしい。樹木の陰でペッティングの達人になったと主張する者は年に二〇名を超えるからである。その先にあるもっと楽しくて体力を消耗する行為も習熟できたという奴もいるが、それが事実かどうか確認された例はない。

でまあ、いまはみさきと一緒だ、と。なにもないにしろ、期待できるのは悪いことじゃない。

いらないことを考えていたためだろう、ぼくらは敷地の縁にそった遊歩道へ入りこんでいた。この先は管理棟に続いている。そう、あの晩の遊歩道だ。しっかりと樹木が植えられているおかげで学校のどこからも見えないようになっている道の先に、人影が見えた。三人。顎が拡がった顔に膨れた瞼を持つ四〇ぐらいのオヤジと、飢えた目をした一〇代末らしいチンピラが二人。オヤジはラメ入りのスーツを着ており、若い二人（チンピラ一号&二号）も新品だが安っぽいジャケットにネクタイというスタイルだが、その本性は隠しようがない。

いまきた道を引き返す、という選択肢は即座に捨てた。かえって疑われることになる。ぼくはそのままゆっくりと進んだ。みさきもぼくに並ぶ。どうも演出が不足しているような気がしたので、彼女の腰に腕をまわした。柔らかな手応えがあり、自分ではどんな状態か見当もつかない鼻腔《びこう》に美少女の痺れるような香りが流れこんできた。

数メートルの距離まで近づいたところで名門校の生徒らしく会釈してやる。オヤジはもったいぶった態度でうなずいたが、若い二人はみさきをギラギラとした視線で犯していた。

かれらの傍らを通りすぎたとき、背後から声をかけられた。

「なあ、学生さん」

オヤジだった。ぼくはみさきの身体を前に押しやり、その場でくるりと回れ右した。名門校のしつけのよい生徒らしく、背筋を伸ばす。こういう場合に当然の態度——丁寧だが、いくらかの警戒心もあらわした表情をつくる。

「なにかご用ですか」

「何日か前、火災報知機が誤作動したの、覚えてるかね」

「ああ」みさきの楯になる位置に立ちながらぼくはうなずいた。「夜遅くだったので、ずいぶん迷惑でした」

「お——ああ、わたしたちは学校から依頼された警備会社の者なんだが」オヤジは見え見えのウソを口にした。

「あの晩のこと、聞かせてもらえないかね」

「聞かせて、といわれても……なにか調べるようなことが？」

「あれは故障じゃなかったんだ」オヤジは秘密めかした態度でいった。「だれかのいたずらだったのさ」

ぼくは眉を寄せてこたえた。

「迷惑だなぁ」

「そうだろ？　で、そんな奴に心当たりはないかね？　なに、学校の先生方は、ちょっとお灸《きゆう》を据えたい、とおっしゃってるんだよ」

「心当たりといっても……漠然としすぎてて」

「ああ、悪い悪い——おい」オヤジは頭の中でもう一〇回はみさきをレイプしたらしいチンピラ一号に命じた。

「あ、はい」我にかえったチンピラ一号は懐から紙束を取りだした。二枚一緒に受け取り、一枚をみさきへ手渡す。彼女に接触する機会を楽しみにしていたチンピラ一号は殺意すら感じられる視線をぼくに向けた。ま、気持ちはわかる。

それは警察の手配書の粗悪な類似品だった。これこれこういう体格で服装はこう、という略図があり、武道の有段者らしいとも書かれている。

「どうだい？」オヤジの目つきが微かに険しくなった。「体格はちょうど……君ぐらいだが」

「ぼくは武道なんかやったことありませんけど」わざとムッとしたように応じてやる。

「いやいや、君だといってるわけじゃない」オヤジはあわててこたえた。

「みさき、心当たりあるか」ぼくはいかにも親しげに彼女の名を呼んだ。そう、初めてだ。

みさきは堂々たるものだった。ちらりと微笑み、ぼくへ寄り添うと、

「B組の川田《かわだ》君とか……柔道強いでしょ」

「でも、あいつはゴリラみたいな身体してるよ」ぼくはこたえた。みさきがあえて的外れな名前をだしたのがわかっていた。

「D組の上原《うえはら》は？」ぼくはいった。今度はみさきがまじめぶる番だった。

「体格はこんな感じだけど……あの人、朝礼のたびに貧血起こしてるわよ。ねえ、徹……早くしないと談話室いっぱいになっちゃう。試験終わったばかりだから混むよ？」

彼女の言葉の後ろ半分はいかにも気楽なお嬢様らしい甘さのあらわれのように響いた。

「これ、貰ってもいいんですか？」ぼくはオヤジにたずねた。「学校が決めたことだというのなら、時間のある時に考えてみますけど……連絡先はどこですか？」

「いや、なるべく表沙汰にしたくないのでね……わかるだろう？」オヤジはいった。

「ああ……」ぼくはいかにも物わかりよさげにうなずいてからたずねた。「もう、いってもいいですか？　談話室にいきたいので……」

「いやあ、済まなかったね」

オヤジにもう一度頭を下げたぼくとみさきは、相も変わらずの呑気な高校生カップルを装ってかれらから離れた。

みさきがさらに身体を寄せてきた。ぼくの鼻はさらに強くみさきの匂いで満たされた。

「演技過剰じゃないか」ぼくはいった。

みさきはぼくを見てこたえた。

「演技のつもり、ないんだけど」肩に頭をもたせかけてくる。しっとりとした髪の匂いと頭の重みがたまらなかった。

「本気にするぞ」ぼくはこたえた。「あまり冗談のわかるほうじゃないんだ」

「わたしも冗談は下手よ」みさきはうっとりとした声でこたえた。「でも……よく我慢したわね。やっつけるの、簡単だったでしょう?」

「かもしれない」ぼくはうなずいた。そうする必要があるというより、彼女の髪の感触を頰で味わうためだった。その価値はあった。もちろん。

「でも、君の話を聞いていないし、自分からばらす必要もない」

「クールね」みさきがつぶやいた。それから頭をおこし、ぼくを見ていった。「でもさっき、わたしを守ろうとしてくれた」

「このあいだは君が助けてくれたから」

みさきのしっとりとした声が聞こえた。

「凄いのね……」

「凄い?」ぼくはたずね返し、驚いた。

みさきは霞がかったような瞳でぼくを見つめ、頰を上気させている。

「ほんの一瞬だった。あの時。覚えてる? あいつらを片づけるのに五秒もかかってないのよ」

ぼくはうなずいた。五秒か。どうしてそんなことができたんだろう。それもこれも『変化』のおかげなのか?

みさきになにもかも打ち明けようか、とおもった。いい考えかもしれない。彼女にはぼくの面倒な場面を二回とも見られている。その理由――少なくともヤクザを片づけることができた理由――かもしれない『変化』(実は〝脱皮〟と呼びたい気分だ)について話したところで、どうということはあるまい。いや、本当に信じてくれるだろうか?

要するにぼくの身に生じていることはアレだ。ある事件を契機に、何かの能力に目覚めるというやつ。ジュブナイル小説やアニメですらあまり使われなくなったカビの生えた展開である。

みさきがかなり頭の柔らかい人物であることはわかってきたが、果たしてそこまで受け入れてくれるものかどうか。

結局口にはできなかった。その前に彼女がたずねてきたからだ。

「本当に……武道とかやってないの？　射撃もしたことがないの？　ピストルの射撃って……よほど練習しなければ実戦ではあたらないはずよ」

　拳銃射撃って難しいのか。そういえばそうだよな。だけどあたったし。やっぱ才能か？　でもなんでみさきがそんなことを――ておい、彼女は四〇〇点の人だ。銃や射撃の知識はぼくより全然上なのだ。いや、技術も。

　ぼくはいった。

「スポーツは嫌いなんだ。どんなスポーツでも」

　しまった、とおもった。さきほど彼女にしたスポーツについてのあいまいな返事はウソでしたといっているようなものだからだ。

　幸い彼女はぼくの言葉の矛盾に気づかなかった。ぼくが暴力を振るう場面を目の当たりにしているからだろうか。ああ、ぼくはなにを誤解していたのだ？　彼女はぼくがテロリストを射殺《ヒット》した光景を目にしているのだ。ヤクザを殴り倒した――だからどうした？　つまるところそれだけではないか。トカレフやAK47を手にしたテロリストに比べれば、遊んでいるようなものだ。

「ともかく、なにをするにしてもあまり時間はない」ぼくはいった。大した考えもなく口にした言葉だが、現状を的確に要約していた。

「ああして調べているところからみると数日で奴らは容疑者を絞りこむ。ぼくと似たような体格の奴だけを選びだして……なにか仕掛けてくる。みさき、本当に時間は限られている」

　彼女は妙に嬉しそうな顔で微笑み、たずねた。

「どうするつもり？」

「副理事長が絡んでいる――それはもう話したよな？　だから、その線から探って、奴らがなにをしているのか証拠を摑むのがいい」

「できるの？」

「いつヤクザに復讐されるかとびくびくしているよりマシだ」

　はぁ、と溜息の音が聞こえ、温かく甘い息がぼくの首筋をくすぐった。

「どうした」

「これで安心して頼めるわ」ぞくぞくするほど色っぽい目で見つめながらみさきはいった。

「――あなたにならばできるとおもってたの」

　理由はよくわからない。が、その言葉にカチンときた。気がつけばぼくはみさきを手近な木の幹へ押しつけていた。ヤクザに見られているかもしれない、とはおもったが、それならそれでいい。完璧なカムフラージュになる。まさか、自分たちの追っている学生が目に見える場所で美少女に迫るとはおもわないだろう。

「いい加減なこというなよ、頼むから」鼻の頭が触れそうなほど顔を近づけてぼくはいった。

「いっておくけど、ぼくは君のことを尊敬している」

「尊敬」驚きに目を見開いていたみさきがたずね、ぼくは彼女の吐息を吸いこむことになった。生臭くなどない。脳に直接染みてくるような心地よい香りだった。

「テロリストに襲われた時、君は大したものだった。隠れていたぼくよりもよほど。あれこそが勇気だ。もちろん、あの晩のことも」

まじまじと見つめ返した後でみさきは頰を染めた。

「ありがとう。でも、あの……」

「なんだ」

「黒江、わたしを殴ろうとしてるの、それとも口説こうとしてるの？」

苦笑いが湧いた。同時に自分の行為がまさにそう受け取られるものであることに気づき、頭に血が昇った。摑んでいる腕の柔らかさが手首から骨髄をかけのぼる。股間の付け根までがうずきはじめていた。みさきは抵抗の素振りすらみせない。それどころか、ぼくの胴に手を添えている。畜生。腕を回してくるほどあからさまじゃないところがたまらない。そして彼女の顔は二〇センチも離れていないのだ。素敵な顔だ。シルクのような肌と物問うような瞳。唇に浮かぶ好意のしるし。

頰が熱かった。心臓がどくどくいっている。呼吸が浅くなってくるのがわかった。

もちろん、行動にでるべきなんだろう。それはわかっている。

でも、まだ決心がつかない。なんというか、勝手におもいこんでいるんじゃないかという気がした。本当のところはどうかわからないけれど、ぼくはそう考えた。しくじるのが怖かった。

みさきを見つめる。長い睫毛が微かに震えていた。

脳がちくちくしはじめた。不快ではない奴だ。

そうかよ。そうだよ。わかったよ。

ぼくはいった。

「殴るには近づきすぎてる。イヤか？」

「よくわからないけれど、あなたにはなにをされても抵抗できない気がする」

忘れかけていた――忘れたほうがリアルに生きるにはいいだろうと決めていた女《ひと》の面影がよぎった。フェンリル。たしか彼女も、こんな言葉を口にしたのではなかったか。

みさきがまっすぐに見つめ返している。

脳のちくちくがさらに強まった。

のびあがったぼくはそのまま唇を押しつけた。

ふっくらしたものに触れた途端、ためらいや迷いは消え去った。

抵抗がないのをいいことに顎を開かせ、舌をもぐりこませた。

みさきの吐息や味はフェンリルとはまったく違っていた。フェンリルがアイスクリームだとするならホットチヨコレートのような味だ。

もちろん、ぼくはどちらも嫌いではない。それどころか、いまはホットチョコレートを一リットルでも飲み干したい気分だった。

舌が触れ合う。その瞬間、みさきの全身がぴくりと震え、舌も怯えるように震えた。だがぼくは彼女を逃さず、自分の舌をからめてゆく。顔を傾けてさらに深くもぐりこみ、みさきの舌を翻弄する。

んっ、んっ、と彼女の喉奥から呻きが漏れた。気にせずにさらに攻撃を続け、舌以外の部分もなぞりあげた。歯茎から口蓋まで、舌の届く部分すべてをこすりあげてゆく。それと同時に、豊富に湧きだしてくるみさきの唾液を吸いこみ、呼吸の合間に飲みくだした。しばらく続けているとみさきの身体がふるふると震え、くったりともたれかかってきた。受け止めてやりながらぼくはなおも五分以上、彼女の唇を味わい続けた。もちろんぼくの平均値的存在も反応を起こしていた。

……みさきは放心したままぼくに抱かれていた。まさになすがままの状態だ。

「大丈夫だ」ぼくはいった。「これ以上はしないよ」

ひくり、とみさきの腰が震え、掠《かす》れた声がきこえた。

「わたし……」

沈黙。不思議な香りを強く漂わせている柔らかな身体がこすりつけられてくる。

「わたし……はじめてだった」

ぼくがなにをしたかって？　決まっている。彼女に二度目の経験をして貰ったのだ。確かに、この遊歩道であればキスの達人にはなれるかもしれない。いや、こっちだってようやくで三度目なんだけれど、才能はあるみたいだ。

……いや、本当に才能なのだろうか？　これすらぼくに起こっている『変化』の一環だとしたらどうする？

8

あの晩もそうだったが、寄宿棟から抜けだすのはそう難しくない。舎監の見回りも終わった夜中の一時ともなればなおさらだ。

というワケで部屋をでた。Tシャツにジーンズにスニーカーという格好で足音を忍ばせて非常口へ向かい、後は階段をゆっくりと。

あの楽しいことのあと、談話室でみさきはいった。

「……会って貰いたいひとがいるの」

だれか、とはたずねなかった。何時にどこで落ち合うんだ、とだけいった。みさきはぱっと顔を輝かせ、夜の一時過ぎに裏門へきて、とこたえた。

目を凝《こ》らす。寄宿棟の窓は暗い。こっそりと起きている奴はいくらかいるだろうが、窓の外に興味を向けている者はいないとわかった。なぜかって？　それはもちろん『見える』からだ。ぼくの五感は明らかにその能力が上昇している。ちなみに、理由は気になるがそれ自体は悩まないことに決めてしまった。だってそうだろう？　いまのところ、立派とはいえないこの身体に備わった力だけがヤクザと戦うぼくの武器なのだ。


空は晴れ上がっていた。冬空の清々しさにはかなわないものの、満天の星というやつである。天の川が——銀河がはっきりと見て取れる。盛りあがっていた気分が少し斜めにかしいだ。ええい、まったく。この世界にはあれほど壮大なものが存在するというのに、ぼくは殺人の経験を持つ頭と身体が妙な具合の（ヤクザに追われている）高校二年生でしかないのか。

でも、夜中の一時に美少女と落ち合う約束はしている。

視界の隅を何かが横切った。

身をすくめながら確かめる。女子棟の方からだれかが走りでていった。星明りしかないというのにTシャツにスパッツの後姿がはっきりと見分けられた。みさきだ。裏門へ向かっている。

ぼくは後を追った。もちろん走るのは好きじゃないが、だらだら歩いていられる気分じゃなかった。

銀河に照らされた世界をぼくは走った。夜気の心地よさのおかげか、奇妙なほどいい気分だった。やはり汗はかかない。

　スピードがぐんぐんとあがってゆく。気分がさらに高まる。まるでこのまま銀河へ飛びあがれそうなほどだ。ぼくがこんなにも速く走ることができるなんて。おそらくはこれも身体に生じている『変化』のひとつなのだろう。少なくともいまは悪い気はしない。

　気がつけば、みさきの背後へ迫っていた。全力疾走している彼女は気づいていない。

　いたずらをしてやりたくなった。

　みさきの後姿をもう数秒だけ楽しんだあとでさらに加速する。彼女と並びかけたところで左腕をのばし、さっと抱きかかえた。

　急に持ち上げられ、悲鳴をあげかけた彼女の口を右手で抑え、さらにしっかりと抱え、また加速した。空には銀河。地上にはぼくとみさきだけ。最高の気分だ。

　裏門が見える。ぼくはさらに加速した。いまならばなんでもできる、そう確信した。走りながらみさきをお姫様抱っこにし、足腰のバネを全力で作動させる。

　ぼくの身体は宙を飛んだ。五メートル近く飛んだだろうか。みさきがきゅっと抱きついてくるのがわかり、さらに気分が高まった。

　なぜ自分にこんなことができるのか、そんなことはもう考えていない。ともかく、ぼくにはできるのだ。ぼくは変わったのだ。ああ、認めるさ。鼻唄をうたいながらオリンピックで金メダルを獲ることができるぐらいの力が、ぼくの中に存在しているのだ。

　そして、ぼくの腕はみさきを抱えている。

　こうなっては理由など考えることにどんな意味があるというのだ？

　数歩進み、二度目のジャンプ。今度はさらに高く。高度は三メートル近い。飛距離は……一〇メートルを超えたようだ。はは。凄い。凄いじゃないか。そしてぼくはまだ全力を振り絞ってはいない。

　振り落とされることを恐れるようにしがみついていたみさきの身体から力が抜けていた。温かなものが胸に触れてくる。頬を押しつけてきたのだ。

　三度目の、もっとも勢いをつけたジャンプ。高度は四メートル近い。ぼくの下をしっかりと閉じられた裏門が流れさってゆく。着地したのは学校の周囲をめぐる舗装路だった。

　みさきを見下ろす。星明りに照らされた彼女は放心したようにぼくを見つめていた。ぼくは遠慮なく彼女の唇をむさぼった。ぼくはホットチョコレートがすっかり好物になったようだ。


夜道を歩きながらみさきがたずねた。

「本当に……凄いのね」

「凄いって？」

「さっきの……」

「いや……まあ」

「ヤクザのこともそうだけれど……」

彼女は不思議そうにぼくを見つめた。

「あなた、何者なの？」

「ぼくはぼくだよ」応じた声はわれながら険しかった。

「最近、妙なことになってるだけさ」

本当は妙どころではないのだ。食欲はもちろん、他の面でも奇妙な変化が生じている。じつは麻木先生の心配は当然なのだ。授業を受けていても、前にはわからないことが急に理解できたりしている。どんな本を読んでいても即座に見当がつけられるし、おまけにそいつを忘れることもない。


もちろん身体のこともある。体力は急激に上昇していた。いや、身体能力というべきかもしれない。ともかくいつも身軽な気分であり、実際楽々と身体が動くのである。あまりにも急激な変化なので、次の体育の授業では、本気にならないようにしなければなるまい。

そうだ、やはり話してしまおう。

いや、彼女には知ってほしい。

ぼくはそんなことを彼女に話した。悩むのはやめた、とも付け加えた。耳を傾けた表情に疑いの色はなかった。さっきの全豪《ぜんごう》カンガルー協会賞ものの飛んだり跳ねたりが効果を発揮したのかもしれない。

それどころか……いちいちうなずきながら耳を傾けたあと、こうたずねてきた。

「それだけ？」

心を読まれたような気がした。ひとつだけ、話していないことがあった。が、とても口にはだせない。

元気になりすぎて困っているのだ。どこかは……まあ、そういうことだ。あの晩、すべてが枯れはてるまで続いたはずなのだが、いまはもう完全に回復して――どころか、以前よりも何倍もそうなりやすくなっている。

ともかく最近のぼくはおかしい。それは本当に。医師の診断を、とおもわなかったのは、なにもかもが良い方におかしくなっていたからだ。

　考えてみれば今夜こんなことになっているのだって奇妙だ。以前ならばあり得ないことである。みさきとは別に仲が良かったわけじゃないんだ。ついこのあいだまでは別の惑星を望遠鏡で眺めているような感じだった。そこにあるのはわかっていたが、実体などなかった。

　いまは違う。真嶋みさきはぼくにキスを教えられた美少女としてそこにいた。あのちょっと甘く響く声でぼくのことをいろいろとたずね、心配してくれる。妙な頼みごとの内容、それにだれと会わせようとしているのかが気になるけれど、まあいい。とりあえず忘れていよう。忘れてさえいれば……夜中に女の子とこっそり学校を抜けだしたという事実だけが残るのだ。うはは。

　暖かな風が木々の枝をざわめかせた。怯えたみさきが小さな悲鳴を漏らし、ぼくの腕を摑む。柔らかな感触と甘さと爽やかさのいりまじった香りがぼくを幸せにした。

　もう一度キスしようとした時、彼女ははじめて拒絶の言葉を漏らした。

「だめ……」

　背筋が寒くなり、心の昂《たかぶ》りが失せた。やはり、勝手におもいこんでいただけなのか、とおもった。

　だが、みさきはさらにしっかりとぼくに腕を絡め、ためらいがちにいった。

「もうすぐ、だから……」

　脅かすなよ。もう。

　たしかに『すぐ』だった。五分も歩かないうちに、道路脇の空き地に黒塗りの大型リムジンが停められているのが見えた。アメリカ映画でしか見た事のない、ドアが六つもあるやつだ。

　リムジンの脇には制服を身につけた運転手が立っていた。まだ若い。かれはみさきに一礼した。

「お久しぶりです、お嬢様。お待ちしておりました」ぼくに視線を向ける。なんとまあ、女顔の美形のひとだった。運転手以外の仕事のほうが儲けられるだろうに。

「大丈夫よ」みさきはこたえた。運転手はぼくにも一礼し、真ん中のドアを開けた。

　車の中はさぞ広いだろう――という期待は半ば裏切られた。いや、広々としていることはたしかなのだが、エアコンの効いた車内はディスプレイや通信機器で埋まっていたのだ。

「すいません、少し待っていてください」

　柔らかな声がいった。バックシートで、ディスプレイとキィボードに向かっている人の声だった。ディスプレイの陰になって、顔は見えなかった。

　みさきに示されて向かい合うシートに腰掛けたぼくは溜息をついた。呼びつけといてなんだ、とはおもったが……まあ、みさきと二人だったのだから。

「ごめんね」寄り添ってきたみさきがいった。備えつけのバァを開き、ぼくにジュースを手渡す。遠慮なく飲んだ。

「……と、これで、よし」

　五分ほどして再び声が聞こえ、ディスプレイとキィボードを保持していたアームが天井にあがっていった。あらわれたのは、ぼくより頭ひとつ以上長身の――おい、どっちだ？　ほっそりした面立ちはひどく優しげだった。照明のためか、瞳の色は黒というより深紅に見えた。鼻筋は高くとおっているが尖りすぎてはおらず、口紅を塗ったように艶やかな唇は小さくふっくらとしていた。漆黒の髪はロングだ。身につけているのはゴスっぽい漆黒のサマー・スーツ（って、なんか矛盾してるような）である。ネクタイがわりのスカーフは血のような紅だった。つまりは……なんとまあ、と驚く他ない美形だ。男でも女でもなく、ただ美しいという存在。アンドロジーニアス――精神的な両性具有というイメージはこの人のためにある言葉じゃないだろうか。

　性別に関するぼくの疑問を解消してくれたのは本人だった。ふっ、と顔に温かいものが浮かび、優しい声が告げた。

「はじめまして、黒江くん。みさきの兄の晃《あきら》です」

「あ、こんばんは」

　驚きが消えないまま、差しだされた右手をぼくは握り返した。

　ふるっ、と背筋が震えた。

　羽毛に撫でられたようだった。それでいて、手触りはひんやりしっとりしている。あまりに心地よいのでいつまでも握っていたくなる……あ、なんかひくひくしてきた。

　っておい、そうじゃない！

「兄は父の仕事を手伝っているの。高伸の理事も務めているのよ」あわてて手を放したぼくにみさきがいった。

「およびたてした上にお待たせして申し訳ありません。色々とたてこんでいるので……」

　晃さんはシートへ浅く座りなおした。そのままでは偉ぶっているように見えると考えたかららしい。さすがみさきの兄らしい気の使いかただ。うん。見慣れてくると、たしかに彼女と血が繋がっている感じがする。顎の丸みなんかそっくりだ。みさきも、いずれはこんな雰囲気を身につけるのだろうか。

腕に柔らかいものが押しつけられていた。みさきだ。兄の前だというのに、堂々とぼくにべったりしている。

「おい」ぼくは小声でいった。

「構いませんよ」晃さんは楽しそうに笑った。「わたしはね、黒江くん。妹を信じています。だから、彼女の選んだ男《ひと》であれば自動的にわたしも信頼する。他の者も同じ意見でしょう」

ぼくはどうこたえてよいかわからず、あいまいに頷いた。どんな意味でいわれているのかわからなかったからだ。それに、他の者、という表現も気にかかった。普通ならば両親とか、家族とかが持ちだされるはずだ。みさきの実家には、なにかその点について問題があるのかもしれない。

疑問が顔にでたのだろう、晃さんは即座にいった。

「あなたを責めたり、二人の交際に反対しているわけではありません」

晃さんは微笑み、両手をあわせて唇を押しつけた。うお、なんつーかその、妖しいポーズだ。

「それで……」見てはいけないものを見たような気分でぼくはたずねた。

「ああ……みさき、黒江くんには……」

「まだなにも」みさきはこたえた。

「そうか。おまえを信じてくれたわけだね？」

かれの言葉を耳にしたみさきはさらに強く胸を押しつけてきた。ぼくは咄嗟《とっさ》に口を挟んでいた。

「そうです。妹さんを信じました」むろん、本気だ。

「そうですか」かえってきたのは華やかな笑みだった。

「では、最初からご説明しましょう。黒江くん、高伸学院の経営について御存じですか？」

「ほとんど知りません」

「これを御覧になってください」晃さんは天井に収納されていたディスプレイを降ろし、図表を表示させた。いびつなピラミッド型の図である。

「学院の経営は理事会が責任を負っています。もちろん、理事長の本藤義治《ほんどうよしはる》が最大の権限を有しているわけですが、すべてがかれの物というわけではありません。理事全員が出資しており、理事長はその中でもっとも出資額の多い人物、というだけのことです」

「会社みたいなものですか」

「学校法人ですからいろいろと違いますが……そう理解してもらっても間違いではありません。で、問題はそこにあります」ディスプレイを消した晃さんは前かがみになった。紅く見える瞳がぼくを見つめる。

「このところ、本藤理事長が自分の力を拡大しようと動きまわっています。七名いる理事のうち二名はすでに出資金の倍額以上にもなる金を受け取ってしまいました。面倒な説明は省きますが、いまの本藤はかれらの出資分に見合った発言権も手に入れている、ということです」

「それが違法なんですか」

「いいえ。その方法が問題なのです。かれの金の出所が……いまの本藤に大金をだす余裕があるはずないのですよ。投資に失敗して、自宅も抵当に入っていたほどなのですから。なのに億単位の金を調達しています」

「どこからか不正に金を手に入れている、と」

「そうです。よほどの額でしょう。自宅の権利を取り戻せたぐらいですからね！　で、わたしは興信所を使って調べさせたのですが」

　ディスプレイに新たな画像が映った。和室で何人かのおっさんたちが向かい合っている。一人は見覚えがある。理事長だ。他の男たちは……押し出しはいいが、迫力がありすぎる。上品にも見えない。つーか、どう見てもヤクザだ。

「暴力団……」

「ええ。全国規模の組織を持つ天征会《てんせいかい》傘下の笹川《ささがわ》組、その組長の笹川栄蔵《えいぞう》です――麻薬取引に力を入れている組織です。おそらく笹川組は、高伸の敷地内でなにかの取引をおこなっているのです。その礼金が本藤の資金源です。副理事長の島田香澄もかれらに協力しています」

　なんか物凄い話になってきたな。そうか。そうだったのか。ぼくを痛めつけた奴らは、笹川組だったのか。

「いったい、ぼくにどうしろと？　警察に任せるべき話じゃないんですか？」腹のなかで瞬時に燃えあがったものを抑えつけつつぼくはたずねた。

「そうなのですが……たとえばこの土地の警察に持ちこみ、普通の捜査の対象になれば高伸は終わりです。わかりますね？　名門ということだけが高伸の材料なのですから。事件が明るみに出てしまえば……来年には廃校ということになるでしょう」

　うなずくしかなかった。

「で、あなたにお願いしたいのは……本藤たちがおこなっている取引に関するあらゆる情報です。情報を伝えてくだされば、あとはわたしの問題になります……付き合いのある政治家に色々と頼むことになるでしょう。ともかく、本藤も笹川組も学内から調べられるとはおもっていないでしょうから、効果があるはずです」

「そんな……」ぼくは絶句した。いったいなにをいいだすんだ、この人は？　ぼくはただの高校生……。

晃さんの目が奇妙な光を宿した。

「あなたが並の高校二年生でないことをわたしは知っています。それに……あなたにとっても本藤と笹川組の関係を暴くことは利益になるはずです」

ぼくはみさきをにらんだ。

「兄には全部正直に伝えてあるの」みさきがいった。

「全部？」ぼくは目を丸くした。つまり、テロリストを殺したことも か。

「うん、全部」みさきはにっこりした。晃さんの顔を見て付け加えるように口にした。「このあいだ伝えたのよりもっと凄いのよ、兄さん。さっき教えてもらったの」

晃さんがぼくの目を見ながら微笑んだ。イヤらしさのない、朗らかな微笑みだった。

妙なことに気づいた。


微かに汗がにじみはじめていた。

耳元にみさきの吐息が感じられる。熱かった。押しつけられている胸の温度も高まっている。

晃さんの頬もほんのりと紅く染まっている。目が微かに潤んでいるように見えるのは気のせいだろうか。

妙な気分だ。二人から同時に迫られているような感じだった。脅迫されているのに等しいというのに、気分が異様なほど甘ったるい。股間のうずきが心地の良い痺れにかわってゆく。脳奥にあのちくちくが生じていた。

「わかりました。ぼくにできることを考えてみます」身体の反応をなんとか抑えつけながらぼくはこたえた。考え抜いた末というより、なにもかもがどうにもならないほど昂りつつあったからである。

晃さんの反応はぼくをさらに追い詰めるものだった。

ああ、と感極まった声を漏らしたかれは自分の妹に抱きつかれているぼくの胸へ可憐な乙女のように飛びこんできたのである。ななな、なに考えてるんだこの人は。

「ああ……黒江くん……なんとお礼をいってよいかわかりません。本当のことを申し上げましょう……わたしも高伸を自分のものにしたいのです。そのために、あなたにお願いしています。もちろん……できる限りのお礼はいたします」

　晃さんの口にした『お礼』とはなかなか以上に魅力的だった。報酬はとりあえず一〇〇〇万円。それに加え、望む私立大学への推薦。就職についても面倒はみるし、就職後も不自由はさせない。調査の過程で法を犯した場合でも、全力でバックアップする。いい話だが、困りもした。かれはそのすべてをぼくの胸にすがりながら話したのだ。

「いいでしょう」ぼくはかれの肩に手を載せた。離れてくれという意味だと受け取って欲しかった。

　が、かれはまったく逆の意味に受け取ったらしい。ふるふると身体を震わせながらさらにつよく身体を寄せてきた。頬が胸に押し当てられる。しっとりとした息が熱い。ほっそりした指がぼくの身体を這う。

「ああ……黒江くん……」

　っておい、なあ。頼むわ。男だってのになんか気持ちいいし。つーか顔だけみてると男とはおもえないし。あああ、いかんいかん。なんでそんな妖しい仕草を。うわわ、反応してる反応してる。頼む、ぼくの股間！

　パニックに陥りかけたところを救ってくれたのはみさきだった。

「兄さん、黒江くんがびっくりしてるわ」

「あ……ああ、これは。申し訳ありません、嬉しさのあまり取り乱してしまいました」ぽおっとした顔をあげた晃さんはあわててぼくから離れた。ぼくは真っ赤になっているかれのパンツの前が膨らんでいることに気づいた。このホモ！　と心の中でも罵《ののし》れなかった理由はただひとつである。

　耐えきれず、ぼくも勃起していたのだ。

9

　ぼくらが降りるとすぐにリムジンは走り去った。相変わらずひっついたままのみさきと晃さんから受け取ったバックパックを抱えてテールライトを見送る。

　ちょっとばかり……どころではなく唖然としていた。とんでもない依頼についてはもちろんだし、その、アレもだ。

　ショックといえば大ショックである。自分ではそちらの気はまったくないとおもいこんでいたからだ。だが、肉体は実際に反応している。こうなった原因は押しつけられていたみさきの身体だけだ、と信じようとはしたのだが、どうにもこうにも、晃さんの美形ぶりは圧倒的だった。さっきアンドロジーニアスという表現を使ったが、まさに女と男を融合させたような魅力があるのだ。

いやいや、きっとぼくは押しつけられている身体でみさきを感じ、晃さんの面立ちにみさきを認めたのだ。だからなのだ。そうに決まっている。

では、なぜかれまでが頬を染めていたのか？　おまけにかれの肉体も反応を……もしかしてぼくはあのバイセクシュアルとかいうやつ、どっちでもカマーン、な人だったのか？

考えているうちにイヤになってきたので気分を落ち着けるために深呼吸をした。肺に流れこむ夜気は心地よかったが、全然落ち着けなかった。みさきがさらにしっかりと身体を押しつけてきたからだ。彼女の呼吸は荒く、触れ合った部分は燃えあがりそうなほど熱を持っていた。

「……ごめんなさい」みさきがいった。

「別にいいさ」自分のそこがますます勢いを増すのを自覚しながらぼくはこたえた。「ぼくにとっても損な話じゃない」

「ありがとう」ほおっ、と熱い息を吐きだすなり彼女はくったりと身をもたせかけてきた。困った。重いわけではないが、存在感がありすぎる。自分を抑えるため、あえて名字ではなしかけた。

「あのな、真嶋」

「……みさき、でいい」

もう、ダメだ。ぼくはみさきを荒々しく抱きしめるとまた唇を奪っていた。

唇を離した時、自分の欲望がもはや引き返せないところにまで達しているのがわかった。みさきも同じ気分だとわかった時は嬉しかった。そうなんだ。彼女はくったりともたれかかりながらも胸と腰をこすりつけてきたのである。

「……どこがいい」ぼくはたずねた。浅く速い呼吸とともに押しだした声は一日中セキをし続けたかのようだった。

「……」みさきは何もこたえず、頬をぼくの頬にこすりつけた。熱く柔らかい接触でわけがわからなくなる。

「もう一度だけ、訊く」彼女の腰を撫で耳穴へ息を吹きこみながらいった。「どこがいいんだ？　答えなければこの場で……たとえ君が嫌がっても、する。犯す」

ぼくが言葉を発するたびにふるっ、ふるっ、と揺らいでいたみさきの身体が『犯す』という言葉を耳にした瞬間、びくびくと痙攣《けいれん》し、くったりと力が抜けた。さらに強い女の香りがぼくの鼻腔と脳を痺れさせてゆく。

「……にして」小さな声が聞こえた。

「なんだって？」

「せめて、ベッドの上にして」

いい終えたみさきはきゅっとしがみついてきた。ぼくはたまらずに腰をこすりつけ、彼女を喘がせ、自分も快感を味わった。

どうにか気を取り直し、彼女にいった。

「君の部屋でいいか」

言葉はない。そのかわりに頬ずり。意外に冷静な声が聞こえたのは歩きだそうとしたときだった。

「それ、忘れないで」

バックパックである。みさきを抱いているうちに放り投げてしまい、完全に忘れていたのだ。盛りあがったところで現実的なことに気づかされて鼻白んでしまう……というより、女の子だけが備えているある種のタフさに感心しながら、ぼくはそれを背負った。

手を握り、歩きだそうとする。が、みさきはよろよろと数歩進んだだけでもたれかかってくる。歩けなくなっているのだ。

何もいわずに向きなおると、赤ん坊のように抱きあげた。もちろんわざとである。脚を開かせてぼくの腰に密着させ、胸を潰れるほどしっかりと押しつけさせる。彼女は自然と腕を首にまわし、肩に頭をのせてきた。切なげな熱い吐息がぼくの首筋をくすぐる。

「んあっ」

ぼくが腕の位置を変えるとみさきはきつくしがみつきながら身体を震わせた。それはそうだろう。ぼくの右腕はスパッツに覆われたヒップから両脚の間にかけてを抑え、左腕はTシャツの内側にはいりこんですべすべした背筋を撫でたのだ。

「じゃ、いくよ」

赤ん坊のようにしがみついている彼女に囁《ささや》くと、ぼくは全力で走りだした。どれぐらいの時間がかかったかはよくわからない。おそらく五分ぐらいなものではないだろうか。

だが、生まれて以来もっとも濃密な五分間だったことは確かだ。

Tシャツの下に潜りこんだ左手はブラのストラップを外し、豊かな張りのある乳房がむきだされるようにした。スパッツごしにヒップを刺激した右腕は、前側の柔らかい膨らみにしっかりと回して彼女をとらえている。別に指を動かしはしなかったが、ぼくが駆け、ジャンプするたびに生じるショックでみさきの腰は絶え間なく震えを起こしていた。腕を差しこんだ時から湿っていたスパッツは彼女が喘ぎを漏らすたびさらに湿りを増し、とうとうぼくの腕がぬるぬるするほどになった。

「ね……徹、ねぇ、んっ」

段々と声が大きくなってきたのでぼくは唇を奪う。鼻だけで呼吸しながら彼女の舌と唾液をバキュームし、時たま生じる悲鳴に近い喘ぎも飲みこんでしまう。

非常階段を用いて甘い香りのこもったみさきの部屋へ潜りこんだ時には、彼女に普段の清楚な優等生らしさなどどこにもなかった。生まれてはじめて味わう快感——それも、異常な能力を開花させたぼくの、飛んだり跳ねたりしながらのハードな愛撫に、欲情で全身を爆発させそうな状態になっていた。

灯はもちろん点けない。みさきが恥ずかしがるというより、消灯時間を過ぎているからだ。が、女の子らしい小物などが可愛らしく飾られている部屋であることはわかった。ほとんど闇に等しいのだけれど、はっきりそうわかった。視力も増大しつつあるのだ。

もちろんいまは目玉なんてどうでもいい。

彼女をベッドに降ろし、扉のカギを閉めてしまえばもう安心だ。名門校らしいというべきかどうか、寄宿舎の各部屋は完全防音なのである。

みさきの呟きが聞こえた。

「真っ暗……」

ぼくは即座に窓へ近づき、カーテンを開けた。内側のレースカーテンの方はそのままにしておく。

室内に銀河の光が差しこんだ。清浄さすら感じさせるぼんやりとした明るさの中に、みさきの姿が浮かび上がった。

ぼくが座らせたまま放心したようになっている。はっ、はっ、という浅い呼吸だけを繰り返していた。霞がかった瞳で、ぼくだけを見つめている。

唐突に、この部屋に満ちている彼女の香りを強く意識した。脳のちくちくが始まり、爆発的に強さを増した。

もう我慢もためらいも無縁だ。

飛びつくように近づき、汗を吸って重くなったTシャツを脱がせた。

みさきは運命を受け入れるように協力してくれた。外されたハーフカップブラもむしりとる。静脈が透けるほど白い肌が青白く浮かび上がる。張りのあるお碗型の乳房が小気味よく揺れ、ぼくをさらに昂らせた。尖らせた唇のように上向きにたちあがった乳首がたまらない。もちろんその下には平らな腹やくびれたウエストが連なり、胸に負けないほど張った腰へと続いている。

ぼくは容赦なくスパッツにも手をかけた。いや、スパッツだけじゃない。ショーツにも指をかけていた。彼女をベッドへ押し倒すと、勢いをつけてすべてを抜き取ってしまう。もちろんこんなことをするのは初めてだ。だがぼくの両手は熟練した外科医のような的確さで彼女を取り扱った。下半身はいきり立ち、心臓は張り裂けそうで、頭は昂奮《こうふん》のあまりくらくらしている。でも脳のちくちくはやまない。

そしてぼくは目にしたわけだ。うっすらと萌えたつものに飾られたそこを。いま、ぼくにとってファンタジーであり続けてきたその部分は、はっきりとした生々しさで星明りを反射し、息づいていた。あるかないかの陰りの下には男の持たないものが見えている。

これがあの『濡れて』しまった、ということなんだろう。要するにただの分泌物なのだけれど、これほど素敵な気分にさせてくれるものだったとは。ありがとう、みさき。

「あ……や……」

ぼくがどこに注目しているか気づいた彼女はあわててそこを手で隠した。伸ばされた指がびくりと震える。長く尾をひく吐息が漏れた。自分がどんな状態になっているか、ようやく気づいたのだ。

ぼくは即座にのしかかった。抵抗力を奪うように小刻みなキスを続けながら、瞳を見つめ続ける。あえて身体には触れず、ただついばむように唇のふれあいをくりかえした。

そうしているうちに、瞳にあらわれかけていた微かな怯えの色が消え去っていった。上半身を起こしてわずかにぼくを押し退けると、上下を隠していた両手がそっと動いた。ぼくのTシャツを摑み、まくりあげてゆく。ぼくは両腕を交互にあげ、彼女に協力した。

みさきはとろけたような微笑みを浮かべると手をぼくの腰へおとし、ジーンズのボタンを外した。

ぼくは普段からあまり下着を履かない。だから、ボタンがはずれると同時にぼくの分身は心地よい解放感とともに伸びるべき方向へ頭を突きだした。見下ろしたわけではなかったが、跳ねるような心地よさと、熱いものが無毛の下腹に張りついたことでわかったのである。

みさきがこくりと喉を鳴らし、驚いたような顔を向けてきた。ジーンズを蹴り脱いだぼくは彼女のまえで膝立ちをし、押し殺した声でいった。

「ごめんな――これぐらいなんだ。身体が妙になってから、毛は抜けた。他の男とはだいぶ違うとおもう」

みさきの瞳に切なげな光が宿り、首が横に振られた。

「わたし、知りたいのは徹だけだから」

ぐっと胸を摑まれた気分だった。なぜそれほどに、とおもった。そのまま襲いかかるのをようやく我慢できたのは、みさきの甘く掠れた声がこうたずねたからだった。

「ねえ、触っても、いい？　徹の、全部触ってみたいの」

結局のところ、こういう時は女の子のほうがたくましいものなのかもしれない。だってそうだろう？　衣服を脱がせた後、ぼくは彼女の身体には触れていないのだ。ともかく安心させようと考えたからだが――触って拒絶されたらどうしようとおもったのも本当だ。初めてだから手順がわからないというのはもちろんだけれど、それよりも、自分を止めることができないことのほうが怖かった。みさきが拒否してもぼくは強引に押し進めるだろう。彼女の気持ちなど考えずになにもかもしてしまうだろう。それでは、井川詩織をレイプしたテロリストと変わるところがないではないか。

イヤだ。あんな連中と一緒になってしまうのだけはイヤだ。

が、またしてもみさきが助けてくれた。瞳を欲望と好奇心で潤ませた彼女にためらいはなかったのだ。

「いいよ」ぼくはこたえた。

彼女の両手は期待に震えている場所には伸びなかった。汗で湿った指が触れたのは……ぼくの顔だった。

柔らかな指が顔を這い回る。目の見えない人が物の形を確かめるように、ぼくの眉毛を撫で、目の周囲をなぞり、鼻をなでおろし、唇に触れる。

「徹の顔……」酔ったようにみさきはつぶやいた。

両手は首をなでさすり、肩にくだり、肩甲骨のかたちを確かめる。ぞくぞくとしたくすぐったさが快感に転化され、背筋をかけのぼり、いきり立ったものへさらに力がこもった。

掠れた声が告げた。

「お願い……腕を、あげて」

ぼくはその声に従った。指が無毛の脇の下をくすぐる。そのこそばゆさを味わう間もなく、さらに責めてきた。

正座の両脚をほとんど水平にまで開き、張りのある胸を押しつけながら脇の下に鼻をさしこんできた。そこで、深呼吸するように匂いを嗅がれてしまう。

「みさき……」おもわず呻いてしまった。おしつけられた身体の柔らかさ。胸と腹の中間あたりをくすぐる硬い乳首の感触。そして、脇の下をあの猫たちのようにくんくんと嗅ぐみさきの鼻息。

「いい匂い……」蕩《とろ》けた甘い声がこたえる。どうなのだろう？　確かに『変化』を起こしてからぼくのそこは汗のイヤな臭いがしなくなっている。汗をまったくといってよいほどかかないのだから当然だ。

だとすると……みさきはいったい何の匂いに酔っているのだろう。もしかしてあの猫たちも……。

疑問を抱き続けるのは無理だった。脇の下の匂いを嗅がれているあいだも彼女の指はぼくの胸や背中をなでまわし、硬く尖った乳首が腹をくすぐっていた。たまらない。なにもかもがたまらない。いつ爆発してもおかしくない。

しかしぼくは耐え続けた。みさきが次になにをしてくれるのか、楽しみになっていた。『変化』した肉体に夢中になってゆく彼女を見つめていたかったのだ。

ようやく脇の下から離れたみさきはぼくの乳首を見つめ、唐突にそこへ吸いついた。温かくねっとりしたものがはりつき、ぼくの腰は他愛もなく快感に震えた。彼女はちゅっ、ちゅっ、と乳首を吸いながら自分の乳房をぼくの腰に押しつけてくる。ぼくのそこはたっぷりとした張りのある柔らかみに揉まれていた。先端から絶え間なく溢れているもので彼女の肌が汚れてゆく。

そのあいだも、一〇本の指はぼくの身体を探索し続けている。骨の形をたしかめ、肌をなでさすり、筋肉を揉んだ。

何度も左右の乳首を吸った唇がようやく離れた。は、は、という息の向こうから、当惑にも似た呟きが聞こえる。

「どうして……どうしてなの？　こんなすべすべして柔らかい身体なのに……どうしてあれほどたくましいの……」

答える余裕は与えられなかった。

柔らかな指がそこへ触れてきた。すでに先端から溢れたもので濡れているそれをこわごわとまさぐり、形と大きさを確かめてゆく。腰をひいてしまいたくなるようなくすぐったさと心地よさにまたびくびくと震えてしまった。みさきの指には魔法がかかっているに違いない！

　動きはだんだんと大胆になってゆく。ありとあらゆる部分を撫でさすり、指と掌で形を覚えこんでいる。それどころか、その下にある微妙な袋まで撫でまわしはじめた。ぼくはそこを触れられると心地よさが生じることをはじめて知った。ボールを探るようにうごめく指が何度か震えたのは、そこが意外と大きいことに驚いたからかもしれない。いやま、以前からだけどたしかにそうなのだ。

　おもわず声を漏らしてしまった。硬くなったものに添えられた彼女の手がそれをそっと右によけると、胸からくだった唇が臍《へそ》を舐めたのだ。

　止めるまもなく硬く尖らせた舌がもぐりこんできた。目の裏で火花が散った。舌は巣穴にもぐりこむ蛇のようさらに先へ進んだ。内臓を舐められているような感覚にぼくは腹筋を波うたせてしまう。ふんわりとした頰が傾けられたぼくの先端に触れ、手とはまた違う感触で血を滾らせる。

「みさ……き」ぼくは重傷を負ったように呻いた。「もう……」

「待って……まだ……」

　臍から舌が抜かれ、ひんやりとした感触が腹に拡がる。が、それは猛烈な熱を発しているぼく自身と、火を吐いているようなみさきの吐息に吹き飛ばされてしまう。

　みさきの舌なめずりの音がきこえた。まさか……。

「徹の……徹の……」

　指よりもさらに柔らかいものが触れてきた。獲物を貪《むさぼ》るように大きく開き、ぐっと押し下がってくる。

　ぼくはみさきの口に包みこまれていた。

　技術がどうのということはわかるはずもない。ぼくにとって重要なのは事実だった。

　みさきが、ほんの数日前までは別世界の住人だった美少女がぼくを包みこんでいる。熱のこもった柔らかな粘膜でねっとりと捕らえ、舌を懸命に動かして刺激し、吸いあげている。

「みさき……すご……でも……だめだ……もう」

　彼女の返答はさらに激しく妖しい行為だった。いつのまにか頭が上下に動きはじめ、粘膜と舌による絶え間のない刺激にさらされた。水音と呼ぶにもあまりにも粘りのありすぎる響きと、んっ、んっ、という献身のうめきがぼくをさらに昂らせる。

　それだけではなかった。みさきの『全部触ってみたい』

という言葉はウソではなかったのである。

内腿《うちもも》を撫でさすっていた右手が両脚の間をくぐった。手首がボールの収まった部分をくすぐり、指先が、深い亀裂の間にあるポイントを撫ではじめた。

ぼくはもう声もだせなかった。気持ちよいのかどうかすらわからなくなっていた。いまやぼくはみさきに征服されていた。みさきから与えられるなにもかもで脳が膨れあがり、あとは爆発の瞬間を待つだけだった。

堪えきれない予兆に腰が震えはじめる。

それがなにを意味するのか気づいたらしい、みさきの動きはさらに激しくなった。脳震盪《のうしんとう》をおこしそうな勢いで頭を上下させ、左手は二つのボールとその裏側の谷間を撫でさすった。そこは排泄物とは違うなにかでねっとりとぬめっていた。彼女の指は、絶え間のないわななきをおこしていたぼくの中心へゆっくりと狙いを定めると、すべりこむように内部へ進入した。

ぼくは悲鳴のような声をあげていた。なにもかもがせりあがっている。みさきとそのこと以外なにも考えられなかった。

そのとき、ひときわ強い唇の吸い上げと同時に、内部へ潜りこんだみさきの指が内側のどこかを強く押しこんだ。

唇を噛む。端から唾液の泡が溢れるのがわかった。付け根から脊髄、そして脳へと駆け抜けるおそろしいほどの快感とともに、ぼくはみさきの口へ体内でつくりあげられたものを放っていた。

視界がブラックアウトする。身体が硬直し、痙攣をおこす。

信じられないような快感だった。たっぷり一分以上も続いた。満足感をさらに強めたのは、みさきがさらに勢いをつけて最後のひとしずくまで吸いあげ、飲みくだしてくれたことだった。

掲げていた両腕をおろし、みさきの肩につかまった。そうでもしないと倒れてしまいそうだった。

ねっとりした音が響き、ひとつの経験を得たぼくの表面が冷んやりとなった。みさきの唇が離れたのだ。が、すぐに貪られた。びくびくと震えているぼくの先端に何度もキスがくわえられ、先端からにじむものをおいしそうになめとる。

潜りこんだ指がゆっくりと抜かれ、その奇妙な感覚に背筋が震えた。

みさきは銀河の光をぬらぬらと反射している指を愛お

しげに見つめ……自分の口に差し入れ、すべてをなめとった。

炙《あぶ》られたように紅い顔がぼくを見上げ、嬉しそうにいった。

「これで……徹の、ぜんぶ……」

ぼくは獣のような唸りとともに彼女を押し倒した。

本当はぼくの方もあれこれとするべきなのだろう。みさきをしっかりと見つめて褒めたたえたり、胸に手をのばしたり、両脚のあいだで全身全霊を傾けたり。

無理だった。どうにもならない。それに、頭のほうはもうちくちくどころではなかった。脳がかきまわされていた。

彼女に告げた。

「ぼくの……ぼくの番だ」

ぼくの表情に気づいた彼女はぱっと目を見開き、すぐに閉じて、安堵したように息を吐きだし……微笑みを浮かべた。それだけだ。あの伝説のセリフ『はじめてなの』も『優しくしてね』もなかった。ぼくがなにをどうするつもりか、信頼しきっているようにすべてをゆだねてきたのである。

身体を起こし、彼女の両脚に手をのばした。

はち切れそうなほど張った両脚が花咲くように開いてゆく。もちろん『させた』のではない。リードされたわけでもない。一緒になってそうしたのだ。乱暴になりがちだったのはぼくの経験値からして当然だが、彼女が怯えることはなかった。たぶん、視線を合わせ続けていたからだとおもう。

膝立ちをして進み、こうかな、という位置で止まった。両脇には膝を曲げた状態で開いている長く形の良い脚があった。押しつぶされたゴムボールのようにふっくらとした終点にあるみさき自身は口をひらき、ねっとりと露《つゆ》をたたえているにも拘らず清浄さすら感じさせる桜色の内部をのぞかせていた。

まともな照明もないというのに、はっきり見えた。花弁のように周囲を飾っている柔らかなフリル。開かれて外気にさらされた場所はねっとりと潤っていた。上端にはみずみずしく膨らんでいるものがあり、そのいくらか下には小さな穴があって……さらにその下には、男を迎え入れ、子供をこの世界へ送りだすために存在しているものが見えていた。

薄気味悪い、なんていう奴もいるけれど、ぼくは違った。なんというか……圧倒されていた。ねっとりしたものをこぼしているみさきのそこは肉の洞穴《ほらあな》というより、柔らかな優しさの重なり合いのように見えた。いくつもの花弁が重なり合い、誘うようなうごめきが生じている。

ぼくがどこに注目しているか気づいたみさきが自分のこぼしたものでぬめった内腿でぼくの身体を挟んだ。

「あ……ね……あの……」

はずかしい、と口にできないほどに羞じらっている。自分がさきほどなにをしたかも忘れて。畜生。なんていい子なんだろう。男に与える時は娼婦のようで、男から与えられる時は聖女のようで——こんな娘《こ》がリアルのなかに存在していいのか。

そうだ。これほど素晴らしい女を他人になど渡してなるものか。そうだ。ぼくの、ぼくだけのものにしなければならない。彼女をこそぼくのリアルそのものにしてしまわねばならない。

決意を固めて腰を落とし、左腕をついてみさきの顔をのぞきこんだ。二人とも言葉を交わせる状態ではなかったから、右手で彼女の手を再びぼくへと導いてやる。

みさきはバカじゃない。ぼくがなにを求めているかすぐに理解した。

柔らかな汗ばんだ指がぼくの腹と分身のあいだにすべりこみ、そっと握ってきた。その心地よさに腰が震えたが、ぼくも右手を重ねる。

二人で、ゆっくりとそれを押し下げた。そう、ぼくは困ったほどに急角度だし、なんてったってよくわかっていない。みさきなら、すくなくとも自分の身体は見当がついている。だから、頼ったのだ。

先端からあふれたもので彼女に劣らないほどぬめっていたぼく自身は、心地よい圧迫感とともに仰角《ぎょうかく》を下げた。先端に叢《くさむら》が触れる。また腰が震えた。さらに下がる。柔らかく濡れた肉に触れ、今度は背筋まで心地よさが駆けのぼる。

さらに少し下がったところで、みさきの誘導は終わった。

荒い息をつきながらぼくは彼女を見つめた。潤みきった瞳が見上げてくる。ぼくをたっぷりとのみくだしたというのに小さくふっくらした唇は渇ききっていた。ほんのわずかに顔をだした舌が、潤いを与えようと小動物のようにうごめいている。彼女は鳥肌すらたてていた。

そして、あまりにも唐突な微笑みを浮かべた。健気な微笑み。そう、自分もはじめてだというのに、みさきは緊張しきっていたぼくを気づかってくれたのだ。

脳が爆発し、無数の命令が同時に全身へ送りだされた。ただ彼女の瞳だけをみつめながら、求めてやまない深みにむけて自分をおくりだした。先端が肉をこじあけて入りこむとすぐに抵抗へぶつかったがためらいもなく進み続ける。柔らかな抵抗を押し広げるように通り抜けた時、みさきの眉は苦悶するように寄せられ、全身に痙攣のようなものがはしった。気がつくと、ぼくのすべては彼女の中へ滑るように入りこんでいた。いままで一度も味わったことのない不思議なものに包まれていたのだ。

これが……そうなのか。

みさきは苦しげに眉を寄せ、ぼくにしがみついてきた。は、は、と焼けるように熱い吐息がぼくに浴びせかけられている。きっと辛いのだろう。最初はともかく辛いだけ、早く終わってくれることだけを願っている、というのは雑誌とかで良く目にする話だ。

——いや、本当はそれよりももっと大きく心を占めていたものがあった。

ぼくの頭の中にあるのはこれまで味わったことのない達成感だった。やった、やった、とうとうやったぞ、という喜びである。大きかろうが小さかろうがどうでもいい、ともかくぼくはそれができたし、もう後戻りはできないこともわかっていた。

なにしろそこは……畜生、彼女の奥深い場所をどう表現したらいいのか。

早めに済ませた運のいい奴からこんなことを教えられたことがある。えーとまあ、おもったほどじゃないよ、というアレだ。

少なくともみさきは違った。

ぴっちりと締めつけてくる表面をぬめらせた柔らかなもの、というのはなかなか想像ができない。おまけに、その内側に無数の襞《ひだ》が刻まれ、奥へ引きずり込むようにうねうねと動くなど、肉体が感覚として処理しきれない。少なくとも初めてのぼくはそうだった。わかっていたのは自分がなにか素敵なものに包まれていること、そしてぼくがその部分もふくめたみさきという存在そのものへ夢中になっていたことだけだ。それだけで充分だった。

なにしろ彼女はこう囁いてくれたのだ。

「からだ……載せて。いいから、重くても」

その声を耳にした瞬間、予想もしなかった鋭い感触がぼくの背筋から股間へはしった。限界に達したのではなかったが、彼女は確かにぼくを狂わせたのである。いま辛いのは彼女のはずなのに！

彼女の中にいたぼくはさらに勢いを増した。もう、言葉をかけることなどできない。

入りたい。もっとみさきに入りたい。

彼女の身体へ乗る。仰向《あおむ》いてもあまり形の変わらない胸がぼくの胸をどんなクッションよりも柔らかに、そしてしっかりと受けとめてくれた。同時に、硬いものが二つ、ぼくをくすぐる。

うっ、と声を漏らしたみさきは両手でぼくの髪を撫でまわす。喉がくっ、くっ、と踊っていた。たまらなくなったぼくはそこに唇を当て、舌でまさぐってしまう。内部で生じている蠢《うごめ》きが上と下で感じ取れた。

両腕をのばし、背中側から潜りこませて肩を抑える。そして、小刻みに腰を送りこみはじめた。

つきだすたびに先端が何かにあたる。ぼくにかき分けられた柔らかなうねりが痛みを覚えるほどに締まり、緩む。唇を押し当てた喉がくいっ、くいっ、と動き、半開きになった唇から苦しげな喘ぎが漏れる。彼女のうっすらしたものとぼくのつるつるした部分がこすれあい、柔らかな丘を押しつぶす感触が生じる。

もちろん立ち止まりはしない。そのまま運動を続ける。受け取っていたのはみさきの与えてくれる心地よさ。そして、もっと深い場所へ、もっと温かい場所へというそのことだけだ。

は、は、と燃えるように熱い吐息がぼくの顔をくすぐる。しっとりとした肌には絶え間なく汗が浮き、吸いつくような感触になっている。肌は火照《ほて》り、茹でられたように紅く染まっていた。

そして彼女自身は、ぼくをうねり、締めつけてくる。

「ねっ……ねぇっ……」

みさきは何かを訴えてきた。蕩けきった瞳と寄せられた眉がたまらない。ぼくはそのまま半開きの唇へ吸いついていた。

舌をとらえ、豊富な唾液を吸い上げながら腰を小刻みに動かす。みさきの腕と脚がぼくにからみつき、嗚咽《おえつ》がこみあがり、ぼくの下半身はとろけそうなよろこびに歓喜の震えをおこす。だめだ。もうだめだ。ぼくのそこでどうにもならないほどの切なさが突きあがってきた。

彼女に警告するまもなく鮮烈な解放感が生じた。ぼくは濡れた柔らかな肢体を抱きしめながらまたもや獣じみたうめきを漏らしてしまった。同時にみさきの身体にも震えがおこり、ぼくを内部へ吸いこむような動きと共にあ、あ、あ、と途切れ途切れの声を漏らしながら全身を硬直させた。

はじめての、はじめての――これでようやくぼくは本当に……深い満足感と共に息を吐きだそうとした、その時。

脳のちくちくが異様なほどに高まった。同時に、内臓が奇妙な具合にうごめき始める。ぼくは自分を襲った異常に混乱し、助けを求めるようにみさきへしがみついた。

「とお……る……どうしたの……んんっ」

苦しい息をなだめながらぼくを案じたみさきの身体がびくびくと震えた。狂ったような喘ぎをあげ、ぼくを抱き返してくる。

「あっ、これっ、なにっ、ああっ」

ぼくは答えることができなかった。体内で生じている異変に、とてもそれどころではなかったのだ。

なにもかもが燃えていた。燃えながらうごめいていた。心臓の鼓動が異様に激しくなり、視界が何度も暗くなった。焼けついた肺が酸素を求めている。腹の中はアナコンダが暴れているような感じだ。なにもかもがぐねぐねのたうち、信じられないほどの熱を生じさせている。あの時と同じだ。ヤクザにいたぶられた時と同じだ。

だが、いまのほうがさらに激しい。

もう、耐えられない――異変のショックにぼくの意識が途切れようとしたその時、ぴたりとすべてが終わった。

呆気にとられて頭をあげる。

なんともない。

異様な感覚は消え去っていた。

みさきが荒い息を吐きながら心配そうに見上げていた。

「ね……いまの……なに……身体が凄く熱くなって……」

「わからない」ぼくはこたえた。「でも……もうおさまったみたいだ」

「そう……」みさきは大きな息を吐くと、ぼくを抱きかかえてくれた。

その心地よさにうっとりしかけた時――ぼくの付け根、その奥深い場所でなにかが引き絞られるような感触が生じた。

びくり、びくり、と全身が反応する。肉が波うち、血液が猛烈な勢いで駆けめぐる。

熱が渦巻いた。そうだ。ヤクザどもを片づけたあの時と同じように。

「とおる……」

目を見開いたみさきを見つめかえす。体内の異常は続いていたが、もう不安はなかった。それがなんであるかわかっていたからだ。

欲望。身体がはじけ飛びそうなほどの欲望。

ぼくの腰は再び動きはじめた。相変わらず小刻みに。しかしそれで充分だ。ぼくを受け入れたままのみさきはたちまちのうちに昂り、腰を震わせながら切なすぎる声をあげていた。

「だめっ、とお……る、ねぇっ、どうしたのっ、こんなっ」

もちろんぼくはそのまま動き続けた。やめられなかった。こうして動きながらも欲望はさらに増し続けていたし、なにより彼女の中にいるぼくがもっと刺激を求めていた。心なしか、さきほどよりも触れ合う密度が高まった気がしていた。

みさきはもう壊れたように悶えているだけだ。苦痛でないことは身体の火照りと奥深い場所の反応が教えてくれた。さきほどまでは軽く当たる程度だった場所……すべての女性が奥深くに備えたものが常に触れており――押し上げるような状態になっている。そこはさきほどより柔らかくなっており、ぼくが腰を入れるたびに先端へ熱い液体を浴びせかけてくる。女性を月に一度見舞う避けがたいイベントの前後、そこは柔らかく開き気味になるというが、みさきもそういう時期なのだろうか。

あ、あ、という喘ぎの合間にみさきの訴えが聞こえる。いっぱい。いっぱいになってる。さっきより凄くなってる。ごりごりきてる、奥に来てる、おなか、おなか、おなかが揺れてる。

そのとおりかもしれない。ぼくの先端は彼女の深みの入口と密着し、おそらくは危険なほどの刺激を加え続けているのだ。彼女の深奥が浴びせかけてくる熱いものはその隙間から溢れだしている。

脳が煮えているように熱い。が、ぼくの一部は冷静になぜみさきがさらに激しく乱れているのか、その理由を確かめていた。

また、『変化』がおこったのだ。

みさきに包まれている部分からの快感が強まっていた。そう、ぼくのそれは長く、太くなっている。みさきをいっぱいに拡張していた。それだけではない。形も変わっているようだった。みさきの内部構造にあわせて反り具合が変わっている。そして、表面のあちこちに背びれにもにた突起が生じていた。

効果は異常なほどだった。腰を動かすたびにみさきは絶息するような声をあげ、身体をびくびくと痙攣させた。ぼくが前後するたびに突起が喜びをもたらす場所をこすりあげ、突きあげ、震わせているに違いなかった。ぼくもそれを感じ取っていた。突起は柔らかい肉をはさむように両脇に張った彼女の筋肉をゴムのようにはじき、天井でふっくらと膨らんだ敏感な部分をもみ潰し、深みの入口を絶え間なくついて腹膜を震わせているのだ。

口をいっぱいに開いたみさきはひっ、ひっ、という甘い悲鳴のあいだに訴えていた。だめ、もうだめ、助けて、覚えちゃう。開いちゃう。だがぼくは止まらない。いや、止まれない。突き進みたくてたまらなかった。

身体の奥を抉《えぐ》りあげられ、何度も意識を飛ばし、白目まで剝いたみさきをさらに責めたてる。強い刺激のおかげで意識を失いたくても失えない彼女はとうとう泣きだしてしまった。

愛おしさと快感が同時につきあがった。なんと愛らしいのだろう。これほどの美少女と――いや、女性とはじめての交わりを経験できるなんて、ぼくはなんと幸運なのだろう。もしこれが『変化』の影響だというのなら……『変化』に万歳だ。この肉体を駆使してやる。どんな男にも与えられない悦びをみさきに与え、永遠にぼくのものにしてみせる。絶対に。絶対に！

そう感じたとたん、意志の力ではどうにもならない発作のような言葉が飛びだしていた。

「みさき、ぼくを好きだといえ」

みさきはうわ言のようにこたえた。

「好き……好き……」

ぼくの内部でさらに何かが荒れ狂い、再び言葉に変わった。

「ぼくだけのものになると誓え」

みさきはぶるぶると腰を震わせながらぼくにしがみつき、こたえた。

「なる……わたしはとおるの、とおるだけのに、なるっ。お願い、お願い、だから、だから捨てないで、ずっと、ずっと捨てないでぇっ」

ぼくは獣のようにうめきながら彼女を抱きしめ、信じられないほど複雑なうごめきを示し続けてきた場所へさらに自分を打ちこんだ。

唐突にみさきが目をいっぱいに見開いた。白目が紅く染まるほど充血した目は何も見ていないに違いなかった。背中にまわされた彼女の手が獲物を抑えつける雌豹《めひょう》のように爪を立て、引っ掻いてくる。が、痛みはなかった。

ぼくの新しい皮膚はその程度のことで傷つかないらしい。

息絶えたような喘ぎと同時に、彼女の腰が勢いよくはねあがった。そのまま高く、高く、ぼくの身体ごと持ち上げてゆく。頭と足だけですべてを支え、朱色に染まった肢体でアーチをつくりあげて硬直した。ぼくは彼女にしがみつき、痛いほどの締めつけを感じながら——なおも動き続けた。はっきりとわかるほど強い熱を発し、いっぱいに締めつけてもなお柔らかさを保っている彼女を責めたてた。みさきは達しながら昂り、昂りながら達し続けた。

やがてぼくはみさきの中にあるものへ埋めこむように押しつけながら今夜三度目の解放感を味わった。排卵日であれば……いや、そうでなくても妊娠してしまうかもしれない。中学の時、そこまで堂々と教えるのはどうかとおもわれる男女平等教育を採用していた学校に通っていたおかげでぼくはその可能性があることを知っていた。性交時排卵というやつだ。人類がなぜこれほどまで数が増えてしまったのか、その理由の一つとなる肉体の反応(機能、か?)である。レイプの妊娠率が高い原因でもある、戦闘的フェミニストが女の肉体そのものを憎む原因ともなっているものだ。

だからどうした。

それでもかまわなかった。正直いって、妊娠するのであればしてくれとおもっていた。そうなってくれたなら……ぼくとみさきの間には他のなによりも強いつながりができる。彼女は堕胎を選ぶような人間ではないから、絶対にそうなるはずだ。

そうなって欲しかった。学校は辞めなければならなくなるが、気にもならない。いまの世の中であればなにをしても食べていける。ぼくのこの力を生かせばみさきともう一人ぐらいの面倒は楽々とみられる。そうしてみせる。そしてぼくとみさきは必ず寿司を買って帰るようになる。絶対に、一人にはしない。

だから、ぼくは意識が薄れるほど長々と続いたすべてを彼女の奥へ流しこんだ。ぼくとつながってくれ、君を手放すものか、と焼けつくようにおもいながら。脱力し、意識を失った彼女はいつまでも小刻みな痙攣に脇腹や太腿を震わせていた。

以上がぼくとみさきの最初である。痛みも恐れも失敗もなかった。まるでファンタジーだ。しかしリアルだった。リアルだったのだ。いや、たとえファンタジーでもかまわない。異常でもいい。ぼくは一人ではなくなったのだから。

2 リアル

1

週末が過ぎ、学期末の月曜日がやってきた。学校は間もなく終わり、生徒たちは夏休みを過ごすために実家へかえってゆく。高伸はそういうスケジュールになっている。

だがぼくのほうは夏休みを楽しみにできるような気分ではない。

ヤクザたちの調査はまだ続いていた。ますます人数が増え、神経質にさえなっているようだ。理由ははっきりしていた。

この高伸でなにかの取引を予定どおり行なおうとしているのだ。あの晩の出来事については不幸な偶然とみなしているのかもしれない。少なくとも警察が関わっているとは考えていないだろう。マンガやアニメじゃあるまいし、高校生の捜査官なんているはずがない。それに、警官はぼくのような暴力はふるわない。

晃さんから受け取ったバックパックの中には金の他にもいろいろなものが入っていた。笹川組の資料が記録されたDVD‐ROM。掌サイズだが高倍率の双眼鏡。やはり小型の、録画機能のあるデジカメ。メモリが増設され、一五分ほどの録画が可能になっていた。容量のやたらに大きなパームPCフルセット。あやしいソフトのインストールされたサムドライブもあった。黒のトラックスーツ。黒のヘッドマスク。手袋が何種類か。スニーカーが数足。喉に震動を与えて声を変える首輪型のボイスチェンジャー。護身用のスタンバトン（警棒とスタンガンを合体させたような道具だ）。催涙ガスボンベ。そのままでは梱包用の道具にしかみえないポリマー式の手錠。目つぶしにも使える小型フラッシュライト。ピッキングツールに、ペン型の圧力式ガラスカッター。盗聴セット。軍用救急キット。そして、すべてを同時に身につけられるよう、ポーチが何個も付けられている軍用システムベスト。ベストというよりベルトという感じの両肩と腰で締めるやつで、やはり黒く染められていた。

溜息がでた。晃さんがしっかりと事態を認識していることがわかったからだ。黒ずくめでそろえてあるのは夜動き回ることを想定しているから。スタンバトンなんてものが入れられていたのはぼくがためらいもなく暴力を用いるとわかっているから。それでいて、人を殺せそうなものはない。法律をおかさずに手に入る殺傷能力のある武器――ナイフやスリングショットやボウガンすらなかった。

　道具を再確認しながら、どういうことだろうと考えた。相手はヤクザで、かれらが理事長と組んで取引しているのは麻薬というところだろう。理事長を取りこむにはよほどの儲けが必要なはずで、それほどのものをもたらすのは麻薬だけだからだ。

　だとするなら、もしだれかが首を突っこんでいると知った場合、少なくとも向こうに遠慮するつもりはないはずだ。潜入捜査をおこなう麻薬取締捜査官だって殺されることがあるのだから、高校生などどうということはないはずである。ここまで道具を揃えたのだから、晃さんの方でもわかっているはずだ。

　どうしてだろう。みさきから聞かされたぼくの能力を信頼しているということなのか。

　違う、こたえはみさき自身だった。


　ぼくたちは人前で二人の関係を隠すことなど考えなかった。一見する限りぼくと彼女は不釣り合いな組み合わせだけれど、隠し通すのはとても無理だと考えたのだ。授業中、お互い横顔をのぞきみることを我慢できないし、時間さえあれば抱き合っていたくてたまらない。

　あの濃密な時間以来、ぼくたちは可能なかぎり一緒に過ごしている。

　土曜日はムチャクチャだった。授業は同じクラスだから問題なし、休み時間は二人で過ごせる場所へ、放課後もまあなるべく一緒に。そのあとは学食や談話室や図書室や自習室で話すか教科書を並べて拡げるか、である。夜八時で施設は閉まるので、そこでとりあえず別れるが……深夜の一時にはまた一緒になる。ぼくが女子寄宿棟のみさきの部屋へ忍びこむのだ。それから朝の五時に部屋へ戻るまで、片時も離れない。日曜日——昨日は朝七時から一緒だった。

　いつ寝ているのかって？　それがその……そのあとの一時間半ほどだけだ。それで充分なのである。ぼくの身体は、そういう面でも変化を起こしているらしい。栄養さえとっていれば、体力が急激に回復するのである。

　みさきはそういうワケにはいかない。心配になってたずねると、土曜日は授業中に居眠りしたし、ぼくが部屋へ忍びこむ前にも寝ているし、帰った後も寝るから一日五時間以上は寝ているので大丈夫だという。昨日の夜、月曜日に疲れ切っていては彼女が辛いだろうと一時間ほどで部屋から引きあげようとしたら、わたしのことが嫌いになったの、お願い、なんでもするから、と泣きながら抱きついてきた。抵抗できるはずもない。

一七歳で、身体も鍛えているということか、と納得するしかなくなった。これで勉強に影響がでると問題だが、ぼくはまあアレだし、彼女も全然問題がない。だからぼくらはこの世のどんな恋人たちよりも親密にあの日以来を過ごしたのである。

だから、いろいろと危険はあるだろうけれどオープンにしてしまうことにした。だいいち二人で歩いているところをヤクザに見られているのだ。

でまあ、冷やかされたり妬まれたりしながら昼を学食で済ませ（ぼくの食べる量はあいかわらずだ）、中庭にでた。そこは夏そのものの日差しが降り注《そそ》ぎ、ひどく生々しい植物の香りに満ちていた。

ぼくらはベンチへ並んで座った。できたてのちょっと大胆な高校生カップルにふさわしく、人前でそれはどうかと思われるほど身体を寄せ合っている。とても密談しているようには見えないはずだ――いや、まあ、実際にそうしたかったのも本当だけれど。

今日から調べる、彼女とこういう仲になって以来あえて口にしていなかったことを告げたあとでぼくはたずねた。武器が含まれていないことについてだ。

とろんとした瞳でぼくを見つめていたみさきの身体がひくりと震え、消え入りそうな声が聞こえた。

「……イヤだったから」

「君が決めたのか」

「もし警察に逮捕されたら、困るでしょう？」

目に涙が湧いていた。愛に溺れた女の顔とはこういうものかもしれない、とおもった。

彼女がたずねた。

「怒った？　あなた、そういうのイヤだろうっておもったから、わたしが兄にいったの」

「いや、いいさ。本当にそうだから。ともかく、ヤクザとテロリストは違うさ」微笑み、柔らかな手を握りしめた。汗ばんだ掌がきゅっと握り返してきた。柔らかく甘い女の香りがした。

安堵の吐息が耳をくすぐった。ぼくは場所も人目も無視して彼女をむさぼりたくてたまらなくなった。もちろん腰にしっかりと手をまわすだけで我慢した。

「あの」みさきがいった。「無理、しなくていいよ。危ないに決まってるから」

「君の兄さんに頼まれたし、引き受けた」

「でも……やっぱり」

安心させようと腰にまわした腕に力をこめた。

「大丈夫だ。気をつける。約束は守りたい。君の兄さんとの約束だし」

本当はそんな理由じゃなかった。ぼくは……恨んでいるのだ、笹川組を。自分の異常な力に確信をもてなかった……つまり一介の高校生にすぎなかったぼくを取り囲み、袋叩きにしようとした奴ら。ただの高校生であり続けるのならば泣き寝入りすることになっただろう。が、いまのぼくは違う。社会的な役割は高校生だが、身体の内側では『変化』によって得た力が爆発の機会を待っている。ヤクザという危険だがどれほど叩きのめしても罪悪感のわかない連中を活用して楽しもうと強硬に主張している。

もちろんぼくも賛成だ。

「理事長は学校に顔をださない。だから、副理事長だな。彼女が実際の取引を仕切っているはずだ。晃さんからなにか聞いてないか」ぼくはいった。

「ほとんど知らない。ともかく理事長側の人間だとしか」

「ああ——いや、それだけで充分だ。ともかく彼女は関わっている。となると、証拠がありそうな場所は……」

「教職員棟の部屋」みさきがいった。「あと、管理棟の副理事長室も」

「面倒だな。どちらも用事がなければ入りにくい」

みさきは勘がよかった。「夜、忍びこむんじゃないの？」

「それはもう少し情報を摑んでからだよ。夜はどちらも鍵がかかっているし。学校の鍵は古くさいやつだから、ピッキングツールの使い方がわかれば開けられるかもしれないけど」

「昼間、管理棟に入るのなら方法がある」みさきがいった。「生徒会に用事があることにしたら」

「ぼくが、か」菊池理恵の顔を思い浮かべながらぼくはいった。

「……わたしが調べようか？　学級委員長だから、理由はつけられるし」みさきはいった。

「却下。君はだめだ」

「でも……」

「ともかくだめだ。別に君の勇気や頭の良さを疑うワケじゃない。ぼくが落ち着かなくなるんだ。頼む」

みさきはしばらく息を詰めて見つめていたが、すぐにぴったりと身体を寄せてきた。

「じゃ、どうするの」

「生徒会の会議があったよな」

「ええ、休み前最後の……」

「君の代理ということで参加する。君は……そうだな、部活が絶対に抜けられないことにしておけばいい。つまりさ、ぼくは君にいいところを見せようとして使い走りをやってることにする。リアリティはあるさ」

「ひどぉい」みさきはぷんとこたえた。「……でも、いいわ。あなたが他に方法がないというのなら、どうおもわれてもいい」

　ぼくはぎゅっと彼女の腰を引き寄せた。みさきはたっぷりした胸をぼくに押しつけてきた。

「恨まれそうだ、君に憧れていた奴らに」

「違うわ」彼女はにっこりした。「妬まれてるのよ」

「それはちょっとわかる」ぼくはスカートに包まれた彼女のヒップをさっと撫でた。「こういうことだろ？　ま、リストラ要員のオヤジが新入社員で一番美人な娘《こ》を愛人にしたようなもんだから。でもって彼女は大株主の孫娘だったりするんだ——本当に、ファンタジーだよ」

「ばか」真っ赤になった彼女は肘で脇腹をつついてきた。

「あなた、どうせ気づいてないんでしょ」

「なにを」

「女子にけっこう人気でてきてるのよ、あなた」

〝あなた〟って口にしても全然おばさん臭くない、いやむしろ素敵だ、とおもいつつぼくは否定した。

「ウソだぁ」

「本当」

「ウソ」

「このあいだ、部活の時に一年の子と話してたじゃない……嬉しそうだったわよ、あの子」

「あれは君のことをたずねて……っておい、どうして見えたんだよ。ずっとターゲット狙ってたじゃないか」

「地獄耳なの、わたし」

　振り向いてそういったみさきの笑顔はちょっとコワかった。ぼくはわけもなく嬉しくなった。

　みさきには様々な顔がある。優等生だったり、意欲的な学級委員長だったり、エアライフルを構えていたり。でも、ぼくが好きな彼女はそのいずれでもない。廊下や、教室のどこかでちらりと目にする彼女が一番いい。

　そんな時のみさきはただの彼女自身だ。一七歳であるという現実が求めている役割を演じているわけではない。

ただ、一七歳の少女そのものとして歩いている。ちょっと早足で、だからといって自信に溢れている足どりではもちろんなく、弾むようでありながら重さはちっとも感じられない。なにかの拍子に立ち止まりちらりと窓の外を眺め、だれに対するものでもない微笑をほんの一瞬だけ浮かべ、ゆっくりと歩きだす。すぐに足早になる。どこか、一刻もはやくたどりつかねばならない目的地があるように。そんな姿を見つめるぼくはどうするかというと、ただもう説明のつかない気分で、ああ、うん、と見《み》惚《と》れているだけなのだ。

彼女がぼくに気づきでもすると、もうダメだ。遠くならにっこりとして手を振ってくる。近ければくるりと身を翻し、ぼくが発している磁力に引き寄せられるように駆けよってくる。なぜ声をかけてくれなかったの、と怒られる。そう口にする時の彼女はやはり、すこしだけコワい。

もちろんぼくは彼女の目を――底の知れない奥深さのある瞳を見つめながら、そこに紛れもない優しい光があることを確かめ、抑えきれない嬉しさに顔をほころばせてしまう。なんとすばらしいリアルなのだろう。

いまも、同じだ。


「あとは……教職員棟か」ぼくは心地よさのなかで危険な依頼について考えた。

「だれか……」ぼくの肩に顔を寄せたみさきがいった。

「先生に用事を作ったら……」

あっ、という小さな声が聞こえ、紙の落ちる音がした。あわててそちらを見た。麻木先生が小道にプリントをばらまいていた。顔が紅い。ぼくらを目にして驚いたに違いなかった。

「よし……用事を作ろう」ぼくはみさきから身体を離し、立ち上がった。プリントを拾い歩いている麻木先生へ歩み寄り、拾うのを手伝った。

「あ、あの、黒江くん……」

「いいですから、早く拾いましょう」

手早くプリントを拾いあげ、先生に手渡した。彼女のトレードマークのようなミントの香りが鼻をくすぐる。

「あ、ありがとう」麻木先生は真っ赤になったまま礼をいった。「あの、黒江くん、あの、別にわざとじゃないから、あのね」

ぼくは微笑んだ。あいかわらず正直な女性だ。ぼくとみさきが寄り添っている姿はよほど生々しく見えたに違いない。ま、今後は気をつけよう。無理だろうけれど。

「あの、じゃあ、もう大丈夫だから……あっ」立ち上がりかけた麻木先生がよろけた。ぼくはさっと飛びだして身体をプリントごと抱えこんだ。おもっていたよりもずっと張りのある感触だった。体臭は……残念、ミントの香りが以前よりもさらに強い感じでよくわからない。

「あの、あの、黒江くん、あの」

パニックになっている彼女から離れ、顔を見上げた。もう、紅い、なんてものではなかった。

「先生」ぼくは微笑み続けながら彼女と視線を合わせた。

プリントの束を恋人のように抱きしめながら彼女はこたえた。

「あ、うん、あの……なに？」

「勉強のことなんですけれど」なるべく無邪気さを装いつつぼくは持ちだした。

「あ……うん」ようやく教師らしい態度をとれるようになったのだろう、彼女はにこりとした。無意識のうちに小首を傾けている。

「……ちゃんと勉強してね、先生、期待してるから」

「それなんですが、あの、わからないことがあったら質問しにいってもいいですか？」

「あ、ええ、ええ」彼女は嬉しそうにうなずいた。「いいわよ、いつでも」

「もちろん職員室にも伺いますけど」そうだよ、そいつを利用しない手はないよな、これで管理棟に入りこむもう一つの理由ができる。

「夕方とか困った時に先生のところへうかがっても……もちろん、お部屋の入り口で教えていただけるだけで結構です」

ぼくの気遣いがわかったのだろう。彼女はまた紅くなった。ほんの少しだけ顔を伏せたが、声はしっかりとしていた。

「いいわよ、気にしないでいらして」

一礼し、みさきの傍らに戻った。彼女の表情は険しかった。

「なんなの、あれ」

「教職員棟に入りこむ理由を――」

「あなたの態度じゃないわよ」みさきはむすりといった。

「麻木先生よ。あなたの前であんなに紅くなったりして」

「気が弱いからだろう」

みさきはまじまじとぼくを見つめ、はあっ、と息を吐きだした。

「そういうこと、本当に鈍いの？」

いや、もちろんそうじゃない。下手に認めるとみさきに悪いとおもったのだ。だから、彼女を傷つけないように言葉を付け加えた。

「あのな、きちんと覚えておいてくれないか」

「……」

「ぼくは女性について、君に教わったこと以外、なにも知らない」

みさきはきっとした顔で睨みつけてきたが、すぐにぽろぽろと涙をこぼし、ぎゅっと抱きついてきた。

2

放課後、みさきの代理として生徒会の会議に出席した。なるべく目立たないようにしていたが、菊池理恵はぼくの顔をみて軽蔑と戸惑いの入りまじった顔を浮かべた。

案の定、会議が終わったあとでつかまった。生徒会会議室の隣、つまり生徒会室の前だ。他の連中はすでに姿を消している。美少女といえないこともないがアルマジロのような性格の理恵の側にはいたいはずがない。

「なんであんたがここにいるのよ?」

理恵は挑むような顔で睨み付けてきた。みさきの代理だとぼくは話した。

「連絡を受けていないわ」

「そのヒマがないからぼくが来た」

「どうしてそんな勝手なことを」彼女は眉を逆立《さかだ》てくどくどとやりだした。ポニーテールがぶらぶらと左右に揺れていた。

気がつけば彼女はぼくをさらにきつい顔で睨みつけていた。

「聞いているの」

「聞いているよ」ぼくはこたえた。別にどうという話ではない。学級委員長はクラスの選挙で選ばれたからどうのこうの、というお決まりの文句だ。

ぼくの返答は彼女をさらに怒らせたらしい。どういう意味があるのかよくわからない文句が延々と続いた。ぼくの耳はいい加減マヒしかけていたが、中央階段の方から響く足音は聞き逃さなかった。四階から降りてくる足音だ。

ほんの一瞬だけそちらを見た。副理事長の姿が見えた。こちらを訝しげに見たが、ふっとバカにしたような笑みを浮かべると降りていった。本日もまたオーダーメイドのパンツ・スーツだ。いや、なるほど。

「バカにしてるのよ!」

理恵は感情が暴走しているようだった。真っ赤になり、涙まで浮かべている。その一方でぼくは焦りを感じていた。島田香澄は副理事長室を出た。理事長はもとから学校にいない。ドアにはカギがかかるようになっているが、この時間の外出でカギをかける可能性は――かえってあやしまれるだろうから――低いと見ていい。

菊池理恵をなんとかしなければならなかった。かといって殴り倒すわけにもいかない。逃げだしても追いかけてきそうだし、逃げきってしまえば校内放送で呼び出しをかけかねない。畜生。大勘違い女はテロリストやヤクザよりも始末に負えない。

しばらく悪口雑言に耐えつつ考えをまとめたあと、以前に何かの本かネットで目にした方法をおもいだした。嫌いな奴の追い払い方、という内容だ。うまくいくかどうかはわからないが、試してみるしかない。

「バカになんかしてないさ」ぼくはいった。顔をあげ、理恵をまっすぐに見つめる。彼女の目はぼくより少し上にある。

「な、なによ」理恵は目を丸くして口ごもった。

「気づいて貰えなかったか、やっぱり」ぼくは肩を落としてみせた。

「気づくって……」

「君に会う機会を増やしたかった」うわぁ。なにいってんだぼくは。しかし、しかたがないのである。嫌いな奴の追っ払い方女性編にはそう書かれていたのだ。『もしも顔もみたくないほど嫌っている女性との間にトラブルが起きたときは、彼女に愛しているといってあげましょう。少なくとも相手を驚かせ、黙らせることができるはずです』

はい、先生、なんかうまくいっているみたいです。

「どういう意味……」

理恵はぼくをぎゅっと睨んだ。これまでほどキツくはない。

「わかってるだろ……」ぼくはまっすぐに見つめたままいった。もちろん、声には切なげなものを滲ませている。

「……わからないわ」

「君のことが……」う、ううう。うわうわ。「……好きだからさ」

理恵はぽかーんと口を開け、目を見開いた。おお、なんとマニュアルどおりではないか。だれだか忘れたけれどあの文章書いた人、ありがとう。

ぼくはマニュアルの教えに従った一言をうなだれなが

ら付け加えた。

「もちろん、迷惑だってのはわかってるから……いいたくなかったんだ」

で、この先はどういう展開になるんだったかな。えと確か、相手はバカにするなとか、気持ち悪そうな顔をしてともかくこの場を去ることになっていたはずだ。

ぼくは当然浴びるべき反応を予感しつつBSだかCSだかで観たジェームス・ディーンのごとき上目づかいで彼女をうかがった（似合わないのはわかってる――だからやったんだ）。

んが。

菊池理恵は固まっていた。ただ固まっていたワケではない。頬を紅く染め、瞳を霞がからせながら固まっていた。

えーとあの、大丈夫ですか、おーい。

大丈夫ではなかった。全然なかった。

菊池理恵の両目から大粒の涙がこぼれだしたのである。

泣き声の向こうから呟きが聞こえた。

「なによ……いつも……急に……」

ぼくは『変化』のあと滅多に陥らなかった気分になっていた。要するにパニくりかけていたのである。だもんだからあわててマニュアルどおりの締めのセリフを口にした。

「やっぱり……迷惑だったか。ごめん」

んで、背を向けて歩み去る、と。

んがが。

菊池理恵はぎゅっと抱きついてきたのである。いやあの。性格は悪くても美少女だから気持ちいいし、じゃなくてあのその全然違う。

「迷惑じゃない」フェンリルやみさきとはまた違う甘い吐息がぼくの鼻腔に流れこんだ。

「迷惑じゃない。迷惑なんかじゃない」

うわわわ。えとあのマニュアルにはどう書いてあったんだったか。確か『相手が本気だと受け取った場合……』そう、そうだ。

「じゃあ、ぼくの気持ちにこたえてくれるのか」

われながらクールな声だった。なんというか、命令でもしているような響きが含まれていた。

抱きついてきた理恵の身体がびくりと震え……こくり、とうなずいたのがわかった。

ておい、格好つけてる場合じゃないんだって。えーとマニュアルにはどうあったんだか……。

「ぼくがだれと付き合ってるか、知ってるな」

再び、こくん。

「みさきとは、別れない。君が一番というわけでもない」

なんつーかもうムチャクチャなセリフである。最初は君の顔が見られるだけで、なんていってたのに、いつのまにか——要するにおまえは愛人だ、といっている。いやまあ、だからこそ効果があるんだろう。ひどい、とかいわれて彼女は泣きながら走り去って……。

三度、こくん。

……どうしたらいいんですか？　マニュアルにはどう書いてあったんだか……おもいだした。『それでも相手が変わらない場合は、諦めましょう』

いやあの、えーと。

理恵は顔をあげた。前にもちょっと触れたとおもうけれど、顔だちは美少女そのものである。ともかく折り合いが悪かっただけなのだ。

うっとりとぼくを見つめた理恵はいった。

「嬉しい……ずっと前から……好きだったから……他のだれも好きになったことないから……」

「ずっと前？」おもわずぼくはたずねかえしていた。

「一年のときから」理恵は甘えるように身体をこすりつけてきた。「黒江、本を運ぶの手伝ってくれたでしょう」

たしかにそういうことがあった。図書室から借りだした本を抱えてふらふらしていた理恵を手伝ってやったことがある。ただし、ぼくの気分は理恵ではなく隣の娘《こ》に向いていたんだけど（でもってもちろん玉砕した）。

だが理恵はそのことを自分に向けられたものだとおもっていたらしい。いや、だれだって自分の人生の主役は自分にしたいのだからそれはいい。なによりもびっくりなのは、やたらとぎゃあぎゃあ嚙みつく菊池理恵がそういった、最近はマンガでも扱われないようなことでぼくに好意を抱いたことだ。つまりはそれが彼女の本当の姿だということか？　ぼくに嚙みついていたのはアレ、喧嘩するほどなんとやら、ということだったのか？

いい子じゃないか。

そうおもったとたん、なにかが膨れあがってくる感覚が生じた。いや、いまはじめてぼくの前で素直に振る舞っている美少女の肢体に心地よさを覚えていなかったわけではないが、もっと強いものを感じたのだ。

脳がちくりとうずいた。体内で熱のようなものが生じた。どこかから強くささやくものがあった。

それがなんであるか、みさきと経験したぼくにはわかっていた。ただの性欲や衝動ではない。それよりもっと強いもの——いまここにいる美少女を支配し、独占したいという運命じみたおもいだった。

「イヤだというなら、いまのうちだ」ぼくはいった。

理恵は無言のままぼくの顔に頬をこすりつけた。

みさきの顔が浮かばなかったわけでもない。それどころか、フェンリルのことまでおもいだしたぐらいだ。なのに、どうにもならなかった。一かけらの罪悪感も抱かないまま、そしてなぜ彼女がそこまでなすがままなのか考えもせずにぼくは小気味よく引き締まった肢体を抱き上げていた。

生徒会室に入り、後ろ手でカギを閉めた。少なくともいまの時間は絶対に人がこない場所だが、念のためだ。みさきと同様にぼくよりも背の高い彼女と視線をあわせるため、爪先立ちした。

瞳には炎があった。

ぼくは誘蛾灯に導かれる虫のように彼女へ貪りついた。スカートの中へ手を差し入れ、しっとりと汗の浮いた太腿をまさぐる。ショーツはサイドストリングのあるタイプ——いわゆる紐パンというやつだったので、即座にほどいてしまう。はらりと落ちる、というわけにはいかなかった。理恵の太腿はぴっちりと隙間なく張った見事なものだったし、なにより、すでに彼女が溢れさせたものによって糊付けされたような状態だった。そうなのだ。彼女はぼくの演技を真正面から受け取り、肉体的な反応までおこしていたのである。

理恵の大事な部分を覆う邪魔物をむしりとった後は自分の番だ。受け入れる覚悟はつけたものの怯えていないわけではない彼女に微笑みを向けながら、ベルトを外し、ジッパーを降ろした。ズボンそのものが足元に落ちる。理恵の手をとり、恐怖心を募らせないようにゆっくりとそこに導いた。指先がたちあがったものを感じ取ったとたん、彼女の全身がびくりと震える。

「これ……」うっとりとした、それでいて驚きを含んだ声。

「君のせいだ」ぼくはいった。「理恵としたくて、喜んでもらいたくて、こんな風になったんだ」

「黒江……」つぶやくと同時に、理恵の身体からよけいな力がぬけていった。

「名前で呼べよ」ぼくは瞳をのぞきこんだ。「ぼくも、君のことを理恵と呼びたい」

霞がかった瞳に狂気にも似たものがきらめき、昂りで掠れた声がぼくの名を呼んだ。

「とおる……」

「いまからぼくは君の中へ入る――もう一度名を呼べ、理恵」

「と、とおる……」

「いい声だ。ぼくのことが嫌いでないのなら、協力してくれ。片脚をあげるんだ――君の中へ、しっかりと入り込めるように」

「とおるっ」

しがみつくように腕をまわしてきた理恵は自分から片脚を高く掲げ、腰をこすりつけてきた。叢がぼくの裏側をこすり、背筋を電流が駆けのぼる。

ぼくは足の角度をわずかに調整し、みずから口を開いた場所へためらいもなく自分を送りこんだ。

理恵が自分を大事にしてきたことは潜りこんだ途端にわかった。が、すでに熱く湿ったものに心をとらわれていたぼくは容赦なく突き進んだ。

最初の瞬間から理恵は激しい痙攣をおこした。痛みによるものでないことは肉の震えが教えてくれた。どうしてだかわからないが、ぼくの奇怪なものは彼女へ悦び以外のなにものも与えなかったのである。到達した途端に先端へ浴びせられた熱い飛沫《しぶき》がそのことを教えてくれた。

大丈夫か、とはたずねなかった。痛くないか、とも聞かなかった。ぼくは彼女の唇を貪り（そうだ。理恵は生まれてはじめて唇をあわせる前にぼくを受け入れたのだ）、変化しきった自分を容赦なく突き入れていった。

自分より背の高い美少女を抱いて立ったままという異常さにも拘らず、ぼくの肉体は的確に運動した。突きあげられるたびに理恵は痙攣をおこし、硬直しかけ、とうとう立っていられなくなる。ぼくは彼女のヒップに手を差しこんで支え、そのまま動き続けた。動けば動くほどスムーズになった。理恵がたっぷりと溢れさせてくれるから、だけではない。ぼく自身にも理由があった。股間にあの異様な熱感が生じていたのだ。

もちろん、ぼくの意識は理恵を狂わせることだけに向けられている。

立たせたまま身体の奥を抉り続ける。ぼくに埋められた場所の上に口をあけた小さな愛らしい穴から何度も透明な液体をしぶかせ、意識が飛んで白目まで剝いた彼女をさらに責めたてる。そして彼女は狂った。狂いながらぼくに開発されていった。

ぼくの内部にも嵐があった。理恵にたずねろと求めていた。しばらく迷ったが、立ったまま何度目かの痙攣を起こす姿を見つめているうちに抑えられなくなった。

溶けたように潤んだ瞳をのぞきこみ、ぼくはたずねた。

「理恵、君はぼくのなんだ?」

理恵はかすれきった声でこたえた。

「わた……し……とお、るのっ」

同時に理恵の内部が吸いこむようにしぼりこんでくる。ぼくはその愛らしい反応に新たな昂りを覚えたが、我慢して動きをとめる。あっ、と切なげな顔で責めるように見つめてくる彼女にいった。

「答えろ。答えを間違ったら……二度と君には触れない」

理恵はぶるぶると腰を震わせながらぼくにしがみつき、叫ぶようにこたえた。

「……わた、しは……とおるの、お、おんな、なのぉっ、ぜ、絶対にわがまま、いわないおんななのぉっ、だから、だからぁ、優しくしてぇ、可愛がってぇ」

理恵は自分から腰を動かしはじめた。ぼくの肉体にはまだ余裕があったが、あの高慢な美少女が……とおもった途端、我慢がきかなくなった。彼女を抱きしめ、複雑なうごめきをみせている場所に自分を解き放った。


本当はそのあと何度もしていたかった。本気だ。だが、本来の目的を忘れるわけにはいかなかった。

ぐったりした理恵は水道で湿らせたティッシュで拭っているうちに意識を取り戻し、美少女という外見に似合った強い羞じらいに身を震わせた。ぼくは、みさきにしろ彼女にしろはじめてなのに出血していないことを少し疑問におもったが、処女イコール出血ではないという中学保体の授業内容をおもいだして偶然が続いただけだと自分を納得させた。女性の処女膜には色々なタイプがあるし、強靭《きょうじん》な場合もある(だいたい、出血を起こすのは粘膜の方なのだ——詳しくは本かネットで調べるか実戦で確認してくれ)。そういえばぼくが味わったものもおしひろげるような感じだった。それとも……やはり『変化』と関係があるのか? いや、もしそうだとしても、女の子を苦しませずに済むのだったら、文句をつける筋合いはない。なんか身勝手な言い分という気もするが正直そんな感じだ。

不潔、だとか、そんな考え方は嫌いだ、とかいわれそうだというのは承知している。

だけどぼくは神様じゃない。女の子が迫ってくれたり

ＯＫサインをだしてくれたりしているときに、あわあわしながら頭を抱えていられるほど人間ができているわけでもない。肉体は妙なことになってしまったが、身体の奥から突きあげるものに左右されてしまう一七歳の男なのだ。自分なりに相手のことを考えられる人間でいたいとおもっているけれど、ファンタジーにすぎなかったものがリアルに変わり、そのリアルがまたファンタジーのようでもある、という毎日に戸惑っている一人の高校二年生にすぎないのである。『変化』はぼくの能力を変えてしまったけれど、ぼく自身を変えてしまったわけでは決してない。

始末を済ませたあとで理恵をそっと抱きしめ、今度は優しくキスをしてやった。また今度、と告げて先に帰してやる。理恵はそれを優しさと受け取ったようだった。まま、脱がせてしまったショーツを宝物にする、と取りあげたのはやりすぎだったかもしれないけれど。

夏の一日が暮れかけていた。外はもう夜との境目、逢《おう》魔《ま》が時《とき》だ。逢魔時、大禍時《おおまがとき》とも書く——こんな時にもかつてどこかで得た知識が蘇ったことに苦笑いが浮かんだ。管理棟へ入りこむために、結果として一人の少女を貪り尽くした自分こそが悪魔そのもののようにおもえた。なによりも笑いをさそったのは、そこに楽しさを感じていたこと。ぼくと出会った奴こそが不幸だとおもったこと。みさきや理恵はどう感じているのだろう。

ともかく、計画は立て直さなければいけない。セーブしたにしろ、理恵と一時間近く費してしまっている。副理事長はもう部屋に戻っているだろう。

溜息をついて立ち上がった時、壁にかけられているものが目についた。カギがいくつも下げられている。生徒会による自主管理のために、クラブ棟などのカギはここにも備えられているのだ。が、ぼくに必要なのはクラブ棟ではない。

立ち去りかけたところで気づいた。マスターキィ。そう。そこには、マスターキィも下げられている。

学校という施設にあまり高級なカギが使用されていないのはだれもが知っているだろう。玄関棟には警報装置が備えられているが、内部は簡単なカギだけの場合が多い。

マスターキィ。ひょっとしてこれは、学校の施設すべてに使えるのではないか？　わざわざクラブ棟だけのマスターキィをつくるともおもえない。

カギをポケットにおとしこむ。姿を見られないよう、足早に管理棟をでた。やはり副理事長室からは光が漏れていた。

すぐに寄宿棟へ戻りはしなかった。まずクラブ棟に向かった。今日の活動を終えて人気の絶えたクラブ棟を巡り、技術部の部室へ入り込み、合い鍵をこしらえた。おもったよりも面倒な作業だったが三〇分もかからなかった。完全防音なのでグラインダーなどが遠慮なく使えたのだ。

テストは簡単だった。部室のカギを閉じ、合い鍵で開けてみたのだ。問題はなかった。ぼくは微笑んだ。勝負は今夜ということだ。

3

夕食は部屋にあった買い置きを適当につまんだだけだった。空腹なはずなのに辛くはなかった。ぼくの意識は今夜の冒険（そう受け取っていた）に向けられており、他のことはすべて邪魔だったのである。

寄宿舎を抜けだしたのは深夜二時を待ってからである。常にそうだけれど、この学校の坊ちゃん嬢ちゃんたちには本当の宵っ張りはいない。お育ちがよろしいせいなのか。ともかく寝静まっているというのは便利だ。むろんぼくは黒ずくめスタイルである。

夜空には厚く雲が張っていた。闇の中を管理棟の渡り廊下に設けられた入り口に近づく。でっちあげた合い鍵を試す。簡単に開いた。

そのまま副理事長室へ向かったわけではない。まず生徒会室へ入りこみマスターキィを元に戻した。だれにも見られていなければこれでぼくとマスターキィの関わりを示す証拠はなくなる。部屋の中には微かに残り香があった。おもわず口元が緩んだ。

階段を登る。スニーカーはほとんど音を立てなかった。そのまま慎重に四階まであがった。

通路をみまわす。窓からさしこんでくるあるかないかの光と火災報知器の赤色灯だけが頼りだったが、充分に確認できる。ぼくの目はわずかな光の反射を自動的に強化し、薄曇りの日の午後に似た情景として脳に認識させていた。

腰をかがめて廊下を進む。建物の中央にあるのが理事長室、その左側が副理事長室だ。扉を耳に押し当て、なにか気配がないかを確認してから、合い鍵を使った。

副理事長室の内装はへぇ、と声を漏らしたくなるほどだった。足首まで埋まりそうな絨毯《じゅうたん》が敷かれ、なんだか値の張りそうな絵がかけられている。デスクはその上で踊れそうなほどの大きさである。

さて、どこから手をつけるべきか。

決まっている。パソコンだ。

モニターの明かりがもれないよう、カーテンを閉じてからPCを起動させた。起動音が流れたのであわててキィボードをさぐり、ハードウェア・ミュートのキィを押す。

たちあがるとすぐに個人認証を求める表示があらわれた。パスワード解読ソフトの入ったサムドライブをパームPCにつなぎ、USBコードをPCにつなぐ。ソフト上でどう処理しているのかは知らないが、パームPCは即座に作業を開始した。

数分であたりがでる。パスワード解読ソフトはそれを自動的に記録した。

何かがしかけられていた場合に備え、パームPC側から内部ファイルの一覧をのぞきこむ。無難なフォルダ名しか見えない。隠しフォルダやファイルの設定を試してみたが、表示もかわらない。ということは、これらのフォルダのどれかだろう。よくよく考えてみればヤクザにしても副理事長にもパソコンのマニアというわけではない。そう極端なセキュリティはとっていないはずだ。

容量は大したものではなかったので片っ端からコピーすることにした。学校の収支記録。怪しげなのでコピー。寄付金一覧、コピー。職員情報、コピー。管理関連、コピー……。

すべてのコピーには三〇分ほどかかりそうだったのでその間に部屋を探ることにした。抽斗《ひきだし》を開ける。見逃さないようライトを使ってのぞいたが、それらしいものはない。書類の脇にファンシーなデザインのコンドームの箱が収められていたのが面白かったのでおもわずデジカメで撮影してしまった。

左側の、一番下の抽斗にだけカギがかかっていた。

島田香澄は意外と正直な人らしい。これでは、ここに大切なものがありますと宣伝しているようなものじゃないか。

が、どうやって開けたものだろう。ピッキングツールは強引にカギを外してしまうタイプなので経験のないぼくでも開けられそうだが、できればいまの段階で進入したことを気づかれたくない……どこかに予備のカギはないだろうか。

この部屋や、抽斗の中をみる限り副理事長は派手好みなもののきっちりした性格のようだ。となると、カギを落とした場合に備えて予備のカギがおいてある可能性が高い。それも、おもいがけなくはあるけれど絶対に忘れない場所に。

ふっ、と違和感のあるものがおもいうかんだ。整理された抽斗の中にあった唯一の異物。写真なんかとってる場合じゃなかった！

悪い薬をやったディズニーキャラのような絵が描かれているコンドームの箱をとった。軽い。振ってみると硬い音がした。でてきたカギを試す。カチリと音がした。どきどきしながら開けてみると……ちょっとがっかりである。ケースにおさめられたＣＤ‐ＲＯＭが二枚あるだけだったのだ。

ＰＣ内ファイルのコピーが終わっていたので、ＰＣのドライブにＣＤ‐ＲＯＭの一枚目を突っこんだ。容量は大したことがなかったのでそのままコピーする。もう一枚の方は一〇〇メガほどだったのでパームの残容量を確かめてからコピーしてしまう。

すべてを終えると、この部屋にきてから四〇分ほどが過ぎていた。まだ夜は続くが、一度に欲をかきすぎてはロクなことにならない。ＰＣを落とし、抽斗もすべて元通りにし、荷物をシステムベストのあちこちにしまいこんだ。手袋をはめたままなのでもちろん指紋は残っていない。

ほっと一息ついた。本当にそんな気分だった。だから、廊下から響く足音を耳にした時は目の前で掌を打ち合わされた猫よりも驚いてしまった。

足音は二つ。忍ばせているようだがどこか不注意である。

唐突な寒気と心臓が喉にせりあがるような恐怖を覚えつつ部屋を見回した。隠れられそうな場所は――机の下か？　バカな。背に化粧板がはめられているわけではない。照明をつけられたら丸見えだ。戸棚や本棚の陰はもっと論外。

入ってきたのとは別の扉があった。理事長室との行き来ができる。開くかどうか試した。カギは閉められていなかった。把手《とって》をゆっくりとまわし、向こう側へ滑りこみ、扉を閉じた。

副理事長室のドアが荒々しく開かれる音が聞こえた。ドアの下から光が漏れる。照明をつけたのだ。部屋の中を歩き回る足音も響く。若い男の声が聞こえた。

「だれもいませんぜ」

「そんなはずはない。よく探せ、絶対にいるはずだ」

否定した男の声には聞き覚えがあった。みさきと歩いている時にあれこれとたずねてきたヤクザだった。

恐怖がさらに強まった。奴らは、ぼくがここへ忍びこんだことに気づいていたのだ。どうして？　おそらくはなにか警報装置が仕掛けられてあったに違いない。そのはずだ。でなければ説明がつかない。

「隠れていてもわかってるんだぞ！」年かさのヤクザがわめいた。「絶対に探しだしてやる！」

恐怖のあまりぜいぜいと荒くなっている息を懸命に殺し、なにか方法はないかと部屋の中を見回した。旗だの賞状だのが飾られている面白みのない部屋だったが、役に立ちそうなものはなにもない。スチールの妙に頑丈そうな戸棚が目に入ったが、だからどうしたという感じだ。

「おい、そっちを調べてみろ」野太い声が命じた。

「大丈夫じゃないっすか」

「いいから調べろ！」

「でも、妙に手ごわいガキだって……」

「バカ野郎、なんのためにチャカ持ちだしたとおもってやがるんだ」

心臓が停まりそうになった。チャカ。身体に消せない絵を描くのが好きな人たちの多い業界の用語で拳銃のことだ。

廊下から新たな足音が聞こえた。応援がやってきたらしい。

「早くしろ、兵藤《ひょうどう》のアニキにどやされるぞ」

「は、はい」

怯えた声が聞こえ、ドアノブがまわった。

反射的にノブの反対側の壁にはりつく。ドアが開き、白色光がさしこんだ。左手が壁をまさぐっている。照明のスイッチを探しているのだ。カチリと音がして照明がともった。今度は右手が——そして握られている拳銃が見えた。

ぼくは半びらきの扉に体当たりをかました。乾いたイヤな音が響き、悲鳴があがった。拳銃が落下したが暴発はしない。厚い絨毯のおかげだろうか。

下痢気味のすかしっ屁じみた小さな音と金属のかちあう音が二度響く。ドアに穴が開き、木片が飛び散った。

主に両脚の間を縮み上がらせながらも素早く伏せ、銃を手にした。映画とかでは観たことのない拳銃である。どことなく古くさいデザインで、銃身《バレル》は妙に太い。いや、違う。バレルに太い円筒が被せられているのだ。側面にRUGERと刻印《こくいん》があった。ルガー？　それともルーガー？　ドイツ軍の拳銃だろうか？　でも、U.S.A.という刻印もあるし戦争映画でみたルガーの拳銃とは違う感じだ。

銃身に被せられている太い円筒の正体はすぐにわかった。サイレンサーだ。なるほど、さっきの妙に汚い音がサイレンサーを用いた銃声なのか。金属のかちあう音は？　ああ、銃声が小さすぎるため、銃の作動音が響いたに違いない。

またもやオナラっぽい音。ドアに景気よく穴があき、飛び散った木片が首筋に降り注ぐ。穴が生じる度に悲鳴が漏れそうになるのを懸命に我慢しながら伏せ続けた。穴の数が一〇個になったところで乾いた鉄の打ち合う音だけが響き、罵り声があがった。弾が切れたのだ。

もちろんぼくは充分以上にびくついていた。なにしろ生まれてはじめて銃弾に襲われたのだ！　怖くならないほうがおかしい。よくぞ小便を漏らさなかったもの、そう自分を褒めてやりたいぐらいである。

だが、ぼくの脳の醒めきった一部は自画自賛ほど虚しいものはないよと嫌味な調子で告げていた。わかってる。わかってるよ、畜生。本当はおそろしさのあまり尿道まで収縮していたからに違いないのだ。はっきりいうがドアを銃弾がぶち抜いた瞬間、ぼくのしわしわ袋に収められた二つのボールは体内に半分以上ももぐりこんでいたのである。

ドアノブ側の壁へ身を隠したぼくは片膝を床についた姿勢をとり、銃を構えた。弾丸の開けた穴はすべてドアの上半分に生じている。おそらく向こうは立っているのだろう。くそっ、もぐりこんだボールが痛い。

扉を爪先で蹴り、身体の三分の一ほどをはみださせた状態で銃を構えた。弾丸を収めている弾倉《マガジン》を新しいものに交換しようと躍起になっているあのヤクザの姿が見えた。視線が交錯する。奴は膨れた瞼を恐怖でいっぱいに見開いた。

ぼくはあっさりとトリガーをしぼった。

低く小さな音が響き、微かに煙が噴きだし、発射と同時に銃の右脇に開いた穴から薬莢《やっきょう》が舞い、銃の後部が勢い良く飛びだし、すぐに元へ戻った。トカレフとはくらべものにならないほど反動は弱い。

男のシャツに小さな血の染みが生じた。マガジンを取り落とした男はあわててそこを抑え、呆然とした顔でこちらを見る。怯えも恐れも浮かんでいない。ただ、驚いていた。

しかしこいつはさきほど一〇発も撃ちまくってくれたのだ。

またトリガーを絞った。今度は頭を狙ってだ。

額《ひたい》にぽつりと穴が生じ、男はばたりと倒れ伏した。

理事長室の照明を消し、副理事長室へ戻った。扉の陰をのぞきこむと、さきほど両腕を挟んでやったチンピラが白目をむき、泡を噴いていた。手首が左右ともに妙な方向を向いている。奴の頭を蹴飛ばして念を入れ、身体をまさぐった。予備のマガジンが二個と弾が一箱でてきた。即座にポーチへしまいこむ。

射殺した兄貴分へ駆けよる。自分の殺した人間の身体をまさぐるのは奇妙な感じがした。奴の持っていた拳銃もぼくが奪ったものと同じ型だったのでベルトに挟みこむ。身体をさぐるとマガジンや弾以外に二〇万ほどはいった札入れも見つかったので遠慮なくいただいた。

廊下の足音は駆け足に変わっていた。耳を澄ませ、数と方向を確かめる。ドアが開け放たれたままなのですぐにわかった。左側、三人だ。

充分に近づくまで待って唐突に照明を落とした。驚いた男たちが足を停めるのをまち、片膝をついた姿勢で廊下へ銃を向ける。照明を浴びたおかげでさきほどより暗がりを見通せる距離は落ちていたが、人影は充分見分けられた。かれらがみな、サイレンサー付きの銃を手にしていることも。

だから、遠慮なくトリガーを絞った。一人に二度ずつだ。

射殺したかどうかはわからないが全員が倒れた。すぐに廊下へでて右に走る。階段を駆けおりた。追ってくる足音はない。待ち伏せている気配もない。しかし気を抜かずに一階まで降り、植込みの陰を利用して身を隠しながら管理棟から抜けだした。後を追われないように慎重に行動したので、部屋にたどりついたのは一時間近くあとだった。

ドアを閉じ、カギをロックする。あれこれ詰めこんだシステムベストをベッドに放りだしたが、拳銃だけは手放さなかった。そのまま洗面所に駆けこむ。鏡を見つめた。驚くほどの精気にあふれた自分の顔が見つめかえしてきた。自信に満ち、どこか魅力的ですらあり、人間を殺したことをまったく後悔していない顔である。

胃からなにかがこみあげた。耐えきれずに洗面台へ吐きだした。しかし銃はまだ手放さず、耳は周囲を警戒するように微かな音まで拾いあげ続けていた。ファック・ユー。

4

夜が明けても大騒動にはならなかった。学校はいつもどおりの朝を迎えた。ヤクザたちは銃撃戦の痕跡をなにもかも消し去ってしまったに違いなかった。少なくとも一人の人間が死んだにも拘らずなにも起こらなかったことになったのである。

昼休みの空は晴れ上がっていた。日差しはかなり強いが、心地よい風が肌をなぶってくれるおかげで暑苦しくはなかった。おまけにぼくは下半身になにも身につけていなかった。教室棟屋上の、小屋のようになった階段用の突き出しの上にいたのである。ここは校内で一番高い場所だからだれにものぞきこまれる心配はない。安心してゆったりできる。なにしろ登るための梯子《はしご》すらないのである。もちろんぼくはそこへ簡単に飛び上がった。一人ではない。みさきを抱いていた。

いま彼女は満腹したような表情を浮かべてぼくによりそい、まだ勃起したままのものをやんわりと握っている。飲んで貰ったのだ。あの夜もそうだったけれど、セックスとはまた別の感じがして凄く気持ちがよかった。二人のことがはじまってほんの数日だというのに、みさきは信じられないほど巧みになっていたことも無視できない。きっとどんなことにでも優等生にならずにはいられないのだ。

もちろんぼくは彼女の努力をいつだって支持する用意がある。

実は部屋に戻って吐き終えてから強い欲望にとらわれてしまったのだが、人を殺した手で彼女の身体へ触れる気がせず、コピーしたデータを調べて気を紛らわせながら我慢したのである。

だからみさきに昼食をとるヒマも与えずに連れだしたのだ。ぼくはといえば……彼女が出産して母乳をだせるようになればどれほど素晴らしいだろうと考えていた。そうなれば交わりながら腹いっぱいになれる。ぼくは母乳の味をもちろん覚えていない――飲んだことがあるかどうかもさだかではないけれど、みさきのものならばおいしいに違いない。母乳は意外とまずい？　知るか。これは信念の問題なのだ。

いろいろとしている間にぼくから説明を受けたみさき

がいった。

「ピストル……いまも持ってるの？」

「夏服だよ。さすがに隠せない」ぼくはこたえた。握る力が微かに弱まった。

ヤクザから奪った拳銃についてはネットで調べた。やはりドイツのルガーではなかった。スペルが違った。ドイツのほうは最初がLだがこちらはRである。

刻印された文字をネットで検索してみるとすぐに正体がわかった。

奪ったのはRUGER MARK II STANDARDというアメリカ製の拳銃だった。RUGERはルガーではなくルーガーと日本では読むらしい（社名がSTURM, RUGERなのでスターム・ルーガー《ルガー》と呼ぶ場合もある）。弾《たま》は22ロング・ライフル弾を使う。射撃競技でいうスモール・ボア、いわゆる小口径ライフルで用いる弾だ。22というのは弾の直径とおもえばいい。アメリカ式のインチの値、つまり〇・二二インチなので、これをまあ日本では二二口径と呼んでいるみたいだ。

狩猟にしろ自衛にしろ銃を持つのは個人の神聖な権利だと考えているタイプのアメリカの家庭では、男の子がお父さんから最初に買ってもらったり教えてもらったりするのがこの口径らしい。ネットで直接ルーガーのホームページを調べてカタログをダウンロードしてみると、おお、野原でお父さんに手を添えて貰いながらルーガー・マークⅡを構えている小学生ぐらいの男の子の写真があった。どうやら二二口径ライフルと同様に、拳銃童貞にさよならする時の定番らしい。拳銃射撃競技にもよく使われているようだ。弾は小さいから威力はそれほどでもない。

なんかいろいろ偏った言葉がでてきたが、自分でもよくわからないので、ちょっと銃について整理してみた。

現代の弾というのは基本的に弾丸、薬莢、装薬、信管という四つの要素でできあがっている。弾丸《ブレット》はぶっとんでゆく部分、薬莢は英語でケースと呼ばれるけれど、その名のとおり装薬《パウダー》と信管《プライマー》の容器である。弾丸にエネルギーを与える装薬（発射薬）は薬莢の中に入っており、薬莢の底には信管がはめこまれる。薬莢にとってフタの役割を果たすのが弾丸になる。

弾はこのワン・セットごとに銃の薬室《チャンバー》（銃身の背後にある、次に発射する弾を収める場所。人体でたとえると尿道が銃身で薬室が膀胱《ぼうこう》になる、か？）に押しこまれる。これを装塡と呼ぶ。

その次は……狙うべき相手がいるなら、撃つ。トリガーを絞る。

　すると、大抵の拳銃では尻の部分にある撃鉄（英語だとハンマーと呼ぶ。まんまだ）が作動し、銃の中に組みこまれた撃針《げきしん》というなんか痛そうな名前の頑丈なバネが巻かれた針がぶったたかれる。びっくりした撃針《ファイアリング・ピン》の先は前の薬室へと飛びだし、弾の信管へぐさり。信管は痛みのあまり化学反応を引きおこし、そいつが装薬も反応させてエネルギーが発生。それを弾丸が受けとり、銃身を抜けて飛びだす。エネルギーは銃にも伝わって反動《リコイル》というやつになる（銃を撃つと銃ごと腕がはねるというアレだ）。

　レンコン型の弾倉を用いているリボルバー型拳銃ならそれだけだが、ぼくが使った銃——トカレフやルーガー・マークⅡではその反動を用いて銃の一部が後退し、反動を吸収すると同時にカラになった薬莢を銃の外へ弾き飛ばす。銃の中にはバネがしこまれていて、後退した部分は自動的に元へ戻る。その時、弾倉から新たな弾をひっかけて薬室へ押しこみ（装填され）、すぐに次の弾を発射できる態勢が整う。

　こういう方式を採用した銃をオートマティック・ピストル（オートと略される）と呼ぶ。日本語では自動拳銃という直訳である。

　なんだかずいぶんと明晰《めいせき》になったはずのわが頭脳でさえもうちょっと整理してくれよ、といいたくなる内容でおまけにカッコが多すぎるけれど、専門用語を説明しつつ手短にやるとどうしてもアレなのだ。用語はもともとアメリカ人あたりが気分で決めた名前をとりいれているし、日常生活で銃に縁が薄い日本ではマニアの人たちが様々な信念に基づいた表現を用いているので、余計にワケがわからない。この部分だけゴシック体で強調したいぐらいだが、ともかく自動拳銃とは、

　バーン（発射）

　ガチャ（反動を吸収した銃の一部が後ろにさがる）

　ピーン（カラ薬莢が飛びだす）

　カション（後退した部分が仕こまれたバネの力で元に戻り新たな弾を薬室へ送りこむ）

　でまた、バーン。

　——ということのできる鉄砲だとおもってもらえればいい。適当な外国のアクション映画の銃撃戦シーンで、たいていは角形をしている銃の上半分（スライド。下半分はフレームと呼ばれる）が動いているシーンがあれば

まず、それだ。スライドの上に開いた穴からなにかが飛びだせば、それが薬莢である。
で、えーと。
困った。
ルーガー・マークⅡは自動拳銃は自動拳銃でも、ちょっと仕組みが違うのだ。スライドが動くのではなく、銃の内部メカニズムが動くのだ。
普通の自動拳銃では、トリガーや撃鉄のついたフレームの上に銃身と薬室が載り、その上に撃針つきのスライドがフレームに設けられた溝にあわせてはめこまれる構造になっている。だから撃ったとき、スライドがガチャカション、となるわけだ。
が、ルーガー・マークⅡは銃身とその延長のような薬室が載っているだけ。これが同時に銃の上部を形作っている。撃鉄はフレーム内部に隠れて、スライドはない。そのかわり遊底——ボルトと呼ばれる円棒が銃の後ろ、つまり薬室の後方からはめこまれている。んで、撃つとどうなるかといえば、
バーン
グシッ（反動を吸収したボルトが真後ろに突きだす）
ピーン
グション（ボルトがバネの力で元に戻り、薬室へ新たな弾を装塡する）
と、なる。実はこの方式、サブ・マシンガンや突撃銃などでつかわれている方法だ。利点は……ボルトで薬室をしっかり閉じられるからエネルギー漏れが少ない、とか、安全性が高い、とかいうこと……なのか？
あ、サイレンサーをつけた時にいいな。銃口から轟く銃声を抑制する道具なんだから。装薬がエネルギーに変わったとき、銃口以外の部分ががっちり閉じていたら、銃声を減少させる効果は増すことになる、はずだ。実際、ルーガーに装着されているサイレンサーは銃身まで包みこんだものだった。長さは一五センチで、外してみるともとの銃身にも上下左右に穴があけられていた。そこからエネルギーを抜いてサイレンサーに『吸わせる』わけだ。
やはりヤクザたちは本当に高伸での取引を重視しているのだ。サイレンサーは銃声を、つまり銃の発射によって生じたエネルギーを吸い取るわけだから弾の威力を落とすことになるのだが、銃声を轟かせるよりそちらの方がマシだと考えているに違いない。うなずける話だ。いくらヤクザとはいえ、高伸の教職員と生徒全員の口封じ

はできまい。おヤクザさま御用達のトカレフを用いていない理由はそこにあるのだ。トカレフ用のサイレンサーを使えば……いや、それなりの密輸ルートをつかんでいるのだろう。でなければ日本のヤクザがこれほど簡単にアメリカ製の拳銃を手に入れられるワケがない。

みさきがいった。「兄には……」

「教えてもらったアドレスに暗号化して送った。もちろんぼくも中身は確かめたけど。驚いたな」

「……麻薬取引」

そうなのだ。本藤理事長はやはりそいつに手を染めていた。ファイルに記されていたのだ。

深夜、近くの海岸から密輸船の降ろした麻薬をひきあげ、一時的に校内で保管する。取引は夜の校内か人気のない周辺の森でおこなう。取り扱い額はシャレにならない。というより、コピーしたファイルによれば増加の一途をたどっている。理由はわかる気がした。まさか名門校の理事長が絡んでいる麻薬密輸なんて、警察も想像しないに違いない。ネットで調べたところによれば、麻薬や覚醒剤の輸入は北朝鮮ルートが警察・海上保安庁・自衛隊総がかりの迎撃作戦で潰されるようになってから大混乱をきたしているのだそうだ。だものだから警戒の比較的ゆるい太平洋側から東南アジアか南米の品を手に入れているのだろう。わからないのは校内の保管場所だ。どこだろう？　このあいだヤクザと副理事長を見かけたのは管理棟だ。やはりそこなのか？　しかしファイルには場所を教える情報はなかった。ひとかけらも。一度侵入者があり、一人を撃ち殺されたとなれば理事長室や副理事長室には証拠を残さないだろう。となると、どこだ？　教職員棟にある副理事長の部屋だろうか。ちょっと頼りない想像だがそれしかおもいつけない。いっそ街にでて笹川組の本部にのりこむ、という手も考えたが、あまりにも危険だし、本部に証拠があるのかどうかわからないのであきらめた。

みさきの小刻みな手の動きがもたらす心地よさを楽しみつつ脱いだズボンのポケットからパームPCを取りだした。立ちあげて麻薬取引とは別のファイルをのぞく。

「教師は関わっていない」

「一番に取りこみそうな……ものだけど」

「そうでもないさ。教師というのは役割だ。そこをはずれると、大部分の連中は大学を卒業して即座に学校へ舞い戻っただけだ。学校以外の世界を知らない人間だ。役に立たないよ」

「……嫌いなの、先生たちのこと？」

「いや、自分が奇妙な存在だということを忘れているのが哀れなだけだ」

「……麻木先生も？」

おもわずぴくりとさせてしまった。みさきはぎゅっと力をこめた。

「強すぎるよ」

「痛くなるようにしてるのよ……気づいてる？　このまえと形が変わってるのよ。正直にいって……麻木先生と、したの？」

「どうしてそうなるんだ」理恵の喘ぐ顔をおもいだしながらぼくはいった。

「わたしにしてくれた時も、途中で形が変わったじゃない。だから……他の女としたから形がかわったに違いないわ。絶対にそうよ。ね、怒らないからいって」

「麻木先生とはしてない」怒らない、という言葉を信じたわけではもちろんなかった。立場を逆にしてみればそうなるはずだ。

「とは、ですって？」案の定、優しげな顔は怒りで紅く染まった。「じゃあ、だれとしたのよ」

ぼくは正直にこたえた。さすがに彼女は呆れたようだった。

「理恵と……どうして？」

「いやあのなんか勢いで」

「嫌っていたじゃない」

「そうなんだけど、その、いろいろと手順を間違って」

ぎりぎりとしめつけられ、ぼくは呻きをもらした。別に痛くはない。彼女とますます密着できた悦びのあまりに、だった。

「じゃあ、これは理恵のための形なのね」みさきは歯を嚙み縛った。泣くか立ち去るか——どちらでもなかった。彼女はぼくの先端を含み、おもいきり嚙みついたのである。

また呻きを漏らしてしまった。

みさきは本気で嚙みついていた——相変わらず痛くはなかった。むしろ素晴らしい心地よさだった。でも、実はみさきのような女の子がそこまでして嫉妬《しっと》をあらわしてくれるのが一番素敵に感じられた。もっと彼女のこういう姿を見たいとおもった。理恵の他にアテはあるかなと考えた。よくわからなかったが、努力してみようと決意した。我ながらいい気になっているとはおもったが、人殺しの翌日である。同じ経験をした者でなければ気持ちはわからない。たぶん、殺人を犯した者が警察に捕まったり射殺されたりするまでの逃亡中、強く異性を求めるのと同じだろう。少なくとも小説や映画ではよくある展開だ。

みさきのほうはどうして怒るのではなく妬《や》いているのかといえば……ぼくに惚れきっているから、だけではないかもしれない。彼女はぼくが人を殺せる男だと知っている。異常な肉体の持ち主であることを知っている。あり得ないようなセックスを与えてくれることも知っている。つまり圧倒的な『力』の持ち主だと知っている。人間は圧倒的な力の前では抵抗するよりもとりこまれる道を選びがちになる。これは主義ではなく生存本能だ。テロリストに腰を振った井川詩織ちゃんと同じような。まあいい、ともかくみさきがぼくのものでいてくれる限り、フォローの方法はいくつでもある。ただしいまの場合はただ一つだ。

みさきの顎の力が緩むまで待ってから彼女の頭をつかんだ。抵抗はなかった。五限は揃ってエスケープすることになった。

放課後、みさきはぐっとぼくを睨みつけたあとで部活へいってしまった。それ以上の態度をとれなかったのはぼくの流しこんだものが胎内（体内、ではない。それならばもう流れでているはずだ）に残っているからかもしれない。心は怒っていても身体は満足していたのだ。

廊下にでると様子をうかがっていたらしい理恵が近づいてきた。真っ赤な顔をしている。ぼくは正直にいった。

「みさきに怒られたよ」みるみるうちに青くかわった彼女をみて微笑んだ。「ま、大丈夫だとおもうけど」

「あの……あの……」

「今日、生徒会でなにかあるのか」

「……ない」

「じゃ、生徒会室にいこう。君が先にいってくれ。いいか？」

彼女の顔色はたちまち元に戻った。

もちろん理恵をどうこうすることだけが目的だったわけではない。管理棟の様子を確かめてみたかったのだ。

昨夜コピーしたファイルにひとつ、意味のよくわからないものが含まれていた。ウィルスではない。表計算ソフトのデータファイルだ。密輸に関わるものであることは確かだった。が、記されている内容がよくわからない。たとえば二週間前の日付でＨＧ＊58、ＭＧ＊2とあるけれど、なんのことだろう？　ＨＧ？　ハイグレード？　じゃＭＧはマスターグレード？　高いガンプラでも逆輸入してるのか？　んなわけねーべよ。なにかやばいものに決まっている。

他にある文字もわけのわからないものばかりだ。ＡＧだのＲＬだのともういろいろ。ただし、麻薬と同時にかなりの数が持ちこまれているらしいのは確かだ。

新たな殺人を犯したせいだろうか、その秘密をどうしても知りたくなっていた。もともとは晃さんに頼まれたわけだが、正直、それだけではない気分で興味を覚えはじめている。なにしろぼくの肉体はほとんど超人化しているし、拳銃まで手に入ったのだ。ヤクザと戦うことになってもなんとかなりそうじゃないか。それに、はっきりいってヤクザならば何人殺したところで気分の整理をつけられそうな気がしている。昨夜吐きまくりながら懸命にそう考えた。

おお、われながらなんと勝手な理屈だろう。

もちろんわかっている。

ぼくは『正義のために』、『愛するだれかのために』殺したのではない。『生き残るため』に殺しているのでもない。そんなふざけた自己欺瞞《ぎまん》に酔えるほどおめでたくはない。

……力を使ってみたくてたまらない、それだけなのだ。新しい玩具《おもちゃ》を買ってもらった子供のように、それで遊んでみたくてたまらないのだ。

恐怖は当然ある。死の危険だって認識しているつもりだ。

しかし、力を用いることの誘惑はさらに強い。

いま生徒会室に向かっている理由もたぶん同じだ。ぼくは力を見せつけたいのだ。そして支配したいのだ。みさきを支配し、理恵を支配し、また新たなだれかを支配する。そして力の限りを尽くしてすべてを守る。そこに楽しさを覚えているからこそ、必要があれば殺すのだ。

生徒会室の前に人影が見えた。ぼくはさりげない動きで階段の陰に身を隠した。

人影は生徒会室へ入っていった。副理事長だった。

忍び足で歩き、近づいた。どうしたらいいだろう？

まさか、理恵と関係があるのか？

全身に悪寒が走った。教師は関係がない、それで安心していた。まさか生徒が？　それも、よりによって理恵が？　ぼくはだまされていたのか？

確かめるにはどうしたらよいのだろう。ともかくとなりの生徒会会議室に入った。壁をみてすぐに方法を考えついた。教室の一種として作られているため、壁の下に磨りガラスのはまった換気用の滑り戸が設けられているのだ。

が、そのままではよくわからない。ぼくの『変化』した聴力でも、なにかを話していること、友好的ではないことしかわからない。

使う機会もあるだろうと持ち歩いている道具のひとつ、小型の盗聴器をポケットからとりだした。盗聴器そのものは電波を飛ばす機能のついたマイクだから、ガラスに押しつけて受信機を使えば聞こえるはずだった。

イヤフォンをはめ、スイッチを入れると耳元で話しているような声が飛びこんできた。副理事長が理恵を問い詰めていた。

「……なの？　もしウソだったら」

「知らない。知らないわよ、姉さん」こちらは理恵だ。

姉さん？　どういうことだ。

「まさかあなたの管理しているところから合い鍵をつくられるなんて……」

舌打ちを抑えるのに苦労した。生徒会室のマスターキイから合い鍵をつくったことがバレていた。どうやって調べたんだ？　よく拭いたつもりだったが、カギに粘土のカスでも残っていたのだろうか。もしかしたら、技術部室の電力使用記録から見当をつけたのかも。畜生。

「心当たりはないの？　作られたとしたら昨日しか考えられないのよ？　だれか、あやしい生徒が入りこんでいるはず……昨日怒鳴りつけていた男子とかはどうなの？」

かすかに理恵が息を飲む気配がした。くそっ。理恵が気づいたのだ。彼女は決してバカじゃない。

話すのか？

「知らないわ」理恵のきっぱりした声が聞こえた。「だって昨日は、会議がおわったあとここに一人でいたもの。だれかがはいりこんだとするなら、その前か後よ。だいたい……わたしは反対だったのよ、姉さん」

「いまさらなにをいってるの、理恵」副理事長はなじるような声だった。「父さんの会社が潰れなかったのも、あなたが何不自由なく暮らせるのも、みんな本藤さんを手伝っているからなのよ」

わお。そういう悲しいストーリーなのか。理由のある犯罪というやつだな。まるで火曜か木曜の夜九時から放映される二時間ドラマみたいだ。素人探偵と間抜けだが善人の刑事がコンビを組んで必ず解決してしまう犯罪。ぼくは何時間かかった？　畜生め。

副理事長は生徒会室をでていった。理恵の悲しげなため息を聞き取ったところで盗聴器を切った。

さて、どうしたものか。

決まっている。約束を守るのだ。

ぼくは何食わぬ顔で生徒会室に入り、カギをしめた。青ざめた理恵がびくりとした。なにを口にするつもりだろう。ともかくその前に口を別の用件に使ってもらおう。

一〇分以上も続いたキスのあいだに理恵はなんども身体を痙攣させた。強い女の香りを匂い立たせた。そして、濡れた瞳でぼくを見つめ、掠れた声でいった。

「逃げて、とおる」

そのあと二時間は交わっていたとおもう。もちろん話も聞いた。副理事長、島田香澄は理恵の姉だった。名字が違うのは離婚した夫の姓を使いつづけているからだ。あとのストーリーはまあ、あの話から想像がつくとおり。

彼女はぼくがあっさりとヤクザを殺したという話を抵抗なく受け入れているようだった。むしろぼくのほうが不思議だった。あらためてたずねると、なにもいわず、ぎゅっとしがみついてきた。そういうことらしい。これも力のあらわれなのか。

「どうする、姉さんに話すのか」何度も達した彼女の中にはいりこんだままぼくはたずねた。

理恵は首を横に振った。

「わたしからは……話さ、ない。絶対に」

彼女が喰い締めてきた。一瞬、自分の顔が石化の呪文をかけられたようになるのがわかり、それから魅了の呪文をかけられたようにゆるむのもわかった。

こちらの理由はもちろん話さなかった。自分ひとりで調べていることにした。理恵は即座に信じた。彼女が疑っていたのは別の問題だった。

「わたしのことも……」

火照った顔に怯えがあらわれていた。記憶にあるどんな彼女の顔よりも愛らしく、切なげだ。当然だろう。姉が麻薬取引に関わっていること、そしてそれがぼくにかきまわされていることより、自分がただ利用されたのかどうかを知りたがっているのだ。

ぼくは彼女の腰をさらに引きつけながらささやいた。

「生徒会室に入りこみたかったのは本当だ。だが、君は別だ。欲しくなったから貰った。だからもう君はぼくのものだ。安心しろ——絶対に守ってやる」

理恵はぴくぴくと身体を震わせながらのけぞった。彼女にとってはそれで充分だったのだ。

その夜は動かなかった。状況を見定める必要を感じていた。ただし、みさきの部屋にはいって晃さんが必要とするだろう情報を伝えた。そのあとで彼女はまたしても形が変わっていることに怒り狂ったが、最後は泣きながらぼくにしがみつき、捨てないで捨てないでとうわごとのように繰り返しながら腰をつきあげてきた。いまさらなにを。もとよりそのつもりだ。

だが、理恵がこの件に関わっていることは話さなかった。口にするには悲しすぎるストーリーだとおもえた。そしてぼくは悲しいストーリーには飽き飽きしている。

5

水曜日。学期末なので授業は午前で終わりになった。動くなら今日だった。ぼくは耳にした。管理棟から副理事長とともにあらわれたヤクザの幹部はなんと口にしたか？　次の取引は来週の木曜日、近頃にない大きな取引だから予定は絶対に変えられない——そういったのだ。となれば、教職員棟にもぐりこむのは今日しかない。明日ではまずいことがあったときに補いがつかないからだ。

授業を放りだして探るというおもいつきはすぐに捨てた。理恵がごまかしてくれたものの、副理事長はぼくが生徒会室前にいたのを見ている。取引前日に授業をパスしたのがわかったら疑いを深めさせることになりかねない。

じゃ、どうしたらいい。

まず教職員棟にもぐりこむ。午後、副理事長が管理棟にいるあいだに、だ。だれかに姿を見られた時は麻木先生へ質問しにいくところです、とこたえる。その場合は実際に麻木先生を訪ねる必要が生じる。

で、ともかく副理事長の部屋へ忍びこんで家捜しする。求めているものが見つかればそれでいい。晃さんに伝え、明日の取引について考えたらいい。

困るのはなにも発見できなかった場合だ。副理事長本人にたずねるしかないだろう。方法は——脅迫以外にない。たとえばインターネットに証拠をすべて流す、と脅す。情報を最初に流した奴を見つけるのが難しい国産のファイル共有ソフトを使うと教える。そして必要な情報を聞きだす。待てよ、そのあとはどうする？　副理事長が笹川組に連絡するかもしれない。じゃ、いっそ聞きだしたあとで殺すか？　バカな。ヤクザは殺せても女は殺せない。理恵の姉ともなればなおさらだ。

そう——理恵が利用できるかもしれない。もちろん、本人を傷つけない方法で。

「そこに立って、うん、そこ」

二年C組前の廊下。ぼくはそこでみさきにデジカメを向けていた。周囲にはもう人影は少ない。みな、夏休み前の弾んだ気分のまま部活にいってしまった。

「急に写真なんて……」

みさきはとまどったようだったが、ぼくが背中をつんつんしながら廊下へと押しだすのに抵抗はしなかった。

逆光になっていないかどうかだけを確かめて何枚かとった。まっすぐ立っているだけではつまらないのでポーズもとってもらう。気がつくと麻木先生がそばで呆れたように見ていた。

「先生も立って」ぼくは彼女の腕をつかんで窓辺に立たせ、何枚もとった。さすがにポーズまではとってくれなかった。頼んでみさきと一緒の写真もとってもらう。彼女はだれかに見せつけるようにぼくへべったりと寄り添った。可愛らしく舌までだしていた。みさきに頼んで先生と一緒の写真もとってもらう。足首だけとられたんじゃなかろうか。

一五分ほどしたところで実はさきほどから気づいていた視線の主を手招きした。

「理恵もこいよ」

「でも……」理恵はこわばった顔をうかべた。

「いいからこい」

彼女はうれしそうに駆けよってきた。みさきが露骨に顔をしかめたのがわかったので、ヒップをなでてやった。お返しに、腹へ拳をぐいっと押しつけられてしまった。

理恵の写真をとった。一枚目の表情は固かったが、ぼくがひとことふたことおだてると明るい顔を浮かべてくれた。

「あ、あの……三人一緒の、とってあげようか」麻木先生がいった。やはり、いい先生……いや、いい大人の女性なのだ。

驚いたことにみさきが一番積極的だった。理恵を手招きし、ぼくを左右から挟んで立つ。みさきが胸を押しつけてぼくの腕を抱えこむと理恵もそうした。目的も忘れて幸せな気分に浸ってしまった。

デジカメを返してもらうとき小声で麻木先生にたずねた。今日、質問にうかがってもいいですか？　彼女は頰を紅くした。

麻木先生が職員室へ向かったあと、三人でしばらく立ち話をした。教職員棟にもぐりこむのは夕方以降だし、なによりかにより、二人の、ともに自分に好意以上のものを抱いている美少女たちにはさまれているという生まれてはじめての幸福を簡単に終わらせたくなかった。

といっても会話をかわしたのはほとんど二人の女の子だ。

「あの……」青ざめた顔でみさきをちらっとみてすぐに俯いた理恵が下唇を嚙んだ。

みさきはきつい視線を彼女に向け――なにかを捨て去るように大きく息を吐きだした。

「もういい、気にしなくて。わたしも気にしないから」

「え？」

「そうなってしまったのはしかたがないもの」驚く理恵にみさきはいった。「それに、悪いのは理恵じゃないし」

彼女はぼくの右頰をきゅっとつまんだ。

「わるいのは全部こいつよこいつ」

「あ、うん、でも、あの」

「理恵も怒ったほうがいい。甘くするとすぐにつけあがるから」

「あ……うん」

左側もきゅっ。んふふ。

「なに喜んでんのよ」顔を寄せたみさきが睫毛と睫毛がふれあいそうなほど顔を寄せてきた。

「もしかして……こういうの、気持ちいいの？」それならいつでもしてあげるけど、という調子で理恵が小首を傾《かし》げてのぞきこんでくる。

「まふぁりに」ぼくは両側からつままれたおかげで入れ歯がはずれた爺さまのようになった発音でいった。

「まわりがどうしたのよ」みさきがすかさず翻訳してくれた。

「だへもひなひはな？」

「だれも……いないけど」さっと左右を確かめた理恵が教えた。

「よはった」

こたえるなりぼくは二人の後ろ首に手をまわし、角度をコントロールしながら同時に引き寄せた。目を丸くしたふたつの美貌が目の前で頰を押しつけあい、唇の端が触れ合った。そのまま自分の顔を寄せた。両頰をつまんでいた指から一気に力が抜けた。二つの唇と舌を同時に扱うのはなんともいえない気分だった。心も身体も開いてくれた女の子二人と舌を絡めている、というだけのことではないからだ。ぼくを受け入れた美少女同士の舌が絡みあっていることも意味するのである。

ほんの一分ほどだったとおもうけれど、離れたあとは二人ともくったりとお互いを支えあう状態になっていた。

「そうだよ」彼女たちの腰を撫でながらぼくは認めた。「なにもかもぼくが悪い」

潤んだ四つの瞳がぼくを見た。だから強調した。

「忘れるなよ。なにもかもぼくが悪い。ぼくが悪いんだ」

——その時は本当にそう信じていた。

二人とわかれて寄宿舎へ戻り、学校が生徒全員に持たせているノートPCに写真を——画像ファイルをコピーした。デジカメのメモリはすべて消した。そのあとでCD-ROMにコピーした画像ファイルを焼いた。電源を落とそうとスイッチに手をのばしかけ、我慢できずに画像を開いてしまった。微笑むみさき。真っ赤になっている理恵。だれかに怒られているように首をすくめている麻木先生……目がとまったのはやはり左右を美少女にはさまれた画像だった。まるで18禁エロゲーのような画像。ファンタジーそのもの。写っているぼくはなんと幸せそうな顔を浮かべているのだろう。

違う。これがぼくのリアルなのだ。ヤクザをあっさりと射殺したことと同じように。ぼくの肉体が化け物じみた能力を備えてしまったことと同じように。

身体の奥底からこみあげるものがあった。得体の知れない熱感。もうわかっていた。力だ。ぼくの中に存在する力が行動を求めているのだ。

自分自身に語りかけた。安心しろ、すぐに満足させてやる。

6

午後三時になるのを待って教職員棟に向かった。その時刻ならばまず無人に近いはずだからである。表玄関や非常口を使う必要がないことはわかっていた。教職員はそろって部屋に戻ることがないため、各室冷房とされているのだ。つまり換気のために廊下の窓が開け放たれている。昼間とあってシステムベストを身につけるわけにもいかないので、必要なものを学生カバンに詰めこみ、忍びこんだ。もちろん副理事長が管理棟にいることは確かめてある。

ここは性別によって部屋のある階がわかれている。女性教職員は二階だ。副理事長の部屋はその一番奥にある。屋内の階段は中央にしかない。

忍びこんだぼくは手にした学生カバンを開け、靴を晃さんから渡されたスニーカーに履き替え、いままで履いていたものをしまった。床をハンカチで拭き、ついた足跡を消す。仮にどこから侵入したかについて調べる者がいたとしても、それは警察ではない。この程度のごまかしで充分なはずだ。

だれにも見られていないことをたしかめてから二階へ昇った。昇りきったところで立ち止まり、壁に身を隠して再び気配を探る。数分待ったが変化はない。廊下にでて副理事長の私室にむかった。

なんの変哲もないドアを慎重に見回した。ここでもマスターキィの合い鍵は使えるはずだが、あの騒ぎのあとである。なにか重要なものがあれば仕掛けが施してあるはずだ。

……なにもない。

無駄足だったのか？　ここにはなにもないから警戒していないのか？

舌打ちしかけたところで微かに鼻をくすぐる臭いを嗅ぎとった。煙草の臭いだ。ぼくがヤクザに痛めつけられた晩、『変化』の晩の記憶が蘇った。副理事長が自分の部屋で中学生のように隠れ煙草を楽しんでいるとはとてもおもえない。

カバンから盗聴器をとりだす。マイク部をドアに押しつけ、受信機のイヤフォンをはめてスイッチをいれた。テレビの音が聞こえた。消し忘れてでかけたわけではないだろう。あれだけきっちりしたファッションが好みの女性なのだ。

考えてみれば当たり前である。なにかを仕掛けておくより、人を配置しておいたほうがいいに決まっている。おそらく夜のうちに学校へはいりこんだのだ。あるいは、ぼくがここにやってくるとあたりをつけ、罠をかけたつもりなのかもしれない。

盗聴器をしまった。シャツの襟にとめてある校章を外した。学年ごとに色が違うため、そのままではあたりをつけられてしまう。

もう一度廊下に人の気配がないことを確かめるとカバンからヘッドマスクと手袋を取りだし、身につけた。ボイスチェンジャーを喉首にとりつけてスイッチを入れ、スタンバトンを握り、扉をノックした。気弱な声をつくって呼びかける。

「すいません……」

ボイスチェンジャーによって低音の強調された声が響いた。反応はない。しかし、緊張が伝わってくる気がした。再びノック。

「あの、副理事長先生からこちらにいらっしゃる方に言《こと》伝《づ》てを頼まれたんですけど……」

ちょっと間を開けてまたノック。

「すいま……」

カギのはずれる音がしてノブがまわった。ドアが開く。声が聞こえた。

「あの女先生、俺たちがここにいることはだれにも……」

ドアの向こうに男の姿があらわれた。見覚えのある若い男だ。みさきと一緒にいるときの三人組の一人である。みさきをなんども頭の中で犯したに違いない奴だ。

ヘッドマスクを被った高校生の姿を見たチンピラは凍りついた。ぼくは最大電圧にしたスタンバトンを突きだした。のけぞり倒れる奴の身体を踏み台にしてそのまま部屋へ躍りこむ。リビングのソファに三〇歳ぐらいのスーツを身につけた男が座っていた。物音に気づいて首を向けたのだろうが、あんぐりと口をあけている。ぼくは奴の口にスタンバトンを突っこんだ。歯がバキバキと折れる。スイッチを入れた。電撃つきのフェラチオは効果抜群だった。

木製のベッドが置かれた寝室やフランス製の化粧品や石鹸《せっけん》が並んだバスルームをのぞき、他にだれもいないことを確かめる。素早く廊下へ戻り、学生カバンを手に部屋へ戻ってドアを閉めた。

必要になったものを求めて電話の載っている戸棚を探った。すぐに見つかった。

見つけたガムテープで二人の手足を拘束し、床に転がした。瞼と口にも貼りつける。衣服を探った。持っていた拳銃はぼくが奪ったものと同じルーガー・マークⅡで、サイレンサーがついているのも同じだった。他の役に立ちそうなものも財布の中身も含めて奪った。せこいが、ちょっとでもドジったら殺されてしまうのだ。すこしぐらいの役得はあっていいだろう。

電圧を下げてショックを与え、二人を目覚めさせた。目を見開いてうーうーいっているがもがく以外になにもできない。

「声は聞こえるな」ぼくの奇妙な声が響いた。かえってきたのはうーうー。

チンピラの上半身を起こし、さきほど奪ったルーガー・マークⅡから一発、両脚の間の床へ撃ちこんだ。二人はカエルのように跳ねた。

「動けば撃つ。わかったな」

争ってうなずく二人を向かい合わせにし、兄貴分の背後にまわってガムテープを右目のぶんだけはがした。瞼を引きちぎられそうな痛みに身悶えた男の後頭部を掴む。

「話してもらう。麻薬はどこにある？　明日、取引がおこなわれる場所と時間は？」

兄貴分は喉の奥から唸りを漏らした。教えるといっているようには聞こえなかった。

奴の頭の横からスタンバトンを突きだし、チンピラの身体に押し当てた。スイッチ。チンピラは悲痛な呻きを漏らしてのけぞった。

「凄く痛がっている」ぼくはいった。「どうおもう？」

兄貴分のうなりはさきほどと同じ音程だった。

チンピラへまた電撃をくわえた。すこし間をおいて、また電撃。イヤな臭いがひろがりはじめた。漏らしたのだ。

「痛そうだな、本当に」

さらに電撃。こいつがみさきを頭の中で犯したのは何回だろう？　あのときは一〇回だとおもった。じゃ、それだけ。みさきはぼくの女だ。

心のなかのレイプの回数だけ電撃をくわえ終えたとき、チンピラは大小便ともに漏らして悶絶していた。呼吸はしている。ぼくは兄貴分の頭を抑えつけながら手をのばし、窒息しないように口のガムテープをむしりとった。

「さて、次はあんたの番だ」

そうささやいた途端、兄貴分はこれまでとは違ううーうーを奏ではじめた。デジカメをとりだし、位置をかえてフレームに兄貴分の顔をとらえる。口のガムテープをとった。

「じゃ、話してくれ」

「お、おまえいったい……」

「わかってないな」奴の股間にスタンバトンを押し当てた。それだけで失禁した。

「は、話す、話すからやめてくれ」だらだらと冷や汗を流しながら奴はいった。唇が青ざめていた。

「じゃあ、話せ」デジカメの録画スイッチを入れた。小さいが、音声もとれるタイプなので問題はない。

「ブ、ブツが隠してあるのは管理棟地下の用具室だ」

「警報装置はつけてあるのか？」

「つけてねぇ。特別なことをすると疑われる。そ、それに、何年も使われていないからわざわざそこにしたんだ」

「カギは？　マスターキィだけで開くのか？」

「開く」

「ウソをいうな」ぼくはあえて否定してみせた。今度はスタンバトンを腹に押しつけ、めりこませる。

「ほ、本当だ！」

「見張りは何人いる」

「ドアの前に二人だ。もっと数を増やしたかったんだが目立ちすぎるとまずいのでそれだけになったんだ。そのかわり、学校の近くに一〇人が待機している。連絡を受けたらすぐに動く手筈《てはず》になってるんだ」

「ずいぶんと厳重じゃないか」

「あ……あんたが暴れたからじゃないか！」

「おれ（↑もちろんワザと使った）が暴れた？」バカにしたような笑いを響かせた。「一人でこんなことができるとおもってるのか？　天下の笹川組に喧嘩を売るようなことが？　ま、あんたたちがそう信じてくれるなら仕事がやりやすくていいがな」

「や、やはりそうか！　し、しかし、なぜガキのくせに……」

「本当に高校生だとおもってたのか？　笹川組は武闘派だときいたが、バカの集まりでもあるらしいな。世間には年より若く見える人間は掃いて捨てるほどいるんだ……ったく、高校へ忍びこむのにガラの悪いオッサンやアホ面の兄ちゃんを使うなんて、おまえらここを歌舞伎《かぶき》町《ちょう》と間違えてるんじゃないのか」ホラはこれぐらいでいいだろう。スタンバトンで頭を軽く小突いてやる。

「まだ明日の取引の場所を聞いてないぜ」

「そ、それだけはいえねぇ！　漏らしたらおれが殺される！」

わざとらしくため息を響かせてやった。それから静かに言葉を押しだした。

「なあ、『ローマの休日』って観たことあるか」

「なんの関係が……」

「観たことあるか」ぼくはスタンバトンで腹を押した。

「テ、テレビでなら」

「あの映画の脚本家、イアン・マクラレン・ハンターっていうんだが、ペンネームなんだってな？　本当の名前はドルトン・トランボっていうそうだ。『ジョニーは戦場に行った』って反戦文学の傑作の作者だ」なんでこんな本読んだんだったかな？　あ、たしか一年の時同じクラスだったミリタリー・マニアが妙にムカついて、かえって反戦ネタを知りたくなって読んだのだった。『ローマの休日』うんぬんは本の解説あたりで目にしたのかも。いまのいままで忘れてたけど。だいたい『ローマの休日』なんて観たことあったかな？

「だ、だからなんの関係が……」

男の問いかけを無視してぼくはいった。

「ジョニー、かわいそうなジョニー。そうさ、ジョニーという青年が兵士として戦場へ向かうんだ。第一次世界大戦さ。でな、戦場で敵の砲弾に吹き飛ばされる。だが死なない。しかし死んだほうがマシだった。どうしてだかわかるか？」

「……」

明らかに怯えはじめた。よろしい。もう一押し。

「目が潰れ、鼻が吹き飛び、耳もダメになっている。顎も吹き飛ばされ、喉もやられてるから呻くこともできない。両手両脚もちぎれた。もちろんチンポもキンタマもな。なあ、モールス信号はできるか？　ジョニーは身体の動く部分を使い、モールス信号でナースと話をしようとするんだが。たぶんいまどきの病院にはモールス信号を知ってるナースなんていないとおもうな。軍艦でさえ使うのをやめてるぐらいだから。ああところで、さっきキッチンをのぞいたんだが、よく切れそうな包丁が揃ってた」

「や、やめ……」

「だって、話してくれないんだろ？」

男の腰が震え、染みが大きくなった。イヤな臭いが強くなる。今度は一緒に脱糞《だっぷん》もしたのだ。

「い、いやだ、で、でも」

「逃げろよ」優しくいってやった。「おれにすべて話したあとでどこかに逃げるんだ。でなければ、即座に組の連中からオトシマエをつけられるか、ジョニーになるか、だ。逃げるなら差し歯だけで済むかもしれない」

奴はすべて白状した。取引は海岸ではなく、学校から数キロ離れた湖でおこなわれる。時間は午前二時。学校がレクリエーション用に建てたレストハウスの側だ。そこまで『業者』が運んできたものを笹川組が受け取る。人数は『業者』側が六人。笹川組がすくなくとも一〇人。実はあちこちに動員をかけているので笹川組側はもっと増えるとのことだった。ぼくが暴れたからだ。

　受け取ったものは全部笹川組の倉庫に運ぶらしい。管理棟地下に残されたぶんもふくめてだ。なるほど。つまり今夜はまだそこにあるということか。

　すべてを聞きだしたあと、きちんと教えてやった。あんたが喋っている様子は全部撮影したから裏切るなよ、と。悲鳴を漏らした奴を殴り、気絶させる。数時間で目覚めるだろう。両手を拘束しているガムテープにも切れ目をいれてやった。殺す必要はない。こいつにとっての心配事は明日になる前に安全な場所へ逃げだすことだけのはずである。

　念のために男のポケットに盗聴器のマイクを潜ませ（ようやく本来の目的に使用できた）、廊下にでた。拳銃二丁とマガジン、それに弾薬が加わったため、カバンはかなり重くなっていた。もちろん身につけていたあやしげなものはすべて外した。使い道がありそうなのでガムテープもいただいてしまった。

　おもったより時間が経っていた。午後四時をまわっている。時期が時期だし、部屋に戻っている教師や職員がいるかもしれない。でくわしたときはうまくごまかさないと……。

　もう少しで階段、というところでちょうど通りかかったドアが開いた。逃げるにはタイミングが悪すぎた。なかばヤケになってそちらへ顔を向けた。

　麻木先生の驚いたような顔がぼくを見つめていた。

7

　麻木先生の部屋は——どういったらいいのだろう、その、暖かな感じだった。住むようになって間がないからこれといったものが置かれているわけではない。まるで予算をけちられた映画のセットのように殺風景である。だが、奇妙なほど気分が落ち着く。カーテンはベルベット風で、ソファは安物だが静脈血のように濃いバラ色、座れば根が生えてしまいそうな柔らかさだった。女性らしい小物はほとんどなかったが、白塗りの壁に一枚だけ小さな細密画が飾られていた。翼の生えた人間の絵だった。すくなくとも服装ほど趣味は悪くない。そういえば彼女の愛車はちょっとくたびれたモーリス・ミニだから、本当に服装以外はいいセンスなのかもしれない。ま、いかにもなのはアロマテラピーにしてはきつすぎる香《こう》が部屋で焚《た》かれていることである。
　最初は適当にごまかすつもりだった。お忙しそうだからまたにします、などと口にして。

ところが彼女は大歓迎だった。ひどく喜んでもいた。入って、といったのは彼女のほうからだった。断ることのできる雰囲気ではなかった。考えてみれば、ここで廊下の足音を確かめたほうが盗聴器より役に立つかもしれない、と無理な理屈をこねてお言葉に甘えることにした。

困ったのはなにを話してよいのかわからないことだ。教科書など持っていない。学生カバンの中身はアブナイものばかりである。しかたないので試験結果が気になって……という理由をでっちあげいろいろと質問した。

「かなり難しくしたつもりだったんだけれど……」

凄い、凄かったわよと繰り返した麻木先生は溜息をついた。度のきつい眼鏡が半分ずりおちている。間抜けな感じだけれど、きれいな瞳が見えるので歓迎でもある。

「じゃあ、あっちのほうはどうですか」ソファに腰を降ろしたまま伸びあがりながらぼくはたずねた。こうなってはリラックスするしかないのだ。

「え、あの、そ、それはもう、ええ。あの」なぜか紅くなりながら先生は顔を伏せた。「……大丈夫よ。うん。きっと推薦とかも……」

「よかった」ぼくはうなずいた。喜びというより、納得したような気分だった。よかった。ぼくの変化は本当に頭脳にも及んでいたのだ。みさきが妊娠していた場合の安心材料がまた一つ増えた。頭が悪いよりいいほうが金儲けには便利だろう。それに、人殺しの才能よりは世間で活用しやすい。

時計を見た。もう午後五時を過ぎていた。気絶させた二人がどう動くにしろ、そろそろ教職員棟を離れる頃合いだろう。聞きだした情報を晃さんに伝える必要もある。

「じゃあ、あの」さりげなくたちあがろうとした。

「あ、あの」麻木先生はあわてたように遮《さえぎ》った。「あの、コーヒー、い、いれるから」

そのまま返事も待たずにキッチンへ駆けだす。ぼくは溜息をついて座り直した。こっそりとオンにしたままの受信機を取りだし、イヤフォンをつけた。罵り声が聞こえた。早くしろ、急げ。ドアの開く音がした。また声が聞こえる。どこに逃げるんですか。知るか、ともかく遠くだ。フィリピンがいいかもしれねぇ。畜生、あいつ、財布まで盗っていきやがった。

ほっとしてイヤフォンを外した。念のためスイッチは入れたまま受信機をカバンにしまう。あの二人の幸運を祈ってやりたくなった。

かちゃかちゃと食器を準備する音が響いてくる。まだ時間がかかりそうなので部屋をみまわした。テーブルの下に何冊も本が積まれていた。教師用の手引き書がほとんどで、あちこちに付箋《ふせん》が挟まっている。ほんとに、いい先生なんだよな。これでもうちょっと……。

手が止まった。一冊だけジャンルの異なる本がのぞいていたのだ。もちろんエロ本なんかじゃない。ある意味で教師用の手引き書よりもさらにマジメな本だった。『幹細胞の再プログラミング』という物凄いタイトルである。大した興味があるわけではなかったが、手引き書よりはマシな感じなのでぱらぱらとめくった。意外に面白かった。出だしを要約するとこんな感じだ。

動物は一つの大きな細胞——受精卵からスタートする。そこから猛烈な増殖を繰り返して三種類の幹細胞のカタマリになる。外胚葉《がいはいよう》、中《ちゅう》胚葉、内《ない》胚葉という奴だ。んでもって各胚葉ごとにタイプの異なる幹細胞が脳だの骨だの内臓だのを増殖しながらDNAのプログラミングどおりのものにつくりあげてゆく。いままさに、みさきの胎内でおこなわれているのかもしれないイベントがこれだ。

でまあ、ある段階でおぎゃあ、まあ可愛い赤ちゃん、となるわけだが……最近では大人になっても体内に幹細胞が残っていることが確かめられている。どうやらこの本は、その幹細胞をいい具合に突っついてやることで医療に利用できる、ということを教えてくれているらしい。

たとえば胚盤胞《はいばんほう》からでてきた胚性幹細胞（ES細胞）と始原生殖細胞からでてきた生殖幹細胞（EG細胞）はだれもが持っており、そいつにはお母さんの子宮の中でみんなが初体験したエピジェネティクス——体細胞核遺伝子発現のプログラムをもう一度おっぱじめる能力がある。要するにゲノムをプログラムし直してなにか他の細胞に変わりうる、ということだ。

で、これが何の役に立つかといえば……自分の細胞から身体が必要とする組織性幹細胞をつくりだせるように誘導できるかもしれない、ということなのだ。ことに、最初から組みこまれているプログラムをクリアできる（薬品や遺伝子導入で望みの組織性幹細胞へ変えられる）EG細胞はかなり有望らしい。

で、その組織性幹細胞をさらに突っついてやれば……必要とする身体のパーツをつくりだせる。問題のある部分を取り替えてしまうこともできる。もともと自分のものだから、臓器移植の難しさを象徴している拒絶反応の問題もない。あ、たしかいまの遺伝子治療は幹細胞にDNAを突っこんで必要な細胞に変えてしまうのだから……えーと、EG細胞を好きなようにプログラムできるということは、ありとあらゆる遺伝子の関わった病気をなんとかできることを意味するのだろう。

……なんか知らないあいだに世の中はエラいことになっている。正直なところ想像もできなかったような話だ。いや、もっともショックだったのは、ぼくがうつむき加減に生きてきたこの世界には、こうしたとんでもないこととの関わりを『日常』にしている人々が何万人もいるのだという事実だった。ああ、畜生。なんだか、時間を無駄遣いしてしまったような気分だ。『変化』によって得た力をそういう面に生かすべきなのかもしれない。が、ぼくが得た力はおつむだけにとどまっているわけじゃないんだ。暴力とセックスの渇望に身を滾らせている研究者なんて、どこも雇ってくれないだろう。

同時に当然の疑問も湧いていた。現国の先生がなんでこんな本を読んでいるのだろう？　それも、かなり熱心にだ。この本には付箋どころか、○×の書きこみまであったのだ。麻木先生、まさかＳＦおたくかなにかなのだろうか。

「あ、あの……これ」

キッチンから戻ってきた麻木先生がコーヒーとケーキを置いた。コーヒーの香りはいい。かなりの豆に違いない。

いただきます、と頭を下げて口をつけた。コーヒーは香りも味もぼく好みだった。モカマタリのように酸味のある奴は苦手なのだ。たっぷりのクリームに飾られたケーキは普通に売っているものよりかなり甘かったが、身体が無性にエネルギーを必要としているいまのぼくにはちょうどいい。

「味……どう？」麻木先生は心配そうにたずねてきた。

「おいしいですよ。あの、このケーキは……」

「うん、わたしが作ったの」

へえ。スポンジもいい感じだし、なかなか才能あるじゃないの。ぼくが正直な感想を口にすると彼女は顔を紅く染めた。

ケーキを食べ終えたぼくは本について彼女にたずねた。

「これ、勉強してるんですか？」

「え、あ……違うのよ。ニュースでわからない言葉があったから気になって……」

「でも、○とか×をつけてるけど」

「読んでも全然わからないのは×で、なんとなくわかったのは○にしてあるの」

「……凄いな」ぼくはいった。本当に感心していた。「さすが先生だ」

「そんな」彼女は恥ずかしそうに本を奪い取り、抱きかかえた。「たまたまおもいついただけだから……」

　羞じらっている彼女はとても二四歳という感じではなかった。気の弱い文学少女そのものだ。うーん、これでもう少しファッションセンスがあったら……でも、化粧すると美人に化けるかもしれないから、男の教師たちが騒ぐかもしれない。いや、それよりも生徒たちのほうが大変だろう。男子は目をぎらぎらさせて見つめるだろうし、女子にだって憧れる子が続出するはずだ。

　唐突に彼女が冴えない格好をしている理由が理解できた。だからこそなのだ。麻木愛という人格にとって自分の美しさは重荷であるに違いない。授業のたびに欲望に満ちた視線の集中砲火を浴びることが耐えられないのだ。

　ではなぜ、ぼくを招き入れるような真似をしたのだろう。よほど安全な奴だとおもわれたのか？　まさか。紳士的に振る舞うように努力はしたけれど、ぼくが彼女を目にするたびに考えていたのはあっち方面のことが必ず含まれていた。女性であればその気配を察しないはずがない。もともと〝紳士的〟なる考えかたそのものがあっち方面での認識を前提にしているのだ。欲望を自覚しつつただひたすらに守り手として振る舞うことを楽しむ知的な遊戯《ゆうぎ》なのである。スタイルの――見栄の問題といってもいい。だからこそ戦闘的なフェミニストは紳士的な態度をひどく嫌うのだ。

　ぼくがケーキを片づける様子をうれしそうに見ている麻木先生はフェミニストには見えなかった。紅潮したままの顔や眼鏡の向こうにある瞳に浮かぶものはひどく純粋である。母性すらふくまれているような気がしたが、それだけともおもえないほどに複雑で、あたたかだった。

　困った。彼女がどんどん魅力を増してきた。エネルギーを補給したせいか、ほんの二〇メートルほど離れた場所で力を行使したからなのか……ともかく危険な兆候である。いかん。これはいかん。問題山積みのこの時期に、いくらなんでも女教師はまずい。女教師という言葉をおもいえがくだけで耳の奥で血管がどくどくいっているが……だからそういうことじゃない！　それに、今日中にもうひとつ済ませておいたほうがいいこともある。

　立ちあがり、ごちそうさまでした。そろそろ失礼します、と告げた。そして、見てしまった。ぼくを見上げた彼女の瞳に宿る哀しげな光を。

屈みこんだのは本能ではなく意志の動作だった。唐突に、唐突に、なにもかもが『変化』やその結果としての力にせきたてられているわけではないことを証明したくなったのだ——あるいは、自分につけられた本来の値段を知りたくなったというべきか。

麻木先生のおとがいを上向かせ、唇を重ねた。さすが大人の女性、ふっくらとした唇の感触はみさきよりも心地よいかもしれない。その先にだって進みたかった。息にこもる強烈なミントの香りさえなければ。

彼女は唇を閉じたままだった。抵抗はしなかったが、ミントの香りはますます強まった。おかげでぼくは立ちどまれた。

眼鏡の向こうからかすかに濡れた瞳が見つめた。怒りの色がないことにほっとしてしまった。ぼくはたずねた。

「また来てもいいですか。絶対に来るな、といわれても来ます。理事会にぼくがあなたを暴行したといわれて退学になっても忍びこみます。だから来てもいい、といってください。お願いします」

彼女はなおも数秒固まっていたが、ようやく微かにうなずいてくれた。目尻から涙がこぼれ落ちていた。殺人よりもよほど罪悪感を覚えたのは彼女がこわばった顔に痛々しい微笑みを浮かべたのを目にしたからだった。まるで女教師の優しさにつけこんで彼女へ乱暴を働いた一七歳の教え子のような気分になった。

8

部屋に戻った時は夜七時を過ぎていた。はじめて気づいたが、麻木先生と三時間以上も一緒にいたことになる。デジカメのデータをコピーして晃さんに送った。かれからの返事はすぐにあった。そのまま調査を進めて欲しい、という内容だった。

部屋をでる前にとりこんだ理恵の画像をレタッチソフトに読みこみ、理恵の姿だけを切り取った画像をつくった。ルーガーのホームページをのぞいた時にダウンロードしたカタログからルーガー・マークⅡの画像をコピーし、やはり銃だけを切り抜いて理恵の頭の横に張りつける。できあがった悪趣味な画像をプリンターで出力するとファイルとソフトに残る履歴を消した。

時間を確かめるとまだ七時半だった。八時には各棟の当番教師が入り口のカギをかけてしまう。

必要なものを揃えるとすぐに外へでた。夏草の香りがきつかった。トラックスーツに着替えはしたがシステムベストや銃はデイパックにつめこんである。さすがに暗くなったとはいえうろついている奴にでくわしたら面倒だからだ。トラックスーツならば発作的にジョギングしたくなったといいのがれられるだろう。

渡り廊下に面した管理棟の入り口にはまだカギがかけられていなかった。空は曇っており、すでに照明は落とされているので地獄の底のように暗い。が、暗さに慣れたぼくの目は窓から差す別棟のかすかな照明による反射を拾いあげている。

はいりこむとすぐに階段の下にある空間へ隠れた。デイパックを開きシステムベストを身につける。ヘッドマスク、手袋、ボイスチェンジャーも準備した。ルーガーを取りだし、銃の尻を引っ張って装填すると、マガジンを抜いて予備の弾から一発補い、銃に戻して安全装置《セイフティ》をかけた。これでマガジンを交換せずに一一発放てることになったわけだ。ちなみに、この銃のマガジンの交換は手で握る部分――銃把《グリップ》の底にある固定用のラッチ《マガジン・キャッチ》を外してマガジンを引き抜く。ただしマガジン・キャッチは潜るように取り付けられているのでけっこう外しにくい。だから副理事長室で射殺したヤクザはあわてていたのかもしれない。

座りこみ、息を殺して待った。ヤクザがいるからなのか、冷房が切られていないのがありがたかった。汗をかかないとはいっても（いや、それだからこそ）暑さが苦にならないわけではない。一〇分ほどしてカツカツと足音が聞こえてきた。男ではなく女の足音だ。懐中電灯が廊下を照らした。

入り口の前でカギをがちゃつかせる音が響いた。そっと後ろ姿を確認した。戸締りしていたのは島田香澄副理事長自身である。

どうして、とはおもわなかった。むしろ当然だと受け取った。明日は大きな取引があり、管理棟にはまだ麻薬がある。高伸側の『現場責任者』としては地下で警戒にあたっている笹川組の二人に付き合うのは当然だろう。

即座に襲おうかとおもったがやめにした。地下のヤクザと副理事長のどちらが危険か、交差点の信号よりもはっきりしている。

島田香澄は階段を昇っていった。副理事長室で夜を過ごすつもりなのだろう。さすがにヤクザと一緒にいるのはイヤなようだ。

さらに三〇分ほど過ごして安全を確認したところで腰をあげた。軽く屈伸してこわばりかけた筋肉をほぐす。右手に安全装置を解除したルーガー、左手にスタンバトンを持って地下へ続く階段をのぞきこむ。奇襲が無理な時は射殺するつもりだ。

地階の廊下は照明が点けられていた。話し声が聞こえる。反響しているおかげでよく聞き取れないが、声の主が二人であることは確かめられた。聞きだした情報は本当だったというわけだ。ほかの情報もおそらく本当だろう。

踊り場の手前まで降り、コンクリートでつくられた手すりに身を隠してさらに様子をうかがう。トイレにでも立ってくれないか、とおもったがしばらくして水音を耳にし、ため息が漏れそうになった。トイレがわりの缶を持ちこんでいるのだ。島田香澄が降りたがらなかった理由のひとつかもしれない。

踊り場から階段の下段へと進みながら考えた。本当に殺すべきかどうか。降りながらルーガーとスタンバトンの重さを左右でたしかめ、騒がれるわけにはいかないし、自分が撃たれるのはごめんだという結論に達した。スタンバトンをベルトへ引っかけ、ルーガーを両手で構える。

なんとなく怖かったのでトリガーに指はかけなかった。いまのぼくはきっと人殺しのような顔を浮かべているだろう。養父母にもみさきにも理恵にも——麻木先生にも見せられない顔だ。自分でもあまり目にしたくない。が、他に手はないのだからやるしかない。

いったん決めてしまうと気分が楽になった。意識がクリアになり、あとに残ったのは身体の内側からわいてくる熱感だけ。力。力の感覚だ。

階段を降りきった場所は突き当たりになっている。廊下は向かって右側にのびていた。ぼくはなんとなく右側の壁へはりつくようにして階段を降りてきたが、これではまずいと気づいた。降りきって廊下をのぞきこむ時、身体をかなり露出させなければならないのだ。

階段の左側に移った。こちらからならばちょっと身体をのぞかせるだけで視界を確保できる。ともかく相手が銃を持っている時、曝《さら》す面積を少なくすることが大事だとおもえた。ターゲットが大きければ大きいほど命中の可能性は増すはずだからである。

話し声がはっきりと聞こえてくる。

「畜生、どこのどいつか知らねえが井原《いはら》のアニキまで殺《や》りやがって……おれが絶対に仇《かたき》を討ってやる」

「お、おう、おれも手伝うぜ」
威勢はいいが、かなり怯えているようだ。一瞬、やはり殺すほどのことはないかという考えがよぎったが、すぐに捨てた。銃をがちゃがちゃいわせる音が響いたのだ。向こうがその気ならば遠慮する必要はない。

斜め下に向けていた銃口をもちあげ、廊下をのぞきこんだ。闇に慣れていたため、蛍光灯が目に痛い。

が、廊下に立っている二人の男ははっきりと確認できた。やはり銃を手にしている。距離は一〇メートルほどだ。

素早くトリガーを絞った。サイレンサーで絞られた銃声や作動音とともに、手前にいたリーゼントのチンピラ、その側頭部に三発をたたきこむ。抑えられた銃声の反響は無視できるくらいだった。すぐにもう一人へ銃口を向けた。明日の取引のため人が足りなくなっているのか、どことなく薄汚いアロハ姿のチンピラだ。

「ひっ、いっ」

仲間を突然射殺されたそいつは握っていた拳銃をぼくへ向けようとした。が、もちあげる途中で発射してしまう。映画でよくあるように、トリガーへ指をかけたまま銃を持っていたため、途中で指に力がくわわり、トリガーを絞ってしまったのだ。

持ち上げている途中で発射してしまった驚きに、アロハ野郎は拳銃を落としてしまう。ぼくはトリガーにかけていた指を外し、廊下へ飛びだした。一〇メートルを三段跳びのように駆け抜けると、スイッチをいれていないスタンバトンをアロハ野郎に叩きつける。男は両脚を痙攣させた。脚の震えがおさまると動かなくなる。白目を剝いていた。

アロハ野郎をガムテープで拘束する。もちろん目と口にも貼りつけた。万が一に備えて耳にも貼ってしまう。もちろん射殺したリーゼント野郎のものも含めて銃とポケットの中身はいただいた。銃はやはりサイレンサーつきのルーガーだった。もしかして笹川組はルーガー社製拳銃の日本最大のユーザーじゃなかろうか。

合い鍵をつかって用具置き場にはいった。ほこりっぽい臭いがこもった部屋の照明をつける。古びた戸棚や黒板などの合間に、いかにもという木箱が四つ置かれていた。しっかりと釘が打たれている。

自分の力ならば箱を叩き壊せるとはおもったが、意味もなくヒーローじみた真似をするのはイヤだった。部屋を見回すと、隅のほうに工具箱があった。鉄梃《かなてこ》を取りだす。一つ目の箱は……ビニール袋と油紙で包まれたものがぎっしり詰まっていた。開けてみる。茶色いカタマリだ。おもわずウンコを想像したが、んなワケはない。精製前の麻薬だろう。

他の二つの箱も中身は同じである。だが最後の箱は違った。

箱にはマジックでHGと記されていた。わけのわからないファイルにあった略語と同じだ。

開けてみる。緩衝材の中に、ビニール袋に包まれた黒々としたものが並んでいた。やはりガンプラではなかった。拳銃だ。

ああ。そういえばいまは亡き御宅君が鼻をひくひくうごめかせながら銃のことを語るとき、拳銃とかピストルとかいう言葉は絶対に使わなかった。常にハンドガンといっていた。HGというのはその略字だったのだ。正しいのかどうかは知らないが、笹川組に荷を卸している『業者』はそう表現している。笹川組は麻薬だけでなく武器の密輸にまで手を染めていたというわけである。つまりMGだのAGだのRLだのというのもなにかの武器を略しているのだろう。

銃をとりだし、たしかめた。どういうルートなのか知らないがタイプはごちゃごちゃだ。もしかしたらアメリカあたりの銃砲店からごっそり盗みだされたものなのかもしれない。すべて新品のようなのだ。

とりあえず、一種類ずついただくことにした。あれやこれやで六丁になった。一丁につきマガジンが四個ついているので、それだけでもうかなりの重みだ。弾薬箱もはいっていたのでそいつもデイパックに入れる。で、残った銃だが……このまま置いておけば笹川組のものになってしまう。ぼくに対して使われるかもしれない。かといって全部ぶち壊しているヒマはない。

あ、そうか。

ぼくは全部の銃のマガジンを抜き取り、予備のマガジンも取りだした。デイパックにいれる。かなり大きなタイプなのだけれど、もういっぱいだった。重さも半端ではない。ともかくこれですべての銃は使えなくなった。マガジンがなければ弾は装塡できない。

あとは麻薬だ。末端価格にするといくらになるのか想像もつかない量だが、まさか自分で活用するわけにもいかない。

処分することに決めた。別に正義感にかられたわけではない。笹川組には一円たりとも儲けさせたくないからである。『変化』の直前、なんの関係もないぼくを痛めつけたのは奴らなのだ。奴らが先に手をだしたのだ。奴らがあんなことをしなければぼくは連続殺人高校生にならずに済んでいたのだ。おもいっきり責任転嫁という気もするが、知るか。ぼくの恨みを買った奴こそ呪いあれ、である。

ゴミ袋を見つけた。ぼくはその中に包装を破ってとりだした未精製の麻薬をどんどん放りこみ、足で潰していった。全部入れるには三袋が必要だった。さきほどちらっと目にしたのだが、この地階の奥には汚水タンクの点検室が設けられていた。にやにや笑いを抑えられなくなった。

ゴミ袋すべてを点検室に運びこむ。部屋の一角にはさらに深い場所に設けられている汚水タンクの天井が顔をだしており、マンホール型の点検口があった。部屋の隅に置かれていた鉄棒を用いて蓋をあける。気絶しそうなほどの悪臭が匂った。ただし、即座に薄れてしまう。臭いが消えたわけではない。ぼくの肉体が悪臭という情報だけを脳に認識させ、他の部分への影響をカットしたようだ。考えてみれば、ただ五感が鋭くなるだけでは強い刺激を受けた場合、犬にコショウを嗅がせたような状態になってしまう。おそらくは強力なフィルターのような機能も備わったのだろう。なんて便利な身体なのだ――まるで、ただひたすら都合がよくなるようにデザインされたかのようだ。

その一方で、暗く澱んでいる汚水を目にしたぼくの口元に浮かんでいたにやにや笑いはさらに大きくなっていた。ビニール袋の中身をざばざばと中へ落とすと自分でも呆れるほど気分がよくなり、とうとう声をあげて笑いだしてしまった。三袋すべて開けると世界で一番値段の高い汚水のできあがりだった。

いっそ拳銃もここに放りこんでやろうかとおもったが、すぐに考え直した。笹川組の奴らに自分たちがなにを失ったのかたっぷりとおもいしらせるにはマガジン抜きの拳銃をおがませてやるに限る。

9

点検室から戻るとアロハ野郎の頭をもう一度蹴ってから一階へあがった。『変化』を起こしていなければ持ちあげるのも一苦労だっただろう重さの拳銃でいっぱいのデイパックはさきほど身を隠していた階段の下に置いておく。すぐに副理事長室を目指した。

聞きだした情報がウソである場合に備え、四階へのぼりきったところで慎重に様子をうかがった。見張りはいなかった。副理事長室のドアは閉じていたが、中には人のいる気配がした。

いきなり踏みこむのは危険だった。おそらく島田香澄一人だろうが、なにか準備を——たとえば笹川組から与えられた銃を持っていないとも限らない。ドアのカギも閉じているだろう。

左右を見回し、すぐに考えが浮かんだ。今回は逆の手順を用いるのだ。

理事長室のドアへと移動し、そっと合い鍵を使った。慎重にドアノブをまわし、そっともぐりこむ。照明は点けられていない。

二つの部屋をつなぐドアは新しいものに取り替えられていた。カギはついていない。

ドアに耳を押しつけて気配を探った。意識を集中すると聴覚が指向性集音マイクのように研《と》ぎ澄まされ、パソコンのキィボードを打つ音が聞こえてきた。こんな時に仕事をしているのか？　さすが若くして副理事長になっただけのことはある。いやまあ、どちらの『仕事』かわからないけれども。

飛びこもう、と決意しかけたところで電話の呼び出し音が響いた。不機嫌そうな島田香澄の声が聞こえた。

「え……どうしてそこまで？　それはそちらのお仕事でしょう？」

笹川組からの連絡だと直感した。

「でも、こちらはなるべく直接関わらないのが……でも……わかったわ。でも、すぐには連絡できません」

受話器を置く音と椅子からたちあがる音が聞こえた。それに、島田香澄の忌ま忌ましげな呟きも。

「ったく……あんな連中の様子を確かめるなんて……」

なにをいっているのか想像がついた。教職員棟とこの管理棟に配置した連中の様子を確かめて欲しいと頼まれたに違いない。

背後から奇襲するため、彼女が机をまわりこむまでタイミングをはかってから部屋へ飛びこんだ。振り向く前に背中へ飛びつくことができた。口を抑え、そのまま床へ押し倒した。かなり勢いがついてしまったが、毛足の長い絨毯がショックを弱めてくれたので怪我をさせずに済んだ。なんといっても理恵の姉である。倒れた彼女の胴へまたがるスタイルをとり、両脚でしっかりと挟む。

彼女はレイプ魔から逃れようとする清楚なＯＬのよう

にもがいた。自分がひどく悪いことをしている気分になってくる抵抗である。傷つけずに抵抗力を奪う方法をおもいつかなかったので、ルーガーを抜き、彼女の目の前の絨毯へ撃ちこんだ。毛がぱっと舞いあがり、小さな穴が生じた。銃が排出した薬莢は一度宙を舞ってから絨毯をかきむしっていた彼女の掌へぽとりと落ちた。喉奥から悲鳴が漏れ、四肢がびくびくと震えた後で力が抜けた。

銃を適当なポーチに突っこむと、別のポーチからパソコンででっちあげた悪趣味な画像のプリントアウトをとりだした。島田香澄の目の前でひろげ、ひらひらと振ってやる。喉奥からあらたな悲鳴が漏れた。口を抑えているぼくの左手は手袋をはめていなければ手がすべりそうなほど唾液で濡れていた。

ボイスチェンジャーのスイッチを入れると耳元へささやきかけた。

「騒がないと誓うなら手を外してやる。そのかわり、騒いだり逃げたりした時は……」

またプリントアウトをひらひら。島田香澄はがくがくとうなずいた。手を外してやると辛そうに息を吸いこんだが、声をあげはしなかった。

「さっきの電話は笹川組からだな」

「……そ、そうよ」

「校内に配置した組員の様子を確かめろといわれたのか」

「どうして知ってるの」女の胴が震えた。さすがに理恵の姉だ。年齢相応に熟した女体の柔らかさが心地いい。

「笹川組はなんと伝えてきた」

「若頭《わかがしら》の兵藤さんが……気合をいれないと最近の若い人はすぐに手を抜くって……」

兵藤というのはあの晩彼女と話していたアルマーニの男だろう。やはり幹部だったのだ。ともかく、ヤクザの世界でも『いまどきの若い者は』というのは定番らしい。もしかしてアニメが大好きな大幹部とか、18禁エロゲーの大好きなヒットマンとかが実在するのだろうか？　◯◯タン萌え、などと呟きながらコミケでエロ同人誌を買いあさる背中に入れ墨の人。なんかイヤな感じだ。でもたしか、ヤクザの幹部でマンガ家という人は実在してたはずだしな……ま、ともかく彼女がウソをつく理由はない。理恵と拳銃のプリントアウトも効果があった。これがなければ本当にレイプでもしなければ口を割らせることはできなかっただろう。

いやもともと、彼女にそうたずねるべきことがあるわけではないのだ。笹川組が取引をおこなう時間と場所はわかっているのだし、校内の麻薬と銃は処分してしまった。いまここで彼女を抑えつけているのは、ほとんど理恵のためである。

「さて、相談がある」ぼくはいった。「聴くつもりはあるか？」

「あ、あなた、いったい……」

「質問にこたえろ」ぼくはウェーブしている艶やかな黒髪を引っ張った。

「いっ、わ、わかったからやめて」島田香澄は懸命に髪を守ろうとした。さすが女性だとおもった。

「おれたちは生徒の父兄に雇われている」口からでまかせがすらすらと口をついてでた。「本藤理事長と笹川組の関係がばれると、学校そのものが潰れかねない……そうなると通っているガキどもの経歴に傷がつくからな。ここまではわかったか」

「え、ええ……」彼女の喉が鳴った。自分にとって損な話ではないと予想がついたらしい。

「本藤は片づける予定だが、あんたは別だ。なにしろ生徒会長の姉だからな。あんたと本藤の関わりが明るみにでたらあんたの妹も退学だ。優等生代表が退学では関係があったと公表してるのも同じだ。だから、あんたがおれたちの指示どおりに動いてくれるなら目をつぶることにした……しばらくしてから、そうだな、妹が卒業したあとで退職してくれたらいい。もちろんあんたが取引に手を貸して得た金はあんたのものだ。どうだ？」

「妹は……理恵は……」

「なにも知らない。が、あんたが協力を拒めば死ぬことになる。いまごろ寄宿舎の妹の部屋の前でおれの仲間が待機している。おれが一声かければ、奴らはあの娘を誘《ゆう》拐《かい》してレイプしつくしたあげく、死体を街中の目立つ場所に放りだす。もちろん一学期が終わるまで監禁してから、だ。わかるだろう？　街へふらふらと遊びにでて殺されたことになるんだ」

「お願い、やめて！」島田香澄は必死になって懇《こん》願《がん》した。「理恵は、理恵だけは、わたしはどうなってもいいから」

ううむ。泣けてくるな。裏で手を染めている悪事はともかくとして、ここまで心配してくれる家族がいるというのはちょっと以上に理恵がうらやましい。

「じゃ、協力しろ」

「わ、わかったわ……本当に……」

「信用しろ。ともかく、裏切ったら本当に妹は殺す。まず……本藤が取引に関わっている証拠はここにあるのか？」

「学長室のロッカーに。合い鍵を持っているわ」

右腕を背中にねじって摑み島田香澄を立たせると、学長室へ戻った。ロッカーを開けさせる。中には書類がぎっしりと収められ、何枚ものＤＶＤ‐ＲＯＭが積み重ねられていた。彼女はＤＶＤ‐ＲＯＭの一枚を抜き取った。

「馬になれ」副理事長室の机の脇にくるとぼくは命じた。命令に従った彼女にまたがり、このあいだと同様に、ＤＶＤの中身をコピーする。犯罪の証拠ではあるが、いまのぼくにとってはあまり意味のあるものではない。どうであるにしろ、とるべき行動は決まっているような気がしていたからだ。ま、それでもコピーしたのは晃さんとの――いや、みさきのお兄さんとの約束があるからだった。

「取引の予定は変わらないのか」脊椎のしなりと体温を尻に感じながらぼくはたずねた。

「か……変わったという、連絡は、重い……」

ぼくは残酷なプロらしい態度をとった。尻をわざと揺すったのである。

「う……んっ、変わって、ないわ。ねえ、お願いっ」

「しかしこれだけ邪魔してやってるのに……笹川組はよほど金に困ってるのか？」

「西日本の、中浜《なかはま》組と抗争になりかけてるって……だから、絶対に資金源と武器が……あぁっ」

ついに力尽きた彼女は絨毯に突っ伏した。足元から響く荒い呼吸を楽しみながら、空気椅子のポーズでぼくはコピーを続けた。

ＤＶＤを元に戻したあとで笹川組に電話をかけさせた。なにをいうべきかすぐに教える。彼女はぼくの指示どおりの言葉を一気に叫んだ。

「あの、はやく、はやくきて！　またあいつらよ、きっとあいつらよ！　みんなやられてる！　やられて……」

電話のコードを引きちぎった。たっぷりした胸を覆っているブラウスへ手をまわして左右に引っ張り、バイオレットのブラをひきずりおろして胸を露出させた。乳首は黒かったが硬くたちあがっていた。そのまま床へ頭をつけさせ、スカートをむしりとる。うまそうにあぶらののったヒップへ手をのばし、ショーツを膝のあたりまで引きずりおろす。レイプされかけたところでなんとか電話を手にし、短縮ダイヤルを押してどうにか連絡して……という設定をつくったからだが、なんつーかその、理恵を完熟させたような肢体を目にしているうち、本当にこみあげてくるものを感じていた。どういう感覚がもたらしているのか、島田香澄のそこは湿っていたのだ。

が、さすがにいかにもなレイプだけはできない。そうするぐらいならヤクザ専門の連続殺人鬼になったほうがマシだ。正直いえばレイプのひとつもしてみろよ、と体内の力は語りかけているのだけれど、『変化』のまえから変わらずに存在しているぼくそのものはそれがイヤなのだ――なんとなく、おそらく、絶対に。

「じゃあ、わかったな？　手筈どおりにやれよ。約束さえ守ればあんたも妹も傷一つつかない。おれたちが二度と会うこともない」

返事をまたずに彼女の首筋へ手刀をたたきこんだ。気絶した彼女は尻を掲げた姿勢のまま脱力し、失禁をはじめた。女性、それも理恵の姉がこのありさまなのはあまりにもかわいそうだが、相手はヤクザだ。手は抜けない。

ずっしりと重いデイパックを担いで管理棟を抜け正門をみると、閉めるのを忘れたことにでもするつもりだったのか、閉じられていなかった。闇に溶けた何人もの人影が見えた。本当に学校の近くで待機していたのだ。

管理棟の中で皆殺しにしてやりたいところだが、それでは殺されたのが島田香澄の責任だと笹川組が受け取りかねない。暴力への欲求をおさえこんで部屋に戻り、本藤理事長に関する証拠を送った。島田香澄がこちらへ寝返ったことも知らせた。

10

体内で力への渇望を荒れ狂わせながらノートＰＣ上で作業をつづけるのはヤクザになぶられているよりも辛い経験だった。いままでの例からして返事は一時間以内に届くはずだから、とりあえず奪った拳銃の情報をネットで検索して時間を潰すことにした。

管理棟地下に隠されていた箱から手に入れたのは六丁である。

まずＣｚ75。チェコ製の傑作拳銃で、デザインはいかにもスマートだ。

次はグロック17。これは映画とかで目にしたことがある。銃身や内部メカニズム以外、つまり銃の外側はプラスチック製にした銃で、スライドは角材のような形をしており、一七発もの弾を収められるマガジンをはめこむ銃把《グリップ》はたくましさすら覚えるほどだ。オーストリア製だが、アメリカで大成功を収めたエポック・メイキングな銃である。

でもってＩＭＩデザート・イーグル。イスラエル製で、各種のマグナム弾を使用できるよう、さまざまなバリエーションがあるどっしりした銃だ。ぼくが手に入れたのは３５７マグナムを使用できるタイプである。

おつぎはベレッタM92ＦＳ。アメリカ陸軍が制式採用したイタリア製の拳銃だ。不必要な部分を優美なカーブで削ったいかにもイタリアンなデザインで、日本でも好きな奴が多いらしい。

五つめはＳＩＧザウエルＰ２２６。スイス製の、いかにも手練の職人がきっちりとつくりましたという印象の銃。ネットでみる限り大傑作らしい。アメリカの特殊部隊も採用しているそうだ。たしかに、ベレッタM92ＦＳよりこちらのほうが信頼できそうなイメージを与えてくれる。

で、最後は……同じＳＩＧザウエルのＰ２２０。正直なところ、いままで手にしたなかで一番ぱっとしない印象だった。頼もしさ、という点で及ばない感じなのである。銃としての完成度は高いらしいけれど……よくみるとマガジンにおさめられる弾の数がちがった。Ｐ２２６は一五発であるのに対し、Ｐ２２０は九発なのだ。撃ちあいのときマガジンを交換せずに撃てる弾数が多いほうが頼もしいのは当たり前である。ちなみに最近の十数発もマガジンにおさめられるタイプの拳銃では、みな、弾を互い違いにマガジンへおさめている。複列弾倉――ダブル・コラム・マガジンという形式だ。Ｐ２２０は昔ながらの弾を一列縦並びにした単列弾倉、シングル・ロー・マガジンなので、九発が限界なのだ。

このＰ２２０、自衛隊が採用しているそうだ。ただし、Ｐ２２６を採用すべきだった、という意見を書いているホームページがいくつかあった。自衛隊がＰ２２０を配備しはじめたのは一九八二年で、Ｐ２２６が開発されたのが一九八〇年だからである。ううむ。たしかになぜわざわざ同じ会社の旧式拳銃を採用したのだろうか？　もしかしてワイロでも貰ったのか？

とりあえずネットの情報をダウンロードしたあとで銃を手にしてみた。これまではデイパックへつめこんだり名前を調べるのに刻印を読んだりで、射撃の姿勢をとって銃に触れていなかったのだ。

答えはすぐにでた。

これもネットで見つけたのだが、拳銃には正しい握り方、というものが存在している。利き腕の親指と人差し指をぴんとのばしてV字型をつくり、V字の底が腕の骨と直角をなしていなければならないらしい。つまりアレ、銃はまっすぐに持ちなさい、腕の延長のように持たない限りターゲットにはあたりませんよ、ということだ。そりゃそうである。腕と銃身の角度が違っていたら、弾は必ず斜めに飛んでゆくことになる。

で、きちんと角度をつくったなら親指はグリップを押さえ、人差し指がトリガーに……他の指はグリップに添えて、バーン。両手で撃つ場合でも、利き腕でないほうはサポート役である。狙いをつけるまで、トリガーには絶対に指をかけないでおく。

素直に受け入れられた。試しにルーガー・マークⅡを握ってたしかめたのだが、ぼくはまさにそういう握り方をしていた。もちろんいまのいままで理屈など知らずに撃っていた。銃のおさまりがいい感じがしてそう握っていたにすぎないので威張れる話ではない。

トリガーについては即座に納得できた。管理棟地下で殴り倒したヤクザがしくじっているのを目にしていたからである。

Cz75、グロック17、デザート・イーグル、ベレッタM92FSは即座にダメだとわかった。

しっかりと握れないのだ。

正しい握りかたをすると、どうしてもトリガーへまともに指がかからない。実はぼく、薬指の長いちょっと変な手をしているのだけれど、他の指は普通で、指が届くように握るとどうしても銃が斜めを向いてしまうのである。サイズがあっていないのだ。状況に応じてあそこが変わるのだから指や掌も……とおもわず期待して握ったものの、さすがに『変化』もそこまでは面倒をみてくれなかった。

ネットを調べるとそういう場合は銃に手を加えろ、と書いてあった。グリップにつけられている滑り止めの板（グリップパネルという名だ）を薄いものやゴム製に取り替えたり、部分的に銃の下半分《フレーム》そのものを削ったり、トリガーの形をかえて指がかかるようにしたり……その意味でグロックは論外だ。フレームが硬質プラスチックの一発成形でつくられていてグリップパネル自体が存在しないため、減量させる方向でのいじりようがない。削るのだってなんかマズそうである。というわけでさよならグロック。

デザート・イーグル。これも論外。どういじったところで大きすぎる。おもわず中学の時の修学旅行で温泉に入ったときのことをおもいだしてしまった。実に頼もしい奴がいたのである。というわけでこいつも、だめ。

Cz75もいけません。上はほっそりしたデザインなので見ているだけなら握れそうな気がするのだが、実は弾倉が一五発。うわお。太い、太すぎるの。いやまあ、手を加えられそうであるが……グリップパネルを交換するぐらいではぼくの指にあわせられないようだ。

ベレッタM92FS。図体のでかいイタリア人が開発して図体のでかいアメリカ人がどっさり買いこんだ銃だもんな。でかい奴らの持ち物はでかい。小学生のころ養父と風呂屋へいったときアメリカ人の客がいて……少なくともぼくはだめ。

P226は惜しかった。握れそうな感じがするのである。

だが、やはり指が足りない。

ネットに載っていた妙な握りかた——人差し指はのばして銃に添え、中指でトリガーをしぼる——だとなんとかなりそうだが、ぼくがその方法でうまく狙えるのかどうかはわからない。なんでもこれはプロの殺し屋がよく使う握りかたで、安定がいいらしい。具体的な例として

ネットの記事は一九六三年一一月、ケネディ大統領を暗殺したといわれるリー・ハーベイ・オズワルドが連行途中にダラス空港で射殺された事件をあげていた。オズワルドを殺したのはジャック・ルビーというクラブ経営のオヤジなのだが、残っている射殺の瞬間を撮影したニュース映像をみると、確かにそうやって握っていて、みごとに命中しているのである。ケネディ大統領暗殺については当時からオズワルド単独の犯行ではない、という説が唱えられているが、ルビーの握りかたもその証拠のひとつになるのだそうだ。バー経営のオヤジがなぜヒットマン風に銃を扱えるのだ、やっぱりオズワルドは真犯人ではない。自分でもそう語ったから口封じのために消されたのだ、ということである。

というわけでP226は改造できるならば……という形でペンディング。

んで、P220である。おお。握ることができます、総統！　それも、きちんと。トリガーへの指の引っ掛かりが浅いけれど、素のままでも他の銃よりマシだ。

ようやくわかった。自衛隊は別にワイロを貰ってたわけじゃないのだ。

ネットで調べた限りでは一九八二年当時の日本はいま

よりもずいぶん景気がよかったし防衛力増強にも手をつけていたから、たとえP226でも採用には（たとえば値段とかの）問題はなかっただろう。それどころか、新しい拳銃を日本がミリタリー・ユースで採用してくれることがいい宣伝になると踏み、SIG側が値引きぐらいしてくれたかもしれない。

が、ダメなのである。自衛隊員は日本人ばかりだからである。ぼくの手の大きさは日本人として平均よりちょい小さめ、というところだろう。自衛隊にだってそういう人はたくさんいるはずだ。つまりP226ではダメなのである。当時存在した新しめの拳銃で完成度が高く、日本人が扱いやすいもの、となるとP220しかなかったことが採用の理由に違いない。どれほど傑作拳銃でもまっすぐ構えることができないのでは竹槍でも持ったほうがまだマシであるからだ。

強力な拳銃を持てないなんて……だが、しかたがない。

帽子や服や靴を買うときにサイズを無視する奴はいない。体重五〇キロなのにXLサイズのパンツを買ってもずりおちるだけだ。銃だって同じことなのである。うまく握れないときは改造しろ、というのはつまりシークレット・ブーツや胸パッドみたいなものだろう。

というわけで竹槍を持ちたくないぼくはP220を使うしかない。

あらためて握ってみる。手は慣れてきたのか、悪くない。マガジン交換はグリップの底のマガジン・キャッチを外しておこなうためちょっと時間がかかるけれど、常人よりも素早いぼくが使うのだから問題にならない。あとは当てられるかどうかだけれど、試し撃ちするワケにはいかない。なにか方法がないかとネットを調べると、ボア・サイティングという銃身をのぞきこんであたりをつける方法が説明されていたが、銃を分解する必要があるのでちょっと怖い。必要になったら生きた標的を相手に確かめるしかないと割り切った。ルーガーでも試射なしでバシバシ当てられたのだ。なんとかなるだろう。

銃を決めるとマガジンと弾をよりわけた。P220用のマガジンは銃にはめてあるものを含めて合計一〇個。すべてに弾が詰められていた。これだけで九〇発というわけである。弾そのものはかなり豊富だ。銃が収められていた箱の中には弾だけの紙ケースが何個もいれられており、ぼくはそのすべてを頂戴《ちょうだい》していたからである。それに奪ってきた銃はデザート・イーグル以外、すべて同じ9ミリ・パラベラム・ピストル《ルガー》弾を用いるので、他の銃のマガジンにおさめられた弾も予備弾として扱える。

よくよくみると弾丸にいろいろと種類があるのがわかった。先端がドングリの実みたいだったり、へこんでいたり、先端は平面なのに真ん中だけ指で触れるだけで刺さりそうなぐらい尖っていたり。よくわからないしネットで調べるのも飽きたので一番数の多いドングリ型が普通の弾だろうと決めた。ただし他の弾も撃ってみたらわかるだろう、という程度の気持ちで一個のマガジンへ詰めた。

ほかの銃はおさまっていたビニール袋に戻した。あとで、どこかに隠してしまうつもりだ。とはいえ明日P220を使えるわけではない。警察を呼ばれるとマズいのは同じだから、やはり銃声を響かせるわけにはいかないのだ。ルーガー用のサイレンサーはP220には使えないからである。笹川組と向き合う時、万が一の予備として持ち歩くつもりだ。

銃についての面白いのだかつまらないのだかわからないチェックを終えると、メールソフトを確かめた。晃さんからの返事はまだ届いていなかった。

どうしようか、と考えて前から抱いていたサイレンサーに関する疑問を調べてみることにした。

自動翻訳ソフトに大活躍して貰っていろいろ目をとおすと……驚いた。ぼくはずいぶん間違っていた。

まずサイレンサーという名前がアレらしい。正しくはサウンド・サプレッサー。『銃声抑制器』というところだろうか。でも面倒だからサイレンサーでいい。

とあるホームページにまさにルーガー・マークⅡにいろいろなタイプのサイレンサーをつけて音を計測したグラフが載っていた。

ううむ。静かだ静かだとおもっていたが、数字でみると納得だ。

電話の呼び出し音が七〇デシベル。落ち着いた会話が五〇デシベル。ささやき声が四〇デシベル。郊外の深夜が三〇デシベル。機械式腕時計のコチコチいう音が二五デシベル。置き時計の秒針の音を一メートルの距離から耳にしたのが二〇デシベル。

ぼくが奪って使っているサイレンサーの銃声は三九デシベル。ささやき声よりも小さかった。さらに銃声を抑えられるサイレンサーもあるらしいが、リレー競技のバトンどころか竹刀《しない》がわりに使えそうな長さになってしまうので、ぼくにとっては現実的じゃない。つーか手に入れる方法知らないし。

とはいえおもわず笑みも浮かべてしまった。明日はおそらく熱帯夜だ。夏は音が響かないのである。サイレンサーの効果はますます高まるだろう。

もう一度確認のメールを送ったが、ちゃかぽこ打っている間に体内の炎が再び勢いを増してきた。

みさきの方には届いていないだろうか。

あまりといえばあまりな考えが浮かんだ。ぼくに依頼したのだから、ぼくに返事を送ってくるのが普通である。むしろかわいい妹は絶対に関わらせないように努力するはずだ。

だが、みさきに確認する必要があるとぼくは決めつけた。つまり晃さんからの連絡などどうでもよかったということだ。ともかくぼくは力をなにかのかたちで使いたくてしかたがなかったのである。

11

徹夜で警戒にあたっているらしい笹川組の連中を尻目に女子棟へ忍びこんだのは午前一時過ぎのことだった。

みさきの部屋へいったのはもちろん彼女が欲しくてたまらなかったからだが、もうひとつ理由がある。そこからは正門のあたりを見渡せるのだ。

ぼくの姿を目にして狂ったようにむしゃぶりついてきた彼女を抱きとめると、照明を消し、競うように全裸になった。奪った拳銃は部屋へ置いてきたので中身が軽くなったデイパックを手にしたまま窓辺の勉強机に歩き、椅子に腰掛けた。みさきはぼくがなにを求めているかすぐに察し、膝をまたぎ、手を添え、腰をおろしてきた。

ぼくたちに準備は必要なくなっていた。お互いに求める気分を確かめあえば肉体は即座に自分の、そしてなによりも相手のために血と肉を燃えあがらせるからだ。

みさきの腰が沈むと同時に、温かく複雑な潤いに満ちたものがぼくを包みこんだ。

机上のノートPCを起動し、左手に双眼鏡を構えてヤクザたちを監視しつつみさきを味わう。すっかりなじんだ彼女の甘く美しい部分は、間断のないうねりと間歇《かんけつ》的な心地よい締めつけをくりかえしてぼくをうめかせる。

膝上に乗っているためいつもより浅いからだろう、首に腕をまわしてきた彼女はかげりに覆われた柔らかい場所をしゃくるように自ら動きはじめた。熱い吐息と内部が激しくうごめくたびに発せられる前頭葉の溶けそうなほど切ないすすり泣きが流れこんでくる。

ひどく高まっているけれど、動きは小さかった。気を使ってくれているのだ。本当ならばおもいきり全身を上下させたいだろうに、ぼくの目的に気づいたため背を丸めしがみつくようにして、脚と腰だけを使っている。

ぼくは、痺れた。理恵には悪いが、やはりみさきが一番だ。彼女は素晴らしい。ぼくのためにだけ造られたようにすらおもえてくる。

やがてぼくの膝までが彼女のこぼしたものでぬるぬるにぬめった。汗に濡れた白磁の肌は炙られたように火照っていた。匂い立つ女の香りはますますその強さを増した。

ノートPCにのばしていた手を彼女の丸く張りだした場所にそえてやる。それだけのことでみさきはびくびくと腰を震わせ、脳を溶かすほどに切なげな喘ぎとともに締めつけてきた。

双眼鏡でヤクザたちに動きがないかどうか探りつつ、手をそえた部分の深い切れこみを指先でまさぐった。

「とお……るっ、だめっ」ぼくの意図に気づいた彼女が喘いだ。これまでぼくはそちらに触れたことがなかった。というより、繋がるだけで彼女に悦びを与えられるので、あちらを揉みこちらを舐め、といった行為はかえって邪魔だったのである。つまり、自分から動けないいまがその時だ。

「君だってしてくれただろ」そうこたえると、さらに指を進めた。可憐なすぼまりがすぐに見つかったが、指が触れたとたん、みさきは水を浴びせられたような声をあげ、きゅっとぼくを締めつけてきた。一本の毛の感触もないそこはたっぷりとぬめっている。彼女がしたたらせたものがつたったのだろう。

指を小刻みにうごかしながらまさぐり続けた。みさきはただしがみついているだけで、もはや抵抗する様子はない。

ぼくの両目は夜の暗さと双眼鏡の倍率にあわせて機能を変化させていた。昼のように……とまではいかないものの、星明りひとつない曇り空の下で顔を見わけることができていた。

ヤクザたちは幹部らしい中年の男に指揮されている。四人があたりを気にしながら教職員棟へ向かった。全員が拳銃を握っていた。他の六人は管理棟に入っていった。どちらも合い鍵を渡されているのだろう。

そうしているあいだにみさきはだんだんと柔らかさを増していた。ぼくはゆったりとした動きに切り換えた。

きれいな放射状にひろがっているそこを筆先を使うように力を抜いてまさぐる。そのたびにみさきが小気味のよいうごめきと、脱力と緊張のいりまじった吐息でこたえてくれる。

教職員棟へ向かったヤクザたちが駆け戻ってゆく。だれかに姿を見られたか、副理事長の私室がもぬけの殻であることを知ったのだ。おそらく後者だろう。いまの連中は頭に血がのぼっているはずだから、教師に姿を見られたところで気にしないに違いない。まさか、麻木先生はまた顔をだしたりしていないだろうな——。

「くぁっ、あっ」

みさきがひときわ大きな声で啼いた。ぼくも自分に生じたあらたな熱感に気づいていた。膨張感があった。奥に届いていた。大きさが変わっていた。麻木先生のことを考えたからではなくて、いまの態勢に適応を起こしたのだ、そう自分にいいきかせた。いや、麻木先生に魅力を感じていることは否定できないが、それが理由だとするならみさきに悪すぎる。

だから、もっと熱心にまさぐった。

ヤクザたちが管理棟のなかを駆けまわっているのがわかった。パニック状態だ。やたらと周囲に銃を向けている。ほんの一瞬、閃光が生じた。構造上、消炎効果も持っているサイレンサーからのぞくほんのわずかな発砲炎を目が拾ったのである。恐怖のおかげでいないはずのぼくが見えたに違いない。

たちまちのうちにあちこちで発砲炎が生じはじめた。どうやら同士討ちをはじめたらしい。

ふっくらとほころびはじめたみさきを愛撫しつづけながらできの悪いコメディのようなその情景を観察し続けた。唇が笑いに歪むのを抑えきれない。

ガラスにもあたっているようだが、強化ガラスを使っているため大きな音は生じていないようだ。ひたすらに同士討ちがひろがっている。

射撃のうまい奴はいなかった。メチャクチャに撃ちまくり、弾がなくなると銃を放りなげて逃げだす奴もいる。仲間の弾を浴びて腹を抑える奴もいた。

みさきの身体は風邪にかかったように熱くなっていた。開きっぱなしになった口から湿った吐息がぼくの耳へ吹きこんでくる。

そこはもうすっかりゆるんでいた。呼吸か鼓動かわからないが、一定の間隔でゆるやかな収縮を繰りかえしていた。

ぼくはゆっくりと人差し指を侵入させた。みさきが前後ともに強烈なしめつけを起こしたとき、指は根元まで埋まり、指先は温かくなめらかな彼女の内部を感じとっていた。

「うっ、うあっ、あっ」

みさきがますます強くしめつけながらしがみついてくる。ぼくは二つの場所で彼女の激しい反応に酔いしれていた。

ヤクザたちがようやく同士討ちだと気づいた時、ぼくの指は彼女のそこをゆっくりと出入りしていた。みさきは強制的にもたらされるトイレのそれに近い感覚に身を震わせながら、何度も何度もぼくの先端に熱いものを浴びせかけた。

ヤクザたちが死体その他の始末を終えたのはそれから三〇分ほど後のことである。そのときには、みさきの中にはいりこんだ指は二本に増え、彼女はそこからあきらかな悦びを感じとっていた。

麻木先生とは別の意味で案じていた人物の姿がようやく見えた。島田香澄副理事長は、ぼくがメチャクチャにした衣服を胸と腰で抑えながら幹部になにかいい、逃げるように階段を駆けおりた。ヤクザどもはあわてて大きな荷物——ぼくが殺した奴と同士討ちで死んだ奴を運びだす。それが済むと副理事長は即座に管理棟のカギを閉めてしまった。負傷者をふくめたヤクザたちが悄然と去ってゆくのを尻目に、教職員棟へ歩みさってゆく。その表情に安堵が浮かんでいることがわかった。OK。彼女は裏切っちゃいない。

メールソフトをチェックする。受信はない。といってもみさきにたずねるつもりはなかった。彼女を心配させるだけのことだし、たとえ晃さんのバックアップがなくてもぼくには明日を乗り切る自信がある。それどころかむしろ、自分の力だけでヤクザどもを片づけてしまいたくてしかたがなかった。さすがにレイプにだけはうなずけないけれど、ヤクザを殺しまくるのであれば力のささやきに抵抗するつもりはない。なにしろヤクザだし、奴らはぼくを子猫のようにいたぶろうとしたのだ。明日。明日。明日。やってやろう。やろう。皆殺しに。そうだ。殲滅《せんめつ》してやる！

力の衝動が化学変化をおこしたようにみさきへの欲望へとうまれかわり、抑えきれないほどの昂りと化した。双眼鏡を置くと、開いた左手でみさきの後ろ首をつかみ、強引に唇をあわせた。もちろん後ろの指は動かしつづけている。彼女はたちまちのうちに駆けのぼり、ぼくもまた自分を抑えようとはしなかった。

一時間後、ベッドに場所を移したぼくらは深く結びついたままお互いをみつめあっていた。夜明けまで、もうあまり時間がない。

「みさき」ぼくはたずねた。

「あ……うん」

「今回のことが終わったら」

「……終わったら?」

「みんな、ぼくのものにする」

彼女は下唇を噛み、涙を浮かべ、ぼくをきつく締めつけた。しばらくすると疲れ切っているはずの体内から最後のスタミナを搾《しぼ》りだしたように自分から腰を突きあげはじめる。最後の戦いを控えたぼくにとって最高のはなむけであった。

3　王たる者、〈ロスト・ナンバー〉

1

今学期最後の授業は全部きっちりと受けた。現国もあったので普段とはくらべものにならないほどマジメな顔をしてノートをとった。まあ、麻木先生の姿を見ることのほうが主だったわけだけれど。

晃さんからの返信はいまだにない。ぼくはどうであろうと自分一人で動く覚悟を固めていた。四限が終わったあと明日の終業式と帰省を控えて普段よりも騒がしい教室を抜けだす。廊下でみさきと理恵につかまり、どうということはない立ち話をした。ぼくが二人を同時に……という噂が広まっているようだが、気にもならない。羨《うらや》ましければやってみろよ、という感じだ。

「とおる、夏休みどうするの」みさきがたずねた。理恵もうかがうように見つめてきた。

「去年と同じだな。学校に残るよ」

「どうして？」みさきは不思議そうな顔を浮かべた。

「ぼくには帰る実家がない。そりゃ、親の残してくれた家はあるけど……だから、去年も学校に残った」

彼女の唇がこわばり、目尻に涙がもりあがった。理恵も唇を嚙んでいる。

「いいんだ」ぼくは指でみさきの涙をぬぐってやり、理恵へにやりとしてみせた。「しかたのないことなんだから」

もちろん望んでそうしたいワケじゃなかった。ファンタジーをもてあそばないワケでもない。

たとえば……休みに入ったなら、東京《とうきょう》へでる。みさきと理恵の実家はともに東京だと聞いているからだ。向こうで住みこみのバイトかなんかを探して、あとはなるべく二人と会う方法を考える……なんともはや。ストーカーかい、ぼくは。

しかしそれが本音《ほんね》だ。自分の肉体が常人の枠を突き抜けてしまったことを知っていても、その辺りでぼくは悲しいほどにぼく自身だ。しつこい奴だと彼女たちにおもわれたくない。ぼくにとって二人はそれほどの存在になっている。みさきはなによりも愛おしいし、理恵も絶対に手放したくはない。

そうなんだ。間抜けなことこのうえない話なのだけれど、ぼくはようやく気づき始めていた。だって、みさきとは最初の……二人きりであそこまで到達したし、理恵ははじめて受け入れてくれてアレだったのだ。いや、世間には中学一年生で楽々とそいつをクリアしてる奴、人生のイベントをこっちの三倍ぐらいのスピードでこなしているんじゃないかとおもわれるほどあちら方面でスペシャリストな一七歳が実在していることも知っている。あまり好きな表現じゃないが、セックスなんか挨拶がわりよ、というやつだ。

もちろんぼくはそうじゃない。欲望だけは人一倍だが、そいつが常に行動へ直結するほどストレートな人ではない。子供っぽいと笑われるかもしれないが、本当にそうしたいとおもい続けられる（おもう、ではない）相手に対して、同意を得られた場合でなければ『こない』のだ。悪かったな。どうぞ笑ってくれ。

過去にそうおもった相手は何人かいた。そして轟沈した。もちろんぼくが。しっかりと応じてくれたのはみさきと理恵だけだ。あ、フェンリルもそうか――ううむ。ぼくに応えてくれた女性が揃いも揃ってぼくの危険な部分に関わっているというのはどういうことだろうか。もちろんぼくは彼女たちについてのイメージを曇らせることはない。あのホテルでみさきの振る舞いを目にし、理恵については辛いストーリーを知ることになった。フェンリル？　彼女には命を救われた。

もしかして、彼女たちもそう考えてくれているのだろうか。だからこそぼくを受け入れてくれたのだろうか。

ともかく、ぼくはみさきに狂い、理恵が愛おしい。そのことで彼女たちに嫌われまいとしている。

いまになって大変なことをしてしまったという気がしている。みさきも理恵も初めてだったのだ。だのに二人は痛みを訴えもしなかったし辛さを告げもしなかった。自分を奮い立たせ、ぼくを迎え入れた。本当は泣き叫びたいほどだったのではないだろうか。後になって整理できた断片的な知識から考える限り、ぼくの行為は初めての女の子にとって辛すぎたはずなのだ。

しかしみさきは最初からすべてを受け入れてくれた。理恵は悦びすら示してくれた。辛さの片鱗《へんりん》すらのぞかせないまま自分を高ぶらせ、行為の後半では掠れた声で悦びとぼくの名を口にするだけだった。

そう、これがぼくのリアルなんだ！　絶対に失うことなんかできない！

だから、いまぼくはムチャクチャに見栄を張っている。二人がそのことに気づき、その点に好意を抱いてくれないかとまで期待しながら（甘えながら）廊下に立っている。『変化』を起こした肉体の中で常に燃え盛っているものを感じながら、いかにも女の子に優しい男を演じたいと願っている。

突然みさきがぼくの手を握った。彼女はぼくをまっすぐに見据えていた。

いろいろな意味で鋭いから、ぼくの見栄には当然気づいているのだろう。しかし彼女はそれをおくびにもだしていなかった。優しげでありながら凜としたものも感じさせる面立ち、そして奥のしれないほどに深い瞳にあらわれているのはシンパシーとしか呼び得ないものだった。

彼女はいった。

「わたしも学校に残る」

耳を疑った。『残ろうかな』でも『残ってほしい?』でもない。彼女は断言したのだ。

「でも……家族の人とかは」ぼくは嬉しさを懸命に隠しながらたずねた。どうしてって、いやまあその、男だから。

みさきの瞳に霞がかかった。

「ね、徹」

彼女が時と場合を選んで用いるとっておきの呼びかけだった。

「……いまのわたしが、あなたと一カ月以上も離れていられるとおもう? ……それにまだ、全部あなたのものになってないし」

背筋を歓喜の電流が突き抜けた。それをじっくりと味わうことはできなかった。理恵が、そっと身を寄せながらこうたずねてくれたからだ。

「わたしも残って、いい?」

みさきと理恵の言葉を耳にしたぼくは『でも、帰ったほうがいいよ』と口にしかけ、舌が自由にならないことに気づいた。いかにもいい人っぽく取り繕おうとした顔もぼくに反逆した。

だらしなく笑み崩れてしまうのがわかった。喜びのあまり掠れた自分の声が聞こえた。

「じゃ、ずっと一緒にいてくれ」

返ってきたのは嬉しげで、切なげで、ひたむきな二人の笑顔。

これがリアルだなんて! いや、これこそがぼくのリアルなのだ!

しばらくすると校内放送で理恵が呼びだされた。副理事長からの呼びだしだった。ぼくは早くいけよ、と彼女をせかした。理由がわかったのだ。今夜の大騒ぎを予感している島田香澄は、せめて理恵だけでも学校から離れさせるか、身を隠させようとしているに違いない。

みさきはなおも一緒にいたいようだったが、明日の朝までには必ずいくからと約束して別れた。別れ際彼女は、

「これからは、いつもきれいにしておくから」

とささやき、自分の言葉に頬を染めて駆け去った。


残りは明日の終業式だけとなると、消灯時間以外はなんの制限もない。ジーンズにTシャツというスタイルでデイパックを背負ったぼくは、正門から堂々と外にでた。目的地はむろんレストハウスだ。

レストハウスは学校から三キロほど離れた湖、通称狭《さ》霧《ぎり》湖のほとりに建てられている。建物自体はそう大きくない。四囲がガラス貼りで八メートル四方ほどだ。屋根や梁《はり》はログハウス風に木材がつかわれている。内部の施設はトイレとベンチ、自動販売機程度である。冷房もかけられるが、週末にしかつかわれないため、いまは電源が切られている。このあたりはすべて高仲が土地を買い占めているから、他にはなにもない。

あたりに人の姿はない。当然である。明日は帰省だというのに、七月の熱気と草いきれの生臭さのなかを湖まで歩こうとする物好きがいるはずもないのだ。笹川組の先遣隊ぐらいはいるかともおもったのだが、姿は見えなかった。昨夜の同士討ちで恐れをなし、よほど大人数でなければやってくる気がしないのだろう。

レストハウスの前には駐車場がある。といっても止まる車は教師や職員のものばかりなので生じた亀裂のあちこちから夏草がのび、ねっとりした風に重たくなびいていた。

取引はこの駐車場でおこなわれるはずだ。『業者』が海岸から湖畔に達する道を用いて荷を運びこむのだろう。笹川組はそれをここで受け取る。

駐車場から一キロほどの距離をとった森の中を念入りに歩き回り、地形を徹底的に覚えこんだ。いざというとき隠れられそうな樹木や岩の場所は頭にたたきこんだ。夜は物の見えかたが違うものだが、いまのぼくの力であれば見落とす心配はあるまい。

準備は一時間ほどで終わった。

道にでたところで車の音に気づいた。森に隠れると、まもなく道を曲がって色あせた銀色のモーリス・ミニがあらわれる。

力が抜けた。麻木先生の車である。

どんな顔をしようかとおもった。授業はなんとかごまかしたものの、このあいだいたしたことがアレで、口にしたセリフがナニである。

「く、黒江くん?」車をとめてウィンドウをおろした彼女は不思議そうにぼくを見た。

「気分転換に来てたんです。先生はどうして?」

「夏休み前にレストハウスを見回る係にされたから……」

どうしよう。バカバカしくもあるけれど、どうしたらよいのかわからない。みさきや理恵の時とは違う昂りと混乱を感じる。なにもかも部屋を訪ねたとき見栄を張り、力ではなく自分の意志で行動してしまったおかげだ。畜生。やはりぼくは力がなければその程度の野郎だということだ。イヤになってきた——いや、本当にそうか? 意志だけであそこまで持っていけたのが奇妙なほどうれしくはないか?

「じゃあ、戻ります」なにかを伝えたいのだがそれがなんなのかよくわからないのでぼくは頭をさげた。レストハウスから戻る麻木先生にまたぶつかりたくなかったので森の中にはいってしまう。だれにも見られていないことをたしかめると、ヤケになって飛んだり跳ねたりした。

どうしてこんな気分になってしまうのか懸命に納得しようとした。

たぶん、こういうことだ。

みさきや理恵はぼくが関わった笹川組の一件につながりがある。

麻木先生は違う。

すくなくともすべてが済むまで、ぼくは彼女との関わりをいま以上深めたくはなかったのである。たしかに力を得てからのぼくは女の子に対してわがままに振る舞ってきた、暴力については目も当てられないほどである。だからなのだ。

ぼくは、麻木先生をただの高校生である黒江徹として手に入れたかったのだ。ああ、ファンタジー。

そう、これこそがファンタジーだ。ぼくのリアル、そのすべては夜にこそあるのだ。

2

熱帯夜の暑気に包まれた深夜の森は薄気味悪さより不快さに満ちている。飛び交う虫もうざったい。空にしっかりと天の川が横たわっているのが素晴らしくはあったが、ぼくは望遠鏡を持って夜空を見物にきたワケではなかった。持っていたのは双眼鏡である。

時刻は午前一時半。自動車のエンジン音がようやく聞こえてきた。学校から延びる道の方からなので笹川組だ。

ぼくは例の黒ずくめスタイルで夏草のあいだに伏せていた。汗はほとんどでていないけれど、気分の問題としてヘッドマスクはまくりあげている。むろん、行動する前に顔は隠すつもりだ。

システムベストも身につけていた。が、ポーチにおさめているのは救急キットとルーガーの予備マガジン、まあ一応持ってきたデジカメだけである。あ、ポーチを改造して（というか穴をあけて）、予備のルーガーを一丁収めていた。それでも背中のデイパックのほうが重かった。P220とマガジンを放りこんであるからだ。

夜目にもガラが悪そうに見えるベンツやBMWが駐車場へ次々とあらわれた。一〇トン・コンテナトラックも一台含まれている。なるほど、『業者』から受け取る商品はそれだけの量になるということか。

車から降りた男たちの中にはサイレンサーつきのルーガーではなく、日本刀を手にしている者もいた。ぼくが片っ端から奪っていったのでさすがにルーガーの数が足りなくなったらしい。幹部の命令にしたがって、周囲に散らばってゆく。

もっとも値段の張りそうなシルバーのBMWから降りたのはあの夜みかけたアルマーニの大幹部、兵藤だった。さすがに他の奴らとは貫禄が違う。ただのヤクザというより、教養があって、自分では人を殺したり傷つけたりしないほうがいいと知っているヤクザに見えた。いえ、ヤクザはヤクザということですが。

が……最後に降り立った五〇がらみの和服姿の男はスケールが違っていた。

相撲《すもう》取りのような体格、というべきなのだろうか。

しかし顔が違う。なんつーかその、べしゃりと壁にぶつかって平たくなったような顔。つりあがった目には冷酷なものがあらわれている。

見覚えがあった。晃さんが見せてくれた隠し撮りビデオの中にそいつがいたのをおもいだした。

笹川組組長・笹川栄蔵。

御本人のおでましか……おもわず唾をのみこんでしまう。普通、こういう取引に組長は関わらないはずである。若いころに危険なことを引き受けて出世し、そこそこ以上に頭もまわったからこそ組長という立場についているのだ。組長というのは、若い子分どもに危ない橋をわたらせることができ、なおかつ自分は可能な限り安全な場所に身を置いておけるというおいしく、同時に組織を維持するためにそうでなければならないという立場なのである。別に特別なことではない。苛め殺人が起きた学校で校長やその町の教育委員長がいちいち辞職したなんて話を聞いたことがないのと同じことだ。

その笹川がもっとも危険な麻薬と武器の取引現場に顔をだしている……理由はいまさら考えるまでもない。ぼくが原因だ。ぼくが高伸にやってきた笹川組の連中を壊滅させたため、笹川栄蔵は同じ系列の組から荒っぽいことに慣れた連中を借りねばならず、また取引自体も非常に重要なものなので安全な場所に座っていられなくなったのだ。おそらくぼくを自分の手で引き裂きたいほど憎んでいるに違いない。うはは。ザマぁごらんあそばせ。

組長自身がやってきているためか、笹川組の男たちの動きは機敏なものだった。武器を手にした連中が駐車場を取り囲むように配置され、森や道に警戒の視線を向ける。しばらくすると兵藤が指示を与え、一旦エンジンをおとしていた車が動かされ、周囲へヘッドライトを向けた状態で停車した。サーチライトがわりというわけだ。

とはいえことさらに動く必要は感じなかった。ぼくは湖沿いの道に近い森に身を隠していたからだ。笹川組が警戒している内陸側——つまり高伸がある方向とは反対側だ。むろん考えがあってのことである。

さらに息を殺して待つ。展開を終えた笹川組の男たちは煙草を吸いながら周囲に警戒の視線を向けていた。

新たなエンジン音が聞こえてきた。今度は湖のほうからだ。『業者』がやってきたに違いない。

あらわれたのは中古のカローラとやはりかなりくたびれた日野《ひの》の一〇トン・トラックだった。荷台に幌が張られている。

ぼくはそろそろと動きはじめた。立ちあがりはしない。肘と膝、それに腰のひねりで前へ進む。軍隊でいう匍匐《ほふく》前進だ。じっとりと夜露に濡れている夏草を音を立てないようにかき分けつつ、駐車場へ、湖側から近づいてゆく。『業者』の車とトラックが駐車場へ停車した時には、その中心までの距離は五〇メートルを切っていた。

車とトラックから『業者』たちが降りた。それにしても船から荷揚げしたのだとして、車だのトラックだのはどこから持ってきたのだろう？　きっと海岸近くに隠してあったに違いない。

降り立った男たちは明らかに日本人ではなかった。東南アジア系、たぶんフィリピンあたりらしい。英語で喋っているのだが、その発音が映画に登場するフィリピン人のものと似ていた。『業者』の側も手にしている武器はサイレンサーつきのルーガーだった。笹川組からよほど注意されていたのだろう。

兵藤が大げさな笑みを浮かべながら『業者』のリーダーらしい男を出迎えた。アルマーニの内ポケットから太い葉巻をとりだし、勧める。リーダーは自分の服からも銀のフラスクを取りだして勧めた。二人はお互いに毒をしこんでいないことを証明しあうように葉巻とフラスクへ同時に口をつけた。

儀式的な交歓が終わるとほっとした空気が流れた。兵藤が振り返り、合図した。笹川栄蔵が悠然と前へでてくる。兵藤は自然に脇へ控え、いかにも忠臣といった態度で腰をかがめながら組長を紹介した。おそらく顔合わせははじめてなのだ。

御挨拶が済んでよかったね。

伏せたまま腕をのばし、ルーガーを構えた。狙いは後頭部につけた。

トリガーを絞った。サイレンサーにくわえ、熱帯夜と夏草のおかげで銃声はほとんど吸い取られた。発砲炎も常人には見えなかっただろう。むろん、ルーガーの小さな二二口径リム・ファイア・ロング・ライフル弾が草や葉にあたって逸《そ》れないように注意して撃った。

弾は狙った場所より五センチほど下に命中した。血の噴きだす首を押さえて頽《くずお》れたのは『業者』のリーダーである。

『業者』たちは怒りに満ちた叫びとともに銃を構えた。兵藤の制止を無視し、笹川に向けてサイレンサー付きのルーガーを発砲する。数が多いのでさすがにゲボゲボという銃声が聞こえた。すべての狙いが笹川に向けられていた。

和服の胸や腰に次々と銃弾が命中する。笹川はいるはずがない神の啓示を受けた男のように目を丸くし、ぽかんと口をあけたままその場に頽れた。

笹川組の男たちはおめき声を発しながら反撃に転じた。やめろ、やめろ、という兵藤の制止を無視し、『業者』に向けて次々とぶっ放す。短刀かなにかと間違えているのか、相手のすぐそばまで駆けよって「死ねやぁ」と叫びながら乱射する奴までいた。

取引の場は歯止めのきかないキリング・フィールドと化した。笹川組と業者たちがムチャクチャな乱射を繰り返し、日本刀を振るっている。

と、それぞれの後方からあらたな車が突入してきた。にやりとしてしまった。互いに念のため配置してあった増援部隊が駆けつけたのだ。

突入してきた車は窓から銃を突きだして乱射しながら敵をひき殺そうとした。が、敵だけを選んでひき殺せるほど奴らの運転はうまくなかった。味方もひき殺している。おまけに周囲からどんどん銃弾が集中していた。威力の低い二二口径なので一発でどうなるものではないが、すぐにタイヤがパンクしてコントロールを失い、駐車していたBMWへ激突した。映画やドラマとは違って爆発はせず、中から飛びだした男たちも乱戦に参入する。

多勢《たぜい》に無勢《ぶぜい》を悟ったのか、『業者』の何人かがトラックへ駆け戻った。逃げたわけではなかった。運転室から三丁の武器を取りだしたのだ。アメリカ映画によく登場するM16A2突撃銃によく似たライフルだ。まずい、とおもったが銃口の先におそろしく長いサイレンサーがつけられているのを見てほっとした。奴らにしても日本の警察には捕まりたくないのでいろいろと準備してきたのだろう。

男たちは突撃銃を笹川組に向けて発砲しはじめた。

突撃銃は拳銃にくらべて弾の装薬量が多い。だから、サイレンサーをつけても銃声は消えなかった。隣の部屋に聞こえないようなボリュームにして観るビデオのアクション映画の銃声ぐらいか？　まあいい、この程度の音ならば学校までは聞こえないだろう。

数こそ少ないが、『業者』の男たちは笹川組にくらべて明らかに射撃がうまかった。徴兵で軍隊にいたことがあるからだろう、ヤクザどものように身体を曝して撃ちまくったりせず、トラックや車の陰から射撃している。弾がどばどばでて景気はいいが立て続けの反動で命中率はよろしくないフルオートではなく、あえてセミオート、つまり一発ずつ射撃していた。突撃銃ではそういう選択ができるようにセレクターがついているのだ。

ヤクザたちはたった三丁の突撃銃によって次々に倒れていった。命の値段が安い国からきている『業者』たちは弾丸を食らって子供のように泣き叫んでいるヤクザたちにも容赦なくトドメをさしていった。笑っている奴までいる。おもわずぼくまでにやにや笑いが浮かんでしまうほど楽しそうだ。

さて、差がつきすぎてはこちらが困る。

匍匐前進で『業者』の背後にまわり、一番後方、トラックの荷台を守るように突撃銃を構えていた男にルーガーを放った。今度はきちんと頭に命中した。さきほどと距離は同じぐらいだったので、少し高めを狙って撃ったのだ。物理の時間に教えられた弾道の理屈は野球のボールや人工衛星以外にも応用できると気づいたのである。

そのままトラックへ近づきたかったが危険過ぎたのでタイヤへ撃ちこんでパンクさせてからまた森へもぐりこんだ。今度は人でなく車のヘッドライトを狙った。ライトひとつにつき二発を消費して打ち砕くことができた。弾が切れると、即座にマガジンを変えて撃ち続ける。三つ目の弾倉へ変えた頃にはライトを灯している車は笹川栄蔵の乗ってきたベンツと業者のトラックだけになっていた。

ターゲットを笹川組に切り換えた。まず、指揮をとっているらしい幹部から狙ってゆく。頭の切れる奴が冷静さを取り戻せば、ぼくの存在に気づきかねないからだ。まず、困惑を顔に貼りつけたまま戦いの総指揮をとっている兵藤の腹に二発を撃ちこんで戦闘力を奪った。あとは万が一にも位置をさとられないよう素早く場所を切り換えながら幹部たちを射殺してゆく。笹川組の銃火が弱まったことを知って攻勢に転じた『業者』の男たちが前にでてくるとすかさず突撃銃を手にした奴から射殺した。自分が獣の笑いを浮かべていること、殺人という作業を楽しんでいることを自覚する。

四個目のマガジンから三発撃った時、金属の噛みあうイヤな音がルーガーから生じた。薬莢を外へ放りだす穴である排莢口――エジェクション・ポートにカラ薬莢が挟みこまれ、潰れていた。弾か銃に問題があって引っかかったのだ。サイレンサーは触れないほど熱い。ぼくは即座にその銃を捨て、改造したポーチに収めてあった予備のルーガーへ切り換え、射撃し続けた。

三〇分後、笹川組全員が戦闘力を失っていた。大半はぼくが射殺した。『業者』の側も二人が生き残っているだけだった。

笹川組が持ってきただろう代金を奪おうとしたのか、二人はトラックのライトの前に姿をあらわした。ぼくは連続して射撃しつづけていたため熱くなったルーガーを構え、二人の頭に二発ずつたたきこんで即死させた。

マガジンを交換し、そのまま一〇分ほど様子をうかがう。重傷者のうめき声とエンジンのアイドリング音以外なにもきこえない。むろん通報を受けてかけつけるパトカーのサイレンも。

再び『業者』のトラックへ近づき、そこに転がっている男から一人ずつ確認していった。財布の中身を奪い、パスポートや船員手帳を持っていたらそれも奪う。重傷者はなるべく目をあわせないように顔を背けつつ頭へ撃ちこんだ。

兵藤はまだ生きていた。憤怒の形相を顔に貼りつけて死んでいる笹川栄蔵の死体をBMWの陰に引っ張ろうとしたらしい。駐車場の舗装に血の跡が長くついていた。

BMWによりかかっていた兵藤はぼくの姿を目に留めると脇に落としていた銃へ右手を伸ばそうとした。ぼくは奴の掌に二発撃ちこんだ。うまく人差し指にもあたり、舗装の上をころころと指が転がった。念には念を入れて、左手も銃弾で穴をあけた。兵藤は自分の両手を見て悲鳴をあげた。

「永遠に生きたいか」奴の前に立ったぼくはたずねた。

「て、てめぇ、やはり一人で……」

笹川の右脚に一発撃ちこんだ。奴はまた悲鳴をあげ、

「助けて……頼むから助けてくれ」

と哀願した。いまさらなにいってるんだか、この人は。

「まだここで取引をつづけるのか」ぼくはいった。

「も、もうできない……できるはずがない！　もともと新しいルートの開拓は本家となんの関係もなかったんだ。むしろ危険すぎるといわれて反対されていた……が、抗争のためにヤクと銃が必要だった！」

「サイレンサー付きの銃もか」

「ああ、いままでの抗争でヒットマンがすぐに捕まるのは銃声が響いて注目を浴びすぎるからだ。さ、最近は捕まったヒットマンはすぐに警察へ歌いやがるから……サイレンサー付きの銃を使えば……」

そうかな？　その前に準備することがいろいろありそうだけど。ぼくなら……じゃない！　大事なことを確認しなければ。

「じゃあ、もう高伸での取引はないんだな？　天征会も乗りだしてこないんだな？」

「こない。絶対にこない！　おれたちがどうやって学校を利用していたか、本家はしらない！　それに……うちの組は全滅だ！　前にあんたに撃たれた奴も俺たちの顔が効く病院から引きずりだしてきたんだ」

「組事務所に記録が残ってるんじゃないのか」

「売ったものの記録はある。だが、仕入れの記録は副理事長の島田香澄に預けてあった。事務所へ警察の手入れが入ったときにルートを無傷にするために」

「そうか……よかった」

「殺すのか、殺すんだな?」目をむきだして兵藤はたずねた。さすがは武闘派組織の大幹部である。怯えは消え失せ、覚悟が顔にあらわれていた。ヤクザでなければ助けてやりたいぐらいだ。

「悪いが、他に方法がない」

「そうか……畜生。せめて楽に殺してくれ。それから、ひとつ頼みがある」

「家族への伝言ならば断る」

「違う」兵藤は痛みに耐えながら笑いを浮かべた。「頼む、あんたの顔を見せてくれ、名前を教えてくれ……あんたが副理事長の部屋で痛めつけた二人は成田で捕まえて拷問にかけたあとで片づけたが……本当に、生徒の父兄に雇われたプロなのか? おれの知る限り、日本にここまでムチャクチャをやる奴はいねえ。いや、中国やロシアのマフィアでもここまでは……」

ヘッドマスクを脱いだ。兵藤はあんぐりと口をあけた。

「ガ、ガキじゃねえか、あんた……」

ぼくはにっこりとうなずき、自己紹介した。

「高伸学院二年C組出席番号一四番、黒江徹です」

それからルーガーを兵藤の額へ向け、さようなら、とつぶやいてから眉間に三発撃ちこんだ。礼儀としてそうすべき気がしたのである。

3

終業式はどうしても騒がしくなる。

なんたって目指せ超名門校だもんね。当日ともなりますと全国からその目標にふさわしい御父兄のみなさまが集まっていらっしゃる。もちろん運転手付きのお車で。お車の陣容はそりゃもうアレで、一番下でトヨタ・センチュリー、上の方はといえばどんな悪いことをしてお金を稼いだのか、アラブ原理主義テロリストどころかアメリカ陸軍機械化歩兵小隊の集中攻撃を浴びてもなんなく突破できそうな装甲リムジンまでずらりと駐車場を埋めつくす。それどころか自家用ヘリコプターでやってくる連中までいるのだ! 共産主義がとうの昔に滅びていなければぼくは絶対に共産党への入党を決意したとおもう。

ま、それほどの眺めだ。この場にいるほとんどの人間が今日の午前二時から一時間ほどのあいだに学校から三キロの狭霧湖畔でなにがあったか永久に知ることがないのだとおもうとバカバカしくすらなった。

終業式と一学期最後のホームルームが終わったあとも学校はにぎやかだった。並行して父兄面談というものもおこなわれているからである。そう、ぼくには縁のないものだ。学校から人気がなくなるのは夕方であろう。

だれもが楽しそうだった。しばらくぶりの再会にちょっと恥ずかしげな父親と息子、マッチョで売っている奴を赤ん坊のように扱う母親。両親へ子猫のようにじゃれつく素直なお嬢様。で、ぼくは確信した。もし好きな女の子ができたら彼女の母親を目にすべし。女性は母親に似る。そして高校生の母親ともなれば人生においてもっともくたびれている年齢である。つまり大好きな彼女が将来到達するだろうもっとも魅力のない姿を目にできる。どんな人間になってしまうのか知ることも。もしその姿に耐えられないのであれば結婚を考えるほど惚れこむのはよしたほうがいい。

ホームルームが済んでからみさきの姿は見えなかった。今日はまだ彼女と話していない。が、少し疲れた表情の理恵は家族を――両親と、こともあろうに島田香澄にぼくを紹介した。理恵の母親は苦労を知っている女性のようだった。父親も同じだ。ぼくは安心した。島田香澄は優等生の黒江くんね、と挨拶した。なにか気づいたかどうかはわからないが、背負っていた一〇〇キロの荷物をどこかへ捨てたように顔から険しいものが消え失せていた。よかった。もちろん理恵のために、だ。

やがてぼくはグラウンドへでて、なるべくだれとも会わずに済みそうな場所を探した。反対側、鉄棒のある辺りがちょうどよさそうなのでそこへぶらぶらと歩いていった。みさきを得た後で初めて、気分が落ちこんでいた。夏の日差しが強かった。相変わらず汗はほとんどでないが、心地よいというわけでもない。こういうときはむしろ全身汗まみれになって、気分も最悪で、世の中すべてを憎めたほうが気楽なのだとはじめてわかった。

鉄棒によりかかり、しばらくぼんやりとしていた。木陰になど入っていないから、夏の陽は容赦ない。

が、ぼくは汗をかかない。

頭が良くなった。体力は物凄いことになっている。あっちの方は大暴れだ。

ぼくは汗をかかない。

額や脇に汗を滲ませながら語らう人々を見つめた。グラウンドの反対側だというのに目を凝らすと表情が見分けられる。耳を済ませると言葉すら拾える。

ぼくは汗をかかない。


疎外感を覚えた理由におもいいたった。あの事件までぼくは、人間関係や育った環境等々……ま、社会的に孤立しかけていただけだった。が、いま感じている疎外感はそれどころじゃない。

確か汗は体温調節とか、フェロモンがどうこうということに関係があったはずだ。つまりは生存と生殖である。ぼくの肉体はその辺りがまったく変わってしまったにも拘らず機能し続けている。

そう、いまぼくが感じているのは生物学的な孤独なのだ。ぼくの気分を理解できるのは、動物園でただ一匹生き残った絶滅危惧種《きぐしゅ》の動物だけだろう。いや、だれよりも優れた能力を備えていることで覚える優越感はむろんある。あるけれど、それだけではすべてを解決できない。

笹川組を密輸業者ごと皆殺しにした楽しさは消え失せている。学校をうろうろしている裕福な――そして普通の――人々を目にしているうちに自分がなにをしたのかようやく理解しはじめていた。

ぼく、一晩で何人殺したのだろう？

どうしてそんなことができたのだろう？

もしかしてゴジラってのは自分と同じ見かけの奴が一匹もいないことに絶望して暴れていたのじゃないだろうか。

みさき。

恥も外聞もなく彼女に甘えたくてたまらない。彼女にいまの気分を伝え、また教えてもらいたい。たとえ人並はずれた力を持っていても――そうだからこそ人並に生きてゆく必要があるのだとわからせて欲しい。

むろん、ただそうおもっただけだ。今日は、いや、少なくともいまは、彼女に甘えるわけにはいかない。彼女は家族と一緒のはずだ。貿易の仕事をしている両親がきているのだろうか？　それとも……。

どうにか気分を落ち着け、また鉄棒の柱へもたれかかったところで耳慣れた足音を聞いた。ぼくは弾むようなおもいでそちらを見た。

みさきがやってくる。

彼女の後には晃さんがつづいていた。

「兄が、すこしお話ししたいっていうから……」みさきが微笑んだ。ぼくはうなずいた。晃さんは純白の絹でつくったサマー・スーツに鮮紅色のスカーフというファッションである。あいかわらずアレだ。くそっ、いっそホモになってやろうか。

みさきに目交《めま》ぜで待っているように伝えたかれはぼくへ寄り添うように並ぶと、そっと肩に手を置いてきた。汗はほんの少ししかかいていない。おまけにいい臭いがする。

「すべて処理できました……島田副理事長については、あなたのお求めどおりに話をつけてあります」

「そうですか」ぼくは蠱惑《こわく》的なかれの香りをかぎながら安堵感を覚えた。


片づけたはいいが、というのが兵藤を殺したあとの感想だった。なにしろ死体とスクラップの山である。

とにかく役に立ちそうなものを探した。最初に手に入れたのは笹川組が持ってきたはずの購入代金である。こうした取引は現金が基本だろうとおもったのだ。車のなかには見当たらなかったのでなにか証拠がないかと兵藤のポケットをさぐると……あった。片手におさまるような革袋である。なかにはダイヤが入っていた。なるほど、これならかさばらない。

で……トラックをのぞきこみ、使えそうなものをまた奪った。突撃銃数丁とその弾薬である。かなりの重さになったので、昼に見つけていた樹のうろへすべて隠した。除湿剤のつめこまれた箱の中におさめられているので、すぐに錆びることはないと考えた。笹川組は全滅させたのに自分はなぜ銃を奪ったのか考えこみはしなかった。ただそうしておきたいとおもっただけだった。

新たな車のエンジン音が学校へ続く道から聞こえたのはちょっとやそっとではわからないように隠し終えた時である。舌打ちを漏らしながらぼくは駐車場の見えるあたりまで走った。せめて『業者』の連中が使っていたサイレンサー付き突撃銃だけでも奪っておくべきだった。あれを持っていたら、新たな連中が来ても簡単に片づけられたはずだからだ。それも、銃声を轟かせずに。奪った突撃銃にはサイレンサーがセットされていなかったから、使うわけにはいかない。

が……駐車場を見たとき、銃を構える必要のないことがすぐにわかった。車に見覚えがあったからである。純白の大型リムジン。停車して、降り立った人物にも見覚えがあった。

銃をしまったぼくはかれにむけて歩いた。

「黒江くん……もうしわけないことを……」

ぼくに気づいた晃さんは両手を拡げて駆けより、抱きしめてきた。男とはおもえないほど柔らかい身体の感触と甘い香りにうっとりする。

「連絡できなかったのです！　笹川組がハッキングを試みているという情報があって……」

かれは周囲の惨状をみまわした。

「しかし、あなたはやってくださった……ここまでは約束していなかったのに」

「どうしましょうか」ぼくはたずねた。「なんかエラいことになっちゃって」

「うちの者を使います。代々仕えているものばかりで忠誠心が強いですから……安心してください、証拠はひとつも残しませんから。もちろんあなたとの約束も……いえ、それ以上のことをさせてもらいます。絶対に……」

身体を触れ合わせているうちに案の定妙な感じになってきた。晃さんはぼくの身体を撫でまわしはじめるし、ぼくの股間には力がみなぎりはじめるし、かれのほうはかれのほうで元気みたいだし……ヤクザを皆殺しにしたあとの虚無感は完全に失せてしまった。やっぱしぼく、そっちの気があるのか？　なんだかなぁ。キャラがあわない気もするんだけどなぁ。

身体を離せたのは——ま、ぼく自身のコントロールが効いたためだろう。じつのところ体内でのたくる力のほうはいけいけゴーゴーだったのだけれども。

「じゃあ……終わりですね」気分を落ち着けようと努力しながらぼくはいった。とはいえ、トラックスーツにはっきり浮きあがっているものは隠しようもない。

「ええ……終わりました」晃さんは濡れたような瞳を向けてうなずいた。かれもぼくと同じ状態である。

「じゃ、今夜は帰ります」ぼくはいった。さっさとこの場を離れないとヤクザ虐殺よりもとんでもないことになりそうだった。

「え……ええ、では、また」

晃さんの名残《なごり》惜しげな返事にさっとうなずくと、学校に向けて駆けだした。さすがに疲れていたので一〇〇メートル八秒ぐらいだったとおもう。ま、三キロのあいだずっとそのペースだったけども。

怪しげな装備を部屋に残すとトランクスにTシャツと

いう姿で女子寄宿舎へ忍びこんだ。そしてはじめて、みさきとの約束を破った。彼女ではなく理恵の部屋へ向かったのである。なぜだったのだろう。よくわからない。わからないがそうしたほうがいいとおもった。眠っているところへのしかかられた理恵は驚くどころではなかったが、ぼくだと気づいたあとはいつもの彼女へ戻った。朝の五時までそのままだった。

「そうだ」ぼくは昨夜奪ったダイヤのことを話した。「あなたのものです、それは」晃さんは断言した。「とにかく、狭霧湖畔でなにかがあった証拠、いや、この高伸で麻薬や武器の取引があった証拠はもうひとつも残っていません――あなたが活躍した証拠も。徹底させました」

肩に乗った手に力がこもった。感心した。晃さんは見かけからは想像もつかないほどの体力の持ち主のようだったからである。いやあの、どことなくぼくの筋肉を揉んでいるような感じだったけど。

「じゃ、みさきにあげようかな」ぼくはいった。本気だった。晃さんが……いや、みさきの実家はどれほどの力を持っているのだろうとはじめて考えた。

「喜びますよ、妹は。あなたから貰えるものならばどんなものでもね」

晃さんは微笑み、ようやくのことで離れてくれた。いれかわりのようにみさきがぼくの腕をとり、胸を押しつけてきた。

「わたしはこれで……」晃さんはいった。どことなく名残惜しそうである。「邪魔が入らないように手配しましたから夏休みを楽しんでください。なにも気にせずに。それでは、また……」

数分のあいだ、周囲から浮きたつほどに華麗な後ろ姿を見送っていた。先に口を開いたのはみさきだった。

「ね……どうしてきてくれなかったの？」怒ってはいなかった。涙ぐんでいた。唇がいつのまにか濡れている。ほんのすこしだけ突きだした舌先がちろちろと動いていた。

どうこたえてやるべきだろう？　君の兄さんに同性愛的な欲望を感じたので血の繋がっている君に会うのまで怖くなって理恵に助けてもらいました、とでも？　冗談じゃない。

彼女の腰へ手をまわし、ひとことだけいった。

「きれいにしてあるんだろうな、みさき」

4

まだ朝だが、すでに二度目の限界だった。急ぎ足でなじみつつある場所の、入口の痛快なまでの締めつけと熱のこもった内部の果てしない深さのギャップに痺れながらぼくは達した。みさきの奥に向けてありったけの自分をおくりだし、汗まみれの身体を弓なりにそらせてぼくの身体を持ちあげた彼女を抱きしめた。

白目を剝き、口の端から泡まで吹いていた彼女の身体から力が抜け、ぼくは満足感とともに濡れ火照った肢体に沈みこんだ。受け入れてくれた場所の収縮が優しくなる。貪欲さをとおりこしたぼくの肉欲はその刺激にすら反応したが、みさきは完全に意識を失っていた。

緩むたびに少しずつ後退し、彼女をおこさないように離れた。一番ひろがった部分を抜く時は大変だった。意識を失っているにも拘らず、離れることを嫌がるかのように締めつけてきたからだった。

ベッドの真ん中にごろりとした。自分の部屋の天井が見えた。みさきは左側でゆっくりとした呼吸をつづけている。右側からも呼吸の音が聞こえていた。理恵は失神してもう三〇分近い。手を左右にのばし、二人の頰を撫でた。意識がないにも拘らず反応があり、やがて二人は両側からぼくに身体を寄せてきた。左右の腕にそれぞれの頭をどうにか載せるというアクロバットを終えると、耳をくすぐるリズムの異なる寝息に誘われるようにゆったりと息を吐いた。

夏休みに入ってもう五日ほど過ぎている。学校はほとんど無人である。ぼく、みさき、理恵をのぞけば、宿直の教師すらいない。普通の学校とは違い、夏の部活動は合宿形式でおこなわれるため、グラウンドや施設にも人影はない。夏は東京に置かれた事務所で学校の運営がおこなわれるため、職員の姿もなかった。教師たちだって研修会だの家族サービスだので学校には来ない。

というわけで校内で過ごしていると……いやもう見事なぐらいにがらーんとしている。一日に一度は学校と契約している警備会社の車がやってくるけれど、ぼくには関係のない相手だ。理事会の実権を握ったのだろう晃さんは本当に言葉どおり、邪魔がはいらないように手配してくれたらしい。

もちろんぼくは孤独ではなかった。まだたった五日だけれど、最高の夏休みである。

なにしろアレ、さあどうぞ、いやすいませせん、では、という関係の女の子二人とぼくだけなのだ、ここには。だから、このとおりである。自分でもおもうがムチャクチャだ。しかしそうせずにはいられない。寝ころびながらできる運動以外、なにをしているかといえば、それはもう。

食事は学食の調理場でみさきと理恵が作ってくれる（ぼくはあっさりと除け者にされ、しっしっ、と追い払われた）。食材はいつも豪華で、豊富だ。なにしろ晃さんがたっぷりと届けてくれたのである。

三人で後片付けを済ませたあとは……図書室で本を読んだり、談話室でテレビを見たり、視聴覚室で映画を観たり。そのあいだ、ぼくらは常に寄り添っている。そのまま気分が高まることも珍しくはない（というか、いつもだ）。理恵は図書室の椅子に座ったぼくの膝で何度も意識を失ったし、ぼくは談話室のソファでみさきの指によって無数に導かれた。床を汚さずに済んだのは彼女が必ず口で仕上げてくれたからだ。

もちろん夜はともに過ごす。

別々だったのは終業式の晩、つまりみさきの最後の部分を貰った夜だけだった。翌日、コンピューターが制御するチャイムの響きに目を覚まし、いけない、部屋に戻らないと……とあわてた瞬間、そうする必要がないことに気づいた。

隣をみる。みさきはぼくのしつこい仕打ちに疲れ切って熟睡していた。男にすべてを許したとはおもえない、清楚で愛らしい寝顔だった。濁点《だくてん》の存在しない、微かな、小犬の甘えた啼き声のようないびきがたまらなかった。体内で力がうねり、そのまま襲いかかりたいほどの昂りがぼくを包んだが、以前とかわらぬ自分自身を総動員してどうにかおさえこんだ。みさきは敵ではないのだ、といいきかせた。敵ならばどう扱ってもいいが、みさきは違う。違うのだ。絶対に。

だから、自分にできるすべてを与えてやらねばならない。いまは、不思議な、愛らしいすぼまりにぼくを受けいれた疲れを癒す眠りを。

いくらか迷った末、裸のまま理恵の部屋をたずねた理由はそういうことだ。

寝ぼけ眼の彼女がドアを開けた途端、飛びつき、そのまま床に押し倒していた。身体を洗わせて、彼女はそう懇願した。片手で懸命に口を押さえていた。寝起きなので息になまぐささが加わっているのを気にしているのだ。

むろんぼくはさらに昂り、本人のかわりにそこをみがきあげた。

ドアを開けたまま一時間以上はつづけていたとおもう。

気がつくと背中に柔らかなものがしがみついていた。理恵にはいりこんでいるぼくを見つめながらみさきが啼いていた。

ぼくらの間にあったすべての垣根が取り払われたのはそのときだ。

理恵からみさきに切り換えた。今度は理恵が虚しさを訴えた。これではどちらも不満が残る。ぼくは写真をとった時のように二人の唇を同時に吸い、重なり合いが深くなりかけたところで自分だけさっとひいた。そして二人の身体を重ねあわせるように抱きしめた。美少女同士の舌がからみあい、四つの乳房が融合するようにお互いの形を変えた。ぼくは二人の指を相手の柔らかな場所へ導いてやった。そのあとはただひたすら、二人の美しさを褒めたたえた。彼女たちはそのまま溶けた。同性の肢体と密着し、指をもぐらせあいながらぼくの名前を叫んだ。

あとは、なにをするにも三人一緒になった。

二人の美少女は一致協力してぼくを甘やかし、ぼくに甘えた。どちらの立場に置かれても悦びはつきなかった。みさきは理恵にぼくの撫でかたを伝え、子猫が震えるような理恵の小刻みな動きをみさきは取り入れた。理恵の最後の部分を貰ったときは、みさきが彼女の耳元で身体をどういう状態に持ってゆくべきかアドバイスを与えつづけていた。

といっても二人が羞じらいを失ったわけではない。ぼくが見つめ、褒めたたえ、手を伸ばすときはいつも首まで紅く染める。俯いて肩を震わせる。

ただ、そのあとに大胆さが待っているだけだ。

お互いの身体で知らない場所はなくなってしまった。ぼくは二人のあらゆる場所が愛おしかったし、彼女たちも同じ気分でいてくれるらしい。一昨日、左右からはさまれる心地よさのままに眠ってしまい、しばらくしてから目を覚ますと……両側から伸ばされた手がなにかにとりつかれたような熱心さでぼくの身体に触れていた。もちろんぼくは抵抗などせず、二人の導くままに任せた。

避妊はただの一度もしていない。はっきりいおう。もう学校などどうでもよかった。みさきに加え、理恵に必然的な結果が訪れたとしても大歓迎だった。ぼくには力があり、晃さんという不思議な後ろ楯も得た。みさきと理恵がともに命を育んでも、そのまま進んでゆくことはできる。二人の両親はおどろくだろうが、いざとなれば晃さんと島田香澄それぞれが説得してくれるだろう。いや、たとえ反対されてもぼくは止まるつもりなどない。

そして気づいた。別れ際、晃さんはなんといっただろう？　夏休みを楽しめ、なにも気にせずに……そういったのではなかったか。

自分の鈍さが恥ずかしくなった。

晃さんの言葉は、そういう意味だったのかもしれない。つまり、ぼく、みさき、理恵が高伸を卒業できないだろう、という前提で語られたものかもしれないのだ。

恥ずかしくはなったものの悩みはしなかった。それならそれで素晴らしいことだからだ。二人とこの先も過ごすためとあらば、たとえ見世物になってでも必要なものを手に入れてやる。銀行強盗のほうがもっと楽かもしれないが、どうにでもなるはずだ。

濃い一日だった。ぼくらはおもうままに振る舞った。裸になってプールでじゃれあったり、その他の場所でもあれこれしたり。さすがに途中で二人が疲れきってしまったので休ませたが、ぼくのほうは底無しで、自分を抑えるのに苦労した。ぼくの力は二人の美少女だけでは足りない、とでも主張しているようだ。まったく冗談じゃない。努力も勉強も嫌いだけれど、ヨガぐらいは学んだほうがいいのかも。

で、いまは食事とその後片付けも済ませ、学食のテラスにいる。パイプの椅子とテーブルがあるきりだが、ぼくらはそこが気に入っていた。当然かもしれない。ぼくらが『始まった』場所はここなのだといっていいからである。ぼくがあの事件のことを忘れたいとおもっているとあればなおさらだ。

やはり理恵に感謝すべきなのかもしれない。彼女があまでしつこく感想文を求めなければ、みさきと二人で話すようなこともなく、彼女がぼくのあの行為を目撃してると知ることもなかったのだから。

ぼくらは椅子を並べ、寄り添っていた。すでに陽は落ちているし、風もあるので暑苦しくはない。みさきはぼくにもたれかかり、肩に頭を乗せうっとりと目を閉じていた。彼女が身につけているのはシルクのノースリーブ・カットソーと、色っぽいが下品には見えないマイクロミニだけである。理恵も似たような格好だが……なにもかもまくりあげられてぼくの膝にまたがっている。ぼくのほうはといえば……男の服なんてどうでもいいか。ともかくシャツとバミューダパンツみたいなもので、というに脱ぎ捨てている。

「ん、あっ、やっ」

茹でられたように紅く染まった理恵の声が頭上で響く。深く打ちこんでいるぼくはそのまま頭をさげ、完璧なお碗型といってよい彼女の膨らみを飽くことなく揉み、しゃぶり、吸いたてていた。汗でぬるぬるとしている柔らかな肢体が心地よい。

「うあっ、と、とおるっ」

疲れ切っているにも拘らず彼女は自分から動いている。上下の激しい動きではなく、小刻みに腰を回転させていた。そうしている自分を羞じらい、その羞じらいによってさらに高い場所へと昇りつつあった。愛らしかった。たまらなく愛らしかった。すべてを開いた理恵は、みさきに負けないほどぼくのために存在する女になりつつあった。彼女の心はぼくと接続されたようで、肉体も常に接続を待ち望んでいるようだった。もちろん、ぼくも同じだ。相手を求めるということは自分を与えることの同義語である。そしてなにより、ぼくはみさきに加えて彼女までがぼくを孤独から救う存在になってくれたことがうれしくてたまらない。執拗《しつよう》に胸を責めているのも、彼女がそこから溢れさせるものを求める気持ちのあらわれかもしれなかった。

理恵がぼくを喰い締めた。下唇を白くなるほど噛み縛り、背筋を新体操選手のように反りかえらせる。

乳房から離れ、身体を支えてやった。理恵はぼくを信じきっている証のような無防備さで四肢を痙攣させ、うごめきの心地よさにこたえるためにぼくが放ったものを奥深くへ飲みこみながら意識を失った。

くったりした彼女をビーチタオルを敷いたテーブルの上に横たえると、椅子に戻った。理恵のこぼしたものは拭きとられていた。ウェットティッシュを手にしたみさきはぼくの尻を光らせているぶんも拭きとると、尻たぶへ唇を押しつけた。

そのあとはゆっくりと時間が過ぎた。もちろんみさきの中にも入ったが、落ち着いたあとは椅子に寄り添った。

もう三〇分ばかりこうしているが、ほとんど会話はない。というより、最近はほとんど言葉を交わす必要がなくなっている。目だけでお互いの気分は通じるし、ほんのちょっとした仕種ではっとする時もある。もちろん話題を決めて盛りあがることもあるのだけれど、しばらくするうちに言葉は消えている。

　みさきの手はぼくをオモチャにしていた。

　ぼくはといえば……その心地よさにうっとりしつつ夏の星空を見上げていた。風があるとはいえかなり暑いのだが、そうしていても不快ではなかった。

「……わたし、おかしくなっちゃった」手を休めないまま彼女がいった。

「なにが」

「一日中、こんなことしてる……」

「じゃあ、やめようか」

「だめ……」

　彼女は顔を強くこすりつけ、手の動きも激しくなった。音がどんどん淫らになってゆく。

　ぼくは強まる快感にうっとりとした。耳に吹きかけられるみさきの吐息が催眠術のような効果をもたらし、ぼくの中から他のすべてが消え去ってゆく。やはり頭がいいからだろう、彼女はぼくをあらゆる意味で知り尽くしていた。ぼくを支配する方法を編みだしている。もちろんぼくも努力はしているから、お互いさまなのだけれど。

　……なにか、異質な音が聞こえた。

　ぼくは瞼を開いた。

　空から聞こえてくる。エンジン音だ。

　目を凝らした。

　夜空の一点に、いくつか黒い染みが見えた。すぐに大きくなってくる。

　身体の他のすべての部分と同じように能力の上昇した目はその正体を即座にみわけた。ヘリコプターではなかった。飛行機だ。ただし、主翼の両端にエンジンを付け、プロペラを回している。

　雑誌だかネットだかで目にしたことがあるのをおもいだした。アメリカが開発した垂直離着陸輸送機、V22オスプレイだ。完全な軍用機で、いまのところ、アメリカ軍しか採用していない。

　背筋がぞくりとした。みさきの刺激が続いていたからではない。オスプレイが明らかにこちらへ向かってきていることに気づいたのである。

「みさき」

「なに……」彼女はまだなにも気づいていない。本当にぼくの身体に溺れているのだ。

　ぼくはいった。「場所を変えよう。イヤな感じがする」

「ここでいいじゃない……」わかっていない彼女はだだをこねる。それどころか、さらにぼくを刺激した。ああ、畜生、なんてことだ。ぼくは恐怖にも近いものと同時に、みさきが与えてくれる心地よさを楽しんでいる。

「ともかくここを離れよう」

「いや……」

みさきはすがりついてきた。

ぼくは舌打ちとともに彼女を抱き上げた。手が離れ、股間の刺激が消える。そのかわりに彼女は四肢をコアラのようにがっちりと回してきた。

「我慢してくれ、理恵も抱きあげるんだから」ぼくは頼みこんだ。

オスプレイはますます近づいてくる。塗装が見分けられるほどだ。アメリカ軍のマーキングはない。機体のすべてが漆黒に塗られていた。

素晴らしい夏休みを過ごしはじめてから消え去っていた感覚がよみがえった。

脳がちくちくしだしたのだ。

「しっかり捕まっていろ」ぼくはいった。

顔をあげ、まっすぐに見つめてきたみさきがいった。

「とおる……大好きよ」

背後にだれかがいることに気づいた。理恵でないことは鋭すぎる気配が教えた。振り向こうとしたが、ぎゅっと抱きついているみさきのおかげで動きが鈍くなった。

後頭部に爆発するような痛みが生じ、ぼくは意識を失った。

5

「……くんっ」

声が聞こえていた。ひどく心配そうだ。

頭がずきずきする。

どうしたんだろう。

あ、えーと、オリエンテーリングのホテルでテロリストが乱入してきて逃げだせなくて……特殊部隊が突入してきて……銃を握って……。

バーン。

氷水を浴びせられたように意識が澄みわたった。瞼をあける。ぱっとしないワンピース姿の麻木先生が引きつった顔でぼくを見おろしていた。

「あ、マナ先生」

「黒江くん……よかった……」彼女はぽろぽろと涙をこぼしながらぼくを抱きかかえた。豊かな胸の感触は石のようだ。この熱いのにガードル装備なのである。もっとも、それでも血が泡立つほど心地がよかった。

脳がちくちくする。彼女をふりほどくようにぼくは立ちあがった。

「みさきと理恵――真嶋と菊池は？」ぼくはたずねた。

「二人……見ていないわ。わたしは忘れてた書類をとりにきたらここの電気《あかり》がついていたから……そしたらあなたが倒れていて……」

喋っているうちに頬が赤らむ。顔を伏せてしまった。自分の身体をみおろしてぼくは罵りの唸りを漏らした。裸なのはしかたがない。だが、こんな時にまで！

壁の時計で時間を確かめる。何者かに殴り倒されてから一時間ほどだ。

「部屋を見てきます」告げるやいなやダッシュした。自分の異常な能力を麻木先生に見られてもかまわなかった。

三〇秒もかからずに女子寄宿舎へ駆けこむ。二人の部屋は空だ。

もしかして、とおもい自分の部屋へと駆けた。ドアが開けられ、廊下に光が射していた。ぼくは開けっ放しで部屋をでたのだろうか？　おもいだせなかった。頭をめぐっているのはみさきと理恵の喘ぐ顔ばかりだった。

部屋へ飛びこむ。だれもいない。荒らされてはいない。が、だれかが入りこんだことは間違いがなかった。消してあったはずのノートPCがたちあがっていたのだ。スクリーンセーバーは切られていた。画像が開かれていた。二人の美少女にはさまれてご満悦のぼく。画像には文字が載せられていた。

『預かった。レストハウス』

あの日以来、戸棚のなかに押しこんでいたものを即座に取りだした。素肌にトラックスーツを身につける。システムベストを装着した。ルーガーを見つめ、今夜は銃声を気にする必要はない……と放り投げかけておもいとどまった。敵を静かに片づけられて悪いことはない。

Ｐ２２０と予備マガジンを手にし、ポーチへ放りこんだ。ポーチに軍用救急キットが入ったままになっていることを確かめた。二人は怪我をしているかもしれない。

廊下から足音が響いた。銃を抜きかけたがおもいとどまる。麻木先生だとわかったからだ。

「く、黒江くん……い、いったい……」

息を切らした彼女はたずね、ぼくのスタイルを見て目を丸くした。

「二人が誘拐されました。警察には頼めません」ぼくはいった。麻木先生は？　彼女ならば理解してくれる……はずだ。

「ゆ、誘拐って……それにどうして警察を……」

「みんなが困るんです。もちろんぼくも。学校も危険ですから、先生はどこかに身を隠していてください」

「ど、どういうことなの？　きちんと説明してくれないとわたし」

「時間がありません」スニーカーを履きながらぼくはいった。冷蔵庫から買い置きの栄養剤をとりだし、立てつづけに四本を飲み干す。腹は張らないとわかっていた。たちまち吸収されてしまうのだ。いや、残っていたとしてもレストハウスにつくまでには吸収しきってしまうはずだ。

レストハウス。その言葉をおもいうかべると脳がちりちりした。なにかこれまでと違う要素があることに気づいた。

そうだ。

今度は奴らがぼくを待ち伏せている。逆だ。逆なのだ。

背筋を悪寒が駆け抜け、胴がはっきりとわかるほど震えた。

しばらくぶりの感触にとまどった。これは、この気分はなんだ？

力が震えた腹の中でうねった。ぼくはたちまちそれを棚上げにした。敵が待ち伏せている、という事実だけが残った。相手はなんだろう。ヤクザか？　そのはずだ。笹川組の上部組織、天征会が報復にのりだしたのだ。なぜぼくだけが残されたのか？　愛している者を奪われることはもっとも身に堪える復讐だから。ああ、それをいま実感している。

じゃあ、あのオスプレイは？　アメリカ軍の演習。そう考えることが一番筋道がとおっている。いかな大組織とはいえ、外国の軍隊を動かせるはずがない。

ともかく、奴らは待ち伏せている。ぼくをなぶり殺しにしようと牙を研いでいる。

だとするなら、このまま駆けだしてレストハウスへ直進するのは愚かさの証明でしかない。森の中も警戒しているだろう。奴らが考えもしない接近の方法はないか？　広く、暗く、警戒しきれないような……。

「狭霧湖へ向かう道は正門前からの一本だけですか？」ぼくはたずねた。

「いえ、もう一本あるけれど……海岸からの道と途中で合流する道が。でも、山をまわりこむしくねくね曲がっているから湖まで三〇キロ以上になるかも」

三〇キロか。いまのぼくにとっては辛い道のりではないだろう。だが、その後に待ち受けるものを考えると自分の脚で動くのは得策ではない。力をセーブすべきだ。

ぼくはおもいついた。麻木先生を学校やレストハウスから引き離し、なおかつぼくが疲れない手段。

「先生、車ですよね。ガソリンは大丈夫ですか」

「午前中に満タンにしたけど……ね、黒江くん、いったいどういうこと？　なにが起こっているの？　なにをしようとしているの？」

ぼくは彼女を抱えあげると廊下を疾走した。学校をでる前にビニール袋や防水テープ、それからロープを見つけなければならないと考えていた。

6

ワインディング・ロードとカタカナで呼ぶには狭すぎ、荒れすぎている道をミニカーのような車がすっ飛ばしてゆく。ぐにゃりとした右カーブが迫るとギアを落としてどすんとブレーキを踏む。スピードがいくらか落ちたところでカーブへ入った。車体が強い横風を食らったグライダーのように左へ流れる。ハンドルが左側に切られ、なんとか横滑りがとまった。再びアクセルがベタ踏みになる。

「うはは」ナビ・シートに座ったぼくは左右へ振り回されながら笑った。これから自分を待ち受けているものはともかく、気分は爽快だった。

「喋らないでね。舌、噛むから」

暗い夜道へ顔を向けたまま麻木先生がいった。そうなのである。この強引な運転は彼女のものなのだった。世の中にはハンドルを握ると別人に変わる人がいるそうだが、彼女はすこし違う。人格はまんまなのである。ただ、運転だけが物凄いのだ。

道の悪さを考えるなら、下手をすると一時間近くかかるのではないか、と考えていた。しかしながらこの運転。学校を出てまだ二〇分すぎていないというのに、二四、五キロはきていた。

結局のところ麻木先生にまともな説明はしていない。ともかく二人を助けねばならず、それができるのはぼくだけだ、と繰り返した。頼りになる人はいないの、と問われて晃さんをおもいだしたが、ぼくはメアドしか知らない。おまけにメールもだせなかった。回線が切られていたのだ。腹は立ったが当然という気がした。すぐに必要な準備を整え、麻木先生の車に乗りこんだ。

ミニは舗装もされていない夜道を疾走する。ヘッドライトに浮かびあがるのは荒れた路面だけだ。

グランプリ・レーサーでも車に乗ると不安になることがあるという。他人の運転のときだ。だとするとぼくが麻木先生の運転をレースゲームのように楽しめるのは車の運転を知らないからなのか？　どうも違うようだ。彼女のハンドルさばきには迷いがないのである。道を素早く確認して、どこでなにをおこなえばよいか即座に判断している。ミニは見かけよりよほど足回りの強い車なのだそうだが、それだけではここまでムチャはできないだろう。いや、ムチャじゃないな。麻木先生は技術で愛車をコントロールしている。

左斜め前方の森にくろぐろと横たわるものがちらりとのぞいた。ぼくはいった。

「先生、停めてください」

ミニはつんのめるように停車した。夏の夜の湿った熱気のおかげか、土埃はたいしことがない。

「……どうするの？」

ぼくに向けられた顔はパネルの光を浴び、闇から青白くうきあがっていた。眼鏡が鼻の真ん中までずり落ちている。瞳は、欲情しているかのように妖しく濡れていた。

「湖を抜けます。レストハウスのすこし手前で上陸して、様子を探ります」

「そのあとは？」

「可能なことを、可能なだけ」バックシートから大きなビニール袋をとった。重い。いろいろなものを詰めたシステムベストが入っているからだ。

「先生はここにいてください」

「携帯が通じるところまでいって警察を呼んだほうが……」

「危険です。殺されます」そのはずだ。学校につながる通信回線をすべて遮断した奴らが、車を使った脱出を想定していないはずがない。この裏道は海岸以外の外界とは繋がっていないから、網が張られていなかったのである。

「ともかく先生は……道路沿いに隠れられるところを見つけて、そこにいてください。朝七時までにぼくはここへ戻ってきます。もし戻ってこなかったら……もう街へ逃げても大丈夫でしょう。奴らは目的を果たし、ひきあげています」

本当にそうだろうか？　わからない。だが、そうでも考えないと彼女を安全な場所に置いておきたい、というぼくのファンタジーが崩れてしまう。

麻木先生を見つめた。そうだ、ファンタジーだ、とおもった。彼女は昼のファンタジー。高校生ならちょっと妄想する憧れの女教師のバリエーション・モデルなのだ。夜のリアルにかかわらせてはいけない。すくなくとも、これ以上は。

「じゃ、あとで」

車を降りようとしたぼくの手を彼女がつかんだ。あいかわらず妖しさをたたえた瞳で、まっすぐに見つめてくる。

腹のなかで力がのたうった。とてつもない勢いで突きあげてくる。夜のなかへだしかけていた身体を車内へ戻し、彼女と唇を重ねた。体温で溶けてしまいそうなほどふわっとした、硬く閉じられた唇。手をのばして顎の両脇を押し、強引に開かせた。獲物へ食らいつくピラニアのように舌をとらえ、唾液をすすりこむ。固かった身体から力が抜け、信じられないほど甘く深い女の香りが匂いたった。後ろ首へ手をまわし、さらに引きつけて貪りつづけた。彼女の身体が電流を流されたような反応をおこした。

「すいません」ぼくはいった。トラックスーツの前を異様なほどに盛りあげているものを見つめられても恥ずかしくはなかった。

「また会えたら、この続き……絶対にしますよ」

麻木先生は浅い呼吸をくりかえしながらぼくを見つめている。ハンドルへ上体を倒さずに済んでいるのはシートベルトのおかげのようだ。

「あ、あの……」

いいかけた彼女の細く長い首筋に手を当てた。それだけで彼女の肢体は痙攣をおこした。

「隠れていてください。いいですね？」

ぼくの体温を受けとった柔らかくしっとりした肌に熱がこもる。頭が、微かに前へ倒された。

道に立ったぼくは彼女に向けて手を振った。

数分のあいだ遠ざかるテールライトを見送ると、森へはいった。車で走っているあいだまったく妨害がなかったことから安全だろうと考えていたが、実際、だれかが待ち伏せている気配はなかった。

森を全力で駆け抜ける。口、喉、胃に心地の良い満足感がひろがっていた。理由はひとつしか考えられない。麻木先生の唾液を飲んだことだ。

これは死ねないな。唾液がこれほど素晴らしいのであれば、ほかの部分を知らずには死ねない。

森を抜け、湖畔道をわたり、あちこちから岩が突きだしている湖岸へ向かった。レストハウスは右斜めの対岸――一キロほどにある。

大きめの岩の陰に隠れ、トラックスーツと靴を脱いでビニール袋へ放りこむ。代わりにプールから持ちだした水泳ボードを取りだす。口をしっかりと閉めたビニール袋をロープでボードへ結びつけると、熱帯夜を無視するようにひんやりとした湖水へ身を沈めた。股間の熱が冷まされてことさら心地よかった。

やはり警戒はなされていなかった。水泳ボードで浮力を与えられたビニール袋を押しながら脚だけで水を掻いて進むうちに、奴らがレストハウス周辺――ことに学校の方向を重点的に警戒していることがわかった。前回の経験で懲りたのか照明はいっさいなかったが、『変化』した目はあいかわらず絶好調だ。夜間暗視装置を用いているかのように闇を見通してしまう。

二〇分ほどかけて湖をわたると、レストハウスを一キロほど右手にみる湖岸へ上陸した。そこにちょうど身を隠せそうな岩を見つけていた。

水音を立てないようにそろそろと上陸し、袋を引き裂いてルーガーを抜きだした。待ち伏せの気配はない。

袋の中身すべてを身につけると、湖岸の森へ身をひそめる。体温で濡れた肌が乾いてゆくのを感じながら慎重に周囲へ視線を走らせた。口を半開きにし、呼吸の音を殺す。緊張が高まり、神経がさらに研ぎ澄まされてゆく。意識が拡大されたような感覚が生じ、周囲の音や眺めのすべてが脳のなかへ溶けこんでゆく。

なにかがいる。それは間違いなかった。だが、どこに？

左側から微かな圧力のようなものを感じた。腰と膝を曲げて身体ごとそちらへ向ける。微かな夜風に夏草や枝が揺れていた。が、ぼくが感じ取ったのはそんなものではない。

銀河に照らされながらも地獄よりもまだ暗い木々の間に、わずかに色合いのことなる影が見えた。ミズナラの幹を遮蔽物《しゃへい》にして身をひそめている。光があまりにも足りないためうまく見わけられなかったが、女ではないこと、武器を手にしていることはわかった。

殴り倒し、みさきと理恵の居場所を訊きだすべきか……いや、ムダだ。こういう場所に配置されている下っ端が重要なことを教えられているはずがない。では、殺すか？　そいつもどうかな。可能な限り見つからないように接近して……。

耳障りな音が響いたのはそのときだった。なんの音なのか考える必要はなかった。

あちこちから一斉に緑色のレーザー光が集まってきた。その直後、いくつもの連続した銃声がわきおこり、銃火がきらめいた。ぼくは『変化』をおこしてからはじめて、奇襲を受けたのである。

7

とっさに飛びのいて銃弾から身をかわした。

サイレンサーは用いていないらしく、銃声は大きい。発砲するたびに黒々とした姿が浮かび上がる。

もっとも手近な影にルーガーを向け、頭を狙ってトリガーを絞った。相手はさっとよけた。信じられなかった。なんだあのスピードは？　常人にできることじゃない。まるで……まるで……ぼくみたいじゃないか。畜生。奴らはヤクザなどではない！

グリーンの光が迫ってくる。驚きで惚《ほう》けた気分をそのままに位置を変え、再び頭を狙う。今度は手応えがあった。影はがくんと揺れ膝をつこうとした。

即座につぎのターゲットを狙おうとして――身体が凍りついた。

頭に被弾させた奴が射撃姿勢をとりなおし、こちらへ銃を向けている。畜生。ヤクザのくせにヘルメットでもかぶっているのか？

今度は胸を狙う。二発送りこみ、両方とも心臓のあたりに命中した――はずだった。

が、奴は倒れない。再び銃を構え直そうとしている。位置を変え、今度は股間に向けて打ちこむ。結果は同じ。

股まで守ることができるような防弾ベストなのか？　ならば。

太腿に向けて打ちこむ。わずかに揺らいだが効果がない。くそっ！

浴びせられる弾丸を転がってかわしながら、どこを狙うかをおもいついた。弾倉に残った全弾を喉にたたきこむ。

さすがに効果があった。喉を押さえ、倒れこんだ。が、負傷したというより痛みに悶えているようにしか見えなかった。だめだ！

ルーガーを投げ捨て、Ｐ２２０を手にした。学校をでる前にグリップパネルを外し、かわりに自転車のチューブをぶった切ったものを被せておいたので、手に吸いつくようにフィットする。

倒れた男のほうへ近づきながら、二〇メートルほど先の茂みに伏せようとしていた別の敵へ狙いをつける。むろん喉に向けてだ。

かっちりした外見に似合わないほどP220の反動は柔らかかった。が、はじめて扱う銃だけあって高めに狙い過ぎ、ヘルメットらしいものに弾かれる。脳震盪を起こしたらしく、ぐったりと倒れた。即座に右側の敵に切り換え、今度は少し下を狙って三発放った。二発が喉に命中した。

が、男の反応は二二口径弾を浴びせた奴と同じだった！

P220の9ミリ弾は22ロング・ライフル弾よりはるかに強力なはずである。

呻きたくなった。背筋がぶるぶると震えた。学校であえて無視した感触が蘇り、それがなんであるのかようやくおもいだした。

恐怖。無力感に裏打ちされた本当の恐怖だ。

レーザーの光が集まってくる。敵弾が周囲の枝や草を草刈り機のように引きちぎり、はじきとばした。銃弾に削られた幹の破片が身体に降り注ぐ。突然、頬に焼き印を押されたような痛みが生じた。生暖かいものが滴ってゆく。敵弾に肉を削られたのだ。

脳が痺れ、呼吸ができなくなった。恐ろしさをとおりこえ、心臓が破れそうなほどの鼓動を響かせていた。ぼくに殺されたヤクザどもの味わっていた気分がようやく理解できた。人間とはおもえない動きで迫ってくる不死身の敵。ただひたすら混乱しながら戦わねばならない自分。

力が体内でうねっていた。脳が疼きつづけている。が、二つともひどく頼りなかった。そうなのだ。ぼくの自信は消え失せていた。常人をはるかにこえる力。ぼくの支配する美少女たち。なすすべもなく狩られていったヤクザども。

いま、狩られているのはこのぼくだ。

ここで死ぬことになるのか？　みさきと理恵を奪われたまま、麻木先生を危険な場所に残したままで？

くそっ、それだけは御免だ。ぼくは誓ったのだ。支配し、愛し、守ると。たとえ敵が超人たちであっても、この誓いだけは破るものか。

P220を二発ずつ速射しながら喉を押さえて倒れて

いる男のほうへ走った。九発しか入らないマガジンはたちまち弾が尽き、スライドが後退した位置でロックされた。マガジンを交換しているヒマはないのでそのまま男を引っ摑み、森のさらに奥へ、右、左、と適当に向きを変えながら全力で駆ける。

五分ほどで求めていたものが見つかった。ちょっとした窪地である。ここならば身を隠していられるし、撃ちあいになっても身体を曝さずにすむ。

男の身体を窪地の底に放りだし、自分も飛びこんだ。マガジンを交換し、銃の左横後部にあるスライド・ストップを親指で押しさげる。スライドが前進し、マガジンの一発目を薬室へ送りこんだ。

ざっと周囲を見回した。追跡されているようだがこちらの位置は摑んでいない。調べるならいまだ。動きがはやいから、急ぐ必要がある。

しゃがみこんで男から武器を奪った。持っていたのはサイレンサー抜きのMP5A4サブ・マシンガンである。銃の上部にガラスの中央にドットが浮き上がるヘッドアップ・ディスプレイのような大型サイトを装備し、銃身覆いの下にあの緑の細く鋭い光を発したもの、レーザー・サイトも備えていた。手榴弾などは持っていなかったのでマガジンすべてとコンバット・ナイフもいただいた。太腿に固定するレッグ・ホルスターにおさまっていた拳銃はまともに握ることもできないものだったので手近な茂みへ放り投げた。

丸腰にした後で銃の使いかたを確認した。安全装置というよりセレクターと呼んだほうがいいレバーが銃の右側側面にあった。

銃弾をかたどった表現で機能が示されていた。白い刻印に×がつけられたのが安全装置のかかった状態、赤一発が単発（セミオート）、三発描かれているのがトリガーを絞るたびに三発が連射される三点射《バースト》。いっぱい描いてあるのがフルオートだろう。地面にむけた状態で銃のあちこちをいじり、他の操作法もたしかめた。

サブ・マシンガンを構えながら男の姿をあらためてみまわした。

ため息がでそうになった。完全装備――いや、それ以上だったのだ。

かれの頭部は電子装置を備えているらしいヘルメットと一体化したフルフェイス・シールドで覆われていた。喉の周囲は防弾ベストの高い襟が守っている。襟には二二口径弾の被弾痕があった。防弾ベスト自体も合成繊維《スペクトラ》だけでなく、防弾板をしこんだ強力なものだった。肩は中世の甲冑をおもわせるショルダー・アーマー、股間は防弾ベストからぶらさげられたフラップ型の小型防弾板、脚の前面はベルクロ・テープで固定された何枚もの防弾板で足首まで守られていた。肘と膝はやはり防弾板をしこんだあてもの《パッド》で守られている。命中させても効果がないはずであった。急所がすべて守られているのだ。それにしてもよくこれだけ身につけて動けるもの――くそっ、これだけ身につけていてあのスピードなのか。身軽になったらどれだけのスピードで動けるのだろう？　やはりこいつの身にも『変化』がおこったのか？

　正体を確かめねばならない。

　男の胴にまたがり、喉元に手をのばした。そこでフルフェイス型ヘルメットを固定していたからだ。顎紐という感じではない。あらためてみると、こいつの身体には肌が露出している部分がまったくなかった。

　固定具へ手をのばすと男が身じろぎをした。意識を回復したらしく、顔を隠すシールドをぼくに向けてたじろいだように身体を震わせる。ぼくの手が触れている場所に気づくと暴れはじめた。しかたがないのでサブ・マシンガンで男の両手首を殴りつけて脱臼《だっきゅう》させる。すぐにヘルメットを外した。使ってやろうとおもったが、フェイス・シールドに認証コードの確認を求める表示がでているのを見て諦めた。

　またため息がでた。男はヘッド・マスクをかぶっていたのだ。おまけに、目の部分には小型のゴーグルをかけている。即座にむしりとって顔を露出させる。

　ほどけば肩甲骨のあたりまで垂れるだろう金髪をまとめた女――いや、女と見紛うばかりに美しい男の顔があらわれた。一瞬呆然としていたかれは、おののくような悲鳴を漏らして自分の鼻と口を覆おうとする。脱臼した手首の痛みに新たな悲鳴をあげた。

「何者だ、お前たちは」日本語が通じるかどうかあやぶみながら銃口を顔に向け、たずねた。

「あ、あなたが……あなたがそうなのですか……」きっちりした日本語で男はうわごとのようにいった。脂汗を浮かべながら役にたたなくなった手を腰にさげた救急キットへのばそうとしている。なんだ、こいつ。なにかの病気にでも罹っているのか？

　ぼくは顔を近づけ、男にたずねた。

「質問にこたえろ」

　ぼくの頰から垂れた血が滴り、男の口に落ちた。かれは全身を痙攣させた。

「血が……血が……」男は声を漏らした。反応がおかしかった。頬が赤らみ、唇が半開きになり、目が潤みはじめる。まるで酔っているようだ。

「こたえろ」銃口を額に押しつける。

が、男の反応はぼくの理解を超えていた。

「あなたが……あなたが……あなたが……」と呟きながら、官能の匂いすら感じられる恍惚《こうこつ》感に満ちた表情を浮かべたのである。

こいつは役に立たない。被弾のショックでおかしくなったのかもしれない。

顔を殴りつけ、気絶させた。男は胴と腰をぶるぶる震わせながら意識を失った。畜生、なんなんだこいつは？

せめて防弾ベストをいただこうと手を伸ばしかけたとき、頭上をレーザーがよぎった。

身を翻し、窪地の斜面に身体を貼りつけてサブ・マシンガンを構えた。気絶させた男と同じ装備を身につけた奴が周囲を探りながら進んでくるのが見えた。距離は二〇メートルない。セレクターを回し、バーストを選ぶ。レーザー・サイトを作動させた。中心に赤のドットが浮かんだサイトで喉に狙いをつけるとトリガーを絞った。


連続した銃声がひびき、排莢口から三個の空薬莢が飛びだす。どういう仕組みになっている銃なのか、ことに一発目は最高であった。弾が銃口を飛びでたあとに反動がきた。

というワケで最初から命中した。

男は喉を押さえて倒れこんだ。生きていた。サブ・マシンガンの側面にある刻印を指先で読んだ。９ミリとあった。銃を投げだしたくなった。これでは状況が変わらない。恐怖が蘇ってくるのを覚えながらさきほどたしかめた防弾装備がどこを守っていたか懸命に考えた。

喉を――そこを守っている防弾ベストの襟を――撃たれたばかりの男がもがきながら落とした銃へ手をのばしていた。感謝してやりたくなった。人を殺せないのなら武器を壊せばいいのだ。

銃口を向け、奴のサブ・マシンガンを破壊する。レッグ・ホルスターへ手をのばそうとしたので拳銃も破壊した。半分以上弾を消費していたらしいマガジンが尽きたので交換し、銃に慣れてきたのでセレクターをフルオートに切り換えた。

ターゲットを見つけるたび、銃を狙って発砲する。トリガーは引きっぱなしにせず、反動を二度感じたところで緩めた。武器を破壊されてパニックに陥る重装備の男たちを見ているうちに恐怖が消え、笑いだしたくなってきた。

奇妙な音を耳にしたのはそのときだった。

シャンパンの栓を抜いたような音が森の向こうから響いた。血の気がひき、心臓が非常警報を発するようにどくどくと動いた。まずい。奴らは用いる武器を変えた！

窪地の手前数メートルの地面になにかが落下した。身体を丸めて伏せた直後、全身を叩くような爆圧が襲いかかってきた。くそっ、大砲でも使いだしたのか？　いや、もっと小さな……そうだ、あのグレネード・ランチャーというやつに違いない。銃にセットして使用できる、小型の砲弾（擲弾《てきだん》――グレネードと呼ばれるそうだ）を放つ武器だ。

一発では済まなかった。擲弾は次々に飛来して周囲で爆発し、破片や爆風が荒れ狂い、周囲の樹木や地面を抉った。爆発で吹き飛ばされた土や枝葉がばらばらと身体に降り注いでくる。

負傷こそしていないもののひどくまずい。擲弾でぼくの動きを封じているうちに接近をはかっているのに違いないからだ。

身体を内側から焼くような恐怖感を抑えつけながら爆発の感覚をはかった。パン、一、二、パン、一、二、三、パン。グレネード・ランチャーを使っているのは三人らしいことがわかった。一人だけ技量が一段落ちるらしく、他の二人にくらべて発射までの感覚が長い。それでも三人の発射する順番が変わらないのは、同時に撃てばだれの擲弾が爆発したのかわからなくなり、照準の修正が難しくなるからだろう。

銃をしっかり構え、あらためて爆発と発射のタイミングをかぞえた。パン、一、二、パン、一。

二、と数えながら窪地を飛びだした。一〇メートルほど離れた樹の陰へ一気に飛び、見つけた人影へトリガーを引きっぱなしにする。当てることより近づけないこと、狙わせないことが重要だから、命中したかどうかは確認せずにすぐ移動し、新たなターゲットに向けてマガジンがカラになるまで弾丸を叩きつけた。

自分が致命的なあやまちを犯したことに気づいたのはマガジンを交換しつつ新たな一歩を踏みだしたときだった。

足首にイヤな抵抗感を感じた。幼稚園のころ女の子にムリヤリつきあわされたゴム飛びのゴムを引っかけたのと同じ気分だった。身を伏せる間もなかった。二〇メートルほど離れた場所で爆音とともになにかが飛び散った。全身に灼熱した錐をねじこまれるような痛みを覚えながらぼくは意識を失った。

8

脳がシェイクされたようだった。なにもかもがどろどろになるまでかき混ぜられ、おまけにタバスコが一瓶放りこまれている。そんな感じであった。もちろんムチャクチャなたとえなのはわかっている。しかし、本当にそんな気分だった。

目が見えず、身体も動かなかった。ぞっとした。ジョニーという名がぐずぐずの脳に浮かんだ。イヤだ。そんなのイヤだ。それに、かれはあくまでも小説の題材として存在しているものであって、現実に身体があそこまで痛めつけられていれば死んでしまうはずだ。だからぼくはジョニーじゃない。ジョニーにはなっていない。殺虫剤を浴びせられた芋虫のように身体を揺らし、モールス信号を打っていたりはしない。だいたいぼくはモールス信号などしらない！

感覚のない世界で意識がパニックに陥りかけたとき——すっ、と脳へ情報が流れこんできた。皮膚の感覚だ。背中だ。硬く冷たいものに寝かされている。身体は動かなかったが、さらに情報が増えつづけた。目が見えないのではなかった。瞼が閉じた状態で固定されているのである。そして……股間に存在する熱感。ぼくは脈打っている！　一一歳で元気になるようになって以来六年、それがこれほど心を励《はげ》まし、落ち着かせてくれたことはなかった。ぼくは感謝した。もう二度と、妙な時に力が溢れてもうっとうしく感じたりするものか。

胸、腹、脚に痛みがあった。爆発で意識を失う直前に焼けた錐を突っこまれた感覚に襲われた場所だ。くそっ、やっぱり負傷しているのか。いったいどれぐらい……新たなパニックへ陥りそうになったとき、五感が完全に覚醒した。参った。自分がこれ以上はないほど自由を奪われているのがわかった。手首と足首は鉄の輪みたいなもので固定されていた。おまけにアレ、全裸である。さらに……身体中の穴という穴になにかが突っこまれていた。カテーテルのようなものだ。勃起したものの根元まで管が突っこまれている感覚、肛門をおしひろげられている感覚が異様だった。おまけに……中から吸いだされていた。体内にはいりこんだものに体液をすすられる感触の異様さに意識がくらくらとした。

声が、聞こえた。妙にくぐもっている。耳にもなにかがさしこまれているからだ。ぼくは意識を集中した。

「……回復の状況は？」男の声だった。

「この目で見ても信じられません。クレイモア対人地雷からボールベアリングの集中豪雨を浴びたというのに、三〇分でここまでとは。われわれよりはるかに上です」部下らしい別の男がこたえた。「細胞の再生速度は上昇する一方です。サンプルをとりましたが、再生異常がまったく存在しません。ああ……速度が低下しました。おそらくもう数分で完全に再生が終わります」

「体内もか」

「体内が先に終わりました。血管と臓器はここに運びこまれた時点でほとんど修復されていました。現在は脂肪層です。本当に、信じられません。一七年前の時点で〈アウトフィット〉がこのような技術を完成させていたとは……かれの身体を調べるだけで、再生医療の研究は完成してしまうでしょう。それどころか……」

「なにかね？」

「それ以上のものが隠されているようです。ラボに持ち帰って研究してみなければわかりませんが、ことに遺伝子の構造に強い冗長性を備えているようで……さらに進化する可能性があります」

「進化？　進化といったのか？」

「ええ。ここまで通常の人体と機能が異なっていると、そう呼ぶしかありません。さきほど再生医療と申しあげましたが、実際は再生医療にとどめを刺す存在かもしれません。自然修復能力——いや、自己修復能力だけでどのような傷も直ってしまいますから……おそらく、疾病《しっぺい》も即座に対処してしまうでしょう。首を切り落とされても生命を維持できる可能性もあります」

「放射線を浴びせても？」

「おそらく。重度の体内被曝《ひばく》でも……放射線障害で細胞が壊れる理由は、細胞内部に放射線がもたらした電離状態によって生じたイオンなどが分子を損傷させて変化させてしまうためです。分子変化によるもっとも重大な影響はＤＮＡに生じます。分化や分裂能力の高い細胞ほど壊されやすいためです。このために破壊された情報——バグをふくんだＤＮＡが組みこまれ、悲惨な結果を招きます。しかし、採取試料を検査したところ、この肉体に含まれているＤＮＡは最初からある程度壊れても本来の機能を維持できるようになっています。さらに、ストレス状態に応じて発現するらしい自立性の高い修復力を備えていますから……」

「分子変化を修復するというのか？　たしかに……信じがたいな。本当に遺伝子だけでそこまで達成していると？」

「自己修復型ナノマシンによるサポートの可能性も捨てきれません。血液を嚥下《えんげ》したN287の状態を調べさせていますが、ごくわずかながら、DNAの改変が起こっているようです。ともかく、本格的な検査はラボでなければ……」

「SRP‐2はそこまで壊れていない」

「あれはもともと特化してありましたから……それでも、どこまで変化しているか調べきれていません。隔離したほうがいいと……接触は危険です」

「いや……予定どおりにおこなう」

——いったいなんの話をしてやがるんだ？

いや、わかったこともある。ともかくかれらはぼくのことを……ぼくの肉体について話しているのだ。再生だのナノマシンだの、ぼくは現代版フランケンシュタイン博士の創造物だとでも？

……いや、そうなのか？　あの日。身体が異様な変調に見舞われたあの日。もしかして、『変化』とはそういうものだったのか？　『変化』ののちのぼくが人間離れしていたのも当然、なぜならば人間ではなかったから。そういうことなのか？

「君の判断をききたい」男がたずねた。「君はこの少年が〈ロスト・ナンバー〉である可能性を認めるかね？」

「認めます」部下——研究者らしい男のおののきを含んだ声がいった。「この少年は紛れもなく〈アウトフィット〉のDシリーズです。九〇パーセント以上の確率でD‐17だといえます。SRP‐2がもたらした試料を分析してその可能性が高いとは考えていましたが……」

柔らかい電子音が反響した。研究者が告げた。

「覚醒したようです。再生は完全に終了。もしかしたら……われわれの会話を聞いていたかも。申し訳ありません、センサーを甘くしすぎました。どうも、脳波を自分で操っていたらしく……」

「D‐17が相手となれば無理もない。しょせんわれわれはNシリーズなのだ……」男の声にはなにかを呪うような響きが含まれていた。

「では、準備いたしますか？　しつこいようですが、接触の危険性は……」研究者がたずねた。

「わかっている。が、他に方法がない」

指が首筋をまさぐり、針がつきたてられるのがわかった。頸動脈《けいどうみゃく》に冷たい薬液が流れこんでくるのを感じながら、ぼくは再び意識を失った……。

熱が渦巻いていた。瞼は開けることができたが見えるものはコンクリートの天井だけで、それも度のあわない眼鏡をかけて眺めたときのように歪んでいた。

背中が柔らかいものにあたっている。ベッドに寝かされているのだ。四肢の拘束は解かれていた。が、力が入らない。身体の奥で熱感がぐねぐねとうねっているのは感じ取れるが、両手両脚の力は萎えきっていた。

右半身が心地よかった。ベッドの詰め物や清潔なシーツよりももっと心地よいものが頭から爪先まで触れていた。人の身体だ。肌と肌が吸いつくように触れあうその感触にぼくはうっとりした。

吐息がねっとりと耳をくすぐる。ほっそりした指が胸を這い、尖った場所をくすぐり、すっと下におりた。愛撫を心待ちにしていたぼくのそこは血を噴きそうなほどにふくれあがり、間歇泉のようにねっとりしたものを飛ばしている。

焦らしはなかった。掌と指がふわりとみずからのぬめりに濡れたぼくを包みこんだ。そこから身体の奥へ向けて戦慄《せんりつ》にもにたものが走り、すぐに背筋をかけのぼった。

「くあ、ふっ」

包みこまれたものがびくりと脈動し、音が響くほど大量に透明なものを噴いた。体内の熱量がさらに大きくなり、脳を妖しい炎であぶってゆく。

押しつけられていた身体がすっ、と離れた。このまま放置されるのでは、という想像に切なさがこみあげる。しかしすぐに深い安堵感がこみあげた。両脚がひろげられ、そのあいだに腰をおろした気配を感じとったのだ。包みこんでいた手がぼくをゆっくりと引きおこし……温かく柔らかい粘膜でくわえこんだ。

「ふ、ん、あっ……」

ぞくぞくする悦びがぼくを責めたてた。舌が蛇のように踊っていた。ぐっと頭がさがり、ぼくを深くのみこむ。舌が裏側を穂先で撫でるように刺激した。

耐え切れずどうにか動かせた腰を突きあげる。突きあげるたびに柔らかい喉奥へ当たるのがわかる。しかし苦しげな喘ぎひとつ漏らさずに粘膜はぼくを包み、舌は踊る。ぼくが深く入った瞬間を逃さず、勢いをつけて根元から先の膨らみまでねぶりながらバキュームする。

涎《よだれ》をあふれさせ、目を見開き、せりあがるものを感じながらぼくは喘ぐ。両手が内腿を撫で、ぐっと脚を開かせたときは期待感の電流が背筋を駆けぬけた。みさきと理恵の舌と指を頻繁に受け入れていたそこが誘うように収縮をくりかえしていることに気づいた。口を開け閉めするたびに外界の空気がとりこまれ、ひんやりとしたものが粘膜にしみこみ、ぼくはどれほどその瞬間を待ちわびていたかをおもいしった。

気がつくと自分からすべてを求めていた。

「も……もういい、から……はやく、はや、く……」

喉まで用いた刺激から解放され、限界の手前でたちどまった。期待感で突きあげるようなうずきを発しているそこに柔らかく膨らんだものが触れた。『変化』をおこして以来、生臭さをもたない分泌物しか滴らせなくなっていたぼくのそこはキスするような吸いつきを生じさせる。

深く優しい声が告げた。

「充《み》たします、黒江……くん、んっ」

「ああっうあっ、あああっ」腹の底から声を漏らしながらすっかり柔らかくなったすぼまりをおしひろげて侵入してくる熱くたくましいものを受け入れた。重なってきた骨ばったところのない体を抱きしめ、自分の内部を埋めつくされた充実感にうちふるえた。

そう、ぼくは……。

愛おしくてならない少女、真嶋みさきの兄——真嶋晃の男性を受け入れた悦びに意識を白熱させていた。

そのあとは嵐のようなものだった。深く打ちこまれるものに喘ぎ、さらに強い衝撃を求めて自分から腰を突きあげた。快楽の方向性が違うからだろう、ぼくのものは力を失っていたが気にもならない。新しい悦びを味わうだけで充分だった。

晃さんは巧みだった。入り口に繋がっているぼくの器官のさらに奥まで長いストロークではいりこむかとおもえば、先端の傘を開いた部分で浅い場所の天井をこすりあげる。ぼくは女の子になりきったように首を左右に振って喘ぎ啼きながら、そこでだけ感じられる女性の悦びに近い落下感のような官能に何度も痙攣を起こした。

限界の迫った晃さんがひときわ深くうちこみ、唇を重ねてきた。二人のあいだに手がすべりこみ、胸までぬめらせるほど透明なものを漏らしていたぼくをたちまち蘇らせる。両脚をかれのくびれた腰に絡ませた。女性的な肉体が信じられないほど力強いバネを用い、さらに奥を責めたてる。脳でなにかが爆発し、ぼくは背筋を反りかえらせて硬直する。すべてを愛されながらふくらみきったものから大量に噴出させ、おなじものを激しく喰い締めた。晃さんの腰が痙攣を起こし、体内に進入したものがひときわ膨らみを増した。ぼくは、奥深くへ熱いものが大量に浴びせられるのを感じながら深い満足感に浸った……。

晃さんが三度ぼくの中で果てたあとで立場を入れ換え、二つに折った彼へ侵入した。嬉しそうに口を拡げながら奥深くまで迎え入れた場所に愛おしさをおぼえた瞬間、腰に熱感が生じた。たちまち形が変わり、かれの内部に最適化されてゆく。

右腕だけで後ろ抱きにして膝へと載せ、上下に打ち振った。左手でぼくを乱れさせたものを摑む。かれのそこも意識の集中する場所が変わったために力を失いかけていたが、引き抜くようにもてあそぶとたちまち臍上に達するまで熱く昂った。内と外から同時に責められたかれはたちまち背筋を震わせ、濡れた声をあげながらきつく締めつけ、四度目とはおもえない量を噴きあげた。

ぼくは晃さんのねっとりとはりついてくる器官のなかで三度果てた。

かれはぼくにすべてを委ねながら何度も何度も白く熱いものを噴きあげ続けた。最後は力を入れてもやさしく揉みしめるのが精一杯なほどぼくになじみ、拡げられた部分をひくひくと収縮させながら白目を剝き、意識を失った。

嵐が過ぎ去ると立っていられなくなるほどの衝撃が襲いかかってきた。

いったいどうして？

わからなかった。わかるはずがなかった。晃さんの妖しさに身体が反応していたことは事実だが、さすがにここまでは想像もしていなかった。しかしぼくは実際に同性相手に交わってしまったし、受け入れているときも突き入れているときもかれの肉体が与えてくれる愉悦をためらいもなく貪っていた。まさかぼくは……そうだったのか？　ドン・ファン的な行動をとる者は潜在的な同性愛者だというけれど、このぼくもその一人だったというのか？　おまけに、相手はみさきの兄だ。

みさき。

理恵。

二人の顔が――ぼくにすがり喘ぎ啼く顔が脳裏をよぎった。脳がちくちくし、腹の奥で力がうねった。晃さんに向かって猛威を奮ったもの（もちろん形が変わっていた）がさらに力をみなぎらせた。なんとなく安心感が湧いた。われながらお安い性格だ。

晃さんが印象派絵画の美女のようにしどけなくよこたわるベッドから立ちあがり、部屋を見回した。ベッドとインターホン、うそ寒い光を投げかける蛍光灯以外なにもなかったが……いや、一脚だけ置かれた椅子に黒いカバーオールがかけられている。靴もあった。晃さんのものだろうか？　違った。かれの衣服はベッドサイドに脱ぎ捨てられている。

カバーオールも靴もぼくにぴったりだった。あらかじめ準備されたものだったらしい。ぼくに服を着せて、どこかに連れてゆくつもりなのだろうか。

晃さんの様子をうかがった。さきほどと変わりはない。当然の疑問が湧いた。かれはなぜここに？　どうしてこんなことに？　みさきと同時に誘拐されたのか？

ともかく、起こそう。みさきの兄なのだ。そして……ぼくとも交わってしまったのだ。事情はどうであれ、放ってはおけない。

「晃さん、晃さん」

胸と股間をのぞけば美女と呼んでさしつかえないかれを揺すった。とろん、とした瞳がぼくを見あげた。

「あ……黒江くん……」

「起きて、準備してください。みさきと理恵を探して……脱出しましょう」

二人の臭いがしみついたベッドから離れ、ドアを試した。ノブがまわる。慎重にうかがう。左右に通路が延びていた。地下らしい。小さな蛍光灯が間を置いて取りつけられ、スポットライトのように床を照らしだしている。

ドアをそっと押さえ、室内に向き直った。

「晃さん、準備は……」

シーツをトーガのように巻いた姿で立ったかれはこたえた。

「ドアから離れてください、黒江くん」

手には、拳銃があった。

「あなたが……」呆然としてぼくはたずねた。信じるとか信じないの問題ではない。ワケがわからなくなったのだ。無理もなかろう。かれがこの事態にどう関係しているというのだ？　これまでぼくを助けてくれてきた人がどうして？

なぜです、ぼくはたずねた。なぜなんです。どうしてこんなことを？

「驚かせてしまったようですね」熱っぽい視線をぼくに据えた晃さんはいった。

「どういうことなんです、これは？　みさきたちを誘拐したのはあなたたなんですか？　兄妹なのに、どうしてそんなことを」

「あなたを愛しているから、というのではいけないでしょうか？」

「い、いやあの」ついさきほどまでしていたことをおもいだし、ぼくはあわてた。

「すべては〈アウトフィット〉の遺産です。それがアルファであり、オメガなのです」晃さんは唐突にいった。

「〈アウトフィット〉？」

「御存じないのですか」

「知りませんよ。英語ですか？」とぼけながらぼくはドアまでの距離をはかった。一回のジャンプで廊下へ飛びだせるだろう。

「およしなさい」かれの声が険しくなった。「あなたには遠く及びませんが、わたしもただの人間ではないのです。気づいたでしょう？　普通の人間が、あの嵐のようなあなたとの交わりに長時間耐えられるとおもいますか？　わたしが何度射精したかおぼえていないのですか？」

たしかにそうだ。

「つまり、仲間ということですか？」

「違います」かれはきっぱりと否定した。ぼくに向けて据えられた銃口はぴくりとも動かない。

「われわれの間で成立するのは、もっと深く、絶対的な関係です。そうなることを願って今回すべてを準備しました」

「準備って……」血の気がひくのがわかった。脳のちくちくが異常なほど強まってくる。

「笹川組。高伸学園を舞台にした麻薬や武器の取引……いや、あなたの高伸への入学もわたしが準備したのです」

「どうして……」

晃さんが薄く微笑んだそのとき、蹴破られたような勢いでドアが開いた。聞きたくてたまらなかった声が響いた。

「兄さん！　銃を捨てて！」

「裏切るのか、みさき！」

晃さんが銃口の向きを変えようとした。真嶋みさきは拳銃を構えると、シーツに覆われた兄の胸へ二発をたたきこんだ。ぱっ、とシーツに紅い染みが散り、背徳的なアンドロジーニアスはベッドへのけぞり倒れた。

「みさき、どういうことだ？」彼女を見た。身体にフィットしたノースリーブのシャツとスパッツを身につけていた。衣服には不似合いきわまりない無骨な軍用ベルトにはホルスターとポーチがつけられていた。

みさきはにこりとした。

「実はあなたをだましていた。でもあなたのことが本当に好きになったから助けにきた、それじゃだめ？」

「それでいい。だが、詳しい話もききたい」

「理恵を助けないと。みちみち、説明するわ」彼女はホルスターから抜いた拳銃をぼくに差しだした。がっちりしたデザインの銃だが、寸詰まりしたような印象がある。P220よりいくらか軽い。ゴム製のグリップが取りつけられていた。

「キンバー・ウルトラ・キャリーⅡ。コルト・ガヴァメントを小型化したオフィサーズACPのコピーよ。ただしオリジナルよりできがいいといわれてる。マガジンは45ACP弾七発。薬室には装塡してあるから交換なしで八発いけるわ。あとマガジン四個——わたしのはモーゼルHSｃで32ACPだから弾はそれっきり、気をつけて」

彼女は9ミリ・パラベラム弾にくらべてタフな印象を受ける弾が詰まったマガジンを四個よこしながら口早に説明した。とても兄を射殺したばかりとはおもえないクールさだ。いや、兄だったのか？　でも、疑うには顔立ちが似すぎている。

「理恵はどこにいる」キンバーのトリガーにしっかり指がかかることを確かめたぼくはたずねた。

「左手の、一番奥の部屋——」

ドア右手の壁へ張りつくように立ち、左側の通路をうかがっている。ぼくはさっと左手に歩き、通路の右側を確認した。見える範囲に人影はない。

「いい、徹？」

「とりあえずは」

「わたしから、でるっ」

みさきが飛ぶように左側へ踏みだす。ぼくも右側へ飛びだした。

9

みさきは床へ身を投げだすような姿勢をとり、右側の体側《たいそく》だけを床につけて銃を構えた右腕をぴんとのばしながら左手を添えた。なんか格好いいのでおもわず真似したくなったが慣れないことはするものではない、と我慢した。通路の右壁近くに立ってキンバーを構える。通路の突き当たり、一〇メートルほど先に人影が見えた。武装したこれまた美形の黒人である。防弾装備は身につけていないので安心して胸に二発放った。銃声が反響して耳に痛い。銃そのものは反動がガツンとくる感じだが扱いやすかった。

二発目が命中したようだ。男はなにかに爪先を引っかけたようにばたりと倒れ、動かなくなった。

背後からもぱっ、ぱっ、と乾いた音が響いた。伏せる必要は感じなかった。向かってくる音ではなかったからだ。振り向くとみさきの弾で男が頽れるところだった。こいつは中国系っぽい美形だ。くそっ、ここには美形しかおらんのか。

立ちあがったみさきとともに前後を警戒しながら進んだ。理恵が捕らえられているという部屋まで二〇メートルほどあり、その途中で交差している通路があった。さきほど彼女に倒された奴はその手前の部屋からあらわれたところを撃たれたのである。

突然彼女がたずねた。

「あの人のお尻はよかった？　入れられてどうだった？　正直にいって。大事なことだから」

「ぼく、ホモだったのかな？　凄くよかったよ、どちらも」正直にこたえた。「でも済んだあとで、君や理恵としたいともおもった」

さっと耳を紅くした彼女は唐突に話題をきりかえた。

「〈アウトフィット〉は一七年前に日米欧各国の共同作戦によって壊滅させられた組織よ。目的は人類の未来への寄与。直接的には歴史に悪影響を与えかねない要素の排除を目的としていた。科学研究にいかなる政治的制約も受けていなかったから、フィージビリティのレベルでは半世紀先を進んでいた。テクノロジーでも三〇年ほど。経済予測技術も研究していたから、資金も豊富だった」

銃声を聞きつけたのだろう。通路の左側からＭＰ５を持った男があらわれた。こいつも美形だ。くそっ、死ね。

「わたしたちが生まれる何年も前――一九八〇年代、ソヴィエト連邦崩壊後とその後のテロリズム激化を予測した〈アウトフィット〉はひとつの計画を実行に移した」

銃声の余韻が消えないうちにあらたなターゲットへ銃弾をたたきこんだ彼女は続けた。

「プロジェクトD。人類を長期にわたって密かにサポートする人間を遺伝子改造で誕生させる計画だった。Dはディクタトールの頭文字。世界史で習ったわよね？　ユリウス・カエサルもそうだったでしょ。もっともかれは終身独裁官に就任して共和制と正面衝突したけど」

「ローマの独裁官と世界平和になんの関係があるんだ？」

「独裁官は歴史上稀にみるほど効率のよい制度だった。任期が半年と決まっている独裁者に、直面する緊急事態の対処を一任する。そのあいだ、国家のすべてはかれを支援する。かれは自分の直面する問題に全力を尽くす。独裁権に限りがあることを常に意識しながら。カエサルの例もあるから、あくまでも理想的には、だけど」みさきが壁の右側から交差する通路の左側をのぞいたのでぼくは左側から右側を確認した。目の隅でちらりとなにかが動いた。片膝をついたぼくはそいつに向けて二発放った。手応えがあった。

「世界史はもういい。あまり得意じゃなかったんだ——ついこの前までは。今度はぼくが先だ」

低い姿勢で通路をわたった。死体のほか、人の姿はなかった。

「〈アウトフィット〉はディクタトールの精神と理想をかれらの創造したあらたな存在で実現しようとした。人でありながら人より優れ、人類の危機を煙が立った段階で消してしまう。そしてその任務以外にはまったく野心を持たない。そのためにディクタトールには様々な能力が与えられた。老化遺伝子の削除。自然再生能力の極端な強化。身体能力全体の強化も。カリスマだけはどうにもならなかったから、その代替として性的能力の強化も」

わたってきた彼女の額から汗が垂れていたので手の甲で拭ってやった。舐める。うまかった。

「それがこのドタバタやぼくがホモりながらイキまくってたことと関係あるのか？」

「あなたの身体が『変化』したことにもね」モーゼルHScの銃口を斜め下に向けた姿勢で周囲を探ったみさきはにこりとした。「わたしがあなたをだましてたことはもう話したでしょ？」

「残念ながらね」前に進み、開けっ放しになっていたドアの隙間から部屋をのぞきこもうとした。サブ・マシンガンの銃声が轟き、ドアにぼこぼこと穴が空いた。ぼくがすべりこむようにドアを蹴り開くと、マガジンが空になるまでみさきが速射した。

部屋で倒れていたのは血まみれの美形だ。残念、サブ・マシンガンにも弾が命中しているようだ。他に銃はなかった。

「なぜだましてたか、どうしていまになってあなたの味方になったか気にならないの？」彼女がたずねた。

「話してくれるのを楽しみにしてるよ。が、いまは世界史の先も気になる」

「ディクタトールがどれほど優れていても一人ではなにもできない。だからかれの下僕として使える者たちがまず開発された。AシリーズとNシリーズ。Aシリーズは女。Nシリーズは男」

理恵の捕らえられている部屋までもう五メートルほどだった。みさきがさっと前にでた。

「かれらはディクタトールに求められたとき、いかなる要求にもこたえるように遺伝子のレベルでデザインされた」

すぐ脇のドアから様子をうかがおうと顔をのぞかせた男を彼女は銃把《じゅうは》で殴りつけた。ぼくにもちょいちょいと指を振って部屋にはいりこむ。

「ほら、どう」男の腕をねじって上向かせた彼女はいった。「魅力を感じない？」

ブルネットの髪をショートカットにした清楚な美女——いや、美青年だった。たしかに魅力的だった。かれはぼくに見つめられていることに気づくと首まで紅くし、息を荒らげはじめた。

「キスぐらいしてあげたら？」みさきがいった。その口ぶりにむかっときたので本当にしてしまう。晃さんとあれだけしたあとだ。いまさらこれぐらい気にもならない。

ただし、予想以上に気持ちよかったことは告白しなければならない。かれの唇は甘く柔らかだった。舌はぼくがこすりあげてやると釣りあげられた魚のようにびくびくと痙攣した。みさきの声が聞こえた。

「ディクタトールはただ一人が創造される予定だった。もちろん試験が必要だったから、合計で二一体がつくられた。うち一〇体は実験室レベルで失敗した。残る一一体のうち四体は〈アウトフィット〉が攻撃された年に死亡。残り七体のうち六体は完成したものの、さまざまな問題があってディクタトールたりえなかった」

唇を放す。かれはうっとりした表情でぼくを見上げた。

みさきが後頭部を殴り、気絶させた。

みさきに抱きついた。抗いを無視して唇を奪い、しっかりと口直しをした。もちろん周囲に対する警戒は怠っていない。

みさきがぐったりしてからようやく唇をはなした。

「ばか……こんなときに……」みさきは頭を振りながらぼくの胸を何度も叩いた。

「最後の一体は？」ぼくはたずねた。彼女の唇を奪った理由が口直しだけではなかったことに自分でも気づいていた。そりゃそうだろう。ここまで説明されたら、結論がなにか寝ていてもおもいつける。

「アウトフィットが崩壊した際に研究データの大半は失われたわ。もちろん利用できるものもあるけれど、完全に失われたものも数多かった。そのひとつがD‐17。関係者は全員が死亡したから、だれにもわからなくなってしまった。世界的なクローン規制の風潮にも影響されたのね。というより、実際は逆だった。〈アウトフィット〉のような集団が二度と出現しないようにするために、各国の協力によって世論がそう誘導された。ウソばかり発表している新興宗教まがいのエセ科学団体がクローン人間の製作に踏み切ったと発表したのもその一つ。ともかく人々はDシリーズをそれほどに恐れたの。自分が種として絶対に及ばない『旧人類』にされてしまうのだから、当然よね。ただし、D‐17はつくられなかったのでは、という意見も有力だった。わずかに回収された開発資料は完成時のスペックを羅列したものだけなのだけれど……不老で、あらゆるレベルでの性的刺激を基本にした対人支配力をもっていて、奔馬性《ほんば》の自然修復能力を備えていて、肉体的能力はすべて常人の五倍以上、となればね。ロクでもないアニメの設定書でも掴まされたような気分になってくるわよ。その結果、D‐17の実在は疑われるようになり、とうとう〈ロスト・ナンバー〉と呼ばれるようになった。ここ数年は追及の手も緩んでいた。けれど、独裁官に仕えるべく造られた者たちは諦めずにいて……その候補者を絞りこんでいた」

気分を落ち着けたいのだろう、何度も深呼吸をしたみさきは気絶させた男からサブ・マシンガンを奪った。

「もうわかったでしょ？　信じられない、なんていわないでね。あなたの身体になにがおこったか……そしてなにを得たか、知らないなんていわせない。すくなくともわたしはこの身体に教えこまれたわ」マガジンを抜き、弾を確認してから彼女は丁寧に一礼した。

「はじめまして、D‐17。徹、あなたこそが人類を陰から守り育てる終身独裁官《カエサル》なのよ」

10

理恵がとらわれている部屋の気配を探った。ぼくがノブをまわし、みさきがドアを蹴り開けた。お互いをカバーしあいながら突入した。

部屋にいたのは理恵だけだった。椅子の上で体育ずわりの姿勢をとって丸くなっている。

「理恵！」駆けよって肩をつかみ、身体を揺すった。

理恵がぼくを見上げた。とらえどころのない表情を浮かべていた。濁《にご》っていた瞳が潤み、口が半開きになる。

「あ……とおるだ……」

「理恵、どうした」みさきを振り向いた。「どういうことだ？　麻薬でも打たれたのか？」

「違うわ」みさきが通路をうかがいながらこたえた。「〈アウトフィット〉を各国が協力し合って攻撃した原因のひとつよ」

理恵はぼくにしがみついてきた。体臭を懸命に嗅ぎ、身体をなでまわしてくる。

「Dシリーズに様々な技術が投入された。たとえばあなたは事実上、不老化しているはず。脳にもその処置は及んでいる。どれだけ生きようとアルツハイマー病には絶対にならない。あの病気は脳神経細胞に存在するタウ蛋《たん》白質《ぱくしつ》がくっつきあって脳神経細胞を詰まらせ、ついには殺してしまうことでおこる。程度の差こそあれ、だれの体内でも起こっていることよ。しかしあなただけは別。タウ蛋白質同士の付着を阻止する物質が自動的に放出されるから――ほかのありとあらゆる病気も同じよ」

「それがどうしたんだ」さすがに苛立った。

「さっき、カリスマがわりの性能力強化といったでしょう？　それについても、同じレベルで技術が投入されている。たとえばあなたは自分で選択した相手のフェロモン分泌を誘導することができる。相手は視床下部が熱くなるほど内分泌系を支配されてしまう。ちょうど、女王蜂が起動フェロモンを放出して働き蜂を自分に従わせつづけるみたいに。恋愛感情を担っている側頭葉に刺激を与えてもいる。知ってる？　側頭葉に電流刺激を施すと目の前にいた相手に強烈な恋愛感情を抱いてしまうの。人間の行動に動機付けを与えるドーパミンニューロンの活動――ドーパミン分泌量に影響を与えてね。もちろん相手が男でも女でも関係なし。あなたが放出する起動フェロモン……起動物質の効果は電流と同じ、いや、それ以上かも。人間だけでなく、動物にも効果があるはずよ」

「ナニの形が自由自在なのもその影響か」

「あれは悪趣味なユーモアでしょ、設計者の。効果は凄かったけど。髭や腋毛や陰毛が残っていないのも同じ。フェロモンを漂わせる道具だから。大量に起動物質をつくりだせるあなたには不要なの。でも……」

ぼくはしがみついてくる理恵を撫でてやった。それだけで彼女は小刻みに身体を痙攣させた。

「ほらね。凄すぎるのよ。それが問題だった」ちらりとこちらを見たみさきはいった。

「AシリーズやNシリーズはそうした刺激を受け入れることを前提に設計されているからまだいいけど、普通の人間はたまったもんじゃないわ。あなたの前では情動の泥酔状態に陥る。同時にそれは量が多い状態に慣れることでもある。あなたが目の前にいないとドーパミンが不足していると脳が判断することになって……行動に動機付けが与えられなくなる。身体がおもうように動かなくなってしまう。つまりパーキンソン病に似た症状を引き起こすわけ。だからいま、理恵は生物としての本能にしたがって必死にドーパミン分泌を増やそうと努力している。わかった？　もし理恵に麻薬を使った者がいるとしたら、それは徹、あなたよ。人類にとってあなたは麻薬そのものなの」

「だから〈アウトフィット〉は破壊された」理恵を撫でてやりながらぼくはつぶやいた。彼女の動きはだんだんと滑《なめ》らかになりつつあった。

「そう」みさきはサブ・マシンガンを通路に向けて構えた。「世界中の関係機関はこの一七年間、〈ロスト・ナンバー〉の行方を探し求めていた。人類にとって最悪の麻薬を消滅させるために。そうしたものが存在しているというだけでどれほどの悪影響が生じるかわからないから。でも、見つからなかった。〈アウトフィット〉は予想していたんだわ。条件が整うまであなたの機能を発現させないように遺伝子をプログラムしていた」

「どこでスイッチが入ったんだ」

「肉体が置かれているストレスのレベルを感知して作動するようになっていたんでしょうね。おそらく、スイッチは死ぬか生きるか、というレベルのストレスよ」

ため息がでた。海外オリエンテーリング。テロリスト。トカレフ。フェンリル。そしてもちろん、みさき。構図が見えた。

「いったいだれがスイッチを押そうと決めたんだ。晃さんか」

「ご明察。あの人は強硬派だから——ね、いつまでここにいるつもり？」

理恵を見た。いつもの彼女に戻っていた。

「走ることができるか、理恵」

「……うん。あの、いったいなにが……」

「ぼくにもよくわからない。が、ぼくが守ってやる。絶対に。いいな？」

「うん」理恵は子供のように素直だった。

「いいぞ、みさき。ところでここはどこなんだ」

「レストハウスの地下。根拠地として使用するためにつくられた施設」

「いったいだれの？」

「動きながら話さない？　アクションがないと眠くなるから」

二人で先に立ち、理恵をカバーした。恐ろしくてたまらないだろうに彼女は懸命についてくる。ぼくから離れられないからだろうか。畜生。

「右、二人！」みさきが叫び、MP5のトリガーを絞った。ぼくもカバーする。直交する通路から姿をあらわした二人の美形が胸を血に染めて倒れる。

「あなたを探し求めている勢力は三つあるわ」慎重に歩を進めながら彼女はいった。「ひとつは、抹殺したいと願っている通常人たち。おおむね各国の軍や諜報機関のマジメすぎる人たちね。あとはNシリーズとAシリーズたち」

「〈アウトフィット〉は壊滅したんだろ」

「創られたものたちは生き残ったのよ。双方とも困惑したわ。長命化処置は施されていたものの、かれらはDシリーズに従ってはじめて知的存在としてのバランスがとれるようにつくられていた。女王蜂のいない働き蜂はどうやって生きてゆけばいいのかしら？」

「前方、三人」警告するなりぼくは撃った。一人二発ずつなのでたちまちマガジンは空になる。薬室に弾が入った状態でマガジンを交換した。

「生き残るため、かれらはグループをつくった。最初は協力しあっていた。あなたをのぞけば同じシリーズのものしか愛さないように設計されていたから。おそらくDシリーズの影響力を最大化するために取りいれられたのだとおもうけれど、わたしにはよくわからないわ……左に進んで。そっちが出口だから」

左右を確認しあいながら直交している通路を左に折れた。ほっとした。突き当たりに上へのぼる階段が見えた。五〇メートルほど先だ。

「ホモとレズの軍団を従えたバイセクシュアルの独裁官様、か」吐き捨てるようにいった。

「カエサルもバイセクシュアルだったそうよ。ま、あのころはそれが普通だけど」

「それで、どうなったんだ？　古代ローマのことじゃないよ」

「グループは分裂した。Nシリーズはあなたが見つかるまでに人類社会への影響力を充分に確保すべきだと主張した。あなたが本来の役割を果たすとき、なるべく邪魔が入らないように。Aシリーズは力を蓄え、静かに時を待つべきだと考えた――すべてはあなたが決めるべきことだから。同じ目的を持ちながらかれらは対立関係へ陥ることになった。〈ノバ〉と〈エンジェル〉の対立に。〈ノバ〉の美しい男たちはあなたのためになにかを企み、〈エンジェル〉の美しい女たちはあなたのためにそれを阻止する。ただし、両方とも一枚岩ではないから――〈ノバ〉も〈エンジェル〉も組織の維持に苦労している」

フェンリルの美貌が浮かんだ。なるほどね。ぴったりだ。

だれにもでくわさなかった。ここの警備体制はどうなっているのだろう？　あまりにもむらがありすぎないか？　だいいち、さきほどから警報一つ鳴らないではないか。

「で、どうなの」みさきがいった。

「どうなの、とは？」

「〈エンジェル〉よ。接触したの？」

「オリエンテーリングのときの特殊部隊が〈エンジェル〉だというなら、君も見ていただろう」階段まであと数メートルだった。

「そういうことじゃないわ」みさきの声は険しかった。

「〈エンジェル〉と――」

「なんでそんなことを知りたがる」みさきを見た。「そろそろ教えてくれ。君は何者なんだ？　〈エンジェル〉なのか？」

左右のドアが開き、例の完全装備スタイルの男たちが一斉にあらわれた。片手で理恵をかばいながら階段へ飛び、手近な奴に三発を打ちこんだ。

赤いものが防弾ベストへ飛び散った。

第二陣があらわれた。さきほど〝射殺〟したはずの男たちばかりだった。かれらの背後から純白のサマー・スーツを優雅に着こなした男が前に進みでて、いった。

「それはわたしがご説明しましょう、黒江君。いや、D-17」

銃を持ちあげかけ、手が止まった。みさきがにこにことぼくを見つめていた。

彼女はぺろりと舌をだした。

「いい銃だけれど、入っている弾が〈ノバ〉特製のペイント弾じゃオモチャと同じよ、徹」

11

「あなたには拷問など通用しないはずですので……こうした方法をとらせてもらいました」晃さんは快楽の酔いが残るしっとりとした声でいった。「さきほどは生まれてきた意味を身体で知りました。まさに至高の官能です。わたしの身体は……まだあなたを感じています」

「そりゃどうも」それ以上はいえない。こちらも記憶に残る経験であることに違いなかったからだ。

「基本的な事情はSRP-2……みさきがご説明したとおもいますが……いかがでしょう?」

ようやく口が動いた。

「D-17のDは悪魔のDじゃないのか」

もう丁寧に話す必要は感じなかった。なにしろ深い仲だもんな。

「それでもかまいませんよ」かれはにっこりした。「〈ノバ〉にとってはあなたがわれわれに存在する意味を与えてくれることこそが重要なのです。あなたが存在してこそ、われわれのアイデンティティは確立されます」

「なんとなく、手段と目的が逆転しているような気がするけど」

「われわれはあなたのために造られました。それは事実です。しかし、だからといってわれわれに自分の意志がないわけではない。いまもわたしの肉体があなたの足元へ身を投げだして隷属の誓いを捧げることを求めていても……このような危険は予想されていました。同志から警告も受けました。結果からいえば警告どおりです。まさか、あなたの影響力がこれほど強いとは……」

かれの秀でた額には脂汗が浮いていた。が、瞳は濡れながらも理性を失ってはいない。

「……ええ、耐えられます。また、耐えなければならないのです。わたしもこれまで人間として生きてきたのですから……ですが、限界はあります。さきほどおもいしりました」

なにがいいたいかわかった。かれもぼくと同じなのだ。体内でのたくる力。意志を超えて自分を突き動かすもの。それと戦っているのだ。

「なら、放っておいてくれたらよかったのに」

「できれば、そうしています」晃さんは詫びた。目に哀しげな光が宿った。

「ですが……どうにもならなかった！　われわれはあなたのために造られた。想像できますか？　あらかじめ愛する主人を奪われていた奴隷の悲しみが！　人としての自由を知りながら心のどこかで永遠の隷属を望んでいる者の気持ちが！　だから、だから、だからなのです！　われわれにはあなたが不可欠です！　どうか来てください！　哀れな奴隷たちの主人になってください！　そしてわれわれに奉仕《ほうし》の悦びと、なによりも深い愛を与えてください！　〈ノバ〉はあなたの敵ではありません。あなたの下僕なのです！」

「〈ノバ〉の強硬派、だろ？」

「あなたが協力してくだされば、われわれが主流派になります。〈エンジェル〉に対しても圧倒的な優位を確保できます。いや、残る〈ノバ〉のメンバーも〈エンジェル〉たちもわれわれの傘下にくだることになるでしょう」

「それはいいけどさ」怯えている理恵を抱えてやりながらたずねた。「ここまでムチャする必要、あったのかな？　ぼくが何人殺すことになったとおもうんだ？」

「あなたも自分を保とうとしていると知ったからです」晃さんはこたえた。「さきほどのことですが……あなたには抑制心を減少させる薬剤を大量に注射してありました。少量ですとすぐに分解されてしまいますからね。それに、抑制が効いたままだとああいうことにはならなかった。もしあなたが発現した力のままに行動する人であれば、最初にお会いしたときだけで充分だったでしょう。ですから……ここまでやらざるをえなかった。あなたを刺激し、D‐17としてのさらなる発現を促すしかなくなった」

「笹川組もその道具だった？」

「ええ」晃さんは微笑んだ。「あなたの脳がすでに機能を強化しつつあることは試験の結果からわかっていたので薄氷を踏むおもいでした。われわれが手配してフィリピンの密売組織経由で笹川組に流した武器は……ヤクザが手に入れるにしては高級すぎましたから……でも、なかなか面白かったでしょう？」

「たしかにね」否定できるはずがなかった。「つまり……本藤理事長は実在しないか、あんたの駒にすぎないわけだ。高仲も……島田副理事長は？」

晃さんはちゅっと唇をすぼめた。同時に、また別のイヤな想像が脳裏をよぎった。

「ぼくの両親も、殺したのか」

こたえたのはみさきだった。

「かれらは〈アウトフィット〉の下級研究員だった。生まれたばかりのあなたを連れて脱出したの。あなたを利用する目的で」

「そんなことをされた覚えはない」

「それこそがD‐17の力です」晃さんが笑った。「発現前ですら、あなたは常人に愛を抱かせてしまったのです」

「みさきはどうなんだ」ぼくはたずねた。

「彼女はわたしの妹ではありません。しかし、血は繋がっているといえます。むろん、〈エンジェル〉でもない」

二人の面立ちの似通いかた、その意味が唐突に理解できた。

「クローンなのか、あんたの」

「〈アウトフィット〉の技術はすべてが失われたわけではありません。機能を特化したクローンであればわれわれの手でも製造が可能です」

「わたしはSRP‐2。シングル・ロール・パースン2号体。破壊工作モデル。〈ノバ〉のつくりだしたクローン……いやね、アニメみたいで」みさきは笑った。

「任務はあなたの情報を集め、発現を誘導すること。わたしならば、NシリーズやAシリーズのようなあなたへの服従は擦りこまれていないから。知ってる？　わたしも細々と手を加えられているの。筋肉とか、骨格だけでなく……内臓も。性器なんかすごいのよ。あなたも知ってるでしょう？　内性器はもっとすごくて……卵巣のかわりに、ポンプみたいな器官がついているんだから。もちろん、あなたの精液を採集するためにね」

最初のとき、彼女がぼくのあらゆる部分に触れたことをおもいだした。腹の中で力が暴れだした。脳のちくちくが強まってくる。

「最初にしてはうまくいきすぎだとおもったんだ、あのとき」

「そう造られていたの、わたし。あなたにだけ適合するように。あなたのほかにだれも受け入れられないように。だから、ミッションとはいえ本当に嬉しかったわ」

「それだけか」ぼくはたずねた。

「それだけよ。ごめんね」みさきは微笑んだ。「でも、夢の恋人としては悪くなかったでしょ、わたし？」

「悪くない、どころじゃない。最高だったさ」ぼくは引きつりのような笑みを浮かべた。ちくちくと力のうねりはますます強くなった。

「そういっていただくとわたしまで嬉しくなります」晃さんが笑みを大きくした。「ＳＰＲ‐２が採集してくれたあなたの体液のおかげでわれわれは大いに助かりました。あなたの身体がつくりだす起動物質はそこにも多量に含まれています。その効果は……必ずしも支配だけではありません。ＥＧ細胞やＥＳ細胞の増殖やエピジェネティクスの再発現を刺激し、脳細胞の死滅をくいとめ、放っておけばガン化する遺伝子バグの生じた細胞に細胞自死《アポトーシス》をひきおこします」

「始皇帝の夢よね」ご親切なことにみさきがつけくわえてくれた。ありがとう。それぐらいは知ってるよ。

「不老不死の妙薬」自分で口にした言葉に笑いだしてしまった。いったいいなんて場所からなんてものが！

「妊娠どころの騒ぎじゃないな」

「その点はまだ謎です」晃さんがいった。「精虫のようなものが含まれてはいますが、時間がたつとさらに小さく分裂してしまうのです。機能は不明です。おそらく起動物質を体内各所に伝播《でんぱ》する生体ナノマシンの一種ではないかと予想していますが……だからこそわたしがわが身をもって試すことにしました。指導者――奴隷頭としての責任を果たすために。いや、もちろん……特権でもありますが」

「君にも効果があったのか」みさきにたずねた。

「それはちょっと。内臓にはコーティングが施されているから」

「理恵は？」

「あったはずよ。今後いっさいあなたと交わらなかったとしてもね。五〇歳を過ぎても三〇歳ぐらいの肉体でしょうし、一〇〇歳になっても頭脳明晰なままで……スキップもできるわよ。パーキンソン病によく似た治療不可能な症状がでるけれど……あ、これじゃアルツハイマーと同じか」

　血が煮えたぎったような熱さのまま全身をかけめぐった。

自分で選択して罪を為すのではない。存在そのものとしての罪なのだ。くそっ、これじゃ悪魔よりもひどいじゃないか。いっそ自殺でもするか？　いや、ぼくは死ねない。死ぬようにつくられていないのだ。どうしたらいい？　美形ホモ軍団の大魔王になって世界を陰から支配するのか？　後半は面白いが前半がどうも。選択肢としては存在してもいいけれど、自分で選べないのは癪に障る。

「で、われわれに君臨していただけるのでしょうか？」

「どんな風に？」爆発しそうなほどの強さになっているちくちくと力の手触りを確かめながら時間を稼いだ。どうしたらよいのだ。どうしたら。上に逃げることはできる。弾もほとんど避けられる気がする。が、それはぼくだけだ。ぼくによって人としてのバランスを壊されてしまった理恵は耐えられない。たとえぼくが抱えて逃げても――一発でもあたれば大変なことになる。

「ラボへあなたを護送します。そこで〈アウトフィット〉の技術を復活させる研究に協力していただき……われわれも愛していただきます。むろんＳＲＰ‐２とそちらのお嬢さんはあなたの専属として……われわれに女性は無用ですから」

「主人の扱いにしちゃずいぶんな気がするな」

「王とはそうしたものです。すべてをわれわれに任せてください」

「断る、といったら？　ぼくは死なないし、死なれたら困るんだろ？」

「そちらのお嬢さんを殺します」晃さんは理恵を指さした。「あなたに与えられた性質からしてそれは耐えられないことのはずです。それでもなお、あなたの協力が得られないときは……手術で五感を殺し、四肢を切り離します。再生するたびに同じことをくりかえします。そしてわれわれに愛だけを提供していただきます。いざとなれば……脳を切除し、再生した新しい脳に記憶を植えこむこともできます。首ごと切り落として新しい頭部を再生させることも可能かもしれません。切り落とした頭部は研究用に保存して……」

　ジョニーだ。あの小説の決め言葉はなんだっただろう？　そうだ。『われらに武器を与えよ』だった。さすればわれらは喜んで戦いに赴くだろう……。

　ぼくは肩をすくめ、キンバーを捨てた。

「わかった。抵抗はムダらしい。ホモ軍団の大魔王になるよ」

ああ……一斉に声があがった。うう。こいつらみんな本気だ。

理恵を階段に座らせ、下に降りた。ひどくきつい視線をぼくへ向けたみさきのおでこを指先でぱちんと弾いた。各人種とりまぜた美青年だの美少年だのをざっと眺めた。右から三番目のフェイス・シールドつきヘルメットをつけていないアラブ系の美青年に目をとめた。手をさしのべる。かれはぽぉっとした表情でぼくへ近づいた。腰へ手をまわして抱き寄せ、鼻をこすりあわせてやった。

「君、名前は」

「ハ……ハザリです」かれの吐息は炎のようだった。

ぼくはうなずき、にやりとしながらかれにいった。

「ごめんな、ハザリ」

かれの腰をまさぐっていた手で別のものをつかんだ。見覚えのあるかたち、いまやはるかな昔のようにおもわれるすべての始まったとき……あのホテルのホールで窓から投げこまれたのとおなじものだ。そいつを摑み、指先でピンを弾き飛ばしながら転がした。ハザリのMP5を奪い、階段へ飛んだ。銃を持っているおかげで耳までは押さえられなかったので目だけを守った。

一瞬のち、特殊音響閃光手榴弾《スタン・グレネード》がホモ軍団の中央で炸裂した。

12

耳はもちろんやられた。頭ではなく脳をどつかれたようなショックでくらくらする。しかし目は無事だったし、ぼくの肉体にしこまれているらしいフィルター機能が四〇秒のあいだ意識を朦朧とさせる音の衝撃をどこかで減衰させていた。

階段をとびあがり、こちらは完璧に意識朦朧としている理恵を左腕に抱きかかえる。そのまま上に昇った。扉があり、完全装備のホモが姿をあらわした。

ジャンプしながらMP5を向けてトリガーを絞った。フルオートにしてあったので全身に次々と命中する。奴らが持っていたものなのでむろん実弾だ。死にはしないとわかっているので、すぐに弾が尽きたMP5でヘルメットを真横から殴りつけ、階段から突き落とした。ただの重荷になったMP5も捨てる。

のぼりきると、むっとする夏の夜気が身体を包んだ。ひどく暗い。が、すぐに目が微かな光を増幅して場所を教えた。なんとレストハウスの真下だ。床から生えているように地面へ建てられているコンクリートの柱に身を隠した。駐車場にさきほどまで存在しなかったものが横たわっていた。学食のテラスから目にした垂直離着陸輸送機、オスプレイである。眠りこけている怪獣のように羽根を休めている機体の周囲はあの重武装の奴らが数人、警戒にあたっていた。ぼくを？　いや、妙だ。ぼくだけを相手にするなら地下への入り口に全員が殺到したはずである。

ともかく武器が欲しかった。防弾ベストを貫通できなくてもいい。喉に命中させることで動きをとめられるのだ。そのあいだに――。

レストハウスの傍らに、折り畳み式の担架が置かれていた。見覚えのあるトラックスーツが切り裂かれ、丸められている。その隣には地雷によって裂かれたシステムベストも捨てられていた。うう。つまりぼくはここですっぽんぽんに剝かれたわけけか。

システムベストの脇に黒い物体が放置されていた。喉が鳴った。Ｐ２２０である。もしかしてポーチにおさめてあったマガジンも無事ではないだろうか。

理恵が呻きを漏らした。即座に口を押さえ、担架の脇にもたせかけた。警告の叫びがあがったときにはベストと銃をつかんで学校側の森へと駆けだしていた。幹の太い樹を見つけ、その陰にうずくまる。

銃を確かめた。スライドを引くとパラベラム弾がぽろりとこぼれる。手を放すと硬い音とともに新たな弾が装塡された。システムベストはいくつかのポーチが破れているほか無傷だったのでまた身につけた。残念なことに破れていたひとつは予備のマガジンを入れておいたやつだ。探ってみるとどこかに吹き飛ばされたらしくひとつも残っていない。が、もう一個のほうには三個のマガジンが残っていた。救急キットを入れておいたポーチも無事だ。

いつまでも喜んでいるわけにはいかなかった。特殊音響閃光手榴弾の衝撃から回復した連中が地下からあらわれたのだ。ヘリを守るため自由に動けなかったらしい地上の奴らも動きだした。

近づけるわけにはいかないのでこちらから撃った。理恵がひっ、と身をすくめた。距離は五〇メートルほどだ。あらら。喉を狙ったつもりなのに股間の防弾プレートに命中したらしい。股を押さえてうずくまっている。これはこれでいいな。

他人の股ばかり狙っているのはイヤなので今度は少し高めを狙って撃った。胸に命中する。まだ低すぎるらしい。弾道ってのはやっかいだ。さらに上を狙う。よし。
ようやく狙いどころを摑んだところでスライドが後退し、ロックされた。マガジンを交換した。先端がくぼんだ弾を装塡したやつだった。

後に弾丸についていろいろと知識を得た際にホロー・ポイント弾という名だと知ったその弾も効果はあまりかわらなかった。ただし、命中した時の衝撃が大きくなっているようだ。なんでもこの弾は命中すると柔らかい弾頭部がぐしゃりとひろがってダメージを大きくするらしい。たとえ死なないとしても、生身で浴びることなど想像したくない弾である。少し効果が大きくなったのは強力な防弾ベストが弾の侵入を喰い止めはしても、ショックを消してくれるわけではないからだ。程度問題だが、これまで使っていた先端がスチールで覆われた弾――完全被甲弾《FMJ》よりはいい。

と、気づいたものだからせっかく摑んだ喉への狙いを捨て、またまた股を狙った。命中すると悲鳴があがったような気がした。うわあ。やっぱりぼく、ホモっ気のほうが強く設計されたんだろうか。

どうにか〈ノバ〉のあんちゃんたちの前進を鈍らせることができたが、ホロー・ポイント弾も残り一発になった。撃つ前にマガジンを交換しておく。今度は平らな先端に尖りがついた奴だ。そして、これで最後。

左手三〇メートルほどの位置から一斉射撃がはじまった。相手は四人だ。

理恵の上にのり、襲いかかる弾丸を避ける。背筋に悪寒が生じる。死なない、死ねないとわかっていても恐怖はある。それに理恵がいる。

銃を突きだし、真ん中の奴を狙って撃った。同じ狙いをつけたつもりだが、身体の高さが変わったので腹のあたりに命中する。それでもかまわない。ともかく銃撃を抑えなければ。寒くなるような音をたてて飛びすぎる敵弾にびびりながら二人目を狙う。

命中した弾丸が防弾ベストを貫通した。これまでにない大きさの悲鳴があがり、被弾した男が倒れる。左右にいた奴の射撃が止まる。倒れた男に駆けより、両腕を摑んで後退していった。

ぼくも驚いていた。なんで突然ぶち抜けたのだ？　弾が変わったからか。ともかくこいつはいい。畜生、最初からこいつだけ使っていたらよかった。

やはり後になってその正体がわかった。ＡＰ弾《アーマー・ピアシング》――徹甲弾《てっこうだん》である。防弾ベストをぶち抜く拳銃用の徹甲弾は悪名高い〝コップ・キラー〟KTW弾を皮切りにいくつか存在するが、ぼくが使ったのはその新しいやつだったようだ。

　気分が落ち着いたぼくはこちらに向けて撃ってくる奴、接近しようとする奴を選んで慎重に狙っていった。外すわけにはいかないので、面積の一番ひろい胸を狙う。なにしろ残り八発なのだ。

　あと三発、というところで射撃と前進の止まったときはほっとした。ベストその他の防弾力が異常さを感じるほどに強力なためAP弾ですら肉体を深く抉るエネルギーを残していないようだが、ともかく奴らをくい止めることはできたのだ。

　スピーカーから呼びかけが響いたのはそのときだ。

「黒江くん、D‐17！　無駄な抵抗はおやめなさい！　ただちに投降しわれわれのカエサルとして共に人類の未来を築きましょう！」

　晃さんの声だった。ははん。必死な響きがある。かなり焦っているのだろうか。

　ともかく呼びかけてきた真意はわかった。本当の意味での負傷者が続出したので態勢を立てなおしているのだ。ということはつまり――。

　ぼくは理恵をひっつかみ、森の奥へと逃げた。もちろん全然解決になっていないことは承知している。弾は残り三発。くそっ、罠でもつくって引っかけるか？　だめだ。奴らはチームで進んでくるだろうし、あのフェイス・シールドつきヘルメットには暗視装置の機能もついている。なにか武器が、強力な武器が――。

　あるじゃないか。この森のなかに。

　周囲の地形を確認する。懸命に記憶を掘り起こしながら走った。見覚えのある樹が見えた。

　理恵を座らせ、うろへ被せてあった葉や枝をとりのぞく。蓋がヒンジでとめられた木箱が顔をだす。ビニールを破り、突撃銃をあらためた。拳銃弾とは違い、薬莢が長く大きい。つまり装薬がたっぷりで、弾に伝えられるエネルギーが大きいということだ。

　握り具合をたしかめ、一丁を選んだ。刻印は日本語だった。セレクターはア、タ、三、レの四つ。安全装置、単発、三点射、連発の意味だろう。自衛隊の使用している銃に違いない。舌打ちしたくなった。隠したときもっと調べておけば奇妙だと気づいたに違いない。自衛隊用突撃銃の密輸入などありえないからだ。それにしても、なぜぼくが疑念を抱きそうなものをわざわざ含めたのか？　『変化』――発現の進行具合を確かめるため、ぼくの能力を推し量るために違いない。

　制式名称を89式５・５６ミリ小銃という（こいつも後で知った）突撃銃は銃床《ストック》を折ることが可能なタイプだった。銃の後ろ側、構えたとき肩に当てたりする部分が下部のボタンを押すと銃口側へ折れるようになっている。自衛隊では折り曲げ銃床と呼ぶそうだ。狭い場所で振り回したりする時に折り曲げられると便利だというが……実際は持ち運ぶとき楽だからだろう。

　ストックを固定し、三〇発の弾が入ったマガジンをたたきこむ。エジェクション・ポートから突きだしている槓桿《こうかん》――コッキング・ハンドルを引き、一発目を薬室《チャンバー》へ送りこんだ。セレクターをアにセットし、九個残っている89式のマガジンをポーチやカバーオールのポケットにつめこむ。Ｐ２２０もポーチに収めた。

「徹、どうするの」

　ずっと黙っていた理恵がはじめてたずねた。顔色は青ざめている。唇が微かに震えていた。鳥肌もたてている。だが、泣きも叫びもしなかった。立派なものである。彼女はアニメやマンガに登場する無自覚に銃をぶっ放せる怪物のような美少女ではない。ろくでもない野郎（ぼくだ）に目をつけられたばかりに三流ＳＦライトノベルのようなリアルへ放りこまれた普通の女の子、哀れで無力な被害者である。そう、これはリアルなのだ。ファンタジーなどではない。ファンタジーはみさきだったのだ。

　くそっ。

「ここに隠れていろ」木箱を隠してあったうろに彼女を押しこんだ。

「でも……」

「必ず迎えにくる。絶対に。約束だ。おまえを必ず守る。ウソはつかない。信じろ」

「……」

　健気な笑みが浮かび、こくりとうなずいた。畜生。ファンタジーこそこうであるべきなのに。

　理恵の唇を奪った。もはや生物学的にぼくの支配下にある彼女は即座に身体を熱くする。みさきのドーパミンうんぬんという話をおもいだした。いくらかでも役に立つのか疑いながら、湧いてきた唾液を流しこんでやる。彼女はこくりこくりと飲み干した。

「いいな、ぼくが声をかけるまで絶対に動くなよ」

「……うん」

　ぽおっとした彼女の姿を枝などで隠すと、セレクターを夕にあわせた。初めての銃である。セミオートでたしかめたほうがいい。

姿勢を低くすると89式を構えながらとってかえした。そうだ。逃げるつもりなどない。奴らを全滅させるか撤退させる以外、この場を切り抜ける手段はないのだ。

二〇メートルほど戻ったところで最初の敵を発見する。そのほうが安定するだろうと、手近な樹に身体と銃を押しつけるようにして狙い、トリガーを絞った。拳銃やサブ・マシンガンよりよほど強い発砲炎が銃口からきらめく。乾いた音が響き、反動が肩を蹴った。コッキング・ハンドルとボルトがさがり、薬莢がエジェクション・ポートから飛んだ。予想していたほど反動は強くない。

悲鳴があがり、人影が倒れる。またまた生まれて初めての銃で初弾命中。でも、驚きには値しない。二〇メートルしかないので弾がまっすぐ飛び、構えかたさえ正しければそのまま目標へ飛びこむからだ。だいいち、ぼくには力がある。

すぐに横へ飛ぶように駆けた。森のあちこちから銃声が響き、ぼくがいままでいた場所を嵐のように襲った。笑いたくなった。おかげで位置が確認できたからだ。

〈ノバ〉の美形どもの側面にまわりこみ、距離も位置も違うターゲットに対し、セミオートのままで放ち、どういう距離でどの程度の修正が必要になるかを実際の弾道でつかむ。仕込まれた化学物質を反応させながら流星のように輝いて飛ぶ曳光弾《トレーサー》でもないのに闇の中でどうしてわかるのか？――ぼくには見えるからだ。

マガジンを使い切るころには森に進入した奴ら全員を負傷させていた。防弾ベストと肉体の強靭さが並ではないからだろう、死んだ者はいないようだ。仲間に連れられて撤退した奴も少なくない。ったく、どうしてそういうところだけ人間らしい真似をしやがるのか。弾が切れたことを教えるようにコッキング・ハンドルとボルトが後退位置でロックされたのでマガジンを交換する。新たなマガジンをたたきこむと一発目を薬室へ押しこみながら自動的に閉じた。

森から奴らを追い払うと駐車場へ向けて進んだ。巨竜の悲鳴のような轟音が響いていた。オスプレイがエンジンを始動させたのだ。

笹川会を叩いたときのように適当な樹を見つけると、腹這いになった。そのまま銃を構えようとして、銃口と銃身覆いの境目に面白そうなものがついていたことをおもいだした。二本の細い棒である。のばすと、コンパスのように股を開いた。名前はどこかで目にした覚えがある。二脚架《にきゃくか》だ。

二脚架を地面につけた。セレクターをレ——フルオートに切り換え、グリップとハンドガードを握り、ストックを肩に押しつけた。両目で狙いを定め、オスプレイの左エンジンに向けてトリガーを絞った。

弾が次々と飛びだし、薬莢が続々と吐きだされる。連続した反動が肩を襲った。反動ではねあがろうとする銃口を腕の力で抑え、エンジンを狙いつづける。

装甲が施されているのだろう、命中した弾丸が火花を飛ばして弾き飛ばされる。が、マガジンひとつを消費したころにはエンジンが異音をたてるようになっていた。隙間から内部に飛びこんだ弾があったに違いない。ギアが引っかかったような音が響いた。プロペラのまわる勢いが低下する。白煙、それから火が噴きだした。マガジンを交換し、傷口へ塩をなすりこむように射撃をつづけた。乗員がオスプレイから脱出し、爆発がおこった。エンジンが宙を舞い、機体が横転する。右エンジンのプロペラがアスファルトを叩いてバターのように深くえぐり、機体から吹き飛んだ。燃料系に火がまわったらしいオスプレイは紅蓮の炎とともに砕け散った。

炎の熱を肌に感じながらマガジンを交換する。爆風でなぎ倒された者のうち、戦闘力を維持していそうな奴を狙って指を緩めることで弾数をコントロールしながら射撃を続けた。

ぼくは優位に立っていた。奴らはサブ・マシンガンとそこにセットしたグレネード・ランチャーがメインだ。そしてグレネード・ランチャーはこの騒ぎのなかで使うのは難しい。つまり向こうは9ミリ弾——拳銃の弾しか撃てない。こちらはその何倍も強力な弾で攻撃できる。なぜもっと強力な武器をもってこなかったのだろう？　おそらく、ぼくに奪われた時のことを考えたのだろう。防弾ベストを貫通しかねない武器はあえて持ちこまなかったのだ。

ホモ兄ちゃんたちはたちまち圧倒された。負傷した者たちを仲間が救おうとするのはあいかわらずだ。ぼくは救出をあえて許した。味方を救うために人手を使えば戦う奴はさらに少なくなるからだ。クールで下劣な戦いのセオリーかもしれない。

空中から轟音が響いた。三機のオスプレイが飛んでくる。エンジンを縦にしてヘリのように飛行していた。

先頭を飛行する機体の機首後部側面のハッチに備えら

れているものを目にして血の気がひいた。89式をひっつかんで全力でかけだす。プロペラのダウンウォッシュが森を暴風のようにかきまわす。ターボプロップ・エンジンの耳障りな悲鳴の向こうからブザーのような音が響いた。

オレンジ色の火線が降り注いだ。89式にもMP5にも含まれていなかった曳光弾《えいこうだん》だ。さきほどまでぼくのいた場所へシャワーのように弾丸が降り注ぎ、樹木が粉砕されてゆく。そのオスプレイは小型の多銃身機銃——7・62ミリ・ミニガンを装備していたのである。気づいて逃げることができたのは映画で目にしたことがあったからだった。

充分に離れると樹を支えにしてオスプレイを狙った。エンジンやコクピット、燃料タンクなどは装甲が施されているだろう。身を乗りだすようにミニガンをふりまわしている銃手《ガナー》を狙った。一発目を命中させるのに一五発ほど消費してしまった。空中の目標だから、というだけではない。プロペラが空気をかき乱しているおかげで弾が逸れたのだ。

マガジンに残った弾を一気に叩きこむ。ハッチの周囲に火花が飛び、射撃がぱたりとやんだ。銃手の姿が消えていた。オスプレイはエンジンを吹かすと機体を旋回させ、離れてゆく。新たなマガジンを叩きこむ。全力で逃げだす。後方に別のオスプレイが放たれた銃弾の雨が降り注ぐ。もはや恐ろしいというレベルではない。思考が変調をきたし、笑いだしたくなってくる。畜生。これじゃきりがない。

そのとき、空中に火の矢がかけのぼった。

オスプレイは射撃をやめ、強引に機体をひねった。側面から白く輝く照明弾に似たものを放出する。火の矢はエンジンから一〇メートルほど離れた空中で爆発した。オスプレイはエンジンをうならせて逃げだしてゆく。

対空ミサイル……きっとそうだ。

でも、いったいだれが？

この騒ぎのあいだに別のオスプレイが駐車場と狭霧湖にはさまれた草地へ着陸していた。腕のいいパイロットらしい。よくもまあ、とおもえるほど機体サイズぎりぎりの空間である。胴体後部の大型ハッチが開き、負傷したホモ兄ちゃんたちが続々と運びこまれていた。いいぞ、帰っちまえ。ぼくが狙っているのは二人だけ——晃さんとみさきだけだ。

森からでたところで銃弾に襲われた。奴らは撤退を開始しているが、ぼくにいいようにさせる気はないのだ。

横跳びして避けながら89式で反撃する。四人倒したようだが、マガジンも空になった。くそっ、あと何個残ってる？　銃にはめたものを含めて五個か。

炎は消えたが空気を焦がすほどの熱を発しているオスプレイの残骸《ざんがい》に身を隠した。銃弾が次々に襲いかかり、残骸に弾かれて空中へと跳ね飛んだ。

二脚架を開いて残骸に載せ、反撃する。正面からのドつきあいになった。三人を倒したところでマガジンが空になる。残りは四個。

負傷者をいっぱいに載せたオスプレイが離陸した。すぐに次のオスプレイが着陸する――まずい。

ぼくに横腹をのぞかせて着陸したオスプレイはミニガンを装備していた。六本の銃身を束ねた筒先がこちらを向き、火を吐きながら高速回転した。残骸に横殴りの猛射が襲いかかる。その場に伏せるしかなかった。

銃弾が残骸を貫通し、砕き、跳ね飛ばす。89式を抱きしめて懸命に耐えようとしたがこみあげる恐怖感はケタ違いで、身体が電流を流されたように震えた。匍匐前進したいが破片が邪魔で進めない。畜生、こんなときに小便も漏らせない身体なんて！

そのとき、湖沿いの森から次々に擲弾が放たれた。オスプレイの周囲で次々に爆発する。カン高い銃声が響き、ミニガンに火花が散った。ミニガンが異音を立て、銃撃が停止する。

いくつもの人影があらわれた。武装した黒い影。が、〈ノバ〉ではない。かれらよりさらに優美なシルエットだ。銃声が次々に響く。〈ノバ〉の男たちはオスプレイに向けて後退した。Ａシリーズが……〈エンジェル〉が介入してきたのだ。

13

涙を流して一人一人に抱きつきそのまま押し倒したい気分だったが振り返らずに進んだ。地下からあらわれた男たちのなかに純白のサマー・スーツを身につけた姿を見つけたのだ。

全力で走った。危険なので跳躍はしない。レストハウスの柱を楯にして狙いをつける。発砲した。晃さんの動きは素早かった。さっと前のめりに倒れ、自分にかわって銃弾を浴びた美少年を引きずってオスプレイへ駆けこむ。ちらりと振り返り、恋人へ再会を誓うようにぼくへ手を振った。後部ハッチが閉じはじめる。オスプレイは轟然とエンジンをうならせ、離陸した。ぼくはガチョウのようなその後ろ姿に向けて5・56ミリ弾すべてを送りこんだ。目に見える効果はなかった。

周囲をみまわした。〈ノバ〉の気配はない。残骸のあたりで散開している〈エンジェル〉の女たちを確かめ、呼びかけた。

「フェンリル、いるのか?」

忘れられない声が応じた。

「ここにいる、黒江徹君。警戒の必要はない。〈ノバ〉過激派は撤退した」

「まだ君たちがいるじゃないか」

「われわれの目的は……違う」

「信じられない。ぼくは顎も砕かれたこともあるし」

しばらくの沈黙のあと、彼女はこたえた。

「だが、わたしは君を信じる」

ため息がでて、一気に緊張の糸が切れた。遺伝子操作の限りを尽くされたぼくの肉体も限界だったのか、脱力感が襲いかかってきた。座りこみたくなる誘惑に耐え、弾のなくなった89式を柱へ立てかけると残骸に向けて歩いた。女たちも一斉に緊張を解いたのがわかった。ヘッド・マスクで顔を隠しているが、美女ばかりだとわかっているので妙にうきうきしてしまう。やっぱり異性のほうがいい。それにしてもこのナイスバディなお姉さんたち全員が……萌え、じゃなくて燃えるな。

「本部の許可を待っていたので介入が遅れた、済まない」

嫌味を口にしようとしたが舌が動かなかった。彼女の声には本当の苦渋が含まれていたのだ。

「助けてくれたんだからいいさ。〈エンジェル〉にもいろいろあるんだろうから」

「……知らされたのか、〈ノバ〉のナルシスから」

「ナルシス?」

「真嶋晃と名乗っていた男だ、黒江徹君」

ぼくはにやりとした。

「D‐17と呼ばないのか、フェンリル」

「君の許可を得ない限りは……絶対に」

森の中から人影があらわれた。左右を〈エンジェル〉の女たちにはさまれた理恵である。

「徹!」彼女は飛び跳ねて手を振った。

「先に保護させた」フェンリルがいった。

「ありがとう」そっといった。「ありがとう」

彼女がさっと視線をそらせたのがわかった。装具に包まれた身体が小刻みに震えていた。怒りや悲しみによるものではないとすぐにわかった。

「出迎えてやったほうがいい」フェンリルはうながした。

ぼくは足を踏みだした。

背後から銃声が響き、理恵の上着に血の染みが生じた。笑顔を凍りつかせ、彼女は倒れた。

なぜ、どうして、だれが？

畜生、こたえは全部知っている。ああ、知っているとも！

〈エンジェル〉たちは一斉に反応していた。隠れたのではない。全員がぼくの周囲に集まり、射撃姿勢をとって周囲を警戒したのである。

凍りついていたぼくに柔らかいものが抱きつき、地面へ引きずり倒そうとした。フェンリルである。

「われわれが対処する」彼女はいった。「君はここで――」

ぼくはこたえた。

「そういうわけにはいかない、フェンリル」ぼくはこたえた。「あの子はぼく専用なんだ。だから、ぼくが始末をつける。だれも、手をだすな」

このうえもなく魅力的な女を押し退けたぼくは〈エンジェル〉たちをかきわけ、走りだした。場所はわかっていた。

Ｐ２２０を手にレストハウスの地下へ降りた。最初の銃撃を浴びたのは床に足をつける直前だった。

強烈なライフルの銃声が響いた直後、ぼくの左肩にハンマーで殴られたような衝撃が走った。肉が浅く抉られていた。

痛みを無視し、Ｐ２２０を向ける。部屋へ引きこまれかけているスコープ付きの大型ライフルを狙った。ＡＰ弾を浴びたライフルから火花が飛び、通路へ転がる。

全力でダッシュする。ドアが開いたままの部屋、その手前で立ち止まる。

いつのまにか耳慣れてしまったＭＰ５の銃声が轟いた。通路の壁に弾丸がめりこみ、弾かれる。マガジンの弾が空になるまで待って部屋へ飛びこんだ。

みさきはマガジンを交換しようとしていた。着地前に狙いをつけ、Ｐ２２０を放ち、彼女の手からＭＰ５を吹き飛ばした。

着地すると彼女へ銃口を据えた。

「なぜ理恵を撃った」

「撃たなければならなかったから」みさきはこたえた。

「ナルシスの命令だったから。たぶん、あなたに愛されている女が憎くてしかたなかったんだとおもう」

彼女の顔にはまっすぐなものがあらわれていた。まるで、学食でぼくを呼んだときのように。いや、ホテルのロビーで同級生を守ろうとしたときのように、だろうか。

「これからどうするつもりだ」

「任務を果たすわ」彼女は微笑んだ。「あなたを見つめて、報告して……ずっとそうしてきたから。何年も前から」

一度言葉をきり、それから付け加えた。

「愛して貰えるなら、もっと嬉しい。わたしにはあなたのほかに、なにもないから。愛しているから」

そこに立っているのはぼくを孤独から救ってくれた少女だった。ぼくに素晴らしいものを教えてくれた少女だった。甘っちょろくも、一生を共にしたいと願った少女だった。

なにがあっても守ると誓った少女の一人だった。

だからこそたずねなければならなかった。

「両親を殺したのはやはり君なんだな?」

「そうよ」彼女はうなずいた。「ナルシスの命令だったから。あなたを〈ノバ〉に招くために必要だったの」

「……ぼくを愛しているといったな」

「そうよ」彼女の顔はまぶしいほどに輝いた。「ナルシスの命令だったから。かれに代わってあなたに愛されることが——ねぇ、わたしのこと、嫌いになった?」

「嫌いじゃないよ。大好きさ。でも……」

頭の中で携帯の番号を押した。

電源を切っているか、電波の届かない場所にいます。

「おかげでぼくは寿司を喰い損なったんだ」

そしてぼくは最後の徹甲弾を放ち、これまで出会ったなかで最高のファンタジーに別れを告げた。わが肉体はその機能を全快にし、肩の傷には新しい肉が盛りあがりつつあった。

たしかにこれは呪いだよ、フェンリル。

デビル

ぼくが丸腰で戻った意味をフェンリルは察したようだった。

女たちが理恵に応急処置を施していた。ぼくはたずねた。

「理恵は助かるのか」

「助かる」フェンリルは断言した。「致命的な部分は外れていた。射撃距離と真嶋みさきと名乗ったクローンの射撃技量からいって、意図的にそうしたとしかおもえない」

つまりぼくは自殺の手伝いをさせられたわけだ。彼女も呪いから逃れることを望んでいたというわけか？　女の言葉を疑うよりは信じたほうが幸福。そうかもしれない。

フェンリルがぼくを見つめた。

「どうするつもりだ？　このまま関係をつづけると彼女は君にあらゆる意味で隷属してしまうぞ」

「影響は取り除けるのか」ぼくはたずねた。

「いまの状態ならば、まだ、可能だ。〈エンジェル〉にもその程度の技術はある。変異した部分をとりのぞき、培養した本人の組織を植えこみ、必要ならばさらに遺伝子処置をほどこして……おそらく、欲求不満気味になる程度のものだろう」

「記憶がそのままだと意味がない」

「完全に消すことはできないが、薬物による誘導で該当する記憶領域を封じこめることは可能だ」

「後遺症はない？」

「九九・八パーセントの安全性を〈エンジェル〉は保証する」

「じゃあ、ぼくのことも消してくれ。どのみち両親が転校させるだろうし。そうだ、可能ならば両親の記憶も一緒にいじって、他の記憶も——島田香澄についても辻褄《つじつま》を合わせてくれ。外国に永住したとかなんとか、そんな風に」

「了解したが……いいのか？」

「ぼくにはよくはないけれど」苦笑を浮かべた。「彼女にはそのほうがいい。そうじゃないか？　ぼくはろくでもない大量殺人者だ。人類の敵でもある。そのことにさほど罪悪感をおぼえないほど壊れてもいる。彼女は普通の男とつきあったほうがいい。そうだ、処女膜再生手術もしてやってほしい。クローン技術を使えるんだからなんとかクリニックよりも上手にできるだろ？」

「……投げやりにならないでくれ」

「違う。絶対に守ると誓ったから、それが理由だ」

〈エンジェル〉たちは迎えに来た大型ヘリで朝靄の向こうに消えていった。麻木先生との約束までまだ二時間あった。

＊

ミニは時間ぴったりに同じ場所へ停車した。麻木先生が飛びだし、ぼくに駆けよった。

「く、黒江くん、あの、大丈夫――」

彼女を抱きしめ、唇を重ねた。とってつけたようなミントの香りが鼻をくすぐったが、もう抵抗はなかった。たぶん一〇分はそうしていたとおもう。

そのままボンネットへ押し倒し、腰から上を車にのせた。ぼくはバンパーに両脚をのせて彼女の顎をつかんだ。唇を重ねているあいだに何度も痙攣をおこした彼女の身体がまた震えをおこした。

くったりした彼女を抱きしめながらぼくはいった。

「……麻木先生にコルダイト火薬の臭いは似合わないとおもうな、フェンリル」

麻木先生は凍りついた。次の瞬間、ぼくを突き飛ばそうとした。

ぼくは彼女をがっしりと抱えこんだ。眼鏡を外して放り投げ、抱えこんだまままたもや唇を奪う。舌を差し入れても中に入り込めない。歯をしっかりとあわせていた。ぼくは諦めずに彼女の歯茎を舌先で愛撫した。一〇分ほどして、ようやく彼女の舌をとらえることができた。これ以上はできないほど舌を絡ませながら彼女の首へ手を伸ばし、スカーフをほどいた。ほっそりした喉頸《のどくび》に張り付けられていた小さな円盤を取り去った。ぼくが使ったのと似たような道具、小型のボイスチェンジャーだった。

「いつまでも欺《あざむ》きとおせないとは、おもっていた」

しばらく息を整えたあとで彼女はいった。声は、あの透き通った響きに変わっていた。

「守ってくれたな」

「それがフェンリルの任務だ」

みさきの顔が頭をよぎった。ぼくはたずねた。

「だれの命令なんだ」

フェンリル－麻木愛は切なそうな表情を浮かべ、こたえた。

「フェンリルに命令できるのはこの世でただひとりだけだ。フェンリルが愛するのもただ一人だけだ。そのように造られたのだ。呪いだ、まさに」

言葉を切った。舌先がのぞき、唇を湿らせた。

おののいているような声がぼくの鼓膜を愛撫した。

「だが、君をまもることはフェンリルの人としての意志だ。君を愛さねばならないことを知った時にそう誓った。君もまたすべてから逃れられないのだと知ったときに」

ぼくが彼女をその場で犯さなかった理由はただひとつだけだ。涙を堪えきれず、母親にすがる愚かな子供のようになってしまったからである。彼女に抱かれながらぼくはずいぶん長い間泣きつづけたとおもう。

「〈ノバ〉は様々な計画に手をつけている」ようやく泣き止むことのできたぼくを抱きかかえながら彼女はいった。

「計画？」

「かれらが君のためになると信じている計画だ」

「いったいどこで」彼女の胸に顔をうずめながらぼくはたずねた。

「世界中で。この日本でも」

「ぼくにどうしろと？」

「君は発現した。もうフェンリルに……〈エンジェル〉にこの問題を判断する自由はない。君がどう生きるかの問題になるからだ」

「……」

「君の望むようにするといい。フェンリルの任務は変わらないが、君が接触を拒否するのであればそのように守り続ける。気にする必要はない。たとえ君が世界をどのように変えてしまおうと、フェンリルと〈エンジェル〉は君に従う。君を愛する。フェンリルは人として君を守る」

「学校か」ぼくは笑った。ただの高校二年生。先の見えない毎日。自分は何者なのか？

……人間じゃありませんでした。

笑いたくなった。笑うしかないとおもった。

だが、ぼくの口からでたのはまったく違う言葉だった。

「ひとつだけ、たしかめたい」

「なんだ」

「マナ先生はぼくのことを嫌いになってはいないだろうか」

「君はマナを利用した。たしかに。だが、騙しはしなかった。それに、肉体に刻まれたさだめに逆らいもした。

だから、マナはいくらか恨み言は口にするかもしれないが……君のことを愛し続けるだろう。君のことだけを」

「困ったな」

フェンリルの身体が微かに震えた。

「なにが……困ったのだ」

「ぼくはフェンリルだけでなく、マナ先生も自分のものにしたい。自分だけのものに」

きゅっと抱きしめてきたのはだれだろう。フェンリルか、マナ先生か。いや、これは二人分の力だ。

「フェンリルは……嬉しい。マナも……喜んでいる。徹のぉ、女になりたいと願っている」

ぼくは二人の口を封じた。

甘美な接触のなかで自分の本当の名がくりかえされた。

D - 17。

人類を見守るべく存在するもの。

人類から呪われるもの。

〈ノバ〉から愛されるもの。

〈エンジェル〉から愛されるもの。

かれらすべてへ、卑しき力をもってひそやかに君臨するもの。

D - 17。

唇を離した。笑いを堪えきれなくなった。

「どうしたのだ」フェンリルが心配そうにのぞきこんできた。

「おもいついたんだ。〈アウトフィット〉に造られた者には、みんな、妙な名前がついているだろう?」

「ああ」

「自分の名をおもいついた」

「……教えてくれ」

ぼくはこたえた。彼女は受け入れてくれた。マナ先生は悪趣味よといいたげだった。

＊

ぼくたち三人がどんな風に進んだかは、また今度だ。

それよりいまは別の話をしたい。

高伸でのすべてが終わったあとで、一度だけ理恵を見かけた。

いつ、どこで、はいいたくない。ともかくクリスマスの飾りつけで華やかな街角だった。

その時ぼくはちょっとした用事があってジーンズにロングの革コートという姿で街を歩いていた。革コートは少し余裕のあるもので、身体の線が隠れていた。そうする必要があった。拳銃二丁を隠し持っていたのだ、そうでなければ困る。

用件はあるビルの一室で男に会うことだった。すぐに済んだ。男はすでに殺されていた。ぼくは雑踏へ溶けこむように歩き、〈エンジェル〉との合流ポイントを目指した。二つ先の交差点だった。

一つ目の交差点の脇にはデパートがあった。ショウ・ウィンドウには冬物の高級婦人服が飾られていた。ちらりとみたぼくはフェンリルに似合うだろうな、とおもった。それからすぐに彼女が身につけさえするなら、たとえゴミ袋だってオーダーメイド品よりも素晴らしく感じられるだろうと考えた。

懐かしい声が鼓膜を打ったのはその時だった。

「ね、みてみて」

自分に話しかけられたような気になって再びウィンドウを見た。婦人服を示している女性がいた。値の張りそうなカシミアのコートを着ている。

おもわずこたえたくなった。理恵だった。楽しそうで、幸せそうで、裕福な生活をおくっているようだった。

彼女の隣には年上の男がいた。二八ぐらいだろうか。仕立てはよいが身体にあっていないスーツとコート姿で、背丈はぼくと同じぐらい。顔だちは優しげだった。口元に苦笑を浮かべていた。なんとなく、『変化』を起こす前の自分に似ているような気がした。

「買えっていうのか？」男はうれしそうにたずねた。

理恵はにこにこと男を見つめた。

男はため息をつきデパートを示した。

「いまからこんな調子で、結婚したらどうなるんだか……」

「だいじょぶだいじょぶ！　ちゃんと奥さんしてあげるから！　それに……ね？」

彼女は下腹部を守るように押さえてみせた。男はうれしそうに頰を緩めた。

二人の姿がデパートの中に消えると、ぼくは歩みを再開した。

回収に来てくれたのはフェンリルだった。ぼくの顔を見た彼女はさりげなくとりつくろってたずねた。

「他にも問題があったのか」

「大丈夫だ」ぼくはこたえた。まだ心配そうな彼女をまっすぐ見つめ返し、いきなり唇を奪った。

フェンリルは一瞬の抗いを示しただけで、すぐにくったりとなった。周囲の人々は目を丸くしていたがしばらくそのままでいた。

「……どう、したのだ」唇を離したあと、ぼくの肩に摑まった彼女はたずねた。

「いいことがあったんだ」ぼくはこたえた。「凄くいいことだ。幸せになるべき人が幸せそうだった。いいことだろ?」

ぼくらは歩きはじめた。クリスマスイブを楽しむ恋人同士のように。だがぼくらはそれ以上の関係で、クリスマスイブを楽しむわけにはいかなかった。あの男の死は、今夜中に解決しなければならない問題が存在することを意味した。クリスマスの朝までに一〇人以上の人間が死ぬことになるのだ。

もちろん、ぼくもそのうち何人かを殺す。フェンリルも何人かを殺す。殺さないのはマナ先生だけだ。

いや、理恵も殺さない。彼女は生きるのだ。幸せに包まれて。

どうにかつぶやけたのは一〇分ほど歩いてからだった。

「なにかいったか」フェンリルがたずねた。彼女の瞳はまだ濡れていた。

ぼくはこたえずに歩き続けた。彼女の手をもてあそびながら。

フェンリルは立ちどまり、ぼくの名を呼んだ。

「デビル……」

「いや、なに、たいしたことじゃないよ」ぼくはこたえた。それからなるべく気軽な調子で悪魔に不似合いな言葉をつけくわえた。

「おめでとう、といったんだ。それだけ。それだけだ」

2　復讐のサマータイム

すべての先進国政府は否定している。しかし、〈エンジェル〉は実在する。天より降臨したかのごとく出現し、いずこともなく去ってゆく世界最強の特殊部隊。その正体はまったく不明である。

しかし、必要とされる時、〈エンジェル〉はそこにいる。彼らは主義、体制、宗教、金銭では敵を選ばない。自分たちの求めているものと、この世界のどこかから響く助けを求める叫びが合致した時、すべてを解決する。素早く、鮮やかに、そして、時には無慈悲に。

〈エンジェル〉による救いを求める者は声をあげるがいい。どんな手段でもかまわない。公開されているある番号への電話でも、eメールでも、新聞の尋ね人欄でも……時にはただ大声をあげるだけでも。その叫びが彼らにとって意味あるものであれば、血まみれた天使たちは必ず降臨する。

〈エンジェル〉は実在するのだ。

未亡人・雪華

脳奥をうずかせるような女の喘《あえ》ぎが洋館風の優雅な別荘の豪奢な寝室に響いている。

女は熟していた。面長だが柔らかな輪郭を備えた顔に配されているのは、高い額《ひたい》とほっそりした吊り気味の眉、常に涼やかにきらめくブラウンの瞳、高くすっと通った鼻、小さいが、ふっくらとした唇である。プロポーションも一六五センチの身長に見合った見事なものだった。肌は搾《しぼ》ればミルクがしたたり落ちそうに思えるほどの乳白色で、肩甲骨に達するあたりまでのばしたストレートロングの黒髪ときれいなコントラストをなしている。一言でいえば、近づくのに気後れを覚えるような女性である。真夏でも二二度以上にならない高級別荘地にはぴったりの存在だ。

だが……。

「お、ほ、あ……」

いま、乳白の肌を茹でられたように染めながら彼女は濡れた声を響かせている。背は折れそうなほど反り返り、ほっそりした指が汗と体液で濡れたシーツをつかんでいた。

その状態になってもう二時間は過ぎているはずだ。眉は官能に寄せられ、眉間には深い縦皺がきざまれたままである。瞳孔は開ききり、開かれた唇の端からは銀糸をおもわせるほどに清浄な唾液が滴《したた》っていた。壁際に置かれた大きな姿見は、むしゃぶりつきたくなるほどに熟したヒップを掲げる彼女の姿を映している。

いや、彼女だけではない。瀕死の獣じみた喘ぎを漏らす女体に背後から深く入りこんでいる男の姿もある。男というより、少年だ。

大柄ではない。太ってはいないが、筋肉質にも見えない。よくいってほっそり……というところだが、中性的な見かけというわけでもない。すくなくとも本人はそう受け取っている。

女の名は川島雪華《かわしまゆきか》、二八歳。倍以上も年上だった夫を亡くして三年になる未亡人だ。

少年の名は——黒江徹《くろえとおる》、一七歳。あはは。つまりこのぼく。身の上話は複雑怪奇すぎてまとめるのが大変、って感じだ。

「と、とおるくん、あ、あなたぁ、お、おほっ」

かすれた声が訴え、深々とはいりこんだぼくを火照《ほて》ったゼリーのようなものがしめつけ、電気を流されたようにびゅくびゅくと痙攣《けいれん》する。先端に熱い飛沫《しぶき》を感じた。達したのだ。この二時間で何回目だろう？　もう、ぼくにもわからなくなっている。しかし、彼女が体力の限界を迎えていることだけは確かだ。

「もう辛いでしょ、雪華さん。楽にしてあげるよ」ぼくはいった。

「あ、あ、ごめ、ごめ、ごめんなさい」

いたずらを見つかった少女のようにわびる彼女へのしかかった。深いやわらかみを備えたヒップとぼくの腰がさらに密着し、淫《みだ》らな粘った音が響く。複雑な肉をかきわける心地よさに背筋が震えた。両手を前にまわし、たっぷりした乳房をもみしだく。汗に濡れた肌の感触と、つつけば破れそうなほどに張っているにもかかわらず自在に形を変える胸の揉み心地がたまらない。これまで以上に深くぼくぼくを迎え入れている部分の熱いわななきは

――最高だった。もりあがり、へばりつき、さらに深くへのみこもうとうねっていた。

雪華はもう声もだせない。ただ腰を震わせながらぼくの仕打ちに耐えている。体力が尽きかけているため、どれほど感じていても腰を振ることすらできなくなっているのだ。

すべての城門を開いた肉体にしがみついた。黒髪を鼻先でかきわけ、汗に濡れたうなじに唇を押し当てる。それだけで雪華は軽く達した。体中が性感帯にかわっているのだ。

そのままの姿勢で瞼《まぶた》を閉じる。彼女の喘ぎと鼓動を感じ取り、ありえないほどぴったりとはまりこんだぼく自身をイメージした……。

「うあっ、そ、そこっ」

雪華が狂ったように叫ぶ。当然だ。彼女の体内で異変が生じていた。深く挿しこまれたぼくが下向きに湾曲をはじめていたのだ。すぐに、優しいトンネルへ体奥から顔をだしていたものに先端が密着した。最初のうちははっきりした硬さをもっていたそこはいまやほぐれきり、なにかを待ち望むように口を開きながら熱いものをあふれさせていた。

そして、瞬間的な膨張《ぼうちょう》がおこった。

「そこっ、そこまたっ、あぐっ、ああっ」おさえこまれたまま雪華は絶叫した。

当然である。彼女はあり得ない責めを受けていた。子宮だ。ぼくは彼女の子宮に入りこんでいた。

身体《からだ》は動かしていない。ただ悶え狂う雪華をおさえているだけだ。

動いているのは彼女の内部にあるぼくの一部だけだ。いや、厳密にいえば『動いて』いたわけではない。瞬間的な膨張と収縮をくりかえし、どんな激しくたくましい動きよりも強烈に彼女をかきわけているのである。

ぼくの喉からも快感の呻きが漏れた。おしひろげた子宮口の痙攣に似た締めつけ、複雑さではさらに上をゆく子宮頸部《けいぶ》の襞《ひだ》にこすられるぞくぞくとした感触。そして……神聖な空間を汚《けが》してゆく喜び。自分にこうした交わりができることは数日前偶然に気づいたのだが、いまではもうその心地よさの虜《とりこ》になっている。

雪華も同じだ。ぼくにそこを与えた喜びに痺れ、子宮を直接犯される奇怪な快楽に溺れ、連続した痙攣をおこしていた。叫びは消え、裏返った喘ぎだけが響いている。

達したままおりてくることができなくなったに違いない彼女の内部でぼくは急速に高まった。抑えきれないほど強い愛おしさがこみあげ、彼女を強く抱きしめる。雪華さん、好きだよ、とささやくように告げていた。

その瞬間、彼女は究極の頂点に到達した。激しく食い締めながら四肢を伸ばし、最後の痙攣に陥る。快楽に狂いきった彼女に沈みこみながらぼくも身体の奥底でつくりだされた熱いリキッドを放った。

いまや二分近く続くようになった射精のあとで、時間をかけて腰を引いた。死んだようにぐったりした彼女に異常がないかどうかを確かめると、仰《あお》向けにしてよりそった。

キスしてやりたくなるほどあどけない寝顔だった。とても二八歳とはおもえない。

身体のほうも同じである。あきらかに熟した女そのものなのだが、ボディラインに年齢ゆえの衰えはない。肌はハイティーンの少女のようにみずみずしく、ゆったりした呼吸にあわせて振幅する乳房の先端も明るい桜色だ。わかる人にはわかるだろう。率直《そっちょく》にいえば、美容整形のかぎりを尽くしでもしなければこの世には存在しえない肉体である。

しかし、彼女は美容整形など受けたことはない。そういうタイプの女性ではないのだ。

ならばなぜ……決まっている。ぼくが、そうしたのだ。

高伸《こうしん》学院で一年あまりを過ごしたあと、ぼくのこれまでの人生はチャラになった。

いや、『人生』という表現は実のところおかしいのである——ぼくは人間ではないからだ。

一七年前に先進各国の共同攻撃で叩きつぶされた秘密組織〈アウトフィット〉が遺伝子をこねくりまわしたあげくにつくりだした人に似た人にあらざるもの《シング》——D-17。それがこのぼく、黒江徹だったのである。

オリエンテーリングで出くわしたテロによって、生死のかかっているストレスがキィとなっていたモンスターとしての能力が発現し、同時にぼくにとっての世界と日常はこれまでとまったく意味が変化してしまった。

わが身にそなわった、そして現在もなお『進化』しつつあるらしいさまざまな能力については、まあいい。体内で『生産』されているらしい生体《バイオ》ナノマシンが細胞をいじり倒してくれるおかげで年をとらないどころかどんな傷や病気からもたちどころに回復してしまうこと、脳の機能をふくめた身体能力が異常なほど強化されていること、汗をかかないどころか、それ以外のものもだしたりしないこと……自分が必要だと判断した者を支配下におけるようにヒト起動ホルモンを全身からあふれさせること、トドメにセックスでもって隷属《れいぞく》させてしまうこと……なんてのも、別にいい——どころか文句なしである。

記憶力は最高で、ケンカしても負けず、おっさんにもならないし、あっちの方は常に最強で相手にも困らないということだからだ。一三歳までに気づいておくべき悩みの大半があらかじめクリアされてるようなものなのである。

が、最強の力にはありがたくないオマケが山のようについていた。

〈アウトフィット〉はぼくを人類のためにつくりあげたからである。

人類社会が取り返しのつかない事態に陥らないよう、密かに外科手術的な処置をおこなうこと。それがぼくの存在意義なのだ。

その仕事を手伝うためにつくりだされた人工的な超人奴隷たちも存在していた。

ぼくに仕える方針の違いから美形の男たちばかりの〈ノバ〉と美しい女たちばかりの〈エンジェル〉に分裂したかれらは、唯一にして絶対の主人が頭上にしろしめす日を異なるおもいを抱きつつ待ちわびている……。

うわぁ、だ。

ま、若く力強いまま永遠に生きねばならないことがどういう意味を持つのかわかっていないいってのはおいといても、わが力でもって世界をどうこうしろ、というのはアレすぎる。

　おまけに、密かに手助けすべき相手である『人類』は、このぼくこそが世界のバランスを崩す存在だと考えているのだそうだ。すくなくとも、先進各国の軍や諜報機関がこっそりと手元においている暗殺リストの先頭にD‐17と記されていることは疑いもないのである。D‐17の実在が疑われていたこれまではさほどの危険もなかったが、高伸で騒ぎを起こしてしまった――そして能力を発現させてしまったいまとなっては……。

　うああ、うう。いくら超人的な能力を持っているとはいえ、うわぁ、うれしい、なんておもえるはずがない。

　そりゃ『能力』は超人かもしれないけど、『意識』のほうはあいもかわらず黒江徹というちょっと以上に冴えない高校生のままだからである。新型のマザーボードやCPUや大容量のメモリを搭載している最新の高級パソコンで一〇年前のOSを使っているようなものだ。ああ、もったいない――いや、そう受け取ることについてすら戸惑いをおぼえているのが、いまのぼくだ。

　一度の交わりではおさまるはずがないものを意志の力でなだめ、ベッドを離れようとしたとき、雪華がぱちりと目をあけた。もはや疲労の色はなかった。やはりぼくの影響である。

　ぼくは通常の意味での精子を放たない。つまり、子供をつくる能力を持っていない（おそらく、たぶん）。異常な量と勢いで放たれるのは精子（精虫）のかわりに体内で生産されるヒト起動物質や生体《バイオ》ナノマシンなどを大量に含んだリキッドである。おそらく多種多様な栄養素やホルモン、それにさらにあやしげな物質も含まれているのだろうリキッドが人体に与える影響は、いまぼくの理解している限りではこんな感じになる――。

　栄養素はぼくとの交わりで失われたエネルギーを補い、ホルモンは身体の機能を活発にする。ヒト起動物質は相手の脳へぼくに対する愛情を刻印《こくいん》する。他のあやしげな物質は、本来三〇回ほどしか増殖できないはずの幹細胞をむりやり増殖させ、それを若々しい肉体の維持に必要な細胞へと成長させる。バイオナノマシンは相手の肉体を遺伝子レベルでつくりかえてゆく。つまり、リキッドは交わった相手をぼくに都合のよい肉体へと美しく、情容赦なくメタモルフォーゼさせてゆくのだ。

　雪華がありえないほど魅力的な肉体の持ち主である理

由はそういうことだ。といっても、出会ったのはたったった一週間前である。その時も彼女は美しかったが、肉体には年齢の影響があらわれていた。ぼくの力が、彼女を若返らせてしまったのだ。

雪華を目にしたのはぼくらのいる別荘から二〇キロほど離れたこの避暑地の中心部、JRの駅ちかくだ。

ぼくがなぜそこにいたかといえば……逃げてきたのである。〈ノバ〉の罠だった高伸学院をぼくとともに離れた〈エンジェル〉のエージェント、フェンリルからだ。

別に彼女が悪いわけじゃない。ついこのあいだまで学院でぼくの冴えない担任教師、麻木愛《あさぎまな》を演じていたフェンリルはこの世に二人といないほどの美女で、おまけに奴隷としてだけでなく、人としてもぼくを愛することに決めているというファンタジー以上のリアルである。不満なんかあるはずがない。はっきりいって彼女のことは大好きで、暇さえあればもうイロイロなことをしたくてたまらない女性である。

だが、だからこそ……恐ろしくなってしまったのだ。ぼくのなかにあるD‐17ではない部分が、である。

フェンリルはぼくのためだけに造られた最高の女性で、最強の戦士で、忠実な奴隷である。愛さずにはいられない。実際いまも、雪華を愛おしくおもいつつもフェンリルへの気持ちは強まるばかりだ。

が、一度愛してしまえば……二度と離れられなくなるとわかっていた。彼女以上の女などいないのだから、当然だ。つまり、ぼくは〈エンジェル〉へしっかりと結びつけられることになる。〈エンジェル〉の他のメンバーだってぼくのためだけに造られた最高の女性ばかりなのだから、いずれは彼女たちも愛おしくおもってしまうだろう。そうなってしまえば、絶対にさよならはいえなくなる。

問題はそこだ。フェンリルと過ごして、〈エンジェル〉とつながることは……ぼくがD‐17としての生き方を選んだことになってしまう。

逃げだした理由はそういうことだ。ある意味でフェンリルこそが最強の罠であることに気づいてしまったのだ。だからこそ、D‐17としても黒江徹としても彼女に強く惹かれながら逃れたのである。高伸学院を離れ、近くの街についたあと、ほんのちょっと彼女が車から離れた隙にだ。

書き置きは残した。もうすこし考えさせてほしい、しばらく捜さないでくれ、とかなんとか。フェンリルも麻木先生も大好きだ、とか書いた気もする。連絡の手段を確保するために、彼女の携帯電話をのぞいて番号も確かめておいた（そのことも書いておいた）。

でもって、まずガラの悪い盛り場に乗りこみ、そこでのたくっていた兄ちゃんたちにわざとケンカを売ってボコボコにし、金目のものを奪ってから適当な服をみつくろい、電車に飛び乗った。われながらムチャクチャだとはおもったが罪悪感はほとんどなかった。なにしろ五〇人近いヤクザと一人の少女を――一度は生涯を共にしたいと願った少女を――射殺してから一日かそこらなのだ。

何度か乗り換えた末にこの避暑地で電車を降りたのは、よそものばかりが集まっている夏の避暑地ならば目立たずにすむだろうと考えたからだ。いや、実はそれだけじゃない。妙な居心地の悪さを覚えていたのだ。

だれかに見られている、監視されている、そうした居心地の悪さであった。それは高伸を離れてからずっとつきまとっていた。フェンリルと一緒のあいだもだ（彼女は気づいていたのだろうか？）。彼女から逃げだした理由のひとつにはそれがあった。もし自分が監視されているなら……はっきりさせておいたほうがいい、とおもったからである。

やはり、監視されていたのはぼくだったようだ。その あとも居心地の悪さが続いていた。車から降りて金を手に入れたあと、駅に向かったのはその感覚がもっとも薄い方角だったからであり、とある急行列車に乗りこんだ理由も同じだ。避暑地で降りたわけも同じである。ぼくの判断は正しかったとおもう。列車を降りるなり、イヤな感覚は消え失せたからである。

ま、それはいい。しかし降りてから重要なことをひとつ忘れていたことに気づいた。

泊まる場所がなかったのだ。避暑地だからホテルはむろんある。しかし、それがどこも満室だったのだ。シーズン真っ盛りなのだからあたりまえである。海外オリエンテーリングのときに巻きこまれたテロ事件（結局、これもぼくに目覚めを強要しようとした〈ノバ〉強硬派の陰謀だった）をきっかけに『変化』を引き起こし、人外のものへと変貌したにもかかわらず、その程度のことも予想していなかったのは……あくまでも黒江徹としての意識でもって考えていたからだろう。

ともかく、さほど世間の常識に詳しくはない高校生としての失敗をおかしたぼくは弱り切った。

雪華にであったのはそのときだ。世間知らずを哀れんでいるような係員の視線を背に受けながら旅行案内所をでて、溜息をなんとかこらえつつ夏の空を見あげかけて、その姿を目にしたのである。

あっさりしているがボディラインをシェイプするデザインの黒っぽいワンピースを身につけ、つばの広い帽子をかぶっていた。ほっそりした手には肘まで届く手袋をはめている。

柔らかく整った顔とかすかに栗色がかった瞳に浮かんでいたのは困惑だった。

駅の脇にある駐車スペースから車をだそうとしていたらしい。女性にはどうかとおもわれるほど重々しいBMWである。

彼女は運転席からおりていた。駐車スペースのそばに停まっている幌をたたんだスポーティ・カーを見ていた。車にはこれぞ成り金の息子とでもいえるような奴が乗っており、その隣には奴に似合いの、美人ではあるが他人を意味もなく蔑《さげす》む習慣をたっぷり持っていそうな女が座り、ひどく耳障りな声をあげながらキイキイと鳴いていた。とても〝話して〟いるとはおもえない卑しい響きであった。

即座に動いてしまったのは計算からなのか、反射的な動作だったのか、いまでもよくわからない。ともかくぼくはスポーティ・カーの脇に歩き、男にいった。

「他の車が出られないで困ってる。動かしてくれないか」

「なんだと？」値段は高いのだろうがひどく下品なデザインのシャツを着た男はぼくをにらんだ。ちらりとBMWを見て、鼻で笑う。

「お前には関係ねーだろ」

ぼくの着ているものを見ていた。上から下まで値段を足しても四〇〇〇円にもならないと見当がついたのだろう、優越感でいっぱいの顔になる。女のほうも卑しさをむきだしにした目でぼくを見ていた。

いいだろう。ならば、遠慮をする必要はない。

ぼくはにこりとし、いきなり車に蹴りをいれた。蹴りをうけた傷一つないボディが空き缶のようにへこんだ。女が悲鳴を漏らした。

「な、なにを……きさまっ」

青ざめた次の瞬間、真っ赤になった男は腕をのばしてきた。さっと手首をつかむ。ほんの少しだけ力を入れると、男は苦痛の呻きを漏らした。もちろん、動けなくなっている。

そのまま奴の両手をハンドルへ押しつけた。

「さっ、車を動かしてくれ」

手首をにぎった手へさらに力をこめる。骨がきしむ音が聞こえ、男は悲鳴を漏らした。ヒビぐらいはいれてしまったかもしれない。

もはや二人ともパニック状態だ。青ざめ、震え、呆然としている。女のほうを見つめると、魔神にであったような恐怖の表情を浮かべ、白目をむいて気絶した。股間から湯気がたちのぼり、革張りのシートに液体がひろがってゆく。失禁したのだ。

おいおいとおもってバックミラーをちらりとのぞき、びくりとした。なにに対してかといえば——そうだよ、自分の顔だ。

とりたてて普段と変化があるわけではない。が、目にだけ恐ろしい光があった。人間でも獣でもないものの圧倒的な力があらわれていた。

すぐに目をそらし、男の両手を自由にしてやる。もう一度いった。

「ほら、行けよ」

小便臭い雌豚と手首にヒビをいれられたバカ野郎を乗せた車は後輪を派手にホイールスピンさせながら逃げ去った。ゴムの灼《や》ける臭いがたまらなく不愉快だった。

すぐにその場を歩み去る。ぼくがなにをしていたか見ていた者がいたし、警察にでも通報されたら面倒だからだ。ということはアレだな。やはり打算で彼女を助けたわけではないってことになるのかもしれない。

しかし、向こうが放っておいてはくれなかった。

二〇メートルほど歩道を進んだところで左ハンドルのBMWが傍《かたわ》らに停まった。女の声がきこえた。

「待って、そこのあなた、待ってください……御礼がいいたいの」

あとはくだくだしく述べる必要はあるまい。雪華はぼくに頭をさげ、ぼくは彼女にはっきりとした好意を抱いた。そしてぼくの身体からヒト起動物質が性ホルモンのように放出され……彼女はぼくのものになった。呼吸によって体内にはいりこんだわずかなヒト起動物質によって内分泌系を狂わされたのだ。彼女の内部でヒト起動物質の影響によるドーパミンの大量分泌が生じ、ドーパミンニューロンが猛烈に活動し、側頭葉が強烈な刺激を受けとったのである。

礼の言葉をいい終える前に、ぼくに対する興味が強くわきおこったのがわかった。そして、初恋に胸を痛める少女のように頬が赤らんでゆく……。すべてはほんの数秒で起こった。ヒト起動物質によって強引に刺激を受けた側頭葉からの情報が強烈な恋愛感情として前頭葉に把《は》握《あく》されたのである。ひどい話だ。本人が気づかぬうちに脳をレイプしたようなものなのだ。

だからこそ、ぼくがどこにもいくアテがないと知った雪華は、使用人も置かずに夏を過ごしていた別荘へと招いたのである。車に乗ったあとは……もはや後戻りはできなかった。狭い車内にヒト起動物質が充満していたからである。

別荘に入った時、すでに発情しきっていた雪華はぼくにむしゃぶりついてきた。ねばっこいキスを繰り返すうちに何度も痙攣を起こし、お願い、お願いとうわごとのように繰り返す。

ぼくはその甘い誘惑をかろうじて耐えた。彼女がいくらか落ち着いたとおもわれたあたりで、自分の身体が普通ではないということを告げた。そうしなければさすがにアンフェアじゃないかという気がしたからだ（口にしたタイミングが卑怯だ、といわれたらそれまでだが）。

あ、もちろん、〈アウトフィット〉についてははぶいた。先天的に遺伝子のぐあいが妙で、全身から妙なホルモンを大量に噴きだしてしまう、といったような説明である。つまり、彼女の陥っている状態が強制的なものであることを教えたわけだ。ぼくと繰り返し交わると身体に影響があるかもしれない、ともつけ加えた。

雪華は神妙な表情でぼくの言葉を聴いていた。そして、ぼくが喋り終えると同時に再び唇を重ねてきた。おそらく、ぼくの言葉はほとんど耳をすりぬけていたのだとおもう。

ぼくももう我慢できなかった。玄関でそのまま雪華の衣服をむしりとり、彼女の中へ入りこんでしまう。床に小さな水たまりができるほど濡れていた彼女はそれだけで最初の絶頂に達した。ぼく自身が彼女にあわせて形を変え始めた時は、獣じみた唸りを漏らしながらしがみつき、自分から腰を振りたくっていた……。

年は離れていたが深く愛していた亡夫を弔《とむら》い続けてきた若き未亡人は、ぼくのものになった。愛した年上の男に触れることすら許さなかったアヌスをみずから開くようにして捧げたのはその日の夜のことである。ぼくが痛みもなく入りこんだ瞬間、彼女は歓喜の涙をあふれさせながらぼくを『あなた』と呼んだ。意識の中で、亡夫とぼくが置き換わったのだ。

むろん、うれしくないはずはない。ぼくは彼女へ全力で打ちこみ、入り口できつくしめつけてくる底無しの深みへ何度も何度も放った。立て続けの絶頂に疲れ切った彼女が意識を失うころ、そこはぼく専用の性器に変化していた。

あとはご想像のとおりだ。彼女はぼくに溺れ、ぼくも彼女に溺れることになったのである。

初日から大量に注《そそ》ぎこんだためだろう、彼女の肉体は即座に変化をおこしはじめたが、それを恐れるどころかますます求めるようになった。ぼくらは広い別荘中で交わり、庭で交わり、車の中で交わった。夏だけ営業するブティックでぼくの服を買い揃えた時は店員をチップで追い払い、試着室で声を殺しながら溶け合った。高級レストランへ食事にでかけた時はもちろん個室で、料理に舌鼓を打ったのはぼく一人——足元にひざまずいた彼女はぼくの体液から栄養をとっていた。出会って四日目、間違いなく『変化』がもう一段進んだ影響によってぼく自身が子宮へもぐりこむと、トランス状態に陥った巫女《みこ》のように狂いながら深い失神に陥った。彼女が体内の不要物を根こそぎ排出したのはその晩のことである。

もちろん驚いた。彼女も〈アウトフィット〉に造られた存在なのか、と疑ってしまったほどだ。

が、すぐに本当の理由がわかった。そのあとで交わった彼女はさらに魅力的な女性になっていたが、どこまでも川島雪華自身でもあったからだ。

進化を加速させたぼくが、彼女をそこまで造り替えてしまったのである。

もはや後戻りはできない。

ぼくらは蜜で煮られているような時を過ごすことになった。

正直、この七日間で雪華と離れていたのはほんの数時間……昨日の午後、彼女が財産の管理を依頼している弁護士とホテルのロビーであっていたあいだだけだ。そのあいだ、ぼくはホテルの喫茶室でぼんやりとし、彼女のことばかりを考えていた。皮肉というか因果応報というか、『変化』をおこしたあとのぼくはヒト起動物質でわがものとした女性への愛おしさが燃え盛り、けっして衰えることがないのである。

だから、戻ってきた彼女が顔いっぱいの笑顔を浮かべ、人目もはばからずにぼくを抱きしめたときのうれしさにはたまらないものがあった。

どうしたの、とたずねると清楚な彼女にはにあわない大判の事務封筒をさしだし、もう大丈夫よ、といった。

中身は戸籍その他の書類である。二組あった。

ひとつは川島徹という名の少年についての書類だ。

もちろん川島徹がだれであるか、たずねるまでもなかった。

偽造ではないわ、彼女は教えた。すべて本物。亡くなったあの人に借りのあった政治家に頼んだの。だから、あなたは徹くんのままだけれど、記録上はまったくの別人になりました。勝手に決めて悪かったけれど、わたしとは家族ということになっているから……これなら、安心できるでしょう?

ぼくがこたえる前に彼女はもう一組の書類を見せた。こちらは黒江徹。まんまぼくの名前である。ただし、経歴ががらりと変わっている。ぼくの知らない土地で生まれ、ちょっと知っている土地で育ち、小学生のころに覚えのない怪我で長期入院したため、中学校は入院児童のために設けられている院内学級で終え、高校卒業資格は大検——大学入学資格検定で得たことになっていた。ほかにも原付オンリーの運転免許、銀行やクレジットのカード等々……日本で生きてゆくために必要なすべてが揃えられている(パスポートまであった)。こちらに記されている現住所は東京《とうきょう》で、退院後、事故で亡くなった両親から受け継いだことになっている一戸建てだという。以前からぼくのものだったが、両親を亡くしたあとではじめて自分の名義だと知ったため、いったことはない。おまけにその家は取り壊され更地になっている……という設定だ。ちなみに入院したことになっている病院は川島家の資本が入っており、担当医や看護婦、院内学級の教師は故人を選んでいるので書類以外では調べようがない。

「これは」ぼくはたずねた。二組の身許を用意してくれた意味について想像はできたが、簡単に受け入れることはできなかった。身体を重ねる合間に問題のない範囲で自分のことを話していたが、彼女はぼくがよほどの面倒を抱えていると察してくれていたらしい。それにしてもここまでとは……出会ってまだ六日にしかならないのに。いや、こういった書類は手に入れるのに準備が必要だろうから、少なくとも二日前には頼んであったに違いない。

二日前といえば、ぼくが彼女の奥深い場所に達したその日である。

「こちらも完璧よ」それだけを彼女はいった。

「どうして……」ようやく口にだせたのはここまでだった。

川島雪華は光り輝くような笑顔とともにいいきった。

「雪華は徹くんの女だもの――不思議だけれど、ずっと前から徹くんの女だったような気がしているの。迷惑……？」

ひどい話だけれど、雪華について覚悟を固めたのはその時だ。

それまではいくらかの迷いを抱いていたことをぼくは認める。ぼくに対して生物学的に隷属する肉体へと変えてしまうことへの恐れが消えなかった。くわえて、どこかに彼女を利用しているだけだという意識があり、気分を重くしていた。

いまやそのすべては、あっさりと蒸発していた。ここまでしてくれる女を手放せるはずがない。もはや雪華はただの女ではなかった。恋人で、愛人で、姉で、妹で……母親だった。気持ち悪い？　それはどうも。いやいや、そんなにぼくがうらやましいですか。大変に申しわけありません。うるせぇ。こんな女を手放せるものか。

ホテルはすぐにでたが、なかなか別荘へは帰り着けなかった。雪華を完全に自分のものにすると決意した身体からはヒト起動物質が無限にあふれだし、彼女を何度も運転のできない状態に陥らせたのだ。ぼくらは車を森の中にいれて何度も交わった。ついには他の車から見えるかもしれない道路脇でシートを倒しもした。別荘へ戻ってからは……ずっとだ。彼女がぼくの女だというのなら、ぼくが与えられるすべてを可能なかぎり与え続けなければならないとおもったし、それを可能にする呪われた肉体をはじめて頼もしく感じていた。当然だ。雪華はぼくの女なのだから。


「なにかやることないかな」目覚めた雪華にたずねた。

満ち足りた微笑《ほほえ》みを浮かべている彼女をみているうちにこみあげてきたが、抑えつける。いくら変化を起こしつつあるとはいえ、彼女はもともと常人なのである。ぼくの勢いにあわせていてはどこかが壊れてしまう。

「配達の車がくるわ」三時半過ぎを示している時計をちらりと見て彼女はいった。「食べ物とかたくさん注文したから……三時半には着いているはずだけど」

もちろん、化け物じみた（いえ、化け物みたいなもんですけど）勢いで貪《むさぼ》るぼくのためにである。

「確かめてみるよ」

リビングにでて、電話をかけた。店の方は時間どおりにでたという。

「どうだって」

男物の（つまり、ぼくの）シャツだけを着て寝室からやってきた雪華がもたれかかりながらたずねた。胸は生地を突き破りそうなほどにもりあがり、シャツの裾からのびているみずみずしく張った太腿《ふともも》のあいだには隙間がない。

柔らかく、ひんやりとした指が胸元から忍びこみ、ぼくの乳首をなでまわす。首筋をくすぐる吐息はすでに熱をもっていた。背中で形をかえる乳房の存在感が痺れるほどすばらしい。付け根が激しくうずきはじめた。うう、たまらん。ガ、ガマンだ。

「途中でなにかあって遅れてるのかもしれない。ちょっと見てくるよ」シャツの裾をもちあげているヒップに手を当てながらいった。このあたりは携帯が通じないから、そうするしかない。

「わたしも……」触れられただけで小気味よく震えた雪華はふらついていた。腰もさだまらなくなっている。当然だ。時間の許すかぎりぼくのパワーを叩きつけられているのである。立っていられるのは、肉体が変化をおこし、体力が急速に回復しつつあるからにすぎないのだ。

「休んでいてよ、雪華さん」彼女を抱えあげ、ソファに寝かせた。「ぼく、料理は全然だめだからご飯をつくってもらわなければならないし……夜、すぐに疲れちゃうから」

彼女は頰を染めてうなずいた。せめてキスをしてやりたいところだが、それだけでも肉体が反応してしまうだろうからまたしても我慢した。われながらよくやったと自惚《うぬぼ》れたが、あまりにも浅薄な満足感であった。

その後に起きたことを考えるならば、我慢などすべきではなかったのである。


広い玄関にたてかけてある雪華の買ってくれたマウンテンバイクを外にだし、カギを閉めた。古い別荘なのでオートロックではないのだ。

マウンテンバイクにまたがり、こぎだす。さほど力をこめずにいたが、すぐに時速六〇キロを超えた。乾いた空気が心地よい。そうだ。明日にでも、雪華を乗せて走ってみよう。もちろん荷台なんてものはないから、背負うのだ。全力でこげば軽く一五〇キロはだせるだろうから、彼女の反応が楽しみだ。

配送の軽トラックに気づいたのはその時だった。路肩に停まっている。運転席側のドアが開けっ放しだった。

スピードとぼくに酔う雪華の幻は消え、頭の隅にちくちくとした不快感が生じた。

二人、いや、三人の人影が森に消えた。武器を手にしていたが、服装や顔立ちまでは見わけられない。見わけている暇がなかったのだ。軽トラックの荷台から長い銃身が突きだされていたのである。

強力な冷凍庫へ放りこまれたように意識が冷えた。雪華と出会っていらい忘れていた力のうごめきが体内で爆発的に高まった。

避けることも隠れることもできないとすぐにわかった。決まっている。スピードをだしすぎている。どうする！　逆手《さかて》にとるしかない！

即座にペダルを強く踏みこんだ。設計強度をこえる力を加えられたマウンテンバイクはギアやチェーンから悲鳴をあげながら急加速する。軽トラックの一〇メートルほど手前で前輪にカウンターをあて、後輪をすべらせた。白煙をあげながら尻を振ったマウンテンバイクが軽トラックに真横を向ける直前に飛びおりる。同時に、マウンテンバイクをおもいきり蹴飛ばす。

宙を飛んだマウンテンバイクはアルミパイプの骨組みをへしおり、幌を突き破りながら荷台へミサイルのように突っこんだ。悲鳴があがり、銃が道に落下する。サイレンサーをつけた突撃銃《アサルト・ライフル》だった。

着地と同時に転がってショックを逃がすと、軽トラックに向けてダッシュした。銃をひろいあげ荷台に銃口を向ける。切り換えレバー《セレクター》を連発《フルオート》に切り換え、引鉄《トリガー》を絞った。咳きこむような銃声とともに放たれた高速ライフル弾は薄いトラックのボディを紙のように貫通し、荷台を穴だらけにする。ガラスの割れる音とともに、再び悲鳴があがった。ボルトが後退した位置でロックされ、薬室《チャンバー》がのぞいた。弾倉《マガジン》が空になったのだ。

ぼくがむさぼるはずだったものが散乱している荷台へ飛び乗った。迷彩服を身につけた男が絶命していた。白人だ。まだ若い。ぼくがいうのもなんだけれど、少年のような顔をしている。腰に予備弾倉などをおさめたベルトを巻いていた。太腿につけたレッグ・ホルスターからはＳＩＧザウエルＰ２２６が顔をだしている。自分がターゲットにほかならないと確信した。別荘地で荒稼ぎをたくらむ強盗団にしては重武装すぎる。

即座にベルトとホルスターを奪い、道路脇の森に逃げこんだ。ほかに少なくとも三人いるはずだから、のんびりはしていられない。

　あたりで一番直径がありそうだったナラの幹を楯にして奪った装備を身につけた。血で濡れているのが気持ち悪いが、贅沢《ぜいたく》をいっている場合ではない。銃身を覆う太いサイレンサーを取り付けているM16に似た突撃銃――COLT M4 Commandoという刻印が打たれていた――に装着されていた輝点式照準器《ドット・サイト》は落下の衝撃《しょうげき》で壊れていたので外して捨てた。マガジンを交換する。弾は見覚えのある5・56ミリ・ライフル弾だ。

　ホルスターを調整してむきだしの太腿にフィットさせたそのとき、硬い音とともにナラの幹が抉《えぐ》られ、木屑を飛ばした。

　ボール袋をちぢみあがらせながら木立を這うように駆け、その場を逃れた。背後で小枝や枯葉が舞いあがっていた。

　理由の見当は――つかないはずがない。銃弾を浴びたのである。サイレンサーによって抑制された銃声だが、ぼくの鼓膜はそれを普通の銃声と同じようにとらえていた。『変化』によって備わった聴覚のカクテルパーティ効果を異様に高めるフィルター機能によって、危険をもたらす種類の音だけが認識されているのだ。

　撃ってきたのは右手に違いなかった。わざと姿勢を崩して倒れこむと、一発の銃弾が首筋を衝撃波で引っぱたきながら飛び去った。くそっ、お上手じゃねえか！

　苦痛の呻きをこらえつつ倒れたまま身体を回転させ、突撃銃を――M４コマンドゥを銃声が聴こえた右手の杉に向け、トリガーを絞る。小気味よい反動が肩をけった直後、腹の底から絞りだしたような絶叫があがり、迷彩服の人影がのけぞった。すぐに駆け寄り、念のためにもう一発撃ちこんでから顔を確かめた。今度はスラブ系、ロシア人であった。少年のように見えるのは荷台で片づけた奴と同じだ。

　そいつもM４コマンドゥを用いていたが、ぼくの放った弾に銃把《グリップ》を砕かれていた。しかしドット・サイトは無事だったので、手にしている銃で使うことにする。面倒はない。射撃で加熱されてしまう銃身を覆っている掃除機のホースに似た放熱筒《バレル・ジャケット》に一定の間隔でアクセサリー装着用の溝《レール》が設けられているので、サイトをレールにはめたあと、指でネジを締めたりレバーを倒したりするだけでいいのだ。

　感覚を研《と》ぎ澄ませながら低い姿勢を保ちつつ、木立のなかを進んだ。

銃弾が飛来した角度からみて、残っているのはあと二人だ。位置も見当がついている。土がもりあがって自然の胸壁をなしている場所を見つけると、そこに身を隠した。立場を逆転させてやるつもりだ。今度はぼくが奴らを待ち伏せるのである。

下生えの生々しい臭いと湿った土の臭いを嗅ぎながら耳を澄ませた。気温は二二度以下で、湿度もさほど高くはないはずなのにもかかわらず、ひどく蒸し暑かった。『変化』のおかげで汗をかかなくなっていることを改めてありがたいとおもった。これで汗まみれだったら、頭がおかしくなってしまう。

じりじりと待つ。動く気配はない。くそっ、仲間を二人も殺されて冷静でいられるなんて、プロに違いない。それに、反応もいい。常人を少し超えている感じだ。まさか、〈ノバ〉か？

いや、それはないだろう。〈ノバ〉ならば女顔の美形であるはずだ。それに、これほど簡単に死ぬこともない。

それにしても、さきほどまではあれほど撃ってきたのに、なぜいまは動かずにいるのか……。

はっとした。可能性がおもいうかんだ。

ぼくが軽トラックを見つけた時、奴らはあわてたように森へ駆けこんだ。間に合わなかった一人が……いや、おそらくは仲間を援護するために、荷台からぼくを狙った。

つまり、奴らは不意をうたれたのだ。本来の目的はこ
こでぼくを襲うことではなくて、外界からの侵入者を食いとめることだったに違いない。軽トラックを運転していたはずの運転者がどこにも見えないことがそれを教えている。すでに殺されており、この森のどこかに埋められてしまったのだ。

背筋に悪寒がはしる。

敵が四人きりであるはずがない。侵入阻止チームが配置されているのであれば、本来ぼくがいるべき場所に対する突入チームも展開しているはずである。そして、奴らが予想していた、ぼくがいるべき場所とは……。

雪華。

跳ねるように駆けた。静まりかえっていた森から、再び銃弾が飛来する。手近な木を楯にして微かな発射炎を目にした五〇メートルほど左の茂みに弾丸を浴びせかける。悲鳴は聞こえなかったが、のけぞり倒れる少年の姿を目にした。

一瞬、ぞっとする。のけぞった奴は大きなエプロンを身につけていたのだ。軽トラックを運転していた店員に違いない。

無関係の人間を撃ってしまったのか——違った。倒れる店員の後を追うように飛んだM４コマンドゥが見えたのである。奴らの仲間が店員として送りこまれていたのか、本当の店員を殺したあとで成り済まし、別荘を奇襲するつもりだったのか……くそっ、いまはどうでもいい。阻止チーム最後の生き残りを数秒でさがしだして射殺し、別荘へと駆けた。

前庭側からまわりこんだ。奴らがそこを制圧しているならば、窓の多い側からのぞきこんだほうが状況をつかみやすい。

木陰に伏せ、のぞきこんだ。獣じみた唸りを漏らしそうになる。

雪華はそこにいた。シャツだけというスタイルのまま、庭の中央に立たされていた。背後には武装し、迷彩服を身につけた二人の男。右は中国《ちゅうごく》系、左は白人だ。

二人をほぼ同時に片づける方法を考えはじめたそのとき、左側の、くすんだ赤毛の白人青年が大声で叫んだ。

「君がそこにいるのはわかっている、D-17！　武器を捨ててでてこい！　従わない場合はこの女を射殺する！」

D-17だと？　くそっ。

従ってみせるしかないと即座に決めた。奴らは二人きりではないだろうし、ぼくは撃たれても死なない。なにより、雪華を傷つけさせるわけにはいかないのだ。連中はぼくがD-17であることを知っている。なにをやらかすかわからない。

ホルスターのP２２６をベルトの背中側にさしこむと、M４コマンドゥを庭へ放り投げた。びくりとした二人が銃を構える。雪華の顔色は紙よりも白かった。

「いまからでてゆく、彼女を傷つけるな」

大きな声で告げてからゆっくりと立ちあがった。

足をふみだす。ぼくと雪華が交わったことのある庭の芝生は青々と輝いていた。

彼女と視線があった。微笑み、うなずく。

引きつった美貌に微かな笑みが浮かぶ。同時に瞳にはなにか不思議な力のようなものがあふれかえった。

あわてて声をかけた。

「だめだ、雪華さん！」

遅かった。彼女は叫んだ。

「こないで、徹くん！　中にまだ四人いるわ！」
そのままぼくに銃を向けた左側の男に殴りかかってい
った。プロであるだろう男があわてたのは、彼女と暴力
があまりにも縁遠く感じられていたからだろう。
が、混乱は一瞬だった。彼女の拳をよけた男が銃を構
えた。右側の男も銃を向けた。咳きこむような銃声が重
なり、薬莢《やっきょう》がきらきらと宙を舞った。
川島雪華はボロ屑のようになるまでライフル弾を浴び、
血液と肉片をまき散らしながら倒れた。
怒りと憎しみが爆発し、次の瞬間、すべての感情がフ
リーズした。
P226を抜き、二人の腕と脚を撃った。ぼくの手に
は大きすぎる銃だが、一発もはずれない。『力』が全開
になっているのだ。
放り投げたM4コマンドゥを拾いあげる。別荘の二階、
寝室の窓から花火の破裂したような音がひびいた。ダッ
シュしてよけたが、衝撃波で左腕が痺れる。背後の植え
こみが爆発したように四散した。大口径弾だ。ただのラ
イフルではない。重機関銃で用いるような弾を使ってい
る。
右腕だけでM4コマンドゥを構え、寝室を狙い、正確
な狙撃を加える。長い銃身が突きだされているおかげで
位置の特定は楽だった。そこから響いた苦痛の喘ぎも聞
きとる。
痺れから回復した左手を突撃銃に添え、全力で駆けた。
三丁の銃に狙われるが、弾は背後を通りすぎるだけ。奴
らの反応も常人をいくらか超えているが、本気になった
ぼくの動きに照準をあわせることができないのだ。
中にいた全員を数分で片づけると、いったんキッチン
にいってから庭にゆっくりと戻った。時間はあるのだ。
警察がくる心配はない。雪華の別荘は周囲を森に囲まれ
ており、また、このあたりの土地はすべて彼女のものだ
からだれも住んでいない。やつらは阻止チームまでおい
ていたのだから、迷いこんだ奴もいないだろう。サイレ
ンサーつきのM4コマンドゥは当然としてP226や大
口径ライフルの銃声も耳にしたものはいないはずである。
イヤでも雪華が目に入る。ライフル弾を何発も浴びた
肉体は破壊されつくしている。が、顔だけは傷ひとつな
かった。微笑んでいるように見える――わけがあるかバ
カ野郎。苦痛を刻印された死に顔だ。
――ぼくの右手にはキッチンから持ちだした包丁がに
ぎられていた。

Ｐ２２６で腕と脚を撃ち抜かれた二人は狂ったように目を見開いてぼくを見つめている。傷からは血がどくどくとあふれていた。

「もうわかってるだろ」にこにこしながらぼくはいった。「おまえたちが何者で、だれの命令を受けてやってきたか話してもらう。話さないのは自由だが、その場合はぼくも遠慮はしない」

白人が白目をむいて失神した。もう一人は強く歯噛みするような動きを示した。舌でも噛まれてはぼくの楽しみがなくなってしまう。即座に蹴り飛ばした。折れた前歯がばらばらと飛び散る。乾いた音とともに顎《あご》が外れ、だらりと開いた。いい感じだ。

しまらなくなった口の中で舌がのたうち、作為を感じるほどきれいに並んだ歯列のひとつに、不自然な銀の被せ物がしてあるのが見えた。舌先がそこを懸命に押している。想像がついた。舌を噛むのではなく、歯にしこんだ毒薬を飲むつもりだったのだろう。

よだれをたらしながらうめき声をあげている中国系の男を見下ろした。やはり、少年である。もちろん情けをかけるつもりなどない。

「さ、手術を始めようか」ぼくはいった。キッチンから持ちだした包丁を男の前でかざし、ひどく落ち着いた気分でオペを開始する。残酷？　サイコ野郎？　ああ、そうだ。そのとおりだ。ぼくの女を殺した連中を楽に死なせてなどやるものか。こいつらに命令を下した奴もふくめた全員を暗い穴蔵から引きずりだし、最後の一人まで皆殺しにしてやる。手段を選びはしない。殺す。苦痛と屈辱にのたうちまわらせて殺してやる。雪華はきっと喜ばないだろうが、そうせずにいられない。けりをつけずにはいられないのだ。

なぜかって？

決まっているだろう。

彼女は死んですべてから解き放たれたが、ぼくは死ねないからだ。

1　メトロポリス・夏

1

三日後、鍋の底で炙《あぶ》られているように暑い八月の東京にぼくはいた。といっても着いたのは昨夜である。調べるべきことがあったので、マンガ喫茶兼業のネットカフェをめぐりながら一晩を過ごした。

今日腰を据えたのは代々木《よよぎ》にあるかなり老朽化したウイークリー・マンションである。その名どおり、週ごとの契約で金を払って借りるシステムだ。キッチンまでひとまとめのワンルームで、身体を洗うのも用を足すのも苦労しそうなほど狭いユニットバスがついていた。

避暑地を離れる前に三週間の予約をいれておいたので、やる気のなさそうな中年の管理人からカギを受け取るだけで済んだ。念のために、予備校の夏期講習に参加するのだと申しこみの時に伝えてある。妙な疑いを抱かれないよう、金は先払いした。ちなみに、用いた名前は川島徹ではない。黒江徹である。雪華がぼくの名前でつくってくれた新たな身許は完璧で、金さえ払ってもらえば文句はないマンション会社は疑いもしなかった。

むっと熱気のこもった部屋にはいるとクーラーのスイッチを入れ、据えつけのテレビをつけた。午後なので昔の時代劇を流している。正義の味方が大量殺戮《さつりく》をくりひろげる音を聴きながら持ちこんだ二つの特大スポーツバッグを開いた。

ひとつは二つ折りに分解されたM4コマンドゥとP226が一丁ずつ、多数の予備弾倉や三〇発ほどの手榴弾とともに収まっていた。いずれも予備の武器として襲ってきた連中のワゴンに残されていたものだ。もうひとつにはもっと大型の銃——寝室から撃ってきた大口径ライフルが弾薬とともに収められている。金庫からもちだした札束もこちらだ。

武器と金の大部分を部屋のあちこちに隠すとクーラーをつけたまま外にでた。まず夏期講習を申しこんだ近所の予備校に向かい、テキストを受け取る。一度マンションへ戻ってそれをおいてからJRの駅に向かい、売れ残っていた朝刊や写真週刊誌を買う。写真週刊誌は現場写真を載せていたが、二ページ見開きだけである。新聞の方では……一昨日までは社会面で大きく扱われていた避暑地の惨劇はもう、載っていなかった。お盆休みをどう過ごすかが最大の話題になっている。警察の要請で抑えられている情報があって各社が黙っているのでもないかぎり、〝終わった〟ということだ。ほくそ笑む気にはなれないが、安堵感と満足感は抑えられない。

腸をひきずりだすどころかペニスまで切断してやった二人が失血死したあと、ぼくはマシーンになった。そこでなにがあったかを偽装したのだ。

厚い雲がひろがりはじめている空の下を軽トラックまで戻り、その周囲を徹底的に捜索した。ワゴンを見つけ、必要なものを選び、ひとまとめにしておく。そのあとで、周囲に転がっている死体を集め、全員を荷台へ積みこんだ。生まれてはじめて車を運転していることなど忘れて見よう見まねの知識で軽トラックを走らせ、すべて別荘へ運んだ。マウンテンバイクは車庫前に倒しておく。

雪華の身体を清めてやり、ぼくと出会ったとき身につけていたワンピースを着せ、靴も履かせた。襲撃者のうち、ぼくにもっとも体格の近い日本人を選んで雪華に買ってもらった服と靴を着けさせる。

車庫に入るとBMWのブレーキをゆるめ、ゆっくりと押した。重い車だが、ぼくには大した苦労ではない。前輪がマウンテンバイクを踏みつぶすまで押した。そのあとで運転席に雪華を、助手席にぼくの服を着せた奴を座らせた。

そのあとが面倒だった。襲撃者どもの銃を順にもちいて四方からBMWを穴だらけにしたのだ。むろん、疑いをまねかないよう、適当に散らして撃っておく。

周囲に転がした死体すべてに銃を握らせたあと、別荘へ戻った。衣服をここへやってきた時の安物へと着替え、大型のスポーツバッグをとりだし、雪華が番号を教えてくれていた小型金庫から急場のため常におさめられている一〇〇〇万円を放りこみ、残りの書類をすべて小脇に抱える。

キッチンに降り、感知器を壊したあとでプロパンのボンベを用いているガスコンロのトグルをゆるくひねった。火はつかず、ガスだけがあふれだす。その上にヤカンをおいておく。

外にでた。BMWの運転席側のドアを開き、永遠の静寂に身をゆだねた雪華を見つめた。青い唇を怒りに引きつらせた母狼のような死に顔だ。くそっ、なんと美しいのだろう。

そっと口づけをした。プロパンガスの臭いが漂ってきた。冷たくなった彼女の頰に一度だけ手を触れると、車の中に書類を放りこむ。

スポーツバッグにワゴンから持ちだした武器弾薬を放

りこんだ。バッグを両肩にかけると、死体のひとつと、そいつの手にしていたM4コマンドゥを手に別荘を離れた。バッグとあわせて二〇〇キロをこえる重量だが、羽毛のように軽かった。

一〇〇メートルほど離れたところで死体を仰向けに転がし、突撃銃をBMWへ向けた。運転席の雪華をなるべくみないようにしながら、まず助手席に座らせた奴の頭を狙い撃ち、頭蓋骨を完全に破壊する。そして……ガソリンタンクを狙い撃った。

三発目の5・56ミリ弾を浴びた瞬間、タンク内のガソリンが引火誘爆した。紅蓮の炎とともに車体後部がふくれあがり、続いて全体がばらばらにはじけとぶ。そのまま別荘内に満ちたプロパンに引火した。窓が破れ、壁が崩れ、炎が噴きだす。

死体にM4コマンドゥを握らせると、あとは山中に向けて走った。低く重い雲に覆われた空からは大粒の雨が降り始めていた。雲の動きは鈍く、なかなかやみそうにない。ちょうどいい、とおもった。ようやく涙がこぼれはじめていたから……だけではなかった。

現場検証をおこなった警察の連中はワケがわからなかったとおもう。大金持ちの若き未亡人の別荘が破壊され、彼女も殺されている。おまけに、別荘の内部と周囲には日本では入手の難しい軍用突撃銃を持った死体がゴロゴロ転がっているのだ。

雪華をはじめとしてすべての死体は原形をとどめないまでに炭化したようだ。新聞に似顔絵ひとつ載らなかったからである。CGを用いた、頭蓋骨からの復顔図もでていないから、爆発で骨まで砕かれたのかもしれない(それとも、時間がかかっているだけか?)。

雪華とぼくのことは避暑地の噂になっていたはずだ。となれば警察はその線で追うはずだ。しかしぼくの顔かたちを教える材料は街で偶然に見かけた連中の証言だけである。手首を痛めつけてやった成金息子の兄ちゃんは……心配する必要はあるまい。ああいった人種は警察に協力などしないものだ。

おまけに雪華の隣には頭を銃弾で砕かれた少年の(解剖の意味がないほど炭化した)死体がある。それがぼくでないと疑う理由はどこにもないのだ。ぼくだと断定するほかあるまい。

第一、警察はぼくについてなどそうかかずらってはいられないはずである。

他の死体につけねばならない説明で頭が痛いはずである。たとえばだ、屋内と屋外で撃ちあっていたらしいこと、うち二人が惨殺されたことはわかるだろうが……それをどう解釈するのだ？　物証は山のようにあっても、それを意味づける方法がないのだ。仮に死体の手足が焼け残っても、身許の確認は無理である。襲撃者どもは指紋を消されていた。ＤＮＡ鑑定は可能かもしれないが、鑑定して……なにと比べるというのだ？　奴らのデータを警察が持っているとはおもえない。

昨日の新聞はぼくが狙ったとおりの内容だった。結局のところ、事件は日本で荒稼ぎをたくらんだ外国人ギャング団の仕業《しわざ》にされていた。雪華の別荘を襲ったものの、抵抗を受けているうちに車を燃えあがらせてしまい、その炎が襲撃の混乱の中で放って置かれたコンロ――ヤカンの湯が噴いて火の消えてしまったコンロに達した。襲撃者たちは自分たちのしくじりで死ぬことになった。惨殺死体は？　わけがわからない。

雪華の弁護士は彼女と一緒にいたのが親戚の少年、川島徹（17）にちがいないと断言していた。『雪華さんが以前からかわいがっていた子で……』などと作り話までしている。むろんかれは川島徹が政治家の力を利用しているわけだが、どれだけ警察に訊かれてもそのことを口にするはずがない。バレたら自分どころか、有力政治家にまで手がのびかねないからだ。

ほんの数日前に誕生したばかりだとを知っているわけだ

新聞を見てもテレビを見ても現場から離れた不審な足跡についての記事はなかった。警察が伏せている可能性もあるが、まず間違いなくあの雨で消されたはずだから、あまり心配する必要はない。ともかく、川島徹は雪華と共に死んだのだ。代々木駅前にいるのはもう一人の徹。川島雪華から愚かしさを感じるほど大きく深い愛情を注がれた黒江徹である。

読み終えた写真週刊誌と新聞を捨てると電車に乗り、中央線で神保町《じんぼうちょう》にでた。大きめのデイパックとスポーツバッグやポーチをいくつか、それに手袋や断熱マットなどを買う。そのあとで本屋を何軒もめぐり、受験参考書を揃えた。ノートや筆記用具も買う。すべて現金だ。雪華が黒江徹の名でつくってくれた口座やカードは警察や襲撃者に身分がばれていた可能性を考え、よほどのことがないかぎり使わないことにしてある。

面倒だからタクシーを使いたいところだけれど大人っ

ぼく見えない自分の外見を考え、歩いて秋葉原《あきはばら》に向かった。手前の淡路町《あわじちょう》あたりで裏手に入ると板塀に囲まれたシブイ蕎麦屋《そば》があったので寄ってみる。蒸籠《せいろ》を八枚頼んだが、あっというまに食べ終えてしまった。タレは驚くほど濃く、蕎麦で通ぶる連中が、すくいあげた蕎麦の端をほんの少しひたすだけで充分なんだ、といっている理由がよくわかった。立ち食い蕎麦のようにどっぷりつけると舌が痺れてしまう。

新幹線や蒸気機関車が頭のほうだけがぶったぎられて飾られている交通博物館前を通りすぎ、万世橋《まんせいばし》をわたる。街が変わった。日本にただひとつ……いや、世界でただひとつの奇怪な街に入ったのだ。

秋葉原。昔は電気製品の街、それからパソコンの街。いまは、希望という言葉の意味を知らず、絶望という言葉の存在をけっして認めようとはしない心優しい野郎どもの楽園だ。『変化』をおこす前、一度は訪れ、くだらないものを山のように買いこんでみたいと考えていた場所である。路上に吸殻が落ちていないのは千代田《ちよだ》区が歩行喫煙に関する罰則を設け監視員を巡回させているからだ。まるで全体主義国家だ。

それはともかく……のけぞってしまいたくなる場所であった。冷静になって考えるなら、表通りに堂々とエロ商品——ソフト、ビデオ、大人のオモチャ等々なんでもござれで売っているというのはとんでもない話である。おまけにビルには巨大な美少女の看板。なんとなくわくわくしてしまうのは認めるけど、ムチャクチャであることだけは否定できない。こんな仕事を選んだことを後悔しきっている顔であたらしいAV機器の商品説明をしているけっこう美人のキャンペーンガールたちが哀れで仕方がなかった。対照的に、メイドのコスプレでビラを配っている、過去のどこかで二四回ぐらいなにかを間違えたオタク姉ちゃんたちは人生の黄金期はいまぞこのとき、とばかりに秋葉原以外では通じないだろう顔と肌をさらしている。ま、気持ちはわからないでもない。だれだって、はじめて自分の居場所を見つけたときは興奮するものだ。たとえそれが真夏でもGジャンを着て、ぱんぱんにふくれた肩掛けバッグを偏愛《へんあい》し、風呂に入る習慣をもたない男たちでいっぱいの街でもだ。すくなくともいまのぼくよりはマシだろう。でも、開け放しになっているオタク向けエロソフト店のなかから溢《あふ》れでている異様な臭いを嗅いだ時は吐きそうになった。千代田区は歩行喫煙の前に二日以上入浴しておらず、着衣はそれ以上着替えていない奴に罰則を科すべきじゃないのか。この国は文明国のはずだし、秋葉原は旱魃《かんばつ》に襲われたアフリカの僻地《へきち》じゃない。

淫らなポーズをとったアニメ風美少女のポスターがでかでかと貼られているソフトショップ——には入らず、裏手のPCショップをめぐった。小型のノートPCと必要な付属品やソフトを買う。邪魔な箱は捨ててもらった。そのあとでさらに怪しげな店や露店をめぐり、プリペイド式携帯電話などを手に入れる。本物ほどではないだろうが少しは荒っぽく使えるだろうと考えてG‐SHOCKの偽物も買う。帰り道、エアソフトガンの専門店を見つけたので、おもいついて入ってみた。その手のマニア誌を読んでみればすぐにわかるが、こういう店で売られている銃器用のアクセサリーは本物も多いのだ。結局、M4コマンドゥのバレル・ジャケットに取りつけて使う射撃安定用のフォアグリップ（その名のとおり銃身部下側に固定して使う握り棒だ）、レーザー光を発して赤い光の点をターゲット上に生じさせるレーザーサイト、三〇連弾倉用のポーチ、P226用のホルスター、レーザーサイト付きのラバーグリップなどを買った。

マンションに戻った時は七時を過ぎていた。近所のコンビニで買った味も量も貧弱な弁当で腹をごまかすと、買ってきたものを使えるようにしながら今後どうすべきかを考えた。まず情報の整理だ。やみくもにGETを叩いてもぼくを襲うように命じた連中にたどりつけるはずがないから、いま持っている情報の意味を考えて……そのあとはさらに情報を集める必要がある。定期テストだって範囲を知っているのと知らないのでは大違いなのだ。人殺しならばそれ以上ということである。

2

GET。ぼくの拷問を受けた二人は同じアルファベットを口にした。あと、東京、ともいった。まともに意味がとれたのはそれだけである。奴らは血を失いすぎていたし、あのときのぼくは拷問そのものを楽しんでいた。やりすぎてしまったのだ。一人は死ぬ前に発狂してしまったし、もう一人は痛みが快感に転化してトリップしたようになった。

だからとりあえず東京に出て、ネットカフェへ適当に出入りしながら時を過ごしたのだ。ありふれた言葉だけに単純な検索ではとてつもない数がヒットしたが、一五分ほどかけてさまざまな単語をつけくわえてゆくと、これだ、とおもわれるものがあらわれた。

　GETは単語ではなく略語だった。

　GLOBAL ENFORCEMENT TECHNOLOGIES
　グローバル・エンフォースメント・テクノロジーズ。

直訳すると国際執行技術（複数）。なんだこれ。うーんと、えーと、あ、英語では警察官などによる武器使用もふくめた法的権力の行使を法執行、ロウ・エンフォースメント（LAW ENFORCEMENT）と呼ぶらしいから、国際警察技術社、って感じなのかもしれない。ちなみに警察——POLICEという言葉は日本語でも英語でも『行為』として用いられることがあり、その中には軍隊による『警察活動』も含まれるから、国際軍事技術社、というのがいいところかもしれない。じつにまんまの名前になってしまったが、ま、いい。別にリーダーの試験じゃないんだ。

　で、そのGETを調べてみたのだが、堂々とオフィシャルホームページがあることに驚いた。名前からして、もう少し秘密めかしているかとおもったのである。

　インストールされている翻訳《ほんやく》ソフトを使いながら中身をのぞき、さらに驚いた。ぼくのいいかげんな訳はオン・ターゲットだったのだ。


　本社を南シナ海にあるフィリピン領の小さな島エスタンシアにおいているGETは世界中に支社や事務所を展開していた。事実上の経営センターはニューヨーク支社らしい。なのになぜわざわざフィリピンの小島に本社があるかといえば……大規模訓練センターを持ち、常に実戦的な訓練をおこなっていることを示したいから、らしい。フィリピンの小島ともなれば金次第でしたい放題なのだろう。

　主な重役の顔ぶれを見てあきれた。名前を貸しているだけなのだろうが、退役したアメリカ陸軍大将、イギリス陸軍大将、旧ソヴィエト陸軍大将、陸上自衛隊陸将などが顧問になっている。社長の名はバート・マッギヴァーン。退役したアメリカ陸軍の大佐だ。イラク戦争のころまで現役だったらしい。

　名前ではなくIDナンバーと出身と得意技能が記されているRPGのキャラクターリストみたいな社員一覧もものすごい。グリーン・ベレー、デルタ・フォース、イギリス特殊降下部隊《SAS》、特殊舟艇部隊《SBS》、ソヴィエト《スペ》陸軍特殊部隊《ツナズ》……アクション映画やコミックで名を知られた特殊部隊出身者がずらり、だった。技能のほうも狙撃や爆破にはじまってありとあらゆるものが揃っている。

そして最後に書かれていたお客様へのご挨拶は、

〝GETは警備・訓練業務をはじめとするみなさまのご要望におこたえします〟

いや、ぼくが訳したわけじゃない。翻訳ソフトでもない。日本語のホームページが……日本支社のHPがあったのだ。場所は都庁が大要塞のごとくそびえたつ新宿副都心である。

読んでゆくうちに、自分の物知らずを思い知らされた。

この世界には、金をもらって軍事のプロを派遣する会社、すなわち傭兵企業が存在していることをはじめて知ったからである。目をひくものを片っ端からダウンロードしているうちに、日本語でそれが民間軍事会社と呼ばれていることがわかった。といっても英語のプライヴェート・ミリタリー・カンパニーの直訳だ。

業界大手は世界規模で展開しているコントロール・リスクス・グループ、アメリカのMPRI、イギリスのアーマー・グループやサンドライン、南アフリカのエグゼクティブ・アウトカムズ、イスラエルのベニ・タリ等々。当然というべきか、日系の会社はない。社員の〝実戦経験〟が会社に対する信頼の土台だから、いつもどこかで戦争をしている国でないと〝人材〟が育たないのだ。主な契約相手は各国政府などだが、企業や個人の依頼を受ける場合もある……。

GETはそうした民間軍事会社でも新興で、できてまだ二〇年たっていない。業務内容は警備や訓練といったものだけではなく、要人警護、誘拐《ゆうかい》時の交渉……このあたりまでは大手のコントロール・リスクス・グループと同じだが、人質の救出にまで手をつけたところが珍しい。もちろん、活動の舞台は政治的な事情から正規軍を送りこむのが難しい土地だ。一種の隙間産業というやつである。

ま、困っていた政府や捕まっていた人質にとってはありがたい存在なのだろうが、いいことばかりでもない。その昔、アフリカのアンゴラが内戦に陥ったとき、政府と反政府勢力双方が民間軍事会社と契約し、新型兵器が大量に持ちこまれたおかげで戦いが長期化したこともあるという。ほかにもまずい話はいろいろあるらしい。

その民間軍事会社が、どうして？　というのが正直なところだ。

たしかにかれらも日の当たる世界の存在ではないが、D-17に興味をもってどうするのだ、という気がした。もしかしてどこかのカムフラージュなのか。

襲ってきたのは野郎ばかりだったからといって〈ノバ〉だとは考えていない。なにしろ美形が一人もいなかった。高仲学院で失敗した〈ノバ〉の過激派が手をまわした可能性は……あれからまだ時間があまりすぎていない。連中もまだ混乱しているだろうから、可能性は低い。

しかし関わりはあるのかもしれない。もしかしてGETはその上に君臨する気分にはあまりなれないぼくの超人奴隷たち――〈エンジェル〉や〈ノバ〉と利害が衝突したことでもあるのか？　だからこそD-17の実在に気づき、手をだしてきた。あるいは日本国内での直接活動はまずいと判断したどこかの政府からの依頼を受けて……くそっ、いくらでも理由は考えられる。日本政府が依頼主である可能性だってあるのだ。

可能性の幅が広すぎてかえってまとまらない。直接ぶちあたるしかないらしい。それとも拷問でききだしたGETとは民間軍事会社のことではないのか……。

迷いながらGETのHPをのぞいてゆく。ほかとは雰囲気の異なる、明るいデザインのページだった。

『GETの社会支援活動』という宣伝ページだった。孤児の支援をおこなっているという。商売がアレなだけに偽善も必要になってくるのだろう、と吐き気がわいた

――掲載されていた画像ファイルを目にしたのはその時である。

アメフトのユニフォームを着て並んだ少年たちの記念写真だった。みな、楽しげに笑っている。

ひとり、見覚えのある顔がいた。

頭が冷え、脳がちくちくとうずいた。口元が釣針を引っかけられたように引きつった。

顎を外し、毒薬を仕込んだ歯をえぐりぬいたあとで拷問にかけた中国系の少年だった。画像は小さいが、見間違いではない。

代々木のウィークリー・マンションを予約したのはそのすぐ後である。

情報を整理しているうちに手の動きがはやくなっていた。M4コマンドゥにアクセサリーを……フォアグリップやレーザーサイトをとりつけ、P226もグリップパネルを外してレーザー発射部だけがプラスチック製になっているタイプのラバー《ゴム》グリップをはめる。M4コマンドゥはフォアグリップのおかげで持ちやすくなったし、P226はラバーグリップで銃把の厚みが減り、いくらか握りやすくなった。ラバーのおかげで掌《てのひら》への吸いつ

きもいい。逃げる途中、山奥で簡単な試射をしてあるので銃の癖もわかっている。

　最後にとりかかったのは分解組み立てを数本のボルト取りつけとレバー操作だけで可能にしてある大口径ライフルである。ＧＥＴを調べているあいまにネットで確かめたら、バーレットＭ99‐1と呼ばれるものだとわかった。緑なのか灰色なのか迷うような寝ぼけた色の本体から太い銃身がつきだしている。がっしりとした二脚架《バイポッド》がついていた。全長は約一メートル一八センチ。重量は約九・六キロ。機関銃なみの重さである。どこもかしこも大げさな、コケおどしじみた銃だ。

　なにしろこの銃、単発《シングル・ショット》なのだ。おまけにマガジンがない。一発うつごとに槓桿《こうかん》――レバーを意味する日本語だが、英語ではボルト・ハンドルと呼ばれる――を握って円筒型の遊底《ボルト》を引いて薬室を開放し、空薬莢《ケース》を抜き取り、新たな弾を手で押しこんだあと再びボルトを閉じる、という作業が必要になる。

　ま、それはともかく……ボルト・ハンドルを引いてがちゃこんとやったあと、手で新たな弾を銃に入れるなんてまるで大昔の銃だ。いまどきなんでそんなバカなものが、とすらおもわせるが……使用する弾を手にとれば一発で疑問はとける。

　大きいのだ。ひたすら大きいのである。つくりが大げさなのは必然だったのだ。

　口径１２・７ミリ。五〇口径ＢＭＧ弾――つまり戦車や装甲車などに載せて用いられるブローニングＭ２重機関銃用の弾を使うのである。なにを目的に？　もちろん、狙撃だ。有効射程二〇〇〇メートルといわれる弾の力を用いた狙撃である。どかどか連射するための銃ではないから、単発のほうが軽くなって扱いやすいというわけだ。事実、最初のうちは弾倉つきのセミオート（装填《そうてん》は自動でトリガーをしぼるたびに一発発射される半自動方式）を用いていた１２・７ミリ弾以上の大口径ライフルのほとんどは単発式にかわってしまった。銃器メーカーが軍用に開発した新型１２・７ミリ・ライフルのほとんどがこのタイプになっている。ガンマニアのＨＰによれば、この種の銃は世界中の軍隊や警察で対テロ用に採用されているそうだ（日本の場合、陸自の特殊作戦群《S.O.G.》が装備している）。

　といっても、必ずしも二〇〇〇メートルから狙うわけではない。ネットで得た情報によれば、実際は数百メートルの距離で使用されることが多いとのことである。アメリカ軍の特殊部隊でも、一八〇〇メートル以下で使用するように定めているそうだ。なぜかといえば……サッカーのシュートやパスと同様に、遠くなればなるほど狙った場所に落とす（当てる）のが難しくなるからである。

ボールと同じく、弾はまっすぐ飛ぶわけではない。実際は、ムチャクチャ大雑把《おおざっぱ》にいって山なりに飛ぶ。銃口からの距離が遠くなればなるほど銃弾の持つエネルギーは低下するから……その飛行コース（弾道）を考え、ターゲットから銃口を逸《そ》らせて狙わなければあたらない。五〇口径ＢＭＧ――１２・７ミリ弾の場合、一〇〇〇ヤード（約九一四メートル）で七メートル以上も弾道が下がるから、その距離の目標を狙う場合、あらかじめ七メートル上の空間を狙わなければならない（なお、ヤードなどというメートル法で育った者には感覚的につかみにくい単位を用いているのは、この銃がアメリカ製で、銃も弾薬もアメリカで開発されたため、すべてのデータがメートルやセンチではなくヤードだのインチだのを用いることを前提にしているからだ）。

むろん、自然条件の影響も受ける。これもサッカーで風を読むのと同じだ。

射撃の場合、気圧、気温、湿度、それに風の影響を計算する必要がある。気圧が低いと空気の抵抗が減るから銃弾の速度があがり、着弾点が普段とは変わってしまう。気温が高い場合も同じ問題が生ずる。湿度が高いと空気の抵抗が増えて銃弾の速度が低下し、やはり着弾点がずれる。風の影響は……体育の授業でグラウンドを走っているときに強い横風を浴びた経験のある人ならばすぐにわかるとおり、風下側に弾道が流されてしまう。

でまあ、狙撃手とはそのすべてを素早《すばや》く処理し、必要なときにトリガーを絞ることのできるエリートなのだが……実際には、遠くなればなるほど命中率はガタガタと落ちてゆく。修正すべき要素についての誤差が大きくなりすぎるからである。それは、１２・７ミリ弾を用いていても同じだ。

さきほどあげた一八〇〇メートルという値も、装備の整っている軍隊だからこそ『可能』なだけなのである。軍隊ならば狙撃手とペアを組んだ観測手（監的手）にレーザー測距儀《レンジ・ファインダー》やＧＰＳ受信機をもたせ、狙撃手とターゲットの位置や距離を精確に測定できるからだ。そういった準備を整えてさえ、一発命中させるためには何発も撃たねばならないのが普通らしい。長距離狙撃というのはあてるのが大変なものなのだ。事実、湾岸戦争のときに一八〇〇メートルの距離でセミオート型のバーレットM82による対人狙撃を成功させたアメリカ兵は狙撃の神様扱いされている。

　この種の銃が狙撃に用いられる理由はもうひとつある。弾の威力があるので、たいていのものをブチ抜けるからだ。コンクリート壁の向こう側にいる奴でも殺せるのである。ネットで調べたかぎり、装甲車などでも完全な12・7ミリ弾防御をほどこしているものは少ないから、うまく狙えば、内部の人間や燃料タンクを叩けるだろう。アメリカ軍などは白々しくアンチ・マテリアル・ライフル――対物ライフルと呼んで人を狙うのではないことを強調しているが、もちろんウソだ。一撃で人間の胴体を切断できる銃で人間を狙わないわけがない。すくなくともぼくならそうする。

　このM99-1も山の中で試射を済ませてあった。ほんの数発だったが、ぼくが銃と弾薬の特徴を摑むにはそれで充分であった。弾が大きいのでどれほど反動が強いのかと最初はビクビクものだったが、肩を強く蹴られた程度。GETについての情報集めの途中でのぞいたバーレット社のHPによれば、発射時に銃身《バレル》と遊底が結合したまま反動をうけて後退する反動利用短後座方式《ショート・リコイル》をとっているため、猟に用いられる12番口径散弾銃《ゲージ・ショットガン》と同程度の反動に抑えられているのだそうだ（といっても、12ゲージ・ショットガンの反動はかなり強烈だそうですが）。また、ぼくにとっては大した問題ではない。弾の特性も摑んだから、命中させるのも難しくはないだろう。実際、一〇〇〇メートル程度なら一発も外さない自信がある。

　銃が済んだあともまだまだ片づけるべきことがあった。情報収集に使うPCをセットアップしたあと、買ってきた参考書や予備校のテキストを開き、あちこちに折り目や書きこみをつけ、ノートには『夏休み講義用――数学』などと書き、テキストの問題を解いて一〇ページぶんほど書きこみ、机の上に並べておいた。表向きは予備校の講習を受けていることになっているから、これぐらいの偽装は必要だ。つづいてPCに地図ソフトのインストールをはじめたが意外に時間がかかりそうなので放っておき、武器を再び分解し、P226一丁だけを残してマンションの屋上に隠す。部屋に戻り、インストールの終わった地図ソフトを用いて必要になりそうなあたりを覚えこんだ。

　すべてが終わるとさすがにぐったりした。飯を食いたいが外にでる気力もない。シャワーを浴び、バスタオル一枚でベッドにひっくりかえる。クーラーが肌を冷やしてゆくのを感じながらテレビをつけ、夜のニュースショーに合わせた。こちらではぼくが襲われた事件がまだ扱われている。もったいぶった顔をしたキャスターによれば、警察は完全にギャング団の仲間割れと決めつけているそうで、雪華とぼくはたまたまそれに巻きこまれたのだと結論づけているらしい。ちらっと流れた捜査本部の会見も同じ見方を示していた。

哀れな被害者二人についてほんの少し触れられただけだ。ぼくの写真はないので、雪華の写真だけがでる。画面が変わるまで見つめ続け、別のニュースにかわると消した。

一五分ほど天井を見つめたあと、瞼に焼きついた彼女の顔をおもいうかべながらオナニーをした。そのままでは時間がかかりそうなので、雪華がよくそうしてくれたように肛門へ指を差し入れ、内部からも刺激する。一度では済まなかった。いつのまにか視界が濡れたようにぼやけていたのは気のせいに違いない、そう決めつけた。

3

翌日朝、七時に目覚めた。化粧品《けしょうひん》など使っていないのだが、部屋には気分のよくなる香りがこもっていた。

シャワーを浴びてから、東京に来る途中で買っておいたサイズが二つほど大きめの半袖シャツとジーンズを身につける。ベルトで身体の右側に大きめのダサいポーチを通したが、実はその中でホルスターにもベルトを通してある。ホルスターにおさめたのはＰ２２６だ。左側にも小さめのポーチ。こちらは予備弾倉三つだ。肩掛けバッグには予備校のテキストやノートをいれた。

外にでた時は午前八時を過ぎていた。すでに気温は三〇度をぶち抜き、路上には陽炎《かげろう》がたっている。

街には予備校生たちの陰鬱《いんうつ》で暑苦しげな顔があふれていた。着ているものは適当、顔を汗でぬめらせ、瞳には虚無的な光すらある。秋葉原を支配している連中とはまた別の意味でうっとうしいことこのうえない。しかしながら東京六大学を卒業してさえ四五歳でリストラされて中央線に飛びこむおじさんたちも少なくない今日このごろ、あえてそこそこ以上の大学を狙うことに人生の一年を投資する心意気は大したものである。かれらの力で日本はさらに豊かな国になるだろう。その豊かさがぼくにはなんの関係もないところに寂しさはあるが、きっとそうなるに違いない。

とまあ、実はこれが代々木にマンションを借りた理由だ。ぼくと年齢のかわらない連中がイナゴのように群れているのは本当にありがたい。少なくとも昼間だけはうろつきまわっても、講義を抜けだした予備校生に見られる可能性が高いのである。

しばらく予備校生たちの流れに乗って歩いてからさりげなく離れた。大小のオフィスビルの中に突然個人の家が残されている不思議な裏通りを歩いて小田急の路線を越えてさらに歩き続け、左手に文化女子大を見ながら甲《こう》州《しゅう》街道にでる。通りの向こうにKDDIビルが見え、左手に新宿ワシントンホテルがあった。その向こうには巨城のような都庁。なんというか、このあたりの眺めは生まれてこのかた埼玉《さいたま》県農村部から出たことのないデザイナーが描いた未来都市みたいな感じだ。

GET日本支社は都庁の西側にあるので、甲州街道を渡る。都合のいいことに都庁の西側は新宿中央公園で、『住んで』いる人も多く、ぶらぶらしていてもそう怪しまれない——いや、気をつけたほうがよさそうだ。公園内には歌舞伎町《かぶきちょう》と同様、監視カメラが設置されていた。都庁の近くだから一般犯罪の予防というよりテロ対策かもしれない。くそっ、間接的な意味でGETは警視庁にも守られているということか。ここでの情報収集に時間はかけられないのだ。

ともかくいまは問題ない。GET日本支社が見える位置に移動し、芝生に腰を降ろした。

公園西側の十二社《じゅうにそう》通りに面して建てられた新宿ニューキャピタルホテルの北側にあるGET日本支社は意外に背の低い建物だった。四階建てで、敷地面積の割に建物が小さい。

が、見ているうちにイヤな気分になってきた。

普通の建物ではないのだ。

周囲には白塗りの低い壁がめぐらされているが、ゲートからのぞける厚みからして、一メートル近くはあるだろう。その上には目立たないようにカメラなどが据えられている。ゲートそのものも三〇センチはありそうな鋼《こう》板《はん》だ。

建物の窓は小さい。四階に設けられた会議室らしい部屋だけが例外的に大きな窓を持っているが、間違いなく防弾ガラスだ。

朝だというのに、出勤してくる社員はあまりない。どこの会社にでもいそうな日本人の社員がぽつぽつとゲートを抜けてゆく。両脇にたっている屈強な白人の警備員にパスを示したあと、空港の金属探知器に似た機械をくぐっていた。目を凝《こ》らすと、エントランス・ホールの奥にも似たような装置が置かれている。

出勤した社員の全員がそれをくぐるわけではない。左右の通路へ進む者のほうがはるかに多かった。すぐに想像がついた。階級や仕事の内容に応じた立ち入り制限区画が存在するのだ。ま、大手ゲーム会社のソフト開発室にだって網膜センサーや遺伝子センサーが導入されているそうだから、別にあやしむほどのことではない。

外から眺めているだけではどうにもならないとわかったので、なんとかならないかと考えをめぐらせはじめたとき……彼女を目にした。

望遠レンズのように焦点があい、脳と股間が同時にうずいた。

それほどの女だった。

顔立ちは……写真で目にしたことのあるアルメニア系の女性のようにくっきりしている。もともと雪白らしい肌は、フェロモンを滲《にじ》ませて艶《なま》めかしい小麦色に灼けていた。長い黒髪は男をはねのけるようにきついアップにまとめられているが、額の高さと顎の線の柔らかさがたっぷりと女を強調している。意志の強そうな眉、ムダのない鼻筋、官能そのものといえるほどに膨《ふく》らんでいるが心のゆるみを感じさせせない唇――うはは。長い睫《まつ》毛《げ》におおわれた目は、ビジネス向けの冷酷とすらいえそうな光を湛《たた》えていた。

身長はぼくより頭ひとつほど大きいようだが、身体のバランスがいいのでさらに長身に見える。学生服のような立襟《スタンド・カラー》の膝まである薄いノースリーブ・ジャケットとジャケットより少し短いタイトスカートに包まれている身体は火が点きそうなほど見事な曲線の連鎖である。発達した腿と対照的な折れそうに細い足首の下に履いているのは歩きやすさを重視したパンプスで、手にしているのがブランド物のバッグではなくすこしくたびれたカバンであることには好感すらおぼえてしまう。

同時に、彼女が見かけどおりの存在ではないという直感も覚えていた。どこがどう、というわけではない。臭いを感じるのだ。美しさや知性以外のなにか、雌の肉食獣を目にしたときのような魅力なのである。そうなのだ。彼女は雌虎《めすとら》のように優美で、しなやかで、危険に見えた。まるで〈エンジェル〉だが、そうではないことは即座にわかった。どういっていいのかわからないが、〈エンジェル〉であればぼくにはすぐに見わける自信があるからだ。

監視されていた場合を考えて、視界の端で追いつづける。迎えた警備員の態度からも、社内である程度の地位についていることがわかった。彼女はエントランスの奥にあるセキュリティを抜け、エレベーターに消えた。

彼女にしよう、と決めた。支配下においてGETの情報をききだす相手になってもらうのだ。ぼくの能力を考えるなら男でもかまわないわけだが、気分としては女のほうがいい。向こうの迷惑？　たしかにストーカーや連続殺人鬼《シリアル・キラー》並の考え方だが――気にもならない。ことGETに関するかぎり、ぼくはシリアル・キラーそのものなのだ。

4

それから数日間、彼女の監視を続けた。住んでいるのはGET日本支社から歩いて一五分ほどの西新宿三丁目にそびえる超高級マンションである。セキュリティが厳しく、名前すら確かめられない。恋人がいないはずがないとおもったが、そういう奴の姿もみかけない。

ともかく、毎日代わりばえのしないスケジュールで動いていることはわかった。

どうしたものだろう。いきなり仕掛けてみようか。

煮詰まってしまったので、気分を変えてみることにした。本当に予備校へいったのである。ま、一種のアリバイづくりのようなものでもあるけれど、意外な楽しさもあった。

学校の授業よりよほど面白いのだ。講師たちの語りは巧みで、教える内容も受験生が必要とするものにあわせている。いやま、学校と予備校を一緒にするわけにはいかないのだろうけど、プロフェッショナルの仕事と呼ぶにふさわしい小気味よさがあるのだ。ま、かれらは定期的におこなわれる模試の結果によって収入が増減するし、悪すぎる場合はすぐクビになってしまうのだから、食べていきたければプロになるしかない、という現実もある。

講義がおもってもみないほど楽しく感じられたのは、ぼくの理解力や記憶力が増したことも関係しているとおもう。以前ならば耳を通り抜けていただけの情報が、しっかりと頭に残るのだ。うーん、これは、本気で勉強してみるべきなのか……。

たしかにぼくは『変化』によってさまざまな面でメタモルフォーゼを起こしている。その結果備わった能力はジャンプやマガジンの異世界系アクション・コミックの主人公×10という感じである。おつむの方も……前にも触れたように『性能』そのものはメモリとハードディスク満載のハイエンドＰＣと化している（脳の機能はある面でスーパーコンピューター以上だからヘンな表現だけど、ま、気持ちはわかってもらえるだろう）。

しかしだ。オペレーティング・システムである『意識』のほうは高校生のままなのに加えて、アプリケーション・ソフトウェアもインストールされていない。その気になれば英語なんぞすぐに覚えられるはずなのに覚えていないし、身体が警告を発していても、『ぼく』が気づかないこともある。もし『ぼく』がＤ-17がもたらす力のすべてを活用できていたら、雪華をうしなわずにすんだはずだ。どうしたらうしなわずにすんだかはわからないが、絶対にそうできたはずである。そうに決まっている。

だが、実際にぼくは先手を打たれ、雪華をうしなった。向こうはぼくと年格好は違わないのに、プロ——いや、プロ以上の能力を持っていた。ぼくの立場は坂井《さかい》三郎《さぶろう》の操縦する零戦による待ち伏せを受けた軍事オタクの操縦するＦ-22、ミヒャエル・シューマッハがハンドルを握るカローラに煽《あお》られた成り金兄ちゃんのフェラーリＦ50というノリなのである。

まとめちまうならば知識と経験、ってことになるんだけど……というわけでようやくわかった。なにがって、Ｄ-17に超人奴隷が与えられている理由だ。そして〈エンジェル〉と〈ノバ〉がどうしてＤ-17のために世界のあちこちへ手をだし、その手法の違いで対立しているのか……。

教育方針の違いなのだ。

Ｄ-17にどう知識を与え、経験を積ませ、自分たちに君臨させるか、という考えかたの差なのだ。なんつーかまあアレ、子供の教育方針が原因で離婚した底抜けに甘いパパとママが無数にいるようなものなのである。

いいかげん頭が痛くなってきたが、午後の講義もしっかりと受け、五時近くになってから予備校をでた。ねっとりとまつわりつく暑い空気の中を喘ぎながら駅に向かう受験生の流れに乗って歩く。ほんの一カ月のあいだになにもかもが変わってしまわなければぼくもいずれは加わることになっていただろう流れのなかを。

妙な気分になった。

いまここをこうして歩いているかれらは、一日が過ぎた気楽さと疲れ、自分がおもっていたよりよほど勉強のできないおつむの持ち主であることに気づいたショックと諦め、いずれは避けがたく訪れる受験というイベントについての不安とともに歩いている。中学三年の一時期、ぼくも似たような気分は味わったけれど、それよりもずっと切実なものがあるに違いない。

気づいているからだ。人生のコース、その前半が半年後のイベントで決定されてしまうことに。

世間ではよく語られている。学歴は以前ほど重視されなくなった、と。一流大学をでて、一流企業に入っても四〇代の後半でリストラされることもおおいのだ、と。ノーベル賞をとった学者をみてみろ、かれらは子供のころ遊んでばかりいた、東大に入っても成績は決してよくはなかった……。

なにをいっていやがりますですか。一流大学をでていなければ一流企業で四〇代後半まで働くことは絶対にできないし、子供のころに遊び呆けていても東大に合格できるぐらい頭が良かったということじゃないか。二流以下の大学を卒業した者は大学のレベルにあわせた枠で仕事を選ぶしかないし、それがイヤなのであれば、学歴がまったく意味をもたない（そうであるがゆえに『能力』という信用のならないものがたっぷりと要求される）仕事を見つけだすしかないのである。

受験生たちにはそれが痛いほどよくわかっているのだ。当然、自分の限界にも気づくほかなくなっている。どれほど遠大な野望を抱こうと、書けない漢字は書けないし、解けない方程式は解けないし、覚え損なった英文法はわけがわからないからである。つまり大学受験とは、未来になにかを切り開く準備ではなく、自分に見極めをつける精神的自殺の一種にほかならない。

それでいいのだとおもう。そうやって自分の殺し方を見極めなければ、社会に適合して生きてはいけないだろうからである。夢や希望を抱くことはたしかにすばらしいが、コントロールする方法を学ばなければただのはた迷惑な妄想だ。いうなれば、そうやって自分というものをつかむことこそが受験の効能なのだ。

ひるがえってこのぼくはどうか？

困ったもんだ。

なにもない。なにもないのだ。D‐17として生きることを選ばない場合、どこかの山奥にでも永遠に引きこもっているより手がないのである。身許をいつわって大学にはいったり、会社で働いたりすることはできるはずだ。それなり以上に周囲から認められることも難しくはあるまい。

『力』のおかげで一カ月もしないうちにどんな言語でも自由に使いこなせるようになるだろうし、なにかの研究でもはじめたらノーベル賞もののおもいつきを形にすることも可能だろう。しかしそのあとでどうする？　どこかの諜報機関に気づかれたらそれで終わりだ。逃げだして、また一からやりなおし。それを永遠につづけなければならないのである。考えるだけでイヤになってくる。終身独裁官たることを否定するのであれば、永遠の隠遁《いんとん》者か逃亡者になるほかないのである。

ファストフードの窓ガラスに映った自分の姿をちらっと見た。ま、予備校生に見えないこともない。この暑さのなかで妙に涼しげなのが奇妙といえば奇妙だが、浮いているというほどではなかった。

たちどまり、瞼を閉じた。脳がちくちくと疼《うず》き、体内で熱がうずまいた。

ここのところ秘かに抱いていた疑問がひとつの形をなしたのである。

果たして、『ぼく』は変わるのだろうか？

外見はどうなのだろう？　いまのまま変化しないのではないだろうか？　肉体は若くても心が老人ではどうにもならないから、バイオナノマシンはその点もケアするのだろう。生物の教科書に書いてあることが正しいとするなら、動物というものは電気化学的なコマンド・システムで動くメカニズムに他ならないのだから、脳細胞や神経細胞をいじりたおし、脳のレセプターにさまざまな刺激を与え続けることで『心』の老化をふせぐこともできるはずだ。つまり……。

ぼくは、永遠に一七歳を生きねばならないのかもしれない。

ちくちくが立ちくらみに変わり、立っているのがやっとになった。全身を悪寒が包みこんでいる。

だが、汗はでない。それどころか、ひどく涼しげな香り……霊猫香《シベット》をおもわせるものがかぎとれた。ったく、こんなときでさえ快適さを演出してしまう肉体なんて。いや、あるいは――〈アウトフィット〉はぼくが自分についての現実に気づいてショックを受け、疑問を抱くことを予想したからこそ、獣の快楽をおもうさまに楽しめ、どんな環境でも気楽に過ごすことのできる肉体を設計したのかもしれない。なぜか？　精神を目前のもっとも重要な問題に集中させるため。どうして？　ストレス要因がひとつであれば、体内のバイオナノマシンが肉体を〝進化〟させる方向性を見極めやすいから……だったりしたらどうしよう。

冗談じゃない。まるで殺人とセックスが得意なピーター・パンじゃねえか！　やはり呪いだ。呪いにちがいない！

いまやぼくはどこにも所属しておらず、所属しようとおもっても仲間にいれてもらえない。〈エンジェル〉や〈ノバ〉が待ち受けている世界をのぞいては。ま、こちらにも問題はある。だいたい今日にしたところで、拳銃を忍ばせたまま予備校の講義を平然と受けていた。ムチャクチャだ。

いや、本当にそうだろうか？

殺人でも大騒ぎでもいい、そいつに手を染めた翌日、そしらぬ顔で学校や職場に顔をだすことがそれほど異常なことだろうか。世の中には核弾頭を搭載した大陸間弾道弾の発射管制室と素敵な奥さんとかわいい子供のいる家庭を往復して半生を過ごす人だっている。戦争に反対するという目的のためであれば、自分勝手な行動で他人にどれほど迷惑をかけても反省なんかしない（それどころか威張る）連中だっている。

もっと身近な例で考えてもいい。

前日の放課後、気に入らない奴を仲間と苛《いじ》めたおし、授業を受け、放課後になればまた再びだれかを苛めたおすことになんの疑問も覚えない奴はどこの学校にだっている。出会い系サイト（なにが出会いだ）で『交渉』したどこのだれともわからないおっさんに肛門のバージンまで売り払った翌日、内申書の評価アップを目指して中間試験や期末試験の予習をしている奴もそう珍しい存在じゃないのだ。

そういう連中だってなんかおかしくはないか？　だれにも迷惑かけてないからいいじゃん、で済まないなにかがそこには存在しないか？　いやまてよ、ぼくはそんな連中を考えることで罪の意識から逃れようとしているだけなのか？　そうすることで、黒江徹とD‐17を意識のなかで並立させようとあがいているだけなのか？

なんかよくわからなくなってきた。

たまらなくなり、それきりで考えるのをやめた。

この気分転換の速さも『力』のひとつかもしれないが、

それでもかまわなかった。考え続けていたら、この場で銃の乱射をしてしまいかねない。制約はないが自由もなく、ただあるものは世界を裏口から制御するという重荷だけ。あはは。この身は神でも悪魔でもなく、ただ人外の存在にすぎないというのに。

D - 17がどうであっても、受験がなんであっても、ぼくがいかにムチャクチャな存在であっても……川島雪華という女性にはなんの罪もなかったのだ。彼女に過《あやま》ちがあったとするなら、それは一匹の怪物を受け入れ、愛してくれたことだけ。

畜生。ウェンディをフック船長に殺されていたら、ピーター・パンはどんな行動をとっただろう？

5

自分でも説明のつかない気分のまままたまたオナニーに狂ったあとで、もう一段踏みこむことに決めた。あの女へ手をだすまえにGETをひと突つきしてやるのだ。その後も彼女の行動パターンに変化がなければ社の機密に接することはできるものの地位は高くないと考えていい。重要人物であれば警備態勢などが強化されるはずだからである。

出勤時間にGET日本支社へでかけ、彼女がこれまでどおりあらわれることを確認した後は予備校の講義に出席した。あいかわらず面白かった。すべての講義に出席したあと外にでるとすでに六時近い。再び日本支社にでかけ、彼女がいつもどおりの時刻に退勤することを確かめた。

そのまま新宿中央公園で夜を待った。陽が落ちても暑気は失せない。いや、ますます蒸し暑くなっているように感じられる。仕事を終え、家に帰るだれもが、その前に大ジョッキでビールを引っかけでもしなければ生きる辛さに耐えられそうもないような顔を浮かべている。うらやましかった――ひたすらうらやましかった。

人の流れが切れた時刻を見計らい、公園の中にある丘に――富士見台《ふじみだい》にのぼった。頂上に小さな池があるそこにはだれもいない。当たり前だ。この暑いのにわけもなく高い場所にのぼりたがる奴などいるはずがない（まあ、いたとしても姿を見られないように近づいて殴り倒してしまうだろうが）。なによりありがたいのは監視カメラの死角になっていることだ。

最も高いあたりに立ち、西のほうを向いた。GET日本支社の要塞じみた建物が暑い闇に沈んでいる。照明はほとんど消えていた。両目の視差を強く意識してみる。距離の見当がついた。支社の外壁との距離は一四五メートル。建物との距離は一六六メートルというところだ。秋葉原で買ったレーザー距離計付きの小型双眼鏡でクロス・チェックしてみるとほとんどぴったりの値がでた。どうかな、と筋肉にたずねてみる。もちろん大丈夫さと筋肉はふるえた。

デイパックとは別に一日じゅう持ち歩いていたスポーツバッグを開いた。中に入っていたのはキーウィ・フルーツを大きくしたような見かけの金属にレバーとピンがついた物体が三〇個。襲撃者どもから奪った手榴弾だった。中にいれてあったトイレ掃除用のゴム手袋をはめる。

一個を手にとる。ゴムをとおして伝わる冷たい金属の感触が心地よく、おもわず頬ずりしてしまった。

さて、と。

ピンを引き抜く。狙いをつけたあと、外野からホームベースへ遠投する外野手と同じスタイルで手榴弾を投げた。手を離れた手榴弾からレバーがはじけとび、信管が作動したことを教える線香花火に似た音とともに闇の空へ消えてゆく。信管の導火薬は三秒で炸薬を炸裂させるはずである。

1、2、3……。

間の抜けた破裂音が日本支社の方から響いた。細かく状況を確認したかったので双眼鏡を構える。閉じられた分厚いゲートに傷とへこみが生じていた。やはりそうなのだ。あのゲートはちょっとやそっとで破れるものではない。

今度は屋内に投げこむ。一階の窓は手榴弾によって簡単に粉砕できた。二階の窓はかなりのスピードで衝突した手榴弾を弾き飛ばし、空中で爆発させる。三階も四階も同じだった。なるほど、そういう構造か。

社屋内の照明が一斉に消えたのはその時である。その代わりに外壁の背後から小型サーチライトが顔をだし、周囲を照らしだした。敷地内で英語の叫びがかわされているのが聞こえてきた。にやにやしてしまう。ネットでついでに調べておいた手榴弾に関する情報から見当がついたのである。サーチライトは五〇メートル付近までしか照らしだしていないことがその証拠だ。

プロの集まりであることがかえってたたっているのだ。音もなく飛びこんでくる破壊者が手榴弾だというところまではすぐに察して……ならば、五〇メートル以内からの攻撃だと判断したのだ。それ以上の距離ならばグレネード・ランチャーか軽迫撃砲の攻撃であるはずで、そういったものを用いていれば発射音が響いているはずだからである。一六六メートルの距離から投擲《とうてき》しているなど、手榴弾の重さからいってあり得ないことなのである。太平洋戦争で軍に徴兵された日米のプロ野球選手たちだって五〇メートル投げるのがせいぜいだったのだ。

今度は力を加減し、ちょうど三秒で最上階にぽとりと落下するような勢いで次々に放り投げる。屋上の強化ガラスは数度の爆発で真っ白くかわり、五つ目で穴があいた。さらに投げる。破口が拡がり、とうとうフレームごと窓が外れた。

勢いをつけ、投げつづける。贅沢な設備が調えられているのだろう会議室の内部へ飛びこみ、たてつづけに爆発した。炎があがっている。確かめてはいなかったが、投げたもののなかに焼夷《しょうい》型手榴弾が含まれていたらしい。

手榴弾を投げ終わるまで五分もかからなかった。いざというときのため一発だけ残したから、二九発を放り投げたことになる。

投げ終わったころには、GET最上階は消しようもない焼夷剤《テルミット》の炎によってスプリンクラーの活躍も虚しく炎上していた。サイレンがようやく響き始めている。

富士見台を離れ、日本支社が面している十二社通りにでる。周囲にはどこにこれだけ人がいたのかとおもわれるほど野次馬が集まっていた。ちょうどいい。ぼくもその中へもぐりこんだ。

GETの連中は駆けつけてきたパトカーや消防車を入れようとしていない。警察官や消防士に中からでてきた男たちが英語でわめきちらし、追い払おうとしている。むろん警察官たちは任務を果たそうとしていたが、無線機《SW》で伝えられた指令で青ざめる。引き上げの命令がでたのだ。GETが力のある連中へ手をまわしたに違いない。消防車のほうが後まで残っていたが、火が消えたことを外から確かめるとひきあげてゆく。マスコミなどは最初から姿もあらわさないが……噂を抑えることはできまい。野次馬たちが容赦なくカメラ付き携帯で撮りまくっていたからだ。GETが仮に政治力を用いたところでその画像はネットに流れる。警察がすごすごとひきあげてゆく場面も撮影されていたから、ネット上で大騒ぎになり、やがてはGETの力が及ばないマスコミも追随するかもしれない。ともかく、連中にとってはとんでもない面倒というわけだ。

予想通りであった。GET日本支社での謎の（あはは）爆発事件はその夜のネットで一番の話題になった。なかでも批判が集中したのはすごすごとひきあげた警察である。いったいどういう連中なのだろう、『ともかくひきあげろ』と命じている解読されたデジタル交信――警察無線がアップされるに及んで誰もが狂ったような騒ぎになった。こうなっては警視庁も無視できまい。なんかそれっぽい悪の組織が賄賂《わいろ》でてなずけた政治家を動かしてすべてをおもいどおりにする――ヒーローもの定番の展開がいまの日本ではほとんど成立しなくなっているのだ。すくなくとも、人前でおこった騒ぎについては。いやはははは。

とはいえ、それによってGETの悪行が暴かれると期待するのは甘すぎる。奴らはすでに現場から手榴弾が爆発した痕跡を消しているだろう。現場検証がおこなわれてもなにか爆発があったのがわかるというだけ……おそらく、事故というところでおさまってしまう。結果が公表されるころにはネットで騒いだ連中もすっかり事件のことを忘れているに違いない。あの世界では人の噂も七十五時間、なのである。

それではつまらないので翌日、残った一発の手榴弾を隠し持って警察と消防の現場検証がおこなわれている日本支社に近づいた。今度は二〇〇メートルほどの位置から放り投げる。だれも傷つかない場所に投げたが、日本支社周辺は大騒ぎになった。もう七五時間を確保し、そのあいだ、GETが好き勝手に動けないようにしてやったわけだ。われながらあざといとおもうが罪悪感などカケラも感じない。ぼくはヒーローなどではなく、女の復讐《バン》をなるべく残酷な方法で果たそうとしている人外《ビーター》の存在にすぎないからである。

翌日、ぼくはまたもや専業ストーカーに戻っていた。

いつもどおりの時刻に出社した彼女が再びあらわれたのは一一時五〇分きっかりであった。まぎれもない変化である。これまでは退社時刻まで外にあらわれたことなどなかったのだ。

相変わらずのきびきびした動作で歩道をあるいてゆく。パターンが変わった理由はあまりおもいつかない。ぼくの攻撃で施設が壊れ、外で食事をとるしかないのかもしれないが……落胆《らくたん》はしなかった。

なにしろどれだけ眺めても飽きのこない姿である。今日は腰と脚の美しさを強調するダークカラーのペンシルスカートにブラックのノースリーブ・ブラウス。胸を隠すのではなく強調しているスカートと同色のノースリーブ・ジャケット。深紫のボウタイは結ぶのではなくスカーフのようにほっそりした首から盛りあがった胸へと垂れている。いやあ、うん。妄想にだって恥ずかしくてでてきそうにない夢の美人秘書風ファッションだ。陽光にさらされているむきだしの二の腕がひどくなまめかしい。

彼女が向かったのは隣にある新宿ニューキャピタルホテルのロビーであった。ぼくも後に続く。

が、入ったとたんに舌打ちをもらしてしまう。

ぼくの見かけも服装もそこそこの格があるホテルには不似合いなのだ。せめて、服装ぐらいは金持ちの親が夏期講習のために部屋をとってくれた受験生（テレビでそういう連中を目にして資本主義を呪ったことがある）風にしておくべきだった。どれほど能力があっても、高校生というみかけには限界があるのだ。いままで得たD-17についての知識から想像するに、ぼくの外見はいつまでたってもあまり変化しないだろうから、余計にそのおもいが強い。どうして〈アウトフィット〉はそんな風にしてしまったのだろう。なにかの制限をつけようとしたのか、技術的な理由があるのか？　いや、だからこそ魅力的な美男美女の集団である〈ノバ〉と〈エンジェル〉が存在しているのか……。

畜生、いまはそんなこと考えてる場合じゃない。

彼女はロビーの一角をそのまま使っている喫茶店に入っていった。庭が見えるので、ガーデンラウンジと名付けられている。

昼が近いためだろう、席は七割ほど埋まっていた。やはりおもいっきり場違いだから、逆手にとってそいつを利用することにした。場違いな場所にはいってしまった高校生を演じたのである。うまいことに彼女から三つ離れた席に案内される。とはいえ、トイレに一番近い席である。くそっ、たしかにそういう扱いを受けても仕方のない格好だが、忘れないからな。

ともかく演技を継続しなければならない。頼んだのはアイスコーヒーと一番安いサンドイッチで、それだけで四〇〇〇円近いお値段である。別に痛くもかゆくもないが、痛くもかゆくもある感じで注文する。喜ばしいことにウェイターはあからさまに哀れむ調子で注文を受けてくれた。うん。ご協力に感謝します。ぼくが終身世界大王の地位についた暁には、夏のインドネシアでストーブを売る仕事につけてやろう。

ともかく考えを整理しなければならない。

彼女と接触し、関係を持つのは難しくあるまい。帰り道、本当にストーカーしてしまえばいいだけだ。

問題は彼女の社内での立場である。どこかの部門の責任者ならば文句はない。ぼくの支配下において情報を集めさせてしまえばいいからだ。しかし、それほど高い地位についていないのであれば、彼女を通じて他のだれかをつかまえる必要がある。

溜息を殺して諦めをつけた。手段を選ばない、というのはそういうことも含んでいるのだ。それに、勢いをつけるのは簡単だ。雪華の笑顔を思い浮かべる。それだけで、脳のちくちくが爆発的に高まる。幼稚園で機関銃を乱射できそうな気分になる。もちろん、気分だけのことだ。きっとそうに違いない。

だれかと会わないか、携帯でも使わないかとおもったが、彼女はただガムシロップを入れずにアイスレモンティーを飲んだだけであった。三〇分ほどで支払いを済ませ、たちあがる。三〇秒ほど待ってぼくもガーデンラウンジをでた。

間合いをはかりながら続こうとして、背筋がぞわりとしたのはそのときである。

ぼくは、包囲されていた。

6

総勢で八人。白人の若い男が二人、いずれも熊《くま》のような体格で、スーツがはちきれそうだ。やはり白人の若い女性が一人（残念なことに、ぱっとしない感じだ）。のっぽの、もみあげが白くなった黒人が一人。あとの連中はアジア系——といっても日本人ではなく中国人やフィリピン人に見える。

だれがリーダーかすぐにわかった。全員が一瞬だけ、黒人男性を確認したのだ。かれはなんの反応も示さなかったが、それ自体が合図だったらしい。全員がさりげなくぼくに近づいてくる。薄笑いを浮かべているのが二人。白人と中国人。フィリピン系の奴は舌なめずりまでしている。ぼくのようなガキ——相手は外国人だから余計にそう見えるだろう——に大勢でかかる任務につけられたのを納得していない様子である。別に腹は立たない。連中の立場であれば……そしてぼくが何者であるか知らないのであれば、こちらだってそう考える。

むろん武装していた。かなり大型の銃らしい。ジャケットで隠しているが、左肩がはっきりとさがっている。ショルダー・ホルスターに銃を収めているのだ。ボタンはだれもかけていない。抵抗した場合、ためらいもなく使用するつもりにちがいない。

　とはいえ、脱出はもちろん可能である。Ｐ２２６を抜いて反撃の暇も与えずに全員を射殺し、ホテルから逃げだしてしまえばいい。ぼくにはそれができる。

　問題はそのあとであった。銃をぶっぱなすぼくの姿をあまりにも多くの人々に目撃されてしまうのだ。そして警察はただちにＣＧで似顔絵をつくりあげ、東京全域で捜査をはじめるだろう。マスコミが報道している内容が事実であるとするならば、警視庁はたちどころにぼくを見つけだすに違いない。本気になった警察に不可能はないのだ。もしここで撃てば、ぼくはＧＥＴに加えて警視庁とも戦争に陥ってしまう。いや、恐いわけではない。たとえ特殊急襲部隊《ＳＡＴ》を投入されても、ちょっと面倒になるだけのことだ。その面倒がたとえようもなくうっとうしいことが問題なのだった。

　フェンリルの顔を思い浮かべた。他力本願な自分を罵《ののし》りたくなる。〈エンジェル〉のバックアップを受けてしまえば事情はまったく変わってしまうのはたしかだ。しかしぼくはその〈エンジェル〉から……フェンリルから自ら逃れたのではなかったか。そして雪華と出会って……。

　畜生。

　プロの罠にはめられたのだ。どちらを向いてもどん詰まりの選択を迫られたのである。ぶっ放せば脱出できるが警察に追われる。撃たなければ奴らにつかまる。それにしてもなぜ張りこみに気づかなかったのか。ぼくの力の限界なのか？　違うな。ガーデンラウンジをでたとたんに気づいたのだから、Ｄ‐17としての力どうのということではない。

　となると可能性はただひとつ。

　ガーデンラウンジにいるあいだに配置されたのだ。それまでは、別の場所にいたのだ。そして、人目につくわおそらく監視カメラもあるわという場所にぼくを誘いこんだあとではじめて、動いてきたのだ。

　判断は即座についた。戦いに勝つためには、敵の数はむやみに増やさないほうがいい。

　緊張を解いたのがわかったのだろう。黒人が近づいてきた。微笑を浮かべすこし訛《なま》りのある日本語でたずねてきた。

「ミスター・トール・クロエだね?」

　かすかに戸惑いがあらわれていた。こうまでヤバい状況に追いこんだあとでなにをためらっているのだろう? なんか、ぼくが本当に自分のターゲットであるかどうか確認しているようにすらおもえた。ま、いい。ごまかしてもどうにもならない。

「ここでぶっ放すつもりはないよ、おじさん。いろいろと面倒になりそうだから」

「的確な判断だ、ミスター・クロエ。ここで撃つのは良い選択ではない」黒い顔に安堵の笑みが浮かんだ。なんか、この人だけ態度が違う。あきらかにぼくをなめているらしい部下たちとは違い、声に敬意の響きがあるのだ。ともかく敵意だけは感じられない。ぼくについていくらか知識があるのだろう。

「あなたこそね」ぼくも褒めることにした。「でも、ぼくが撃っていたらそちらも面倒だったろうに」

「手配はしてあるんだよ、ミスター・クロエ。もちろん、警視庁《TMP》に手をまわしたわけではない。先日いみじくも君自身が証明したように、人目につく場所での戦闘をごまかす力はこの国にいるだれにもない――つまり、たとえ射殺されても、だれ一人身元はわからないようにしてある、ということさ」

　苦い笑いとともに男はグローブのように大きな掌を開いた。紫色に見える手には深い皺が刻まれていて……いや、注目すべきは指先だった。指紋がなかった。

「指紋が必要な時は特殊なシールを貼ってごまかすのだ。われわれはＤＮＡの記録も消されている――というより、すでに死んだことになっている。いま与えられている身元は世界中のどこででも通用するが、本来は他人のものだ」

「完璧な身元を用意する方法、ぼくにも教えてもらいたいな。どうやら失敗したみたいだから」

「それはこれからの展開によるだろうね、ミスター・クロエ」

「で、ぼくになんの用事が? このあいだはいきなり撃ってきたのに、大違いじゃないか」

「それはわたしの担当ではない。ともかく、上司から君をお誘いしろといわれただけでね」

「どこに?」

「この上だ。ロイアル・スイートに食事が準備してあるそうだ。君にあいたがっている人物は、紛れもない美女だ。うらやましいよ」

六畳間ほどの面積があるエレベーターに黒人をはじめとする全員と一緒に乗りこんだ。他に乗りこんだ者はいない。

黒人はぼくの左斜め後ろ——つまり常人であれば利き腕ではない可能性が高い側——に間を空けて立った。やはり、プロだ。ぼくを直接的に押さえるより、いざというとき、自分に対する攻撃が遅れそうな位置を選んでいる。つまりそのわずかな時間のあいだに攻撃をくわえる自信があるということだ。

他の連中はぼくの方を向いていた。さきほどからぼくをなめていることが明らかな三人はあからさまな侮蔑の視線を向けてくる。むかついたが知らん顔をしていると挑発してきた。英語である。なんだかわからないが、やたらとファックとかシットという言葉が挟まっている。最後にジャップという言葉が聞き取れた。

三人がげらげらと笑った。

「あの、ミスター……」黒人にいった。

「ジョンだ。ジョンでかまわない」

「いやあの、年上の人の名前を呼びすてるのはどうも。敵じゃないかぎりは」

「日本の礼儀というやつかね、それは？　いまどき珍しいな——スミス。ミスター・スミスでかまわないよ、ミスター・クロエ」

ジョン・スミス？　山田太郎と名乗ってくれたほうがまだ親しみが湧く。

「あなたと戦う気もないし、あなたの上司を襲うつもりもない。それはわかってもらえますか」

「わかっている。君は武装しているはずなのに抵抗しなかった、ミスター・クロエ」

「じゃ、ちょっと失礼。なめられるのは好きじゃないんです」

左腕を突きだし、掌底《しょうてい》で白人男の顎を突きあげた。血と歯をまき散らしながら壁に叩きつけられたそいつの身体をクッションにして反対側の中国人へ襲いかかる。カンフーらしき構えをとろうとしていたがそれがどうした。肘を腹に打ちこむとエビのように身体を曲げて胃の中身を吐きだす。

最後はフィリピン人だ。すでに刀身が鉤爪《かぎづめ》のように曲がったいかにも恐そうなナイフを手にしていた。素早く左手で引っかけたデイパックを楯がわりに迫り、奴がナイフを閃かそうとした瞬間を狙って股間に膝を決める。

なにかが潰れる感触が膝に伝わり、絶叫がエレベーター内に響いた。あ。力を抜いたつもりだったが睾丸《こうがん》を一個潰してしまったようだ。別にいいや。

呆然としていた他の四人が迫ってくる。

背後から首に腕を回してきたもう一人の白人男に後頭部の頭突きをかまし、鼻を叩き潰す。頭に生暖かいものが降り注いだのがわかる。そいつの腕を鉄棒がわりにつかんで両脚をふりあげ、二人の股間を同時に蹴りあげた。今度はタマを潰さないように手加減したが、二人とも男にしかわからない痛みに悶絶する。

最後に残ったぱっとしないお姉さんには女性に対するサービスをつけくわえることにした。小型の護身用拳銃を抜きかけた右手を軽くはたいて銃を奪い、そのまま全身で腕と脚を挟みこんで行動の自由を奪う。体重をかけて膝を曲げさせ、恐怖で半開きになっている彼女に唇を重ねた。

もちろん強い抵抗があった。なんとか逃れようとし、歯でぼくの舌を噛み切ろうとする。しかし歯をがちがちと打ち合わせながら舌を躍らせ、彼女の舌をしごきあげる。五秒もしないうちに身体から力が抜け、一〇秒後にはぼくにすがりついてくる。一五秒で小刻みな痙攣を起こした。ふん。見かけはともかく、じつにかわいい反応だ。

唇を離し、彼女を抱きながらミスター・スミスへ奪った拳銃を手渡した。無意識のうちにこすりつけられてくる身体を軽く撫でながら微笑む。

「ま、そういうことで」

ミスター・スミスの顔には恐怖が刻印されていた。黒い肌が白っぽくかわっている。青ざめているのだ。ぼくについてある程度知らされてはいたが、ここまでとはおもわなかったのだろう。

エレベーターは三八階で止まった。客室スペースの最上階だ。

ドアが開く。そこで待ち構えていた男たちが内部の惨状に青ざめ、銃を抜こうとした。ミスター・スミスが鋭い英語で命じ、かれらを押しとどめた。うう、やっぱ英語勉強しよう。

ぼくは腰をこすりつけながら顔にキスの雨をふらせてくる彼女の股間に手を入れ、軽く満足させてやると男たちに手渡した。

脚を踏みだし、おどろいた。廊下に敷かれていたマットは足首まで埋まりそうだった。部屋は……この階でひとつだけらしい。角ごとに、二人ずつ護衛が立っていた。ロビーはシャンデリアが大理石に映えるパーティ会場じみた場所だったが、ここにあるのは金をかけた永遠の夕暮れである。絹の壁布を用いた廊下は壁の下から施されている照明によってうっすらとしたオレンジ色に染められていた。

「わたしはここまでだ」ドアの前でミスター・スミスはいった。「ちなみに、君に対しては個人として大いに敬意を抱いている……というよりますます強まったというべきかな。ミスター・クロエ、すばらしい戦闘能力の持ち主だ、君は」

「喜んでいいのかどうかわからないけど、ありがとう、ミスター・スミス」

ドアを開けた。そこに立っている女性を見て驚くべきかどうか迷った。半ば以上予想していたことであるからだ。彼女が最初からぼくの監視に気づいていなければ、バックアップがタイミングよくホテルにあらわれるはずがないからである。

「黒江徹君、ようやくご挨拶できたわね」危険な妖しさをたたえる獣の瞳をすえながらここ数日ぼくがつけまわしてきた女性はいった。正面から見ると、つんと上向いた鼻がたまらなく魅力的だった。

「あなたは」

「わたしはリサ・ニイミ——新見里沙。GET主任《チーフ》・内務監査《インスペクト》マネージャー……内部調査が仕事。秘密警察みたいなものね」

「ぼくになんの用事です？　ま、ぼくのほうにはちょっとあるけど」

新見里沙と名乗った美女は笑みを浮かべ、こたえた。

「その点に関わることで話し合いをしたいのだけれど、そのまえに食事を御一緒していただきたいの——いかが？」

すごい部屋だった。

いや、部屋というのは正しくない。なんていうのだろう、学校の体育館ぐらいの広さがある空間が一軒の家のようにいくつかの部屋に分けられているのだ。よくわからないけれど、手に入れるためには一億二千万人ほど詐《さ》欺《ぎ》にひっかけねばならないような値段がする超高級マンションがこんな感じではないだろうか。家ならばリビングにあたる場所から大きなガラス戸を抜けて出入りするテラスには、二五メートル・プールやらジャグジーやら温室やらまで備えられているのだ（ガラス屋根は開閉式らしい）。室内はぼくが見ても値段が張るとわかる家具だの絵画だのがセンスよく置かれている。

贅を尽くした奥の間へ案内した新見里沙は踊るように身を翻し、微笑んだ。

「あらためてはじめまして、黒江くん」親しげな笑みをうかべながら、ぼくに手をのばす。美容に大金をかけている三二歳のようにも見えるし、天から掃いて捨てるほどの授かり物をした二四歳にも見える。二八歳ということで手を打ったのは、ま、女性に対する礼儀だ。

「握手する必要があるのかな」ぼくはたずねた。

里沙は立ちどまった。固まったわけではなく、当然だとばかりにうなずいてみせる。

「そうね……まず、事情を説明する必要があるわ。でも、少しは信頼して欲しいの。あなたの身体検査もしなかったでしょう？」

「たしかに」ぼくはうなずき、遠慮なくボディラインを眺めまわした。「自分の能力からして必要ない、とおもったんじゃないの？」

「認めるわ」里沙は平然とこたえた。「対処できないようであれば、なにをしても無駄だと考えたのは事実よ。エレベーターのなかでも大活躍だったしね」

監視カメラでぼくがなにをしたか見ていたことを教えた里沙は食事の準備が整っていると誘った。舌打ちしたくなった。なるほどね。あえて部下に限られた情報だけを与え、騒ぎがおこるように仕向けたわけだ。むろんぼくの力をその目で確かめるために。やはり並の女ではない。

ロイアル・スイートにはこれまた豪勢なロココ調内装の食堂がついていた。テーブルについたのはぼくと里沙だけである。給仕についたのはどこかの高級レストランから出張してきたらしいウェイターたちである。

「まず食事を楽しみましょう」里沙はいった。本題はあとのお楽しみ、ということである。

だされたシャンパンはクリュッグのクロ・デュ・メニル一九九〇年（ちなみにぼくは一七歳）。キャビアは金色に輝くゴールデンオシェトラ……とメイドさんに説明されたのだが、もちろんなんのこっちゃわからん。たぶんいいものだろうと信じて飲み食いしてみるとたしかにおいしかった。ねっとりしたキャビアのうまさにおもわず舌が踊る。といっても結局はチョウザメの、つまり魚の卵で、タラコの卵よりふたまわりほど大きいものを塩でアレしたものである。潮っぽい香りだの塩味があるからこそ感じられる甘さだの、ま、いいことはいいのだが……なんかぼくは養父母が土産に買ってきてくれる近所の寿司屋のイクラの軍艦巻きのほうが好みである。といってもそれを食べることはもう二度とないわけだが。

……。

くそっ、ろくでもないことをおもいだしてしまった。

次だ、次。

前菜は小麦粉をふったあとで軽く焼き色をつけた鴨《かも》のフォワグラにフォンドボーのソースをかけたポワレ（ってなんだ?）。気分をごまかすために味を楽しむまもなくかたづけてしまう。舌のうえで溶けるようだった。

ぼくがマナーを無視して猛烈な勢いで食べているからだろう、まだポワレを食べている里沙がさっと目配せし、追加の前菜が置かれた。一抱えはありそうなイセエビのサシミ風サラダだ。シャンパンでもワインでもなく、冷えた日本酒が添えられている（だから一七歳だって!）。フォワグラの脂を酒で洗い流し、遠慮なくいただこうとしたとき、メインディッシュについてたずねられた。

「沖縄和牛のフィレをご用意していますが、焼き加減のお好みは」

ウェイターはいった。

「ミディアム・レアでいいけど……えーと、どれぐらい頼めるのかな」ぼくはたずねた。

「お好みのままにご用意いたします」

「一ポンドって何グラムでしたっけ」

「約四五〇グラムです」

「じゃ、一〇ポンドぐらい。それより多くてもいいよ」

かれは目を丸くした。

「それですと、大変な量になりますが……」

「それぐらいじゃないと食べた気がしなくてね」背筋を伸ばし、里沙に向き直った。おもしろそうな、からかうような目で見ていた。ま、好意の一種だろうが……ぼくが期待していたほどのものではない。彼女にはっきりとした性欲を抱いているぼくの身体からはヒト起動物質が溢れているはずなのに。どうしてだろう?

「それもあなたの能力というわけね」彼女はたずねた。

「ただいやしいだけさ」どうして効果が弱いのだろう――ま、いま考えてもしかたがないか。そのうちわかるだろう。

ねっとりと甘いイセエビを景気よくかたづけたあと、運ばれてきたステーキを貪り食う。ぼくの食いっぷりを見ているうちに、里沙もさすがに落ち着かなくなってきたようだ。ヒト起動物質というより女性としての一般的な感覚からだろう。小食のセックス・マシーンなんてものは存在しないからだ。食欲と性欲は同じコインの裏表なのである。

一キロのレモンシャーベットで口の脂を落としたあと、元の部屋に戻った。ウェイターたちはエスプレッソを置くと引き下がる。

さて、お話だ。

「それで」背の高い椅子に身体をあずけ、たずねた。里沙はぼくの正面に座っている。腰に手をあてていた。こちらが不用意に動けばどうなるかわかっているでしょうねという態度だ。

念のため、シルクだとわかったノースリーブ・ブラウスを突き破りそうな胸からペンシルスカートにかけてのラインをあらためて眺めまわす。スカートにはちょっとどうですか、とおもわれるほど深いスリットがはいっていた。はぁ、ふん。サイドになにも浮きでていないところからして内腿にホルスターかなにかをつけているわけだ。裸にしてそれだけ残したらきっといいだろうな。なんとかしてそうする方法はないものだろうか。畜生。彼女だとどうしてそういう方向の妄想しか浮かばないのだ？

責めるような声が聞こえた。里沙が話しているのだった。

「いったいあなた何者なの、黒江くん？」

7

「いったいあなた何者なの、黒江くん？」

里沙の表情は硬さを増していた。色っぽいのに残念なことだ。

「黒江徹、一七歳。私立高伸学院中退。大学検定受験準備中」ぼくはこたえた。「ついでにいえばＧＥＴを叩き潰そうと考えている」

「それだけ？」

「重要な事実はね。ほかはすべて付け足しにすぎない、ぼくにとっては」

引っかけには、はぐらかしで。そういうことだ。というより、彼女はまだ手札をみせていない。一方こちらは、自分がどんなカードを持っているのかすらよくわかっていないときている。ぜんぜんフェアなゲームではない。人生みたいなものだ。

里沙はじっとぼくを見つめ、防壁をつくるように胸の前で腕を組んだ。防御的反応なのか攻撃の準備なのか――両方だった。

「〈アウトフィット〉、ディクタトール‐17」呪文を唱えるような口調だった。「GETに入る以前から噂は耳にしていたけれど、信じてなどいなかった。いまでも、信じられない」

「ご自由に」微笑んでやった。軽々と受け流したように見えていたらいいのだが。「で、ぼくになにをたずねたいんだ？　あまり面倒な探《さぐ》りを入れられてもこたえきれない。テクニックには自信がなくてさ」

「一七歳だから？」

「それは人それぞれでしょ。ぼくは才能がないだけ」

「能力はある」里沙はあっさりと断定してくれた。「お見事よ、エレベーターの一件。ジョアナにキスしたことにだけは疑問を感じるけれど。ともかく、噂のすべてに信憑《しんぴょう》性を感じてしまうぐらい」

どうもありがとう。でも減らず口はやめないよ。

「感じてほしいな、一応男だし」

「一七歳だし？」

ぼくはにこりとしてうなずいた。里沙の瞳は一瞬だけ炎を燃えあがらせた。紛れもないヒト起動物質の効果だ。しかしまだまだレベルが低い。くそっ、どうしてだ？

「やりすぎたとはおもわないの」

「新見さん――」

「里沙でいいわ、黒江くん」

「じゃ、ぼくも徹でいい」本気であることが伝わるよう、実歯以外の歯の先を一瞬だけのぞかせたあとでぼくはつけくわえた。「それから、もう一度D‐17と呼んだらレイプしたあとで殺す」

「わたしが簡単に両脚を開くとでも？」

「おもわないからレイプっていった。ところで、里沙さんは寝ても覚めてもおもいつづけてしまうような相手を殺された経験はあるの？」

「だから皆殺しにして、理由を知るために腸《はらわた》まで引きずりだした。自分で復讐を遂げるために自分の死まで偽装した」彼女は暗唱するような口調だった。

にこりとして応じた。

「復讐ネタは人類の物語の基本だって現国の時間に習ったよ。肛門をナイフで抉るのも、ペニスを切り刻むのもその演出の一環さ」

里沙は溜息をついた。ルールを切り換える頃合いということだろう。

「わたしは事実と、それが導く可能性にだけ興味がある。D‐17について語られてきた信じがたい噂よりもね。こういってよければ、世界の認識という点においては常人だし、陰謀論者でもないのよ、わたしは。ロマンス小説よりもノンフィクションのほうがまともな読み物だと信じているし、ユダヤ人やフリーメーソンの陰謀に胸を躍らせもしない」

「ぼくは文学よりもポルノ小説のほうが好きで、自分とは縁のない陰謀であればあるほど盛りあがるな。世の中はファンタジーに満ちていてほしい」

彼女が一撃をくわえることを考えていたのであれば、まさにその瞬間だった。驚かずに済んだのはすでに知っていることだったからだ。

「GETはあなたがD‐17であることを摑んでいるわ、徹くん」

軽くうなずいてやった。

「奇遇だな、じつはぼくも知ってる」

「どこまでが真実なの」すかさず食いついてきた。「歴史に悪影響を与えかねないすべての要素を排除するためにつくられた人工生命体。けして老いることのない永遠の独裁官《カエサル》。セックスの魔神。最強の戦士——ああ、さいごの二つだけは本当かもしれないとおもっているわ」

探り合いにうんざりしてきたので、トートロジーじみた表現で話した。

「正しいことのすべては正しくて、間違っていることのすべては間違っている。そうとしかいえない。疑うのは勝手だけど、ぼく自身はほとんどなにも知らない。推測したり想像したりしているだけだ」

「GETは間違っていることのすべても正しいと信じたがっている」

「信じてどうするの」

「解剖するんじゃないかしら」

「乱暴な民間企業だ」ぼくはいった。わざと怒ったような態度をつくっていた。乱暴な作業なしで彼女から情報を引きだすためには、冷静さを失っているとおもわせる必要がある。

「たしかに民間企業だけれど、シヴィル・ミリタリー・カンパニーは各国の諜報部や軍の出身者が経営しているし、社員も同じ。そういった組織のプロばかりをヘッド・ハンティングするのよ。GETのインテリジェンス・マネジメント・ディビジョンは営業分野に関してはCIA

以上の能力を備えているし――」

小さなカップを傾けた彼女はほおっと息を吐きだしながら続けた。

「一七年前、〈アウトフィット〉壊滅作戦に参加したエージェントや将兵もGETに参加しているのよ。すくなくともかれらは〈アウトフィット〉が実在したことを疑いはしない」

「あいかわらずわからない。ぼくはGETのビジネスを邪魔したことはない。すくなくともぼくの女を殺される理由はない」

「すこし我慢して。順をおって説明するわ」里沙はいった。不思議なことに、諭《さと》そうとするようなその態度にひどく親しみを覚えた。

「あなたの消息についてはだれもつかんでいなかった。それは事実。けれど……先月末、GETと取引のある組織のメンバーが日本で殺されたことがわかった。ヤクザに武器を密輸していた連中だけれど……組織のボスはGETに情報収集を依頼した。GETはかれらが取り扱う商品の仲介をしていたし、ボスの身辺警護を引き受けてもいたから、断ることはできなかった」

なるほどね。学校や狭霧《さぎり》湖でぼくが奪った武器はGETが手配したものだったわけか。民間軍事会社であると同時に大手の密輸武器卸商。消防署と放火魔を同時に営業しているようなものだ。儲かってしかたがないだろう。で、そのGETに、ぼくが武器取引の現場に弾を撃ちこんで笹川組とひとまとめで皆殺しにした『業者』のボスが依頼したわけだ。

だとするなら、あくまでもぼくのアクションに対するリアクション――それがGETの立場だということになる。

そのわりにはずいぶんと荒っぽいじゃないか？

もしかしたら〈ノバ〉や〈エンジェル〉とも関係しているのか？　たとえば、敵対しているとか。GETは――里沙はなにも摑んでいないのか？

いや、そんなはずはあるまい。かれらはその手の業界ではそれなりに名が知れているはずである。GETの幹部である彼女がまったく知らないわけがない。間接的な証拠しか摑んでいないから口にしていないだけだろう。ぼくの奴隷たちはアマチュアではないから、そう簡単に尻尾は摑ませまい。あるいは、こちらの反応をみるため情報を小出しにしているだけかもしれない。

案の定、彼女はすぐにつけくわえた。

「その過程で、〈アウトフィット〉の残党が日本で活動していたらしいことがわかった。〈ノバ〉と呼ばれる組織よ。実態は謎に包まれているけれど、各国の政界や軍部に大きな影響力を持っているわ。あとは簡単だった。フィリピンの組織と日本のヤクザが皆殺しにされた現場の周辺を調べていけばよかった。つまり、高伸学院をね。そして、事件後すぐに姿を消した者を追えば、なにかがわかるはずだと考えた。ほんの二日で必要なことはわかった。副学長は辞職して海外に転職、その後の足どりは不明。女性教師一人は一身上の都合により退職。やはりその後は不明。女子生徒一人が行方不明——まるで最初から存在していなかったように」

ほっとした。女子生徒二人が行方不明、ではないことにだ。〈エンジェル〉は菊池理恵を手早く治療し、実家へ戻したに違いない。とはいえもう一人は永遠に行方不明のまま。それはしかたがない。彼女も本当の意味での人間ではなかったし、殺したのはぼくだ。

「男子生徒一名が自主退学。名前は黒江徹……」

言葉を切った里沙はぼくをうかがった。ポーカー・フェイスにはあまり自信がないので、話をうながしてごまかした。

「すぐにぼくが見つかった」

「いいえ。足どりは途絶えていた。日本中の高校生を調べられる名簿なんて、この世のだれも持っていない。弱ったところで、GETが献金している日本のとある政治家から情報がもたらされた。かつての支援者の遺族から奇妙な依頼を受けた。黒江徹、そして川島徹という名の少年を記録上でつくりだす手伝いをしたという情報よ。かれは座興のつもりでもちだしただけの話題だったわ」

罵りたくなった。むろん、自分についてだ。雪華がぼくのためをおもってしてくれたことが奴らを招きよせたのだ。そして彼女にそこまでさせたのは……ぼくだ。このぼくだ。畜生め。

ともかく、その政治屋にはたっぷりとおもいしらせてやる必要がある。さて、こちらもそろそろ頃合いだな。

「襲撃を命じたのはだれだ。あなたなのか、里沙さん」ぼくは斬りこんだ。

彼女は目に見えて緊張した。こちらは普通に話しているつもりなのだが、どうしてだろう？　もしかしたら、ヒト起動物質のほかにもなにかを放出しているのかもしれない。

「落ち着いて聞いて欲しいわ」里沙はいった。「あなたを襲撃したのは本社直属のスペシャル・タスクフォースのヒットチームよ。わたしの管理下にはない」

「目的は？　はぐらかしはなしで頼む」空になったコーヒーカップを指で弾きながらたずねた。鈴を鳴らしたような音が響くかわりにイヤな亀裂が入った。うわっ、力を入れすぎた。

「ヒットチームの能力テストよ」里沙はこたえた。態度に不自然な点はないが、スムーズすぎるところがかえって気にかかった。

「襲ってきた奴らはみなぼくと似たような年齢だった。ホームページの画像で確かめた。GETの福祉事業――孤児支援プログラムの対象者なんだろう。各国の軍隊や情報部のベテランばかりを雇っているGET最強のヒットチームがそういう連中だというのはおかしくないか」

「その点はわたしも疑問なの」里沙はいった。「ヒットチームの詳細について知る者は社内でもごく一部だけ。GETの最高機密よ。日本支社でそのことを知っているのは支社長のグレン・ヤマハタだけのはず。本社でも、役員とインテリジェンス・マネジメント・ディビジョン、それにスペシャル・タスクフォースのメンバー以外は知らない」

「しかしあなたはずいぶん詳しい。ぼくのことも知っていた」

「わたしがあなたに接触を試みた目的はかれらとは異なる」

「証拠は」

「あなたをこうして迎えているわ。一緒にランチもとった」彼女はまじめな顔を浮かべていた。ご飯をちゃんと食べなさいと叱る母親のようだった。

「本で読んだけれど、昔のマフィアは抗争相手をうまいイタリア料理でもてなし、満腹にさせたあとで殺したそうだよ」

里沙は微笑を浮かべた。

「シチリアのヤクザ者なんかと一緒にしないで。わたしの父はオックスフォード大学で教える日本人学者だったし、母はハンガリー事件のあとでイギリスへ亡命したピアニストよ」

なるほどね。それでくっきりした顔立ちにナイスバディというわけか。それ以外、あまりハーフっぽい印象がないのはハンガリー人の母親が東洋風の美女だったからだろう。

「あなたはイギリスでなにをしていたんだ。どうせ大学はオックスフォードだろうけど」ぼくはたずねた。

「そのあとで、テムズ川のほとりにある妙な形をした建物で働いていた」

　無知をからかったつもりかもしれないが、すぐにわかった。テレビで流していたジェームズ・ボンドの映画でその建物を見たことがあったのだ。里沙はイギリス《S》対外《I》情報部《S》――MI6の出身なのである。

　彼女がぼくの知識を推し量っているようなので、映画で使われている有名なオープニング・テーマを鼻唄でうなってやった。

「ダブル・オー要員なんて実在しないわよ」バカにしたような顔で里沙はこたえた。「それに近い連中はむろんいるけれど、冴えない見かけの男ばかり。女のほうは少しましだけれど。わたしもかなり優秀だったわ」

　ユーモアを感じさせる態度ではなかった。それどころか、呪っているような響きすらあった。辞めるだけの理由があったというわけだ。

　自分が感情をあらわにしてしまったことに気づいたのだろう、彼女は戸惑ったような表情を浮かべ、窓の外を見た。なるほど。ここでの会話は録音はおろか撮影もされているに違いないが、自分のほうが腹を割ってしまうとはおもいもしなかったわけか。となるとヒト起動物質がそれなりの効果を及ぼしていることになるが……どうして他の女たちのようにならないのだろう？　それにぼくがさきほどから感じつづけている得体のしれない親しさや温かさはなんだ？　彼女が〈エンジェル〉でないことは『わかって』いるというのに。

　ま、いいや。いまはこれ以上追いつめないでおこう。

「それで、本題は」ぼくはたずねた。

「あなたの復讐に協力するかわり、わたしにも協力して欲しい。むろん、金銭的な見返りも準備する。必要なら新しい身許も――さっきいったように、わたしはロマンスよりもノンフィクションのほうに興味があるの。あなたとのセックスにも興味はない」

「そりゃ楽でいいけど（↑大嘘）、あなたの目的は？」

「GETが欲しいの。支配したいのよ」

　ぼくはいった。

「あなたが真性のレズビアンであることを理由に組織から追いだしたMI6の代わりに？」

　それしか可能性がないとおもった。『変化』がもたらした性的支配力において、ぼくともっとも関わりが薄い組み合わせはそれしかない。

里沙はぼくを睨《にら》んだ。D‐17について語られている間違ったすべてが正しいのかもしれないと考えている顔だった。

ややあって、諦めたような顔を浮かべて彼女は認めた。

「そうよ。MI6の代わりにわたしの帝国にしたいの。あなたの力を借りて現在の上層部を排除してしまえばそれが実現する。もちろん、わたしがGETを支配したあともあなたに可能なかぎり協力するわ」

「なら、放っておいてくれてもよかったのに。どこかの砂浜で綺麗なお姉さんとおっぱい寄せ合いながら肌を焼いているあいだにぼくの用事は済むよ。そうだな――半日もかからずに皆殺しだ。簡単さ」

「だからあの別荘での話を持ちだしたのよ」里沙の目に怒りが宿った。「やりすぎてもらいたくないのよ。あなたを放置していたら、少なくとも日本支社は壊滅してしまう。GETのダークサイドがさらに表へ漏れだすことにもなる。そうなっては困る。あなたが手榴弾を投げこんでくれたおかげでGETがどれだけ金を使うことになったか……」

権力欲か。たしかにわかりやすい。が、信用しきれない。あっさりしすぎている。だが、いまたずねたからといって答えるとはおもえない。相手はMI6あがりだ。

「ひとつだけ教えて欲しい。どうしてぼくをここで待ち伏せできたんだ」

「まだ気づかないの？」

挑むような視線を向けてきた彼女を見つめかえした。まっすぐに見つめかえしてくる。

真性レズであるにもかかわらず、ぼくに対して好意と情欲を抱きかけていることに戸惑っている――そうおもいたいところだが、うーん、どうだろ。冷静さを失ってはいないのだ。化学実験の反応を観察している学者のような匂いがある。

はっとした。

もやもやしていたものが急速に形をなしていく。

どうして気づかなかったのだろう。

まったく違っているが、全体から受ける印象が似ているのだ。

「雪華さんと関係があるのか。まさか姉妹とかいわないよね。いくらなんでも偶然に頼りすぎてる」

「分析の結果を適用しただけよ」里沙は片方の眉だけをあげて微笑んだ。「ユキカ・カワシマの写真を分析して、すべての特性を選びだした。そして分析結果をGET内部、そしてフリーランスでわたしが信頼している女たちのデータと照合した。結果を見て笑ったわ。わたし自身が選ばれていたのだもの。もっとも特性が重なりあっているというのだけれど……あなたのタイプって、幅が広いよううね」

アホらしくなった。似ているとか似ていないというレベルではない、もっと深い場所で好みの女性のタイプを割りだされ、引っかけられたのだ。

「現実につまらなさを覚えているターゲットの目の前に、夢のパートナーを出現させて、罠にかける——『蜜の罠』と呼ばれる諜報工作の常套《じょうとう》手段よ。古典的だけれど、成功率も高い。普通は中年の、日常生活に不満を抱いている人間にしかけるのだけど……効果があって良かったわ。といっても諦めかけていた。あなたと接触するためにわたしが信用できるメンバー全員を動員しなければならなかったから。そう何日もつづけられる態勢ではなかった。途中であんな騒ぎをおこされたから、余計にね」

里沙の言葉なんか聴いちゃいなかった。なぜいままで気づかなかったのか、そのことだけを考えていたからだ。

向こうはプロだ。やはり経験の差というやつだろうか。きっとそうに……いや、いや、いや。バカ野郎。ウソだ。ウソだ。すべてウソだ。畜生め。

気づいていい、いたのだ。

でなければ、彼女を目にしただけで股間のうずきまで覚えるはずがない。あのときにおかしいとおもうべきだったのだ。『変化』から『進化』の段階へと到達した我が身の移り変わりのなか、あちらの欲望がどれほど天井知らずになっていようとも、そこまで極端な反応は滅多なことで生じるものではない。

無自覚のうちにその印象をはねのけていたのだ。気づきたくなかったのだ。だから里沙と雪華を重ね合わせなかった。そうすることで、彼女を死なせた記憶から逃れようとしていたのである。だれが？　D - 17でないことだけはたしかだ。

そうなのだ。

ぼくがそうあり続けたいと願っているもの——高校中退者、黒江徹（17）が強要したのだ。ついこのあいだまで不幸な孤児という以外に注目すべきなにものも持たない高校生だったかれが雪華の死に直面することを恐れたからだ。自分には縁のないことだと信じこもうとしていたのだ。

情けなくなると同時に不思議な感覚がわいた。安堵感だった。理由は簡単だ。こうおもったのである。

子供のような逃避の結果であるにしろ、黒江徹はD‐17をねじ伏せる力を持っている。

即座に罵倒が脳内にこだました。

じゃあいまのぼくはだれだ？　黒江徹？　それとも、D‐17？　畜生。もしかしていまのぼく、統合失調症ってやつですか。じゃあなにをやらかしても無罪ですね。都合のいいことに未成年でもあるし。

「わたしの信頼できるブレーンたちが予想した」里沙はいった。「あなたは必ず復讐を企む。また、あなたにはその能力がある。となれば手近なターゲットは日本支社しかない。襲撃を命じた首謀者とその目的を知るため、まず、日本支社を調べだすはず……だから、このところ隙のある行動をとらせていた」

「社内で疑われなかったのか？　歩いて出社する立場じゃないはずだ」

「ダイエットの旗さえ掲げておけば、女がとる奇妙な行動のすべては許容されるのよ。ことに欧米人が相手だと」

あんたも欧米人じゃん。

「見事に引っかかったわけか、ぼくは」

「恥じる必要はないわ。わたしでもそうしたでしょうから。それに、こちらもリスクを背負っていたわ。どれだけ護衛をつけても、あなたに殺されるかもしれなかった。スペシャル・タスクフォースのヒットチームを皆殺しにしたのだから……」

瞳の色がかすかに変わっていた。深紫に近くなっている。きれいなものだ。犯してやりたい。

「で、どういう手順で進める？」

「本社に気づかれないように動く必要がある」

「ぼくの復讐には違いないけれどあなたとはつながっていない、と見せかける」

「身も蓋もないけれど、そのとおり。今後の連絡はわたしから一方的にとるわ。かまわないでしょう？」

「いいけどさ、向こうはぼくの顔を知ってるわけだろ？　会ってるところ見られたらそれで終わりじゃないか」

「たしかに。でも……心配ないとおもうわ」

彼女はファイル・ホルダーを手渡してきた。中身はぼくに関する記録だ。写真は小学校以来の記念写真を拡大したものである。うーん、やっぱぼくって間抜け面だよな。

「グレン・ヤマハタの持っていたファイルのコピーよ。おそらく、本社もこの程度の資料しか持っていないわ。あなたに関する記録はかなり以前から工作が施されていたのね。つい先日まで通っていた高仲学院にすら、まともな記録が残っていないのは驚いたわ。あなたが養父母と暮らしていた家にもなにも残っていない。近所の家からもあなたに関する写真や映像は消えていた」

だれが工作したかはいうまでもない。〈ノバ〉だ。ぼくを自分たちだけの王としてかつぎ上げるため、ありとあらゆる記録をいじり倒したに違いない。ある段階からは〈エンジェル〉も別口で工作していた可能性すらある。

しかしだ、写真であることにかわりはない。ううう。よく中央公園で戦争にならなかったものだ。

「バレバレじゃないか」

しばらくぼくを見つめたあと、里沙はたずねてきた。

「あなた……最近、自分の顔を見たことある？」

「水面に自分の顔を映してオナニーする習慣はないよ」

あ、下品だけど気の利いたセリフみたいに聞こえた。えーと、なんでこんな表現をおもいついたんだろ。たしか以前にのぞいたホームページに掲載されていた素人が書いたエロ小説で美形の少年がお姉様たちにイロイロと開発されるのがあって、そのなかで……ギリシャ神話のたとえが使われていた。とんでもない美形の主人公が、自分の姿を鏡に映してオナニーするお下劣シーンで用いられていたのだ。うう。とんでもないものから知識を得てるな、われながら。ていうかやっぱ下品なだけだわ。

「たしかにナルキッソスには見えないけれどね」里沙はあっさりとネタを割ってくれた。悪かったな。たしかに美形じゃないよ。

フラッシュが光った。里沙がデジカメを使ったのだ。撮ったばかりの画像を液晶ディスプレイに表示し、ぼくに手渡す。

「横のボタンを押せば、データは消えるわ——よくみてごらんなさい。びっくりするはずよ」

どこかで撮影しているだろうに、なんてしらじらしい。が、しげしげと眺めているうちに彼女の言葉が正しいとわかった。

写っていたのはむろんぼくの横顔である。どこからどうみても黒江徹君だ。

しかし……なんか違うのだ。自分の顔でありながら自分だとはいいきれない。

一番はっきり特徴があらわれているのは目である。異様に感じられるほど力が宿っている。とても、一七歳の高校中退者には見えない。

認めざるをえなかった。

D‐17だ。異常な『進化』の途中にあるモンスターがそこにいるのだ。ロビーでぼくを罠にとらえた黒人男性が妙に戸惑っていたのもそのせいだろう。おそらく、変装なしで別人と感じさせてしまう能力が備わりつつあるに違いない。追う側にとってはカメレオンよりも始末が悪い——あ、だったらロビーでぶっ放しても大丈夫だったじゃないか。畜生。今度からはもう少しナルちゃんになろう。そいえばナルシスってのは……そうか。バカ。いまごろ気づいた。そうなのか。そんな名前をつけるなんて、〈アウトフィット〉はなに考えてたのだろう。

データを消し、デジカメをポケットに突っこむ。なめやがって、もうぼくのだもん。

「諜報部員にとっての夢よ。環境に応じて、顔から受ける『印象』だけが変化するなんて。知ってる？　別人になるために、死者の顔面を皮下組織ごと……皮膚だけでなく血管や組織までふくめて移植することもあるのよ」

「たとえばだれかを殺してその人に成り済ます、とか？」

「ただ移植するだけだと骨格が違うから無理」

「骨格まで直せば」

「かなり近くなるわね。本人といっていいぐらいに」

「見かけはいいとして……予備校に通っている高校中退者と里沙さんのような人との接点は全然ないよ。もちろん、褒めてるんだけど」

「だからここを準備したの」あいかわらず平然と里沙は応じた。間違いなく真性のレズビアンなのだろう。D‐17の能力がいかに強力でも、さすがに女性同性愛者との接点は存在しないからに違いない。でも、ヒト起動物質は生物学的な影響を及ぼすはずだから……もしかして、同性愛は遺伝子の影響を受けたもの、という説の反証になるんだろうか。ま、同性愛遺伝子影響説はもともとあやしいものだし。あの説自体が同性愛者の抱く両性愛者に対するコンプレックスを科学的事実でもってフォローしようという意図がみえみえだ。

「この部屋はあなたのもの。いま住んでいる場所を教えてもらえたら、荷物も運ばせるわ」

なるほど。取引の一環というわけだ。じゃ、もうひとつ確認。

「真性レズだということ、GETは当然知ってるんだろ？　ぼくと一緒に行動しているとまずくないかな」

「その点は完全に偽装したわ」里沙は笑った。「レズビアンになったのは、以前に年下の男の子から手ひどく裏切られたことが原因だということにしてある。あなたにあって少年の味をおもいだしかけている、そういうこと」

ぜひとも味わっていただきたいです、先生！

「のんびりするつもりはないよ」

「してもらうつもりもない」里沙はきっぱりといった。「でも、攻撃の対象はわたしが選ばせてもらう」

「その前にまず一人片づけさせてもらいたいな。でないと落ち着かない」

だれのことか即座に察した里沙は眉を曇らせた。

「困るわ。利用価値があるのに。それに、警戒もされてしまう」

「ぼくには関係のない話だ。あなたが自分のアリバイをこしらえておけばいい」

「やはり普通の人間ではないのね、君は」里沙はつぶやいた。恐れているようには見えなかった。

「そうらしいよ？　だから、あきらめてもらうしかない」

ぼくはぼく以外にはなれない。D‐17になるのか黒江徹でありつづけるのか、それが問題なだけだ。それに――。

たとえ決めることができなくても、雪華の復讐を果たすことにはなんの影響もないのだ。

2　肉の標的

1

汗まみれになった女――ジェーンという名だ――がブルネットを振り乱し、蹂躙《じゅうりん》しつくされた肉体をそりかえらせた。部屋にはぼくの全身から発せられるヒト起動物質とムスクに似た濃厚な香りがこもっている。

「お願い……お願い……」

ブラウンの瞳を情欲にとろけさせながらのたうつ彼女の喘ぎはまるで悦《よろこ》びに戸惑う少女のようだ。それでいて熟しきった肉体はどんなに強い責めでも楽々と受け入れてくれる。乳首を硬くたちあげた乳房をこすりつけ、すがりつきつつ喘ぎ泣くことをやめない。ぼくは乱れきる大人の女を深く深く犯しながら、異様な伸縮をおこすペニスのアクションをさらに強める。

一〇人同時に寝られそうなベッドには他に四人の女たちが横たわっていた。全員がジェーンと同じくぼくに誘われたこのホテルの泊まり客だ。たとえばジェーンは日本にビジネスでやってきた大企業の営業マネージャーだし、意識を失っている二人は日本の文化を研究にきたオーストラリアの大学生だった。ぼくとジェーンの狂態を見つめながら自分を慰めているのは夫を海外へ送りだしたばかりの新婦である。もう一人……カソリック系雑誌の取材記者としてやってきたベスはぼくのヒップを左右に開き、その底でうごめく器官に舌や指をさしこんでいる。腰骨がとけるような心地よさだ……。

里沙と合意に達したからには待たねばならなかった。むろん彼女のことはまったく信じていないが、いきなり好き勝手に動いたのではせっかくできたGET内部につづく糸が切れてしまいかねない。

だから、彼女が準備してくれたこの豪華な牢獄で楽しむことにしたのだ。女たちとは全員、ホテル内のイタリアン・レストランで知り合った。最初はベスである。一人でつまらなそうにしていたので人畜無害な態度で話しかけ、同じ席に座ったのである。心のそこまで神に捧げていたはずの彼女が自分からぼくへ身体を寄せてきたとき、ジェーンがあらわれた。その後の展開は全部同じ。で、もう三〇時間、こうして楽しんでいる。ただし、なかなか辛い。

彼女たちの内部へ望むままに放つことができないからだ。あまりどばどばリキッドを流しこむと、全員が生物学的に隷属した状態になってしまう。それでは申し訳ないし、正直、面倒もみきれない。

　というわけでこれまでのところだれにも放っていない。彼女たちが取り入れたのは唾液と透明な分泌物とぼくの直腸にたまる得体のしれないオレンジ色のゲルだ。それだけで充分以上に狂っていたから、なおさら注ぐことができない。ま、あえて放たずにいるのはその他にも計算があるからだけれど。


　ジェーンが絶叫とともに達したあと、お尻にサービスしてくれたベスにお返しをした。むっちりとした太腿を押し広げてのしかかると、彼女は十字を切り、神に許しを求めた。自分のどこが愛されるかわかっていたからだ。そして嫌がってはいなかった。許しを求めているあいだも彼女の腰は誘うようにうごめき、すっかりぼくに開発されたピンク色のすぼまりを見せつけていたのだ。リキッドを流しこんでいないにもかかわらず、そこはすでに快楽性器へと変貌していたのである。

　押し広げ、入り込むと同時にすべてがうねり、入り口が強くしめつけてくる。ベスははやくも達していた。のしかかり、小ぶりな乳房を揉みながら唇を奪う。彼女は自分から舌を差しだし、ひときわ力強くしめつけてきた……。

　ベッドサイドの電話が鳴ったのはその時だった。朦朧《もうろう》としていたベスはびくりとし、深く侵入したまま衰える兆《きざ》しもみせないぼくを優しくもみこんでくる。離すまいとしているかのようだ。

　だから、上機嫌な声がでた。

「もしもーし、黒江くんですが」

『……』

　声は聞こえない。が、呼吸が感じ取れた。伸縮をはじめてやる。ベスはたちまち高く喘ぎ泣いた。しらじらしくたずねた。

「あ、新見さん？」

『里沙でいいわ、黒江くん』怒っているような呆れているような、またそういった感情を抱いている自分に戸惑っているような、なんとも複雑なものをふくんだ声だった。

「里沙さん、里沙さん……はい」ベスのなかにあるものの運動を加速させながらぼくはいった。ベスの高くとぎれのない喘ぎは電話の向こうに伝わっているだろうか？　伝わっていて欲しい。そうでないと面白くない。

『準備ができたわ。君の要求をかなえられる。そのかわり、バックアップはないわよ。わたしも現場まで案内するだけ』

「ありがとう」ますます悶え狂うベスの乳房を片手で揉みながら応じた。彼女は自分から突きつけるように胸をさしだしてくる。

『八時に神田駿河台《かんだするがだい》の明大前交差点で。すこしまともな服装で来て。そこに準備してあるはずよ。わたしの名前は智美《ともみ》。石川《いしかわ》智美』

「デートみたいだな?」

『冗談でも殺すわよ』

あはは、殺せるならどうぞ。

「直接場所を教えてくれても、わかるけど」

『手順を踏んだほうがおもしろいこともあるのよ、黒江くん』

ぶつりと電話は切れた。もう一時間ちょいしかない。ぼくに抱かれるまで処女だったベスへこの三〇時間で最も熱心に向かい合う。気分が伝わったのか、彼女も最後の力を振り絞ってぼくを愛してくれた。

悶え狂う神の乙女の肉体を抉りながらおもった。

始めるよ、雪華さん。あなたはたぶん喜ばないだろうけれど、ぼくは他に償う方法を知らないから。

2

待たされ、歩かされた。それも一人でだ。

ま、里沙のいうとおりにはした。身につけたのは部屋に届けられた寸法ぴったりの麻のスーツにピンストライプのシャツ、なにかの紋章が刺繍《ししゅう》された黒に近いフォア・イン・ハンドの細いネクタイにいかにも手作りですという感じのレザー・シューズ。似合ってるのかどうかわからないが、いつもの格好よりはるかにまともだ。もちろんこんなものを身につけたのは生まれて初めてである。

もちろん他にもちょっとした道具を持っている。ROLEXとロゴのある腕時計、テレビ電話機能つきの携帯電話。パンツの内側にさしこむタイプのヒップ・ホルスターにはヘッケラー・ウント・コッホUSPコンパクト。ドイツ警察がP10の制式名で採用している銃だ。もちろん出かける前にH&Kのホームページに掲載されているマニュアルその他をダウンロードし、必要なことは調べてある。一度分解したので妙な仕掛けがないことはわかっていた。

USPコンパクトは銃身《バレル》や遊底《スライド》の位置が高く、はねあがりもそこそこに大きいとか、銃の下部——グリップフレームの最後尾についているセレクターの操作が感覚的に摑みにくいとかいう理由でアメリカあたりだと評判の悪い戦闘用拳銃、USPを小型化して護身用としたものだ。小さくしてもアメリカでは相変わらず人気がないらしい。

ま、そんなこと、ぼくにはどうってことはない。反動だの銃身位置による照準線のずれなんぞは身体のほうが自動的に対処してくれるし、押しあげれば安全装置《セイフティ》がロックされ、押しさげるとハンマーがデコッキングされる——撃針《ファイアリング・ピン》を引っぱたく撃鉄《ハンマー》が解除されるセレクターの操作だってそれはそれ、と覚えられるから混乱なんかしない。ああ、なんて都合のいい身体になったことだろう。それに、本当に気に入らなければセレクターの機能を変えてしまえばいいのだ。USPはそれが可能なように設計されている。だからこそUSP——〝ユニバーサル〟・セルフローディング・ピストルと名乗っているのだ。

ともかく、9ミリ・パラベラム弾を一三発もおさめられるマガジンを用いるのに、そこそこに小型で、ぼくの片手だけでしっかり保持できる握りやすさを備えているというのがいい。ちなみに、USPコンパクトの銃身はスライドから突きだす長めのものに交換されており、突きだした部分にはサイレンサー装着用のネジが切られていた。もちろんサイレンサーも持っている。予備弾倉はベルトの左サイドにとおしたマガジン・ホルダーに二個。この場合は銘というのだろうか、刻印もなにもはいっていないがやたらと切れ味のよさそうな飛び出しナイフもある。すべて、ぼくが女たちを貪っているあいだに部屋に届けられていたものだ（もちろんウィークリー・マンションに置いてあった荷物も届いていた）。信頼できるかどうかはともかく、彼女がぼくを徹底的に活用するために努力を傾けているのは本当らしい。他に——先日いただいてしまったデジカメも持っていた。音声つきの動画が撮れるタイプであることを確認したが、録画時間に限界があるので新宿の量販店により、小型のデジタル・レコーダーを買っておいた。


交差点で三〇分ほど待たされたあと、ようやく電話がかかってきた。近くにある古いホテルを教えられ、そこのロビーでと伝えられる。

大学の校舎が左右に並ぶ道を歩いてゆくとたしかにホテルがあった。いま風のシティ・ホテルではない。戦前から営業していそうな外見だ。重たい赤を使った絨毯《じゅうたん》はシブイし、シャンデリアの形や明るさも下品ではない。周囲からぼくに向けられる視線は、ちょっとした驚きであった。慇懃《いんぎん》に出迎えてくれたボーイどころか、世間でそこそこ以上の立場にあるのだろう連中——いかにも金のかかっていそうなスーツやドレスを着た奴らが、驚いたような圧倒されたような表情を浮かべていたのだ。

壁の姿見をちらりと盗み見た。

自分でも驚いた。

いや、新宿でも周囲の視線が気にはなったのだ。しかしそれは似合わない格好をしているせいだろうと決めつけていたのである。

が、鏡に映っていたのは……。

こんな風に見えているのか、ぼくは。

そこに立っているのは一七歳の少年である。その点はかわりない。

しかし、麻のスーツを身につけたかれからはなにかが発せられている。相手が男であれ女であれ精神を圧倒してしまうようなものが放たれているのだ。決してたくましいとはいえない肉体であるにもかかわらず、そこにあるものは力そのものを凝結《ぎょうけつ》させたような存在感だった。美形だのハンサムだのといった評価基準からは縁遠い面立ちには、だれもの奥底をかき乱さずにはおかない妖しさを放射している瞳と、いますぐにすべてのものを貪りかねない危険さをたたえた唇があった。顔面全体が示しているのは、心の闇を想像せずにはいられなくなるほどのクールさと危なさだ。

くりかえしになるが、ぼくにナルシストの気はないはずである。本当に、自分の面なんぞ一秒たりとも見ていたくないタイプなのだ。

そしてどうやら、これからも考えずにいたほうがいいらしい。でなければ、自分で自分の妖しさにとらわれてしまいそうだからだ。ともかく、D-17として進化を続けている自分がその場にあわせてまったく異なる雰囲気を漂わせる能力を備えてしまったことだけは忘れないでいよう。

いやしかし、周囲から向けられる視線——ことに若く美しい女性たちから向けられる飢えた雌の視線はたまらなく心地いい。うはは。うははは。

力を試してみたくてたまらなくなった。

「お尋ねしたいんですが」

しらじらしく女性の接客係《コンシェルジュ》にたずねた。髪をきっちりとまとめ、制服のブレザーを粋《いき》に着こなした丸顔の美人だ。

「は、はい……なんでございましょう」

応じたとき、彼女の頰は紅潮し、瞳には霞がかかっていた。無意識の動作で舌先をのぞかせ、おとなしい色の口紅を塗った唇をちろちろとなめている。もちろんセックスのサインだ。うはは。

それ以上話す必要はなかった。背後から名を呼ばれたのだ——もちろん足音には気づいていた。しらじらしく、っていっただろ？

「智美さん、待たせた？」振り返りながらぼくは教えられた彼女の偽名を口にした。同時にぼくを求めるようにのびていたコンシェルジュの指先を軽く撫でている。微かな……紛れもない女の悦びをたたえた喘ぎが聞き取れた。ぬはは。相手がイヤがらないかぎり、いかなる行為もセクハラではない。

里沙は嘲《あざけ》りと受け取れるほどの自信に満ちた表情で応じた。

「かまわない。待つのって、好きなの。あなたならなおさら」

驚くというより感心していた。昨日とはまったく違うのだ。

女性は髪形をほんの少し変えるだけでまったく別人に化けてしまう。彼女はその点を徹底的に活用し、普段の危険なイメージを消し去っていた。片目が隠れるほど前髪を垂らし、縁無しの眼鏡《めがね》をかけた彼女は日常には存在しないなにかを味わいにきた大学の助教授かなにかに見えた。胸のあたりまで伸ばした豊かな黒髪は栗色に染められている。褐色の肌がなまめかしすぎるが、だからなおさらたまらん、というところである。ま、なんとしてでも狂わせてみたいインテリ女性そのもの、というところだ。

ファッションも……絶品だ。ワインレッドのドレスできめている。首筋や肩、背中をむきだしにしたホルターネックで、裾のほうはふわふわした印象を受けるランダムプリーツ。ドレスの薄い布地を突き破りそうな胸と、脂を塗ったように光っている背中がたまらないぐらいにセクシーだった。暖色の照明を浴びて浮かびあがる美貌と組み合わせると、もう漏れそうな感じである。アクセサリーはかじりたいほどふっくらした耳たぶをかざる銀のイヤリングのみ。潔くて、いい。

全体として、ただの高校生なら目のやり場に困るいでたちである。いや、実際ちょっと以上に困っていたけれどそれはそれとして、正直に感激をあらわすことにした。たとえ危険な相手だとしても、すばらしいものを褒められないほど根性は狭くない。

「ちょっと美人すぎるよ、里沙さん。なにをどうしていいのかわからない」彼女に近づき、抑えた声でたずねた。

実際はそれ以上、彼女のプロとしての腕前に感心してさえいた。ちょっとした変化を組み合わせてまったくの別人になっているのだから当然だ。仮に目撃者の記憶を寄せ集めても、普段の彼女とは質のことなる美女の似顔絵ができあがるに違いない。美男美女は目立ちすぎてスパイには向かない、という常識を逆手にとっているのである。

「あなたも昨日よりすごいけれど……ともかく、当然のようにわたしの手をとる。年上の女を自由にしている高校生みたいにね」小さな声が教えてくれた。

そのとおりにした。蠱惑《こわく》的だが、けして下品ではない香水がかおった。ほんの少しだけ触れた手の柔らかさが痺れるような感触をもたらした。

すっとその手が左脇に忍びこむ。柔らかな肩が触れ、張りのある乳房が押しつけられてくる。うう、やっぱこのひと好みだわ、ぼく。

「なかなかいいわよ。嬉しそうな顔をしてくれるのも、いい気分」彼女もぼくの異様な力をはねのけられないでいることがわかった。顔や声はあいかわらずクールだったが、押しつけられる身体に紛れもない昂《たかぶ》りがあったのだ。ふん。鉄壁のレズビアンもだんだんとヒト起動物質を受け入れるようになってきたということなのか?

「うう、うはは」

「言葉づかいに気をつけて。どんなときでもこのわたしを自由にしているような顔と態度で。そのほうが楽しめるし、いまのわたしも楽しい」ささやいた彼女は華やかな笑みを向けた。周囲の男たちが怒りすら含んだ視線を向けてくる。ははは、許せ許せ。

「一泊で部屋がとってあるわ。君の名前で支払いは済ませてある。といっても偽名」

「山田太郎《やまだたろう》?」

「田中一郎《たなかいちろう》」

「いっそジョン・スミスにしたら」いいかけたとき、肘が脇腹にめりこんだ。

ホテルはどうにも説明がつけにくく見えるだろうカップルを差別しなかった。客は客だし、マナーも守っているからだ。ただ、フロントやボーイたちが里沙ではなくぼくへやたらと丁重な態度をとるのにはまいった。里沙の美貌より、ぼくの『力』が与える影響のほうが大きいということか？

ボーイがひどく慇懃な態度でくすんだ紅《あか》い壁布で飾られた七階に案内し、部屋のドアを開けてくれる。廊下にも部屋にも警報装置のようなものはない。チップを渡そうとすると丁寧に断られた。うう、慣れないことはするものじゃない。部屋には二人ぶんの荷物に見せかけたトランクやカバンが運びこまれていた。中身は着替えや最悪の事態に陥ったときに使うお道具《ツール》だ。

ダブルベッドに腰掛けた里沙はハンドバッグから煙草のパッケージと似たような大きさの箱を取りだし、ベッドサイドの小さなテーブルに置いた。金属製だ。スイッチを入れると小さなＬＥＤがともった。

「なに、それ？」

「全可聴周波数攪乱《かくらん》装置。可聴範囲全体にセンサーが過敏に反応してしまうごく小さなバック・グラウンド・ノイズを流して有意情報をひっかきまわすだけよ。別に頭は痛くならないから安心して」

「だれかが盗聴している可能性があると？」

「すべての可能性をつぶす必要がある」

まさしくプロの考えかただ。

「それで？　仲良くしてくれるわけじゃないだろう」

「奥へ四つ進んだ部屋。衆議院議員、袴田泰三《はかまだたいぞう》。ある意味で、川島雪華を死なせた原因をつくりだした男」

「証拠は」

「頭出し、してあるわ」

ハンドバッグからデジタル・レコーダーをとりだした彼女はぼくへ放ってよこした。イヤフォンをつけてスイッチを押す。もったいぶった男の声が聴こえた。

『（笑い声）……ああ、そういえばこのあいだ面白いことがあってね……何年か前に亡くなった支持者……いや、かなりえげつない商売をしていた奴さ……その未亡人が一七歳になる男の子二人ぶんの身許をなんとかしてくれというんだな……おそらく、若い男をくわえこんだんだろうが（笑い声）』

聴いているうちにむかむかしてきた。

『……てやったよ。もう政治的な力はないが、昔の念書がでてきてはまずいからね……しかしバカな女だよ……

世間知らずの美人なんだが……いやなに、父親の会社を乗っ取って自殺に追いこんだのが自分の死んだ夫だといまだに気づいちゃおらん……相思相愛だった婚約者も、事故で死んだものとばかりおもいこんでいる……まあ、それほどの価値がある女だということでもあるが……』

スイッチを切った。壁の鏡に、顔が映っていた。目の周囲が青ざめ、瞳に爬虫類《はちゅうるい》じみた光が宿っている。耐えきれなくなって視線を逸らせたとき、里沙のクールな横顔が視界にはいった。

ぼくに視線を向けているわけではない。が、どこか気にかかる部分があった。テーブルに置かれた小さな箱のLEDが目障りだった。ちょっと試してみたくなった。

メモリが空の部分を呼びだして録音ボタンを押した。ぼくが四つか五つのころ、せがむと養母が唄ってくれた汽車ぽっぽの歌を一番だけ歌う。汽車汽車シュッポ……兵隊さんを乗せてシュッポシュッポ……進め進め進め、兵隊さん、兵隊さん、万々歳。里沙が目を丸くしていた。わはは、ざまみろ。

「なにそれ、歌詞が全然違うじゃない」彼女はいった。

「この歌詞は一九四五年八月一五日までのバージョンだよ」

「太平洋戦争に負けるまで？」

「そ。戦後になって歌詞だけアレして普通の歌のふりをした。もともとは外国に戦争しにいく兵士を励《はげ》ます歌なのに——って、ママがいってた」

「あなたのママだってそういう年じゃないでしょう」

「ママのママがそういう年だったからじゃないの。それともただの趣味だったのか昔つきあった男が軍事おたくだったのか……」

リバースし、PLAYを押した。ノイズであった。たしかにマイクがヘンなものを拾っている。メロディもとれないほどだ。

レコーダーを返した。買ってきたものではなく、こちらを使ってもいいわけだが、どんなしかけがしてあるかわからないから、パスだ。そのまま、反応を確かめるように見つめていた里沙の足元にかがみこむ。

「なにをするつもり？」顔色が変わっていた。

「ストッキングを脱いでくれ。顔を隠す道具を忘れたんだ。奴はどうせ一人じゃないんだろ？」

「秘書はロビーで待たされている。部屋にいるのは女だけ」さっと顔をそむけ、スカートの裾を押さえた彼女はいった。

「柏木早紀《かしわぎさき》。知らない？　フライト・アテンダントあがりのトレンド・リポーターよ。所属事務所の社長が売れているアイドル・グループのコカイン・パーティ容疑をもみ消してもらうためにさしだしたの。といっても早紀のほうも並の女じゃないわ。中学生のころからセックスが大好きで、自分をめぐる男同士を争わせることを楽しんできた女よ。フライト・アテンダント時代には世界中の男をむさぼっていたし。袴田に身体をさしだす話を持ちだしたのも自分から。かれが濃いセックスで有名だったから……」

「そいつは頼もしいね」拒絶の態度を無視してハイヒールを脱がせ、身体を強張らせている彼女からまきとるように左脚を包むストッキングをいただいた。われながらムチャをしているが、彼女のほうもあいかわらず緊張しすぎている。うん、ほぐしてあげよう。

フェロモンで濡れているような張りのある腿に惹かれるが、事のまえだからと我慢し、ネイルケアされたきれいな爪が並んでいるかたちのよい足の指をなめた。

「なっ、やめっ、男はだめなのっ」

そう呻いただけで、里沙の身体からは力が抜けてゆく。かすかにたちのぼる汗の匂いがなまなましくて良かった。調子に乗って指の間にも舌を差し入れ、唾液まみれにする。舌を動かすたびに里沙の腿がひきしぼられる。まぎれもない女の匂いが立ちのぼった。

「……なんの……つもりなの」

「ぼくらは年の離れた恋人同士、そういう設定だろ？　ならば、ストーリーのなかで活用しないとね」

一度ストッキングを被り、具合を確かめた。里沙の体温や汗の匂いがかすかに残っていて、じつに被り心地がいい。機会があれば本気で楽しんでみることにしよう。

トランクから変装用の衣服をとりだす。このホテルのボーイが着る制服だ。髪形もボーイ風の七三にわけた。即座にかぶることができるようにしたストッキングをポケットに収める。USPコンパクトを抜き、サイレンサーを装着してベルトに挟む。テーブルの上に置かれていたホテルの封筒を手にとった。

「この階のほかの部屋に客は？」

「はいっているけれど、パーティに参加しているから深夜まで戻ってこない」

廊下にでた。人影はなく、足音や話し声も聞こえない。古いホテルだからなのか意図してそういう設計なのか、廊下はあちこちで折れ曲がっているので不意に姿を見られることはないだろう。

教えられた部屋のドアに耳を押し当て、神経を集中する。ほんの微かに音が聞き取れた。会話をかわしているようだ。

ドアをノックする。部屋のなかで緊張した気配がした。もう一度ノックする。足音が聴こえた。音が重い。男の足音だ。

「失礼いたします、袴田先生」たしかドラマなんかでは国会議員はいつもそう呼ばれているよな、とおもいつつ抑えた声で呼びかける。

「御友人さまからの御伝言をお預かりしております」敬語、ムチャクチャか？

ドアスコープからのぞく気配がある。封筒を両手で持ち、罪のない顔でにっこりする。

鍵が外され、ドアが開いた。罵るような声がたずねる。

「いったいだれからの……」

レコーダーの声だった。

ドアを軽く押した。といっても常人の数倍の力である。ドアノブが腹にめりこんだ袴田は気色の悪い呻きとともに後ろへ倒れこむ。

ストッキングを被り、ＵＳＰコンパクトを抜いて後ろ手でドアを閉めた。袴田の頭を蹴って意識を失わせる。

女の声が聴こえた。

「ねえ、どうしたの……お仕事なんて……」

バスローブを引っかけた女が奥から淫蕩《いんとう》な美貌をのぞかせた。絶叫のかたちに口が開ききる前に飛びかかり、柔らかな鳩尾《みぞおち》に拳をめりこませた。

3

二人をベッドに運ぶ。苦み走った袴田の顔には見覚えがあった。たしか、日本をどうとかする国民なんとか連合の集会で伝統がどうとか話しているのをテレビで目にしたおぼえがある。バスローブを脱がすと、ペニスはまさに凶器という感じだ。手術でなにかヘンなものを仕込んだらしく、半球状の突起が無数に存在している。あらためて自分のナニの便利さがありがたくなった。

袴田の四肢をタオルや早紀のストッキングを使ってベッドの脚に縛りつけ、口は早紀の下着を押しこんでブラで縛りつけると、頭だけをベッドに載せた。

早紀を裸に剝《む》く。中学生のころから遊び倒していたと聞いてなにか薄汚いものを想像していたのだが、正反対であった。美容整形でもしたのか、乳首や局部はきれいなものだ。翳《かげ》りは丁寧に整えられている。両脚を開かせて縛りつけるときに後ろをのぞくと、そこだけはどうにもならなかったのか、すぼまりというより食虫植物のように淫らなゆるみをみせていた。ともかく、今日はまだどこでも済ませていないようだ。濡れてはいるが早紀自身が漏らしたものだけである。うん、ちょっと安心。

しばらくのあいだ、かわるがわるに二人を見た。そんな必要はないのだ、とおもう。しかし、頭の中では雪華を嘲って語った袴田の声がリフレインしていた。しかし早紀自身はぼくになにをしたわけではない……。

両手をひろげて銃弾に打ち砕かれる雪華の姿がよみがえった。

唇をかみしめる。

手段は選ばないと決めたじゃないか。

裸になった。早紀へのしかかり、女の柔らかさとフェロモンを吸いこむ。たちまち肉体が反応した。なにしろ三〇時間ものあいだ、刺激を受けているだけだったから、あはは。

ストッキングを鼻の下までまくりあげ、誘うように上向いた唇に吸いつくと、無意識のうちに舌をからめてきた。さらに刺激をつづけると早紀は目覚めた。ぼくの愛撫に身悶えながら、なにをされているかようやく気づく。

一瞬の緊張がはしるが、赤ん坊のペニスほどにふくれあがったクリティカルパーツをなぶりながら指を侵入させ、内部の天井側に生じた膨らみを刺激してやると、自分から腰をこすりつけはじめた。

唇を自由にしてやる。悲鳴でも怒声でもなく、鼓膜を痺れさせるような甘い声が漏れだした。目は潤み、小鼻はふくらみきっている。病気に感染したように頬からはじまった紅潮が首筋、そして胸へとひろがってゆく。縛られた脚が、ぼくを挟みこもうとむなしくあがく。おどろくほど積極的な反応だ。

「先生がそこにいるんだぜ」ぼくはいった。

「そ、そんなの……か、関係っ、ないっ、いいっ、いいのっ」

早紀の内部は増やした指を嬉しそうに捕らえ、からみついてくる。信じられないほど熱い肉だった。

親指の腹でクリティカルパーツを刺激しながら中指をさらに奥へ進める。多情さと経験の豊富さを教えるうごめきの奥に、早紀の子宮口がはっきりと感じ取れた。人差し指を曲げて天井のふくらんだ部分をこねながら子宮口をノックする。寝ていても釣り鐘形の外形を保っている大きな乳房を左手でもみしだいた。

早紀はたちまちのうちに達した。しっかりとくわえこんだぼくの指に熱いものを浴びせつつ、はやく、はやく、ともとめる。ニンフォマニアックなのかセックス依存症なのかわからないが、ヒト起動物質の効果が異常に強くあらわれているようだ――いや、ただ単に、本当に好きなだけなのかもしれない。

うう、という罵りのうめきが響き、ベッドがきしんだ。目を覚ました袴田が狂ったような目でこちらを見ていた。

服からとりだしておいたデジタル・レコーダーのスイッチを入れる。今度はデジカメを手にし、アングルを計算して袴田の姿と悶え泣く早紀の姿を同時におさめた。袴田の呻きがさらに強まり、早紀はフラッシュを浴びるたびに嬉しげな声をあげた。

「先生が起きちゃったよ」からかうようにいった。

「いいの……いいのよ、そんな奴。見かけだけで……三秒も持たないいんだから」

笑い声をおさえながら、早紀の身体を自由にしてやる。とびついてくる彼女をベッドに押さえつけ、見せつけてやろうぜ、というと嬉しそうに折り曲げた脚を胸へ引きつけ、腰を懸命に掲げた。うう。ちょっとかわいくおもえてしまった。

ゆっくりと腰を進める。

ぼくを受け入れたとたん、早紀は高く掠《かす》れた声を響かせた。後は簡単な作業だ。異常な肉体をフルに活用して、早紀をたかぶらせた。世界中の男を貪ったとはおもえない小気味のよい締めつけはペニスを溶かすような心地よさであった。

楽しみながら作業を進め、早紀がもう少しで果てるというところで抜き取る。途中で放置されて怒り狂う彼女を押さえつけながら、ぼくらの交わりを見ているうちに何度も虚しく放っていた袴田の猿轡《さるぐつわ》を外した。

「きさっ」

怒鳴《どな》ろうとした奴の頬を張る。いい音が響き、唾液と血液と歯が壁に飛んだ。

起き上がり、あぐらを組んだ。両脚を開いて膝立ちさせた早紀にまたがらせ、後ろ向きに抱き留めた。衿田の目は爛熟《らんじゅく》して蜜をふきこぼす早紀と、彼女にあわせて奇怪な変形をおこしたぼくをかわるがわるに見つめていた。奴にもヒト起動物質が効果を与えているのだろうか？　うえぇ。でも……そうか、使えるな。

「貴様とＧＥＴの関係を洗いざらい話せ」中途半端な昂

りを保つよう、適度な刺激を早紀へくわえつついった。

「なにもかもだ」

「は、話すことなどない。貴様、おれがだれだか……」

早紀の腰を落とす。飛沫をとばしながら結びついたとたん、彼女は声にならない声とともに全身を痙攣させた。深く達したのだ。

だが、ぼくはやめなかった。早紀の肉体をリズミカルに上下させ、攻撃をつづける。

頂点のさなかに強い衝撃を受けた彼女は完全に理性を失い、白目を剝き、泡を吹きながら内部だけを激しくうごめかせる。

ぐったりした彼女をベッドに倒し、袴田に息がかかるような距離でうつ伏せにさせる。腰をさらに進めた。

第二段階の変形にはいったぼくの先端が、熱い液体を無限に噴きだしている早紀の子宮口をおしひろげ、内部に侵入していく。意識をとりもどした彼女は異形の快楽にのたうった。

「いってやれよ」のしかかり、侵入した部分だけを激しく伸縮させながら早紀の耳に息を吹きこんだ。あ、すんごく気持ちいい。

「自分がどうなっているのか、どんなことをされているか、先生にいってやれよ……でなければ、やめるぜ」

全身をローズレッドに染めた早紀は自分がどこを犯されているかをうわずった口調で告げる。し、子宮よ、なかまで、なかまでなの、全部、ぜんぶごりごりくるの、あなたなんか比べものにならないの、他のだれもこんな風にしてくれたことないのぉ、と小刻みな頂点を迎えながら訴える。うーん、気分はますますフランス書院系のレイプ魔だ。

奴も、狂っていた。早紀の狂態とヒト起動物質に煽られ、体力の限界を超えるほどに虚しく放ちつづけている。早紀が頂点から降りてこない状態に陥ると、とうとう突きあげてくる欲望のままに叫ぶ。

「お願いだ……お願いだ……おれも、おれも狂わせてくれ、早紀のようにしてくれ、なんでも、なんでもする」

うげぇ。

萎えそうな気分を早紀の反応で懸命にたてなおし、再びすべてを話すように命じた。話せば満たしてやる、と告げる。

4

田中一郎名義で借りた部屋に戻ったのは一時間後であ

った。服を抱え、ペニスを突きたてたまま裸で戻ってきたぼくを呆然と見つめる里沙を無視し、バスルームに入る。

狂ったようになった袴田はGETについて知るかぎりの情報を口にした。実際はホモに転んだオヤジの哀願にまみれた内容だったが再放送する気にはとてもなれないので、カット版でどうぞ。

グローバル・エンフォースメント・テクノロジーズ——GETがアメリカとソヴィエトによる冷戦体制の終結によって誕生した民間軍事会社のひとつであることは通常の広報活動で伝えられているとおりだ。

ソヴィエトの崩壊後、世界は単一の超大国となったアメリカとその豊かな同盟諸国……つまり日本やイギリスなどによって構成される海洋国家勢力の支配下に置かれたが、その支配はかつてのローマ帝国や大英帝国と同様に絶対的なものではなく、地球上の各地域に独立した勢力が存在している。冷戦終結後、EUとして急速に統合を果たしつつあるヨーロッパ、一時期の混乱から回復し地域大国としての復活を遂げたロシア、そして経済自由化と活発な対外政策によってアジア地域での覇権確立を狙う中国……いい加減にまとめてしまえば、ちょっと仕事に疲れている保母さん一人にわがまま勝手なガキンチョが三人いる砂場という感じだろうか。

ま、それはいい。

この新たな世界での問題は、冷戦時代と違って世界のあちこちにどの勢力の支配下にもない地域が無数に生じてしまったことだ。そうした地域自体は戦略的にみてさほどの重要性はないが、問題の原因にはなりうる力は持っていた。二〇世紀を支配したイデオロギーに代わって再び浮上した古き呪い……民族主義と宗教が始末におえない疫病のように猛威をふるっていたのである。

やがて、ことに後者が強烈な吸引力を発揮し、戦いに明け暮れる人々にひとつの信念を抱かせることになった。自分がこれほど悲惨な日々を送っているのはたったひとつの原因しかない——豊かな異教徒どもが豊かであり続けようとしているからだ、という信念である。

こうして宗教的ネットワークを背景とした新たな戦いが始まった。かれらは世界各地で豊かなものたちを……ことにアメリカを対象としたテロ戦争に突入してゆく。その頂点が二〇〇一年九月一一日のアメリカ同時多発テロだった。

　超大国としての威信を傷つけられたアメリカは当然のように牙を剝いた。その結果、中東で幾つかの国家体制が倒されたが、戦いはやまなかった。支配者の力を見せつけられた者たちはさらに過激な方向へと突っ走り、テロは激化することになった。

　とまあ、ここまではテレビのニュースや新聞に目をとおせばだれにでも語ることが可能な内容だ。とはいえまんま信用してもらっても困る。実態は教室のなかでおこる苛めが苛める側と苛められる側の相互作用で悪化していくのに似て、理屈では説明しきれない、ワケのわからない部分があるからだ。

　といっても、ワケがわからなくなる理由はそう難しいものじゃない。この世は正義と悪にわけられるものではない、というだけのことだからだ。たとえばアメリカは単なる悪の帝国などではないし、パーフェクトな正義の民主主義国でもない。アメリカに抵抗を挑む者たちも単なる狂気のテロリストではないかわりに、気軽に友達づきあいできる連中でもない。現実は、豊かさと貧困、奢《おご》りきった善意といじけた悪意がいりまじってつくりださ れた状況が勝手に増殖を繰り返しているのである。自分をコントロールしようとおもってもできない、まずいとおもっていても止められない……わかってはいるがやめられないゆえにそうなっているだけなのだ。だから、ぼくの説明なんぞ全然信用せずにいてもらってかまわない。ぼくだって自分でまとめた内容を正しいとおもってるわけじゃない。そう考えたほうが民間軍事会社という存在をもちだしやすい（ぼくにとっては）というだけのことである。

　んでま、こうした世界に民間軍事会社は登場した。半ば以上、必然的にだ。新たな世界がかれらを必要としたのである。

　たとえば、テロ戦争によって引き起こされる誘拐事件や外国人への襲撃に対処するため、顧客からの依頼にしたがって国家機関が介入しにくい場所へ人材を派遣するのがかれらの業務のひとつである。その意味では重武装の警備会社といえなくもないが……問題は、国家や利益集団そのものが顧客になりうるということだ。正規の軍事顧問団や部隊を送りこめばテロを激化させたり国際社会からの非難を受けそうな地域へ、民間軍事会社の要員を派遣して利益を確保する……また、内戦や地域紛争を抱えた国から自国の軍隊をてこ入れするために雇われることもある。すなわち、民間軍事会社とは現代の傭兵部隊として機能しているのである。

　創設から二〇年に満たないGETが世界有数の民間軍事会社に成長したのは、その業務内容に積極的な……つまり特殊チームを投入した武力による人質救出までふくめたことが大きな役割を果たしているといわれている。ホームページにもそう書かれていた。

　が、それはごく一部にすぎない。

　GETは会長兼最高経営責任者《CEO》であるバート・マッギヴァーンによって創設された。かれはアメリカ陸軍の退役大佐で、第1特殊作戦部隊作戦支隊――デルタ・フォースの指揮官を最後に民間へ転じ、陸軍時代のコネクションを活用して集めた資金と人材でGETをつくりあげたのである。表向きはさきほど述べたような業務をおこなう会社として営業し、実際にその分野で実績をあげたが、マッギヴァーンは会社をそれだけの存在にとどめておくつもりなどなかった。デルタ・フォース以前、グリーン・ベレーの一員として世界各地で後ろ暗い任務についていたかれは、そういった土地で独自のコネクションをつくりあげていたのだ。それにかれは、将兵を送りこんだあとで冷たく使い捨てる国家に対してほとんど病的なまでの恨みを抱いていた。かれがかきあつめたプロたち（マッギヴァーンと似たような経験をしたものばかりだ）に示した会社の運営方針は軍人あがりらしくきわめて単純なものだった。

『おれは貴様たちを利用して儲ける。貴様たちはおれを利用して儲ける』

　世を恨んでいる連中がもりあがらないはずはない。

　こうしてGETは実働し、たちまちのうちに規模を拡大した。

　現在、GETは〝HEADQUARTERS〟つまり本社総本部の下に六つの組織を置いている。うち五つは事業部であり、概要はこんな感じだ。

・インテリジェンス・マネジメント・ディビジョン

　保安諜報部というところだろう。表向きは紛争地帯や、人質救出の際に必要な情報の収集にあたっている。

・ロウ・エンフォースメント・アドバイザリィ・ディビジョン

　傭兵事業部、という感じだろうか。訓練教官や〝警備員〟の派遣を担当している。

・リクルート・ディビジョン
　人事部だな。各国軍や諜報部から使えそうな人材を引き抜いている。
・エクウィップメント・アンド・テクノロジーズ・ディビジョン
　装備技術部（まんま直訳）。GET各部門が使用する装備、顧客の保有する装備の整備支援をおこなう。
・ジェネラル・ウェルファ・ディビジョン
　総合福祉事業部。町役場っぽい名前だが、表向きの仕事もそんなものだ。

　そして最後のひとつが
・スペシャル・タスクフォース
　……表向きは——なにをしているかさっぱりわからない。


　ま、こんなところである。最後のスペシャル・タスクフォースをのぞけば民間軍事会社としては平均的ともいえる内容だ。福祉活動なんぞに金を投じているところなどは、立派だといってもいいかもしれない。

　んでもちろん、こんな仕事では本当の大金は摑めない。だから、各事業部は公表されているものとは異なる方面にも積極的に事業を展開し、莫大な収益をあげている。

　保安諜報部は紛争地域での要人誘拐や暗殺を請け負っている。

　傭兵事業部は実際に戦闘へ加入している。

　人事部は莫大な報酬と引き換えに各国の人材を機密情報ごと手に入れ、対立勢力に売却している。

　そして総合福祉事業部は……人身売買や麻薬取引をはじめとする違法な活動を仲介し、莫大なコミッションを手に入れている。

　聞かされてさすがにのけぞった。早紀のなかに漏らしそうになってしまったほどだ。

　ろくでもない会社だとはおもっていたが、ここまで徹底的だとはおもってもいなかった。袴田泰三はかれらに日本の機密情報を流し、また中国や北朝鮮《きたちょうせん》から『出荷』される商品——武器や覚醒剤、女奴隷や臓器売買の素材として売りさばかれる人間たちの日本経由を関係部局へ圧力をかけて手助けしていた。報酬は顧問料の名目で支払われる莫大なリベートやかれの好みに調教された女たちなどである。女たちはGETの本社が置かれたフィリピン領の小島、セルバンティア島に建ててもらった別荘に置いているという。

たしかに……アレだな。バート・マッギヴァーンは部下にも自分にもウソはついていない。GETはみんなが楽しく儲けている利益共同体なのだ。だからこそ、これほどムチャクチャをしていても秘密がもれないのである。

問題は、それほどGETに詳しい袴田なのに、スペシャル・タスクフォースについては大雑把な知識しかもっていなかったことである。

スペシャル・タスクフォースを率いているのはオルガ・エクスタシア。とうに五〇歳を越えているロシア女性である。ソヴィエト国家保安委員会第一総局——KGB《カーゲーベー》対外情報部の出身で、ソヴィエト崩壊後しばらく、KGBの対外作戦を受け継いだ連邦対外情報局——SVR《エスベーエル》にも勤務した。やがてSVRを辞め、KGB出身者や軍特殊《スペツ》部隊《ナズ》から優秀な女性ばかりを引き抜いて警備会社を設立した。内戦がくりひろげられていたチェチェンでGETと共同でいくつかの依頼を成功させたのち、マッギヴァーンに請われ自分の会社をGETに売却、自分はGETの役員に納まった……。

それだけだ。

ほかには何も知らなかった。部屋に充満したヒト起動物質を浴びながら放置され続けたために発狂しかけた状態ですら知らないといいつづけたのだから本当だろう。ぼくを襲い、雪華を殺したのがGETだと察していたが、ただそれだけ。実態はなにも知らない。

ともかく、以上が新見里沙の欲しがっている帝国の実態というわけだ。まるで最盛期のローマ帝国のように巨大で、強力で、薄汚れている。

とはいえ、正義の怒りにかられなどしない。世の中を『良いこと』と『悪いこと』の二つにしかわけない価値観などいまのぼくにはなんの意味もないからだ。ぼく自身がこの世界でもっとも『悪い』存在かもしれないし——少なくとも計画的大量殺人を犯しているのは間違いないのである。そして、今後はGETに対してもあらゆる行為をためらうつもりはない。雪華さんはきっと嘆くだろう。自分の命にそこまで価値はないとまで口にするかもしれない。

しかし彼女は死んでしまった。ぼくを守ろうとして。ぼくが人間であると信じたまま。

畜生。ぼくは黒江徹ではあるけれど、人間なんかじゃなかったのに。

視界がかすんだのであわててシャワーの栓をひねった。

ひどく薄汚れた気分だった。

あ、やってないよ。さすがに袴田とは。そんな趣味はないし、いいおもいをさせてやる義理もない。

放置したのだ。まきこんでしまった柏木早紀はせめての詫びとして意識を失うまで子宮を責めてやったが、袴田は再び気絶させたあとでいましめを解いただけである。いまごろどうなっているかといえば……早紀に挑みかかっているだろう（彼女も喜んでむさぼっているはずだ。肉体に大きな影響を与えないため、なんとか耐えつづけ、一滴も漏らさなかったからである——われながらすごいとおもう）。

しかし、どれほど放っても袴田は満足は得られないはずだ。かれの内部にはぼくの影響で生じた強烈な同性愛的欲望が刷りこまれているからだ。異性への性欲はうせないだろうが、同性によってメチャクチャにされたいという欲望が消えることもない……そうなってしまったはずである。『進化』した感覚がそのことを教えてくれたのだ。奴はもはやまともな生活は送ることができない。ぼくのような少年を見かけると、自動的に肉欲が爆発するはずだからである。

最初は殺してやろうと心に決めていた。しかしすぐに気づいたのだ。里沙がこのホテルでどのようにぼくを扱ったか……。

ぼくだけが人々の印象に残るようにしていた。むろん、D‐17の能力が周囲に強い影響を自然に及ぼしてしまったことは否定できない。

彼女がはっきり認めたとおり、GETにぼくだけが動いているという印象を与えるための工作という面もたしかにあるだろう。

しかし、それだけということは絶対にない。

里沙の配下は袴田の部屋にもカメラや盗聴器を仕掛けていたはずだ。ぼくの残虐行為、その証拠をにぎるためである。それがあれば最初にしかけられた罠と同様、警察を完全にぼくの敵にして、毎日をさらに面倒なものへと変えてしまえる——それは、いまのぼくにとって脅迫材料としての充分な重みを持っている。

だから引っぱたいただけでやめにした。仮にあの場で起こったことがすべて記録されていても、利用できるかどうか考えこんでしまうだろう。

たしかにぼくは強盗のように押し込み、二人を気絶させたうえで早紀にナニをいたしたわけだが、ぼくが去ったあと、満たされぬ情欲を抱いたままの二人はそのままプレイを続行しているからである。

　それに……仮にビデオが警察に届けられても、二人がそれを認めることはありえない。ぼくのカメラやレコーダーで記録をとられているから政治的にまずい、というだけでなく、事実上ぼくに支配されているからだ。たとえリキッドを受け入れてなくても、ぼくに対する不利益を働くことなど考えられなくなっている——やはり、そうだと『わかった』のだ。早紀は再びあの快楽を味わうためならなんでもするだろうし、袴田は脳の奥底に刻印されてしまったぼくに抱かれたいという願望がすべてに優先するようになっている。

　あ、いま気づいた。

　もしかしたら、雪華の別荘でも拷問なんかする必要がなかったのかもしれない。アヌスを責めてやればたとえ重傷を負っていてもすべて喋ったかも。そのほうが情報を得るにはよかったのはたしか……冗談じゃない！　んなことできるか。

　だいたいだ、あんな連中にどうやって性欲を抱けるというのだ。それともアレか？　この気分はD‐17ではなく黒江徹の気分なのか。つまり残虐きわまりない拷問をおこなわせたのは黒江徹という一七歳の少年が抱く狂ったなにかだったのか？

　考え続ける気になれなかった。たそがれたところでなにかが変わるわけではないからだ。わかってはいるが、やめられない——ぼくもこの世界と同じだ。くそっ。


　シャワー・ヘッドからの熱い奔流《ほんりゅう》を浴びて早紀の臭いや体液を落とすと、左肩にバスタオルを引っかけ、服を抱えたままでた。USPコンパクトはすぐ抜けるよう、服のあいだに挟んでいる。早紀の肉体を変化させる気分にはなれなかったためあれほどの刺激のなかでも放っていないペニスが張り裂けそうだった。

　ベッドの上に服を置くと、真ん中にあがってあぐらをかいた。里沙は、腹にはりついている異形の器官から目を背《そむ》けようと努力し……不可思議な喘ぎを漏らした。

　さて、今度は彼女から詳しく聞かせてもらおう。

5

　ぼくの一部に視線をからみつかせながら彼女はいった。

「襲わないのね」

　冷酷さと情欲をせめぎあわせている美貌を見つめながらこたえた。

「手順があったほうがいいんじゃないの？」

「なめられるのはきらい」ムチのような声だった。

「全可聴周波数攪乱装置」ぼくは教えた。「このホテルの、ぼくが用事のある場所でこの部屋だけが録音をおこなえない。おかしいじゃないか？　本当にすべてに備えるなら、使う使わないは別にして、偽物でもいいからぼくにも持たせるべきだったんだ。ＧＥＴの秘密を知っている袴田は監視を受けていてもおかしくないんだからね。なのに、ただ里沙さんが待っているだけのこの部屋ではなんの録音もできず、ぼくが暴れるはずだった袴田の部屋では録音ができる……ここでぼくに情報を与えた証拠は残さず、向こうでぼくが暴れた証拠は残せる。つまり袴田の部屋には監視態勢が敷かれている。あなたの部下たちによって。そうだとしか考えられない。ああ、それから……借りたストッキングは向こうの部屋に隠してきたよ。どこに隠したかはもう忘れた。たぶん、隠すところはビデオにも映ってないとおもう。ま、事件になって警察が現場検証なんかはじめたら見つかるだろうけど」

きつい視線がゆるみ、言葉が漏れた。

「バックアップの連中、がっくりしてたわ。ただのＳＭポルノビデオしか撮れなかったって……」

そこまで口にしたところで、愕然として自分の口を押さえる。

彼女が自分からバラしてしまった理由は、うふん、ま、アレだ。こっちは元気なままだし、イロイロいたしてもだしてない。んでもって里沙はぼくの好みのタイプ。つまりお部屋のなかはこのあいだとはくらべものにならないほど濃いヒト起動物質がうずまいているはず。たとえ真性レズだろうと、ぼくが『命令』をくだしたときに逆らえる状態ではないはずである。

彼女の声がきこえた。

「人の話をきかないって学校でよく叱られなかった？」

「あ、ちょっと現実逃避してただけ」素直にあやまった。

「で、気づいたってなにを……」

一瞬だった。スカートの裾がふわりともちあがり、長い脚がぼくの顔に向けて襲いかかった。位置も完璧、スピードは最高。

しかしタイミングがほんの少しだけ遅かった。

気配をさとったぼくはベッドのスプリングを利用してあぐらをかいたまま身体を横飛びさせていた。うおう。元気なままのナニがおなかにすれて気持ちいい！

「ちょ、ちょっとあの」とまあ、これはもちろん演技。

「悪い子は嫌いよ」

吐き捨てるようにいうなり、新たな攻撃に移る。ダッシュし、ぼくの懐《ふところ》に飛びこんできた。格闘家ではなくプロの動きだ。しかしそれは、彼女が武器を使うつもりのないことも教えていた。殺意があるかないかは……なりゆきだろう。

掌底で顎を狙ってくる。一センチの差で頭をそらせ、いった。

「話、聞いてくれる気、あるかな」

「ふざけないで」怒声が響いた。まあね、それはそうだけどさ。

今度は拳の攻撃だ。といってもパンチでなく、ハンマーを叩きつけるように胸を狙ってくる。試してみればだれでもわかるが、拳を用いるなかではもっとも打撃力の高い攻撃である（だからこそ子供の肩叩きで大人の凝りをほぐせるのだ）。

うなりをあげてスイングした腕をつかみ、軸がわりに使って背後へまわりこんだ。ベッド上だと強姦魔みたいな気分になってくるので、彼女のヒップに自分を押しつけながら床におりた（やっぱ強姦魔か？）。手首のほうはすぐに離してやる。


「お互いの利害がぶつからないかぎり――」

右肘が突きだされる。即座に右腕を絡め、形のいい耳にささやいた――腰はまだ押しつけたまま。

「――忠誠を誓いあったほうが楽だよ」

「なめられるのはきらいっていったはず」

パンプスの踵《かかと》が跳ねる。向こう脛《ずね》を狙ってきた。さっと腕をほどく。背中の動きから左腕に力をこめていることを察したので、あまり距離をあけないようにしつつ右にすべった。うっ、絨毯の摩擦で足の裏が熱い。

案の定、彼女は時間差をつけて左肘もつきだしてきた。声を漏らしたくなるほど実戦的だけれど、ま、いつまでも遊んではいられない。再び前へまわりこみ、両脚で彼女の脚を挟みこみ、大腿筋《だいたいきん》と膝を圧迫して自由を奪う。両腕もつかみ、背中で押さえこむ。暴力のもたらす興奮に妖しく上気している美貌を見つめ、いった。

「なめてなんかいない。なんとかして仲良くなれないかと考えたんだけど」

「あなたに引きずりこまれた女たちのようになれ、というの？」冷たくにらんできた。「あなたがでかけたあと、彼女たちがどうなったか知ってるの？　目覚めたとき自分たちだけなのに気づいて、狂ったようになって部屋中あなたを捜し回ったあと、錯乱《さくらん》したのよ。帰らせるには強力な鎮静剤が必要だったわ」彼女はもはや秘密を話していることに疑問すら覚えていなかった。

「プレゼントを送ってあげないと」里沙を見つめた。「でも、どうせなら最初から里沙さんがしてくれたらよかったのに。そうしておけば面倒がなくて済んだ。男じゃ感じないんでしょ？　だったらさ、ちょっと我慢しててくれたらそれでいいのに」

「……」あ、だまっちゃった。

「ダメ？　ぼくにできることは全部させてもらうけれど。好きになった女の人に夢中になってしまうのは、ぼくにもどうにもならないんだ。ていうか、それはだれでも同じでしょ？　だから、巻きこまれたくないならぼくを自由にさせるかそっちが逃げるか、それしかない。で、ぼくは里沙さんが好きだよ。だから、はやく決めたほうがいい」

「決めなかったらどうなるの」

だまったまま腰をこすりつけた。うまくヒップの亀裂にはまっている。うう、本当に気持ちいい。

里沙は罵った。

「冗談じゃないわ、あんたみたいな得体の知れないガキとなんて！　だいたい、さっきからなにを押しつけてるの！」

「いや、気持ちいいから」

頭突きをカマしてきた。頭をそらせると、口をいっぱいに開き、喉笛を狙ってくる。圧倒されそうなほどの戦いぶりだ。あまりにも危険で……がまんできないほどセクシーだ。ここでぼくが少し本気になれば彼女の運命は定められたようなものだが——逃れるチャンスはもう充分に与えた。アンフェアなD‐17の力をむきだしにする前に、黒江徹として可能なかぎりフェアに振る舞った。そしてぼくはセックスを繰り返しながら二日ちかく射精していない。

よろしい。メーターは振り切れた。

女性に対する心からの敬意のあらわれとして、口で迎撃する。彼女の頭が限界まで前にでたところでそらせていた自分の頭を前にだし、ディープ・キスをするように唇を深くあわせた。

くぐもった呻きとともに顎に強い力がかかる。歯がぶつかりあい、イヤな音をたてる。ぼくの舌を噛み切るつもりなのだ。ますます彼女が素敵におもえた。この状態でも戦いをあきらめていないなんて、〈エンジェル〉以上かもしれない。

舌を侵入させる。彼女の舌が槍のように突きだされ、追いだそうとしてきた。こちらの舌を蛇のようにからみつかせ、その自由も奪う。ぼくを待つあいだに緊張と弛《し》緩《かん》を繰り返して汗をかいたからだろう、香水よりはるかにすばらしい香りが彼女の身体から強く匂いたった。舌で争っているうちに香りはさらに強まる。ついにヒト起動物質がアドレナリンなどくらべものにならないほどの影響を与え始めたのだ。

そのまま唾液を吸う。滋養が溶けこんでいるようにねっとりした甘い蜜は、すぐに、粘りの少ない柑橘系の香りをふくんだ清らかな液体に変わった。ちょっとした運動で渇きかけていた喉が心地よくいやされてゆく。

凶暴な炎を宿していた彼女の瞳に熱く深いうるみが生じ、鼻息が荒くなった。それでも炎は炎のままで、四肢にこめた力も変わらないのは本当に大したものだ。

ますます強い魅力を感じたぼくは舌を躍らせ、唾液を吸いあげつづける。びくり、びくり、と彼女の身体が震え、舌の抵抗が失せた。一瞬の間があって……ぼくの舌をこすりあげるように動いてくる。

大量に唾液がわきだしてくるのがわかった。ヒト起動物質をたっぷりとふくみ、おそらくはバイオナノマシンも泳ぎ回っているだろう危険な唾液だ。いつもより量が多いのは、彼女がレズビアンであるとわかっているからだろうか？　量を増やすことで効果を高めようとしているのかも……ともかく、そのまま流れてゆくのに任せた。

流れこんだ唾液に触れた彼女の舌が震え、それは身体全体にひろがった。が、すぐに喉が貪るように飲みくだしはじめる。

ようやく唇を離した。欲情に燃えあがった彼女の身体は茹でられたように熱く、肌の色は濃く変化している。瞳の色も変わっているようだ。立っているのも辛い状態のはずなのに、ぼくをにらみつけている。うう。本当にたまんねーな、このひと。

顎をこすりつけながらたずねた。

「試験はこんなもんで、いいかな。お互い、あえて武器は使わなかったわけだし」

「武装に……気づいていたの？」

「ロビーで会ったときにね。里沙さんのスタイルならもっと両脚を重ねるように歩くはずだから。右脚に銃かナイフをつけてるよね」

「だから左脚のストッキングを」

「ま、礼儀として」

瞳の色が微かに変化した。そこにあった敵意に似たものの、最後のかけらが溶けてゆく。

「君も、銃には触りもしなかった——でも、なぜ？」

「銃より女の人のほうが好きだから。それに、さっきもいったはずだよ。里沙さんのことは好きだって。だから逃げる機会をあげたんだ。好きな人には嫌われたくない」

「もう、遅いの？」

「本当にイヤならなんとか諦められるけどね、ぼくのほうは」両手を離した。彼女が倒れたときに備え、いつでも支えられるようにさしのべておく。

里沙の舌は唇をくすぐるようになめた。無意識のうちに、身体に付着したぼくの唾液すべてをとりこもうとしているのだ。

不意を打つように里沙の膝が笑った。床に倒れこみかけた彼女の両脇に手をさしこんで支えてやる。女性としてはかなり発達した部類に入る二の腕がきゅっと挟みこんでくる。ひんやりとした手がぼくの胸に当てられ、下にすべり、包みこんできた。

「いっておくけれど、男では感じないわ。男を感じさせる方法はしっているけれど」

「どこで覚えたの？」

「わたしはプロよ」

見つめ合う。ちょっとだけ迷ったあとでいった。

「ともかくさ、もう、遅いよ」

深い吐息とともに別のなにかを吐きだしながら彼女はいった。

「設定は生かさなければならないものね、徹くん」

6

里沙は自分から服を脱いだ。

黒のブラとショーツ、ガーターベルトとストッキングという姿に圧倒される。しっとりと艶めいた肌に包まれた肢体は曲線美の極みで、見つめているだけで意識に紅い霞がかかってきた。内腿が足首までオイルを塗られたように濡れ光っているのを知って悦びと賛嘆がつきあげてくる。この状態で、あそこまで抵抗してきたのだ。強烈な自制心を持っているに違いない。

むろん、他の部分も心からの称賛に値する。

九〇センチ以上あるだろうバストとヒップの張りは一カ月前までのぼくならかえって萎えてしまいそうな迫力

で熟れきった女そのものを叩きつけてくる。たくましさを覚えるほど発達した二の腕や皮膚が裂けそうなほどに張った太腿、発達したふくらはぎはなまめかしさだけではなく、彼女が厳しい訓練を積んだ現場工作員だということを教えていた。

とはいえ、かじりつきたくなるほどうまそうな、女も男も狂わせる肉体であることにかわりはない。その姿をさらに妖しく飾っているのは右の太腿に留められたバンド式のレッグ・ホルスターに収められた小型拳銃やサイレンサー、予備弾倉、ナイフである。

ぼくを気づかったのか面倒をはぶいたのか、彼女は自分から下着をとった。流れるような動作だったが、第二の皮膚のように張りついたショーツを落とす途中にホルスターから顔をだした銃の撃鉄に引っかかったので、ひざまずくような姿勢をとって手伝った。両手が肩にのり、ぼくの動きにあわせて両脚が上下した。彼女はむろんガーターベルトの上から穿《は》いていた。

目の前で濡れた薄い陰りが揺れ、強い女の香りで鼻腔《びこう》が痺れる。

脱がし終え、見あげたとたん、頭を摑まれた。ヘッドボードに上体をあずけた彼女は掠れた声で告げる。

「これは、誓約よ」

「誓約の一部ではなくて……」

「そう、誓約そのもの。だから、なにをしてもいい……お互いに」

そのまま頭を引っ張りあげられる。鍛えているだけあって、女性とはおもえない力だ。汗でぬめる艶やかな肌とぼくの肌が密着した瞬間、彼女はぶるぶると胴震いをおこした。たまらずに角度をあわせようとすると、彼女の手がさっとすべりこみ、にぎりこんできた。うくっ。ぴったりの力具合。

里沙の喉奥からも悲鳴のような嗚咽《おえつ》が漏れる。いつのまにか両手を添え、つつみこむようにシェイクしてくる。たちまち早紀のための形状が失われ、通常の状態に復帰した。

「どうして……だめ……」

形状の変化を萎えかけたと誤解したらしい里沙は手の動きを複雑なものに切り換えた。左手の指でそこにとおった芯をもむように刺激する。右手は膨らんだ先端にあて、掌で押しつぶすように動かす。

電気を流されたような快感に目がくらんだ。中途半端な姿勢のまま動けなくなる。彼女にとらえられたものが心臓の鼓動にあわせてはげしく脈動した。

「どう……気持ちいい？　気持ちいい？」

自分で口にしたとおり、里沙は男の身体を知り尽くしていた。常人の射精量を超えるほどに噴きだすこともある透明な分泌液を潤滑油《じゅんかつゆ》として活用しながら、ぼくを刺激する。

彼女の柔らかな掌で先端が押し広げられると、説明のつかない心地よさが生じた。たどりつきたいというおもいが爆発的に強まっているのに、永遠に続いてほしいと願わずにいられない。とうとうわけがわからなくなり、腰を浮かせたままましがみついてしまった。熱量の高まりにあわせて膨脹した乳房をつかみ、そのあいだに存在している深い谷間に顔を埋める。こんな張りと柔らかさと甘い香りを放つクッションを開発できたらノーベル賞ものだ。

「もっと強く摑んでも、いいのよ」

欲情にうわずった声が聞こえた。あるいは、そう演技しているだけなのか。

ぼくはもう痛めつけられた小動物のような喘ぎを漏らすだけだ。意識が、里沙の手が与えてくれる感覚だけに支配されていた。彼女の手がめぐるたびに先端から芯にかけてなにかが駆け抜け、腰の内側で切なさが暴れ狂う。休みなく襲ってくる愉悦に脳が沸騰《ふっとう》し、自分から腰をふってしまう。里沙は残酷さすら感じさせる含み笑いとともに両脚でぼくの腰を固定してしまった。

嵐のような切なさのなかで不思議な気分が湧いてくる。赤ん坊のようにしがみついている乳房がもたらす深い安らぎだ。ペニスを徹底的にいたぶられながら、ぼくは経験したのかどうか疑わしい安堵感に包まれる。養母は幼いぼくに乳房を与えてくれたのだろうか？

くそっ、里沙のような美しい獣の胸に母性を感じるなんて。

そのあとはなにがどうなったか自分でもわからない。終わりのない灼けるような快感によって錯乱し、ただ泣きわめいていただけのような気がする。やがて、里沙の勝ち誇ったような声が聴こえた。

「気持ちよくなりたいの？　気持ちよくなりたいのね？」

ぼくは泣きながら求めた。お願いだからと懇願《こんがん》した。

手の動きが変化した。それまであえて触れてこなかった裏側の敏感な部分を指の腹でこすりあげられる。親指と人差し指がゆるい輪をつくり、先端と本体のあいだにある段差をえぐるように刺激した。

耐えられるわけがなかった。彼女にしがみつきながら女の子のような嗚咽を漏らし、泡を吹きながら放ってしまう。溶けるような、というより、灼けるような快感が生じ、腰を何度もつきだしてしまった。

内臓がとびだすような解放感とともに精管へプレッシャーを感じる。摑んでいる里沙の手をはねのけるような脈動とともに、濃く重い飛沫が弾丸のように飛びだした。

里沙は限界と同時に右手でぼくのボールが収まった部分を柔らかく握りこみ、左手で下側から柔らかくつかみながら裏側全体を優しく撫でてぼくの快感をさらに高める。さすがにぼくの量と勢いに驚いているようだが、それでも最後まで優しくしぼりだしてくれる。

そのまま突っ伏しかけたが、彼女に押し退けられた。

どうしてだ？

まだぼんやりとしている視界のなかに、自分の腹部を見つめている里沙の姿がうつった。白いゲル状のものが層をなしていた。

ぼくが放ったリキッドだ。普段とはくらべものにならないほど濃密な物質に変化している。当たり前だ。ほぼ二日間セックスをつづけながら、一度も放っていないのだ——彼女に注ぎこむために。それを、搾りだされてしまった……。

脱力感を覚えた。畜生。せっかく我慢してたのに。中にだしたかったのに。一撃で支配してやりたかったのに——。

あうっ、という呻きとともに背筋が弓ぞったのはその瞬間である。

なに、という戸惑いの声。だが、それはすぐに溶けたような深い吐息にかわる。両手が滴り落ちようともしないリキッドをすくい、そのままいっぱいに張りつめている乳房にぬりつけてゆく。快楽を訴える声が漏れ始める。

「なんで……こんな……」

ぼくもそうおもった。が、すぐにその理由をおもいつく。

胎内に注ぐ必要などなかったのである。

いかに体表面からとはいえ、あまりにも濃厚なリキッドを浴びたのだ。体中から放出しているものとはくらべものにならないほど濃いヒト起動物質が皮膚からしみこみ、すべての感覚器官と神経を侵しつつあるはずである。そして……莫大な量のバイオナノマシンが彼女の皮膚から寄生虫のように体内へもぐりこみ、重要度の高い細胞へと驀進《ばくしん》しているに違いない。イニシアチブを奪ったはずの里沙は肉体の表面から無数のぼくに犯されているのだ。ガンマ線のように容赦なく肉体にもぐりこみ、遺伝子構造を変質させてしまうバイオナノマシンにすべてをつくりかえられているのだ。

もはや理性は麻痺しているようだ。それが異常な影響を肉体にもたらしていることに気づきつつ、両手を用いて上下にぬりひろげる動きをとめられない。

喉頸《のどくび》から顎へと進んだ指を、耐えきれずにしゃぶりだした。大きくひろげてしまった股間では、ぬるぬるになった指が重要な部分を何度もすべり、その全体へ塗りこんでいた。指がもぐりこむたびに水音とともに飛沫が生じ、バター・クリームを塗られたように妖しくぬめひかる肢体が震え、乳房が重い音をたてて揺れた。

ぼくは身体を起こした。回復したからではない。もともと消耗もしていなかったのだ。

手をのばす。塗り広げられたものがさらに肌触りを妖しく演出し、ぼくを強く昂らせてゆく。バスタオルをベッドにひろげ、後頭部に手をあててやりながら腰をそこにのせる。傷ひとつない褐色の肌を濃い色に染めた彼女はみずから腰をせりあげてくれた。

母乳に似た色の滴りに濡れたそこは驚くほど慎ましやかだった。しかし、ぼくの先端が触れたとたん、大人の女そのものであることを明らかにする。

火照りふくらんだフリルは唇よりも柔らかで、ぼくの先端をむさぼるように包みこんできた。内部は初めて男を迎える少女のように狭いが、脳をとろけさせるほど心地よい蠢《うごめ》きをしめす複雑な肉の深みは麻薬を連想させるほどであった。

奥までぬるぬると押し入り、たまらずに呻きを漏らしてしまう。

ぼくを包みこんでくる彼女のそこは無数の起伏があり、表面にはこりこりとした小さな隆起が無数に備えられていた。そしてそのすべてが、鍛えあげられた筋肉の収縮とともにぼくをしめつけ、奥へ引きずりこむ動きを示すのだ。まるでその中に無数の彼女がいて、小さな手と唇でぼくを愛撫しているようだった。

信じられないような快楽に全身の震えがとまらない。自分がさらに大量にヒト起動物質を放出していることを実感しつつ、だらしなく涎《よだれ》をしたたらせてしまう。

里沙も快楽に支配されていた。四肢をはねるように動かしてからみつかせながら、舌をのばしてあふれた唾液をすくい、のみくだす。触れ合った肌をぬちぬちとぬめらせているぼくのリキッドは密着感に加えて脳髄《のうずい》を犯すような甘い芳香《ほうこう》を発していた。吸いつくようにこすりつけられてくる乳房がたまらなかった。

里沙の与えてくれる凄まじい快楽がぼくの体内に存在する無数の複雑怪奇なシステムを作動させたのはそのときである。

ペニスが熱感とともにびくりとうごめいた。彼女の構造にあわせて形をかえ、瞬間的な伸縮をはじめたのだ。

里沙が驚愕の色を浮かべ、溶け合うように密着した腰が電気を流されたように震えた。肉と粘膜を侵略する激しい音がそこから漏れだす。

里沙は、狂った。

むせかえるほどのフェロモンが放出され、ぼくの媚薬《びやく》じみた体臭といりまじる。喘ぎにすすり泣きが加わり、自分から腰を突きあげてくる。信じられないほど淫らな言葉を口にしながら熟しきった肢体をつくりあげるすべての筋肉を躍動させていた。内部はさらに深くぼくを抱きしめ、奥へといざない、熱い飛沫を浴びせかける。

乱れきった美しい獣へさらに強い欲望を覚えたぼくは空いた手で乳房をこねるようにまさぐりながら半開きになった唇を吸いたて、舌をからめとり、粘膜をこすりたてる。

再び筋肉が跳ね、喉奥から叫ぶような訴えがあふれだした。しかしぼくはそれすら自分の内部へと吸いこむ。

『進化』がなおも活発に続いていることを実感した。

雪華のときもちょっと疑ってはいた。ジェーンたちのときも、早紀とのときもすこしは考えた。

しかしいま、疑いもなく確信できた。

ぼくを受け入れ震える肉体の反応が高伸にいたころや雪華のときとはくらべものにならないほど早くなっているのだ。おそらく、ヒト起動物質の放出量や濃度が段違いに上昇しているからに違いない。あるいは状況に応じて調整できるようになりつつあるのだろうか？

立て続けに達した里沙の身体から力が失せていった。

しかし体内の反応は続いている。四肢をだらりとのばしながらも筋肉の緊張と弛緩は繰り返し生じ、ぼくを受け入れた場所の蠢きには狂おしさすらつけくわわっていた。

ぼくも痺れるような快楽のなかでのたうっていた。これと定めた相手の肉体を改造しつつ自分も適応し、常人ならば心臓麻痺か脳溢血《のういっけつ》をおこすような悦びをむさぼる

『性能』はますます向上していたのだ。

どこに触れられても達するようになった里沙への愛おしさを強めつつ、深く口を吸いながらさらにきつく抱きしめた。

彼女の痙攣は継ぎ目のないものへとかわった。もはや正常な意識は消え失せていた。見事なヒップに深いえくぼを刻みながら腰が浮きあがる。ぼくをもちあげ、震えが硬直にかわる。達したままになっているのだ。失神してもおかしくない状態だが、内部はさらに激しくぼくを愛し抜いてくる。

最初のうちは硬く感じられたものが柔らかくほぐれていた。奥から頭をだし、小気味のよい収縮をくりかえしながら熱い奔流を浴びせかけてくる。子宮。彼女の子宮口だ。

たまらずにぼくは人外の快楽へとスタンピードした。奥底で熱がうねり、形がかわってゆく。上向きながら優しく口を開いた彼女の深奥に頭をさしいれた。彼女のそこはすかさずちゅっ、と吸いついてくる。

脳そのものをうずかせる喘ぎの向こうから里沙が求める。はやく……はやく……はやく…………ってきて。

ぼくは彼女にしがみつく。しがみついて胸に顔を埋める。すべての感覚が里沙の子宮口と接している部分に集中し、ほかにはなにも感じなくなる。ペニスへ新たな力が流れこみ、それは痛烈なまでの膨張感にかわった。

里沙が鋭い声をあげた。痛みを覚えるほどにしめつけてくる。ぼくは押し広げていた。びくびくと震える入り口の向こうにある異様なほど複雑な襞をかきわけ、神聖な生殖宮殿の処女を奪った。

いまや声をだす自由すら奪われた里沙の肉体は爆発したように跳ね、内性器を快楽器官に変えられてしまった衝撃にのたうった。胎児を宿すために存在する器官がびくびくとうごめき、もぐりこんだぼくを狂ったように愛撫し、吸引する。

彼女を犯し抜いているぼくが小刻みな膨張と収縮を再開した。表面に生じた突起によってぐりぐりと揉みこまれる快楽ポイントにくわえ子宮まで攻撃された彼女はたちまち終わりのない頂点で硬直した。むろんぼくも二段階の激しい愛撫を受け、急速に高まってゆく。里沙はその部分すらもすばらしかったのだ。

愛おしい。愛おしくてたまらない。彼女とこのまま結びつきつづけ、自分だけのものにしたくてたまらなかった。

常人には不可能な濃度の融合に達したぼくと彼女は共に異常な高みへと飛びあがり、共に限界へ達した。

ぼくはこれまでにないほど強い放出の悦びに意識を白熱させ、毒蛇が獲物へ毒を送りこむように内部へ大量のリキッドをたたきつける。子宮を躍らせるほどの重い奔流を浴びた彼女は大量に不要物を産み落としながら白目を剝き、泡を吹きながら失神に陥った。

むろん、不快になど感じない。そこまで自分をさらけだしてくれた彼女がますます愛おしくなっただけである——他に考えようなどあるものか。


何度かトイレと往復して目立つものを片づけたあと、ぐしょぐしょになったバスタオルをおしめがわりに巻いてバスルームへ運んでやった。

両脚を大きく開いてシャワーを浴びせ、ボディソープで洗ってやる。さきほどまでぼくを受け入れていた部分は余韻に膨らんで恥ずかしげにうごめき、濡れていた。ぼくの指が磨いている部分は、そこだけが桜色にすぼまっていた。美しい。里沙は排泄口《はいせつこう》すら称賛に値するのだ。

赤ん坊が乳首をしゃぶるような収縮を楽しみながら洗っているうちに彼女が意識をとりもどした。自分のどこが磨かれているかを知ると体色を濃く変え、下唇を嚙んで顔を横向けた。

固くひきしまった手触りでわかった。イメージからすると意外だが、こちらで楽しんだことはないのだ。

まあ、理由は想像がつく。男であれば彼女に包まれただけで耐えられずに放ち続けてしまうだろうし、女同士のときは攻め側にまわるのだろう——いや、悔しそうな顔をしているところをみると、男のときでもそうなのかもしれない。

マッサージ用のボディオイルを見つけた。

ソープを落としたぼくはそれを手にひろげ、そこをもみほぐす。ゆがみのない放射状の皺を刻んだ薄桃色の肉はたちまちほころび、ふっくらと盛りあがってきた。呼吸にあわせてちゅっ、ちゅっ、とキスを求めるように鳴き声を響かせる。ほんの少し力を入れると、指がぬるぬると入りこみ、きつさと柔らかさを兼ね備えた温かいトンネルを貫通させてしまった。ほんの一瞬遅れて羞恥《しゅうち》に染まっていた肢体に驚きの震えがはしり、強く指をしめつけてくる。んふふ、かわいい。

固くしめつけてくる部分をゆっくりとなじませているとき、シャワー・ヘッドにおもしろい機能がついていることに気づいた。頭皮や筋肉のマッサージ用に、細くした水流を猛烈な勢いで噴きだせるようになっているのだ。

彼女は抵抗しなかった。自分で口にしたとおり、誓約だと考えているからだろう。

それに……ヒト起動物質を大量にとりこんだおかげで、生まれる前からぼくを愛していたようにおもえるほどの深い心のつながりを覚えているはずである。おまけに、同時に注ぎこまれた無数のバイオナノマシンが彼女の体内各所で活動をおこし、後戻りのきかない変化を引き起こしているのだ。

メタモルフォーゼを起こしつつある美しい獣を小さなすぼまりに侵入させた数本の指だけで操りながら、拡げた内部へぬるま湯の奔流を送りこんだ。びくりと腰を浮かせたが、辛くはないらしい。体内で逆巻くものを深く受け入れるようにさらに脚を開いてゆく。もはや、そうしたことにすら悦びを覚えているらしい……。

いっぱいになるまで注いだあとトイレへ抱えてゆき、少し膨らんでしまった腹とほぐれた出口をマッサージしながら開放させる。それを数度繰り返して彼女が力をうしなったところで再びボディオイルを手にとり、さきほどよりさらに大きな鳴き声を漏らしている場所に指をあてる。耳たぶを揉んでいるような柔らかさだった。

もりあがってしまった柔らかな肉をオイルマッサージしてやると喉奥から子猫のような声が漏れ、突きだされた舌先が何度も何度も唇をなめた。さきほどぼくが犯し尽くした場所から大量にあふれつたってくる。溶鉱炉をおもわせる熱をたたえた内部はキスに似た音とともに刺激的な芳香を発する透明な粘液を押しだしてくる。はっきりわかった。すでに彼女は『変わった』のだ。

ゆっくりと指を抜き、のしかかった。先端をキスさせ、まっすぐに視線をあわせ、いった。

「ここも、もらうよ」

里沙はなにもこたえなかった。かわりに両手をのばし、自分から深い亀裂を大きく開いた。

火傷しそうな吐息。触れていた桜色の妖花が求めるようにうごめいた。

見つめ合ったまま腰を進める。ねっとりと濡れたそこを先端が押し開く感触を受け取った里沙は激痛を予感するように眉をよせたが、すぐに呆然と目を見開く。あまりにも易々《やすやす》と拡がり、先端をのみこんでしまったからだ。

ぼくの方も、切なげに拡がった肉のうごめきに感動すら覚えている。

あとは、求め合うままに進むだけだ。

裂けそうなほどに拡張しながら、ぬちぬちと根元まで入りこむ。メタモルフォーゼがはじまったばかりの内部は熱気に満ちたなめらかなだけな肉の筒だが、ぼくがすぐに形を変えたことにより、独特な悦びをもたらす快楽器官として機能しはじめる。きつい入り口のしめつけと、すべりのよい内面すべてに密着したぼくに、彼女の熱と蠕動《ぜんどう》が伝わってた。

里沙は口を大きく開け、浅く荒い呼吸を繰り返していた。初めて知る拡張感と充実感に圧倒されていることは、内部の動きと繰り返し締めつけてくる入り口のうごめきが教えてくれた。

腰をしっかりと受け止めてくれる柔らかなヒップの感触をもっと味わいたくてさらに突き進む。新たな変化が生じ、彼女の奥深くにある狭い肉の輪を先端が押し広げ、すっぽりとはまりこんだのがわかった。

入り口とはまた別のリズムで先端の根元を締めつけてくる心地よさに身体が痺れ、彼女を抱きしめながら唇を奪う。ぼくはさらに形を変え、人間には不可能な深さまで犯しながら彼女がどれほど美しいかをささやいた。

その言葉が最後のスイッチを入れたのだろう、里沙は唐突に限界へ達した。血液の色そのものに染まった肉体を反り返らせ、生まれてはじめて知る嵐のなかで頂きに到達した。強烈な締めつけと蠕動がおこり、ぼくも限界に達し、彼女へしがみつきながら腰を震わせ、痛烈な快感をもたらす射精に陥った。すでに変化を起こした彼女の内臓によって強く吸いだされ、失神しそうになっていた。

こうしてぼくらは誓約を結んだ。といっても誓約式典が終わったのはそれから六時間後、夏の早い朝がやりきれない暑さに煮え立ったころであった。疲労は忌まわしさを覚えるほど素早く、たった一時間の睡眠で回復した。彼女はぼくの与えたものによって。ぼくはぼく自身の力によって。

7

何日か後の午後。

カー・ラジオは有力国会議員が逮捕されたことを伝えていた。性犯罪の現行犯である。なんでも、自宅マンションから議員会館へ向かう途中、突然車を停めさせ、歩道にいた男子高校生に駆け寄ったのだという。んでもっていきなり抱きしめてキスしかけたところで……逆襲を受けたそうだ。少年は達人ばかりがずらりと顔を揃えた武道塾の一番弟子だったのである。現場は交番から一五メートルほどの場所。人通りも多かった。いくら政治力があってもどうにもならなかった。

左手に森、右手に川が迫る道を獣の雄叫びじみたエンジン音とともに疾走するメタリックシルバーのスーパースポーツ、その助手席でニュースを聴いたぼくはげらげらと笑いころげた。これでひとつの復讐が済んだのだ。

諏訪《すわ》湖の西で中央自動車道から長野自動車道に入り、松本《まつもと》市で降りたあと、梓《あずさ》川沿いにはしる１５８号線を西に進み、前川渡《まえかわど》大橋をわたってさらに西へ進んでいる。目的地は乗鞍《のりくら》高原だ。そこに、ＧＥＴ日本支社の寮が置かれているのだという。寮といっても周辺の土地ごと押さえているため、ほぼ一〇キロ四方にわたってＧＥＴ関係者以外は入り込めない場所となっている。

高原というだけあって進めば進むほど左右がなだらかにひろがってゆくような気がした。月並な表現だが、澄みきった大気のもとで青く萌える草木や西にそびえる乗鞍岳の鮮やかさは今日まだ暗いうちに離れた東京と地続きの場所にいるとはおもえない。ま、このあたりはいまごろでもスキーができる場所があるそうだから、東京と比べること自体が間違いなのだろう。

そしてもちろん、ぼくはサマー・スキーを楽しみにきたわけじゃない。法律的には絶対に許されないハンティングである。そう、マン・ハントだ。いまぼくは、優美なラインを持ちながら、ひどく獰猛なものを感じさせるメタリックシルバーの獣に乗って猟場に向かっているのである。

運転しているのは車をうわまわるほど優美な獣——里沙だ。スピードのだせない街中では右手でぼくのペニスをなぶっていたが、いまは一八〇キロから二二〇キロの幅で車をなぶっていた。運転している彼女の横顔には満足げな笑みが浮かび、上唇は軽くまくれあがっている。まるで車と交わっているかのようだ。ペニスにかわって手荒く扱われているシフト・レバーがうらやましくなった。

車のほうも彼女との激しいプレイにしっかりと応じていた。コンパクトな印象とは大違いの猛々しさをまき散らしながら鮮烈な緑にはさまれた夏の山道を疾駆してゆく。よくよく考えるならどこもかしこも戦闘的なイメージに満ちている車なのだ。エンジンを内蔵してぐっと突きだした車体前部、その左右にはサメのエラをおもわせる冷却用のスリットが並んでいる。空気抵抗を減らすため、徹底的に無駄をはぶいたルーフの形状はまるで戦闘機のキャノピーだ。フェラーリほどの押しつけがましさはないが、充分以上に危険な存在感を備えている。ひとことでいって、まさに彼女のための車である。

「SLRマクラーレンなんて、本物はじめて見た。雑誌で読んだけど、エンツォ・フェラーリやカレラGTと同じランクの車なんだろ」ぼくはいった。これまで何回か似たような言葉をつぶやいているが、いいものを褒めるのに遠慮はいらないだろう。

里沙もさすがに嬉しそうだった。「さすが一七歳、縁のないものほど詳しいわけね」

「そりゃもう。これも本で読んだけど、アメリカのいい加減な精神分析医は、車はペニスの象徴だといってるそうだから——念のためにいっておくけど、ぼくも男だし」

「じゃ、わたしはどうなるの?」

「すべてを征服するペニスとの同化を願っているのと同時に、自分を征服するペニスを求めてもいる。レズだからさらに複雑になるかな」

「徹くんの前ではレズじゃないわ」

「ああ、もちろんぼくの意見じゃないよ。精神分析医ならそういいそう、ってだけ」

「本当にくだらないわね、精神分析って。詐欺以外のなにものでもない」一瞬だけ右手がシフト・レバーを離れ、むきだしのぼく自身を『操作』した。「でも、これは詐欺じゃなかった」

「こいつも、詐欺じゃないよ」ぼくはダッシュボードへ軽く触れた。うう、なんか本当にペニス願望の虜になりそうな気がしてきた。

「そうね。面白い車よ。フロント・エンジンだからミッドシップよりよほど一般道では運転しやすいし。それなのにダッシュやトップスピードはカレラGTよりも上で、ブレーキの性能もいいの」さりげなく応じた里沙がいたずらっぽく微笑んだ。再びぼくに触れ、熱っぽい声でたずねてくる。

「運転してみる? 壊してもいいのよ? いまやわたしは大富豪なんだから」

「してみたいけど、遠慮する。一七歳だから」うっとりとしつつぼくはこたえた。「なるべく法律はまもることにしてるんだ」

里沙はできのいい冗談を耳にしたような態度で笑った。

ＳＬＲマクラーレンはスムーズに高原の道を走り、乗鞍高原温泉の手前で南に折れた。そのままどんどんと人里から離れてゆく、さらに脇道へ折れ、四キロばかり進んだところで空き地へ乗り入れた。伊奈川《いながわ》の支流らしい小川がそばを流れている。

夏だというのにひんやりとした空気のなかに降りたったぼくは一度深呼吸したあとで服を脱ぎだした。上から下まで全部である。靴も、靴下も脱いでしまう。いやべつに、ここではじめようというわけではない。

「いまでも信じられない」トランクから大型のフィールドバッグを二つ降ろした里沙がまじまじとぼくを見つめ、いった。

「そんなにかわいいお尻してるかな」

からかったつもりだった。が、彼女の反応は予想外のものだった。両手をぼくのケツにあて、ほっそりした指を谷間にあわせてすべらせたのである。うほぉ。

「そうね、かわいいわ」

彼女はおもいっきりそこをつねってきた。むろんぼくにとっては快感だ。

「わたしに勝ったとおもってるわね」ささやいた声は熱かった。

「人間関係に勝ち負けはない」なにしろ、人間じゃないからな。

「……痛くないの？」

「相手による」

溜息とともに里沙は力をゆるめ、真ん中が紅く、周囲は白くかわった場所を揉むように撫でてくれた。

「相手による、確かにね。相手による？　なんてことというの、君は」

高仲で二人の少女と過ごした時間を最初の夏、雪華と過ごしたものを二番目の夏だとするならば、里沙と過ごした三番目の夏はもっとも熱く、淫らだった。

彼女はＧＥＴに通勤しなければならなかったから、日中は離ればなれだ。外にでると危険なぼくはホテルで時間を過ごす。そのあいだも裸だった。好きでそうしたわけではない。里沙に服を取りあげられてしまったのだ。

外にでられないのだから必要はないはずよ、と彼女はいったが、もちろんそれだけではない。明らかに彼女はぼくが勝手に動くことを恐れていた。戦闘能力、説得、そしてセックス……そのいずれでもぼくを抑えきる自信をもてなかったために、もっとも簡単で効果的な手に訴えたのである。

すなわちそれはぼくを信じきってはいないことを意味していたが、あまり気にならなかった。ぼくたちはもともとそういう関係だし、自分でもなにをするかわからないところがぼくにはたしかにある。妙な話だが、里沙を信じきれないことがちょっとうれしくもあった。彼女が生物学的に隷属していても、人間としては自立していることを教えてくれるからである。ぼくはたしかにモンスターだが、けっして万能ではないのだ。

そのためだろうか、部屋に戻ったのちの彼女はひどく献身的だ。ドアをくぐるなり出迎えたぼくに駆け寄り、身体をこすりつけて唇を求めてくる。本人はそうしてしまう自分を明らかに驚きの目で見ているが、どうにもならない。ぼくらは離れることなく時を過ごし、セックスか、セックスの後の小休止か、セックスの準備をしていた。

何度も何度もドアの側で求めあったあと、シャワーを浴び、そこでも求めあい、キッチンへ向かう。ぼくはそこで巨大な冷蔵庫から数キロの生肉をとりだし、彼女とつながったまま貪りつくす。里沙の栄養はぼくのリキッドだけ、それで充分だ。

ようやくベッドへと場所を変える。それからさらに何度か。そうしてからようやくぼくらはただ抱き合うことに喜びを覚えられるようになる。

それは不思議な安らぎに満ちた時間だった。天性のサロメに抱きしめられながら、母に抱かれた赤ん坊のようにぼくはくつろぐ。彼女へただしっかりとしがみつき、いまやはっきりと若返りの兆候をあらわしている肉体にひそむ微かな兆しを求める。

そんなぼくに里沙は常に戸惑う。おしのけようとしたことすらある。しかし時を経るにつれて彼女の困惑は薄れ、肉体のすべてが受容の動きをかえしてくる。何人もの人間を殺し、数知れぬ女たちを狂わせてきた美しき獣の内部に、ぼくは求めていたものを発見した。

ひとまわり以上大きくなった乳房に顔をこすりつけ、紅くたちあがった乳首を吸う。迷っているような彼女の手がそっと頭を撫でてくれるまでそれをつづける。

そして、大いなる恐怖とともに彼女を見あげ、心の内側にふくれあがった言葉を口にした。

ママ、と呼んでおっぱいを吸った。ママ、抱っこして、ママ、ぼくいい子でしょ、ママ、大好き……とまあ、おもいつくかぎりを試した。

里沙の反応は凄まじいものであった。

体内を犯し尽くされながら母親のようにすがられてい ることに狂った。すべての肉を発情させながらぼくを優しく抱きしめ、徹、徹、わたしのかわいい坊やと繰り返したのである。もちろんリキッドを子宮へ放つ直前、ぼくはこうささやいた。ママの中に帰るよ。変態？　まあね。でもさ、別にいいんだ。だってママはいい子いい子してくれたんだもん。

他にもいろいろあった。

たとえば、彼女から楽しいことと同時に英語も習った。スパイ活動のＡＢＣを教材がわりにしたので一石二鳥であった。

「オルガは謎の存在よ」強化ガラスで覆われたテラスに設けられたジャグジーでぼくを膝に乗せた里沙はいった。「ＫＧＢ時代の経歴も疑わしいところが多くて……はっきりしてくるのはソヴィエトが崩壊したあと。ことにソヴィエト末期になにをしていたのか、わからない。〈アウトフィット〉壊滅作戦にも参加したといわれているけれど、資料が残されていないの。ＫＧＢへの諜報工作はわたしもすこし関係したけれど……」

「里沙さんもＫＧＢとやりあったの？」胸に頭を押しつけながらぼくはたずねた。泡と女の肌に包まれ、たまらなく幸せだった。

「そうよ」里沙は微笑み、いたずらっぽい色を浮かべてぼくの瞳をのぞきこんだ。しばらくそのままでいたが、やがて瞳の色を濃く変えると、ぼくをしっかりと抱き寄せながら股間へ手を潜らせてきた……。

とまあ、楽しくやったわけだ。そのほかにもいろいろとした。

添削してもらいながら里沙の名前でＧＥＴ日本支社に英語のメールを送り、武器や特殊な機材に関する資料も手に入れ、読みこんだ。

あらためて自分の能力に驚いてしまった。スムーズに会話できるようになるまで必要としたのは一日かそこらであり、資料が日本語と同じ感覚で読めるようになったのはその翌日で……その日のうちに書くほうも問題がなくなったのだ。

ことに会話の上達は異常な速さであった。ネイティブな連中が聴けば間違いなく女っぽい発音や言葉づかいで、ボキャブラリーのかなりの部分は妙な専門用語で埋まっているはずなのだが、文学的な表現でなければ問題なく通じるようなレベルになってしまった（オックスフォードを卒業していても、あなたより英語が下手な人はいくらでもいると里沙が保証してくれた）。

なぜ知らないはずの単語や表現を使えたのかとさすがに考えこんでしまったが、すぐに理由をおもいついた。

ぼんやりと聴いていた授業や、無味乾燥な活字の羅列としてしか意識していなかった教科書の内容が頭のどこかに残っており……それを『力』がよみがえらせたのだ。ちょうどいいやと考え、予備校のテキストへ再び目をとおすと……表現と語彙《ごい》は爆発的に増大した。調子に乗ってネットからフリーの文学作品を片っ端からダウンロードして目をとおしもした。ディケンズは苦労なく読めたが、シェイクスピアはすこし時間がかかった。いま使われている英語とは異なっているからだった。

面白くなってきたので数学、物理、世界史、日本史……と次々にテキストを片づけ、足りないものはネットから手に入れた。結果はいずれも英語と同じである。かつて高伸で統一模試の成績を全国29位にまでおしあげたぼくの『力』はとてつもないレベルにまで達しているらしい。

インターネットを用いた株取引のなかでもっともギャンブルっぽいデイトレードに興味を覚えたのはそれが理由だったのだろう。『力』を試すため、この世でもっとも混沌《こんとん》としている世界はどこだろうと考えているうちにおもいついたのだ。

株取引。

たとえ証券会社やアナリストがなにをほざこうと、これほど先の読みにくい世界はめったに存在しない。だってそうだろ。先が読めるならどんな証券会社だってトヨタやマイクロソフトより巨大な収益をあげているはずだし、株式アナリストたちは全員がビル・ゲイツより金持ちになっているはずである。そしてもちろん、現実はそうなっていない。アナリストたちの意見はマクロな意味においては正しいのかもしれないが、個人の金儲けというミクロの部分では明らかに間違っているのだ。

ちなみにデイトレードとはこの個人《ミクロ》の金儲けの究極みたいなもので、その日の市場が開いてから買った株を市場が閉じるまでに売って差額を儲けようというものである。本当の意味での投資とは明らかに違うし、むしろ経済を混乱させるといわれている。知るか。もともと混乱してるじゃねーか。

里沙に雪華の別荘から持ちだした金の残りを手渡し、

同じ額を貸してくれと頼んだ。通常の手順でぼくの口座を開くのは危なすぎるからだ。彼女はためらいもなく自分の口座データをぼくに教えてくれた。預金額はぼくがわたした金の一〇倍以上もあった。

株取引の自由化が進んだおかげで国内の証券会社でも簡単にデイトレードを始められるが、下手に注目されるのも嫌だったので国外の証券会社を数社選び、里沙の名で口座を開設した。

投資情報の集め方は二種類があるそうだ。ファンダメンタル分析とテクニカル分析である。

前者は現在の経済動向を――つまりノリを摑んで投資すべき銘柄（会社）を選ぶ方法で、企業の経営状態を摑むことが重要になる。ただし、売買するタイミング（安く買って高く売った際に生じた差益から証券会社の手数料をひいた額が儲けになるのだから、重要だ）はわからないので、株価の変化をチャートなどを使って検討するテクニカル分析が重要になってくる。デイトレードでは前者は大雑把でかまわない。ここのところの世間はこんな感じだから、この業種かな、でいい。戦争がおこりそうだから兵器会社の株は値があがるかも、というぐらいのものだ。

んでもってあとはツバをつけた会社の株価チャートを眺めていけるかどうか考える。専用の分析ソフトを使えばインターネット上で生の情報が手に入るので、チャートを手に入れるのは簡単である。ネットに散在している『わたしはデイトレードで小金持ちになりました』というサイトでは、ここであまり情報を集めすぎても意味がないと説いていた。結局は一人だし、一瞬の勝負なのでデータがありすぎても分析力が追いつかないというのだ。それに、株価に影響を与える新製品の情報や国際情勢やらの先読みは個人の情報収集ではどうにもならない……。

分析力はともかく、後者に関しては同感であった。いやま、そういうサイトのほとんどが『月にこれだけ払ってくれたらあなたにも金儲けの秘密を教えます……』というものなのでどこまで信用していいんだかわからないのだけど。

さて、あ、さて。

まず目をつけたのはなんだかあまり有名じゃない台湾《たいわん》の電子機器メーカーである。値段は一株八〇〇円ぐらい。過去の値動きの幅は小さい。

しかし、四つの証券会社が買いの気配をみせていた。

頭のなかにためこまれた情報の断片が唐突に結びつい

た。

たしか台湾は新型防空ミサイルの量産に踏み切ると発表したのではなかったか……メーカーのホームページをのぞくと、軍需を受けていることを誇らしげに掲載している。

いいや、買ってしまえ。

証券会社がつけているこの値段なら買う、という気配値よりちょっとだけ高くして六〇〇〇株ほど注文した。一番高い値段で注文したのですぐに売買が成立する。

すぐに値が動き始めた。手数料がどれほど必要か計算したあと、ぼくのあとで買いつけた証券会社が示している売値よりちょいと下げた額で売り注文をだす。これまたすぐに成立。んで、差額と手数料を計算すると……ううむ。八〇〇万ぐらいもうかったみたいだ。――こんなに楽でいいのだろうか？　ま、ぼくだからこそ楽なのだとおもうけれど。

というわけでそのあとはすっかりデイトレードの人である。里沙が帰ってくると彼女をクッションがわりに、せこせこと金儲けにいそしんだ。食事は彼女の手や口で食べさせてもらう。里沙の口で咀嚼《そしゃく》され、香り高い唾液とまぜあわされたものほどうまい食べ物はなかった。

里沙は怒らなかった。ぼくらはずっと裸だったし、ぼくの身体は触り放題だし、ぼくが増やしているのは彼女の財産だからだ。

金はどんどん増えた。なにしろぼくは一日一時間の睡眠でいい。だもんだから世界中の市場をぐるぐるとめぐって遊びつづけられる。

三日後、彼女の資産は一千万ドルを超えていた。儲けは世界中に数カ所あるタックス・ヘブン――税金について自由な考え方をしている土地の銀行に開設した彼女の口座へ送金してある。

そのあとはまたいろいろと教わりながら仲良くした。その昔、アジアの植民地に赴任した若手官僚には教養のある現地女性がつけられ、寝食をともにしつつ言葉や習慣を教えたそうだ――スリーピング・ディクショナリィというやつである（おねんね辞書、なんて訳してはいけない）。

その意味でいえば彼女は最高の辞書だった。オックスフォードを卒業しているからイギリス式の知性に不足はないし、そのあとの人生経験はスパイ小説以上である。はっきりいって一千万ドルでも安いぐらいのものだった――なにしろ彼女はすべてをぼくにさらけだしてくれているのだ。

　三日前、ホテルに戻ってきた里沙は自分の胸を抱きつつぼくに生真面目な顔を向けた。哀れみを覚えるほどに努力を傾けながらビジネスライクな態度を保ち、情報を伝えた。

　説明を聴いたあとで、ぼくはたずねた。

「時間、あるの？」

　あってもなくても関係なかった。里沙はたちあがれなくなっていたのである。

　それから二日ばかりかけて準備を整えたうえで、ここにやってきた。GET日本支社の寮で明日から特別な会合が開かれるからである。

　むろん彼女も参加する。本来は呼ばれていなかったのだが、本社のほうから命令がくだった。彼女によれば『ヘッドクォーターはD‐17問題で焦っている』から、使えるべき人材はすべて使え、ということらしい。

　残念なのはここで里沙とはちょっとお別れ、ということである。

　ま、文句をいうわけにもいかない。里沙が本社からの疑いをかけられないためには、会合に参加している必要があるのだ。


　フィールドバッグから装備をとりだし、身につけた。まず難燃性素材を用いた陸上自衛隊の迷彩服やブーツ、肘や膝に当てるパッドである。陸自迷彩を選んだのは日本の山野に一番適しているはずだからだ。

　防弾ベストも自衛隊式迷彩が施されたスペクトラ繊維《せんい》を用いた分厚いものである。繊維を何重にも重ね、防弾層がつくられている。強度はスチールの一〇倍もあり、距離五〇フィート、つまり一五メートルちょいまでなら拳銃弾はすべてストップ。ちょっと信じられないが、一般的な軍用高速ライフル弾にくわえ、散弾銃でぶっ放す大きな一発弾も貫通しない。いや、それより強力なアーマー・ピアシング仕様の弾……戦車砲弾のように装甲をブチ抜くようにつくられた貫通力の高い特殊な拳銃弾やライフル弾も食いとめるのだ。NIJ——アメリカ国立司法研究所がさだめた防弾ベストカテゴリーにおけるタイプⅣにランクされるベストというわけである。そのかわり重量は一〇キロを超え、動きづらくもなる。身軽さを重視する警察や軍隊の特殊部隊ならば採用すべきかどうか迷うところだろうが……ありがたいことにぼくにとっては大した問題ではないので、着込むことにしたわけだ。

つづいて、その上から山ほどポーチのついたタクティカル・ベストを装着。ポーチの中身は予備マガジン、里沙が調達してくれた手榴弾、フラッシュライト、ＧＰＳ受信機等々である。腰にもあれこれとつめこんだウエスト・パックを巻く。もっとも重いのは柔らかいが強度を高める処理を施された膨張式の水筒だ。キャップからホースが伸びており、タクティカル・ベストにはさんで吸い口を口元に固定できる。入れてあるのは栄養剤をたっぷりとぶちこんだ特殊な水である。

あとは気軽というか適当というか……軽いが頑丈《がんじょう》なサイドジッパー式のミリタリー・ブーツを履き、アメリカ陸軍が使っている夜光文字盤《もじばん》式のアナログ・クォーツを巻いたあと、特殊部隊用の強靭《きょうじん》なグローブをはめた。んで、武装その他。右太腿にＰ２２６とレッグ・ホルスター、左太腿には小型のシール・ナイフ。名前通り、アメリカ海軍特殊部隊ＳＥＡＬＳで採用されているものである。

それからよっこらしょとおっさん臭く軍用バックパックを背負う。中身は予備マガジン、耐熱シート、そして分解したバーレットＭ99‐1である。食料はない。もし防弾ベストをぶち抜かれ腹を撃たれでもしたら、消化中の食い物が腹の中に飛び散り、体温で腐ってしまうからだ――そうだが、ぼくの身体の場合どうなるのかわからない。ま、我慢しておこう。

それからようやく、負革《スリング》を首にひっかけてＭ４コマンドゥを手にする。里沙が手配してくれたおかげで、外見がさらに贅沢になっていた。ドット・サイトやフォアグリップはそのままだが、銃身覆《バレル・ジャケット》いにフラッシュライトとレーザーサイトが装着されていた。サイレンサーもつけられたままなのでもうマニアな人のエアガン状態である。最後に拳銃弾やショットガンの散弾までならはじき返せる特殊プラスチック製フェイス・シールドを首へひっかけ、顔を隠すヘッドマスクを毛糸帽のように頭へかぶる。とりあえず顔を隠す必要はないから巻き上げたままにしておいた。なお、奪った武器をそのまま使うのはＧＥＴが銃弾の旋条痕《ライフリング・マーク》を調べた場合に備えてである。もし銃が違っていたら、ぼくに新たな銃を手渡した者がいることになり、疑いが疑いをよんで彼女が危険になりかねない。

あー疲れた。いや、身体のほうは大丈夫だけど、なんか気分のほうが。予備弾も持たずに敵の中へ突っ込んでばこばこ撃ちまくることのできる映画やアニメのヒーローたちがうらやましい。ま、いいか。ぼくはヒーローじゃなくて人類の敵だもんな。

「本当に……動けるの」

生身のパワードスーツと化したぼくを呆然と見つめていた里沙がいった。準備しているあいだに化粧を整えたのだろう。またもや完璧な美貌である。あまり細かいことは気にしないタイプのはずなのに、こういうところだけは別なのが……ま、いい感じだ。プラグマティックではあってもがさつじゃない、ということだろう。

「大丈夫」

とんとんとはねてみせる。なんだかんだで一〇〇キロ以上は背負っているはずだが、一メートル近くとびあがってしまう。彼女はますます目を丸くし……頬の色を濃くした。瞳には早くも霞がかかっている。

「予定どおりでいいのね」

「うん。午前一時にはじめる。里沙さんは……」

「GETがおもっているとおりの役柄を演じつづける。あなたとの戦闘だけは避ける」

「いざとなると手加減なんか無理だからね」

「日本に配置された戦闘要員《オペレイター》がほぼ全員、護衛についているのよ。五〇名を超えているわ」彼女はおもいとどまらせようとしているかのごとく再確認した。

「なんとかなる。警察は？」

「たとえバーレットの銃声でも森や丘に遮《さえぎ》られて敷地の外には響かないわ。そのために寮はこんな場所につくられているのよ」

そうなのである。実際は寮というよりGETの日本におけるトレーニング・センターなのだ。

時間を確かめた。午後三時。ちょうどいいだろう。

「じゃ、いくから。すべては打ち合わせどおりに」

「あの、徹……くん」

いい声だった。甘くて、切なくて、優しくて、厳しい。

「キスでもしてくれる？」にやりとしてぼくはいった。

そのとおりにしてくれたものだから、どうにもならないほど嬉しくなった。

8

さすがは高原というべきか、白樺などが混じっている森を抜け、西に向かった。小川は寮の敷地内を流れているというが、警戒されていそうなので避ける。周囲に警報装置がしかけられていないか、と心配したが、里沙によれば、

『警報装置があるなら五〇人以上も護衛はつけないわ』

とのことである。いやはや、ごもっとも。ただし、建物そのものが要塞じみた機能をそなえていることは図面で確認した。あっちこっちに暗視照準器を備えた軽機関銃の銃座があるらしい。

獣道すらない斜面をほいほいと昇り、一時間ほどで尾根に達した。そのさきは盆地になっており、中央に小川が流れていた。GET日本支社寮はその両岸にまたがるかたちでひろがっている。この盆地全体がGETの土地である。くそっ、金持ちめ。

銃声が聞こえたので、あわてて伏せた。

そのまま意識を集中するだけで状況は確認できるが、面倒なので里沙がくれた小型の軍用双眼鏡を使った。小さいが、倍率は二〇倍あり、とらえたものまでの距離をはかることのできるミルゲージが切られていた。といってもぼくには無用。両目の視差を〝感じる〟と、もっとも近い建物まで五キロほどだとわかった。

手前の――小川の東岸にある建物は一般社員用の施設だ。すぐそばに、シューティング・レンジがある。銃声はそこから響いていた。

社員たち……いや、戦闘要員たちが射撃訓練をおこなっていた。用いているのはM4A1やMP5である。五〇メートル先のターゲットに拳銃を速射している奴もいた。うはあ。みんな上手だわ。ほとんどの弾がターゲットの10点圏、すなわち中心に弾着している。全員が特殊部隊あがりなのだろう。銃の調整をしている奴はほとんどいない。履き慣らしたブーツのように使いこんでいるからに違いない。

ヘリのローター音が聴こえた。レンズの反射をひろわれてはたまらないから、肉眼で確認する。南から民間塗装のUH‐60ブラックホークが飛んでくるのをみつけた。機体の後部にのびるブームにGETのマーキングがある。

寮の雰囲気が一変したのはそのときであった。

建物のあちこちではめ殺しの窓とおもわれたものが持ち上がり、軽機関銃の銃身が突きだした。鋼鉄製のシールドがついている。屋上で何人かの男たちがたちあがる。慎重に観察すると、一人一人の傍らに、腹這いになった狙撃手のいることがわかった。つまり、立ちあがった連中は観測員だ。狙撃手が構えているのはバーレットM82A1であった。こちらと同じ五〇口径ライフルだが、向こうは銃身がさらに長く、おまけにセミオートだ。動き回るわけではないから重さも問題にならない。かえって銃を安定させるのに役立っているはずだ。

飛来したヘリは対岸にある幹部社員専用の建物から二〇〇メートルほど離れた位置に設けられたランディング・パッドに降りた。周囲を護衛たちが固めている。さすがに顔はみわけられないが、男であった。日本支社長のグレン・ヤマハタに違いない。

建物の方から出迎えにでた者たちのなかに、うるわしの里沙も含まれていた。

地形を再び確認し、トラップやセンサーを警戒しながら斜面をくだりはじめる。里沙がすべての情報をつかんでいるとは限らないからだ。

両岸の建物の銃座、それに狙撃手全部を射界にいれることのできる位置を見つけた。ブナの巨木の根元である。

折り畳み式のスコップを使ってタコツボを掘る。三〇分もかからずに全身と荷物をおさめられる穴ができあった。掘り出した土を使い、堤をつくりあげる。真ん中の切り込みは銃眼のつもりである。周囲の木から小枝を切り落とし、テープで枠組みをつくる。その上に自衛隊で採用されているネットの上に枯葉を散らしたようなデザインの携帯偽装網《ギリスーツ》を結び、屋根にした。本物の落葉ではなくギリスーツを用いたのは、赤外線を遮断する機能が備えられているからだ。里沙から使い方を簡単に教わったアメリカ製のM18A1クレイモア指向性対人地雷をタコツボの周囲に二〇個以上、設置する。湾曲した板状で、地面に突き刺す二本の杭を備えたクレイモアは地雷というより強力な使い捨て式ショットガンと呼ぶべき兵器で、ワイヤーにつないだピンが抜けたり発火装置から電流を流すことで作動し、六八〇グラムのC4プラスチック爆薬の爆発によって湾曲面の外周へ七〇〇個のボールベアリングを飛ばす。有効殺傷距離は五〇メートルである。高仲でぼくが〈ノバ〉にとらえられる直前にひっかかったのもたぶんこれだ（あるいは世界で最も大量にクレイモアを真似た製品を生産して世界中に売りさばいている対人地雷超大国・中国のものだったかもしれない）。

発火ケーブルを洗濯ばさみに似た発火装置へセットし、タコツボに置くと、M99-1を組み立て、中にはいった。じめじめした土の臭いに満ちた穴のなかで倍率五倍の携帯用潜望鏡をとりだして偵察しながら各ターゲットまでの距離を測定した。むろんわがスペシャルなおめめ《アイボールセンサー》のおかげで苦労なんかしない。

なにから狙うのか？　決まっている。こちらを狙う能力のある奴からだ。

屋上の狙撃手である。建物の周囲を警戒している連中や銃座の機関銃からここは見えにくいはずだから、とりあえず放っておいていい。

まず小川の東岸にある一般社員寮の屋上へ銃口を向ける。四組の狙撃ユニットが四方を監視していた。幹部社員寮も同じである。

これら八組の目標のなかでもっともぼくに危険なのは一般社員寮東側に陣取った奴だ。

ガンをくれてやった。距離は一二〇〇ヤード（約一〇九七メートル）だと踏んだ。くそっ、ちょっとだけ遠い。おもいきり悪く潜望鏡のミルドットでも測ってみた。（ターゲットの一般的な大きさ×一〇〇〇）／ターゲットのミル数で簡単に計算できる。んで計算すると……やっぱだめ。目測と同じ値がでた。

ネットからダウンロードした12・7ミリ弾の弾道データと、試射した際に身体がひろいあげてくれた妙にくっきりと記憶に残る『体感』をあれこれと勘案して、いまの状態で照準器《スコープ》は一〇〇〇ヤード（約九一四メートル）で照準用の十字線《クロスゲージ》どまんなかを狙えばいいようにでっちあげてあった。つまりその距離で撃つつもりだったのであるが、都合のいい場所がその手前で見つかったので射撃距離がのびてしまった。だから、もうちょっと修正しておかねばならない。なお、バーレット系列のスコープは調整機能がおおざっぱすぎて評判がよくないが、ぼくの手に入れたものは精密射撃用に開発された日本光学《ニコン》製のタクティカル・ライフル・スコープに交換されている。

M99‐1の場合、現在のような条件であれば毎秒約二八五〇フィート（秒速約八六八メートル）で銃口から弾が飛びだし、銃身とターゲットを一直線に並べ発射した状態で狙ったターゲットの中心《センター》より約七メートル一五センチ下に当たるはずである。ちなみにこのあたりの数字はネットから得たデータや試射したときの着弾点からぼくが計算したものなので、条件が異なればまったく別の数字になる。

ともかく、照準器は銃口が約七メートル上を狙った状態で目標を中心にとらえるよう、上下角を調整してある（調整そのものはスコープについている調整用《アジャスト・スクリュー》のネジを必要なだけいじることでおこなう）。

で……えーと、ここまでと同じ計算をあてはめるなら一二〇〇ヤードだと弾が約九メートル三四センチは下に落ちるはず。

照準器の微調整用ネジ《ミニッツ・オブ・アングル》をカチカチいわせた。ちなみに、一度カチリといわせることをPCのマウスと同じくクリックと呼ぶ。

一クリックで一〇〇ヤードなら一インチ（二・五四センチ）、六〇〇ヤードなら六インチ（一五・二四センチ）、一二〇〇ヤードなら一二インチ（三〇・四八センチ）と、わかりやすく上下にずれるので、一〇〇〇ヤードと一二〇〇ヤードにおける着弾点の差が二メートルちょいだというのを考えて八クリックする。九六インチ――約二メートル四三センチぶん上を狙うように修正したわけだ。これだとちょっと上を狙い過ぎだが、ま、いいか。あとはノリで狙いをずらしてしまえばいいんだ。あ、横風は……うーん、ほとんど感じないから、弾道への影響はないだろう。スコープの方位を修正する必要はない。じゃあ他の要素は……気圧は低く、気温は高く、湿度はそこそこ。ネジを逆方向に一度カチリ――マイナス一クリックしておいたほうがいいか。

午前一時まで一五分あまりとなったところで最後の準備をはじめた。

周囲は吐き気がわくほどに蚊がとびまわっているが、ぼくの方には寄ってこない。いくら汗をかかないとはいえ、炭酸ガスはだしているはずなのだが。もしかしたら、戦闘態勢をとったぼくは邪魔者を寄せつけないようなホルモンを放出しているのかもしれない。またしても便利な身体だ。いわゆる蚊柱が立ったおかげで敵に発見されることは実戦ではめずらしくないからである。

ヘッドマスクをおろし、顔を隠した。フェイス・シールドをきつく締め、顔を弾丸からガードする。

バーレットの二脚架《にきゃくか》を開き、セットした。堤のおかげで銃身は外部に頭をのぞかせない。堤は発射炎や銃声も抑制するだろうだから、こちらの位置が暴露《ばくろ》する可能性を大いに低くしてくれるだろう。ま、そのかわりにタコツボの中に銃声がこもってエライことになるが、ぼくならばなんとか耐えられるはずだ。

肩に床尾《バットストック》――銃の後端をあて、スコープをのぞいた。四倍のスコープは明るい。レバーを操作してボルトを開け、弾を押しこんだ。逆向きにレバーを操作し、ボルトを閉じる。これで装填完了だ。予備弾は銃の傍らにポーチごと置いておく。

さて、と。

一番近い東側の狙撃手は装填の動作を繰り返していた。いざというときにしくじらないよう、練習しているのだ。

あるいは、夏の日本の観光地で実戦態勢をとらされて緊張しているのかもしれない（なにしろ強力な警察を持つ法治国家であり、かれらが普段活動している法律ってナニ、それっておいしいの、という土地とは違う）。

もちろん、こちらの方ははなからそんなこと気にしちゃいない。邪魔者は片づける、それだけだ。

そう、それだけ。

ぼくを敵にまわしたことを呪え、糞野郎《くそ》ども。

あっさりとトリガーを絞った。

銃口に取りつけられた反動抑制用《マズルブレーキ》の制退器の左右から薄い白煙とともに発射ガスが大量に噴出した。銃身がくんっ、と後退し、反動が肩を蹴る。頭がくらくらするほどの銃声がタコツボにこもり、バラバラと土が崩れた。スコープから狙撃手が……いや、正しくは狙撃手の頭が消失する。巨弾の直撃で吹き飛ばされたのだ。

ヤマビコのような唸りがひろがってゆく。銃声は外にもかなり響いている。

とはいえ寮までは一キロ以上あるからぼくの位置が特定できるかどうかは微妙なところだ。銃声だけでなく、銃口炎のフラッシュも堤でかなり抑えられているからである。むしろ、銃口から吐きだされたガスによってまいあがった土埃《つちぼこり》や落葉が視界を邪魔することのほうが気にかかった。湿っていたので大丈夫かとおもったが、ことに落葉が面倒であった。

舌打ちをしてポリ水筒のキャップを開ける。銃眼の前方に残っていた水をまき散らした。これでいくらかは抑えられるだろう。

レバーを操作して空薬莢を抜き、次の弾を装填する。

今度は狙撃手ではなく、観測手を狙う。発砲した。引きちぎられた観測手の首から上がミンチになって飛び散る。

反撃がはじまった。狙撃手たちが銃口をあちこちに向け、銃眼から軽機関銃がつきだされる。さすが特殊部隊あがりというべきか、めったやたらとぶっ放してはこない。乱射の無意味さを知っているのだ。とはいえ、そのおかげでこちらは安心して観測手を狙えた。一分ほどで一般社員寮屋上の観測手を全滅させる。続いて幹部社員寮屋上の観測手を狙い、たてつづけに射殺した。

戦闘要員のなかに恐怖へとらえられた者がではじめたようであった。射撃がはじまったのである。弾幕射撃だ。位置がわからないのでとりあえず制圧しようというのだろう。ただし、こちらを狙ってくる者はいない。見えないのだ。

笑い転げたくなる気分を苦労して口元のゆがみだけにとどめながら、射撃を再開した。

今度は狙撃手である。いまやぼくは完全にバーレットを究めていた。装塡の面倒なシングル・ショットの銃を機関銃のような速度で発射し、二分もかからずに狙撃手を全滅させる。

再び射撃停止。速射で熱くなった銃身が冷えるのを待ってから銃口をおもいっきり外へ突きだした形で構えた。この状態で撃てばこちらの位置はバレるだろうし敵も寄ってくることになるが――それで、いいのだ。

屋内で休憩していたらしい新たな狙撃手たちが屋上にあらわれる。昼間のあいだ配置についていた連中だろう。しっかりと狙いをつけると、位置につく前にトリガーを絞った。

盆地に向けて轟音が轟き、銃口から盛大な炎がのびた。気にせず嵐のような速射を浴びせた。屋上にでた連中を皆殺しにするのに一分もかからなかった。ＧＥＴのスナイパーどもは一発も放てないまま全滅したのである。

英語の叫びがあがっていた。銃眼からのぞくと、一般社員寮からあらわれた人影がこちらに向かってくる。少なくとも三〇名はいるだろう。動きにムダがない。

バーレットを降ろし、Ｍ４コマンドゥを手にした。全身を耳にして警戒する。奴らはぼくの位置をつかんだはずだが、遠距離で攻撃する方法がないから、接近するよりないのだ。だからこそ狙撃手を全滅させたのである。軽機関銃を使おうにも有効射程外に近いし、屋上にでると射殺されてしまう。そして、迫撃砲やロケット砲は音が響きすぎてしまうから持ちこんではいないと里沙から教えられている。

土をブーツが踏みしめる音が微かに聴こえた。距離は一〇〇メートルほど下である。すぐに別の音が左右からも聞こえる。包囲しようとしているのだ。

タコツボへ深くもぐる。これで暗視装置からは完全に遮断されたはずだ。洗濯ばさみのようにいくつもぶらさがっている発火装置を見つめながら、さらに神経を集中する。

後方からの音がもっともはやく近づいてきた。腹のなかで三つまでかぞえ発火装置を押しこむ。

爆発音が轟き、いくつもの悲鳴があがった。ファックだのシットだのバスタードだのというわめき声が響く。

即座に左右のクレイモアを作動させる。今度の悲鳴はさらに数が多かった。タイミングが絶妙だったから、一〇名以上が倒れたはずだ。

そのあとも敵が動くたびに爆発させた。さらに一〇名以上が倒れたようだ。屋上で倒した連中をそこに足せば、生き残った戦闘要員《オペレイター》は十数名ということになる。

幹部社員のエスコートに一〇名は残っているだろうから、ぼくの周囲にいるのは数名というところだろう。

その数名が果てしもなく面倒くさかった。

ともかく無理をしないのである。喊声をあげながら突っこんでくるような真似をせず、こそこそと動き回り、なんとか射撃位置を確保しようとする。おそらく、世界最強の特殊部隊として知られるSASの出身者だろう。最初の連中はどれほど訓練を重ねていても最後には突撃をかましてしまうクセのぬけないアメリカの特殊部隊——デルタ・フォースやグリーン・ベレーの連中だったかもしれない（ってまあ偏見はいりまくりですが、イギリス人である里沙からベッドで教わったもので、はは）。

面倒くさいわうっとうしいわこうしてるあいだにグレン・ヤマハタたちが逃げださないか心配だわで面倒になり、残っていたクレイモアを一斉に爆発させた。バーレットをバックパックにそのまま突っこんで背負い、M4コマンドゥを手にして外へ飛びだす。周囲にはクレイモアの飛ばしたボールベアリングによって引きちぎられた腕や脚がごろごろ転がっており、枝からは腸が蛇のようにぶらさがっていた。全力で跳躍し、クレイモアのおかげで穴だらけになったクヌギの根元に伏せた。

さすがSASであった（決めつけてます）。ぼくのあとを追って曳光弾《えいこうだん》が飛来し、幹にぶすぶすと突き刺さり、木片を飛ばした。あの爆発のなかでもパニックに陥らないなんて、ぼくの先生になって欲しいぐらいタフな奴に違いない。

もちろん頼んでいる暇はないので応戦する。曳光弾のおかげで位置がわかったので、そこに向けてM4コマンドゥの小刻みな連射を叩きこんだ。二度目の連射でうめき声があがったので三回目は少し低い位置を狙う。闇のなかになにかが飛び散ったのがわかった。負傷して下がった頭を5・56ミリ弾が直撃したのだ。

9

そのあと一五分ほど面倒なことこのうえない戦闘をつづけた。ぼくと同じクラスの防弾ベストを身につけているものと想定して、全員をヘッド・ショットで片づける。

周囲を警戒しつつ一般職員寮へ向かう。寮の周辺を囲った金網の手前で、地上数センチの部分をはしる黒く塗られたワイヤーに気づき、辛うじて立ち止まる。GETもクレイモアをしかけていたのだ。軽々しく解除しないほうがいいとおもった。解除したとたんに別の仕掛けが作動しないともかぎらないからだ。

外部から寮の周辺に入りこむ方法は二つだ。東北側のゲートから近づくか、小川から接近するか……ほんの一秒ほど消費したあとで、ゲートから近づくことにした。いかにもな穴である小川のほうにはどんな仕掛けがしてあるか見当もつかない。となれば正々堂々とゲートから近づいたほうがいい。ゲートはある程度の人員が常に守っていることが前提だろうから、敵の戦闘要員が大損害を受けたいまの場合、かえって侵入しやすくなっている可能性がある。

周囲を警戒しながら闇の中を進む。夜空は夏の星座が痛いほどに輝いているが、森のなかまで明るくはしてくれない。いや、だからこそ助かるわけだが。

ゲートは無人であった。エンジンがかけられたままのハンヴィーが外を向いた状態で停車している。ヘッドライトもともされていた。

罠か……と考え、他の可能性をおもいついた。

サーチライトがわりではないだろうか？　たとえば、寮からサーチライトをきらめかせたとしてもバーレットで打ち砕かれるだけとなれば……。

銃座からの射撃がはじまったことが判断の正しさを教えた──って自慢してる場合じゃねえよ！　あわてて身を伏せ、ゲート脇の門衛小屋に転がりこんだ。かなり厚いコンクリート製なので、軽機関銃の弾ならば大丈夫だろうと踏んだのだ。

銃弾が集中豪雨のように浴びせかけられた。窓はたちまち打ち砕かれ、照明が破壊されて火花を飛ばす。恐怖にちぢみあがりながらバックパックからバーレットと予備弾のポーチを取りだした。奴らが連射で加熱した銃身をさます一瞬の隙をついて射撃姿勢をとった。二脚架で安定させている暇はないので自分の身体だけで支える膝撃ちの体勢である。

一番射撃のうまそうな奴を狙った。一般社員寮の二階中央にある銃座、壁を楯にして撃ってくる奴だ。こちらから見えるのは軽機関銃の先端だけ。銃本体と射手の姿はシールドに隠されている。

果たしてどうかな……とおもいつつトリガーをしぼった。轟音と閃光が生じると同時に、肩を銃に蹴飛ばされる。反動で生じた銃のはねあがりをおさえこまなかったのは、ショート・リコイルを取り入れた銃の特性を里沙に教えられていたからだった。無理に反動をおさえつけると、銃に大きな力がかかりすぎてメカニズムがいかれることがあるらしい。

シールドから火花が飛んだ。射撃が断ち切られたように止む。銃身が力なく垂れた。

反射的なにやにや笑いを抑えきれなかった。あのシールドはバーレットで貫通可能なのだ。

どうしてだかあの銃座付近にもう一人いるような気がして仕方がないのでその場で装塡する。うん、銃座そのものではない。少し左……壁を楯にしている。そんな『感じ』が強くする。

銃口をわずかに左へそらし、スコープにビルの壁を捉えた。身長一八〇センチの人間が腰をかがめていると想定した高さの壁を狙って発砲する。距離が近いので、反動が生じた直後、壁に弾痕が生じた。

窓から突撃銃と……人間の上半身が落下した。壁を貫通した12・7ミリ弾によって胴体を切断されたのだ。

狙い撃ちされないよう、即座に位置を変えた。さすがにプロ、奴らはパニックに陥らず、的確な反撃を加えてきたからである。

浴びせられる射撃がますます激しくなる。詰め所の外見はもはや弾痕だらけに違いない。内部にも弾が飛びこみ、頰を浅く抉った。痛みよりも衝撃波で頭がくらくらする。

しかし、全身にD‐17の毒がまわったようないまのぼくは一片の恐怖すら感じない。だぁっ、腐れたスカシ系ダークヒーローぶってんじゃねえよ。恐いに決まってんだろうが、ボケ。死なないとわかっていることと銃弾を浴びることについての恐怖は別問題なんだ。股間の袋がボールをしめつけて痛みをおぼえるほどなのだから、そうに違いない。んでもってこういった事柄をいちいち考えていられるのだから……つまりいまのぼくは恐怖心をコントロールできている、ということだろう。

別の窓からバーレットの銃口を突きだし、射撃を再開する。ゲームセンターでゾンビやテロリストやバンパイアを撃っているよりも楽だった。なにしろ12・7ミリ弾はシールドどころか壁までやすやすと貫通し、その向こう側にいる者を即死させるのだ。

自分たちが何で狙われているか知ったGETの戦闘員たちは安全な遮蔽物《しゃへい》を求めて逃げまどうが、そのようなものが簡単に見つかるはずもないし、遅すぎた。常人では不可能な速度で弾を装填してしまうぼくの射撃によって反撃もできないまま、二秒ごとに一人ずつ、射殺されてゆく。側をとおりすぎた弾の衝撃波で頭蓋骨を砕かれた奴もいた。装填のあいま、割れのこったガラスに映っている自分の顔を視界の隅でとらえる。一瞬だけ、吐き気をおぼえた。くそっ、いまぼくの顔に凄惨な笑みを浮かべさせているのはいったいだれなのだ。D‐17か、そいれとも黒江徹か？

知るかよ、くそったれめ。

生きた目標が減ってきたのでつまらなくなり、目立つものへ狙いを切り換えた。そうだ、ランディング・パッドに駐機されているブラックホークがいい。

燃料タンクのありそうな場所がわからないので、ローターの基部を狙う。五発たて続けに撃ちこむと一枚のブレードが脱落した。ブレードそのものではなく、その根元の接合部にあるボルトを破壊したのだ。

12・7ミリ弾が尽きたとき、建物の銃座から射撃していた者たちはほぼ全滅していた。苦痛の呻きすらない。大口径弾を食らえば即死する以外にないのだ。

人間には不可能な速度で速射をつづけたバーレットの銃身は桃色に灼けていた。冷えつつある金属の発する耳障りな音をのぞけば、周囲には奇妙な静寂があるだけだ。

大活躍してくれたバーレットに投げキッスを送り、別れを告げる。再びM4コマンドゥを手にした。

セレクターをセミオートに切り換え、周囲の照明を狙い撃った。おもしろいように命中する。敷地内に残る照明は寮の中から漏れる灯だけになった。

車や植え込みを遮蔽物として活用しながら幹部社員寮へ近づく。だれかが……おそらく幹部自身が銃座についたのだろう、二つの銃座が息を吹き返したが無視し、ジグザグに折れて照準を外しながら接近をつづける。

奴らがどこに注目しているかわかっていた。幹部社員寮へ続く橋だ。そこを抜けなければ小川に飛びこむことになり、動きは大いに鈍る。常人ならばまさにそのとおりだ。

しかし、ぼくは人間ではない。

大きく息を吸いこむとダッシュした。走り幅跳びのように川岸に敷かれたブロックを強く踏みこむ。対岸へ五メートル以上はいりこんだ場所へ着地する。曳光弾は戸惑ったようにばらまかれているが、すべて見当違いの場所に向けられていた。

エントランスへ近づく。動くとはおもえないので自動ドアへ手榴弾を放り投げ、破壊した。砕け散ったドアから内部へと踏みこむ。

えげつない商売に手をそめているだけあって、GETは本当に金回りがいいらしい。ロビーは赤絨毯にシャンデリアというマンガやアニメに登場しそうな成金趣味で飾られている。壁に戦争絵画や将軍の肖像画が飾られているところが民間軍事会社らしい……のだろうか。

周囲の気配を探りながら進む。緊急時に逃げこむパニックルームが地下二階にあることは里沙から教えられていたが、あえてあちこちを探すふりをした。ここにいる全員を殺せるとは限らないからだ。逃げた奴の報告を受けたGET本社が疑いを抱いてはこまる。

一五分ほど無駄にしたあとで地下へ進んだ。

地下一階に降りたところで激しい射撃を浴びた。通路に椅子や机でバリケードを築き、軽機関銃三丁をぶっ放してくる。周囲の壁はたちまち穴だらけになった。銃弾に削られたコンクリートの破片がとびちり、跳弾がわけのわからない方向へはねる。

勢いをつけて床に伏せ、反撃した。M4コマンドゥ2弾倉分の射撃を浴びせて二丁まで沈黙させたところで銃が手から吹っ飛ばされた。銃身に銃弾を浴びたのだ。もうつかいものにならない。手榴弾を使うか？　だめだ。この通路の狭さではこちらにも爆風が押し寄せるだろう。

レッグ・ホルスターからP226を抜き、反撃する。二発放ったところで右肩に鉄棒でぶんなぐられたような痛みが生じた。またしても被弾したのである。防弾ベストのおかげで銃弾は食いとめられたが、骨が砕かれたような痛みが生じ（実際にそうなのかもしれない）、右手から力が抜けた。

むろんあきらめなかった。銃を左手に持ち替え、速射をくわえる。銃に残った一三発すべてを、一発目の空薬莢が床に落下する前にすべて撃ち尽くし、最後の軽機関銃も沈黙させた。

力が抜けたままの右手で苦労しながら予備マガジンをとりだす。リリース・ボタンを押して空になったマガジンを落とし、予備マガジンをはめこんだ。弾がなくなると同時に後退した位置でスライドをロックする固定具《スライド・ストップ》を指でおしさげた。乾いた金属音とともに一発目が薬室《チャンバー》へおくりこまれる。

だあっ、畜生、にしてもこの痛いのだけはなんとかならんのか。

　漏れそうになる呻きに耐えながら奥へ進む。一歩ふみだすたびに右肩が悲鳴をあげたくなるほどに痛むが……すぐに薄れはじめた。バイオナノマシンが機能を発揮しはじめたのだ。痛みを薄れさせる脳内麻薬もトリップしかねないほどに放出されているに違いない。

　バリケードには三人の男が倒れていた。黒人が一人、白人が二人である。いずれも五〇代以上に見える。戦闘要員ではなくＧＥＴの幹部かもしれない。幹部が自分で銃をとるのか、と驚きかけたが、すぐに不思議ではないことに気づいた。たとえ幹部社員であっても、ＧＥＴのメンバーは実戦経験者で、プロなのだ。

　拳銃だけでは武装として不安だったので、死体の脇に転がっている軽機関銃が使えないか確かめた。いずれもＦＮ　ＭＩＮＩＭＩ――Ｍ２４９分隊支援火器《SAW》だった（軽機関銃とは小銃と同じ弾薬を用いる二脚架を使う機関銃、と防衛庁は規定しているそうだが、最近は兵器としての『目的』を示すこの名が用いられることが多い）。アメリカ軍や自衛隊をはじめ、世界各国の軍が採用している威力の割りにはコンパクトな銃で、フルオート機能を廃止してしまったアメリカ軍制式採用品のＭ16Ａ２突撃銃と比べて約一〇倍の火力《ファイア・パワー》を持っている。水鉄砲と庭に水をまくノズルつきゴムホースぐらいの違いがあるわけだ。そいつを三丁も向けられたのだから被弾したのは当たり前である。なお、ＧＥＴの連中が使っていたのは短い銃身を採用して狭い場所でとりまわしやすくしたＳＥＡＬＳ採用モデル、ＭＫ46であった。さらに使いやすくするためだろう、フォアグリップやドット・サイトなどが装着されている。

　三丁のＭＫ46のうち、一丁だけがぼくの９ミリ弾を浴びていなかった。おもわずにやついてしまう。使わない手はない。

　上部の遊底覆《フィードカバー》いをあけ、金具によって５・５６ミリ弾が爆竹のように連結されている弾帯《メタル・リンク・ベルト》を外し、銃の下部にとりつけられていた特殊ナイロン製の七五発入りマガジンを外した。脇に置かれていた気色悪いグリーンの二〇〇発入りボックス・マガジンをかわりに付ける。七キロを超す銃の重みに弾の重みが加わってずっしりとくるが、スリングを首にひっかけると持ち運びの不安はなくなった。バイオナノマシンの活動がピークを超えたのだろう、もう痛みは感じない。

予備のボックス・マガジンはまだ数個あったが、そのままにしておいた。何個も持ち歩くほど敵は残っていないだろうし、ＭＫ46はＭ16系のマガジンも使用できるからだ。つまり、まだポーチのなかにごっそりと残っているＭ４コマンドゥのマガジンを使えるのである。

　足音をしのばせて地下二階へ降りる階段へと進む。いまを逃すと使う機会がなくなりそうなので、ポーチから取りだした手榴弾のピンを抜き、階下へ放り投げた。一発目を投げてから三秒で爆発がおこる。階段を伝ってふきあげてくる爆風を壁に身をよせてやり過ごし、さらに手榴弾を投げこむ。爆発音で生じた鼓膜の痛みはすぐに薄れ、爆発音とその他の音を区別できるようになった。

　突撃銃のようなとりまわしが可能なＭＫ46で階下を攻撃した。Ｍ４コマンドゥと同じ５・５６ミリ弾だが、フォアグリップ付きだし重量もあるので反動や銃口の跳ねあがりの制御はかえって楽だった。といってもトリガーを引きっぱなしではすぐに銃身が加熱してしまうので、適当なリズムをつけて力をゆるめ、射撃に中休みをもうけた。

　地下二階の階段に面したあたりは手榴弾の攻撃で破壊しつくされていた。周囲には腸をはみださせた死体がごろごろ転がっている。

　敵はまだ残っていた。通路の奥、パニックルームのものらしい分厚い扉を楯にし、戦闘準備を整えようとしている。人数は五人だ。

　即座にぶっ放した。今度はトリガーをゆるめず、反動で銃口がはねあがることを計算に入れ、本来狙うべきあたりよりも下を狙って撃つ。奴らを片づけてしまえばＧＥＴ日本支社の戦闘要員《オペレイター》は全滅だ。連中はたぶんグレン・ヤマハタのボディ・ガードで……だからこそパニックルームの守りについているのだ。でなければ、幹部社員らしきおっさんたちがＭＫ46でぼくを迎え撃ったことの説明がつかない。

　フォアグリップをしっかりと握って跳ねあがりをおさえながら掃射を続けた。毎分八五〇発の発射速度を有するＭＫ46はたちまちボックス・マガジンの弾を食らいつくした。銃身は火傷を負うほどに熱くなっていたが、扉の周囲には高速ライフル弾を浴びた戦闘要員たちの死体がいくつも転がっている。

　と、一人が扉の向こう側から背中を押された格好で飛びだしてきた。

　空のボックス・マガジンはそのままに、Ｍ４コマンドウ用の三〇連マガジンを弾倉室《マガジン・フロア》へセットし、送弾《チャージング》レバー《ハンドル》を引いて薬室へ一発目をおくりこむ。再びトリガーを絞った。押しだされた男はたちまち銃弾に体中を打ち砕かれ、血と内臓をまき散らして絶命した。

油圧の唸りが響き始めたのはそのときであった。

パニックルームの扉が閉じつつある。一度閉じてしまえば、ちょっとやそっとでは破壊できそうにない分厚さを備えていた。

考えている暇はない。ぼくは全力でダッシュした。

MK46のスリングを外し、扉と壁のあいだに放り投げる。駆けながらP226を抜き、こちらに顔をみせているロック機構へたて続けに銃弾を打ちこんだ。イヤな音をたてながらMK46がへし折れ、扉が閉まる。ロックが作動し……はまりきらずに解除された。扉が開き、再び閉じようとする。またロックできずに開きはじめた。繰り返し作動するがそのたびに解除されてしまう。内部にめりこんだ銃弾のおかげで正常に作動しないのだ。MK46の破片が挟まっているのかもしれない。

扉が開いた瞬間に内部へ飛びこんだ。入ってすぐ左の位置にいた男の頭に9ミリ弾を叩きこむ。銃声が響き、背中に息が詰まるほどのショックがきたが無視し、部屋のなかを転がって撃ってきた奴の頭をダブル・タップで吹き飛ばした。ひとりだけ残った日本人に見える男が手にしていた拳銃を指ごと撃ち飛ばす。傍らに飾られていた日本刀を左手でつかもうとしたので、手ではなく日本刀を撃ち、駆け寄って肘を腹にうちこんでやる。男はエビのように身体を丸め、腹におさめたディナーを大量にまきちらす。嫌な臭いがした。糞も漏らしているのだ。

「グレン・ヤマハタだな」里沙仕込みの英語でたずねた。あはは、実際は『グレン・ヤマハタさんですわね？』てな感じで聞こえているのだろうけど。ちなみに、しゃべりはホモっぽくても『力』を使うつもりはない。あたりまえだろ、グレン・ヤマハタは髭面のおっさんだ。

だからだろうか、返事がなかった。ったく。

「黙ってるとあんたのチンポ《ディック》も切るよ」

下品な言葉をさっと口にしたあと、銃弾で砕かれた右手をブーツで踏みにじる。奴は女のような悲鳴をあげた。

「やめろ、やめてくれ！　くそっ、デルタとSAS出身の戦闘要員《オペレイター》を全滅させるなんて、信じられん……おれだ、おれがヤマハタだ」

「なぜGETはぼくを襲った」力は弱めたが、手を踏んだままでたずねた。ネイティブが耳にするとオカマっぽい発音なのは相変わらずだ。

「じゃあ、おまえがD‐17なのか！」ヤマハタは目をむきだした。

「いいから話せよ、とうちゃん《ダッド》」再び力をこめる。といってても軽くだ。あまり痛みに慣れられては効果がなくなってしまうからである。アドレナリンが痛みを中和してしまい、快感に変えてしまう場合すらあるからだ。

ナイフを抜きながらたずねた。「それとも、本当にぶったぎられたいか？　いざというときぼくがどこまでやるか、わかっているはずだよね」

大げさに悲鳴あげたヤマハタは哀願した。

「や、やめてくれ、ヒットチームのガキどものような死に方はごめんだ！　話す、すべて話す。こんな目にあうほどのサラリーをもらってるわけじゃない……だいたい、D‐17の実在だって信じてたわけじゃないんだ……」

「信じていないものへヒットチームを投入したというのか？　ふざけるな」

ゆっくり体重をかけるとヤマハタはまた悲鳴をあげた。

「本当だ……本当なんだ！〈アウトフィット〉殲滅《せんめつ》を目的としたオペレーション・クレンジングはCIA作戦部の強硬派が計画し、各国諜報部を巻きこんだものだった。〈アウトフィット〉は世界中に施設と人員を展開していたからな。だが、どこの国でも軍部は作戦に非協力的だった。わかっているかぎりにおいて〈アウトフィット〉は公共の福祉を目指す純粋な科学研究団体にすぎなかったからだ。国防上の脅威とはおもえなかった！　当時おれは国防情報局《DIA》にいたが、やはりオペレーション・クレンジングには反対した。だいたい、CIA作戦部が作戦実行の理由にした危険な人造生命体の製造というのが信じられなくて……あまりにも荒唐無稽すぎて……」

喋っているうちに、さらに青ざめてゆく。

「シット！　奴らが正しかったのか、やはり？　あんたは人類を支配するためにつくりだされた悪魔の申し子なのか？」

「宗教に興味はない」ぼくの顔は獣のようにかわっているに違いない。「さっ、続きを話せ」

「……計画したのはスペシャル・タスクフォースだ。先月末、コマンダーのオルガ・エクスタシアから連絡を受けた。日本にヒットチームを送りこむから支援しろ、と。もちろんおれは反対した。しかしオルガには秘密を握られていたから……」

「どんな秘密だ」

「そ、それはいえん」

しゃがみこみ、ナイフで右耳の半分ほどを切り裂いてやった。絶叫をあげたヤマハタは左手で耳を押さえ、のたうつ。

「話せよ」

「さ、殺人の証拠だ。今年のはじめ、シブヤでハイ・スクールの女子学生を買った。そのままマンションに連れこんでファックしたんだが、勢いをつけるために与えたコカインを過剰に吸いこんで心臓麻痺をおこしたんだ。死体は部下に処分させたが……あのなかにオルガに寝返った奴が含まれていたに違いない。これが公表されたらおれは終わりだ」

援助交際という名の売春にハマっていたバカ女がどこでどうくたばろうとぼくの知ったことじゃない。だから、必要なことだけをたずねた。

「オルガは目的を説明したのか」

「なにもいわなかった。だがおれにはわかった。オルガはKGB末期に〈アウトフィット〉調査担当だった。KGBがロシア連邦対外情報局《SVR》に改組されたあと、オペレーション・クレンジングにも参加している。SVRを辞める原因になったのも〈アウトフィット〉問題について局が熱心ではなかったからだ。当時のSVRはKGB末期に半ば崩壊した諜報網の建て直しだけで手一杯だった……ともかく、あの女は〈アウトフィット〉に関わることとなるとクレージーになる。そして、ターゲットがあんたであることを突き止めたときに確信した。D‐17設計仕様書はおれもDIA時代にのぞいたことがあったから……」

「そんな簡単にのぞけるものなのか」

「オペレーション・クレンジングは部内で激しい批判を受けた。投入された各国の特殊部隊にかなりの損害がでたし、皆殺しにされた〈アウトフィット〉関係者のなかにはノーベル賞受賞者もいたからな。そのため、作戦をリードした強硬派は後になって追いだされた。抹殺された者もいる。回収された資料もまともに研究されてはいない。CIA本部の保管庫に放りこまれて、それっきりだ。ホワイトハウスからそういう命令がでたという噂だが……それに、内容がばかばかしすぎた。ことにD‐17については……コミック・ブック以上だ。おれたちはスティーブン・キングの小説に登場するサイキックやエイリアンを追いかけまわすのが大好きな軍人じゃない。クラーク・ケントとハリー・リームスとサンダース軍曹とサンジェルマン男爵の遺伝子をまぜあわせたようなモンスターの実在など信じられるか」

　えーと、クラーク・ケントってのはたしかスーパーマンの仮の名だ。サンジェルマン男爵ってのは、自分は不死人だと称していた近代ヨーロッパの詐欺師。じゃ、ハリー・リームスとサンダース軍曹ってのはなんだ？　後者は軍曹ってぐらいだから戦いに強い人のことだろう。じゃあ、残ったぼくの要素からいってハリー・リームスってのはセックスが強い人に違いない。ううむ。

　おもわず深々とうなずいてしまいたくなるのをこらえ、たずねた。

「それで？　ぼくがヒットチームを全滅させたあと、オルガはなにかいってきたのか」

「いや……なにも。本当だ！　だから、おれは日本支社に警戒態勢をとらせた。ヒットチームの連中があんたの拷問を受けて口を割ったことは間違いないとおもったからだ」

「その段階でもＤ‐17の実在を信じなかった理由は」

「あんたが凄腕のワン・マン・アーミーであると信じるほうが常識的だし、無理がない」

「ヒットチームがガキばかりだった訳を教えろ」

「詳しいことは知らん。かつて北朝鮮が養成していた子供工作員《チャイルド・エージェント》のようなものだとおもうが……」

「なるほどな。だが、奴らの腕前はデルタ・フォース崩れよりも上だった」

「わからん……それはわからん。さっきもいったはずだ、おれはオルガに脅迫されていたんだ！」

　嘘ではないらしい。質問の方向をかえることにした。

「じゃあそのオルガ・エクスタシアについてだ」

「詳しいことはおれも知らん。本当だ！　一九七〇年代後半からアフリカ各地の内戦で活躍し、後にアフガニスタンでも戦い、ソヴィエト崩壊後はチェチェン独立派を狩りたてたと聞いたが……詳しいことはだれも知らなかった。ＣＩＡも詳細な経歴は摑んでいなかった」

「本人に会ってるんだろう？　会話を交わしたことぐらいはあるはずだ」

「五年前までは何度か……しかし、そのあとは一度もない。おれだけではない、だれも彼女に会っていないんだ。マッギヴァーンＣＥＯも彼女とは会っていない」

「ＧＥＴだって会社だろう。そんなことがあるはずがない」

「スペシャル・タスクフォースは毎年莫大な利益を計上

している。それで、だれも文句をつけられないんだ」

以前の写真はある、というので端末をたちあげさせ、画像ファイルを見た。ブロンドの髪をかっちりとまとめ、ブラウンの制服を身につけたKGB将校時代と高価なスーツを身につけたGET入社時。前者のほうは……うーん。アジア系の血が入っているのだろうか、くっきりした顔立ちに漆黒の瞳とすこしまくれた上唇が印象的である。ワイルドな美女という感じだ。制服を突き破りそうな胸もすごい。後者のほうは……ま、全体はそういう感じではあるが、おばさん化しているのは否定できない。目尻と鼻の両脇だけでなく、目の下にもくっきりと皺がはしっている。どんな美容整形術でもごまかしが利かない首筋の衰えも激しい。ブロンドも色あせていた。あたりまえだ。一九七〇年代後半から活動していたとするなら、いまでは六〇歳近いはずである。こちらからするとおばさんのさらに1クラス上だ。

そのあとも色々と質問したが、とりたてて重要だとおもえる情報はなかった。バート・マッギヴァーンにぼくと同い年の娘がおり、名前はエレンだとわかったが……だからどうしたってんだ。

最後の質問をした。

「ぼくへの襲撃はGETヘッドクォーターからの命令だったのか？　バート・マッギヴァーンが命令したのか？」

「わからん……おれにはわからん……」

「そうか。ありがとう」ぼくはP226の銃口を奴の額にポイントした。レーザー・サイトの赤い点が鮮やかだ。

「やめろ！　殺さないでくれ！　なにもかも話したじゃないか！　殺さないでくれたら今後も協力する！」

「ありがたいけれど、お断りする。楽に死なせるのがせめてもの礼だとおもってくれ——本当ならあんたの腸《はらわた》もひきずりだしてやりたいんだ」

返事もまたずに二度トリガーを絞った。額にぽつりと穴が開き、後頭部からぐしゃぐしゃになった脳が噴きだした。跳ね上がるような断末魔の痙攣が命ある者としてのヤマハタが示した最後の証であった。

気配がした。危険はないとわかっていた。

半開きのスチール製ドアを抜けて入ってきたのは里沙であった。ブラックのスリムパンツに胸とウエストの細さを強調するような深紅のキャミソールを身につけていた。ショルダー・ホルスターにP230、太腿につけた鞘に細身のナイフを何本も差している。

「済んだのね」彼女はたずねた。

「ああ」ぼくは頭や顔の邪魔なものを外した。うっとうしくなり、防弾ベストも脱いだ。里沙は手伝ってくれた。

「里沙さんの方は？」

「済んだわ」彼女は微笑み、手にしていたＤＶＤのケースをひらひらさせた。「これでＧＥＴの汚れたビジネスのデータは完璧」

「そいつを使って……」

「ＧＥＴを支配する。でも、その前にヘッドクォーターの幹部どもを皆殺しにしないと。そうしてしまえば、あとは簡単よ。わたしはＧＥＴの株を35パーセント保有しているから。もちろんいまのところは無記名で。マッギヴァーンが死ねばわたしが最大の株主」

「いつでかける、向こうに」ぼくはたずねた。彼女がなにを願っていようがどうでもいいことだ。ぼくは復讐を果たしたい。その結果としてＧＥＴが彼女のものとなるのであれば……こんなにうれしいことはない。死んだ女と、生きている女の両方にプレゼントを渡したことになるからだ。

「準備はしてある。でも、その前に……」里沙はぼくを抱きしめた。「落ち着かせて。まだ緊張しているの。あなたの、そのままの姿を見せて」

もちろん望むところだ。

奥に設けられていたベッドルームに入り、全裸になった。里沙はうっとりとぼくを見つめている。顔に浮かんでいるものは情欲だけではなかった。明らかに慈愛を含んでいた。まだ、脱いでいない。が……キャミソールをまくりあげ、ブラなど必要としなくなった見事な胸を露《あらわ》にした。乳首が紅くたちあがっていた。

「ねえ……吸って」

ぼくは飛びついた。ベッドに押し倒し、両手でもみながらしゃぶりつく。里沙はたちまち昂った。スリムパンツを脱がそうとするとさっとナイフを抜き、自分で切り裂いてしまう。勢いよく両脚を広げると布の破れる音が響き、すでに無毛化し、フェロモンをあやしく滲ませている美しい肌と、驚くほどに濡れた彼女自身があらわれた。

ぼくらはコルダイト火薬の不快な残臭と血臭のただよう場所でどこまでも深く結びついた。これまでで最高の交わりであった。

「おっぱいがでたらいいのに」色がかわるほど揉んだ乳房に頰をこすりつけ、ぼくはいった。

「どうして」蕩《とろ》けた声で里沙がたずねた。

「でたら、本当にママって呼べるよ」

　ぎゅっと抱きしめられた――どこもかしこも。彼女が絞りだすようにこすりつけてきた右の乳房に顔を押しつけられ、顎がはずれそうなほど一杯にふくんでしまう。

「悪い子……悪い子ね」官能の嵐に包まれながらも不思議に落ち着いた声で彼女はいった。「でも、ひとつだけ信じてね」

　彼女の左手が下にすべってゆく。ぼくは陶酔しきったままその声を聴いた。

「本当に……本当に…………あなたを、愛しているわ、徹」

　首の後ろに冷たいものがあたった。ナイフの切っ先だった。滑るように突き刺さってきたナイフに延髄を断ち切られた瞬間、ぼくは彼女の子宮へリキッドを大量に放っていた。

3

パパス・アンド・ママス

1

目覚めたときの気分はそりゃひどいものだった。これ以上ないぐらいあっさりと女に殺されたのだ。でもって、死ななかった。

あの寝室にいた。相変わらず裸だったが、首に、止血帯が巻かれていた。だれが巻いてくれたのかはわかっていた。

身につけていたものは武器にいたるまで消え去り、ベッドの傍らにスポーツバッグが置かれているだけだった。開けてみると、自分で買った覚えのない衣服が数そろいと、二〇〇〇万ほどかとおもわれる札束、明らかに新品だとわかるUSPコンパクトと予備弾倉四個がおさめられていた。隠し持つ《コンシールド・キャリー》のに最適なサム・ブレイク・ホルスターとマガジン・ポーチもある。バッグの傍らには明らかにオーダーメイド物とわかるレザー・シューズが並べられている。腕時計だのなんだのも揃えられていた。

止血帯の隙間へ指をさしこんだ。痛みどころか、傷跡すら残っていなかった。ぼくが延髄を抉られてから二時間以上が過ぎている――つまり、まだ夏の夜が続いているのだ。

かすかな頭痛がする。なにかを注射されたようだった。だから、目覚めるまで時間がかかったのだ。

ベッドルームとつづきで設けられていたバスルームに入り、シャワーを使った。ぼんやりと熱い湯を浴びているうちに強烈な感情がこみあげてきた。ちょうどいい。シャワーですべて洗い流してしまえる。

バスルームを出る。いくらか気分が落ち着いていた。もちろん立ち直っているわけではない。物事を深刻に考え続けて程度の低い自己憐憫《れんびん》に陥らないように『つくられて』いるからなのだろう。くそっ、ありがたくて泣けてくる。

スリムジーンズとラフなシャツを選び、身につけた。シューズとはあわないが、ま、贅沢はいってられない。ベルトをとおし、ホルスターとマガジン・ポーチをとめた。一度分解して仕掛けのないことを確認してから銃と予備弾倉をおさめる。一〇〇万ほどポケットに突っこんでから、バッグを手に立ちあがった。

結論はでていた。イヤで仕方がなかったが、他に方法はない。ぼくには目的がある。そしてその道は唐突に断たれた。しかしゲームを――神聖で残酷なゲームを投げだすつもりはない。

そして、いまのぼくにはそのゲームを一人でつづける力はない。いや、つづけることで生じるさまざまな問題が面倒でたまらないというべきだろう。だれかをぼくの虜にして港か空港に向かう。だれかを虜にして船か飛行機へパスポートも持たずに乗りこむ。だれかを虜にしてGETの本拠が置かれたフィリピン領の島へ忍びこむ……。いったい何人をまきこめばいいのだ？　面倒くさい。はてしもなく面倒くさい。しかしゲームはつづけなければならない。でなければ、ぼくの虜になったおかげで死んだ女に顔向けができない。ぼくがぼく自身に内在している卑しいなにかに耐えられない。くそったれ、利己的な理由だ。

携帯はなかったので死体が転がったままの部屋へ戻り、受話器をとりあげた。通じていた。何度も心のなかでくりかえしたものの、決して押すまいと誓っていた番号へ電話をかけた。新たにだれかを虜にするより、あらかじめ虜としてつくりだされた存在に頼るほうがましだった。

本当に、ましなのだろうか？

電話をかけて二時間もしないうちに朝焼けの空に四機のヘリコプターが飛来した。うち三機は自衛隊でも用いているUH‐60ブラックホークの改造型、MH‐60であった。もう一機はツインローターの大型輸送ヘリ、CH‐47チヌークだ。双方とも、迷彩塗装もダークブラウンやディープグリーンを用いた自衛隊風だ。

だが、自衛隊の機体ではない。日本国内なので自衛隊風にしているだけである。乗っているのは女ばかりであり、彼女たちはむろん女性自衛官などではなく、ある意味、人類ですらない。ぼくのためだけに存在している最高の女たち――〈エンジェル〉だ。

まず一機からロープが垂らされ、それをつたって次々と完全武装の女たちが降下してきた。彼女たちが全周警戒態勢を敷いたあと、ようやく残りの機体が着陸した。広い着陸スペースを必要とするチヌークは射場へ着陸していた。

「周辺の安全は確保した、デビル」すばらしいプロポーションを特殊部隊風のノーメックス・スーツや防弾ベストで覆ったフェンリルが乾いた声で告げた。整い過ぎ、という印象の手前で見事に踏みとどまっている美貌にはまったく感情の色がない。漆黒の瞳は冷然とした光を宿し、ぼくに据えられている。

なにがあったか手短に説明した。

「君の失策だ、デビル」

フェンリルは容赦がなかった。くそっ、わかってるよ。

周囲では死体の収容が進んでいた。ぼくが射殺した連中が手際よく黒い遺体収容袋《ボディ・バッグ》へおさめられてゆく。

「証拠を残して日本の警察や情報機関に注目されるわけにはいかない。かれらは他の国ほど君の追跡に熱心なわけではないが、本気で取り組んだ際の国内捜査能力はFBIや冷戦時代のKGBをはるかにうわまわる」フェンリルは説明した。文句はない。ただでさえ妙な連中に狙われているというのに、これ以上の面倒は抱えられない。

「GET」

ぼくが口にしたアルファベットをフェンリルはくりかえした。

「知ってるのか」

「フェンリルは知っている」

「どんな関わりがあるんだ」

「とりあえず、ここをひきあげたほうがいい。説明はあとだ」

〈エンジェル〉たちがチヌークへボディ・バッグを運びこんでいた。かれらはどこかだれにも知られぬ場所で、この世から消え去るのだ。


レーダーに探知されることを避けるため、市街地から離れた低空を飛ぶブラックホークのキャビンに座っているのは終点のないジェットコースターに乗っているようなものだ。機体は強力なエンジンをうならせつつ高度を変え、左右に躍る。水平飛行をしていても乗り心地がいいわけじゃない。大気に〝乗って〟ぬるぬるとすべってゆくような感触がある。酔いやすい人なら五分ももたない。

ヘリに乗っているあいだ、話の続きはなかった。ちょうどキャビンの上に取りつけられたタービン・エンジンの騒音がものすごく、インカムをつけるか、顔を寄せ合って大声で話すしかないからだ。むろんぼくやフェンリルにとってはどうということもないが、やはり話はしなかった。そんな気になれなかったのだ。

冷えきった意識のなかで憎悪と行動の意志だけがふくれあがる。いてもたってもいられなくなってくる。が、情報が少なすぎる。具体的なプランが立てられない。最初に雪華があって次に里沙がいた。死なせて、殺された。愛していて、裏切られた。

でも、愛しているといってくれた。それだけは本当だと彼女はいった。

そしてぼくは、彼女の言葉を疑う気はこれっぽっちもない。彼女とぼくの愛情という言葉の解釈に意味の相違が認められた、というだけのことなのだ。

畜生。

これでは午後の教室で妄想をめぐらせているのとさして違いがない——そうおもったとたんに眠気がさした。これもD‐17としての機能かもしれない。普段はどれほど動き回ってもあまり眠る必要がないというのに、なにもできることがないとわかると、すぐに眠くなってしまう。

もちろん抵抗はしなかった。眠りは現実から逃避する最良の方法だからだ。

夢はみなかった。みる必要などないと脳が決めているからかもしれない。

ただ、柔らかな甘いものに触れている実感だけがあった。目覚めているのか眠っているのか自分でもわからない気分のなかで、ぼくはそれにすがった。柔らかさと甘さはますます深みを増した。

耳元を吐息がくすぐっていた。

薄目をあけた。赤ん坊のようにしっかりと抱きかかえられていた。向かい合わせでフェンリルの膝にのり、彼女の肩に頭をのせている。フェンリルは防弾ベストを脱ぎ、ノーメックスの生地を突き破りそうなほどに豊かな胸をぼくに密着させていた。

左腕がぼくを抱え、右手があちこちを撫でている。

たとえようもない安堵感。ぼくには存在しない、生みの母に抱かれている子供のような気分だろうか——いや、違う。それは里沙に感じたもの、雪華に認めたものだ。フェンリルに感じるのは……この女だけはどこまでも信じていい、という泣きだしたくなるほどの信頼感だった。母性とはどこか根元の部分でことなっていた。

同時に、爆発的につきあげてくるものがあった。

行動にでたのはつまらない見栄を守るためだ。D‐17としての能力に突き動かされるのではなく、黒江徹の愚かな意志に従いたかったからだ。その黒江徹という野郎のおかげで数限りない過ちを犯してきたというのに。われながら、どうしようもない。

頭をあげた。フェンリルの顔は氷の彫像にかわる。が、瞳は潤みすぎ、唇は艶めきすぎていた。

そのまま唇を奪った。彼女の都合など考えもせずに貪った。大きく口を開かせ、喉奥にとどくほど深く舌をもぐりこませた。どうしてそんなことができるかって？　バカ野郎、比喩《ひゆ》表現だ、これは。いや、実際に舌がのびているのかも。なにしろペニスの長さや太さや形がかわるぐらいだもの。

　フェンリルはくぐもった呻きを漏らすだけで、抵抗はしなかった。両腕はさらにしっかりとぼくを抱えこんでいる。

　それ以上先に進むつもりはもちろんあった。というか、そうするつもりでキスしていた。フェンリルが最強の罠であるなら、自分が最強の獲物になればいいと考えていた。

　唇を離したのは息が続かなくなったからではない。ヘリが旋回にはいったからだ。

　窓から海が見えた。いつのまにか洋上にでていたのだ。夕陽を浴びてきらめく穏やかな海上に、純白の船影があった。

　どういったらいいのだろう。不思議な形をしていた。船体を横に三つ並べ、その上に甲板《かんぱん》を設けている。軍艦のような重厚さをかもしだしているが、同時に客船のような優美さも備えていた。翼をひろげている海鳥をおもわせる姿だ。船尾には大きなヘリ甲板があり、ブラックホークはそこに向けて降下していた。

「〈ウロボロス〉。〈エンジェル〉の――」舌をもぐりこませるように耳へ唇を押しつけたフェンリルがいった。

「いや、君の船だ、デビル」

2

　三万トン以上の排水量があるというのに、乗っているのは二〇人に満たなかった。〈エンジェル〉の洋上基地である大型三胴船《トライマラン》〈ウロボロス〉はブリッジに一人、エンジン・ルームに一人いるだけで自在に動かせるし、いざとなれば完全自動で航行《クルーズ》もできる。最新の技術が投入されているからだ。

「おもてむきは南太平洋のサン・プリンセシアという小国の王室クルーザーということになっています。軍艦籍もあるので、どこの国の領海にはいっても船内は治外法権、ということです」

　船長のアフロディアが主要部分を案内しながら教えてくれた。その名どおり、ギリシャ彫刻風の美女である。ただし、おもいきり現代風にシェイプアップしたプロポーションだ。

「サン・プリンセシア。授業で聞いたことがある。淡路島ぐらいの島ともっと小さな島のいくつかだけが領土で、元スペイン領で、排他的経済水域《EEZ》内にレアメタルや石油が豊富にあって……」

「本島であるサン・プリンセシア島の沖につくられたメガフロート上に、世界有数のシー・リゾートとギャンブル施設があります。実際に国庫は潤沢で、税金はおろか、生活一切にお金を使う必要はありません。第一次、二次産業はすべて国有なので、国民の半数が公務員かつ投資家で、残りはソフトウェア・ビジネス等《など》に手をそめた企業家です」

「〈エンジェル〉との関係は」

「王家は女性だけが継ぐことになっています。〈エンジェル〉は女王と王女に特定のサービスをあたえているのです。女王は形式的な夫をもっていますが、かれと交わったことはありません。王女たちはすべて人工受精で生まれました。王女たちも同じように生きることになるでしょう」

　なにをいいたいのかわかった。

〈エンジェル〉たちに誘惑されたのだ。彼女たちはぼくに対する場合いがい、完璧なレズビアンだから、そうするのは簡単だったに違いない。愛情はぼくか〈エンジェル〉同士にしか抱かないにしろ、どんな女性の同性愛願望も掘り起こしてしまえるはずである。ただそこにいるというだけで、それほど魅力的なのだ。いまも、会ったばかりのアフロディアが魅力的に見えてしかたがない。

　アフロディアの磨きあげられた大理石のような肌が紅く染まった。ヒト起動物質を感じ取ったのだ。

「いつでも必要なときに、どうぞ……いまこうしていられるのは、能力を振り絞っているからです。あなたの姿を目にしたそのときから、わたしは濡れています、デビル。他の〈エンジェル〉も同じです」

　ふらつきかけているので手をのばそうとした。が、彼女は押さえるように両手をかざした。

「抱いていただけないのであれば……触れないでください。触れられただけで、なにもできなくなってしまいます」

　ごめん、と頭を下げると彼女はますます欲情をあらわにし、通路の手すりにつかまってようやく身体を支えているだけになった。

「アフロディアは……しかたのないことだ」案内された広々としたぼく専用の船室でフェンリルはいった。結局アフロディアはとおりかかった者に頼んで運んでもらわなければならなくなったのである。

ぼくは濃いトルコ・コーヒーを飲み干し、カップを置いた。夕食のメニューはこれで終わりだった。生ガキ三〇個を冷えた日本酒とともに貪り食い、ヒラメによく似たハリバットのステーキを片づけ、讃岐《さぬき》牛のサーロイン八キロをレアでたいらげた。デザートの特大スフレはもちろんである。われながらイヤになるようなあさましさだ。

料理は〈エンジェル〉たちがサーブしてくれた。顔と名前はもちろん覚えたが、すぐにひきあげてしまったのでいまはフェンリルと二人きりだ。

「いま、君の体内では爆発的な進化が進行している。無数のバイオナノマシンがつくりだされ、すべての遺伝子へからみつくようにして働いているのだ。正直なところどうなるのか予想もつかない。おそらくナノマシンの動きは君の脳が体内電流の形でコマンドを与え、制御しているはずだが……ともかく、〈エンジェル〉はいうまでもなく、周囲の人間に及ぼす支配力はますます高まるはずだ」

「本当に制御できているのかな」なぜ進化が加速したのか教えてもらう必要はなかった。新たなストレスが原因だ。女を死なせてしまうことに匹敵するストレスは……女に殺されることぐらいだろう。

「不安か」フェンリルはいった。

「黒江徹がね」

「……最低限の制御はできているはずだ。いま、フェンリルはある程度の性的興奮状態にある。期待感と恐れも抱いている。しかしロジカルな思考能力は維持できている。つまり、君がヒト起動物質の放出を自律的に抑制しているということだ」

なぜ可能なのだろう？　いや、こういうことに違いない。

デビルではなく、黒江徹が制御しているのだ。目の前にいるのは、フェンリルという至高の女奴隷というだけでなく、麻木愛という気弱な女教師でもあることを。フェンリルだけであれば甘えることも責めることも自在かもしれない。しかしマナ先生にキス以上の強引な真似はできない——彼女の同意がないかぎり。

考えてみれば、雪華も同じだったのかも。彼女との出会いの瞬間こそD‐17だったかもしれないが、その後はなるべく黒江徹であろうとしていた。彼女はたしかにD

‐17の力に支配されていたが、ぼくが黒江徹であることを忘れはしなかった。それは、黒江徹が許可を与えたのちはじめてD‐17として動いたことに関係しているのかもしれない。もちろん、彼女にそれをたずねることはできないのだが。

じゃあ、里沙はどうだったんだ。あの危険な女に母性をみいだしたのはだれだ。くそっ。どのみち変態じみている。

「準備ができている」唐突にフェンリルがいった。

「話の続きか」

「そうだ。ブリーフィングルームに案内する」

アフロディアに案内されているときも感じたが、〈ウロボロス〉の船内はかなりの広さがある。トライマラン構造のため、甲板を広くとれているからだろう。

出会った〈エンジェル〉たちとは軽い挨拶をかわし、初対面の者には名前をたずねた。エラぶっているわけじゃない。相手の顔を見ていると、そうせずにいられないのだ。

ブリーフィングルームは学校の教室ほどの広さがあった。さまざまな視聴覚機器が備えられたそこでは二人の〈エンジェル〉がぼくを待っていた。色っぽい垂れ目が愛らしいハニー・ブロンドのカテリナと、くっきりしたアーリア系の顔立ちと艶やかな褐色の肌がみごとなディーバだ。

「カテリナは情報担当。ディーバは遺物《ロスト・ジェム》担当だ。詳しいことは本人に訊け」フェンリルはいった。

「ちょっと離れて座ったほうがいい」近づこうとした二人にいった。一様に哀しげな顔を浮かべたので、あわててつけくわえる。

「ぼくのそばにいると、話が聴けなくなるから。だいいち、ぼくが我慢できない」

それだけで意味が通じ、笑顔が浮かんだ。ぼくがヒト起動物質を放出するのは目にしている人物に魅力を感じ、自分のものにしたいと願うからだと承知しているのだ。

頭を傾《かし》げて笑っているカテリナ。女らしさたっぷりの、淫らささすら感じさせる目元、そして鮮烈なほどに理知的な青い瞳のコントラストが見事だ。髪をアップにしているおかげで白いうなじがのぞき、魅力がさらに強調されている。

ディーバの方はなんか間違ってインドを理解した気になっている外国人が考える神秘的なアーリア美女そのものだが、サリーなんぞではなくゆるやかなシルエットをつくりだす鈍い黄金色のゆったりしたワンピースを身につけている。エッジやベルトの赤が褐色の肌に映えていた。本来はけだるげな魅力をかもしだすはずのワンピースが、スタイルが良すぎるために要所要所でぴっちりしてしまったのはすばらしいミスと受け取るべきだろう。ともかく、フェンリル以外の〈エンジェル〉たちも、すべてこういう感じなのだ。ぼくが一度はフェンリルから逃げだした理由もわかってもらえるとおもう。すばらしすぎる女というのはブラックホールと同じなのだ。

いやま、はは、里沙もすばらしすぎる女だったわけだけれど。

身体が埋まりそうなほど柔らかく背の高い椅子——ぼくの専用席に身を預けてからたずねた。

「まず——GETについてわかっていることは？」

聞かされたのはこれまで得た情報と大差がなかった。

「GETと〈エンジェル〉は直接の対立関係にはありません。率直に申しあげて、かれらが主に活動している低開発地域や辺境地帯は〈エンジェル〉にとってそれ自体としてはなんの意味も持たないからです」

「そうなの？」さすがにちょっと驚いた。

「そうですよ」カテリナは邪気のない笑顔で頷いた。嘘などついていないのがはっきりわかった。本当に、そう考えているのだ。

「でもさ、世界のバランスを……」たまらなくなってたずねかけた。

「君は誤解している、デビル」隣で黙っていたフェンリルが遮った。「それは〈エンジェル〉のミッションではない。君のミッション——君が選択できるミッションだ。〈エンジェル〉のミッションは違う」

「フェンリルのいうとおり」ディーバがまっすぐに見つめてきた。瞳の奥には久遠《くおん》の闇が存在していた。

「〈エンジェル〉のミッションはただひとつよ、デビル」

「あなたを愛し、あなたのためにすべてをなすこと。ただひたすらあなたに仕えつづけること」瞳に歓喜を宿したカテリナが歌うような抑揚をつけていった。

「それだけだ」フェンリルがまとめた。「他のすべてはまったく意味を持たない」

「〈ノバ〉と同じか」マナ先生はどうおもっているんだ、という言葉は辛うじてのみこんだ。

「同じだ。君ももう気づいているのだろう？〈エンジェル〉と〈ノバ〉はヤヌスの具《そな》える二つの顔だ。お互いにそれだけはわかっている。だからこそ争う——君のために。他に理由などない。人類に対する配慮などそこには存在しない。断言しよう、デビル。君がわれわれを放置しつづけるならば、いつかわれわれはこの世界を滅ぼすだろう」

「ぼくのために？」

「ああ。君のために。心からの喜びとともに〈エンジェル〉は地上へ滅びをもたらす」

3

ショックだった――というべきなのかどうか。

考えてみればたしかにそのとおりなのである。〈ノバ〉にしろ〈エンジェル〉にしろ、その存在意義はぼくを愛し、ぼくに奉仕《ほうし》することだけなのだ。〈ノバ〉が世界をかき乱し、〈エンジェル〉がそれを交ぜっ返しているのは正義と悪の対決などではなく、ただ方針の違いであるにすぎない。フェンリルが口にしたとおり、人類がどうなろうと知ったことではないのだ。ただぼくがこの地上で最強の存在になることだけを望んでいるのである。

では、もしぼくがかれらに君臨することを断ってしまえば？

またまたフェンリルのいったとおりだ。底抜けに甘いパパとママとして引きこもった一人息子に可能なかぎり安全な環境をつくりあげようとするだろう。つまり、ぼくをこの地上で最大の異分子として排除をはかる（それが可能かどうかは別として）人類を生物兵器かなにかで絶滅させるのだ。そうしてしまえばぼくを害しようとするものは地上から消えさる。ぼくは永遠に引きこもっていられる。残るのはぼくと〈エンジェル〉と〈ノバ〉だけが存在する愛の楽園。パパママありがとう。くそっ。

ムチャクチャである。ムチャクチャであるが筋はとおっている。ぼくの奴隷たちはきわめてロジカルに史上もっとも残虐な行為に手を染め、至上の歓喜に包まれるのだ。それこそが愛の証だからである。ただそれがだれもが好きで好きでたまらない精神安定剤――正義と無縁だというだけのことだ。まさに、愛こそすべて、ってやつだ。

あははは。はは。は。

どうしよう。ママ助けて。いやま、そのママっぽさを感じた女に延髄抉られたんだから世話はないんだけど。

もちろんもうわかっていた。

だからこそフェンリルから逃げたのだ。ぼくが〈エンジェル〉にハマらなければ世界がどうなるかわからない、という可能性に薄々気づいていたのである。そうなのだ。〈エンジェル〉の危険さはナルシス――〈ノバ〉強硬派の比ではない。少なくともかれらは、人であろうとすることに努力をかたむけていた。だからこそぼくを罠にかけた。

　しかし〈エンジェル〉は迷わない。ありのままのぼくを受け入れ、それにあわせた対応を示す。その過程で世界にもたらす損害については一顧だにしない。〈エンジェル〉は地上の道徳と無縁なのだ。彼女たちの道徳はぼくを愛し、従い、敬うことだけ。つまり、ぼくの女奴隷たちは地球の歴史上まれにみる〝重い〟女たちの集団というわけである。

　正直たまらなかった。冗談じゃなかった。だから逃げた。

　そして、戻ってきた。

　天井を見あげあぶぶぶ、とつぶやいてからカテリナへの質問を再開した。

「連中は〈ノバ〉とは関わりがあるみたいだけど」

「各地で敵対しています。人身売買、武器密売、麻薬の生産や密輸出入……すべて〈ノバ〉が手を染めているものばかりです。むろんかれらはそれをよりスマートにおこなうわけですが。だからこそGETにとっては目の上の瘤《こぶ》そのものです」

「〈ノバ〉ならば簡単に潰してしまいそうなものだけどな」

「実力だけで考えるならそのとおりです」カテリナは微笑んだ。「つまり、あなたのために残している、ということでしょうね」

　くそっ、たいしたパパたちだ。

　続いてGETヘッドクォーターについての話にうつった。カテリナはアメリカ国家偵察局《NRO》のコンピューターをハッキングして手に入れたに違いない精密な衛星画像をディスプレイに映しだした。

「セルバンティア島は南支那《しな》海に浮かぶフィリピン領の島です。この海域の通例に漏れず、中国も領土権を主張しています。フィリピン政府は事実上の武力占領を受けた南沙《なんさ》群島の失敗を繰り返さないため、ここをGETに売却しました。実にうまいアイデアだったといえます。中国軍の渡洋侵攻能力の低さから考えて……中距離弾道弾で攻撃でもくわえないかぎり、GETには勝てません。GETはそれだけの装備と人員をこの島にもちこみました。事実、中国がこれまで二度潜入させようと謀《はか》った人民解放軍特殊工作部隊はいずれも海岸から数キロ以内で殲滅されていますーーこれはNSAの世界規模通信傍受／検索システム、エシュロンのメインフレームに侵入して引きだした情報ですから、確実です」

「つまり〈エンジェル〉にとってのサン・プリンセシアと同じじか」

「われわれはさらに巧みな方法を用いています。ご説明しましょうか？」カテリナは楽しげだった。

「なんとなく想像がつくから、いい」

女王や王女の遺伝子や脳にまで手を加えて隷属させているに違いない。それぐらいはためらわないはずだ。むろん、本人が最大の幸福と認識するようなものも与えているだろう。〈エンジェル〉たちの行動パターンからしてそのはずだ。いや、もしかしたら、〈エンジェル〉が王族としてもぐりこんでいるのかもしれない。

あ。

そうなのか。やっと気づいた。海外オリエンテーリングでいった島国。あそこはサン・プリンセシアからそう離れていない。もともと親戚みたいなものだから、国家間の関係も悪くないはずだ。おそらく〈エンジェル〉はサン・プリンセシアがまったくの義侠心《ぎきょうしん》から周辺国の要請に応じて派遣する対テロ戦特殊部隊という形で影響力を確立しているに違いない。だからこそああも素早い介入が可能だったのだ。

カテリナはセルバンティア島内の説明にうつった。

「セルバンティア島は約六〇〇平方キロ、日本でいえば淡路島ほどの面積を有する島です。ごらんのとおり南北に横たわるかたちをしており、陸地部分の最大距離は南北で約五〇キロ、東西で約二七キロになります。GETは島の中部にある平野に主要施設を設け、活動の拠点としています。南部はレクリエーション区画で、狩猟エリアやスポーツ施設、ビーチなどが設けられています。西部は軍事訓練エリアです。東部は小さな半島がつきだして風浪《ふうろう》を遮断するため、港がもうけられ、その近くに滑走路もつくられています。北部は一種のジャングル地帯として放置されています……おそらく海岸部が切り立った崖になっているからでしょう。バート・マッギヴァーン以下GETの裏面を知る主要幹部のほとんどがこの島に住んでいます。GETの戦闘要員もセルバンティアで訓練を受けるため、常に半数以上……約八〇〇名が常駐しているものとみられます。その他の支援要員等を含めた島の総人口は約四〇〇〇名です」

「オルガ・エクスタシアも？」

「彼女についてはなんの情報も得られていません。数カ月前、アブダビで目撃されたという情報がありますが、確証は得られなかったようです——もうしわけありません、デビル。さきほど触れたような事情で、GETに関する〈エンジェル〉の情報は限られています」

ぼくは微笑んだ。カテリナは耳まで紅く染めて身をよじった。

「新見里沙についてはなにかわかっている？」

「MI6の記録にその名が記載されていたのは事実です」

「それだけ？」

「MI6内部の情報源《アセット》によれば……リサ・ニイミの名はもっとも重要度の高いイプシロン級情報に区分されているとのことです。これはイギリス首相ですら閲覧の難しいもので……もうしわけありません。イギリス政府組織の記録はコンピューター化が遅れており、いかに情報源があっても短時間では充分な結果が得られません。また、外部組織へ所属するという偽装が施されていたため、MI6本部で彼女と親しくしていた者もいないようです」

怒る気もしなかった。相手が凄腕だというのはよくわかっている。

次はディーバの番だった。

「どこからお話しする？」彼女はたずねた。微笑みすら神秘的で、まじまじと見つめてしまう。

「まず君の仕事から。遺物——ロスト・ジェムってなに？」

「〈アウトフィット〉が異常なほどのハイ・テクノロジー集団であったことは知っているわね？」

「我が身を振り返ると疑う気にもなれない」

にこりとしたディーバはディスプレイの画像を切り換えた。二つのオールヌード画像が表示される。右側はぼく。左側は彼女自身だ。あー、その、そういう方向性かね、今度は。

彼女はディスプレイ上のぼくを指先で愛おしげに撫でた。あーん、感じる。

「あなたの肉体に備わっているすべての能力……ヒト起動物質やバイオナノマシンの生成機能を中核にすえた不老不死をはじめとするすべては冷静に考えるかぎり現在でも夢物語よ。だから各国の軍部や諜報機関でも一部の人間だけしか〈アウトフィット〉に興味を示さなかった。現在、どこもそれほど熱心でないことはあなたもご存じのとおり。でなければGETではなくCIAとの戦いに陥っていたはず」

うなずいた。視線はどうしてもディスプレイの左側に向いてしまう。

「どうしたの、デビル」

「おいしそうで気が散る。もちろん、ぼくじゃないほうがね」

「嬉しい。見せたかったの、あなたに」

ディーバは笑った。

「そしてわたしたち〈エンジェル〉——Aシリーズもその点は同じ。つまりはなにもかも説明のつかないことばかり。たとえばAシリーズとNシリーズの宿命的な対決も。あなたに愛を捧げたくてたまらないのに、なぜ仲間割れをしてしまうのか。人間的な要素なのか、技術的な欠陥なのか？　心理学や社会学の問題なのか、純粋にテクノロジーの問題なのか？　わからないわ。自分は人間でもある、それが理由……そうも考えたくなるけれど、それだけでは解決しきれないの。〈アウトフィット〉についてすべてがわかれば明らかになることもあるでしょうけれど、その技術は破壊されるか散逸してしまった。なにしろいままでは〈アウトフィット〉がなぜあれほど高い技術を持っていたかも、どうやって成立した組織なのかもわからなくなってしまった。おそらく、永遠にわからないとおもう」

カテリナが口を挟んだ。

「理由がわかっても意味がない。あまりにも時代に先行した技術をもたらしたものはなにか？　天才たちの異常な努力？　タイムマシンでもたらされた未来の技術？　異星人の秘かな地球侵略？　どうだっていいのです、デビル。わたしたちの現実が変化するわけではないし……」ぼくを見つめ、はっきりといった。「わたしたちはいまの自分を変えたいとおもっているわけではありません。自分を哀れんでもいないし、ただの人間として生きたくもない。〈エンジェル〉である甘美さはそれほどのものです」

なんとこたえるべきか迷い、結局ありがとうといった。気持ちは伝わったようだった。いや、伝わらないことなどありえないのだ。

それに、すくなくともひとつは理解できた。

彼女たちはぼくを愛し、敬い——そのことに深く悩んでいる。高校生の意識を抱いたままモンスターであることを教えられたぼくと同じように。自分たちが愛のためであれば全人類を滅ぼしかねない存在であることに苦しんでいる。かつてフェンリルが告げたように、彼女たちにも人として生きた時間が存在したからだ。

　同時に、自分たちがそれほどまでに呪わしい存在であることを心からの喜びとともに受け入れている。

　ディーバへ視線を戻し、いった。

「つまり遺物ってのは〈アウトフィット〉の」

「そうよ。そして、世界中に散らばった〈アウトフィット〉の技術や資料を収拾すること。われわれに……いいえ、あなたに悪影響を与えそうな利用がはかられていた場合はそれを妨害すること、それが〈エンジェル〉の任務のひとつで、わたしの喜びよ、デビル。あなたをさらに深く愛するのに役立つかもしれないテクノロジーを再発見し、あなたの潜在的な敵を殲滅できる。これほどの喜びはほかにないわ」

　重ね重ねありがとう。

「つまり関係があるわけだ、遺物とGETには」

「あなたを襲ったGETヒットチームの遺伝子サンプルを入手したの」こともなげにディーバはいった。つまり警察庁内部に情報源をもっているというわけだ。彼女たちにとっては簡単なことなのだろう。サン・プリンセシアの女王《サッフォー》たちと同様、女同士《レスボス》の愛で満たしてやればいいだけのことだ。世界中の軍部や諜報機関にも隷属させられた女たちが存在しているに違いない。だから〈アウトフィット〉の二の舞に陥っていないのだ――ああつまり、これは〈ノバ〉も同じだな。

「採取された遺伝子サンプルにはごくわずかな改変が施されていた」

「奴らの戦闘能力は常人よりも高かった」

「――〈アウトフィット〉の技術が用いられている」

「警察庁も……ぼくの国の政府も気づいている？」

「遺伝子分析にミスがあったというレポートが提出されているわ――優秀な女性研究員から。サンプルを再分析すると、通常の結果がでることになっている」

　お見事。科学捜査研究所に火を放つよりもよほどスマートだ。

「わたしは知りたいの。GETが握っている〈アウトフィット〉の技術を。正面攻撃では破壊する余裕を与えてしまうからだめ。奇襲するには――情報が少なすぎる」

「潜入する必要があるわけだ」

「もちろん君が気に入らなければまた別の話になる、デビル」フェンリルがはっきりといった。「望むなら、いまこの瞬間でもセルバンティア島を破壊できる」

彼女はデスクにはめこまれていた小さなパネルへ手を押しつけた。上下に光がスクロールする。パネル脇の板が持ち上がった。鍵穴があった。彼女はほっそりしていた首からぶらさげ豊かな胸の谷間に挟んでいたキィをさしこみ、ひねった。

照明が赤くかわった。ディスプレイのヌード画像が消え去り、フレーム表示されたメルカトル図があらわれた。めまぐるしく拡大し、ルソン島最北部とセルバンティア島付近を含む海域が表示される。

フェンリルがいった。

「目標座標PH-N-30584A。作戦認証コード、〈ワイルドファイア〉。発令者、フェンリル」

凍ったような合成音が応じた。

『認証コード確認。オペレーション〈ワイルドファイア〉、プリ・アタック・プログラム・ラン。付近を航行中の核兵器搭載艦艇をサーチ中……』

洋上にグリーンの輝点がいくつも表示され、明滅する。その瞬間に赤くかわるものだけが残された。数は三つ。合成音が告げた。

『候補を確定。WF・アルファ、アメリカ海軍駆逐艦〈ナサニエル・ジョーンズ〉、五〇キロトン戦術核弾頭装備巡航ミサイル二発を搭載。WF・ベータ。中国海軍海洋観測艦〈洋拓《ヤンタア》-28〉、戦時敷設用一〇〇キロトン核機雷一発を極秘裏に搭載。WF・ガンマ、アメリカ海軍攻撃型原子力潜水艦〈サミュエル・スペード〉、五〇キロトン戦術核弾頭装備巡航ミサイル四発、一〇キロトン核魚雷四発を搭載……ハッキング準備完了。〈ワイルドファイア〉ロック解除を待ちます』

「準備は完了した」フェンリルはまっすぐにぼくを見た。さしこんだキィを示す。「君がうなずけばフェンリルはキィをまわす。われわれのコンピューターが各国艦艇へ偽物の攻撃命令をおくりこみ、本物の核兵器を発射させる。一五分以内にセルバンティアはガラス化した土におおわれた不毛の地《ノー・マンズ・ランド》にかわる」

「核戦争になりかねない」うめくような声になってしまった。

「だが、君の敵は消える」フェンリルは優しくこたえた。漆黒の瞳に哀切な色が浮かんでいたが、肌は歓喜に火照っていた。苦悩すると同時に、本当に喜んでいるのだ。ぼくのために核兵器を使用できることが嬉しくてならないのである。

「フェンリルはこういう女だ、デビル」彼女はいった。

「ご命令とあれば――」カテリナがいった。

「――わたしが」ディーバがいった。

ディスプレイを見た。

誘惑はあった。面倒だからすべて蒸発させてしまえ、という囁《ささや》きが甘く心に響く。同時に、〈エンジェル〉の愛情がどんなものかもおもいしっていた。いま、ただぼくのためだけに破滅をもたらすトリガーに指をかけているのはフェンリル、ぼくのためだけにつくられた至高の女なのだ。くそっ、ひどくうきうきしてしまうのはどうしてだ。わかりきった話だ。男のために、心からの愛情とともに核兵器をぶっぱなしてくれる女などこの世に何人いるというのだ？　ま、〈エンジェル〉は全員がそうなのだろうが。

「パス」ぼくはいった。

フェンリルはキィを抜いた。ディスプレイから地図が消え、デスクも元の状態に戻った。ぼくは女たちを見た。顔が上気し、目が潤んでいる。もっとも冷静に見えるフェンリルも例外ではなかった。

「潜入する」ぼくはいった。「ぼくが入りこむ。必要になったら君たちを呼ぶ」

「われわれが一緒では迷惑か」フェンリルがたずねた。

「そりゃ一緒のほうがいいよ。でも、〈エンジェル〉が乗りこめばGETは手持ちのデータを破壊してしまう。ぼく一人なら……そこまではしないだろう。〈アウトフィット〉の遺物を確認できないと困るんだろ？」

「君は待機していてフェンリルが……」

「ぼくの復讐だよ、フェンリル」

フェンリルが胸を抱きしめたのがわかった。彼女の中のマナ先生がそうさせたのだろうか。くそっ、かわいいじゃないか。

「情報が足りません」カテリナがいった。「せめて、われわれに隷属する者がでるまで待って……」

ぼくはにこりとした。

「たしかGETと〈ノバ〉は犬猿の中だよね？」

4

翌日、ぼくはフィリピンにいた。〈ウロボロス〉に搭載されていたV22オスプレイをもちいた入国は楽なものであった。サン・プリンセシア王室関係者という名目でメトロ・マニラ――首都マニラにこっそりと、しかし外交的にはなんの問題もなく乗りこんだのだ。ま、こまかいことはどうでもいい。現在位置は、市街中央を東西に流れているパシグ川の南岸側にあるマテラ地区のホテル・ロイヤル。時間は午後二時である。

ぼくの前にはかわいらしい銀の食器に盛られた二つ目のバニラアイスが置かれていた。ちなみに、身につけているのは真新しい麻のサマー・スーツ。ま、政府高官が麻のシャツで公式行事に出席してしまうこの国では正装もいいところだ。ちなみにスポーツバッグに入っていたやつではない。〈エンジェル〉があらためて用意してくれたものだ。他の女が選んだ服など着せてなるものか、ということらしい。うはは。

腰掛けているのはコロニアル建築の古びたホテルの中庭に面したおフランスにあるようなオープンカフェのテラス席である。円形テーブルにはパラソルがついているが、じりじりと締めつけるような日差しと湿気の前ではたいして役には立たない。とはいえ夏の東京にくらべるとおどろくほど快適な暑さだ。

しかしホテルの客はそうおもわないらしい。おかげでテラス席は貸し切りである。

が……実は、それこそがこの店を選んだ理由でもあった。

いままさに貸し切り状態であるように、酷暑のもとでのオープンカフェともなればよほどのバカか物好きでもなければテラス席を使おうとはしないからだ。普段は開け放たれているガラス戸を閉じた店の中からあえぐようにあらわれたウェイター（もしかして、ギャルソンと呼ぶべきなのか？）には頭がおかしいんじゃないかと疑われてムカついたけど、ま、いい。こちらはだれにも聞き耳を立てられずに人と話すことができればそれでいいのだ。

つまり、密談には最適というわけだ。

そうなんだ。ぼくは一人で座っていたわけじゃない。円形のテラス席にはほかに二人いた。二〇代に見える男女だ。男は向かって左側、女は右側に座っていた。驚くべきことに、この暑さのなかで汗ひとつ浮かべていない——ぼくと同じように。この二人、仇敵《きゅうてき》同士ってことになるのだが、いまこの瞬間だけは騒ぎをおこすことはない。ぼくがそう頼んだ（命じた）からである。

「暑くはありませんか、デビル」

その手の趣味の人ならばひとめみただけで卒倒しかねないほど美形のお兄さんがたずねた。完璧な女顔にシルバーブロンドの白人である。瞳の色と同じ薄いブルーのサマー・スーツがイヤになるほど似合っていた。さきほどからウェイトレスたちの熱い視線を浴び続けているのも当然であった。飲んでいるのはホットコーヒーである。シブイ。

「暑いさ、もちろん」ぼくはうなずいた。

「情報として認識しているだけだ。体調に影響は与えない。デビルはすでに発現している」液化窒素なみにクールな声で口を挟んだのはウェイターの視線を一身に浴びている右側のお姉さん。これまたのけぞるような美女で、パリコレの新作をさらに洗練させたようなオフホワイトのジャケットにホルターネックのブラウス、脚の長さと美しさをいやがうえにも強調するスリムパンツを身につけているが、こちらは日本人ぽい。

「それはわかっている、フェンリル」

一五分前、ぼくを仰ぎ見るように見つめながらアドニスと自己紹介したお兄さんは彼女にこたえた。

「わたしが〈ウロボロス〉からの通信に従ってここにやって来たのはあくまでもデビルがそれを望まれたからだ。ほかに理由はない」

「ならばくだらぬ前置きは必要あるまい、アドニス」フェンリルは冷然と応じた。

アドニスは熱っぽい視線をぼくに向け、どこか心細げに微笑んでからたずねた。

「GETについてお知りになりたいということでしたが」

「理由はもうわかってるよね」

「はい、デビル」アドニスはうなずいた。辛そうな、悔しげな……ともかく済まなさでいっぱいの顔だ。「潰しておくべきでした、われわれの手で」

「ぼくのために残しておいてくれたんだろ」

「……そのつもりでした。まさかかれらがこうも素早くあなたを襲撃するとは」

「ぼくも間抜けな失敗を数限りなくしている。完璧でも万能でもないからだ。〈ノバ〉も同じというだけのことさ。あなたを責めるつもりはないよ、アドニス」

アドニスは憂《うれ》いを帯びた顔をほころばせた。

「あなたの発現を待つまではひたすら準備を整える、そうして生きてきました」

「それが〈ノバ〉穏健派リーダーとしての――」

「いいえ、あなたの忠実にして絶対のしもべとしての生き方です、デビル。あなたが君臨を決意されたその瞬間、わたくしは一個の奴隷にたちかえります」

溜息をこらえるのに苦労した。

〈ノバ〉はワルモノ、〈エンジェル〉はイイモノ、そうあっさりとわけられたらどれほど楽なことだろう。

実際は、かなりややこしい。

〈ノバ〉はいくつもの戦争や紛争に関わっている――穏健派と強硬派の別なくだ。いい加減な国や煮詰まったテロ組織を焚《た》きつけて戦争を引き起こしたことすらあるのだ。

目的は世界征服などではない。いざというとき、ぼくが介入しやすい状態をつくりだすことである。〈ノバ〉の美形たちは、混沌のなかでこそぼくの力が発揮されると信じているのだ。つまり適度な混沌によってぼくをトレーニングし、その際にさらされるストレスによる『進化』の加速を願っているわけである。ムチャクチャだ。

が、一方の〈エンジェル〉がその名のとおりの存在かといえばこれまた大違い。

過去、ぼくの美しい女奴隷たちは世界のあちこちから寄せられた救いを求める声に幾度も応え、問題を実力で解決してきた。紛争を未然に防いだことも一度や二度ではない。

だが、その目的は世界平和などではない。

ぼくにとって安全な世界をつくりだすためだったのだ。彼女たちの真王であるＤ-17が、のびのびとした気分で世界を裏口からコントロールできるように、ぼくが介入する際に邪魔になりそうな問題をあらかじめ潰しているのである。そのためには核使用もためらわないのはぼくが見せつけられたとおりだ。たしかに、滅びた世界ほど安全な場所は他にあるまい。

ともかくだ。〈ノバ〉も〈エンジェル〉も、正義なんてものとは無縁なのである。なにもかもがぼくを中心にめぐっているのだ――といえばいかにもな感じだが、中心におかれた本人にしてみればたまったもんじゃない。

正直グレたくなってくる……。

いや、グレたのだ。フェンリルを置き去りにしたのは家出のようなものだった。それはＧＥＴに襲われる隙をつくりだすことにもなった。

そして、女を死なせた。

アイスクリームが溶けるのをしばらく眺めたあとでようやく言葉がでた。「奴隷《スレイブ》。みんなそう口にする」

自分でも信じられないほどに冷たく険《けわ》しい声だったが、止まらなかった。

「奴隷《スレイブ》。そいつはすごい。しかしかんがえてみてくれ。ぼくはその奴隷《スレイブ》の一人からひどい目にあわされたばかりだ。奴隷《スレイブ》。なんとなく嬉しいし、君も嫌いになれそうにもないさ、たしかに。奴隷《スレイブ》。しかし、そう簡単に受け入れられなどしない。奴隷《スレイブ》。ぼくはついこのあいだまでろくでもない高校生だった。それがいまじゃあ怪物じみた肉体の持ち主で、人殺しはオナニーよりも得意で、好みの女を目にすると犯さずにはいられなくなってる。奴隷。奴隷？　奴隷！　本当にそうおもってるなら、すこしはこっちの気分を考えてくれてもいいだろう。いいか、忘れないでくれ。いまのぼくは君たちにふさわしい主人《マスター》などではない。自分が何者だかわからない、ただの高校中退者だ。好きになった女一人守れない、彼女の復讐すら一人では果たせない根性なしにすぎないんだ。こいつは自己卑下なんかじゃない。そんなことをするつもりはない。本当にそう考えているんだ」

　ラップじみた演説をつづけているあいだ、アドニスは秀麗な顔を引き締めたままだった。しかし瞳は濃い青にかわり、頬はバラ色に染まり、ルージュを塗ったように紅い唇は妖しく艶めきはじめた。

　うっとりとした声でかれはいった。

「あなたがそうであるからこそ、お仕えする喜びもいや増すのです、デビル。個人差はありますが、われわれはすべて人として生きる時間を持ちました。あるいは自分もただの人として生きられるかもしれないと考えたことすらあります。しかし過ちだった。過ちだったのです。われわれはあなたなくして満たされず、あなたに抱きしめられる日をおもうほか、自分を慰めることすらできません――それが罪でしょうか？　あなたと同じように、望んでそうなったわけではないのです。そうつくられただけ……その事実を受け入れただけなのです。あなたの言葉を、デビル、理解してください。苦しみはあなただけのものではありません。なにかを失ったのはあなただけではないのです。そしていまは幸福です。あなたの怒りを浴びています。罵られています。永遠に失われることのない主人の言葉を賜《たまわ》っています――わたしは歓喜に包まれています」

　アドニスの手がそっとぼくの左手をつかんだ。そのまま自分の股間にはこんでいく。掌に、たくましくたちあがったものが熱く感じ取れた。びくびくと脈動している。

アドニスは静かにいった。

「このようなわたしに、他の生き方が許されるとおおもいですか、デビル?」

　吐息は炎のように熱かった。ぼくの言葉が号泣であったとするなら、かれの言葉は悲鳴であった。人としての絶望と、奴隷としての歓喜をともに味わいながら核攻撃プログラムの発射キィを握っていたフェンリルと同じだった。

　痺れるほど握り心地のいい硬いもりあがりから手を外した。スプーンでアイスをすくおうとして、それがもうどろどろの液体にかわっていることに気づいた。ナルシスと過ごした異様な時間をおもいだした。

「ともかく、そちらの問題についてはもうすこし時間がほしい」スプーンで銀器を叩きながらぼくはいった。

　アドニスがいった。

「われわれは待ちます。あなたのために準備を整えながら」

　つまりは世界のあちこちでぼくの教育に役立つ陰謀を企みつづけるということだ。

「で、GETについては」

　アドニスは話した。いくらか詳しい内容だが、決め手にかけていた。

「わたしがはなすより、あなたの質問にこたえたほうがいいようですね」アドニスはいい、取りだしたDVDのケースを滑らせた。「〈ノバ〉の知るGET関連の情報すべてがここに記録されています。確認に用いてください」

「遺物について関心をもたなかったのか」ぼくはたずねた。

「持たないはずがありません、デビル」アドニスは目をしばたかせた。「GETが〈アウトフィット〉の遺物を手に入れた可能性は一〇年前から検討の対象でした。しかし当時は他に緊急性の高い問題もあり……〈ノバ〉もいまほど強固ではありませんでした。〈エンジェル〉がサン・プリンセシアを事実上占領したのと同じ時期です」

「〈ノバ〉にもそういう場所があるわけだ」

「ドイツ―フランス国境の小国フェルシュテッケン公国。カリブ海の島国メルニコ。いつでもおいでください」

　お互いの本拠を知りながら攻撃しあわなかった理由は話さなかった。おそらく、損害を恐れていたのだろう。全面戦争に突入して大損害をだしでもしたら、ぼくの教育ができなくなってしまう。

「その後もGETの遺物を放置した理由は」

「GET自体も――すくなくともヘッドクォーターは知

らなかったからです。セルバンティアには〈ノバ〉に隷属した者を何度か送りこんだのですが」肩をすくめた。

成果があがらないうえに消された、ということだろう。

「そののち、われわれの活動はあなたの発現に備えたものになりましたから……遺物捜索は優先度がさがりました。正直なところ、〈ノバ〉の大部分にとって〈アウトフィット〉はエンドマークのうたれた物語です。あなたがいてくださる、そのほうが重要です」

過去より未来をみつめよ、か。ああ、もう、これだから困るのだ。〈ノバ〉にまで好意じみたものを覚えてしまう。

それとも、これもかれらの王たるものであるがゆえ、なのだろうか。

ムチのような声が響いた。

「言葉を飾るな、アドニス」フェンリルはいった。「ナルシスたちが分離したことで戦力が低下しただけのことではないか」

「リーダー自身が奴隷の悦楽に浸っている〈エンジェル〉にいわれる筋合いはない、フェンリル」アドニスはいいかえした。

リーダー？　そういえば……。

「〈エンジェル〉のリーダーはだれなんだ？」

「〈エンジェル〉に君臨するのは君だけだ、デビル」フェンリルはいった。

「彼女です」アドニスがいった。「フェンリルがリーダーです」

「わたしは奴隷だ。デビルの側にいられるだけでいい」

「わたしがそれを望まなかったとでもおもっているのか」アドニスは声を荒らげた。悲痛な響きが含まれていた。「おまえを羨《うらや》まなかったとでもおもうのか、フェンリル。リーダーの特権を乱用してデビルの傍らへ潜入するのみならず、別人格をインストールして奴隷頭としての義務もごまかした……ある意味、おまえは〈エンジェル〉さえ裏切った。そこまでできたお前をわたしが妬《ねた》まなかったとおもうのか」

「耐えられなかった」フェンリルはこたえた。子供のような声だった。「デビルの居所がわかったあとは、ひとときたりとも離れていたくはなかった」

くそっ。

ぼくが置き去りにしたのはこれほどの女なのだ。

アドニスの身体は震えていた。怒りではない。羨望《せんぼう》だった。かれは、本当にフェンリルを羨んでいた。

ああもう、わかったよ。

両手を左右にのばし、二人の手を握った。しっかりと握り返してきた。

愛情と忠誠と熱意に満ちた二人の美しい奴隷を交互に見た。表情がこわばっていた。一瞬戸惑ったが、唐突にその理由におもいいたった。

おそれているのだ。

クールで、美しく、最強の戦士であるぼくのアニマとアニムスは、遺伝子にプログラミングされた主人に嫌われることを子供のように怖がっている。立場の違いを超え、自分たちが不要であると告げられることだけをおそれているのだ。

畜生。

なんて押しつけがましい、なんて迷惑な……なんと哀れな超人たちなのだ。

そして、なんと愛おしい奴隷たちだろう！

体内で異質な熱がのたくっていた。二人の頬がますます赤らんでゆく。こわばりがほどけ、濡れたような笑みにかわった。

かれらにもわかったのだ。ぼくの肉体から放出された強烈なヒト起動物質を全身で受け取ったからである。

「わが主よ……」うっとりとアドニスがつぶやく。

「……」フェンリルは無言のまま熱に浮かされた目をぼくに据えた。

そのままアレな方向に突っ走らなかった理由はただひとつだ。

邪魔者に気づいたのである。

溶けたアイスクリームの入った銀器の縁に、小さな赤い点が映えていた。

自分から動く必要はなかった。アドニスとフェンリルが同時に跳ね、ぼくを床に押し倒していたのである。息のあったコンビのように見事なタイミングでテーブルを蹴り、楯がわりにする。

レンガ敷きの床に倒れこんだ直後、テーブルにぶすぶすと穴が空き、木片が飛び散った。銃声は聞こえなかった。サイレンサーを用いているのだ。

フェンリルはゆったりしたジャケットの内側からワルサーＰＰＫ／Ｓを抜きだしていた。

アドニスは余裕をもってつくられたサマー・スーツの内懐からファブリク《F》・ナツィオナル《N》・ファイブ・セブンを手にしている。共におそろしいほどの早業であった。

ま、ぼくは倒れこむ前にホルスターからＵＳＰコンパクトを抜き終わっていたのだけれど。

「右上六階だ」ぼくはいった。銃火のかすかなきらめきを目撃していたのである。

アドニスはさっと右腕だけを掲げ、ぼくの教えた場所に向けてトリガーを絞った。かれのFNファイブ・セブンは機関銃のような勢いで5・7ミリ弾を吐きだしつつ薬莢をまき散らした。女性のように白くほっそりした腕は微動だにしていない。

フェンリルも同時に行動を起こしていた。テラスとホテルを仕切っているガラス戸にPPK／Sを向け、二度、トリガーを絞った。信じられないほど大きな銃声を轟かせた小型拳銃から放たれた9ミリ弾がガラスを粉砕する。退路を確保したのだ。

ビルから新たな銃火がおこり、テーブルにまた穴があいた。床のレンガを砕き、あさっての方向へ飛び跳ねる。

「自動狙撃ライフルだ。おそらく7・62ミリ。サイレンサーを使っている」マガジンを交換しながらアドニスが口早にいった。

「二秒だけ制圧しろ、アドニス」フェンリルがいった。

「了解した」

マガジンを素早く交換したアドニスは再びビルに向けて速射した。

「デビル！」フェンリルが叫ぶ。

ぼくは屋内に跳んだ。周囲にぶすぶすと銃弾が突き刺さり、撃ち抜かれた床から木片が舞いあがる。ガラスが割れ、屋内のテーブルが弾丸で打ち砕かれる。酒瓶が粉々になり、甘ったるいマール《ブランディ》の香りが拡がる。屋内にいた客たちは座席で腰を抜かし、悲鳴をあげていた。いかにも女にもてそうなあのギャルソンの兄ちゃんは床にへたりこんでいた。ズボンの真ん中から染みがひろがり、湯気が立ちのぼっている。バカにする気にはなれなかった。むしろそれが当然なのだ。二〇〇〇円で人を殺す奴がごろごろしているフィリピンとはいえ、時と場所は選ぶものだ。

ぼくに続いて屋内に駆けこんだフェンリルは遮蔽物がわりの柱に身を隠し、ワルサーをビルに向けた。ちょっと以上に恥ずかしくなった。逃げることばかり考えていて、アドニスの援護を忘れていたのだ。

「アドニス！」ぼくは叫んだ。「何人だ」

「三人に増えました。ビルの屋上にもう一人。あと一人は——」

斜め右の向かいのビル、三階の窓から銃火がきらめいた。USPコンパクトを向け、トリガーを二度しぼる。親指と人差し指の間に突き刺さるような反動の直後、こちらに向けられていたレーザー光がおどり、人影が消えた。一瞬だけ、ライフルの形がみてとれる。ここのところずいぶん勉強したので、なんであるか見当がついた。PSG‐1だ。六五〇メートルまでであれば最高の精度を誇る7・62弾をもちいる自動狙撃銃である。

「援護する、飛びこめ！」フェンリルが叫んだ。

ぼくらは残る二人のスナイパーに向けて銃を放った。精密な狙撃用スコープやサイレンサーをつけた自動狙撃ライフル――を相手にして、拳銃でどうなるものではない。それが普通だ。

しかし、銃を握っているぼくらは普通ではない。

ぼくは三発で二人目のスナイパーを射殺した。フェンリルは四発目で相手の頭を砕いた。

アドニスが跳んだ。狙っているのは三人とは限らないのだから、それでいいのだ。

新たな襲撃者の姿を目にしたのはその時である。

右側の三階に、四人の人影が見えた。

三人はM16A2を構え、乱射してくる。

そして最後の一人は――太い鉄パイプのようなものを肩に構えていた。

「ロケット・ランチャー！」

フェンリルが叫ぶと同時にぼくは後方へ飛びのいた。携行型の使い捨てタイプだから、着弾点からほんの五、六メートルでも距離をとっておけば、ひどい傷を負わずに済むはずだ。おお、勉強って大事だ。

ぼくが奴隷たちの真価を知ったのはそのときだ。フェンリルとアドニスが、争うように覆い被さってきたのである。爆風より飛び乗ってきた体重のほうが辛いほどだった。

そのまま両脇を抱えられる。ホテルの奥へひきずりこまれた。エレベーター・ホールにでる。

「もういいよ」振り払いながら立ちあがり、二人を見た。

「怪我は？」

「問題ありません、デビル」アドニスがジャケットの汚れを絹のハンカチで払いながら応じた。フェンリルはなにもいわずにマガジンを交換している。

パニックに陥っている人々をかきわけ、銃を手にした美しい男たちと女たちが駆け寄ってきたのはそのときだ。

「なにをしていた！」アドニスは傲慢《ごうまん》とさえいえる態度に変わった。

「状況を報告しろ」フェンリルのクールさは背筋が凍るほどだった。

「すべての部屋を調べる時間はありませんでした」FN・P90TRを手にしたスラブ系の美少年が強張った顔でこたえた。

「一部が〈ノバ〉と共同して捜索中」H&Kユニバーサル・マシン・ピストルを片手にさげた艶光りする漆黒の肌を持った大柄な美女が短くいった。

アドニスとフェンリルが同時にぼくを見た。

「君たちに怪我はなかったのか――他の人たちにも」ぼくは〈ノバ〉と〈エンジェル〉のメンバー双方にたずねた。二人の顔がぱっと明るくなり、口々にありません、とこたえた。アドニスとフェンリルが同時に溜息を漏らしたのがわかった。

うなずいたぼくは駆けだし、ぶっ放してきた連中のいた階へと続く階段を駆けのぼった。背後から足音が響いてきたが、それがだれなのかを確かめる必要はなかった。

一〇秒もかからずに三階へあがった。最後の一段を力一杯踏み切り、走り高跳びのようにとびあがる。

通路の奥から銃声が吠《ほ》えた。甲高い突撃銃の銃声であった。床や壁に弾着し、破片や埃を飛び散らせる。

しかしぼくは宙を飛んでいた。飛びながら身体をねじり、狙いをつけた。床から三メートルあたりの壁に足からぶつかる。膝で衝撃を吸収し、むりやり造りだした一瞬の安定のなかで床と並行した姿勢をとって速射を浴びせてやった。USPコンパクトのマガジンはたちまち尽きたが、伝わってきた弾の衝撃波の反射から全弾が命中したとわかっていた。

落下しつつマガジンを交換した。再び身体をねじって着地し、駆けだす。ようやく追いついたフェンリルたちがぼくの後に続いた。

廊下には三人の死体が転がっている。白いタイルを、暗い色をした血が汚していた。

ドアから男があらわれた。ぼくが構える前にフェンリルたちが射撃する。多数の弾を浴びた男はぼろ布のようになって即死した。

男があらわれたドアに近づいたところで、室内からなにかが転がってきた。キーウィ・フルーツをおもわせる形状の金属。花火のような音が聞こえる。

「伏せろ！」

叫ぶなり、アドニスの左腕へ右腕をからませた。そのまま身体を回転させ、サッカーボールをシュートするように室内へ蹴りいれる。その勢いのままかれとともに倒れこんだ。

爆発音が響き、ドアが外れ、室内から白煙が噴きだした。

すばやく立ちあがり、飛びこむ。目についた奴を問答無用で射殺した。ただし――顔は狙わない。

「デビル」駆けこんできたフェンリルがいった。アドニスたちも部屋に突入してくる。普段は仇敵どうしだというのに、完璧なコンビネーションであった。

「一人は生き残らせるべきでした、デビル」教育的指導のつもりか、アドニスがいった。

「相手はプロだ。最低限の情報以外、教えられていない。なんの役にもたたなかったさ」ぼくはこたえた。里沙から教わったことだ。

足元に転がる死体を目にしたとたん、なんともいえない気分になった。

「デビル？」アドニスが見つめた。

なんでもないよ、とこたえながら首を振った。血まみれになり、虚ろな、光を失った目でぼくを見あげているのはミスター・ジョン・スミスだった。気分を変えるにはアドニスにキスをしなければならなかった。いや、フェンリルでは不足だったわけじゃない。彼女が相手ならば、その場に押し倒してしまっただろうからである。

5

フィリピン空軍のマークをつけた迷彩塗装のＣ１３０戦術輸送機は四基のターボプロップ・エンジンをうならせながら高度一万メートルに上昇した。まともな照明などない機内は構造材やケーブルや油圧パイプが剝きだしになっている。旅客機では小ぎれいなパネルによって隠されている航空機の神経や血管や骨格であった。

「まもなく降下点だ、デビル」フライト・ヘルメットに酸素マスクをつけたフライト・スーツ姿のフェンリルがいった。

「フィリピン軍の動きは？」ぼくはたずねた。とんでもないスタイルになっていて、動くのも一苦労であった。ノーメックス・スーツの上に降下服、んでもって胸には酸素ボンベ。背中にはパラシュート。もちろんフライト・ヘルメットに酸素マスク……そのうえに武装がひとかかえ。

「問題ない。〈ノバ〉の手配りは入念だ。われわれの〈ウロボロス〉同様、〈ノバ〉の〈アネモネ〉も近海で待機している」

〈アネモネ〉は〈ノバ〉が太平洋海域で運用している船だ。バイオレットに塗られた昔の豪華客船のような外見の船で、かれらが陰から支配しているカリブ海の国、メルニコの政府公用船ということになっている。むろん、実態は〈ウロボロス〉同様、イージス艦一ダースよりさらに強力な多用途戦闘システムを備えた強襲揚陸艦に近い。船名がなんとなく軟弱な気がするけれど、ギリシャ神話におけるアネモネは猪に突き殺されたアドニスが流した血から生まれた花とされている。キリスト教ではイエスの復活の象徴として扱われるため、イースター・フラワーという呼び名もある。なかなかに象徴的な、血なまぐさい名前というわけである。

「仲良くしてくれて助かったよ。後のことはよろしく」

フェンリルがかっちりと締めなおしてくれたマスクに押さえつけられながらもごもごと話した。酸素のおかげで呼吸が楽であった。

これから一人でセルバンティア島へ潜入するのだ。必要な機材は〈ノバ〉がフィリピン軍から調達した。軍隊は基本的に男が主導権を握っている世界で、先進国だとはいいきれない国であればあるほどその傾向が強くなる——つまり、〈ノバ〉が食いこみやすい組織だということだ。このC130も〈ノバ〉に隷属しているフィリピン空軍の軍人たちが用意したものだった。パイロットは極秘の訓練飛行任務だと教えられ、ついでに一〇〇〇ドルほどのボーナスが支給されている。もちろん軍からでた金ではない。

「敵意が消えたわけではない。デビルのために協力しあっただけだ」フェンリルは時計を確認した。「ランプを開放する」

命綱をつけて機体後部左側に立った彼女はそこに設けられたボタンを押しこんだ。斜面のように見えていた機体後部が口を開け、下にさがっていく。闇がながれこんできた。下界にひろがるのは暗い雲海。空には無数の星が輝いている。雲と空の境界はかすかな丸みを帯びていた。地球の円周を感じ取れる高度なのだ。

彼女へ近づいた。バイザーの向こうからのぞく瞳に感情はうかがえない。だから、そっと抱きしめた。彼女はびくりと震えた。

「勝手なことばかりして悪かった。謝る」

ようやく詫びがいえた。

ほんのしばらくの沈黙のあと、彼女はいった。

「フェンリルはおまえのものだ、デビル。それを忘れるな」

「わかった」

ぼくをそっと押し放しながら小さな声で彼女はなにかをつけくわえた。

青いランプが点った。フェンリルが肩を叩いた。撫でられたように心地よかった。

「じゃ、ちょっといってくるから」

装備は完全だ。〈ノバ〉が揃え、〈エンジェル〉が確認し、ぼくも自分の手で確かめた。

手順もわかっていた。別に大した意味はないのだが、深く酸素を吸いこんでからランプに向けて駆けだす。高高度降下。たいていの人間にとっては手のこんだ投身自殺とかわらないテクニックだ。むろんぼくは初めてだが、必要な知識は覚えこんでいる。あとは実地でやるしかない。恐い？　当たり前だ。イヤだ？　そのとおり。くそっ、なにごとにも初めてはあるのだ。

四歩で宙に飛びだした。道路へ叩きつけられたカエルのような姿勢をとって手脚を曲げた状態に保つ。バランスが崩れそうな時は手をほんのすこしだけ動かしてコントロールする。気を抜けば空中で横転したり、きりもみに陥ってしまう。飛ぶような、泳ぐような気分のままバイザーの内側に投影されるグリーンのカウントに注目していた。降下速度、秒速六二メートル。地上に達するまでの時間はわずか二分四〇秒あまり。パラシュートが開くのは高度一二〇〇メートル。各国の特殊部隊が採用している降下潜入テクニック、高高度降下《HA》／低高度開傘《LO》ではそれが当たり前とされている。常人がどうやってそんなことをできると考えついたのか不思議でしかたがない。

高度のカウントは六九〇〇メートル。まだ道のりは長い。

ヘルメットの中には轟音が響きわたっていた。自由落下するぼくと大気の激突がつくりだす音だ。雲海がぐんぐんと迫り、意識の片隅に恐怖が首をもたげる。拡がりきらないうちにその中へ突入した。バイザーがたちまち曇った。

表現の難しい暗いうねりに満ちた雲をたちまち抜ける。地上は墨を塗りたくられたように暗い。地獄の底へ向かっているような気分になっている。このままどこまでも落ちていくのではないか、そんな恐怖が突きあげてくる。生まれて初めての空挺《くうてい》降下がＨＡＬＯだなんて、この世にぼく一人だけだろうとうぬぼれて気分を盛りあげた。

ヘルメットの中で警告音が響いた。なにを教えているかわかった。高度計の設定にあわせて、自動開傘《かいさん》装置が作動したのだ。

　パラシュートが放出される。大気をはらみ、たちまち膨らんだ。猛烈な勢いで上に引っ張られる。パラシュートの形状はあの雨傘型ではない。パラグライダー用のパラシュートを細身にしたようなものが左右に一つずつ開いていた。

　ぼくは肩から下げられている二個の握りを摑んだ。これを引っ張って傘の角度を調整し、パラシュートを『操縦』するのだ。

　意識を集中し、地上の様子を確認する。海岸から少し入りこんだ場所であった。地図や写真でたしかめた地形と頭の中で照らしあわせ、予定どおり島の南部に降下しつつあることを確認した。

　右手前方に手頃な空き地がある。握りを引っ張ってパラシュートの角度を調整し、進路をそちらに向けた。パラシュートは落下速度を急激に殺し、地上はじりじりと迫るパノラマへと変化した。

　着地のショックは、階段を一段飛びおりたときよりも弱かった。しかし草地を踏みしめた瞬間に覚えた安堵感は射精に近いほどの安らぎであった。

　即座にパラシュートを外す。紐を巻きこんでたぐりよせ、丸めた。パラシュートの布地は黒色無反射。C130はレーダーで探知されていても、ぼくは見つかっていない……といいが。なにしろこの島にいるGET戦闘要員《オペレイター》の全員がHALO経験者で、それをおこなう航空機の飛行特性を知り尽くしているはずだ。

　下生えにパラシュートを隠した。酸素マスクとボンベを外す。荷物を外し、ヘルメットや降下服も脱ぎ捨てる。いちおう5・56ミリ・ライフル弾には耐えられるはずの防弾ベストのずれをなおし、あらためてバックパックを背負い、武器に被せてあったカバーを取り去った。

　顔をだしたのはひどくごてごてとした銃だった。基本は突撃銃なのだが、殺人光線を発射しそうなメカメカしさに角張っている。XM29オブジェクティブ・インディヴィデュアル・コンバット・ウェポン――OICW。アメリカ陸軍が21世紀の歩兵装備として開発していた歩兵用統合兵器だ。過去形なのは開発が中止されてしまったから。機能を山盛りにしたため、身体の大きなアメリカ兵ですら持ち歩くのが辛い重さになってしまったのである。おまけに、価格が上昇しすぎて大量装備は不可能だった。５・５６ミリ弾を放つ突撃銃、20ミリ・グレネード弾を連射できる自動擲弾銃、射撃統制コンピューターとビデオ付きの昼夜兼用照準器といった各コンポーネントがひとまとめにされているのだからそれも当然である。

　両肩へタスキのようにめぐらせ、利き腕側の肩からさげたストラップを銃底とつないでぶらさげるタクティカル・スリングで銃を安定させると、射撃統制コンピューター《FCS》を作動させた。ゴム製アイピースの向こうに緑色の世界がひろがり、中心に紅いドットが浮かんだ。試しに手近な岩をとらえ、サイトの左横に備えられたスイッチをひねってみる。レーザーがはなたれ、即座に距離が表示され、ドットがかすかに動いた。自動的に照準を調整したのだ。はたしてこれは最初からついていた機能なのだろうか。開発の打ち切りでがっくりきていたアライアント・テックシステム社から試作品をごっそりと盗みだした〈エンジェル〉が改造してしまったのかもしれない。なお、突撃銃コンポーネントにはセミオートとトリガーを絞るたびに二発ずつしか連射しない二発制限点射《ツー・ラウンド・バースト》が備えられていたが、ぼくにあわせ、点射《バースト》機能を普通のフルオート――連射へと変更してある。

　カーナビのように地図まで表示するＧＰＳ受信機で位置と方位を確認し、そろそろと歩きだした。下生えを踏む音すら気に障るが、踏まずには進めない。

　左前方二〇〇メートルほどの木陰から、ぬっと黒い影があらわれた。ぞっとしてＸＭ29を構える。サイトに浮かびあがったのは人間ではなかった。見事なツノを持つ鹿である。むろん島にもとからいたものではない。ＧＥＴがハンティング・ゲーム用に放したうちの一頭だ。

　ゆっくりと息を吐きだし、銃を降ろした。汗がでるなら冷や汗まみれになっていただろう。闇を透かして種類のわからない鹿を見た。闇のなかで、微かに瞳が星明りを反射していた。

　アドレナリンが大量に放出されたのはその瞬間であった。鹿はぼくを警戒しているのではなかった。ぼくの右側に目と耳を向けていた。

　腰をかがめ、ＸＭ29を構えかけた。闇の向こうで発射炎がきらめいたのはその瞬間であった。

6

　銃弾の唸りが周囲の空間を切り裂く。曳光弾《トレーサー》を用いていた。身体を横滑りさせ、下生えに身を隠しながら発射炎がきらめいた場所へフルオートで弾を浴びせかける。

緑色の世界に白い人影があらわれ、のけぞり倒れた。銃が重いため、反動と跳ねあがりは驚くほどに弱い。

新たな発射炎が左側八〇メートルほどの位置からきらめき、周囲の草を引きちぎる。今度は木の根元を遮蔽物がわりにし、銃を幹へ押しつけて安定させながら発砲する。二人ほど射殺できたようだ。

耳に覚えのある響きを聞き取ったのはそのときであった。乾いた破裂音。グレネード・ランチャーの発射音だ。

強引に闇のなかをダッシュした。後方で次々に爆発がおこる。破片が耳元をかすめ、全身を恐怖に包んだ。くそっ、小便が漏らせるのなら漏らしたい。

手頃な岩を見つけ、その陰に身を隠す。むろん背後に擲弾を放りこまれては隠れていても意味がないから、即座に反撃へ転じた。

セレクター・レバーを自動擲弾銃へ切り換えた。スコープのゲージがグレネード用に変化した。逃れながら視界の隅で確認していた敵の潜むあたりをスコープでとらえ、適当な距離が表示されたところで入力レバーをはじいた。ドットがかすかにずれ、ＧＲ／ＡＢというアルファベットの後ろに数字が示され、明滅する。射撃統制コンピューターが目標までの距離をとらえ、20ミリ擲弾に備えられたチップに爆発までの時間や高度を入力したのだ。

まるでＳＦだな、とおもいながらトリガーを絞った。

突撃銃コンポーネントの上に装着された――というより、XM29の大部分をなしている自動擲弾銃が吠えた。20ミリ擲弾が飛びだす。目には見えるが、走って逃げるには速すぎるスピードで敵の頭上に達する。空中で炸裂した。

破片が飛び散り、下草がなぎ倒され、悲鳴があがった。ＸＭ１０１８ハイ・エクスプローシブ・エア・バーステイング――空中爆発擲弾《ＨＥＡＢ》はマガジンに装塡された状態で射撃統制コンピューターからのデータを入力され、発射後、狙った地点、指定した高度での爆発をおこして敵の損害を拡大するチップを搭載しているのだ。20ミリという擲弾《グレネード》としては最小級の口径であるにもかかわらず、アメリカ軍などで長く使われてきた40ミリ擲弾よりも兵器としての有効性は高かった。その理由もわかりやすい。

これまでの擲弾は地面や物体に命中しなければ爆発しない触発信管式で、破片や爆風を効率的に周囲へ飛び散らせることができなかったからだ。手頃な大きさの箱とそこにおさまる大きさのゴムボールを思い浮かべればこれは簡単に理解できる。箱が攻撃をくわえる部屋や陣地、ゴムボールが爆発した擲弾によって敵を倒せる範囲だ。箱にボールをそのままいれた場合、最大の体積を破片や爆風で叩けるが、仮に擲弾が壁や床にあたったときにしか爆発しないとすると、真っ二つにきったゴムボールの片側だけが被害を与えられる範囲になる。もう半分は床や壁に遮られてしまう。後者がこれまでの擲弾で、前者がＸＭ１０１８ＨＥＡＢというわけだ。

擲弾の爆発を確認するとさらに位置を変え、右奥から擲弾を放っている連中に狙いをつけた。再び20ミリ擲弾を放った。こんどはトリガーを絞ったままにしたため、六秒に一発の割合で発射され、続々と奴らの頭上で爆発する。闇のなかで引きちぎられた腕や頭の一部が飛び散る様子をはっきりと目撃した。

空になった擲弾の六発入りマガジンを抜き、予備と交換した。自動擲弾銃の薬室《チャンバー》へ装填し、時速六〇キロ以上で匍匐《はいはい》前進する。敵がどれだけいるのかわからないし、どれほど準備を整えているのかもわからないから、一度ぶっ放した場所からは即座に離れなければならない。包囲されて撃ちまくられたら、抵抗すらできなくなる。

敵の攻撃はますます激しくなっていた。さすがにプロだ。待ち伏せをしかけてきただけあって狙いも正確で、統制もとれている。

別の木の根元まで這い進んだとき、左右から軽機関銃が破裂音のような連射音を響かせ始めた。下生えが吹き飛ばされ、木の幹にぶすぶすと突き刺さり、木片が飛び散る。股間のボール袋を痛みを感じるほどに縮みあがらせながら腹這いのままＸＭ29を右横向きに構えた。擲弾を三発つづけて発射した。爆発音が響き、右側からの射撃がぱたりとやんだ。今度は左に向け、マガジンが空になるまで撃った。マガジンを交換しながら爆発音が響く闇のなかをダッシュした。

もっとも楽に進んだ場合、降下後、気づかれぬように動き回りながら調査を進めていく予定だった。男は殺し、女は犯しながら情報を集め、〈アウトフィット〉の遺物が置かれている場所を特定し、〈エンジェル〉を呼ぶ。そのつもりであった。

が、いまのように待ち伏せを受けた場合は、まったく別の話になる。

銃弾が唸りをあげて飛び交う森のなかを転げまわって逃れながら敵をどれほど倒したか考えた。よくて二〇人というところか。もうすこしだな。

次々と擲弾を放ちながら敵を吹き飛ばした。手持ちのマガジンが尽きるまでにさらに二〇名ほどを倒したはずである。

そのあとは突撃銃に切り換え、可能なかぎり撃ちまくった。これまで耳にしたことのない異音が響いたのは六個目の三〇連マガジンを空にしたときであった。

不気味な、妙に甲高い風音。頭上から響いてくる。なんだかわからないが、イヤな予感がして地面に身体を押しつけた。

二〇メートルほど後方で爆発が起こった。爆圧で肺の空気がしぼりだされ、意識が朦朧とする。鼓膜が痛んだ。

また音がきこえてきた。カエルのようにジャンプし、一〇メートルほど離れた場所に着地して伏せる。二度目の爆発はさきほどまで伏せていたあたりで生じた。

ようやくなにに攻撃されているのか見当がついた。迫撃砲だ。弾の速度は遅いが大角度で頭上から降り注いでくる。ライフルの射程外から撃っているため、こちらにできることは逃げ回ることだけだ。

ひたすら恐怖に包まれた時間がすぎてゆく。砲弾が続々と飛来し、破片が衣服や肌を切り裂き、衝撃波で意識が遠くなる。死なないとわかっていても痛みや恐怖が消え去るわけではない……いや、どうなるかわかっているからこそ、余計におそろしさを覚える。折り畳み式のスコップを使ってどれほど浅くてもいいから穴を掘り、そこに身を隠したいが、砲弾が飛来する間隔がせますぎてそれもできない。ママ、と呻きそうになり、かろうじてこらえた。その〝ママ〟に延髄を抉られたからここにいるのだ。どうせなら雪華やフェンリルの名を呼ぶべきだ。あんまりかわらないか？

たしかに大差はなかった。自分では抑えきれないなにかに震えだした身体をなんとかムチうって位置を変えようとしたとき、数発の砲弾が同時に飛来した。たてつづけに周囲で爆発した砲弾の爆風でもみくしゃにされ、破片で身体を切り裂かれたぼくの意識はオーバーヒートし、つづいて無意識へと逃避していった。意識を失う直前に考えていたのは、いくら死なない身体とはいえ、拷問を受けるのはイヤだなあ、というわがまま勝手なおもいだけだった。

7

拷問を殴ったりムチでしばいたりペニスや乳首に電気を流したりすることだと考えるのは大きなあやまちだ。

たしかにそういう部分も存在しているけれど、それ自体は目的でもないし最良の方法でもない。人は簡単に痛みに慣れてしまうし、気の小さい者はちょっと痛めつけられただけでも心因性のショックを起こして死んでしまうこともある。ま、このあたりはネットの掲示板をちょっと眺め、簡単な想像をしてみるだけでわかることだ。他人のあやまち（だと自分が信じていること）をこの世の真理に対する反逆のごとくつるしあげるのが好きな連中にかぎって、ほんのひとこと反論を受けただけで発狂したような反応をしめしてしまう。そういう奴が実際に殴られでもしたらどうなる？　あははは。

「あははは」

ぼくは顔いっぱいに笑いを浮かべた。瞼がふくらみ、頬は腫れ、唇は切れているが、痛みは感じていない。鉄製の椅子に裸で拘束されているのだが、豪華なソファに詰め物たっぷりクッション付きで座っているのと同じような気分であった。

コンクリートがむきだしの部屋だった。昏倒したあと、山のように薬をぶちこまれたらしく、気がついたときはもうここにいた。冷水をぶっかけられ、悲鳴とともに目を覚ましたのである。

ちなみに部屋の内装は……実にそれっぽいものであった。

照明は裸電球がひとつあるきり。んでもって室内には色々な道具が置かれている。ムチだの金串だのナイフだの……なぜだか古い野戦電話も置かれていた。閉回路《クローズド・サーキット》電話が壁に取りつけられているのに、なぜだろう。

「なにがおかしい！」

三白眼の白人が怒鳴った。腕まくりをし、体毛の密生した腕をむきだしている。お姫様のキスでも元に戻りそうにないほど獣じみた顔だった。

「いや、あんたも疲れてきたみたいだなっておもったから」

そのとたん、パンチが頬に炸裂した。痛烈な感覚が脳髄に突き刺さり——快感に変わった。

おおう。たまんない。うずいちゃう。

そうなのである。わが腹時計によればぼくはすでに六時間近く痛めつけられつづけているのだが、最初の一発を食らった直後、体内のモードが切り替わってしまっていた。痛みが快感に変わったのである。拷問を受けていると少なからぬ数の者がそうなってしまうというが、ぼくほど素早くはないだろう。〈アウトフィット〉はこういう事態もきちんと計算に入れていたわけだ。

というわけでぼくは拷問をエンジョイしていた。いやもう本気で。生まれつきのマゾヒストよりもさらに徹底的に。だもんだから殴られてもにこにこしていたし、ペンチで指の骨をおられたときも喜びの声をあげていた。焼いた金串を爪と指の間に刺されたときなど勃起《ぼっき》までしてしまったほどである。

かわいそうなのは拷問をしているこのおじさんだ。いかにもサディストでございい、という顔と態度なのだが、実際はそうでないことはすぐにわかった。もちろんある程度以上のサディズムの持ち主でなければ拷問官になどなれないのだが、本物のガイキチではない。あくまでも技術としての拷問を知り尽くしたプロだったのである。ほんまもののサディストは行為自体を楽しんでしまうし、冷静さも保てないから拷問官には向かないのだ。そして、プロによる拷問とは目的をもっておこなわれるものなのである。学校での苛めとはちがい、それ自体が目的ではないのだ。

ではなぜ暴力が用いられるかといえば……こちらの精神に打撃を与え、必要な情報を得ることである。痛みと痛みのあいだに時間をもうけ、痛みそのものより、痛みを待ち受ける時間で精神を萎えさせてしまうことが目的なのだ。これを教えてくれたのは……くそっ、里沙だ。

彼女によれば、だからこそイギリスでは民主主義や正義がどうこうという以前の理由で拷問が廃れてしまったのだそうだ。精神を萎えさせてしまうには痛めつけるよりも仲よくなったほうがいいからである。

『君の気持ちはわかるよ。おれも上司の考えはおかしいとおもってる』

などといいつつ一緒に酒を飲んだりして、ぽろりと喋らせてしまうのが一番、だいいちこちらも罪悪感が少なくて済むし……ということらしい。ま、本当はその技法と拷問を繰り返すのが一番効果があるそうだけれど。

拷問を受けている途中で突然親しみやすい顔の奴が部屋に入ってきて中止させ、酒だの料理だのが揃っている部屋に案内してこれまでの非礼をわびる。んでもって最初の一杯へ口をつけようとしたところで、

『じゃ、もう一回拷問、しよっか?』

と持ちだす。後ろの扉があいて拷問官が再び登場、肩をがっしりと摑む……これをやられると、どんなに根性のある奴でも泣いて許しを請うのだそうだ。その昔、ナ

チスがよく用いた方法だそうである。

もうひとつの方法としては強面《こわもて》の奴と仏さまみたいな奴の二人組でひたすら肉体的暴力なしの尋問をつづけるというものもある。強面の奴はただもう罵倒の嵐を浴びせ続け、仏さまのほうは、

『気持ちはわかるぞ、うんうん』

という態度。で、尋問を受けている奴の心が仏様に頼りかかったところでいきなり仏様が閻魔《えんま》様に変身して、怒鳴りつける……こいつものすごく効果があるらしい。依存させてから突き崩す。ひとつの世界をぶち壊すわけだ。ちなみに、この尋問術（ていうか心理的拷問術）に一番長《た》けているのは日本の警察だそうだ。逮捕されて不安になっている奴がすべてをしゃべるまで朝から晩まで二人がかりでそれをやられるのだ、毎日のように。よほど図太い神経でなければ耐えられはしない。きっとやってもいないことまで認めたくなってしまう。

で、ぼくの場合だが……どうやら拷問役のおじさんは他のテクニックに切り換えるチャンスを見つけられないでいるらしい。そりゃそうだ。殴られようが刺されようがあへあへいってるんだから、混乱もするだろう。

ぬはは、なにしろ金串を眼球に押しつけられてもにこにこしてたもんね。袋におさまったボールをペンチではさまれたときなんてちょっと飛ばしちゃったし。

途中からおじさんは恐怖をあらわにしていた。お互いの心理的な地位が逆転してしまったのだ。ぼくはいつのまにか病的というレベルさえ超えたマゾヒストになってしまい、かれのテクニックをわくわくしながら楽しんでいる——これでは妖しいお店と同じだ。拷問をおこなう目的が失われている。プロには耐えられることではない。

成果のあがらない拷問に足元すらふらつきはじめたおじさんはとうとう旧式の野戦電話機をとりあげ、傍らにおいた。コードの端をもってクランクをぐるぐるとまわす。ぱちぱちと火花が飛んだ。

「こいつをキンタマにおしつけたらどうなるかわかるか……」

「うん」ぼくは目を輝かせた。腹にめりこむほど硬くたちあがったペニスがびくびくと震えた。「究極のオナニー、電極刺激！」

いやもう本気。本当に本気。はやくしてくれないかな、と楽しみで仕方がなかった。電気を流されて射精するのってどんな快感なんだろう！

呆然としたおじさんの顔が青ざめ、突然、腹を押さえ

てうずくまった。胃の中身をぶちまけはじめる。

あらら、とおもった。気持ちは理解できる。この世のうら若き女性の大半にとってのオタク同様、常人にとって真性のマゾヒストはひたすら不気味なものなのである。

もはや憎々しげににらむ気力すら失われたかれがようやく口をぬぐったとき、閉回路《クローズド・サーキット》電話が鳴った。

「はい……ええ、そうです。はい、はい……」

受話器を元に戻したおじさんは圧力注射器を握り、ぼくの首筋にたっぷりと薬液を送りこんだ。意識が薄れるには少なすぎる量だが、せっかくなので眠ったふりをする。

自分の内部でマゾヒストとしての自我が分解されてゆくのがわかった。なんであんなものを楽しみにできたのかわからなくなっていた。つまりすべては防御反応だったわけだ。〈ノバ〉強硬派にとらえられたとき、それは直接的なセックスの側面に限られていたのだから——うーん、これも『進化』のひとつなのかもしれない。どんな状況に置かれても、そこに楽しみを見つけてしまう『力』。そういうものがぼくの内部で育ちつつあるのかも。

あわよくば隙をついて……とおもったが、さすがに向こうもプロであった。D‐17の力でも引きちぎることのできない鎖で両手両脚を固定されたまま別の部屋に運ばれ、硬いベッドに放りだされる。そのまま四肢をベッドの四隅へ固定された。

そこで受けた拷問は……ああ、うん。ナニであった。筋骨たくましい黒人青年にアレされたのである。子供の腕ぐらいありそうなのを奥までずんずんと入れられたのだ。

むろん、ぼくのモードは即座に切り替わっていた。ちょっとまあイヤだな、とかはおもったけれど、初めてというわけでもないし、そのまあ、楽しんだわけだ。

やはり大変なのはあちらのほうであった。ナルシスとホモったとき証明されたとおり、ぼくのそういう場所は状況に応じて最高の快楽器官に変わるからだ。入ってきたものから最高の快感をひきだしもするし、相手に信じられないほどの快楽も与えるのである。

「おまえを女に変えてやる……」

とかなんとか、分厚い唇をべったりとおしつけながら正常位で挑んできたかれは侵入した瞬間に狂っていた。ぼくのそこが自分からのみこむように受け入れたからであった。やはりそこも『進化』していたのだ。肛門括約《かつやく》筋《きん》の動きと締めつけは手や口の動きを超えるなめらかさだった。

微細な襞と突起を無数に備えたぼくの直腸がぺったりとはりつき、全体をもみこむ。ぐっと下がってきた幽門部が先端をぱくりとくわえこみ、もっとも感じる部分をぐりぐりと刺激した。それだけではなかった。人間には具えられていない肉の器官が拳のように大きな先っぽを左右におしひろげ、触手のようなものをずるずると侵入させたのだ。

異様な感覚にかれは目を見開き、硬直した。舌や膣《ちつ》を超える快感に神経がオーバーフローしているのである。もっとも、ぼくのほうも犯されながら犯す異常さと初めて存在を知った器官のもたらす妖しい悦びに高い声をあげていた。

が、本番はそれからだった。

ぼくにもしっかりと快感を伝えてくるその奇怪な器官はかれの奥底でぱっと先端を開花させると、繊毛のようなものを無数に周囲へのばし、あたりかまわず絡みつきながら、射精感に近い悦びとともになにかを注入しはじめたのである――ちなみに、かれはコンドームをつけていた。ぼくの肉体はそれをあっさりとブチやぶって侵入したのだ。

最初の射精まで一秒もかからなかった。獣のような雄叫びとともにかれは腰を震わせた。

こみあげる奔流をぼくの器官は貪欲《どんよく》に吸いあげ、かれの快感をさらに増幅させた。ぼくをパワフルに犯すはずだった腰は押しつけられた状態のまま痙攣をおこし、白目をむきながら厚い唇から泡を吹いている。そのまま倒れこんで力一杯ぼくを抱きしめたが、実はすがりついているようなものであった。犯すはずだった側が内部を犯されているのだから心理的ショックはかなりのものだろう。ちなみにぼくは……うう、どうにもならないほど、いい。灼熱《しゃくねつ》しているたくましいものをしめつけるのも、体内を犯すのも、ゼリーのように濃くて量の多いスペルマを吸いあげるのも……すべて快感だ。

それから一五分間、かれは一五秒おきに射精を繰り返した――いや、ぼくの器官から精液の生産を強引に早めるなにかを注入され、それを強制されたのだ。そして、最後の射精と同時に心臓麻痺を起こした。ぼくにとっては準備運動のようなものであったので、こちらはゼロである。うふん。

あわてて部屋へ飛びこんできた連中がかれを引き離し、再び注射器を押しつけた……。

んで、三番目の部屋。あいかわらず裸である。四肢は伸ばした状態で固定されていた。

内装はこれまでと大違いであった。寝かされているのは大きなふかふかのベッドである。周囲にはカーテンが巡らされていた。

今度はなんだろう。

えーと、まずストレートな拷問で、次はホモらせて精神にショックだから……さらに強い精神への打撃を狙ってくるはず……ということは。

カーテンがさっと開いた。うああ、うお。

周囲には何十人もの女たちが座っていた。ファッション・ショーの会場のように椅子がぐるりと並べられ、ぼくを見つめていた。

それから始まったのは……男ならば絶対に耐えられないだろう地獄であった。女たちはぼくに向けて口々に肉体的な側面についての悪罵を投げかけたのである。

またもやぼくのモードは即座に切り替わっていた。ある種の露出狂へと変貌していたのである。

ああ、身体に突き刺さる蔑みの視線がたまらない。お願いだからもっとなぶって、もっと罵倒して！

そこがむくむくとたちあがっていた。自分から両脚を開いて女たちに見せつけた。さらされた肛門が視線の突き刺さる快感に震え、ちゅぷちゅぷと鳴き声を漏らした。

体内で炎がのたくり、脳がちくちくと疼く。自分ではっきりと感じ取れるほど大量にヒト起動物質を放出していた。室内に、強いムスクの香りが漂いはじめた。

女たちの悪罵が弱まってゆく。舌で唇を湿らせる音や唾をのみこむ音が聴こえた。ぼくの変態的な快感はさらに強まった。誘うように腰をふってみせる。

新たな精神への拷問がはじまったのはそのときであった。

女たちがぼくに群がってきた。口を開かれ、ボール型の拘束具《ギャグ》で固定される。ペニスはさらに残酷な扱いを受けた。ぐっと掴まれると先端を左右に開かれ、精道に深々とゴムの棒をインサートされたのである。そして、頭から根元までの数カ所をバンドでしめつけられた。

女たちが衣服を脱ぎ捨てた。ようやくぼくは拷問の本番がなんであるか気づいた。彼女たちの腰には、禍々《まがまが》しさを覚えるほど大きくたくましいもののレプリカがバンドで固定されていたのだった。さきほどのホモ拷問を心から楽しんでみせたのを逆手にとられたというわけだ。

最初にのしかかってきたのは発達した胸と腰を持つ東欧系の美女であった。男をなぶることを好む女に特有の、蛇のような卑しさと冷たさを含んだ視線でぼくを見つめ、汚い言葉を口にしながら準備もないまま押し入ってくる。といってもあふれだした分泌物のおかげで驚くほどのスムーズ・インであった。拡張と侵入の巧みさにのけぞってしまったほどである。ぼくを深々と突き刺した美女はリズミカルに腰を運動させせはじめた。むしろさきほどの黒人青年よりも巧みで、ぼくのすべてはたちまち快感に痺れてゆく。

他の女たちも動きはじめていた。ぼくの耳穴を舐《な》めしゃぶり、舌をもぐりこませる。少女の乳房を狙うレズビアンのような巧みさで胸を揉み、乳首を吸い、嚙み、なめしゃぶる。ボールの入った袋は絶妙な力加減のマッサージでもみほぐされた。

ペニスも例外ではなかった。腰から邪魔者をとりさった一人がぼくにまたがると、深々とくわえこみ、腰を自在に踊らせはじめたのである。

全身に快感が充満した。あらゆる部分を刺激されながら奥深くまで抉られ、ペニスを包まれる悦びはぼくの脳と意識をかき乱した。ある方向からの刺激には的確な対応を示したぼくの『力』も同時に多方向からくわえられる刺激には戸惑っているようであった。

焼けただれた意識のなかで女たちがぼくになにかを吸いこませる。麻薬だろう。ぼくの性感をさらに高め、痛めつけようというのだ。

それがトリガーになったのかもしれない。

ストレス——そう、ストレスがあらたな肉体の反応を呼び起こした。ぼくの内部で男の快感と女の快感はたやすく融合し、この時間が永遠に続いてほしいという願望が突きあげてきた。

ぼくの尻を責める女は男の弱点を知り尽くしていた。小刻みな動きで直腸側から前立腺を責めたてていた。底響きするようなむずがゆさにぼくの脳は沸騰する。

ペニスをくわえこみ、しめつける女も同じように巧みだった。上から下までを包みこみ、とろけるような肉の蠢きで刺激する。なかでもたまらないのは奥にあたるたび、ぼくの出口からほんの少しだけ顔をだしているゴム棒が内部へ押しこまれることだった。そのたびに精道全体がこすりあげられ、先端が前立腺を叩く。

射精において大きな役割を背負っている前立腺を責められたぼくの内部は異様な嵐が吹き荒れていた。もみほぐされつづけるボール袋の内部では破裂しそうなほど大量に危険なリキッドが生産されていた。射精前の切なさが果てしもなく高まってゆく。しかし、一滴も漏らせない。

辛い、どころの話ではない。気が狂ってもおかしくはなかった。

しかしぼくは……はやくもそれを楽しんでいた。狂いそうなほどの愉悦に浸り、この時間がいつまでも続いてほしいと心から願い、自分からも腰を踊らせていた。

ぼくに強烈なセックス拷問をくわえているはずだった女たちは徐々にぼくの虜となりはじめた。舌や手の愛撫に心をこめた優しさがつけ加わり、瞳に切なげな光が浮かびはじめる。ぼくの上で動いているブルネットの女など、こちらの動きに自分からあわせているほどであった。

最初の限界は唐突に訪れた。

身体の奥底で爆発的になにかがふくれあがり、意識が白熱した。襲いかかってきた前後の絶頂にぼくは喉奥からくぐもった呻きを漏らしながら弓ぞりになる。その勢いの激しさに後ろに入っていたものが抜け落ち、上に乗っていた女が振り落とされる。

ペニスの熱感が異様なほど高まった。びきびきと異様な音が響く。

ベルトが、はじけ飛んだ。深奥部で快感が炸裂し、出口をもとめて奔騰した。その勢いは精道を埋めていたものを押し退けるのに充分なものであった。

ゴム棒を矢のように飛ばしながらぼくは射精した。ゲル状になったリキッドが猛烈な勢いで噴出し、自分自身に降り注ぐ。その量はいつもの倍以上もあった。つまり、五分近い射精の快感を味わったのである。

最初、呆然と見つめていた女たちは——すすり泣くような声を漏らしながら再びぼくに殺到する。溢れでたリキッドをすすりこみ、激しい脈動とともに噴きだしつづける新たなリキッドを勢いよくのみこむ。奪い合いになり、あちこちでつかみあいが起きた。口の拘束具が外され、狂おしいキスを与えられる。しっかりと応じてやると女は子供のように泣きだした。

室内へ完全武装の戦闘要員たちがなだれこんできたのはぼくの全身へ奴隷のように奉仕しはじめた女たちが手足の拘束を解こうとしたときであった。女たちは抵抗した。彼女たちも戦闘訓練を受けているらしく、狭い部屋のなかではなかなか勝負がつかない。他の連中が暴れているすきにぼくへ抱きついて喘ぐものまでいるから、なにがなんだかわからなくなった。

　やけくそになったのだろう、一人の戦闘要員が天井に向けて突撃銃を乱射した。銃声が狭い部屋の中にわんわんと反響し、全員が凍りついた。しかしすぐにぼくの尻を責めていた女が見事な回し蹴りを決め、銃を奪った。

　ぼくをおさめて喘ぎ狂う女を突きあげつつにやにやとそのありさまを見ていたぼくの耳が、スピーカーから響いた音を拾いあげた。強い意志を感じさせる男の声であった。

「もういい、総員、状況を終了してよろしい。それから、ミスター・トール・クロエ、君に関するテストも終了した。敵対しないと誓うならば、君と話しあいたいことがある」

　返事の代わりに、自分の上にのった女を強く突きあげてやった。彼女はあっさりと頂点に達し、獣のような咆《ほう》哮《こう》をあげながら白目を剝き、ぐったりとした。

　室内に男たちの罵りと女たちの悔しげな喘ぎが満ちた。

　ざまあみやがれ。

8

　自分たちのシャワーと身繕いを終えたあと、女たちは拘束を解いてくれた。全員、元気なままのぼくを見ながらこらえつづけるのが大変なようだ。こっちだって大変なんだよ。

　備えつけのバスルームに入り、シャワーを浴びる。顔はまだ歪んでいるが、みかけだけのことだとわかっていた。砲弾の破片でついたはずの傷はすでに痕跡すらない。

　股間へ冷水を浴びせてなんとか抑えこむ。部屋に戻ると女たちの姿は消えており、かわりに真新しい衣服が揃えられていた。あっさりとしたキューバシャツ、スリムなチェックパンツ。んでもってバーバリーチェックのスニーカーである。ベルトはなかった。なるほどね。武器になるものを持たせたくないわけだ。

　素早く身につける。運ばれていたあいだに寸法を測られたのだろう、ぴったりであった。

　部屋をでる。コンクリートがむきだしの通路が左右に続いていた。左側の突き当たりから光が射しこんでいる。人工光ではなかった。

　つきあたりの階段をのぼると地上にでた。入り口だけが地面から顔をだしている地下施設にいたのだ。

　鮮烈な陽光が目をくらませる。まじめに生きるのがイヤになるぐらいにそれは高くすみわたり、寝ころがりたくなるほど爽やかな風だというのに微かな潮の香りがある。

周囲は、芝生が植えられ、コンクリートの道路がはしっていた。道路脇には砲弾のケースに鎖を溶接した低い柵が設けられている。一キロほど離れた場所に背の低い建物が並んでいるのが見えた。それなりに凝ったつくりだが、要塞を眺めているような気分でもあった。

車が走ってきた。アメリカ軍が使っている野戦四輪車、ハンヴィーだ。

「ミスター・クロエですね？　乗ってください」運転席から顔をだしたのは開襟半袖のシャツにスラックスを身につけたアメリカ人以外ではあり得ない若い男だった。奪われることをおそれてだろう、武装はしていない。

「ひとこともうしあげておきますが。いま現在、あなたは一〇丁の狙撃銃に狙われています。射手は全員、デルタ・フォースで狙撃教官がつとまるレベルだそうです。ちなみにわたしは下級事務職で、ＧＥＴの重要な情報はまったく知りません」

「そいつはご丁寧にどうも」

ハンヴィーは時間にして一五分ほど離れた場所にある白亜の建物の正面で停車した。ぼくを降ろし、走り去る。

ホテル並のエントランスだが、出迎えたのは教育の行き届いたボーイではなく、訓練の行き届いた四名の戦闘要員であった。人種はばらばらだ。ＧＥＴがどれほどあくどいことをしているとはいえ、組織的には人種偏見とは無縁なのだろう。

と、偏光ガラスを用いた自動ドアが開き、いかにも執事というスタイルの老人が顔をだした。ぼくにお祖父さんがいたらかれのような年だろう――いや、お祖父さんよりも年上かもしれない。

「こちらへどうぞ、ミスター・クロエ。ミスター・マッギヴァーンがお待ちです」軍人のようにぴしりと背筋を伸ばした執事はさっと奥を示した。

やはり豪華なことこのうえないエントランス・ホールを抜け、奥へと進む。エレベーターへ乗りこみ、三階で降りた。廊下の突き当たりにある戦車で体当たりしても壊れそうにないドアの前で執事が立ちどまる。ぼくと、ぼくの後ろから殺気を放っていた戦闘要員たちも立ちどまった。指でトリガーを撫でているのが気配でわかった。

「ミスター・マッギヴァーン、ミスター・クロエをお連れいたしました」ドアをあけた執事が室内へ一礼して告げた。

「入ってもらえ」

　底響きのする声が応じた。

　部屋は質素だった。ワークステーションをおもわせる執務机のほかには、簡単な応接セットとファイル・キャビネットがあるだけだ。いや――壁に、ジョージ・ワシントンとジョン・F・ケネディの肖像画がかけられている。いったいどういう趣味なんだろうか。

「独立戦争当時、アメリカで最初の特殊部隊が誕生した。わたしが青年将校時代をすごしたグリーン・ベレーはJFKによって創設された」かれはいった。若い将校の無知を叱るような声だった。おそらく常にそうなのだろう。「こちらにかけたまえ、ミスター・クロエ。特務曹長、わたしにスコッチとミスター・クロエに」

　ぼくのほうを見た。冷たいものならなんでも、とこたえた。執事はやはり軍人あがりだったのだ。昔からマッギヴァーンの部下だったのだろう。

「――レモネードだ。チャン、ご苦労だった。さがっていい」

　最後の言葉はここまでぼくを監視していた戦闘要員のリーダーに向けられていた。ごねるかとおもったがすぐに退室してしまう。まさにリーダーそのもの、という迫力である。

　飲み物はすぐに運ばれてきた。ぼくらはソファに向かい合って座っていた。

　角張った顎を持つ男である。クルー・カットの髪は銀色だが、肌は男の精気に満ち、アイスブルーの瞳はすべてを見透かすようであった。

「あなたがバート・マッギヴァーンか」ぼくはたずねた。事実の確認のようなものであった。

「まさに。君がD‐17。トール・クロエだな」

「だったらどうだと？　GETのヘッドクォーターだけあって、この部屋にもリモコンの機関銃がしかけられているからおとなしくしろ、とでも？」

「前半は正解だが後半は……コミック・ブックの読み過ぎだよ」

「もともとコミック・ブックじみてるのさ、ぼくは」

「英語の教師も替えたほうがいい。話しているとタイに赴任《TOD》していたころのオカマどもをおもいだす。知っているか、あの国はオカマの社会的地位が合衆国《ステイツ》よりも高いのだ。信じられん」

「まあ、ごめんあそばせ――でも、担任が女教師でなければ再履修はごめんだ。ちなみに上限は三二歳で、美人で、胸も腰も大きいほうがいい。夫がいては困るけど、子供がいるのはかまわない。わかるだろ？　これでも一七にしては守備範囲が広いほうだと自負してる。それから、乱暴な態度なのは許してもらいたい。ずいぶん乱暴に扱ってもらったからね。本当にオカマになるかとおもった」

マッギヴァーンは笑った。

「気に入ったよ、トール。そこで相談だが……どうだ、本当に話を聴くつもりはあるかね。ちなみに、君がこれまでGETに与えた損害については不問に付すつもりだ」

さすがに呆れた。

「最初に手をだしたのはだれなのか、忘れちゃいないか、大佐《カーネル》」

「大佐と呼ばれるのは久しぶりだ。南部の田舎紳士じみた気分になるからな、周囲にそう呼ぶことは許していない」

そうだった。アメリカ南部では大佐＝カーネルというのは日本の時代劇風にいう『御老人』と似たような意味を持つ年配者への敬称なのだ。ケンタッキー・フライドチキンの入り口に立ってるあの人形の人もそれである。サンダース大佐ではなくサンダース爺様なのだ。

ということがわかってるならなおさらやめてなどやるものか。

「ぼくもGETからまともに扱われてきたわけじゃないんでね、大佐」

「まあ人それぞれさ、トール。それにわたしは兵士としての日本民族を尊敬している。少なくとも、太平洋戦争で戦った君の曽祖父たちはわたしの部下に欲しい男たちばかりだった。ヴェトナムで戦った韓国兵に匹敵するガッツの塊だ」

「そいつはどうも」上官では決してないわけね。「それで、話ってのは」

「ああもあからさまにHALOをしてみせたのは失敗だったな。われわれはフィリピン軍にも情報源を持っているのだ。しかし、技術的には見事だった。GETの降下教官も高く評価している。どこで訓練を受けたのだね？〈ノバ〉か？」

事実上関わりのない〈エンジェル〉については知らないか、重視していないらしい。安心した。

「見よう見まねですらないよ。本で読んだだけさ。投身自殺のシミュレートをしたのは生まれてはじめてだ」冷ややかに響くよう心がけた。

さすがに驚いたようだった。しかしそれを見事に隠してまたたずねてきた。

「なぜ〈ノバ〉を引き連れてこなかった？　君はD‐17だ。コミック・ブック風のストーリーにいくらかでも真実がふくまれているならば、かれらは君に協力を惜しまないはずだ。それに、ビジネス上の競合関係がないため良くは知らないが〈エンジェル〉とかいう正体不明の組織も」

「殺されたのはぼくの女だ。ここへ忍びこむために力を借りるのもイヤなぐらいだったが、他に方法がなかった。あなたも男なら気持ちはわかるはずだ」

マッギヴァーンはまじまじとぼくを見た。本気かどうか疑っているようだった。やがてかれはいった。

「出会ってからたった一週間の女のためにか」

ぼくはうなずいた。

「出会ってからたった一週間の女のためにだ」

マッギヴァーンはグラスを乾《ほ》した。しばらく窓の外を見つめ、ふりかえった。

「わたしが君の問題についてまったく預かり知らない、といったらどう受け取る？」

「ウソだと考える。機会を見つけてあなたを拷問にかける。真実をききだす」

「もしわたしの言葉が真実だとわかった場合は？」

「なるべく楽に殺してから本当の命令者を探しにでかける。それから、おもいつくかぎりもっとも残酷な方法で殺す」

部屋の空気が凍りついた。南国といってよい外界まで凍りついたようだった。

本気だ。本気で口にしていた。だから、ぼくの勝ちだとわかっていた。

マッギヴァーンは敗北を認めた。

「単純かつ明快だ。軍事作戦の基本原則に合致している」

「褒められても嬉しくないね」

「拷問が奇妙だったことに気づいているか」微笑みながらかれはたずねた。

「気づかないはずかない。ろくな質問がなかった。GTがすでに知っているはずの内容ばかりを繰り返したずねてきた。つまり、目的は情報にあったんじゃない」

マッギヴァーンは満足げにうなずいた。

「よろしい。大変によろしい。あれだけの目にあって冷静な観察力を維持できるものはわたしの部下にもほとんどいない――ことに、尻を掘られたあとはな。なんでも君は桁外れの名器らしいな」

　むずがゆくなった。冷静つーかまあ楽しんじゃったわけだけど。

「あなたもそっちの趣味があるのか」

「ないね。妻をなくしてから、セックスへの興味は失せた。いまのわたしはGETだけだ」

　娘はどうなんだとたずねたかったが黙っていた。

「すでに述べたように、君の戦闘能力については高い評価を与えている。となると、残るのは……精神力、真のタフネスだ。限界を超えたその先で発揮される最後の力。それこそが勝利をもたらす。精神力を確かめる最良の方法は自由を奪い、誇りを打ち砕くことだ。だからこそ痛めつけたし、尻も掘らせたし、女たちにもいたぶらせた。君はそのすべてに耐えた。軽々と耐えた……むしろ、状況をコントロールしていたように見える。それも、D-17の能力なのか？」

「ぼく自身、自分が何者なのかさっぱりわかってないんだ。だから、腹が立てば人を殺すし、機会があれば欲しい女は手に入れる。窮地《きゅうち》に陥ればあがく。そういうことさ」

「自分の人間性を主張しているわけだな」マッギヴァーンは満足げにうなずいた。「よろしい。大変によろしい！　で、どうだね？　君は愛する女を失い、わたしは大事な部下を何人も失った。許せとはいわないが、お互い、現実的に物事を考えるのに適したタイミングだとはおもわないか」

　悩んだわけではない。この申し出は予想していた可能性のひとつであった。最良の可能性といってもよい。

「プレゼンテーションに成功したのだ、君は」マッギヴァーンはいった。「日本支社を事実上の壊滅においこみ、いままた単身セルバンティアへ乗りこんだ。君が降下直後の戦闘で何人殺したかわかっているのか？　四〇人を超えている。日本という武器の使用に制限がつく場所での戦いではなく、こちらもある程度の準備は整える余裕があった。そうした状況で、君はデルタやSASあがりのGETオペレイターを射的のターゲットのように殲滅したのだ。愚かな中国人どもが特殊部隊を送りこんできたとき、大差のない態勢で数名の負傷者しかださなかった連中をだぞ！　となれば、いまや実業家であるわたしは考えざるをえない。このまま君の恨みを買い続けてどんな利益がある？　ありはしない。ゼロだ。それどころか、損失ばかりが果てしもなく増大するだけだ」

「なにがいいたい？」

「GETと契約してもらいたい。そうだな……とりあえず支度金《したくきん》として一〇〇万ドルを用意させてもらう。契約金はまた別だ」

「そのあとで解剖されたんじゃワリにあわない」

「そちらについて、わたしはあまり興味がない。コミック・ブックは嫌いなのだ。冷静に考えてみたまえ。仮に君をミンチにして〈アウトフィット〉の奇怪な技術の謎を解いたとする――そのあとで、どうなる？」

「いろいろ考えられるね、大佐」

「そのとおりだ。各国の軍や諜報部で息を殺して生き残ったファンタジックな世界を好む連中が再び力を取り戻し、われわれを攻撃することも考えられる。冗談ではない。〈アウトフィット〉はある意味でGETが足元に及ばないほどの力を備えていた。そのかれらが先進各国の共同攻撃には耐えられなかった。そしてわたしは、歴史から教訓を学ぶことが好きだ。陸軍士官学校《ウエストポイント》で学んだ事柄のなかで、いまだになんの疑いもなく信じているただひとつだ、それが」

「理屈はとおっているけれど、簡単には信じられない」

「君の立場は理解する。だが、もうひとつ考えてみたまえ。〈アウトフィット〉の技術を利用するには長い時間をかけた研究と多額の資金も必要になる。それに人材……あるレベル以上のバイオ関係者にとっては、自分たちの先輩にあたる世代の研究者たち……そのなかでもっとも優秀なものたちだけがなぜか同じ日に『外国』で『事故死』したことはよく知られているのだ。主に学会の開かれたホテルの閉店間際のバーなどでひそひそと語られる話題として。となれば、とても引き受ける者など見つけられん。ならば……いまある君を利用したほうが合理的だ。なにしろ君はすべての障害を自分自身で排除してくれるのだから。納得がいったかね？」

　立派なもんだ。なるほどね。しかしぼくの前で立派にふるまってみせるその理由はなんだ？　D‐17に対する恐怖？　ゲームで優位に立つため？　両方ともだろう。しかしそれだけではない。

「もうすこし話を聴いてもいい気分だ、大佐《カーネル》」

「それは良かった、坊主《サン》」マッギヴァーンは笑った。くそっ、やりかえしやがった。すぐに表情をひきしめ、つづける。

「で、あなたが本当に恐れているものはなんだ？　オルガ・エクスタシアなのかリサ・ニイミなのか？　どちらだ？」

「ニイミだけでも殺しておいてくれたら楽だったよ、たしかに」マッギヴァーンはあっさりと認めた。

「女を殺される辛さは知っている。だから、殺さなかった。美人だったしね」ぼくは見栄を張った。

「そして、ミスをおかした。レッスン・ワンだな。敵は敵だ。いい勉強になったわけだ」

「話がずれてるよ、おじさん」

「オルガ・エクスタシアとスペシャル・タスクフォースについては話は簡単だ。わたしのコントロールを完全に外れている。オルガはもともとそうだったが、スペシャル・タスクフォースについても現在はまったく消息がつかめない。正確を期すならばヒットチームが君を襲撃したのとほぼ同時にだ」

「あなたもミスしたわけか」

「認める。〈ノバ〉はわれわれが〈アウトフィット〉の技術を入手したと疑っており、同性愛傾向のあった男性メンバーを使って内情を探ろうとしたが、無駄な努力だった。〈アウトフィット〉のロスト・テクノロジーを握っていたのはGETではない。スペシャル・タスクフォース――すなわちオルガだ。だれも口を挟めなかった。彼女はGETに莫大な収益をもたらしていたからだ」

「ではなぜ危険視する？」

「オルガはGET創設時の投資者から株を買い集めていた。ニイミと同様に。二人が手を組んでいないのが幸いだが合計で49パーセントに達する」

「残りの51パーセントはあなたが？」

「いや、わたしも49パーセントだ。これでも増えたのだよ。GETを立ち上げた当時は2パーセントしか持っていなかった」

「残りの2パーセントは？」

「無記名なので、わからない。譲渡証書、それに現物を保持している者が所有者ということになる。噂では日本の投資家ということだが……」

「日本支社に捜させていた」

「きみのおかげでそれも不可能になった。ありがたいのは、だれにもわからなくなったことだけだ。だからこそ、君を雇いたい。過半数である51パーセントを得るのが不可能となれば、オルガ・エクスタシアとニイミはおのずとひとつの結論に至るだろう。実力をもってわたしを排除するのだ」

「あなたの株はこの島にあるのか」

「まさか。スイスのとある個人銀行に預けてある。だからこそ問題なのだ。仮にわたしが殺された場合、遺産を継ぐのは娘だけだが……娘が株の正当な所有者であることを証明するには、同じ銀行に預けてある、わたしの死亡時のみ有効とただし書きをつけた譲渡証書を手に入れねばならない。わたしが死んだあとで彼女がそこまで自分の身を守ることが可能だとはおもわれないのだ。つまりわたしが死んだ時点でGETはオルガ・エクスタシアかニイミ、生き残った側のものになってしまうということだ。持ち主と在り処《ありか》が判明している最大の株所有者が最大の発言権を有するのはどの国の法律でも変わらない」

「攻撃の可能性が迫っている証拠はあるのか？」

「暗号通信を傍受し、解読した。最新鋭の空母〈東方紅《ドンファンホン》〉を含む中国海軍の艦艇が接近しつつある。揚陸艦を含んだ一二隻の機動部隊だ。アメリカは中国との貿易交渉が大詰めにさしかかっているから、とりあえずは静観の構えをとっている。おそらく、後になってから撤兵させようと考えているのだろう。むろんフィリピン軍の抵抗は期待できない」

「オルガが中国軍を動かしたと？」

「時期が符合しすぎている。おそらく〝現地住民〟として中国に帰属要求をだした、という形を整えたのだろう。中国は南シナ海での覇権確立を狙っているから、願ってもない話のはずだ。名目上の主権だけでもいい。周辺海域を経済水域として確保できる……オルガは実質的な支配権を握り、GETに君臨する」

「中国にはあなたが申し出ても同じじゃないか」

「わたしの兄は朝鮮戦争で中国軍の捕虜になり、洗脳を受けた。帰国したあとは廃人だったよ」

「……」

「奴らが攻撃してきたとき、戦ってもらいたい。おそらく一週間以内だと予想している。むろん必要な装備と人材は揃える。侵攻を手引きするはずのオルガたちをはねのけることができれば、中国軍も介入はしてこないだろう。そうだ、わたしの娘は君と同い年だ。他の女性たちとのつきあいで忙しくないときは、仲良くしてやってほしい」

　さすがに呆れた。自分の娘をぼくにさしだす、というのだ。

　同時に、本物の現実主義者とはそういうものかもしれないとおもった。父と娘、という個人的関係からとらえるからひどい話だとおもえるのであって、GETという帝国の維持に苦労している皇帝が蛮族の傭兵隊長（つまりこのぼく）へ姫君を夫人として与えるのは政治的決定になる。だいたい、現在の日本ですら有力な一族同士が政治的・経済的結びつきを強めるために子供同士を結婚させることは普通におこなわれている。だとするならある意味で追い詰められているマッギヴァーンが娘を利用してなにが悪いのだ？

　ま、こちらの都合からいえばかれが殺されてもかまわない、というかむしろ楽なのだ。GETが求心力を失えば潰しやすくなるからである。

　が、本当にオルガ・エクスタシアが〈アウトフィット〉の遺物を握っているのであれば、向こうが動くのを待ったほうがいい。それに——そうだ、里沙には大いに御礼をしなければならない。ママに裏切られたぼくちんの恨みは深いのだ。

「そうだな、ミスター・マッギヴァーン……」

　ぼくがこたえかけたとき、さきほど入ってきたドアが勢いよく開いた。凛とした少女の声が響きわたる。

「パパ！　ボブを殺した奴はどこにいるの？」

　さっと振り向いたぼくが目にしたのは——ひとつの芸術であった。

　率直な気高さというものがあるとするならば、まさにそれである。それが美しさのバックボーンをなしていた。顔の輪郭はすっきりしているが、角には年齢相応の丸みがあり、険《けん》を感じさせない。くっきりした眉は描かれたものではもちろんなく、つんと上向いた鼻は美容外科医が絶対につくりだせない天然の芸術だ。父親譲りのアイスブルーの瞳は、怒りのあまり菫《すみれ》色に変化していた。

　普段はふっくらとしているのだろう唇も怒りに引きつっている。ま、それも悪いというわけではない。なにしろ彼女はだぶだぶのカモフラージュ・パンツに軍用ブーツ、んでもってオリーブドラブのノースリーブTシャツというスタイルだった。ベルトから下げられたレッグ・ホルスターは太腿に固定され、大型拳銃のグリップが顔をだしている。

「あなたね……」

　少女は射貫くような視線を向けてきた。目の周囲が氷山のように青ざめていた。

ぼくは当然の質問をした。

「……ボブって、だれ？」

「死になさい！」

早業であった。プロに手ほどきを受けたことを教える無駄のない動作で拳銃を抜いた彼女は腰を落とし、両手でがっしりと銃を構えるとトリガーを連続して絞った。

姿勢を低くして避けたのは彼女が抜いた拳銃が体格にくらべて大きすぎたからである。ベレッタＭ92ＦＳ。アメリカ軍で制式採用されている有名な拳銃だが……彼女が持つには明らかにグリップが太りすぎであった。つまり、射撃姿勢が安定しないということ。銃のはねあがりを押さえきれないということでもある。案の定、耳障りな音とともに放たれた初弾から高く逸れた。二発目はさらに高く逸れるだろう。

「エレン！」マッギヴァーンの怒声が響いた。

勢いをつけて飛びだす。最初は左、次は右、と飛んで照準を逸らせ、三歩目で彼女の懐へ入りこんだ。コッキングされている撃鉄とスライドのあいだに親指を突っ込む。パニックに陥った彼女はあわててトリガーを絞るが、撃鉄はぼくの親指に遮られ、撃針《げきしん》を叩けない。腕をねじって銃を奪い、撃鉄をあらためて起こす。マガジンを抜いたあとでスライドを引き、薬室の弾もはじきだした。

にっこりしてやる。

「抜き撃ち《クイック・ドロウ》の速さはすごい。でも、銃が身体にあってない。狙いがムチャクチャなのはそのせいだ。どんな時でも命中させたいなら、片手で保持できない銃は使うべきじゃない」

どさくさまぎれにおっぱいにも触ってやった。

彼女は真っ青になり、真っ赤になったが、ざまあみろである。こちらは役得つーか、当然の権利を行使しただけだ。命を狙われたのだから、これぐらいは――いや、もっとどんどんしてもいいはずだ。マッギヴァーンがいなければ本当にそうしていただろう。

で……がっくりした。Ｔシャツを突き破りそうにもりあがってる胸の感触は生ではなかった。ストラップは浮きあがっていないから、例のヌーブラってやつかもしれない。ともかく残念。

胸に触れた手を下にすべらせた。すけべぇなことを考えたからではない。他に武器を持っていないか確かめたのだ――きっとそうだ。そうなんだってば。こんな服着てるなんて、自然の摂理に反するようなものだと……あ、失礼。他に武器はなかった。

駆け寄ってきたマッギヴァーンに銃を渡した。

「怪我はないか」ぼくにたずねたのではない。

「なんなのよ……こいつ……」彼女はあらためて怒りに声をふるわせている。

「なんなのといわれてもね」ぼくはこたえた。「名前も知らないのでは挨拶のしようもない」

「わかっているだろう、わたしの娘、エレンだ」マッギヴァーンが疲れた声でいった。悪の軍団GETの総帥も娘の前ではただのパパらしい。人間味があってよろしい――のかな。

「はじめまして。ぼくは黒江……」

「知ってるわよ！　トール・クロエ！　ボブを殺した……」

わめきかけた彼女を制し、たずねた。

「だからボブってだれだよ」

「あなたが殺したのよ！」

これじゃ話にならない。

「ヒットチームの一員だった――わたしもついこのあいだ、はじめて知ったのだ」マッギヴァーンがいった。

「なんだ、じゃ、殺されて当然じゃないか」ぼくはいった。

「あなたそれでも……」エレンは絶句する。ごめんね、人間じゃないよ。それに――。

「ぼくは奴らに女を殺された。だから、ボブ君とやらがどんな死に方をしても恨まれる筋合いはない。事情を知ってなおかつぼくを恨むようなら君も同罪だ、エレン。たとえ君のパパの前でも身体が裏返るほどレイプして、そのあとでボブ君と同じ死に方を味わわせてやる」

アイスブルーに戻った瞳に戸惑いと恐怖が浮かぶ。助けを求めるように父親を見た。

「パパ、どういうことなの、こんな奴を……それに、ボブがヒットチームにいたことも……」

マッギヴァーンは深々と溜息をつき、いった。

「おまえは知らなくてもよいことだ、エレン」

9

建物の内部に侵入していた。奇妙な建物である。壁はやたらと厚く、人気がなく、どこもかしこも小ぎれいであった。さらに奇妙なのは部屋ごとに内装が違っていることであった。ある部屋はベッドルーム、隣の部屋は会社のオフィス風。なにを考えたのだか知らないが、アメリカ映画に登場する女子高生の部屋じみた内装のものもあった。

　通路をそろそろと進むぼくのスタイルは……なかなかのものだ。マットブラックのノーメックス・スーツにコンバット・ブーツ、クラスⅡの防弾ベストにスペクトラを用いた軽量ヘルメット。ヘッドマスクに防弾ゴーグル。タクティカル・ベストには予備弾倉やらなにやらがどっさり。小型無線機まで装着している。レッグ・ホルスターにはフラッシュライトやレーザー・サイトをとりつけたH&KUSPコンパクト。スリングを首からかけ、両手で構えているのはこれまた照準用アクセサリーに加えてサイレンサーと伸縮式銃床を採用したバーレットM468カービン。見かけはM4コマンドゥとさして変わりがないように見えるが、威力はこちらのほうが大きい。5・56ミリ弾ではなく、口径6・8ミリのレミントン特殊用途弾《SPC》を使用するからである。

　乾いた英語がレシーバーから響いた。

『状況を把握した……待機しろ。秒読みはじめ。5、4、3、2、1、突入！　突入！　突入！』

　ドア脇に待機していたナンバー5がストックを倒して肩にあてるレディポジションで構えていたM870ショットガンをぶっ放す。放たれたのは親指の第一関節ほどもある一発弾――スラグ弾である。強烈な打撃を受けてロックが吹き飛んだ。ナンバー5はドアを蹴飛ばし、さっと後方にさがった。

　ぼくは内側に開いたドアから特殊音響閃光手榴弾《フラッシュ・バン》を投げこんだ。

　耳障りな音が響くと同時に、ダッシュして飛びこんだ。即座にヘヴィサイド――左へ銃口を向ける。内部に敵がいた場合、ドアノブ側で待ち受けている可能性が一番高いからだ。

　的中。銃を持った人影が目に入った。

　ためらいもなくトリガーを絞る。6・8ミリ弾のストレートな反動を三度感じたところで力をゆるめる。銃を持った人形ターゲットの鼻のあたりに三発が固まって命中していた。特に手をくわえていない工場から出荷された弾（工場装弾）が三〇メートルで一分――六〇分の《ワン・ミニッツ・オブ》一度《・アングル》以内に命中するだけあって、至近距離での精度は抜群だ。

　次の目標を狙う。ソファのかげに銃を構えた人影。即座に撃ちこんだ。ぼくよりコンマ一秒遅れて突入したナンバー2のM468カービンも咳きこむような音を響かせる。

さらに狙いを変える。二つのターゲットを発見した。ソファの向こう側から頭をだしている。突き刺すような勢いで銃を構え、トリガーを二度絞る。

　室内にはまだ銃をもった人影があったが、それ以上トリガーを絞る必要はなかった。後から突入してきたナンバー3とナンバー4が他のターゲットを片づけてしまったのだ。時間は？　二秒かそこらだろう。フラッシュ・バンの発生させた刺激臭がひどく不快に感じられた。

「一・三秒よ、チーム・アルファ」レシーバーではなく〝人質〟役を演じていた一人から深みのあるコントラルトが響いた。最後の拷問でぼくの前立腺を後ろ側から刺激してくれた女である。いや失礼、いまはもう女性、と表現すべきだ。ラウラ・ミラルディ。顔立ちも髪形もボディラインも派手なイタリアン美女である。ぼくがマッギヴァーンに揃えてもらった人材の一人だ。イタリア憲兵隊の対テロチーム出身。最近のヨーロッパ各国が警戒しているアラブ系テロリストは基本的に女性を敵とみなさない習慣があるため、女性の特殊要員の需要は大きい。

「ターゲットはすべて一撃で無力化。すべてたて続けに二発命中《ダブル・タップ》。人質に被害はない。ちなみに、あなたたちの記録はGETキルハウスのレコードよ。おめでとう！　状況終了！」

　一緒に突入した四人が歓声をあげた。生身で実弾訓練の人質役を演じていたラウラが大げさに騒ぎたてる。ゴーグルを外し、ヘッドマスクをまくりあげた全員が女性で、〈エンジェル〉ほどではないにしろ、魅力的であった。だれの目にも喜びとぼくへの信頼と敬意——そしてもっと熱いものが滲んでいた。全員がラウラ同様、あの拷問に参加してぼくに狂った者たちである。経歴は国籍こそ違えど、ラウラと似たようなものだ。

　いまぼくらがおこなったのは派手にぶち壊しながら《ディストラクティブ・》突入《エントリー》する人質救出訓練である。この建物はさまざまな突入状況をシミュレートできる突入訓練施設《キリング・ハウス》だった。ただし訓練とはいえ『リアル』でないのはテロリストや犯人が銃撃してこないことだけ。こちらが使う弾薬は実包だし、人質役を演じる教官役のラウラはあえて防弾装備を身につけない。おまけに訓練の途中で状況がくるくる変更され、手順がどんどん崩れて混乱するようになっている。ドジを踏めば本当に人が死んでしまう。なんでも昔のSAS式なんだそうで——実戦と同様、プロにだけこなすことができる厳しさである。たいしたもんだ。しかしいまのぼくはそいつに慣れておかねばならない。オルガや里沙の攻撃が迫っているのであれば、必然的にこちらは受け身ということになる。奇襲を受けた場合、屋内で受けて立つ可能性が高いということだ。どうやって防ぐのかはもちろん、敵がどう攻撃してくるかを知るためにも屋内での至近距離戦闘に習熟しておく必要があった。

外にでた。この殺風景なつくりの建物の内部があれほど手がこんでいるとはなかなか信じられない。ぼくたちをここまで運んできたハンヴィーの荷台にはクーラー・ボックス。中身は冷えたビールとぼく用のジンジャエール。あの拷問室での大騒ぎのさなかに見せた動きで見極めた彼女たちの能力は水準をはるかに超える。そして信じられないほどの伸びを示している――毎夜、ぼくのリキッドを受け入れているからだ。

「素敵よ、トール」スラブ系のたくましさを備えたナンバー2――アンナが淫らさを感じるほど厚く柔らかな唇をぼくの頰へ押しつけた。「軍事訓練を受けるのは本当にはじめてなの」

「戦争ごっこすらしたことないよ」元ロシア陸軍特殊戦教官にぼくはこたえた。気をつけるようにしたので、英語はだいぶ男っぽくなっているはずだ。

「あたしが訓練してやったFSBの特殊部隊なんか足元にも及ばない」

「KGBじゃないの？」

「失礼ね、あたしを何歳だとおもってたわけ？」アンナが優しく睨んできた。「KGBは一九九一年一〇月に解体されたのよ？　ま、どうでもいいけど」

「たしかにトールは強いけれど……わたしたちにも仕事をさせてほしいな」ナンバー3――フランス国家《G》憲兵隊《I》対テロ《G》部隊《K》からリクルートされたマリアンヌがいった。フランス人らしく日本人と大差のない体格だが、身体のバランスは生唾ものである。

「ごめん――でもさ、もらうサラリーは同じだろ。ぼくもサービスしてるし」

女たちは笑った。マリアンヌは耳まで紅くしながらぼくに抱きついた。全員がプロではあってもプリマドンナではないからだ。そしてプロは誇りと妬みの違いを知っている。優れた行為は即座に称賛され、信頼の基盤となるのだ。

おそらく周囲からここまで素直に信頼を寄せられたのは生まれてはじめてだろう。いうまでもなくひどく嬉しい。

しかし素直に喜べなかった。感情の問題ではない。アラス教官のラウラ）に参加してまだ一週間もすぎていないが、すでにチームリーダーとしての信頼を得ていることがその証拠だ。

それからしばらく、ここをどうしようあそこはもう少しできるんじゃないかと話し合う。何カ所かなおせば一秒ぴったりでいけるのではないかと結論がでたので、サポート・スタッフがドアを直すあいだ待機し、再び突入訓練をおこなう。結果は一・一秒であった。計算どおりにはならなかったが、おそらく、この種の任務では世界最高の数字であろう。ぼくが本気でかかれば一秒どころじゃないや、とおもったがもちろん口にはしない。さらにリキッドを与えて彼女たちの能力を上昇させてしまうことにしよう。いまのぼくはGETの内部に強い味方を一人でも多く必要としている。

そのあとはまたまたハンヴィーの周囲で反省会だ。なぜ一秒を超えてしまったのかという話からぼくらの使っている銃――M468の話になる。銃そのものはM16系列の設計が応用されているのでさほどの問題はないという結論。使用するレミントンSPCについては……たしかにいい弾だという話になった。

ンナの言葉が気にかかっていたのだ。脳がちくちくした。

「どうしたの、トール？」ナンバー5、さきほどショットガンでドアを吹っ飛ばしたインガが顔を覗きこんできた。北欧系そのものの白い肌をもった甘い顔立ちに気づかう色が浮かんでいる。

「いや」脳のちくちくをごまかすため、インガの首筋にキスした。は、と空気の抜ける喘ぎを漏らした彼女の体臭をいっぱいに吸いこみ、気分を落ち着けた。

「そういえばインガって、ぼくよりいくつ上だったかな」ぼくはたずねた。

「ばか、年なんか訊かないで……アンナと同じよ」彼女はスウェーデン陸軍情報部の元中尉だ。きっと、ものすごく男どもの気を散らせる制服姿だったに違いない。

「じゃ、KGBは知らないのか」

「当たり前じゃない、トール」インガは呆れていた。「KGBが解体されたのはわたしがまだ小学生だったころの話よ」

ともかく、ぼくはGETの訓練を楽しんでいた。技量も、自分で呆れてしまうほうどの勢いで上昇している。GETロウ・エンフォースメント・アドバイザリィ・ディビジョンのアルファ・チーム（ぼくをふくめて五人プ

この6・8ミリ弾はもともとアメリカの特殊部隊将兵が主力ライフル弾である5・56ミリ弾の威力に不足を感じたことから開発されたものだが、強力すぎるということがなくて楽なのだ。

強力すぎて困るというのは妙な話に聞こえるかもしれないが、たとえばさきほどの訓練のように人質とテロリストがダンゴになっている場合は重要になってくる。

たとえば、弾の先っぽ——弾頭をスチールでおおった完全被甲弾《フル・メタル・ジャケット》というのは人体をズボズボ貫通するために特化させたような弾薬だ。アメリカ軍がM16系列用に採用した5・56ミリ弾、SS109（軍制式名称はM855）にいたっては弾の芯までスチールにしてしまい、さらに貫通力を高めている。ほとんど戦車砲弾のノリだ。

こういった弾が採用されている理由のひとつは人間の体内で潰れたり砕けたりして身体をグシャグシャにしてしまう弾を戦争で使用することが国際法で禁止されているからだが……もうひとつ大きな理由がある。

敵兵を殺すより負傷させたほうが戦場で敵兵力を減らすのに役立つからだ。死んだ奴は放っておいてもいいが負傷者は助けねばならず、手当てや救出に人手を割《さ》けば割くほど前線に敵が投入できる人数が減るからである。

残酷だが、じつに合理的な考え方だ。

が、人質救出の場合は話が違ってくる。

テロリストと人質が重なって立っていたり、建物の壁が薄かったりした場合、貫通力が高いと無用の被害をだしてしまう可能性があるからだ。ターゲットについての考え方も違う。テロリストなどという輩《やから》は生きているだけで新たな面倒を引き起こすからである。負傷させてとらえた場合、仲間が奪還のためのテロを起こすことがまあるのだ。つまり、負傷させるよりも可能なかぎりその場でぶち殺してしまったほうがいいのである。

レミントンSPCはまさにそのための弾であった。初速——銃口をとびでた段階での弾の速度《マズル・ヴェロシティ》が、同じレミントン社製品で最速の5・56ミリ弾が秒速約三〇一七メートルなのに対し、約二五六〇メートルに抑えられているため、たとえフル・メタル・ジャケット弾でも貫通力が高すぎるということがないのだ。となると『威力』も弱いのかというと大違い。弾の重量が5・56ミリ弾の倍ほどもあるため、弾に与えられたエネルギー量は銃口を出た段階で約二倍、一〇〇ヤード（約九一メートル）でも約一・七倍に達する。ガンマニア風に表現するならノック・アウト・パワー・ファクター——打撃能力の高い弾、というわけだ。さすが世界で一番銃が好きな国の特殊部隊《デルタ》がからんだだけのことはある。

ようやく飲み物を口にすることができ、こういうとき辛いウィルキンソンよりカナダ・ドライのほうがいいな、とおもっていたところでラウラが射撃練習をしようよ、と持ちだす。このまま皆がリラックスしてしまうとぼくを囲んだ六人プレイが待つばかりだからだろう。彼女にはアルファ・チームがマッギヴァーン父娘を護衛するためだけの特殊チームだと伝えてある。もっとも、彼女にとってはどうでもいいみたいだ。すでに、ぼくの役にたてさえしたらそれでいい、という心理に陥っているのである。

キルハウスの側に設けられたシャワールームで身体を洗い、スリムジーンズとTシャツに着替えた。残念ながら皆と一緒ではない。そんなことをしたら、この場でパーティが始まってしまう。

射場に向かう途中もあぶなかった。並んで乗るとイロイロと始まってしまうので助手席に座ったのだが、背後に座った女たちが競うように手をのばしてきたのだ。なかでも、拷問のときにぼくを深く収めたブルネットの美女、ミランダが大胆である。シートの後ろ側から手をまわしてぼくのボタンを外し、手をさしこんでシェイクしてくるのだ。

「うわわ」あまりの心地よさにぼくはおもわず腰を浮かせた。するとやはり後席からのびてきたプラチナブロンドが見事なインガの手が後ろ側にすべりこんでしまう。くすぐってくる。しかしちょっと楽しみきれない気分であった。さきほどから気になっていることがあったのだ。そうなのか？　やはり、そうなんだろうな。

「みんな我慢して。トールと話があるの」運転していたラウラがいった。名残《なご》りおしそうに手が離れる。ぼくも寂しかった。

彼女は速度を周囲から怪しまれない程度に落とし、いった。

「今朝、全員で話し合ったの」

「なにを」

「わたしたちはあなたに付くわ、トール」

意味は即座にわかった。

「危険だよ。死ぬかもしれない。いや、きっと死ぬ」

「承知の上よ。それで、考えたの——GETをあなたのものにしてしまえばいい」

さすがに目を剝いてしまった。

「ちょっとすごすぎないか、それ」

「あなたは復讐を果たしたいのでしょう？　最高の復讐は恨みの対象を自分のものにしてしまうことよ。否定しないで。ファイルをのぞいたの」

「そうだね。したいよ。いや、する」

「つまり、オルガ・エクスタシアは殺さなければならない。あなたを裏切ったリサ・ニイミも」

「そういうことになるだろうね」

「そしてオルガとリサはマッギヴァーン父娘を狙っている」

「なるほどね」

「そう。かみ合わせるの。オルガとリサにマッギヴァーンを片づけさせて、そのあとでお互いに潰し合いをさせる。あなたは生き残ったほうを潰せばいい」

「合理的だ——でも、それがどうしてGETを支配することにつながるんだ」

「あなたがGETの女たちを支配してしまえばいい。あたしたちがあなた以外のことを考えられなくなるまでに何日かかったとおもうの？　ほんの数日だわ。なら、GETの管理部門にいる女たちをあなたのものにしてしまうの。要職にあるものだけを狙うなら、三日もあれば充分よ」

顔をしかめるしかなかった。どうしてぼくと関わり合う女性はこういうタイプが多いのだ。

「これでも好みはあるんだけどな。好きになれそうな女性以外とはできないタイプなんだけど」

キャビンに女たちの溜息が満ちた。

「そういうとおもった」否定されたのにラウラは嬉しそうだった。「だから、たった一人だけで済むターゲットを選んでおいた。いまから会えるわ」

彼女はわびるように手をあててくる。うっ、気持ちいい。大きく、柔らかく、しっとりとした手で全体を包みこまれる心地よさで腰全体が溶けるようだ。が……なんともったいないことに意識をそこへ集中しきれない。

「まだなにか気になっていることがあるのね」ラウラがいった。「他の好みの女のことを考えている——そうね？」

「わかる？」

「あなたのどこに触れているとおもってるの？」

ぼくは笑いながらひくひくさせた。そしていった。

「歴史の勉強をさぼるとろくなことはないな、っておもったんだ」

頭の中に杭を打たれたような気分だった。もっとはやくにわかっているべきだった。試されていたに違いない。あからさますぎて気づかなかったのか？

いや、そうじゃないな。

知識と現状把握が結びついていなかったのだ。どうしてそんなマヌケなことを？　決まっている。彼女に狂った黒江徹がなにも考えさせなかったのだ。

それにしても、どうしてそんなことを？

銃声が響いてきた。島の西部に設けられた射撃練習場――シューティング・レンジについたのだ。

レンジではGETの男女が射撃練習をおこなっていた。女たちのなかにはすでにぼくと寝た者もいる。情報を得るためだが、手抜きはしなかったしリキッドも放ってはいないので卑怯とはいえないだろう。ただし、面倒はおこしたくないので相手のいる女性はお断りしている。

射撃場の監督――女性のレンジマスターと話していたラウラが戻ってきた。

「あそこよ。左隣があなたのターゲット。どう？　この島で騒ぎがおきたとき、彼女さえ守りきればあなたがチャンピオンよ」

他の女たちへ見せつけるようむっちりした腰をこすりつけてきたラウラは得意気に開いている射座を示した。

左隣で撃っているのはエレンだった。

10

GETの射撃場はピストル射場やライフル射場といった具合にはわかれていない。設備が整っているからだ。レンジの射座数が多いだけでなく、バーレットのような大口径ライフルも撃てるよう奥行きが二キロ以上もある。それに、ここで射撃をおこなう者にアマチュアは一人もいないから、安全管理上の問題もない。

エレンはブラックのランニングシャツにアメリカ《US》海兵隊《MC》の迷彩パンツ、そしてサイドジッパー・ブーツだった。露出趣味があるのか単にセンスが悪いのかよくわからない。とはいえ、拳銃射撃を真摯《しんし》にとらえていることだけはたしかだった。グリップを握った右手を左手で包みこむツー・ハンド・グリップでベレッタM92FSをぶっ放している横顔にひたむきなものが浮かんでいたのだ。

イア・プロテクターをつけて右隣の射座に入った。ラウラたちはぼくの右側でそれぞれ射撃準備を整える。訓練を受けているだけあって、皆、準備が早い。ちらりとこちらを見たのでどうぞ、とうなずいてやった。

　ラウラが二五メートルの位置に立ちあがった拳銃用の人形ターゲットに向けベレッタM８０００クーガーGを放った。発射時の反動をスライドの後退にあわせて回転するように工作が施された銃身でも受けとめ、反動を最小化しようとしている銃である。アイデアはすばらしいのだが可動部が増えるため、荒っぽい使用に耐えられるのかどうか？　ぼくならばちょっと不安だ。それに、ぼくが使うにはグリップが太すぎる。手が大きく、イタリア製の火器になれているラウラだからこそ安心して使えるのだ。

　ラウラの射撃は手慣れたものであった。反動を無理なく受け流し、銃が元の位置に復帰した時に再び放っていた。スムーズかつ実戦的だ。ぼくとは違い、常人は反動を無視した射撃などできないからである。反動による照準のぶれを避けるためには、反動の影響が消えた時に撃つしかない。

　ラウラは一弾倉ぶんを三〇秒ほどで撃ち尽くした。全弾が心臓のあたりに集弾している。見事なものである。もともと射撃はうまかったのだが、ぼくの影響で肉体的能力が向上したことも関係しているのだろう。マリアンヌたちもやはり見事なものだった。

　一方、エレンの射撃は……ま、下手ではない。二五メートル・ターゲットで六割が心臓の周辺に散っている。射撃練習をかかさないアメリカの警官だって彼女より下手な者のほうが多いだろう。手に合わない銃を使わなければもっと当たるだろうに……。ま、個人の趣味か。彼女はGETの戦闘要員というわけではないし。

　バッグから二丁の拳銃を取りだした。一丁はさきほど突入訓練で持っていたUSPコンパクトだ。グリップフレームの下にシュアファイアの小型だが強力なハロゲンライトを装着している。銃身の下に平行して備えられた反動で後退したスライドを元の位置に戻す複座バネ《リコイル・スプリング》の支持棒――リコイル・スプリング・ガイドは、レーザー・サイトを内蔵したものに交換してある。

　照門《リア・サイト》はガラス板をフレームで囲ったようなオプティマのドット・サイトに替えてあった。ドット・サイトはその名のごとく透明部分に表示された輝点でターゲットに狙いをつけるもので、照星《フロント・サイト》と照門《リア・サイト》をあわせて狙う通常のサイトにくらべると視界が広く、はるかにターゲットをとらえやすい。

もう一丁は以前に使ったことのあるキンバー・ウルトラ・キャリーⅡとよく似たコルト・オフィサーズACP風の自動拳銃である（オフィサーズACPはアメリカ軍の旧制式拳銃、コルトM1911A1のコンパクト版だ）。

キンバー社の銃を最初に教えてくれた人物——ああ、うん、その、真嶋《まじま》みさきと名乗っていた少女はフルコピー品のような表現をしたが、実際はオフィサーズACPよりさらに小さいらしい。すくなくともキンバー社のHPでは『ウチのこれが一番小さいコルト・ガヴァメント風の拳銃である』という意味のことが書いてある。寸法を測ってみれば……って、ぼく、ガンマニアじゃないし。

で、いま取りだしたのはそのキンバーのタクティカル・ウルトラⅡである。ウルトラ・キャリーのハードな使い方をするユーザー向け商品というところであろう。スライドは艶消し黒、グリップフレームは暗灰色で、特殊なアルミ鋼から削りだしてつくっているため、頑丈なうえに軽く、精度も高い。マガジンの充塡弾薬数《キャパシティ》（装弾数）が七発きりだという点をのぞけば、実に持ちやすく撃ちやすくあたりやすい銃である（ぼくにとっては）。こちらのほうはラバーグリップに替えた以外は手をくわえていない。コック・アンド・ロック——薬室《チャンバー》に弾薬を送りこみ撃鉄をおこした状態でしっかりした安全装置がかけられる（抜き打ちの手間が減る）ので、護身用に用いているからだ。

んで、二丁を両手で構えて……なんてアホなことはしません。意味がないし、さすがのぼくでも命中率がさがる。

まずUSPコンパクトを手にし、二五メートルではなく五〇メートルにターゲットをだしてもらい、狙いをつけた。五〇メートルともなると常人ならスコープを用いなければ見えないレーザーの小さな反射点を肉眼で見つけ、自分の姿勢が正しいことを確かめる。

ターゲットではなくサイトのドットに焦点があったとたんにトリガーを絞った。スライドの動作不良をおこさないように最低限のはねあがりを受け入れつつ速射する。もちろん弾道を計算にいれ、高めを狙っていた。

宙を舞った薬莢のほとんどが落下する前にマガジンを交換し、再び速射した。二個目のマガジンを空にしたときもまだ最初のマガジンから放たれた弾の薬莢は落ちきっていなかった。

設計時の想定を超えた速射で熱くなってしまった銃を

冷ますため、スライドを後退位置でロックしたままマガジンを抜き、射座のテーブルに置いた。周囲から……ことに左隣から強い視線を感じるが無視し、わかりきっている結果を確認する。射座に備えられているディスプレイにターゲットが映った。頭部の中心と心臓の中心に二、三発があたったような穴が生じていた。

　ふん、とバカにしたような鼻息が聞こえる。

　映像は命中の瞬間を微速度撮影したものに切り替わった。弾が命中するたびにターゲットが揺れ、命中弾数がカウントされる。

　結果は26であった。

　全弾命中である。ほとんど同じ位置に命中したため、数発があたったような穴しか生じなかったのだ。今度はあちこちから賛嘆の呻きが漏れた。全弾をそのように命中させることが可能な者はたまにいるが、発射速度が異常だったからである。

　左隣からはなにも聞こえなかった。

　拳銃から火薬のカスなどを簡単にとりさって片づけると、今度はＭ４６８カービンを準備した。ターゲットを四〇〇メートルに変えてもらう。レミントンＳＰＣは突撃銃の一般的な交戦距離といってよい一五〇メートル付近では弾道の低下《ドロップ》がほぼゼロなので、ぼくのように照準のミスや反動による銃口のブレをほとんどおこさない化け物の場合、練習にならないのである（横風が強いとか、気圧が違う、という場合は別だ）。日本の狭苦しい射撃場で猪や鹿を模したターゲットを猟用《ハンティング》ライフルで撃っているそこそこ腕の良い人たちが『命中しすぎるので面白くない』と感じるのと同じかもしれない。

　ドット・サイトでターゲットをとらえる。屋内近接戦《CQB》にあわせ、ゼロで照準合わせをしてあるので、弾薬のデータどおりの修整を――いまの場合、ターゲットより約九〇センチ上の空間を狙えば命中するはずだ。一個あたり二八発という半端な弾数のマガジンはたちまち空になる。ターゲットを確かめると全弾命中であった。

　さらに遠く、六〇〇メートルでフルオートを試す。またしても同じである。

　突撃銃であるから、それ以上の距離で撃つ練習をしても無駄だろうと考え、そこでやめた。ぶっちゃけたハナシ、銃も弾も遠距離での戦闘など想定しちゃいないのだ。ラウラたちはまだ撃っているので射座の後ろに設けられたレストエリアでジュースを飲みながら銃の手入れをする。内部で火薬に火をつけてそのエネルギーを受け取っているメカニズムだけあって、火薬の燃えカスだけでもぬぐっておかなければたちまち調子が悪くなるのである。

この島へやってきた日（というかはじめてまともに扱われたとき）、ぼくに向けて銃をぶっぱなした少女が話しかけてきたのは手入れが終わった直後だった。

あらっぽく椅子をひいて座ったエレンを見た。ジュースの缶を手に、ぼくをにらみつけている。彼女は右利きで缶は右手だったから、今日は撃つつもりではないらしい。

「ボブ君の話ならごめんだよ」Ｍ４６８カービンを布製のケースにしまいながらぼくはいった。いくらか優しい声をだせたのは彼女が手入れのあいだ放っておいてくれたからである。それが大事な作業であることがわかっているのだ。

「ロバート・チェン」エレンはいった。押しだすような声であった。それがボブ君のフルネームらしい。中国系なのだろう。

別荘の庭がよみがえった。ぼくが包丁で腹を裂いたりペニスをいたぶったりしたうちの一人は中国系だった
――本当に、仇だな。

まあいいさ。復讐は果てしもなく連鎖するものだし、その連鎖を断ち切ることができるのは愛などではない。自分の復讐は果たすことができて他人の復讐をはねのけることの可能な力だけだ。だってそうだろ？　愛ですべてが解決されるのであればぼくのような存在がつくりだされるはずがないし、世界中でテロだの戦争だのがおこるはずがない。愛ですべてが解決すると信じるのは、好きだった女の子が自分ではなく他のだれかに股を開くのが大好きだと気づかされた奴の背後に、『前からずっとあなたを見つめていました』なんてほざく夢のような美少女があらわれなければならない、と信じているのと同じだ。畜生。うるせぇ。わかってるよ。いまぼくはどうにもならないほどの罪悪感を覚えているのだ。しかし再び雪華のような存在を失うことにでもなれば、また同じことをしてしまうだろうと確信もしている。他にどう考えたらいいのだ。お巡りさんに助けてもらうのか？　仇がお巡りさんよりも強かったらどうするのだ？

くそっ、うざったい女だ。いらないことを考えさせせやがって。犯してやろうか――くそっ、そうか、それこそがラウラのアイデアだ。

「ボブ・チェンは素敵な男の子だった」エレンはいった。

「アメリカ風にいうステディな関係って奴だったのか」

「そうなることができたとおもう」エレンの表情は沈んだ。「でも、その前にかれはスペシャル・タスクフォースの訓練に参加して……」

「気がついたらぼくに殺されてたわけか」

「ひどい……」エレンは涙を浮かべていた。頼むよ、おい。

「君はいきなりぶっ放してきたんだ。それに、ぼくが契約したのは君の父親であって君自身じゃない。だから、気をつかう必要はない。わかったか」

「……なにかわかったの」

「君に報告する義務はない」

「知りたいの」だから泣くな、この、ったく。

「ボブ君が死んだのはぼくを襲ってぼくの女を殺したからだ」

「それはわかってる！」彼女は押し殺した声で詰め寄った。「知りたいのはボブをそんな立場に追いこんだ連中のこと」

頭痛い。しかし彼女に対する再評価もできた。エキセントリックなことだけが取り柄のバカ女ではないのだ。

ボブ君とやらの死が当然のものであることを渋々ながら受け入れ、明快な理由からかれを殺したぼくではなく、よくわからない理由でかれを戦闘要員に仕立てあげた連中について知りたいと彼女は望んでいた。ま、自分がぼくを倒せないことがはっきりしたせいもあるだろうけれど。

「わかったらなにがしたいんだ」まっすぐに見つめ、たずねた。

「殺したい、わたしが」エレンはきっぱりといった。「わたしが殺されたときはあなたが殺してほしい」

「復讐か」

「あなたと同じよ」

「どうしてぼくが君を手伝わなければならないんだ？　なんの利益がある？」

エレンは下唇を嚙み、しばらくためらったあとでいった。

「わたしがあなたにさしだせるものは、わたしだけ」

「君にそれだけの価値があるとでも？」

「わたしをあなたの女にしてしまえば、あなたはいずれGETを支配できる。パパは永遠に生きるわけではないもの」

永遠に生きる、か。父親といい彼女といい、なんて親子だ。ドライ、なんてものではない。

しかし本気だろうか。マッギヴァーンにそう誘導されたのではないのか？　はっきりいってここではなにもかもが疑わしい。マッギヴァーンはGETを本当に自分のものとするためには娘だって使いかねない。それぐらいムチャクチャな会社だし、かれの過去もそれに見合った汚れかただ。

しかし……ま、ぼくもマッギヴァーンとの契約を守るつもりがあるわけではないからな。

なんとなく自分がイヤになったので射座へ視線をそらせた。射撃を終えたラウラたちがこちらを見ている。はっとした。もしかしたなら、彼女たちが一途なエレンに吹きこんだのかもしれない。ぼくの影響を受けた女たちであれば、それぐらいのことはしかねない。くそっ、まるで〈エンジェル〉じゃないか。くそっ、腹が立つどころかむしろ彼女たちが愛おしくおもえてしまう自分がたまらない。

ぼくは立ちあがった。

「じゃあ、代金を先払いでいただこう。つきあえよ」そうとでもいわなければ暴れだしそうな気分になっていた。

エレンは素直に立ちあがった。

青ざめた顔に浮かんでいるものがひどく気に障り、なにかもうひとことといってやろうと考えた。いまのやりとりはどうみてもぼくの負けだったからだ。

「あのさ」ぼくはいった。「手にあった銃を使わないと、あたらないし怪我もするとおもうな」

エレンは表情を引き締め、缶をおいてホルスターの上から銃を押さえた。下唇を白くなるほど嚙んだあと、押しだすようにいった。

「ボブの銃なの」

畜生。反省も後悔も絶対にするものか。

11

美しいものは汚《けが》してはならない、なんていっぱしの名文句のつもりで口にしていやがる奴がよくいるけれど、そんな奴は後頭部をショットガンで吹き飛ばされてしかるべきタマ無し野郎である。もともと美しいものなど存在しないからだ。この世には磨きあげられたものと、磨けば光るものと、磨く意味がないほど醜いものの三種類しか存在していない。自分はどこに当てはまるかって？　そんなこと一七で決められるか。だいたい、人間の価値なんてものは自分で決められるものじゃない。死んだ後で、何の関係もない他人が勝手にああだこうだいうだけである。じゃあ、死ねないぼくはどうしたらいいというのだ？

ぼくはマッギヴァーン家専用の――つまりエレン専用プールのプールサイドに置かれたエアチェアに深く沈みこんでいた。じりじりと太陽が照りつけ、肌を焼いている（焼けないけど）。プールの周囲は警報装置や樹木に覆われ、外界を遮断していた。

邪魔は入らない。ここは初日につれこまれたマッギヴァーン邸の庭である。ＧＥＴのだれも、ここに許可なく立ち入ることはできない。

庭といってもそこそこの街の市立公園なみの広大さである。庭にでてレンガ敷きの道を歩くとすぐに屋敷が見えなくなってしまう構造だから、方向音痴なやつだと迷ってしまいかねない。襲撃を予想して、樹木や道がそのように配置されているのだ。

エレンのプールは屋敷から歩いて二〇分はかかる。なんでこんなに離れて……とおもったが、プール脇に普通の家より大きなレストハウスがあり、その脇に電動カートが停められていることで納得がいった。プライバシーというやつなのだ。あるいは、エレンがパパにねだったものかもしれないが……いまの彼女は、そうまでしてプライバシーを確保したことを後悔しているかもしれなかった。

傍らに置かれたデジタル・プレーヤーが大音量で鳴っていた。うう、白人の歌う自虐的なラップってなんだかよくわからないよなぁ。あれはスラム出身の黒人がオレのナニはこんなにでかいぜ、ヤクの売人やって金も儲けたぜ、つきあってる女はぱっつんぱっつんだぜ、乗ってる車はキャデラック（なぜかベンツではない）だぜ、とか唄ってるのがいいとおもうんだけど。これって偏見か？　きっと偏見だ。絶対にそうだ。ごめんなさい。そんなことおもってるならラジオに切り換えてもよさそうなものだけれど、そのラジオがイヤだからこっちにしてある。ニュースで、中国海軍が南シナ海で演習を開始したこと、それにスイスで史上稀にみる銀行強盗がおこなわれたことを伝えていたのだ。前者はいまのぼくに関わりすぎているし、後者はあまりにも遠すぎる。

子猫の鳴き声に似た喘ぎが汚れた音の向こうから聞こえてきた。

声の主はむろんエレンだ。

美しい、というべきなんだろう。いや、実際に美しかった。金の力で磨きあげられた美しさだ。

同時に、妖しくもある。正直いって、これほど淫らな迫力に満ちたものを目にしたのははじめてであった。

ぼくの目の前で、女たちがもつれあっていた。

ラウラがエアマットの上にねそべっている。その上に、仰向けの姿勢でエレンが乗せられていた。

声を漏らしそうになる。すんなりと伸びた手足に充実した胸と腰はまさに芸術品で、腰のくびれ《トルソー》には神秘性すら覚えてしまう。身につけているのは胸と腰のほとんどを露出させるオレンジ色のビキニである。

粘った音が響いている。ラウラはエレンの耳を舌と唇で責めていた。レズビアンについて男が抱きがちな、優しくついばむようなタッチからはほど遠い。貪るような動きである。事実、ラウラの顔は肉食獣そのものであった。

唇が唾液まみれになった耳たぶをしゃぶる。舌が耳穴にさしこまれ、くちゅくちゅと音をたてる。そのあいだ、ラウラの両手は耳の後ろから首筋にかけてを刷毛でなぞるように愛撫する。他の部分には触れない。


その行為はエレンを燃えあがらせている。乳房はひとまわりも大きく張りつめ、乳首が硬く天を突き、脇腹がひくひくと震えている。脱力しているはずの太腿が小刻みな筋肉の収縮をおこし、咲き誇るように開いた彼女の奥から、勢いよく飛沫がとんでいた。あまりの心地よさに両手も動かせないようだ。眉はハの字によせられ、瞼はきつく閉じられ、小鼻が休むことなくうごめき、半開きになった唇からは腰の奥を痺れさせるような吐息と喘ぎが漏れている。

ぼくの視線に気づいたラウラは妖しく瞳をきらめかせた。股間をちらりと確認すると、エレンの耳全体を口にふくみ、耳穴を強く吸いあげる。

淫らすぎるバキューム音と同時にエレンの身体が震え、甲高い喘ぎが漏れた。脳を吸われているかのように、どんどんと昂っていく。膨らみきった胸をしぼりだすように揺らした。腰が無意識の運動をはじめ、色を変えたボトムから大量に銀色の滴りがこぼれおちた。

「みんな、手伝って。マリアンヌはトールをお願い」ラウラがいった。エレンが瞼を開けた。とろけきった瞳でぼくを見つめる。ただし、その対象はぼくではない。ラウラの指が首筋を撫でるたびに小刻みな痙攣をおこしている。シーツには大きな染みがひろがっていた。

ラウラは見せつけるように舌をうなじに這わせた。舌先が優美なラインをなぞるたびにエレンの身体は震え、自分から背中をこすりつけてゆく。両手が腋《わき》の下をくぐり、裂けそうなほどに膨らんだ外周をさっと払った。

エレンは背筋を反らせ、高く喘いだ。ラウラは舌を耳の後ろにもぐりこませ、ねっとりと舐めしゃぶる。

他の女たちも水着をむしりとりながらエレンを責め始めた。ミランダが左胸、アンナが右胸。そのタッチは見ていてもどかしくなるほどにソフトだ。外周からじれったいほどにゆっくりと指先を走らせ、中心で硬くたちあがったものへと迫ってゆく。が、決して先端には触れない。

エレンの喘ぎは途切れが消え失せていた。太腿の収縮だけでなく、腰を使い始めている。その腰はインガに支配されていた。M字に大きく開かせた脚の内腿を撫で、膨らみほころんだ部分へ息を吹きかけていた。

再び瞼をきつく閉じたエレンの全身は紅潮しきり、彼女がどこまで追いあげられているかを如実にしめしている。喘ぎをもらす喉がひくひくとうごめき、だらしなく開かれた唇の端からは透明な唾液が蜜のように滴りつづけていた。

ぼくの股間からも淫らな音と賛嘆の喘ぎが響いていた。

「トール……すごいわ……トール……」

ねっとりとした視線でぼくを見つめながらマリアンヌが刺激していた。両手をつかったソフトな動き。ぼくの裏側へついばむようなキスを繰り返し、徐々に快楽を蓄積させてゆく。

ラウラがエレンに語りかけていた。

「どうしたの？　こんなに胸を熱くふくらませて……トールとファックしたいんでしょう？　ファックしたくてたまらないのよね？」

「そ、そんなこと……」エレンは懸命になって首を横にふった。

「いいのよ、別に……あの醜いペニスを貪りたいんでしょう？　熱いエキスを奥に注がれたいんでしょう？　正直におっしゃい？」

ミランダとアンナが同時に乳首を吸いあげた。揉む動きが激しくなる。開いた手がエレンのくびれをくすぐるようになぞった。股間ではインガの舌と指の動きが目まぐるしさを覚えるほどに速くなった。エレンは喉頭をさらして高く狂おしげに喘ぐ。インガに抱えこまれた腰は激しくくねっていた。

が、ラウラの指示で全員が刺激を中止した。こちらから見てももう少し、というぎりぎりのところで逸らしてしまったのだ。放りだされて泣き喘ぐエレンの唾液まみれの耳に、ラウラがささやいた。ほら、したいんでしょう、どうなの、どうなの。

「したい……欲しい……」力尽きたようにエレンがつぶやいた。声はすぐに叫ぶような大きさにかわった。「欲しい、欲しい、トールが欲しいのおっ」

ラウラは熱く燃える瞳で彼女を見つめ、いった。

「そう……でも、まだ準備が足りないわ。いまから胸だけで三度、アクメを味わわせてあげる。ほらっ」

ラウラの指が前にまわされた。すっと一度撫でただけでエレンは達した。全身をつっぱらせ、とろけきった場所から銀色の液体を噴きこぼす。

「次よ、ほらっ」

指が深くなぞった。エレンは歓喜の極みでさらに押しあげられ、ぼくへそこを見せつけるように腰を持ちあげてひときわ高く喘いだ。

「これで……三回っ」

のけぞったエレンの肩を胸で受けとめながらラウラは両手を胸にあて、麓《ふもと》から頂点の直前まですうっと撫であげた。エレンの背と腰は一直線になり、ラウラの肩に頭をのせながらのけぞる。勢いよく溢れたものがぼくに降り注いだ。

「どう、熱くなった？　トールがきても大丈夫になった？」ぐったりしたエレンを抱えこみながらラウラがたずねた。エレンは虚ろな目でぼくを見つめ、あ、あ、あ、とおののくように声を漏らす。

ラウラがトドメを刺すようにいった。

「欲しいのよね、本当に……あなたのステディを殺したトールでいいのよね？」

「あ……」

戸惑うようにエレンが肩を震わせた。ラウラは再び耳をしゃぶりはじめ、くびれきったあたりから太腿にかけてを何度も撫でながら舌を踊らせる。またもや強く耳穴を吸った。

エレンは痙攣に陥りながら叫んだ。

勝ち誇ったラウラは幼児へ用を足させてやる母親のように背後から両脚を抱えこんだ姿勢でエレンを抱きかかえ、たちあがる。他の女たちが手を添えて手伝い、椅子の上で後ろ手を組んだぼくの上に運んだ。マリアンヌが名残惜しげに股間から離れた。

「さっ、自分でするのよ」ラウラは洗脳するようにささやいた。「トールへ手をのばして……しっかりと当てるの」

エレンはだらだらと涎を垂らしながら手をのばし、ぼくを摑んだ。恐れているような力具合がたまらない。おもわず震わせてしまった。

ひっ、とエレンの喉奥から悲鳴が漏れた。しかし手は離れない。おぼつかない手つきで角度をあわせると先端が開花させられた部分に触れた。ぬめりがつたいおちてくる。

「いいのね？　本当にいいのね？」ラウラがたずねた。エレンの返答はもはや言葉にすらなっていなかった。自分のそこにあてられたぼくを欲情しきった目で見つめながら、荒く浅い呼吸を繰り返しているだけ。腰が求めるように動きつづけ、白人特有の鮮烈なピンク色をした女の中心がたえまなく蠢いていた。

ラウラがうなずいた。ミランダとアンナがエレンの体勢をなおし、マリアンヌがぼくを最適の角度にあわせた。大量インガが熱く充血した肉のフリルを指先で拡げる。大量にエレンの内部から滴り落ちたものが、ぼくを濡れそぼらせた。

エレンを抱きしめたままのラウラが座るように膝を曲げた。ぼくが入りこむ。抵抗に遭遇した。が、ラウラがさらに沈みこむとスムーズに押し広げられてしまう。一瞬のち、ぼくの全体は新鮮なエレンに包みこまれていた。

痛みを覚えるほどにきついが、充分に蕩けていたそこはぼくを懸命に刺激してくる。こちらが動く必要は一切なかった。エレンは一〇本の手による刺激を受けながら、男を喜ばせる動きを実地で教えこまれていた。ラウラは両脚を用いた腰の挟み方と内腿を用いた愛撫を教え、インガは後ろの引き締めが他の部分に与える影響と腰の効率的な運動を両手と舌を用いて覚えこませている。ミランダはふっくらとした下腹部やすすべすべとした腹がもたらす驚くべき効果を伝え、アンナは胸をどう使えばさらに悦びが高まるかを両手で教えた。エレンは舌すら自由にできなかった。マリアンヌが顎を開かせ、舌をどう動かすかを囁きつづけていたのだ。

ぼくが感じていたのは直接的な快感ではなくある種の感激だった。いかにぼくの『力』の影響があるとはいえ、彼女は自分の限界を超える高みにまで昇りながらぼくとの契約を守ろうとしているのだ。

急激になにかが高まってゆく。熱くはりつめた子宮を強く感じ取った。大丈夫だろうか？　連続して達し、脱力しかけると熟練した女たちによって動かされて再び高まる彼女のそこは信じられないほど活発になっている。我慢できない。

ぼくは内奥の処女を奪った。はじめてで奇怪な交わりを知って泣き叫ぶ彼女へさらに深く侵入しながら、呪わしいリキッドを放つ準備を体内で高めていった。

目覚めたのは深夜に近かった。あれからレストハウス内へ場所を移し、エレンを徹底的に開発したのである。リキッドをどれほど流しこんでしまっただろう？　一リットルを超えているかもしれない。彼女はもはや元に戻れないのだ。

むろん、ラウラたちともたっぷり交わった。どうにも説明のつけにくい罪悪感があったからである。

そうなのだ。ぼくはエレンを利用していることに引け目を感じていた。初めてだった彼女を隷属した五人の女たちの手で発情させ、異様な初体験へと持ちこんでしまったことが後ろめたかったんだな、うん。ひどい、最低、人間じゃないわ（↑そのとおりだけれど）。

でもね、向こうは先にぶっ放してきたんだし。こちらは一応最初から気持ちいいように手は尽くしたわけだし。別に、いや、だめ、というのを無理にだまらせたり、ヘンな薬や催眠術でどうにかしたわけでもないし。いえま、ぼくの肉体そのものがヘンなクスリみたいなものだといわれたらそれまでですが。

くそっ。

なにをしても、なにを考えても、結局同じ場所に戻ってくる。黒江徹とD‐17の衝突だ。いったいどう整理をつけたらいい？　D‐17としての『力』を黒江徹が用いていることがいけないのか？　D‐17という存在のなかに黒江徹という矮小《わいしょう》な自我が巣くっていることに問題があるのか？　どちらにしろろくでもない。考えてもみろ。ぼくがなにかに関わると周囲には死と破壊が満ちあふれ、地獄絵図と化してしまう。じゃあ、と関わらずにいると地獄絵図のほうがぼくに迫ってくる。生涯をともにしたいと心から願った少女を自分で殺し、ぼくにすべてを捧げると誓った女を裏切り、ぼくを心から愛してくれた女を死なせ、子供のように信頼と愛情を寄せた女には裏切られた。エレンやラウラたちはどうなるのだろう？　くそっ。

窓の外を過ぎ去る気配に気づいたのはそのときだった。木々の間を影が駆け抜けたのである。

ジーンズとTシャツを身につけた。ベルトにはタクティカル・ウルトラⅡと予備マガジンが四個。間に合うのかどうかはわからない。

「トール……」いつのまにか目覚めたラウラがたずねた。顔色を変えている。

「始まったらしい」照明をつけないように合図しながらいった。

「ええ」あわてて衣服を身につけていたラウラがうなずいた。他の女たちも準備を始めている。島で騒ぎがはじまったあとは、ぼくの連絡があるまでひたすら隠れていることに決めてあったのだ。

外へでた。ハンヴィーに積んだままの装備をおさめたバッグを、まずラウラたちのぶんから手にする。屋内へ運びこんだ。受け取った女たちにキスを投げ、エレンを頼んだ、と告げて再び外にでた。気が急《せ》くので自分のバッグを肩にかけただけで走りだした。

スニーカーなのであまり足音が響かないのがありがたかった。親指でホルスターのホックを外し、銃を抜いた。いつ敵にでくわすかわからないからだ。夜空は満天の星だが、樹木に視界を遮られた地上は地獄のように暗かった。

12

銃火のきらめきは突然だった。反射的にその場に身を伏せたが、自分が狙われたのではないことがわかると、だらしなくにやけてしまう。

マッギヴァーンの本邸に据えられた重機関銃が唸りをあげていた。曳光弾が闇を突き抜け、地面にあたって跳ねあがる。

襲撃側——人数の多さからいって、里沙の部下ではなくスペシャル・タスクフォースだろう——も激しく応射している。軽機関銃が曳光弾を屋敷へ叩きつける。壁に弾痕をうがってゆくが、貫通はしない。窓ガラスにも命中するが、砕くことができない。完全な防弾構造になっているのだ。発砲炎で位置を摑まれ、重機関銃の弾を浴びて損害をだしているようだ。

どのあたりで混ざったら楽しいかな、と迷いかけたところで、スペシャル・タスクフォースがチャンスを造ってくれた。

庭のあちこちから破裂音が一斉に響く。山なりの弾道を描いたなにかが本邸へ降り注いだ。本邸の各所で次々と爆発がおこった。擲弾をぶちこんだのだ。屋上に据えられていた重機関銃も近くで爆発した擲弾の爆風と破片を浴び、銃手とともに地上へ落下する。

スペシャル・タスクフォースはそれだけでは安心しなかった。今度は携帯式の対戦車ロケットを一斉に発射する。むろん防弾ガラスでどうなるものでもない。ガラスを突き破って邸内へ飛びこんだロケットが次々と爆発し、豪華な内装を粉砕する。

スペシャル・タスクフォースは破壊した場所から次々と邸内へ侵入した。が………突如として天井から降り注いだ銃弾によって二〇名以上が射殺される。なにがコミック・ブックだ、くそっ。やっぱりムチャクチャな仕掛けがしてあったじゃないか。

スペシャル・タスクフォースは損害にめげず、攻撃を継続した。対戦車ロケットや擲弾で怪しげな部分を片っ端から破壊し、爆煙がたちこめる邸内へあらためて侵入を図る。

本邸の警備についていた戦闘要員《オペレイター》が反撃にでた。手にしたM４突撃銃やM２４３軽機関銃で集中射撃をくわえ、手榴弾を放り投げる。屋内にもかかわらず擲弾も用いられていた。狭い場所で用いると爆風や破片を味方にも浴びせかねないが、気にもしていない。

そのせいもあってか、スペシャル・タスクフォース側があきらかな優位にたった。数の差もあるが、動きが違っている。特殊部隊出身者で固められているはずの本邸警備要員を正確な射撃と素早い動きで徐々に圧倒していく。やはり〈アウトフィット〉の遺物によって改造を受けているに違いない。

流れ弾をくらわないよう用心しつつ本邸へ近づいた。擲弾で破壊された窓から一〇名のスペシャル・タスクフォース戦闘員が侵入しようとしているのがわかった。

あまり簡単に制圧されてはまずい。タクティカル・ウルトラⅡを構えると奴らの背後から首筋を狙って45ACP弾を叩きこんだ。打撃力の大きな弾をむきだしの後ろ首に浴びた男たちは延髄を破壊されて次々と即死する。途中で弾が切れたのでマガジンを交換し、残った者たちも射殺した。

位置を変える。防弾ベストをつけている暇はないのでタクティカル・ベストとレッグ・ホルスターだけを身につけた。M４６８カービンにマガジンを叩きこみ、ボルトを操作して薬室《チャンバー》へ弾を送りこんだ。装填完了だ。まず屋外の敵から片づけることにする。

　外にいるスペシャル・タスクフォースの戦闘員たちはぼくがたちどころに一〇名を射殺したことに気づいていないようだった。銃声があちこちで響きわたっているため、突撃銃や機関銃にくらべると格段に小さな拳銃の銃声に気づかなかったのだ。〈アウトフィット〉のロスト・テクノロジーによって能力を高められているといっても、そういう区別がつくほどでもないらしい。

　ドット・サイトを作動させ、闇に銃口を向ける。意識を集中し、闇の中から浮かびあがるシルエットをとらえた奴に向け、指の加減だけで三発ずつ発射しながら次々と射殺する。拳銃とはいえ生の銃声を聞き逃したぐらいだから、サイレンサーを装着したM468カービンの銃声を聞き取ることはできない。

　ボルトがリズミカルなレシプロ運動を繰り返し、抑制された銃声が響くたび、6・8ミリSPC弾に頭を砕かれ、頭皮や毛髪がついたままの骨片をシェイクされた脳髄とともにまき散らしながら少年たちが倒れていく。奴らが弱すぎるのではない。ぼくが度はずれているのだ。

　一〇分とかからずに屋外の敵を全滅させると、バッグからポーチへマガジンを補充し、本邸へ侵入した。


　屋内は銃弾と爆発によって荒れ果てていた。双方の死体がごろごろ転がっている。奥から銃声が響いていた。

　M468カービンを肩の線で構え、背筋をまっすぐにたてて脚だけを曲げて進む。上体がかしぐと狙いがそれるからだ。

　さしわたし一〇メートルはあるだろう階段に近づいたとき、壁や扉の影から一斉に銃口が突きだされた。突撃銃や軽機関銃が一斉に吠える。銃弾の雨を浴びた手すりがたちまち木片に粉砕されていく。ぼくの周囲を何発もの高速ライフル弾が飛びすぎた。衝撃波にむきだしの肌を叩かれ、恐怖に身がすくむ。くそっ、時間を惜しまずに防弾ベストを身につけておけばよかった。

　むろん凍りついていたわけではない。肉体は的確な反応をおこしていた。

　タクティカル・ベストのポーチにいれてあった特殊閃光音響手榴弾《フラッシュ・バン》を左手でつかみだし、ピンを歯で引きぬく。投げ返されないようあえて一秒だけ無駄にしてから階上に放りなげた。グレネード！　と警告の叫びがあがった直後、鼓膜が痺れるような破裂音とともにフラッシュがきらめく。悲鳴がいくつも響いた。

　全力で階段を駆けのぼる。さきほど銃口が突きだされていたドアの下半分から床を覆うように銃口を向け、トリガーを引きっぱなしにする。M468カービンがつりあげられた魚のように躍り、排莢口《エジェクション・ポート》から空薬莢を勢い良く吐き捨てながらただ殺人のためだけに造られた銃弾を続けざまに送りだす。ドアはたちまち弾痕だらけになり、その向こうからいくつもの悲鳴が響いた。反撃を警戒してドアから二メートル近く離れた壁際のソファに身を隠すと、空になったマガジンを新しいものに交換し、特殊閃光音響手榴弾に網膜と鼓膜を叩かれて廊下の床で悶えている三人ほどの男たちに銃弾を浴びせかけた。首に弾が命中すると肉がぱっと飛び散り、驚愕の表情で凍りついた頭が残ったわずかな肉だけで肩からぶらさがる。吹き飛ばされた部分から噴水のように鮮血が噴きだしていた。

　廊下の三人を一〇発も使わず片づけた直後、室内から轟音が響き、壁に直径一〇センチほどの穴があいた。飛び散った壁の木材が頬に突き刺さり、抑えきれない悲鳴を漏らしてしまう。畜生め、ショットガンを使いやがったのだ。弾が飛びちらないから太い銃身いっぱいのでかい一発弾――スラグ弾かもしれない。

はいずって位置を変える。再び銃声が響き、次々に穴があいた。室内の照明が通路にさしこみ、コルダイト火薬の銃煙で汚れた空気の運動が浮かびあがる。

　壁に生じた穴の高さと位置を確認した。高さはばらばらだったが、穴同士の距離は似たようなものだった。反撃されたときに備えて位置を変えているものの、射撃のたびにおこなう位置の変更が規則的なのだ。

　次はここだ、とあたりをつけた壁に銃を向け、連射した。6・8ミリSPC弾が壁材を次々に貫通し、屋内へ飛びこむ。防弾板が仕込まれているのは外壁だけなのだ。

　ショットガンの銃声が轟き、妙に高い位置へ穴が生じた。悲鳴があがる。

　素早くマガジンを交換すると床を蹴って屋内へ飛びこんだ。ラウラたちとの訓練で学んだ技術を用い、部屋のヘヴィサイド――左側から銃口でなめてゆく。倒れている者のほとんどが死体であった。息があるのはショットガンを手にしていた奴だけだ。反撃を受けないよう銃弾で両肩と両腿を撃ったあとでかがみこみ、顔を引っぱたく。

「こたえろ。何人侵入した」

　ヘッドマスクをむしりとってやった。その顔は少年に近かった。瞳孔が恐怖で収縮している。

「知るかよ」奴は減らず口を叩いた。うるせぇ、それはぼくちんの専売特許だっての。

　奴が身につけていたコンバット・ナイフを抜き、耳をそぎ落とした。血が噴きだし、悲鳴をあげて悶える。手が使い物にならないから傷口を押さえることもできない。

「答えたら止血してやる。運がよければ生き残ることができるかもしれない」

「く……二〇〇人、だっ。もちろん一部にすぎない」

「島全体では何人が侵入したんだ」

「スペシャル・タスクフォースの総員……一〇〇〇人だ」

「中国軍は上陸していないのか？」

「島を占領したあとで通信を送ってから……痛い……血をとめてくれ」

「もうひとつだけ。オルガ・エクスタシアとリサ・ニイミはどこにいる？」

　奴の目にぼんやりとした光が浮かんだあと、顔色が変わった。

「リサ・ニイミ？　すると貴様は……D-17か！」

　発作のような怒りが視界を紅くそめた。

「ぼくの許可なくその名で呼んだ奴は殺すことにしている」自分でもとめようのない怒りにかられながら、喉を掻き切った。びくびくと痙攣しながら喉から血の泡を噴きだす頭に蹴りを入れ、本体と異なる存在に変えてやる。ゴロゴロと転がった頭部が壁にあたり、はねかえってベッドにのった。やっちゃいけなかったのはわかってるよ、うるせえな。

　奴のショットガンが目に入った。壊れてはいない。屋内戦闘でただ相手を殺すことを考えるなら、ショットガンほど役に立つ武器はない——ってのはだれに教わったんだか。

　ショットガンを拾いあげた。屋内近接戦《CQB》用に銃身を短くしたモスバーグ・モデル835であった。五発収められるマガジン・チューブが銃身と平行して備えられている。ブローニングやウェザビーのライフルと同様、モスバーグのショットガンを生産しているのは日本の銃器メーカーだから、こいつも本当は日本製品なのかもしれない。

　装塡用のスライドをたて続けにひき、薬室やマガジンにおさまっていた弾《シェル》を排莢口から弾き飛ばした。放りだされたショックで傷ついているかもしれないからである。

　断ち切られた首から血液を噴出しながらびくびくと痙攣をつづけている死体をさぐり、ポーチから散弾やスラグ弾を取りだす。銃をひっくりかえし、スライドを引いた。口を開けたトリガー・ガード前方の装弾口から散弾を詰める。残った散弾とスラグ弾を空になったタクティカル・ベストのポーチへ収め、再び廊下へでた。M468カービンは肩からぶらさげたままである。

その後も殺戮をつづけながら突き進んだ。生き残っているGET戦闘要員《オペレイター》たちと銃撃戦を繰り広げている連中の背後から散弾を浴びせ、向こう側にだれか隠れていそうなドアにはスラグ弾をぶちこむ。ぼくのおかげで一息つけた戦闘要員にマッギヴァーンの居所をたずねると、ぼくがかれと話をした執務室にたてこもっているという。

三階へと駆けた。出くわした連中へは片っ端から散弾を浴びせかける。何人かGET戦闘要員《オペレイター》も巻き添えにしてしまったが、気にせず進んでいく。別にぼくの仲間というわけではないのだ。

マッギヴァーンの執務室へ通ずるドアが微かに開いていた。廊下には双方の死傷者が積み重なるように倒れている。お互いに、ほぼ全滅したようだ。

足音を忍ばせてドアに近づいた。聞き耳をたて内部を探った。

「……ではないか」マッギヴァーンの声が聴こえた。さすが、というべきかどうか、こんなときでも落ち着きはらっていた。

女の声が聴こえた。

「どうでもいいのよ、そんなことは」

声が脳に突き刺さったような気がして、おもわず瞼を閉じた。再び耳にしたかった、しかしこういう形では出会いたくなかった声だった。

久しぶりだね、ママ。

13

足音を忍ばせ、そっと室内へ滑りこんだ。すばらしいボディラインをレオタードのごとく浮きあがらせるタイトなノーメックス・スーツで包んだ新見里沙がバート・マッギヴァーンと向かい合っていた。お互いに銃を向けあっている。

「わからん！　おまえたちがなにを望んでいるのかわからん！」マッギヴァーンは叫んだ。「ここまでGETオペレイターに損害をもたらしてどうするのだ！　これでは中国軍の隠密侵攻も阻止できん！　ヒットチームをもぐりこませ、わたしを殺すだけで充分ではないか！」

「どうでもいいといったでしょう」里沙はこたえた。「本部のＧＥＴオペレイター、スペシャル・タスクフォースの戦闘員――両方とも、生きていてもらっては困るの。なるべくきれいにしておきたいのよ」

「いったいなんのために……」

呆然と呟きかけた途中でぼくに気づいたマッギヴァーンの顔に勝ち誇った笑みが浮かんだ。

「ミスター・クロエ！」

里沙は振り向きもせずにいった。

「元気でなによりね、徹くん」

「里沙さんもあいかわらずきれいだよ」

微笑んだのがわかった。

「どうして撃たないの？」

「その前にたずねたいことがあってさ」

「じゃ、邪魔者は消さないとね」

彼女は小さく口笛を吹いた。窓ガラスに外からプラスチック爆薬が張り付けられ、爆発する。ガラスの破片と一緒にスペシャル・タスクフォースの戦闘員が一〇人ほど飛びこんできた。

「なっ」

呆然とするマッギヴァーンに向けて里沙はトリガーを絞った。手にしていたコンパクトなＨ＆ＫＭＰ７パーソナル《P》・ディフェンス《D》・ウェポン《W》が軽快な銃声と共に４・８ミリ弾を吐きだし、マッギヴァーンを蜂の巣にする。即死だ。

ドアからラウラたちが飛びこんできたのはそのときである。

「トール！」

「待て、ラウラ！」ぼくは叫んだ。

「撃ち方待て！」里沙が命じた。

モスバーグを床に投げたぼくはゆっくりと彼女へ歩み寄った。向こうも、ＭＰ７をソファに放り投げ、ぼくに近づいてくる。

なにかが溶けてゆく。わかっている。憎悪と恨みだ。彼女を目にすると、延髄を抉られたことなどどうでもよくなってしまう。いや、もう一度抱きしめられるなら、また抉られてもいいとすらおもってしまう。信じられないほど妖艶で、若々しく、危険でありながら、彼女の中に潜んだ女だけが抱くことのできる至高の情愛に包まれたくてたまらなくなる。

それでいいじゃないか、ぼくにぼくがささやいた。

それでいいはずだ、ぼくにぼくがこたえた。

そしてすべてのぼくが結論づける。

たとえ出会ったばかりで、利用し合う関係であっても、約束は約束だ。だいたい、おまえは先払いを受けたじゃないか。

立ちどまったぼくは彼女にUSPコンパクトを向けた。彼女を見つめながらラウラにたずねる。

「ラウラ、エレンは?」

「ここにいるわ、トール」通路から青ざめたエレンがあらわれた。無残な死にざまを曝《さら》している父親を目にして凍りつくが、パニックには陥らない。すでにバイオナノマシンによる改造の影響があらわれているのかもしれなかった。

「ごめんなさい、トール」エレンはいった。「わたしがラウラに頼んだの。彼女はあなたの命令があるまで動かないように主張したわ」

「面倒がなくていいけど、なぜ動いたんだ」

「――心配だったから」

だれが、とはいわない。里沙がふっ、と安堵したかのように微笑んだ。

再び彼女だけを見つめた。向こうも優しく見つめ返してくる。


ああ、くそっ。ここでなにをすべきか決めてしまったのはだれなのだ?

頭の中に響いた自分自身の声は吐き気を覚えるほどにクールだった。

「エレン、紹介する。彼女がオルガ・エクスタシア、君のボブ君を死なせる原因をつくった人物だ」

エレンは驚愕に目を丸くした。

「そんな……違うわ……オルガとは会ったことがある……」

「そう、小さなあなたを抱っこしてあげたこともあったわね」里沙はこたえ、ぼくを見た。「どの段階で気づいたの、徹くん?」

「遅すぎた。本当は里沙さんがKGBに対する諜報工作へ参加していた、といった時点で気づかなければならなかった――常識的には、あり得るはずがないってことに」

里沙をのぞく全員が戸惑った。だから、そのまま続けた。

「彼女、いったい何歳なんだ? 最初はどう上に見ても三二歳以上とはおもえなかった。年を口にして悪いけどさ、ラウラとアンナは……三五だろ。その二人がKGB

と直接関わったことなんかないっていってるのに……二人より若く見える里沙さんが関係してたはずがない。つまり見かけ通りの年齢ではないってことだ。そこでオルガ・エクスタシアが登場する、謎の存在で〈アウトフィット〉の技術を握っている……そいつをボブ君たちだけじゃなくて、自分にも用いたというわけだ。肉体的能力の強化とある種の若返り技術。〈アウトフィット〉の大発明だ」

「でも、オルガは……」エレンが呻くようにいった。

「ぼくがバカだったんだ」本気でそうおもっていた。「里沙さんは最初からぼくにすべてを教えてくれていた。いいかい？　オルガ・エクスタシアがリサ・ニイミになったんじゃない。逆だ。彼女《リサ》がオルガになったんだ。ある段階で本物のオルガを殺して、彼女に成り済ました。たぶん、MI6の潜入工作だったんだろう……ね、そうだよね？　で、あれかな？　最初に会った時に話してくれた」

「そう」里沙はよしよしという風にうなずいた。「顔移植。体格が似ていたし、当時のKGBは遺伝子判定による個人識別を取り入れていなかった。ソヴィエトには技術がなかったのよ。そしてオルガには家族も友人もいなかった。恋人もね。性欲はレズビアンの売春婦だけで満たして、KGB内部での出世だけを考えていた。うまくなりかわれたわ」

「そして……オルガとしてオペレーション・クレンジングに参加した」

「それは間違い」里沙はきっぱりと否定した。「わたしは〈アウトフィット〉の敵ではなかった。味方というわけでもなかった。どういう意味かわかる？」

「〈アウトフィット〉の一員だった」

「よくできました」

「だから技術を持ちだせたわけだ」

「というより、緊急避難計画のメンバーだった。いざというとき、将来のために技術を安全な場所に保存しておく計画の。もっとも、あまりうまくいかなかったけれど」

「MI6に入る以前からメンバーだったわけだね、つまり」

「父も母も〈アウトフィット〉のメンバーだったわ」

「GETに入ったのは……〈アウトフィット〉の遺志を継いだから？」

「もっと個人的な理由よ。わたしには目的があった。そのためにはGETのような組織を支配する必要があったの」

「ある段階で新見里沙に戻った理由は？」

「若さはいつでもなにものにも勝る財産よ。心から愛している人に会う日が迫っているとなれば当然。だから、元の顔に戻るのではなく、新しい顔を何年も前から準備しておいた。肉体の若返りはその前から始めていたわ。首から上さえごまかしておけばあとは服装でなんとかなるから」

「好みのうるさいレズだといっておけばセックス・パートナーがいなくてもだれからも疑われない」

「いいわ、いいわよ、徹くん」里沙は心から喜んでいた。

「ボブ君たちに〈アウトフィット〉の技術を用いた理由は？」

「ちょっとした理由からよ。それぐらいは自分で想像しなさい。それから、ある段階からはスペシャル・タスクフォースの全員に処置を施したわ。年齢に関係なくね。そっちは慈善事業かな。老いたり、障害を負った優秀な元兵士たちを誘ったの。いまの身許を消すかわりに再び最強の戦士に戻ることができる、って。ま、そっちのほうは今日という日に備えてのことだったけれど」

「ぼくに会うためだけにそこまでしたのか」

「迷惑だったかしら？　ここまで来て欲しかったからマニラでも誘ったの」

否定できるはずがない。ぼくのために核兵器を使いかねない女ですら愛おしくてならないのだ。

「なぜそこまで……D‐17だからか？」

彼女はこたえなかった。そのかわりにホルスターからH＆Kユニバーサル・コンバット・ピストル――UCPを抜いた。

背後からエレンの悲鳴じみた声が響いた。

「殺して……殺してやるっ」

銃声がぼくを挟んだ空間で交錯した。エレンの額にぽつりと穴が生じ、後頭部の射出口から脳が飛び散る。里沙の胸にも被弾の紅い染みが生じた。本来ならばエレンの射撃など問題にもならなかったはずである――が、彼女はぼくのリキッドを大量に受け入れていた。すでに能力が上昇していたのだ。

銃声は銃声を呼んだ。ラウラたちがM468カービンをスペシャル・タスクフォースの戦闘員たちに浴びせ、かれらもトリガーを絞っていた。

ぼくのリキッドを受けていたGET女性オペレイターたちの射撃は素早く、正確であった。たちまち敵の半数あまりを射殺する。

〈アウトフィット〉の技術で若返ったベテランたちの反撃も見事だった。ラウラたちの頭部をしっかりとヒットする。ただしかれらもラウラたちの第二撃によって頭部を砕かれてしまう。

ぼくは呆然と立ち尽くした。一瞬で死体ばかりになった部屋の中で、なにがなんだかわからなくなっていた。

いや、ぼくの他に、もう一人生きているものがいた。

「里沙さん」触れたくてたまらなかった身体を抱き起こした。胸の傷からの出血が激しい。

「すぐに救援を呼んで手当てさせる」

「だめ」彼女は青ざめた唇で微笑んだ。握ったままだったUCPをぼくに突きつける。「このままよ」

「なんで！」

「もう耐えられないから——限界だから」里沙は鼻をこすりつけてきた。「人間には、これ以上無理よ。それに、徹くん……エレンとなにか約束したはずよね？」

「どうしてそれを……」

「ラウラはわたしの部下だったの。さっ、約束したのよね？　そして彼女から支払いを受けている。違う？」

「——違わない」

「なら、約束は守らないと。でないと、嫌いになるわよ」

耐え切れずに唇を奪う。彼女は深く受け入れてくれた。開いた左手がぼくの右手首をつかむ。ほっそりした喉頸に導かれた。ぐっと強く押しつけられる。喉が期待するように躍っていた。

骨が凍えていた。力が入らない。

里沙はUCPの銃口を強く押しつけてきた。右手首を包みこんだ左手に力がこもる。


どれぐらい時間がかかったのか、よく覚えていない。

GET

それは二つの組織の歴史ではじめてのできごとだった。〈エンジェル〉と〈ノバ〉が協力しあったのである。

あらかじめ定めてあった周波数で呼びかけると、かれらは即座に動きだした。〈ウロボロス〉と〈アネモネ〉は全速でセルバンティアへ近づき、搭載機や搭載艇を用いて最強の奴隷戦士たちを展開、全島をたちまちのうちに掌握したのである。むろん、抵抗をつづけた者たちは容赦なく殺されている。

数時間後、執務室はきれいに片づけられていた。ここでなにがあったかを教えるのは弾痕だけであった。

「デビル、ひとつ問題があります」完全装備のアドニスがいった。「中国の機動部隊が進路を変えません。むしろ速度をあげ、接近しつつあります。〈東方紅〉は艦載機の発艦準備を整えているようです」

「上陸作戦の準備も急いでいるようだ。揚陸艦が位置を変えつつあるとの情報もはいった」

「撤退しよう」ぼくはこたえた。こんな場所にはもういたくなかった。だれが支配しようがしったことかとおもっていた。

「君の命令であれば従うが――これを見ておいたほうがいい。遺体が、身につけていた」

耐水性の封筒だった。表に、整った字で記されていた。

徹くんへ。里沙。

『
わからないことばかりじゃないかしら？　仕方のないことです。だから、最後の教育的指導をしてあげます。納得できなくてもこれが真実ですから、よく読んでください。

わたしは〈アウトフィット〉の一員でした。情報を得るためにMI6へ偽装入局していたのです。顔を変えてKGBへもぐりこんだあともそれは同じです。わたしの忠誠心は〈アウトフィット〉にだけ向けられていました。

それがわかったのは一八年前のこと。KGBの工作員として〈アウトフィット〉へ潜入していたことになっていた時期です（実際は……もう、いいわね？）。

当時、〈アウトフィット〉は大きな危機感に包まれていました。世界各国の共同攻撃が遠からぬ未来に迫っているというのに、組織の全力を投じた計画が遅れを見せていたからです。人類を背後から秘かに見守る者——つまり、あなたを誕生させるために必要な強化型人工子宮が何者かの手によって破壊されてしまったからです。

破壊したのはCIAの工作員で、むろん即座に処刑されました。

問題は破壊された強化型人工子宮です。比較的順調に進んだA、Nシリーズ用の人工子宮では能力が不足し、また、バイオテクノロジーを広範に用いたものだったため、短期間で新しくつくりあげられるものではありませんでした。

わたしは各国の攻撃に備えた緊急避難計画の担当者でした。ですから、強化型人工子宮の遅れがどれほどの悪影響を及ぼすか、はっきりとわかっていたのです。

生体を用いた人工子宮の代用を発案したのはわたしです。内部では反対も強かったのですが、情勢の悪化にともない、それもやむなし、という空気に変わっていきました。

因果応報というのでしょうね。〈アウトフィット〉の出産可能な全女性メンバーを検査したディクタトール・17受胎最適者はわたしでした。

あとは想像がつくでしょう。あなたを孕《はら》んだわたしは一〇カ月あまりの時間をこれ以上ないほどの幸福感と性的な悦びに包まれながらすごしました。わたしのなかで日々大きくなってゆくあなたは、わたしの肉体から必要なものを吸収しながら、わたしを愛し、守ってくれたのです。わたしの内部からは悪性の遺伝病を引きおこしうるDNAのすべてが消えさり、肉体は日々若返りを続け……あなたに最適化された状態で生物学的なホメオスタシスを固定されてしまったのです！　そして訪れた分娩の時、わたしは身体がばらばらになってしまうような悦びを味わうと同時に、あなたが子宮から消え去る虚しさに痛めつけられていました。自殺を考えたほどです（不老ではあっても、不死ではありませんでしたから）。

しかし、生まれたあなたを胸に抱いた時、またあらたな悦びが湧いてきたことに気づきました。あなたに与えられる母乳をつくりだせるのはこの世でわたしだけだったのです——理由はもちろん、あなたによってつくりかえられていたから。

いまでもあのころをよくおもいだします。乳房に吸いついたあなたを抱いているだけで、わたしは母親としての幸福感に包まれると同時に、女としての悦びを覚えていたのです。あなたは変な顔をしていたけれど、わたしたちが再会した日、ヒト起動物質が他の女たちのようにわたしを簡単に狂わせなかった理由は簡単。レズビアンだから、などではありません。慣れていたから、それが理由です。この世で最初にあなたの洗礼を受けたのはこのわたしなのです（でも、濡れていなかったわけではありませんよ）。

ですから、〈アウトフィット〉が崩壊したあの日、後にあなたの養父母となった二人にあなたを託したのです。わたしはこの世界の汚れた面と関わりを持ちすぎており、とても一緒に暮らすことはできませんでした。

そのあとはあなたの養父母と慎重に連絡をとりつづけながら、あなたの成長を見つめ、自分があなたになにをしてあげられるかを考えつづけました（もちろん、母乳は送っていましたよ！）。

GETの奪取はその末にだした結論でした。たしかにあなたには〈エンジェル〉と〈ノバ〉があります。しかしかれらはあなたという唯一神をめぐって解釈を争う狂信者のようなもの、常に助けになるとは限りません。あなたの身に備わった力同様、苦しみのもとにすらなりうるでしょう。

汚辱にまみれた存在であるGETは、その点、ただの道具として機能します。〈エンジェル〉や〈ノバ〉のような自分の存在そのものに疑いを抱かせるような苦しみとは無縁の、純粋な邪悪さだけがそこにあるのです。そしてその邪悪さはDシリーズとして発現したあなたに他の何物にも代えがたい安らぎを与えてくれることでしょう。

だから、わたしはGET内部の邪魔者をすべて殺し尽くしてから、GETをあなたにプレゼントします。わたしが里沙とオルガという二つの名前で集めた株、49パーセントもあなたのもの。〈アウトフィット〉のロスト・テクノロジーを含むわたしの他の財産も同じです。それらについては、わたしの死後、GET内のあなた宛に知らされることにしてあります。

それから……わたしがいつしか死を望むようになった理由についてですが、これはわたしの人間としての限界によるものです。あなたのせいではありません。これまでにも何度も殺人を犯してきましたが、あなたのためにすべてをなす気持ちを固めたあとのわたしは、もはや人ではありませんでした。GETが面倒を見ていた少年たちを実験材料に用いたのもあなたのため。破壊工作員として最適の、なるべく目立たない姿形の子供たちを選び、〈エンジェル〉や〈ノバ〉とはまた違うあなたの奴隷たちを作ろうとしたのです。そのために必要な資金はさまざまな方法でかき集めました。世界にどれほど麻薬がひろがろうと、不幸な子供たちが売り買いされようと気にもしなかったのです（その収益の三〇パーセントほどをGETへわたしていたのは、もちろん、GETの財政を健全な状態に保ちつづけるためです）。

しかし少年たちの改造計画は失敗でした。望んでいたほど高い能力を与えられなかったのです。わたしは計画の練り直しを迫られました。

〈ノバ〉の強硬派がうごきはじめたのはそうした時期です。あなたの養父母は殺され、わたしが的確な対応を下せないでいるうちに高伸学院へと入学してしまいました。そして〈エンジェル〉も動き始め……あなたは発現しました。

わたしは即座に行動をはじめました。あなたの周囲に監視体制を敷き、あらたな計画を立案しました。高伸から逃げだしたあなたが一人になったのは願ってもないチャンスでした。

わたしの部下たちはあなたが違和感を覚える程度に下手な尾行と監視をおこない、あなたをあの避暑地へと導きました。そしてあなたと川島雪華という女性の出会いを演出したのです。突然の、夢の女との出会い――あなたにも話したわね、典型的な『蜜の罠』です（これからは気をつけなくてはだめよ）。

雪華はわたしの部下でした。GETに関係していた男のもとへ、夢の女として送りこんでやったのです。これもまた蜜の罠。でも、結婚までしてしまったのにはすこし驚きました。

あなたと出会った段階ですでに雪華はすべてを承知していました。自分が死ぬこともふくめてです。彼女は、わたしの活用できる〈アウトフィット〉のロスト・テクノロジー程度では治すことのできない病《やまい》を患っていました。だから、元気でいられる最後の夏をあなたに抱かれてすごし、そして死ぬことを喜んで受け入れたのです（あるいは、あなたの力によって治癒するかもしれないと考えていたのかもしれません）。わたしと顔の要素が似ていたのも当然。そのように整形を施したのです。でも、雪華の愛情だけは信じてあげてください。

そして雪華は死に、少年たちも死にました。わたしのもとへあなたを導くために。これからまだまだ死ぬ者がでることでしょう。

しかし、わたしは後悔していません。いまさらあなたの母とも名乗れませんし、よくよく考えてみるならば、わたしは恩返しをしたいだけなのです。すばらしい幸せと悦びを与えてくれたあなたに。

徹くんへ　　　　　　　　　　　　　　里沙

P.S.
GETを手に入れようとした時になにか問題が生じたら、この手紙をもう一度読み直すこと。ヒントが隠されています。これが本当に最後の教育的指導です。
P.P.S.S.
この手紙は、あなたがわたしの子宮に帰って来てくれたあとで書きました。ママと呼んでくれて本当にありがとう。』


「読んだ」ぼくはいった。すべての感情が死んでいた。二人にそれを見せた。さっと目をとおした二人はさすがに驚いていたが、すぐに表情をひきしめる。

「デビル、ご命令を」アドニスが求めた。

「攻撃の手段はあるの」ぼくはたずねた。

「ある」フェンリルがさっと応じた。

「核攻撃はパス。魚が食えなくなる」

「〈ウロボロス〉には長距離対艦攻撃兵装が搭載されている」

「〈アネモネ〉も同じです。中国の技術レベルでは迎撃不可能な兵器だと断言できます」

唇を嚙む必要すらなかった。

「攻撃しろ。二度と手をだす気になどなれないように」

だれの言葉だ、これは？

「脱出した乗員はどうしますか」アドニスがいった。

「二度と手をだす気になれないように、ぼくはそういったはずだ」

二人は携帯無線機で船に命令を伝え始めた。二人をそのままに、ぼくは外にでた。洋上から、たて続けにミサイルが発射される轟音が響き始めていた。

＊

中国海軍機動部隊が洋上から消滅した二四時間のち、

ぼくらは再び執務室に顔を揃えていた。

　ブルーのサマー・スーツを身につけたアドニスが立ちあがり、ぼくにいった。

「デビル……GETの経営についてですが、〈ノバ〉におまかせ願えないでしょうか」

「〈ノバ〉は二つの国を支配しているんだよね」ぼくはいった。身につけているのはアロハにショートパンツ。正直ファッションなんて気にする気分にもなれない。

「ぼくとしては〈エンジェル〉に任せたいんだけど」

　かれらに君臨するつもりはいまのところない、とはっきり伝えた。正直なことをいえばなにもかも放りだして再び逃げだしたかった。それでは〈エンジェル〉と〈ノバ〉がここで戦争をはじめてしまいかねないから、そして里沙に……ともかく、そういうことで最低限のバランスをとろうとしていたのだ。

「GETのような組織を動かすのはわれわれが適任です、デビル」アドニスはいい、すぐに強硬な態度をとっている理由を明かした。

「〈ノバ〉のとあるチームがスイスでマッギヴァーン所有の株を入手いたしました。現在、われわれはあなたと同率、49パーセントの株を保有しております。これに対して〈エンジェル〉はゼロです。それが理由です。あなたの『進化』に適した世界をつくりだすため、どうかわれわれにおまかせください」

　里沙からもらったぼくの株を〈エンジェル〉に渡してしまえば……だめだ、戦争になる。

　くそっ。どうしたらいい。かれらの対立を終わらせるにはぼくがD‐17にならねばならないのか。しかしいまのぼくではダメだ。今回の事件でよくわかった。ぼくは最初から最後まで里沙の掌で踊っていただけ。彼女の教育プログラムどおりに学習していただけなのだ。D‐17の力、黒江徹の苦しみ。そんなものにどんな意味が……いや、あった。あったのだ。里沙の血まみれた教育プログラムは、まさにぼくにそのことを強く意識させるためのものだったに違いない。さあもっと苦しんで、自分で物事を考えられる男になりなさい、坊や。

　うん、勉強になったよ、ママ。

　いま、ぼくはちょっとばかり追い詰められている。ここでGETを〈ノバ〉に任せたら、かれらの力は大きくなりすぎてしまう。セルバンティアのオペレイターたちは壊滅したとはいえ、世界各地に半分以上が残っているし、かれらは充分なサラリーが支払われるかぎりヘッドクォーターの命令に従い続けるだろう。人員の補充も容易だ。里沙のおかげで、GETの経営そのものはきわめて健全だからである。

くそっ。どこかに抜け道はないのか。ママ助けて。それは無理。ぼくはママをこの手で殺してしまった。ママ。ママ。

ママ？

手紙の文面がよみがえった。GETに関する問題……ヒント。

なるほどね。やっぱりママは優しいや。

「ちょっと調べてみてくれないか」傍らに控えていたカテリナにいった。彼女は即座に日本へ回線をつなぎ、東京にいる〈エンジェル〉の協力者に調査を依頼した。

返事はすぐに届いた。

GET株式2パーセントは川島雪華の遺産に含まれていた。

そして雪華は、彼女の財産を相続させるただ一人の相手として、血のつながらない人物を指定していた。黒江徹という名の少年であった。

ぼくはいまやデビルとしてだけでなく、総株数の過半数を所有する最大株主としての権限を行使し、グローバル・エンフォースメント・テクノロジーズの経営を〈エンジェル〉にゆだねた。アドニスはむしろ嬉しげにぼくの決定を受け入れ、自分たちの奪取したすべてのGET株をぼくに譲渡すると確約した。いまのやり口だけでかれらの望むデビルの姿をかいま見ることができた、そう考えたようだった。

＊

八月が終わりかけていた。ぼくはまだセルバンティアにいた。里沙をはじめとする女たちの墓が完成するのは明日の予定だった。島には〈エンジェル〉と彼女たちに隷属する女たちだけが残っている。男はぼくだけだ。

白い砂浜を歩いていた。面倒なので、裸だ。数歩後ろをフェンリルが続いている。彼女は身につけないほうがいっそ清純に見えるだろう大胆なカットの水着を身につけていた。それでいて淫らではなく、むしろ気品すら感じさせるところがすばらしかった。

空が高くなっている。積乱雲が巨大な怪獣のように空へ仁王《におう》立ちしていた。

しばらく眺めたあとでいった。

「わからなくなった」

「なにがだ」

「自分が」

「なにをいいたいのか、わからない」

そりゃそうだ。ぼくもよくわかっていない。だめだな。どうしてこうすぐに甘えてしまうのだろう。情けない。恥ずかしい。

言葉をさがしあぐねたあげく、ようやく近似値をみつけだした。

「ひどい奴だとおもった。考えてもみてくれ、メチャクチャだよ。ぼくがこの一カ月で何人死なせたとおもう？」

「中国海軍の死者をくわえるなら、二万人を超えるな」

フェンリルは冷然と告げた。

「そうだ」数字が重くのしかかり——などしなかった。どこかで当然だと受け取っていた。やはり、ひどい奴だ。これがD‐17ってことなのか。くそっ。

「いまのままでは世界を裏口から手入れするなんてことはできない。足元からメチャクチャにしてしまうのがオチだ。それに……」

フェンリルはまっすぐ見つめてくる。答えずにいられなかった。

「どうしてぼくは人間に対してあれほど残酷になれるんだ？　なにか目的を決めると……あとはすべてを貪り尽くしてしまう。追い詰められると、ぼくの力でかれらの肉体と精神を支配することになんのためらいも覚えない。どうしてだ？　バカだからか？」

フェンリルは不思議そうにぼくを見つめ、小さな声でいった。

「気づいていないのか」

「なにを」

「君は女たちを自分のものにしようとした。人類を隷属させる体液を注ぎこみ、自分に都合のよい存在へと改造した」

「必要なことだった。悪いとはおもったけど……」

「そういうことをいいたいのではない。人類がどうなろうが、フェンリルには意味をもたない。君はなにかを間違えているのではないか？　人類に対して関わりを持たねばならないのは君だけなのだ。フェンリルは——そして〈アウトフィット〉によって製造されたすべてのものは、ただ君にだけ責任を負っているのだ。そのすべてを拒否した君は……追い詰められると、女たちに体液を注ぎこみ、彼女たちを隷属させた」

待てよ、おい。待ってくれ。そうなのか？

歯噛みしつつ彼女の言葉を待ち受ける。

フェンリルの口調はむしろ優しかった。

「君は、自分自身で〈エンジェル〉を造りだしてしまったのだ」

実のところ、魅力を覚えた相手とたちまちのうちに深い仲に陥ってしまうぼくの能力についてはそれほどの忌まわしさを感じているわけではない。それはたとえばアイドルやスターが天与の魅力を整形手術やエクササイズでさらに高めることとさほどの違いはないからだ。ぼくの場合、他者に『魅力』として受け入れられるものの大部分が〈アウトフィット〉のバイオテクノロジーによって誕生以前に『設計』されていたというだけのことである。ぼく個人に限るのであれば、天与の魅力というやつとほぼ同じなのだ。なにしろこちらは望んで〈アウトフィット〉に造られたわけではないのだから。

唯一の問題は、その力がぼくの肉体にとどまるものではないことだった。バイオナノマシンやリキッドの影響について常に迷いを覚えてしまうのはそこだ。

本当ならば、最初の段階で教えておくべきなのだろう──いかに信じがたい話であろうと。

しかし、それを口にすることの虚しさも認めざるを得ない。

パラドックスである。説明する段階でその『意味』が失われているからだ。ヒト起動物質の影響で、相手は、そんなことはどうでもいいという精神状態に陥っているのである。そのアンフェアさから逃れるためにはこの世から自分を切り離すほかないが、それは最終的にぼくを〈エンジェル〉や〈ノバ〉に──D・17としての存在理由へと導くことになる。そう、ぼくという存在は、それ自体が反社会的で、危険なのだ。

やはり呪いである。そうだとしか考えられない。同時に、その呪いがもたらす力を楽しまずにはいられない気分がぼくにはある。すくなくとも、だれからもその存在を必要とされていなかった一介の元高校生・黒江徹にとっては妄想すら超える悦びでもあるのだ。

が、その力は結局どんな結果を招きよせただろう？

高伸では力がもたらす最初の快感を知り、結局はすべてをうしなった。

〈ノバ〉どころか〈エンジェル〉からも逃れたあとに出会った雪華との幸せは、ほんの一週間で失われた。

やはり、呪いだ。〈エンジェル〉、いや、フェンリルこそが最強の罠だと考えていたが、まったくの誤りだった。

ぼくに対して仕掛けられた最強の罠は、ぼく自身なのだ。

無性におかしくなった。笑い転げたいほどだった。そして、奇妙なほどに気分が軽くなっていた。

こたえは目の前にぶらさがっていたのだ。

黒江徹とD-17。

どちらを選ぶというものではない。その二つを同時に選んではじめて本当のぼくが成立するのだ。

自分のなかで組み立てられるその存在をなんと呼べばいいか、ぼくは知っている。

デビル。

「しばらくはできるだけ普通にすごしてみたい、フェンリル」笑うな。本気だ。

デビルにはそれが必要なのだ。かれがいつか奴隷たちに君臨する日のために。あるいは永遠に君臨しないことを選ぶ瞬間のために。

彼女は驚きもしなかった。たずねたのはひとつの問題についてだけだった。

「フェンリルはデビルをクロス・レンジでエスコートする許可をもらえるのか」

小さな声。いつもどおり、クリスタルが鳴るようなクールさだけれど、張りがよくない。氷の彫刻にも似た面立ちは常にも増して青白かった。

高伸学院で冴えない担任教師、麻木愛を演じ続けていたぼくの専任護衛官。このうえもなく優美でありながら、最強の戦闘力を持つ女戦士。〈アウトフィット〉にぼくの奴隷としてつくりだされた〈エンジェル〉の一員。奴隷としての運命を呪いながら人としてぼくを愛することに決めた女。

そして、ぼくが一度は置き去りにした女。

もちろん、わが忌まわしき脳は即座に彼女の言葉を都合のよい表現に自動翻訳した。

『わたし、一緒にいてもいい？』

いけないわけがあるか。

なにもいわずに抱きしめた。フェンリルはすべてを預けてくる。ぼくはすぐに反応した。我慢しきれそうになかった。

「ここでもいいか、フェンリル」

「フェンリルはかまわない」自分から身体をこすりつけてくる。

よし——いや。たずねるべき相手はもう一人いる。

「マナ先生はどうかな？」

見事な肢体がびくりと震え、消え入りそうに小さなマナ先生の声がこたえた。なんていったかって？　教えない。他人には意味のない言葉だからだ。

熱く身悶えはじめた彼女をさらに強く抱きしめながら、空を見あげた。どこかにいるだれかに声をださずにいった。

さよなら、ママ――すべてはこれからさ。

二日後、ぼくらは日本へ戻った。新たな学校での二学期を迎えるためである。

3

要塞学園（上）

すべての先進国政府は否定している。しかし、〈エンジェル〉は実在する。天より降臨したかのごとく出現し、いずこともなく去ってゆく世界最強の特殊部隊。その正体はまったく不明である。

しかし彼らは、必要とされる時、そこにいる。

〈エンジェル〉は主義、体制、宗教、金銭では敵を選ばない。自分たちの求めているものと、この世界のどこかから響く助けを求める叫びが合致した時、すべてを解決する。素早く、鮮やかに、そして、時には無慈悲に。

〈エンジェル〉による救いを求める者は声をあげるがいい。どんな手段でもかまわない。公開されているある番号への電話でも、eメールでも、新聞の尋ね人欄でも……時にはただ大声をあげるだけでも。その叫びが彼らにとって意味あるものであれば、血まみれた天使たちは必ず降臨する。

〈エンジェル〉は実在するのだ。

夏休みの高校で女子高生の惨殺死体発見、逃げだした猛獣によるものか

19日午前6時30分ごろ、稲窪《いなくぼ》市大原、私立新聖《しんせい》高校のグラウンドで同校二年生篠原陽子《しのはらようこ》さん（17）が倒れているのを見回りにきた同校職員（19）ら3人が発見、稲窪署に通報した。篠原さんはすでに死亡しており、全身に無数の傷と打撲、骨折を負っていた。20日の司法解剖で、死因はこれらの傷によるものと判明し、稲窪署は逃げだしたペットの猛獣によるものと断定して県警機動隊にくわえ地元猟友会などの協力を得て山狩りをおこなうことに決定した。稲窪署は駆除が終わるまでのあいだ無用の外出を控えるよう現場周辺住民に呼びかけている。

調べでは、篠原さんは学校の寮から夏季集中合宿に参加、その帰路、襲われたものらしい。周辺に人のものらしい足跡はみつかっていない。

（峰南日報《ほうなんにっぽう》稲窪版、八月二一日）

人にはそれぞれ、いろいろな望みがある。

わたしは自分が特別だとはおもいません。
だから、目立って生きたいとはおもいません。

だれもがそうするように学校へ通って、
だれもがそうするように卒業して、
だれもがそうするように就職して、
だれもがそうするように好きな人と出会って、
だれもがそうするように結婚して、
だれもがそうするように赤ちゃんを生んで、
だれもがそうするようにおばあちゃんになって、

だれもがそうするようにほんの少しだけ悔やんで、
そのあとで少しだけ納得して、死にたいです。

それだけで充分です。

彼女の場合はそういうことだ。それだけだった。くそっ。

62005/CODE ALPHA - 9/PRIORITY ROSE - 3/<ANGEL>/SEQ889PNCE - X/start
〈エンジェル〉外部情報サーバーＱＲＳ／日施《にっし》検索開始

セキュリティ／不正アクセス：有り／件数：
　不正アクセス主体／個別攻撃回数／侵入レベルは次の通りです：
　国家安全保障局《NSA》（アメリカ）／２５７８／クラス３
　政府通信本部《GCHQ》（イギリス）／１２１５／クラス２
　防衛庁情報本部《DIHQ》（日本）／１０２５／クラス２
　国家安全部（共産中国）／５８７１／ファイアウォールによりすべて阻
　止
　〈ノバ〉情報通信ディヴィジョン／３１９４／クラス４
不正アクセス主体に対する報復を実施しますか？　Ｙ／Ｎ

　自動優先コマンド発動　Ｙ

コマンドは正規のものと確認されました。報復を実施します。

しばらくお待ちください……

報復が完了しました。

結果は次のとおりです。

国家安全保障局／メインフレーム内に新規侵入路75を確立。

〈エンジェル〉関連データの41パーセントを破壊。

政府通信本部／衛星回線バックドアを新たに確立。

〈エンジェル〉関連データの43パーセントを破壊。

防衛庁情報本部／防衛デジタル回線バックドアを新たに確立。

〈エンジェル〉関連データの42パーセントを破壊。

国家安全部／メインフレーム内に３２５の侵入路を確立。

〈エンジェル〉関連データ並びに対外情報データバンクを完全にソフト・キル。

〈エンジェル〉に対する攻撃計画を察知。各国報道機関並びにＷＷＷ上において無制限公開。河北《かほく》省平方にて進行中の極秘生物兵器研究プロジェクトを各マスコミに送付。

〈ノバ〉情報通信ディヴィジョン／クラス４まで侵入。

デビル関連データの29パーセントを欺瞞《ぎまん》情報に置換。


これよりセキュリティの再構築並びにアップデートの導入を実施します……。

しばらくお待ちください……。

再構築・導入が完了しました。

〝依頼〟確認／正規アクセス：有り／件数：１１１８
総合判定フィルタリング実施／削除：６１９
個別判定フィルタリング実施／削除：３０４
残り件数／１９５
優先度判定をおこないます。優先度Ｄ以下は自動的に削除します。
優先度判定結果
Ｓ：０
Ａ：１
Ｂ：３
Ｃ：２
以上の依頼は担当者を自動設定後、配分します。
配分が完了しました。
各担当者の応答を確認しました。
実施指令を発令しました。

警告　巡回動作中の特務プログラムによる優先割込みが発生しました。　警告
特務プログラム：デビルＥＤＵ‐ＱＸＣ
特務プログラムはデビル教育用に
優先度Ｆ／SSNTP188924B

の実施を要求しました。
　デビル特例条項により実施は自動的に了解されています。
担当者に通知します。
　担当者：現在『依頼』を遂行中により確認がとれません。
　↓デビル特例条項に従い、確認がとれたものとみなして自動処理します。
以後、本依頼をデビル・ＥＤＵケース03と呼称します。
画面を更新し、デビル・ＥＤＵケース03の依頼内容を要約して表示します。

SCT775 VRP182n ZBJTN887QX - n
助けて　／友達　／殺され

62005/CODE ALPHA - 9/PRIORITY ROSE - 3/<ANGEL>/SEQ889PPNCE - X/end

フェンリル

国道をはずれて意外に道幅の広い県道に入ると左右の見通しが利かなくなりはじめた。紅葉の気配はいまだない。ブナやナラの多い森が道端にまで迫り、その向こうには山々の連なりが挟みこむようにそびえている。低く唸る排気音と4サイクル・エンジンの吠声《ほえごえ》が頼もしく反響し、ライトウェイトスポーツのナビ・シートでのけぞるようにしているぼくの耳を楽しませている。対向車はおらず、前後を走る車もない。カーブを切るたびにテールをすべらせるワイルドなドライビングだが、車体はぴたりと路面にへばりついている。

貸し切りの県道を走るモスグリーンのコンパクトなオープン・ツー・シーター、トライアンフ・スピットファイアMkⅠを操るのは、トラディショナルなオックスフォード・スタイルのパンツ・スーツを纏《まと》った女だ。魅力を極限まで強調するボディラインを備えた長身である。長く艶やかな黒髪を船尾に掲げられた旗のようになびかせていた。

彼女の名はフェンリル。またの名を麻木愛《あさぎまな》。クールさと甘さが絶妙なバランスで調合された面立ちも麗《うるわ》しいわが至高の女奴隷《どれい》だ。

別に冗談でもエロ本用の設定でもない。本当にそうなのである。彼女は、ぼくの奴隷となるべくつくりだされた美女たちの秘密機関〈エンジェル〉のリーダーであり、その仕事をほとんど放り投げてぼくの専任護衛官を以《もっ》て任じている。車に合わせたファッションの彼女とは対照的に、過ごしやすくはあってもシャープさとは無縁なコロンビアのTシャツ、コンバーチブル・パンツ、パーカーポイント・ベスト、足元だけはちょっとマシなトレッキング・シューズを身につけ、ナビ・シートでだらりとしているこのぼく——過去一七年間、黒江徹《くろえとおる》と名乗って生きてきたこのぼくは、彼女にとってそれだけの意味と価値を持っているのだ。

といっても当の本人はそれを頭から素直に受け入れられたワケじゃない。

養父母が亡くなったりしてちょっと以上に不幸な青少年であることを除けばとりたてて目立つところのない高校生。そのはずだった。ところがいまでは大違い、かつて先進各国の共同作戦、オペレーション・クレンジングによってたたきつぶされた超国家機関〈アウトフィット〉。かれらに人類の行く末を見守るべくつくりだされた人造生命体D‐17だというのである。このぼくが？

ったく、冗談じゃない。

しかしながらそれは事実なのだ。この二カ月ほどのあいだにぼくが殺した敵の数がそれを証明している。どこにでもいそうな高校生は武闘派ヤクザ組織や民間軍事企業を皆殺しにしたり乗っ取ったりはしない、そのはずだ。


第二次世界大戦で活躍したイギリスの傑作戦闘機と同じ名をつけたライトウェイトスポーツはまさに路上の戦闘機だった。走りはタフで、スピーディだ。東京《とうきょう》の――世田谷《せたがや》のセイフ・ハウスから私道、国道、高速、国道、県道の順で六時間ちかく走り詰めだが、乗っていて飽きることがない。

「古い車だっていうから心配したけど」凧とエンジン音に対抗しながらぼくはいった。「なんか、いいな。エンジン音の向こうから、機械が動いている音がする」

「古い設計の英国車に特有の音だ」道路から視線をそらさずにフェンリルはこたえた。「電子化された最新のスポーツカーの性能はすばらしいが、楽しむならばこちらのほうがいい。運転している実感がある」

つまりは好みの問題、ということだ。事実、運転している彼女の冷たさを感じるほどに整った美貌には甘い微笑《ほほえ》みが浮かんでいた。彼女の中にインストールされている別人格、麻木愛モードでもないかぎり滅多にないことだ。文句はない。なにより素敵なのは最強の女奴隷としてつくりだされた彼女にも、そういう人としての部分があると教えてくれることだ。

「このレイランド／トライアンフ・スピットファイアMkⅠは走ることを楽しむためだけに作られたライトウェイトスポーツだ。といってもトライアンフGT6MkⅡのOHV六気筒二ℓ《リッター》エンジンに載せ換えてある。足回りは設計を手直ししたものをチタニウム製パーツにして……」

フェンリルの話はまだまだ続いたが、いちいち聴いちゃいなかった。といっても寝ていたわけではない。ただ、横顔を見つめていた。大事なことはただひとつ、彼女が嬉しそうであることだけだったからである。

というわけで東京を離れたぼくらは女の子なら「かわいいー」とかいいそうなスピットファイアで目的地に向かっている。空は晴れあがり、凧は心地よく、エンジンは快調。メカニズムの進歩にあわせた時間感覚でいえばジュラ紀にも等しい1962年に発売された車だが、もともとそのタフネスぶりで知られていただけあり、各輪ごと独立したサスペンションがしっかりしているために乗り心地もいい。おまけにドライバーズ・シートにいるのはフェンリル。悪くない。いや、最高だ。ぼくにとり、この世に彼女以上の女はいないからである。

シートに身体《からだ》を預けたまま欠伸《あくび》をかいた。フェンリルにすべてを任せた安心感で眠気がさしてきたのだった。

ドアミラーに車の姿が映ったのは瞼《まぶた》が重くさがりかけたちょうどそのときである。

銀色のBMWだった。タイプまでは判別がつかない。

「フェンリル」警告した。

「了解した」ちらりと後方を確認した彼女は応じた。そのあいだに、数は二台に増えていた。

「もしかして……そうなの?」ぼくはつぶやいた。

「もしかしないでも狙われている。ただの尾行とは違う特徴が動きにあらわれている。味方のはずもない」フェンリルはいいきった。

当然だった。ぼくらにはバックアップがいないのである。〈エンジェル〉と〈ノバ〉の間に成立した協定により、日本は中立地帯の扱いを受けているからだ(いやま、〈ノバ〉を率いるアドニスによれば『あなたの直轄領ですから、デビル』ということになるんだけど)。

ともかくだ、そのおかげで近くには〈エンジェル〉も〈ノバ〉もいないはずである。となると〈ノバ〉強硬派——ぼくを高伸《こうしん》学院で罠にはめてくれたナルシスが気になるところだが、ここのところかれらが動いている兆候《ちょうこう》はない。

となるとどこかの国家機関ということになる。面倒だ。国というのは手順を踏めばどんなことでもできるからである。CIAとかそーゆー連中だろうか。

フェンリルの落ち着いた声が聞こえた。

「逃げるしかない、デビル」

即座にこたえていた。「賛成。逃げよう」

「了解」

彼女はさらにアクセルを踏みこんだ。スピットファイアはエンジンを吠《ほ》えさせながら急加速する。古い車だが、載せ換えたエンジンもチューンされたものなので、一八〇キロ以上まで引っ張れるはずだ。

ゆるいカーブをまわりこみ、坂を登ると視界はさらに利かなくなった。両側を、樹木に包まれた丘がはさみこんでいた。

戦車のように大きなベンツが県道をふさいでいた。御丁寧なことに、一〇〇メートルほど向こうにも別の一台が道をふさいでいた。道の両端にはカエデの大木が邪魔をしている。とてもすり抜けられない。

フェンリルはギアを落としてハンドルをきり、車体をスピンさせた。スピットファイアは後輪から白煙をあげながら路上で回転した。身体が遠心力でもみくちゃにされる。回転する勢いと車体に残った前に進もうとする力を計算した彼女はステアリングでカウンターをあて、アクセルをいっぱいに踏みこんだ。スピットファイアは追ってきたBMWに向けて弾かれたように加速した。とんでもないドライビングである。CG使い倒している映画だってこんなムチャはしない。

「お見事――でも、撃たれるよ」ぼくはいった。

フェンリルはうなずいた。「この車は一応、防弾装備が施してある。5・56ミリ弾までなら耐えられる」

「その割には軽々と動く」

「エンジンと足回りは強化してあると教えたはずだ」

「ついでにボタンを押すとヘンな場所で蓋が開いて飛びだすミサイルとかつけてないの、ボンド・カーみたいな」

「それほど映画が好きだとは知らなかった。次からはもっと華やかな演出を心がける。いまは、これだけだ」

彼女がどこかのボタンを押すと、ナビ・シートの下からケースが飛びだしてきた。

中に入っていたのは寸詰まった印象をうける突撃銃とナイフだった。SIGコマンドゥ552‐2Pスペシャル・ウェポン。すなわちSG552アサルト・ライフルだ。特殊部隊用にコンパクト化されたアサルト・ライフルである。銃身を覆っている被筒《ハンド・ガード》の下部にフォアグリップ、機関部上に大型の輝点式照準器《ドット・サイト》がセットされていた。

銃を取りだす。頑丈《がんじょう》なフレーム型折曲式銃床《フォールディング・ストック》をのばし、ロックした。三〇連弾倉《マガジン》を一度外し、問題がないか確かめたあとでもう一度はめこむ。機関部の横に突きだしている槓桿《こうかん》を引いて薬室《チャンバー》へ一発目を送りこんだ。安全装置《セイフティ》をかけ、箱の中にあった予備弾倉はベストのポケットに詰めこむ。用事がないのでナイフはそのままにしておいた。

ドット・サイトの光度調整ノブをまわし、ドットの明るさを自分の目に合わせるとタフでクールな愛奴に告げた。

「いいよ、フェンリル」

彼女は後輪をわずかに左へすべらせた。フロントガラスに邪魔されない位置に迫りくるＢＭＷが入りこむ。負革《スリング》を腕に引っかけて銃を安定させると、セイフティを外し、ドット・サイトに捉えた敵に向けてトリガーを絞る。

メカニズムが作動し、小気味よい連発音とともに５・５６ミリ弾が吐きだされ、薬莢《やっきょう》が飛び散った。反動はたいしたことはない。が、ぼくには銃床《ストック》が長すぎるらしく、どうにも落ち着かない。案の定、放たれた銃弾はアスファルトにキスして火花を飛ばした。当然である。照準合わせの試射もしていない銃なのだ。

といってもドット・サイトの調整ノブをクリックして一発ずつ試している余裕はなかった。着弾点を確認して体感的に修整するしかない。

銃口をいくらか持ちあげ、再びぶっ放した。

命中弾は生じなかった。それどころか路面に当たった火花もみえない。銃口を持ちあげすぎ、ＢＭＷを飛び越してしまったのだ。

今度は微かに下を狙い、トリガーを絞った。

うまくいった。立て続けに命中する。ボディに着弾したことを教える火花が生じ、すぐにフロントガラスが白く砕けた。被弾したドライバーがステアリングをひねってしまったのだろう、車内にぱっと紅《あか》いものがひろがったとたん、前輪をぐっと右に向け、路外に飛びだした。そのままブナの幹に激突し、グシャグシャになって横転する。タンクから漏れだしたガソリンに引火し、紅蓮の炎と黒煙を吹きあげてばらばらに砕け散った。

喜んでいる暇はなかった。

もう一台のＢＭＷから突きだされた突撃銃の弾丸がぼくのよりかかっていたドアに当たり、鏡のように磨かれたボディに弾痕を穿《うが》った。内部に防弾板《アーマー・プレート》かスペクトラ繊維《せんい》がしこまれているらしく貫通はしない——だが、車は傷ついた。

フェンリルのぞっとするほど冷たい声が聞こえた。

「デビル、奴らを生かして帰すな。君にできないならばフェンリルが殺す」

当然だ。鳥取《とっとり》県鳥取市の遠藤《えんどう》あけみちゃん（二歳）だって、彼女が大事にしている他人に自分の頭部を食べさせたがる悪趣味な超人の人形を壊されたら怒り狂うだろう。

マガジンを交換し、もう一台のＢＭＷに高速ライフル弾を浴びせた。フェンリルを喜ばせるために最初からガソリンタンクを狙い――マガジンを半分ほど空にしたところでガソリンタンクに引火させた。

大音響とともに車体後部が膨《ふく》れあがり、炎が吹きだし、黒煙が立ちのぼった。乗っていた連中も松明《たいまつ》のように燃えあがっている。

「こんなところでいいか」ぼくはたずねた。

「まだ、残っている」

あのベンツのことだ。

フェンリルは再び見事なスピンターンを決めてノーズを元の方角へ向けた。

ぼくらが失敗に気づいたのはベンツが再び視界に入ったその瞬間のことであった。

トランクにまがまがしい重みを感じさせるパイプ状の物体があった。がっしりしたスタンドに据えられている。横にレンズ付きの箱がセットされていた。白人の男がその箱をのぞきこんでいた。

ぼくは叫んだ。「フェンリル！」

フェンリルは即座にステアリングを切った。

遅すぎた。ＢＭＷを片づけているあいだに奴らは準備を終えていた。左右の林から無数の銃弾が襲いかかってくるのと同時にパイプ――エリクス対戦車ミサイル発射器が必殺の一弾を吐きだした。

パニック必至のこんなときでさえフェンリルは冷静だった。なんのためらいもなくアクセルを踏みこみ、ミサイルがはっきりした黒い点に見えた瞬間、おもいきりステアリングを右に切った――つまり、ドライバーズ・シートのある左側をミサイルに曝《さら》し、自分をぼくの楯にしたのである。これが〈エンジェル〉なのだ。

スピットファイアはそのまま林に突っこみ、二〇メートルほど入りこんだところで木にぶつかってクラッシュした。破壊されたラジエーターから蒸気が激しい勢いで吹きだす。一方のミサイルは、フェンリルがぎりぎりのところでセンサーのレンジ《コーン》内からスピットファイアをはずしたため、そのまままっすぐ突き進んでいった。さきほどぼくが路上で燃えあがらせたＢＭＷに命中し、ばらばらに引きちぎる。

激突の衝撃《しょうげき》は常人なら重傷を負いかねないものだった。いや――実際にシートベルトで抑えられた上半身が前へつんのめった時、肋骨《ろっこつ》がポキポキという音をたて、たてつづけに折れ、口から血があふれた。肺に突き刺さったのだ。

痛みのあまり視界が暗くなる。気絶せずに済んだのは自分一人ではなかったからだった。

フェンリルはがっくりと頭を垂れていた。負傷しているようには見えないから、大丈夫なのだろう。〈エンジェル〉はもともと常人を遥かにうわまわる生命力を与えられているのだ。

ガソリンの香りに気づき、青ざめた。タンクが破れている。ハデにクラッシュしたから、防弾機能が維持されているとはとてもおもえない。

あわててシートベルトを外そうとしたが、がっちりと食いこんでいてとても無理だ。ならばと力任せに引きちぎろうとしたが、痛みがぶり返し、抑えきれない悲鳴とともに力が抜けてしまう。息を吸いこむと刺すような痛みとともに肺が上機嫌の犬に似た音で鳴いた。やはり穴が開いているのだ。くそっ！

男たちの鋭い声が聞こえてきた。時間がない。

ケースのなかにナイフがあったことをおもいだした。身体をねじり、胸の痛みに悲鳴を漏らしながら摑んだ。再び肺を傷つけてしまったらしい。身体を起こすとまた血を吐いてしまった。くそっ！

げぼげぼと血をあふれさせながらシートベルトを切断した。シャツもパンツもベストも血塗れであることに、奇妙なほど腹が立った。別に超高級品というわけではない。上から下まであわせて消費税こみでも四万円ぐらいなものだった。

が、服のセンスが悪いぼくが苦労して選び、初めて袖をとおしたのだ。くそっ。ここまで汚してしまっては二度と着られないじゃないか。くそっ、くそっ！　おまけにこのどうにもならない激痛。くそっ、くそっ、くそっ！　ぼくを傷つけたばかりか、フェンリルの大事なオモチャまでぶっ壊しやがって！

ＳＧ５５２のスリングを首にかけるとフェンリルのシートベルトもぶった斬った。傷を負った獣のような呻きを漏らしながら立ちあがり、彼女を抱えてスピットファイアからよろよろと逃れでた。

敵が銃撃を加えてきたのはその直後である。

県道と林の左右から自動火器の銃声が響きわたり、モスグリーンのボディに次々と命中した。

タンクを狙われるとまずいので懸命にスピットファイアから離れる。ぐったりしたフェンリルを抱えたまま、林の奥へ向かう。二〇メートルほど離れたところでスピットファイアは爆発した。

爆風で倒れかけながらも逃れ続けた。炎上するガソリンが生じさせた黒煙で視界が悪化しているにもかかわらず、奴らはしつこく銃撃をくわえつづけてきた。普段ならば常人をはるかに超えるスピードで動き回って振り切ってしまうところだが、自分は重傷を負い、フェンリルは意識を失っているとあっては回避するだけでも一苦労であった。

それでもなんとか左右に折れながら動き続けた。不気味な音と共に銃弾が耳のすぐ側をとおりすぎる。右肩に棍棒で殴られたような痛みが生じ、叫んでしまった。肉を抉《えぐ》られたのだ。

一五メートルほど進んだところに格好の遮蔽《しゃへい》物があった。ちょっとした土のもりあがりの、木の根がのびていない部分が削り取られていた。おそらく雨で段々と崩されたのだろう。

フェンリルを横たえる。かかえているときに感じた鼓動でわかっていたが、念のために呼吸を確かめた。こんな時ですら彼女の吐息は甘い香りをたたえていた。

視界が白くなるほどの安堵感がわきあがった。まるでフェンリルが癒《いや》してくれたかのように痛みとして認識できないほど強かった苦痛が薄れてゆく。体内で生成される得体のしれない物質と無数のバイオナノマシンが全力で活動を始めているのだ。

痛みが薄れ、出血がとまると同時に新たな怒りが腹の奥底でふくれあがってきた。畜生、こんなことばかりが続く毎日ならば、たしかに『進化』でもしないとやっていられない。

木の幹に銃を押しつけて安定させながら敵を探した。腰をかがめて進んでくるスーツ姿の黒人が見えた。反射的にトリガーを絞る。リズミカルに作動したSG552は勢い良く5・56ミリ弾を吐きだした。一発が黒人の頭頂部に命中し、砕いた頭蓋骨とともに脳の一部を飛び散らせる。

仲間を失った敵から警告の声があがった。一〇人近い。一撃でやられないように、うまく散開していた。面倒だが、ま、いい。声をあげてくれたおかげで位置がわかった。

短い銃身を採用しているため銃口のはねあがりが大きなSG552をフォアグリップで引きつけながら、片っ端からライフル弾を浴びせかけた。悲鳴と怒号と銃声が交錯《こうさく》し、奴らはたちまちパニックに陥る。即座に逆襲へ転じた。樹木を遮蔽物として活用しながら目についた連中を次々と射殺し、県道が見える位置で伏せた。

ベンツのトランクでは二人の男が新たなミサイルを装《そう》塡《てん》しようとしていた。

さっと銃口を向けるとミサイル・ランチャーへ銃弾を浴びせた。数発がレンズ付きの箱に、すなわち照準器に命中した。これでもう発射はできない。

慌てふためく男たちを嘲笑《あざわら》いつつ銃口をほんの少し右にそらせ、再び弾を浴びせかける。ミサイルを収めたパイプへ立て続けに命中した。男たちは慌てて逃れようとしたが、間に合うはずがない。炸薬とロケット・モーターの固体燃料が同時に誘爆を起こし、ベンツの後ろ半分が粉々に吹き飛んだ。人間？　ぐしゃぐしゃだよ。

——と、悦にいることができたのはそこまでだった。

　敵が新手を繰りだしてきたからである。

　県道を挟んだ向かい側の林から一斉に銃火がきらめいた。慌てて伏せる。無数の銃弾に下生えが吹き飛ばされ、弾にかすられた幹から木片が飛び散り、皮膚に突き刺さる。全力で匍匐《ほふく》前進し、位置を変えた。奴らの射撃はますます勢いを増している。突撃銃だけではなく、軽機関銃を使っているのが銃声からわかった。

雨で土が削れ、県道のアスファルトと三〇センチ近い段差が生じている場所を見つけた。蛇のように這い、そこへ滑りこむ。湿った土からはまだ夏の匂いがした。

SG552の切換レバーをはねあげ、単発にセットした。アスファルトを削って火花を飛ばす敵弾にびくびくしながら確認した銃口炎へ狙いをつけ、トリガーを絞る。敵のそれとはくらべものにならないほど頼りない銃声が一度だけ響き、人影が林のなかでのけぞるのが見えた。

即座に新たな敵を狙う。短銃身《ショート・バレル》を採用しているSG552は狙撃じみた使用には向かないはずだが、すでに銃の特性を完全に摑んだぼくにとってはどうということもない。マガジンに残っていた八発で八人を射殺した。残った銃火からみて、敵を半減させたことは確実だ。

マガジンを交換した。残りはいま用いているものもふくめ、三個になっている。ちょっとさびしくなってきたが、ともかく位置を変えるべきだった。敵の射撃が周囲に集中しはじめていたからである。ぼくの居場所に気づき、正確な照準をつけはじめているのだ。

匍匐《はいはい》前進を再開した。じっと我慢していてもどうにもならないとき、そして逃げることもできないときにはどうすべきか？　決まっている。情無用の逆襲だ。ただし、クールさは絶対に忘れずに。くそっ。

県道を渡って向こう側の林へ躍りこむのが最善の策と

おもわれた。むろん、ただ走って渡ったのでは集中射撃を浴びてしまう。遮蔽物が必要だ。

——ちょうどいいものがあるじゃないか。

さきほどミサイル・ランチャーごと吹き飛ばしたベンツに向けて匍匐前進を続けた。

ベンツまであと五メートルほど、というところまできたとき、イヤな音が聞こえた。空だ。空から響いてくる。

なんだあれ。

空に小さな染みのようなものがあった。一つではない。少なくとも三〇個ほど見える。

いや、『個』というより『機』と呼ぶべきだった。手裏剣に似たそれは明らかに人工の飛行物体だったからである。全長は五メートルほど。人が乗っている大きさではない。

とうとう異星人まで御登場かよ——というのはもちろん早とちりであった。空に溶けこむ青灰色《せいかい》に塗られたそれは、ちょうど手裏剣の刃、その切っ先にあたる部分で姿勢制御用ジェットを噴かしていたからである。機体の中央部はネットで囲われており、その内側ではローターが回転している。明らかに人の手になるものであった。

いやま、どこの誰が作ったなんてことはどうでもいい。

ぼくにとって問題なのはそいつが明らかに武装していることであった。機体の下部に小型の多銃身型機銃、あるいはミサイルらしきものを搭載していたのだ。となれば当然、高度なセンサーも備えているに違いない。きっちりとした照準ができなければ、どんなに強力な火器でも夏祭の花火と変わりがなくなってしまうからだ。

って、冷静に考えてる場合じゃねえ！

空飛ぶ手裏剣の一機がゆらりと向きを変えた。機銃が回転している。

げっ。

敵の生き残りに狙われる可能性を無視し、ジャンプ。一瞬遅れて空からブザーのような音が響き、それまでぼくがいた辺りに銃弾の雨が降り注《そそ》いだ。空飛ぶ手裏剣からはばらばらと薬莢が落下している。

同時に他の機体もふらふらと向きを変えつつあった。だぁっ、みんなこっちに向かってくる。くそっ、くそっ、くそっ！

数機がてんでばらばらなタイミングでミサイルを発射した。ボール袋を縮みあがらせ、破裂しそうなほど心臓をどくどくいわせながらさらにダッシュする。後方でどかばかと爆発が起こった。

もう休むヒマも考えている余裕もない。

銃弾とミサイルの降り注ぐなか、ぼくは右に、左に、と逃れ続ける。空中をふらふらと飛び回る無人機すべてはいまや取り囲むように空を巡りはじめていた。ったく、これじゃいくら死なないとしてもひどいことになってしまう。

爆発と銃撃を逃れながら考えた。すぐに解答がでた。大きく息を吸いこむ。地面を叩きつけるように踏みつけ、県道に向けてダッシュする。そのまま走り幅跳びの要領で跳躍した。

危険な行為だった。どれほど身体を鍛えていようが、空中で進路を変えることは不可能だからである。飛行コースを先読みされ、未来位置に向けて射撃されたらひとたまりもない。

しかしぼくはその点にこそかけていた。なぜかっていえば、攻撃をくわえてくる空飛ぶ手裏剣は明らかに無人機だからであり、あれほどの数で同時にぶっぱなすところからみて、どこからかコントロールされているわけではないと見当がついたからだった。人工知能型の自律制御装置を搭載している、そう判断したのである。

だとするなら、高伸にいたころ情報科学の授業で――ま、その大部分はウィンドウズとリナックス上でのソフトの使い方講座だったけど――ちらっと聞かされたことのあるロボット制御方式、群《ぐん》ロボットシステムを用いているに違いない。狭い空間で多数のロボットを同時に動かしてサーチとアクションを実行させる方法としてはそれがもっとも一般的なはずだからだ。兵器ともなれば絶対そのシステムを用いているといっていい。世間の印象と違って兵器システムは手堅さをおもいっきり重んじるからである。

で、なんで走り幅跳びをかましたかといえば、その群ロボットシステムのプログラムにある隙をつけるかもしれないと考えたからだ。

群として多数のロボットを動かしていると、全体が予想もつかない動きを示すことがある。一体の動きにもう一体が反応し、その二体の動きに別の二体が反応し、その二体の動きに最初の一体が反応して……とはてしもなく続く連鎖のなかで、一種の知能がつくりだされたような動きを示すことがあるのだ。これはいわゆる群知能の創発というやつで、結果としてプログラムにしたがって動いているというより、すべてがお互いの安全に配慮しつつランダムに動き回るという結果をもたらす。

いま、ぼくの周囲を飛び回っている無人機——名前をでっちあげるなら、索敵撃滅用マイクロ・エア・ビークルって感じか——の動きにも明らかにその特徴がでていた。一機をぼくが発見するなりすべてがわらわらと集まって来たのだが、同時に攻撃してくる奴の数はそれほどでもない。ぼくの移動速度、方向を観測し、道を塞ぐように動いているのがかなりの数にのぼるのである。

もちろん群知能は、常識的な地上物体の行動能力を基本にして阻止行動を起こしているはずだ。低速・低高度で運用されているものだけあって、その攻撃対象は人間、装甲車両、自動車というところだろうからである。

そしてぼくは人間ほど遅くはなく、装甲車両や自動車ほど小回りが利かないわけでもない。だから、跳んだ。

無人機の動作を決めている要素《ようそ》は自分の大きさ、速度、角速度、旋回時間、高度……そんなところだろう。一方、目標への攻撃判定をおこなうにあたって必要とされる情報——いや、なにか絶対値のように取り扱われるものはなにか？

そう、高度だ。

人間も戦車も自動車も、地上からひょいひょい浮きあがることはない。戦車の車高から考えて、四メートル程度を限界に設定してあるだろう。

ぼくの幅跳びは高度にして六メートル以上に達していた。

空中で笑いを抑えきれなくなる。無人機の群が、あら、という感じで戸惑い、散り始めたのだ。奴らの索敵撃滅条件からはずれたのである。

着地点は県道から数メートルもはいりこんだあたりだった。枝に散々引っぱたかれたが、銃弾よりははるかにマシだ。それに——とりあえず無人機を気にする必要はない。奴らは県道の一方にいた味方が全滅したときはじめて投入してきた。つまり、目標個々を識別できるわけではないのだ。軍隊だの秘密機関だのという組織は身内の命を本当に大事にするから（なにしろ教育に金がかかっている）、生き残ったこちら側の連中と反応が入りまじってしまえば無人機による攻撃を続けるべきかどうか迷うだろう、と踏んだのである。

踊りたくなった。無人機はこちらにやってきつつはあるものの、高度をあげていたからだ。どこかにいるコントローラーが群知能に優先割込み命令を発したに違いない。逃すべからざる機会であった。

林のなかを豹《ひょう》のように移動する。左右から銃火がきらめいた。突撃銃なので無視した。

ぼくが求めていた敵の銃撃は三〇メートルばかり県道に沿って走ったところで生じた。林をなぎ払うような射撃。軽機関銃だ。

銃口炎ではなく、その少し上を狙って５・５６ミリ弾を叩きこんだ。銃弾が肉に突き刺さり、骨を砕く音が聞こえた。そちらに向けて突進する。スーツを来た白人が倒れていた。顔面を弾丸に直撃され、脳がぐしゃぐしゃになっていた。手にしているのは軽機関銃——映画によく登場するＭ60だ。いや、手に持って撃ちやすいように銃身下部にフォアグリップがつけられているから、新型のＭ60Ｅ４だ。アメリカ海軍特殊部隊——ＳＥＡＬＳがＭｋ43として採用していた銃のはずだ。少し前にフェンリルから教えられた兵器の情報にやたらと詳しいアメリカの反戦科学者団体サイトを何度かのぞいたので、最近、この手の知識はますます向上している。

ＳＧ５５２を最後のマガジンまで使い切り、さらに三人を倒した。突撃銃を捨て、Ｍｋ43のスリングを首にかけて手にする。死体の横に７・６２ミリ弾の大型マガジンと交換用の予備銃身をおさめたケースが転がっていたのでそいつも奪う。後方に敵はいないだろう、とおもわれる位置まで移動し、県道脇にでた。幹に銃を押しつけ、空に銃口を向ける。五〇メートルほど離れた場所で高度三〇メートルあたりをふらふらしていた無人機に向けてぶっ放した。

５・５６ミリ弾よりずっと反動の大きな７・６２ミリ弾を用いたフルオート射撃なのでさすがにすぐには命中しない。数発に一発含まれている曳光弾《トレーサー》の発するきらめきで見当をつけて照準を修正した。

命中弾が生じたのは二〇発ほど撃ったあたりである。がくん、と無人機が揺れ、内蔵ローターの回転音がおかしくなる。弾が命中するたびに火花と破片が飛び散り、やがて殺虫剤を浴びたハエのようにぽとりと落下し、路面に叩きつけられた。

あとは楽なものであった。無人機は敵を攻撃するための運動は得意でも、自分が狙われているときの回避運動は群知能的な反応——ふらふら運動以外にないからだ。

連発を続けていてはすぐに銃身が過熱してしまうので、五発ほど撃つごとにトリガーをゆるめ、次々と撃墜してゆく。最初からついていた大型マガジンを使い切るのと無人機の全滅はほぼ同時であった。

真っ赤に焼け、白煙をたちのぼらせている銃身を交換用ハンドルをつかんで外し、新しい銃身をセットする。マガジンも交換し、銃の上部にある装塡用カバーをあけて、マガジンの脇から垂れている弾帯をはめこんだ。

この林の中にはまだ数名の敵が生き残っているはずである。逃すつもりはなかった。皆殺し――いや、一人は傷を負わせるだけにしよう。拷問にかけて情報を得る必要がある。ぼくの受けた傷はともかく、フェンリルの大事なオモチャ、そして彼女自身をあのような目にあわせたのだ。許しを与えるつもりもその必要もない。

あるいはやりすぎたのかもしれない。

新たな騒音が空中から響いた。無人機とはくらべものにならないほど大きな音である。ローター音。ヘリコプターであった。数は三機。軍用機ではない。暗い色で塗られたベル430だった。スマートな、大企業の社用機などとして用いられるやつだ。が、いまはとてつもなく危険な存在であった。左右のドアは外され、そこに据えられた12・7ミリ重機関銃が不気味に銃口をのぞかせていた。

だからどうした。ぼくは本気になっている。

むしろ敵をバカにしたい気分だ。民間用のヘリに装甲などないし、機体部品が弾を浴びても機能するような構造になっていないのだ。

相手がこちらを見つける前に先頭の機体に向けてトリガーを絞った。二〇発ほど浴びせたところでコクピットのシールドが真っ白になり、穴が開いた。そのまま機首を下げ、地上に激突した。燃料タンクが壊れなかったためだろう、爆発はしない。

即座にダウンさせたヘリに向けて突っ走る。理由は無人機のときと同様だ。奴らは墜落機の乗員が生きていた場合のことを考えてムチャをしないはずだった。

重い銃声とともに他の二機が大口径弾のシャワーを吐きだした。照準をそらせるため、ジグザグに駆けながら銃弾の雨をかわし、墜落機に乗りこむ。転がっている乗員の身体をざっと銃弾で撫でると、割れたコクピットの窓に弾を浴びせ、そこからMk43を突きだした。

予想通り重機関銃の射撃は停止していた。墜落機乗員の安全を確保するというより、ぼくの居場所がわからなくなったためらしい。

顔面の筋肉が妙な動きをしたのがわかった。肺が内部の気体を押しだし、喉がうごめいていた。

ぼくは笑っていた。邪悪な笑いに違いなかった。いいさ、デビルなんだから。

二機目に狙いをつけ、即座にぶっぱなした。曳光弾《えいこうだん》がコクピットに飛びこみ、内部で紅いものが飛び散った。機体がふらつき、がくりと機首を落として墜落する。県道へまともに機首をぶつけ、ローターブレードでアスファルトをえぐりながら立ちあがり、耳を弄《ろう》するような音をたてて横転した。爆発をおこす。

残りは一機。

戦いの快楽に痺れに近い悦《よろこ》びを覚えつつ、最後の機体を目で追った。致命的な過《あやま》ちをおかしたことに気づいたのはその時である。

生き残ったベル430はぼくから離れ、県道の向こう側で高度を落としていた。梢をダウンウォッシュでなぶりながら、両サイドに備えたホイストからロープを垂らしている。

フェンリルを隠しておいたあたりだ。

血の気がひいた。ようやくわかった。奴らはぼくではなくフェンリルを狙っていたのだ。

全力で駆けだした。ヘリは撃てない。下手に撃墜してフェンリルの上に墜落でもされたら困る。地上に降りた連中を殺すほかなかった。自分を罵《のの》しりたくてたまらなかった。撃たれたら反撃し、逆襲し、殲滅《せんめつ》する——その行動を逆手《さかて》にとられたのだ。

しかしながら周囲にはまだ敵が生き残っていた。駆けだすなり射撃を浴びた。即座にM60E4で応戦する。悲鳴があがった。だが、再び駆けだすと別の方角から弾が飛んできた。

ホイストが人を持ちあげている。女だ。フェンリルだ。ぼくの、ぼくだけの女奴隷だ。

飛来する銃弾を無視して突進した。あるいはそれこそが敵の望んでいたことだったのかもしれない。数カ所から放たれたロケット弾が次々と間近で爆発し、その爆圧をまともに喰らったぼくは意識を失った。

1　ドリームランドの蛇

1

空は晴れあがっている。穏やかに降り注ぐ秋の朝日に照らしだされているのはいつもの登校風景だ。なんの変哲もない詰襟学生服の野郎どもがいて、弾むように歩く女の子たちがいる。描写における男女差別を明快に適用するならば、いと麗しき娘たちが身につけているのは学年ごとに色の違う縁取りが施され、腰のあたりでぎゅっとしぼられた黒地のチュニック、サイドに赤いラインが入った同じ色の膝上丈スカートである。ちなみにチュニックの下は灰色のシャツと黒のタイだ。

目的地は皆同じ。遊歩道の先に見える赤屋根&時計塔付きの校舎である。

私立新聖高校。周囲を山に囲まれた穏やかな稲窪市の郊外にある全寮制高校だ。歴史はあたらしい。いまの三年生が第一回卒業生になる。

ちなみに、各学年の平均男女比は一対二であった。生徒は合計で約三〇〇名。そう、男子は一学年あたり三〇名程度なのである。一クラスの人数は二五名だから、一クラスの男子は七名ほどなのだ。あまり名の知られていない新設校なので、たまたま女子ばかりが多く応募してくる状況が続いているという話だが……いやまあ、女の子はかわいらしかったり美しかったり色っぽかったりする子ばかりなので、別に文句はない。新設校万歳だ。

が、校内を眺めまわすかぎりとても卒業生ゼロの新設校だとはおもえない。むしろその逆、一〇〇年前から続いているように感じられるほどである。

建ててからたった三年でどんな魔法を使ったのかしらないが、見事にツタのからまる洋館風の校舎。校内には体育館から購買部売店、シブイ色合いの男子寮と女子寮。食堂にいたるありとあらゆる設備が整えられている。グラウンドはサッカーと野球とトラック競技が同時におこなえる広さで、それぞれに必要とされる専用のフィールドもある。正直いって、母校にしたくなってしまう眺めであった。

その眺めをさらに輝かせているのが寮をでて登校する生徒たちの姿である。

大抵は男子寮と女子寮の前で待ち合わせをした男女で——いや、それも少数派だ。野郎一人を何人もの女子が取り巻いているほうが圧倒的に多い。男女比からして当然ということなのだろうか。もちろん男が不足しているから女だけという組み合わせもある。ま、ほとんどの男子高校生にとっては夢のような光景に違いない。むろん、自分もその一人になりうるという前提においてだけれど。ともかくだ、欠点といえば妙にわかりやすいところがかえって落ち着かない校歌ぐらいなものなのである。

で、ぼくが男子寮と女子寮の中間に突っ立ってなにをしているかといえば——。

なにかがどしん、と背中へぶつかった。あん、という小さな悲鳴が聞こえた。

いや、わざわざ『なにか』なんて表現する必要はない。人間だ。ぶつかってきた角度からして女子寮からでてきた奴である。ていうか、野郎が『あん』なんていって喜ぶのはヤヲイ趣味のお姉さんぐらいなもの、もしぼくの前でそんな声をだしやがったら銃を突きつけて東京タワーの屋上から……いや、そうじゃなくて。

「あ、大丈夫か」

加害者のような態度で倒れかけた相手の腰にさっと腕をまわす。ぼくよりかなり小さな身体をそのまま引き寄せた。シャンプーと石鹸《せっけん》の香りが鼻孔をくすぐり、引き締まっていながらも柔らかな身体がぽふん、と飛びこんできた。正体はもうわかっていた。

「今日も元気だな、加堂《かどう》」

「おお、だれに追突したかとおもえば黒江じゃないか」

不敵な笑いとともに聞こえたのは落ち着いた声であった。名は加堂織羽《おりは》。薙刀《なぎなた》部の部長だ。シャレが通じないわけでもないのに、いついかなる時もある種の威厳を漂わせている。

希有な資質、というやつかもしれない。女の子としての魅力がどうのこうのというまえに評価したくなってしまう『人物』だという印象をぼくは持っている。たぶん、間違ったおもいこみではないとおもう。

が、見かけのほうは正反対であった。

織羽の声はぼくの胸のあたりから響いていた。つまり、頭一つ以上は小さいわけで……その、要するにアレだ。ろりろりろりろりなのだ。とても望めば結婚の可能な年齢に達しているようには見えない。

それでいながら不思議なほど女としての魅力があった。生真面目さがあらわれた面立ちである。しかし大きな目はティアドロップ型であり、微笑むだけで顔中が笑いになる。髪は顎《あご》のあたりで簡単に整えているだけだが、そのストレートさがまた、いい。

んでもって——スタイルそのものも深くうなずきたくなる構成である。主に二次元の世界について大変に造詣の深い二〇代から四〇代の男性たちの勇気ある少数者が深遠なる洞察《どうさつ》の果てにおもいえがくミニマムでありつつパワフルなスペックであった。要するに小さくてもバランスがすばらしいのだ。なお、さきほどの会話からもおわかりのように彼女とこのような態勢になるのは今朝が初めてではない。昨日は確か足がひっかかったという理由だった。一昨日《おととい》は宙を飛んできた。突然おもいたって三段跳びの練習をしていたのだそうである。ぼくは彼女が毎朝口にする理由をすべて受け入れている。ま、信仰《しんこう》の問題だ。だから、抱き寄せることぐらいは信者として当然の権利である。もし否定する奴がいたならぼくは最高裁まで争う用意がある。

とはいえ相手は女の子、それもろりろりである。身体のほうが心配だった。

「しつこいけど、本当に大丈夫か?」本気で心配しつつたずねた。抱えこんだ張りのある腰と胸の沈むような柔らかさを確かめたのはむろん欲望からではなく怪我をしていないか確かめるため、なわけがない。

「うむ……済まなかった。いやなに、窓からのぞくと一人で寂しげに登校しかけている者が目にはいったのだ。でだな、これでもわたしはクラス委員長だ。その者を放置していては役目を果たしていることにならないとおもったのだ。で、勢いをつけすぎてだな」

「新作だな、その理由。やっぱ加堂は頭いいわ」

「そうか」織羽はにっこりした。「そういういいかたもあるかもしれないな、たしかに」

「……まさか苛《いじ》めてるつもりじゃないだろうね」

「なにをいうか」織羽はますます笑いを大きくした。「わざとなのは否定しないが、君は地上のだれからの侮辱も許すような男ではあるまい」

「褒《ほ》めてくれてるんだとおもうけど、いちいち表現がオーバーなんだよ。畜生、みんなしてぼくのことバカにしてればいいんだ」ぼくはぶちぶちといった。彼女がいつもの態度を崩したそのときである。

「そ、そんなことはないぞ……」

声がうわずっていた。見れば、小さく整った顔には焦りがある。頰が赤らんでいた。彼女が甘い顔立ちの持ち主であることにあらためて気づいた。毎朝のように心をよぎる疑問がまたわきおこる。

女の子って、こういうものだっただろうか。

よくわからない。わかるはずがない。

なにしろぼくがこれまで『知った』といえる異性は養

母と、かつてのクラスメイトと、自分で殺すか死の道へ導くかしてしまった女たち——それに〈エンジェル〉だけだ。優しくはあったけれど養母はもともとぼくを利用しようとしていたのだし、クラスメイトたちとは完全に縁が切れたし、死んだ女たちのことを想いだすのは様々な意味で辛いし、〈エンジェル〉は——とりわけフェンリルは普通の女ではない。そう、並の女ではない。だから、だから……絶対に生きている。そのはずだ。

とまあ寄る辺なきダークヒーローぶりっ子をしていられたのは一瞬であった。織羽が懸命に顔の前で手を振っていることに気づいたのである。

「おーい、黒江、帰って来い」

「……あ、なに？」

「そのな、この状態なのだが」しっかりとまわされたぼくの腕を指さす。

「あ、ごめん」

いつもならこれで終わりなのだが、今日は打ち切る気になれなかった。

だから、さらに引き寄せた。ふにふにぽよぽよが実にいい感じで、頭に花が咲いていく。鍛えていても女らしさを保っているというのはある種の理想だろう。

「中途半端はいけなかった。まるで加堂の魅力を認めていないかのようだ。済まない、本当に悪かった。せめてこれぐらいはしないと……」

「いやあのな、黒江……わざとやっていないか？」

「それはもう。えーと、毎朝のことだし、そろそろいいかな、とおもって。あ、一応シャワーは浴びてきたよ」

「むぅ。そういう手でくるか」

「いけないかな、やっぱり」

「時と場合と相手による」

「ぼくはいまこそその時だと……」

「うーむ」

一声唸ったあと、真っ白な歯がのぞいた。微笑み。いや、それよりも大きな感情のあらわれ。

あれ。失敗したか？

体内のある部分を意識した。常人では病気にでもならないかぎり何も感じないような場所だ。

きゅっ、と肉のしまっている感触があった。だばだばと漏れてはいないようなので安心した。なにかって？

もちろんヒト起動物質だ。

好意を抱いた相手へ放出され、ぼくに対する愛情を大脳生理学的につくりだしてしまう、どんな麻薬よりも危険なエキス。このところ『進化』と呼びたくなるほど能力が上昇していることを自覚していたので、どうしたものかとおもってしまったのだ。下手をすると学校中を発情させてしまいかねないのではないか……。

結果からいえばその心配はなかった。新たな器官、ヒト起動物質を分泌《ぶんぴつ》する常人には存在しない器官に蛇口のような機能がつけくわわったからである。セルバンティアでぼくの身体を調べた〈エンジェル〉のドクター（ま、〈エンジェル〉は全員が平均以上の能力を持つ外科医兼内科医だが）、エンブラがそう教えてくれた。

原因はGETがらみのどたばたのもたらしたストレスらしい。妙に納得がいった。かかわりのできた女たちを無制限に奴隷化する気にはとてもなれず、射精を我慢しつづけていた時期がぼくにはあったからだ。

もっと早く気づくべきだった。女たちにおもうまま注ぎこむことを耐えたのは、体内に発生した新たな器官の成長を早めるため、肉体が要求したことでもあったのだ。

いや、もっと単純なところから気づくべきだった。

戦闘中のぼくはヒト起動物質を漏らさないし、マジメなことを話している間も右に同じだった。

当然だとおもっていた。弾が飛んでくるときには性欲なんか感じない、試験範囲を教えられているときもまた同じ、そう捉えていた。黒江徹の感覚ではそれが当然だった。

当然などではなかったのだ。ぼくはD‐17でもあるのだから、ヒトに似たヒトでないものとしてもその事実を考えねばならなかったのだ。

なお、体内各所に分散しているヒト起動物質分泌器官をカットアウトするときは丹田《たんでん》のあたりに仮想的なバルブとして（ま、大きい方を我慢するようなノリで）感じ取れる〝なにか〟を締めつけてしまえばいい。ただし……完全な放出をとめることは無理らしい。好意や欲望を抱いてしまった相手の前ではどう頑張ってもいくらかは漏れる。最低限の好意をかちとる程度よ――エンブラはそういっていた。

なぜそんな中途半端なことになるのか、とたずねると、彼女は目を丸くし、

「あなたも生物の一種よ」

とこたえた。要するに生存戦略の問題、ということだとおもう。生き残るために敵意の総量を減少させる機能が備わっているのだ。赤ん坊の愛らしさは周囲の好意を

かちとり、生き残る確率を高めるための『能力』なのだ……という生物学の学説と同じである。

だからこそ戸惑っていた。たしかに織羽に魅力は感じているが、自覚しているヒト起動物質の放出量は最低限である。具体的にそれがどういう態度に当たるかといえば……ちょっとした微笑みを交わしながら会話ができる程度だ。

なのに……いつのまにか織羽はすっかりぼくに身体を預けていた。かてて加えて、瞳には霞がかかりはじめている。

となると……なんか人生うまくいきはじめてるんだろうか。でもってぼくはこういう系統のひとが本当の趣味だったのか？　フェンリルとはまた違う魅力があっていいから、それはそれでまた……いやいかん。だめ。だめなの。とりあえずこういうところではいけません。なるべく目立たないようにしないとならないのだから。つまり目立たないところだったらいくらでも大丈夫ということで……あ、なんか混乱してきた。ともかくなんとかしないと。

でも、いい感じだ。凄くいい感じだ。ここのところ本当に中途半端な気分だったし――。

ぼくを我に返らせたのはムチ打つような少女の声であった。

「黒江、なにしてんのよ朝っぱらから！」

ぼくを邪魔した、んじゃなくて救ってくれたのは明朗快活とか、元気潑剌《はつらつ》とかいう表現が似合うスレンダーな少女だった。いや、訂正。こいつも小憎らしくなるほどの美少女であった。

刈り上げたようなショートカット。意志の強さを示す太めの眉。わずかにつりあがっているが、強く爽やかな光を絶やすことのない黒目がちな瞳。スレンダーでありながら重要な部分は実によく栄養を受け取っている。つまり欲情する必要条件と十分条件を共に満たしている健康的な女の子だ。とりわけこんもりという以上にチュニックをもりあげている胸の先端が斜め上三二・七度（↑適当）を向いている感じなところと、ぎゅっと鋭角的にくびれた胴がそのまたうん、うん。スカートでよくわからないが、その下だってきっとアレに決まっている。高い位置でハート形に引き締まっているに違いないのだ。たとえ現実には違っていたとしてもぼくの脳が自動的にそう修整するようにセットした。よし、プログラム実行。

……名は森之宮香苗《もりのみやかなえ》。やはりクラスメイトである。ここまででわかるとおりの体育会系。それもタダモノではない。女子剣道部の主将様であった。新聖の武道関係はかなりの高レベルなのだ。

いや、じつはスポーツ全般がそうであった。ぼくは中学と高伸のことしか知らないが、新聖はどうみてもレベルが違った。それも、学校が奨励《しょうれい》しているというのではなく、生徒全般の運動能力が高いという感じだった。毎月全校参加のマラソンがおこなわれるのだが、嫌がる奴がいないし全員が完走する、というのはかなり物凄いことじゃないだろうか。

「こたえなさいよ！」香苗が怒鳴《どな》った。

「なにしてんだろうな、本当に」あわてて腕を外しながらえへらえへらとごまかした。ま、感謝すべきだろうから、ここは下手にでておこう。

「たぶん、加堂がかわいかったからだな。うん、だから、抑えきれないほど強い獣じみた劣情が湧いたんだ。朝から危ないところだった。助かったよ、森之宮。おかげでレイプ犯にならずに済んだ。本当にありがとう」

「な、に、を、し、ら、じ、ら、し、い、こ、と、を」

下手にでたというのになぜかさらに怒りを強めずんずんと近づいてきた香苗はぼくの耳たぶをおもいっきりひねった。

「い、いて、やめ、やめっ、ひ、ひい」

なさけない声を漏らしたぼくに香苗は怒鳴った。

「この色魔め！　織羽、はやく離れなさい！　こういうどこにでもいそうな顔した奴が一番危ないの！　こんな奴、側にいるだけで妊娠しかねないんだから！」

ひ、ひどい。いや確かに、本気になったら妊娠どころじゃないことになるわけですが。でもほらそのあの。

「……色魔というより幼女誘拐《ゆうかい》犯がふさわしいな。そうはおもわないか、黒江」

「じ、自分でそこまでいいますか、加堂さん」

「うむ。すべてを率直《そっちょく》に認めることで日はまた昇るのだ、黒江くん」

「ヘミングウェイのタイトルまで引っ張ってくるほどのことかな」

「わかってくれたか。つくづく君とは趣味が合うな」

「あ、あんたたちねぇ……いい加減にしなさい！」

香苗は織羽を離れさせようとした。が、織羽は離れるどころか耳たぶをひねりあげている香苗の手首を摑んだ。小さいが力があるので万力《まんりき》につかまれたように動かなくなった（ま、香苗が本気でないせいもあるのだろうけど）。「な、なにすんのよ織羽！」香苗は裏切られたような顔でいった。

「いかん、それはいかんぞ、森之宮」織羽はぼくの胸に頬を押しつけながらいった。「黒江はわたしが転びそうだったので助けてくれたのだ。少なくとも最初はそうだ」

「そうかもしれないけど」香苗はむっとした顔でいいかえす。「最初の次が問題でしょその次が！」

「別に……わたしはかまわないがな。どうだ、森之宮も一緒に。たしか森之宮も黒江が……」

「だぁっ、なにいってんのよ織羽！、こ、こんな奴」香苗は真っ赤になる。

「あらあらみんなで、なにしてるの？　楽しそうね」

なんか展開が妙な方向にそれかけた時、あらたな声が聞こえた。

「うむ、白木《しらき》、よい朝だな」織羽が声を弾ませた。「助けてくれないか。いつものように森之宮が黒江を苛めているのだ。ちなみに今朝の黒江はすこし大胆《だいたん》だぞ」

「なにそれぇ！　ヘザー、全然そういうことじゃないのよ、あたしはこの色ガキから織羽をたすけようとして、それなのに織羽ったら、あー、黒江、みんなおまえが悪い！」

まあ、こういう展開の場合、そうしておいたほうがスムーズに進行するだろう。一部に真実を含めつつ素直に罪を認めることにした。

「う、うん。そ、そうだね。ぼくがなにもかも悪い。地球温暖化が進んでいるのも、出版不況が未だ深刻なのも、フィリピン沖で某パンダの国の艦隊が謎の消失を遂げて国際緊張が高まりかけたのも、みんなぼくのせいだ」

「く、ろ、えー」ますますいきりたつ香苗。

「あー、ほんとだ。クロくん、織羽をしっかり……じゃ、わたしもまざろっと」

香苗の叫びを完全に無視した新たな声の主は背中にまわり、ふわっと身体を押しつけてきた。うほぉう。これはまったくの新展開。ぬう。こちらはうん、大変に充実した深みがあってまたたまらん。

「どぉ、クロくん」蜜のような声がささやいた。

「そ、そうだね、うん、なんか、し、幸せってこういうことかもしれないいな」

「あら、そうなの？　これぐらいで幸せなの？」

ぼくより頭半分ほど高い位置からのぞきこんできた。

白木ヘザー、またはヘザー・ウェンライト・シラキ。眼鏡《めがね》でハーフのひとだ。やはり同級生だが、中学三年の時に入院していたため進学が遅れたので、ひとつ年上である。

そのおかげなのかどうか、高校二年としては規格外なほど女の色香を漂わせている（ま、遺伝子の影響が大きいのだろうけれど）。

髪は背中まで垂れた豊かな金色のストレートロング。日本女性の滑《なめ》らかさと白人女性の白さが融合した透き通るような肌。ちょっと垂れ目気味だけれど、レンズの向こうに女そのものを凝縮《ぎょうしゅく》したような艶を宿した薄いグリーンの瞳がある。濃く長い睫毛《まつげ》が白目とのコントラストをなし、女らしさをますます強めていた。おまけに下唇は誘うようにふっくら。ボディの方はだ、アレだ、その、ぼくの肩に大きく形のよいものが当たってぐにゃりでもういい。いいのだ。制御がどうとかもどうでもよくなって……いや、だめ。我慢だ。

ちなみにアレだ。ブラつけてんじゃねーか、だから固い感触なんじゃねーのとかふざけたことを考える奴は男ではない。大陸間弾道弾やカップラーメン同様、ブラにも種類がある。そして、どんなタイプであろうとその向こうに存在するすばらしいものを感じさせてくれるものなのだ。ちなみにこれはぼくの力とはなんの関係もない。男子たるの意気地と自己研鑽《けんさん》と女性に対する崇拝《すうはい》の問題である。そういうことに興味を持たない奴は先天的なホモでもないかぎり、ゲートのところに『この門をくぐるもの、すべての妄想を讃えよ』とか『良識は君を不自由にする』とか書かれているリビドー活性化収容所に送りこんでやるべきだとおもう。

「あら、クロくんたら本当に楽しそうな顔してる」

「う、いや、まあ」

「こらぁっ」

「い、ちぎれる、ちぎれるっ」

「黒江、たずねてもよいか？」織羽が再び見あげてきた。

「んあっ、う、うん、もちろんさ」

「白い歯をきらりとさせなくてもよいが……いやな、その、本当に楽しいのか？」

「そ、そうだね、楽しくないこともな、ないかもしれないかもし、しれないかなかも」

深々とうなずいた織羽はまた笑顔を浮かべた。

「文法が壊れているが、いわんとするところはわかった……やはり、いい朝だ」

「殴ったり蹴られたりするんじゃなければだいかんげ……ひぃっ」今度は本当に痛かった。見ると、香苗は目の周囲がほとんど青ざめている。口元はもはやバイオレンスそのものであった。

「まあ、香苗の顔に特殊効果が」ヘザーがふんわりとキツイことをいった。

「へ、ヘザー、あんた……」

「だって面白いんだもの、みんなでクロくんをオモチャにできて」

「お、オモチャっすか、ぼく」

「わたし、オモチャ大好きよ？　だからクロくんも好き」

「あ、あのさ、白木」↑もちろんぼく。

「だーめ、ヘザーって呼んで。三倍ぐらい燃える感じになるから、ね？」

「へ、へざぁ……ほおっ、息が首筋に、首筋に」↑これもぼく。

「おのれらぁぁ、いい加減にしろぉぉぉぉ！」

　香苗がまたもや爆発したちょうどそのとき、朝のショート・ホーム・ルームの予鈴《よれい》が鳴り響いた。もちろん、時計台の鐘である。

「い、いて、んが、い、いこうよ。遅刻するよ」舌を噛みながらいった。いつのまにか本気で下手にでていた。

「ごまかそうったってそうはいかないんだからね！　忘れないんだから！」ようやく耳たぶから指を離した香苗がにらんだ。

「うむ。急ごうではないか」織羽が重々しくうなずく。

「わたしは別にクロくんとなら授業なんてパスしてもいいんだけど、ていうかパスしない？」耳元に息を吹きかけるヘザー。

「う、うほ、と、ともかく教室いこうよ」ぼくは逃げるように歩きだした。女の子たちはあわてて後を追ってくる。

　危なかった。色々な意味で危なかった。いやもう本当に危なかった。

　そして、おもった。

……いったいなにしてやがりますですか、ぼくは？

2

ギラギラとした白色光のまぶしさに目がくらんだ。手をかざそうとした。

動かない。右も左もだめだった。力は——入っている。手首に枷《かせ》がかけられていた。

鋼鉄がきしむ音が響いた。背中が冷たかった。足も動かせない。足首が枷で固定されているのだった。ぼくは鋼鉄製の寝台に拘束されていた。白色光はアームで角度をつけられた手術用のライトから発せられていた。でもって、ぼくは裸に剝《む》かれている。

「ようやくお目覚めか、トール・クロエ」

訛《なま》りの強い英語だった。男が見下ろしていた。より正確にいえば、全身を覆う宇宙服のような生物化学戦《ハズマット》防護服《スーツ》に身を包んだアジア系の男が観察するように見ていた。人間を見る目つきではない。いやま、たしかにぼくは人間じゃないけど。

「裸に剝いてボーイズ・ラブの美学でも教えてくれるっての？　おっさんは趣味じゃないんだけど」にやにやしながら応じた。

男はにっこりし、枷で固定された右手の人差し指にいきなりハンマーを振りおろした。激痛と同時にイヤな音がした。人差し指の骨が砕かれたのだ。

「日本人の子供はみな小皇帝だというが、本当のようだな。礼節を知らない」男はこたえた。

痛みに拘束された身体をのたうたせているうちに、急速に意識が変わっていった。痛みが快楽に変わり、性的な興奮がつきあげてきた。体内の防御システムが作動し、たとえ全身を細切れにされてもすべてを快楽として受け取る怪物じみたマゾヒストに変わったのだ。

「うん、うん」ぼくはにこにことうなずいた。「もっとして、お願いだから」

男は押し黙っていたが、ぼくのペニスが勃起《ぼっき》しはじめたのを見て、喉奥から唸りを漏らした。

「情報は事実なのか……」

もちろんこたえてやる義理はないので、次の苦痛をわくわくしながら待つように腰をゆすってやった。

フェイス・プレートの向こうで顔を青ざめさせた男は、身体ごと顔をそむけていた。だれかに命じたのがわかった。意味はわからない。が、どこの言葉かはわかった。中国語だ。発音からして北京官話《ペキンかんわ》のように聞こえる。中国軍との戦闘になる可能性があったので、セルバンティア島にいたとき、〈エンジェル〉の一人から発音の特徴だけを教わったのだ。敵の言葉がどのように聴こえるかを知っているのは戦いに役立つからである。

情報の断片が組みあがり、解答がでた。襲撃してきたのは中国の国家安全部、いや、手口の荒っぽさからみて対外工作をおこなう共産党統一戦線工作部、実動部隊の人民解放軍総政治部連絡部だ。黒人などが含まれていたのは――フリーランスのプロを雇ったのだろう。かれらが襲撃してきた理由はいうまでもない。ぼくの命令を受けた〈エンジェル〉と〈ノバ〉によって、上陸部隊を伴った空母機動部隊を殲滅されたからだ。で……ぼくがスーパー・ウルトラ・グレート・ウルティメイト・痛いの大好き、な人と化して拷問を無効化してしまうことを知っている常人はグ《G》ローバル・エ《E》ンフォースメント・テ《T》クノロジーズにしかいない。そうだ。GETから情報が漏れたに違いない。くそっ、〈エンジェル〉に命じて社内の情報管理を徹底させる必要があるな。

「われわれは君にたいしてあらゆる方法を用いるつもりだ」ぼくの股間になるべく視線を向けないようにしながら男はいった。「覚悟しておくことだな……」

「人体実験でもしてくれるの」心の底からの期待感とともにぼくはいった。「は、はやくしてくれないかな？　待ちきれないよ」

　ペニスはますます硬くなり、透明なものを滲《にじ》ませていた。楽しみでたまらなかった。白衣を身につけた残酷な研究者たちに麻酔も打たれずに腹を裂かれる瞬間！　想像するだけでいってしまいそうだった。

　耐えがたいなにかを耳にしたように再び顔をそむけた男は、ぼくから見えない誰かにどなった。

　自分はダメだが専門家ならば違うかも、と考えたのだろう。そのあとは快楽の時間が訪れた。つり上がった冷酷な目を光らせた本物のサディストによる拷問を受けたのである。ぼくは指の爪をはがれ、顔は原型をとどめないほどに殴られ、中国四〇〇〇年の技術を用いた鍼《はり》による苦痛もたっぷり味わった。肛門に前立腺を刺激するディルドウをインサートされ、スペルマを採取された。そのあとでペニスにもメスが突きたてられ、睾丸《こうがん》もハンマーで潰された。拷問役が疲労困憊《こんぱい》のあまり倒れたのは一二時間後である。サド行為にあきらかな性的快感をおぼえていたかれは、ぼくが示した理想のマゾヒストぶりに滾《たぎ》り、何度も何度も射精していたのだ。そしてもちろんぼくの身体は……破壊されるそばから、こっそりと、だが確実に回復していった。睾丸など、叩き潰された直後、瞬間的に治ってしまったほどだ。奴らがそれに気づかなかったのはハンマーで叩かれたおかげで袋そのものが膨れ上がっていたからである。これはぼくのおもいこみなのかもしれないが……拷問を受けているという情報がバイオナノマシンに伝わり、いかにも破壊されたように『偽装』したのかもしれない。

もちろん、ぼくの内部にある別の意識は現状を冷たく観察していた。拷問役が繰り返し繰り返したずねてきたことを整理していた。

フェンリルのことは一度もたずねられなかった。情報を引きだすつもりなら、彼女を痛めつける、と脅すのが最良の手であるはずなのに、それを用いなかった。

つまり、ぼくを捕らえた連中とフェンリルを奪った連中は別グループなのだ。ぼくを捕らえたのは中国人民解放軍総政治部連絡部。じゃあ、フェンリルは……どこの奴らだ？

拷問役が倒れたあと、生物化学防護服を身につけた監視役が二人ついた状態で放置された。バイオナノマシンが全力で働いているが、体力は回復しきっていない。いや、自分のことなどどうでもよかった。どのみち死ねないのだ。

だから、フェンリルのことだけを考えた。

いまでは遠い昔のできごとのようにおもわれる高伸学院で、担任教師の麻木愛（属性その1、眼鏡。その2、ちょっとドジ、その3、かなり気弱、その4、もちろん着痩《きや》せするタイプ）としてぼくを密かに護衛していた至高の生物学的女奴隷集団〈エンジェル〉のリーダー、フェンリル。学院での事件のあと、ぼくはその最高の女を置き捨てて逃げだした。理由はまあ、色々といらないことを考えてしまったからだ。

でもって、やっぱりロクなことにならなかった。

『ママ』——代理母としてぼくを育んだ女性の、厳しく、残酷で、愛に満ちた命がけの教育的指導を受けるハメになったのだ。いやま、ぼくにはちょっと以上マザコンの気があるからそれはまだいい。問題は、ついにはママをこの手で殺さねばならなくなったことであった。実のところママははじめから死を覚悟していたのだが、それとこれとは別問題である。結果として強大な力を備えた民間軍事企業GETを支配下におさめることにはなったが、それですら彼女からのプレゼントにほかならなかったときてはもう——くそっ、ぼくは幸せなのか不幸なのか、いったいどっちだ。

とはいえ、教育的指導の甲斐あって、ひとつだけ以前よりマシになっている。ちょっとだけ覚悟を固めることができたのだ。自分の中に存在する二つの存在、黒江徹とD-17にどう折り合いをつけるか、ということだ。

デビル。二つを融合したデビルになってしまえばいい。

しかしそれは新たな面倒も引き起こしてくれた。

果たしてデビルとは何者だ？

だからこそ一度は置き捨てたフェンリルを——そして〈エンジェル〉を受け入れたのだ。それは同時に、美形ホモばかりの奴隷集団〈ノバ〉を条件付きで受け入れることでもあった。そうしなければかれらはともにこの世界を滅ぼしかねなかったからである。かれらの愛と忠誠はただぼくにだけ向けられたものであり、人類など夾雑物《ざつぶつ》にすぎない。人類の行く末を見守るのはあくまでもぼくの仕事なのだ（ちなみに、〈エンジェル〉と〈ノバ〉が仲良くなったわけではない。かれらはいまも仇敵《きゅうてき》同士だ）。

というわけで、少なくともかれらの教育的指導についてはは受け入れざるをえなくなったのがぼくの現状だった。指導を施してくれる主な相手として〈エンジェル〉を選んだ理由はいうまでもない。いくら美形とはいえ、この年でモーホーの道に突っ走るのもためらわれたからである。もちろんこれはD-17ではなく黒江君の意見。

そしてもちろんぼくはフェンリルと深く交わることとなった。ぼくが〝占領〟してしまったGETの本拠セルバンティア島ではなく、東京で。ぼくが〈エンジェル〉の支配領域として定めたあの島でも何度かそうなりかけたのだが、他のエンジェルたちが近くにいる場所では彼女たちのほうが辛いだろうから、日本へ戻ってからにしようと我慢に我慢を重ねたのである。セルバンティアにいた〈エンジェル〉たちにはこなすべき仕事が山のようにあり、正直なところぼくの存在は心を乱すだけだろうとおもったのだ。

日本へ戻るのに用いたのはGETの社用機である。いつのまにか航空機にまで手を出していた本田技研《ほんだぎけん》——あのバイクだのスポーティ・カーだのF1だので知られるホンダに特注したHONDAjetの改造型だ。

乗りこんだのはぼくとフェンリルの二人きりだったが、飛行中は視線を交わしもしなかった。コ・パイロット席に座り、機長席の彼女から操縦をならっただけだ。羽田《はねだ》に着陸し、〈エンジェル〉が世田谷に確保している一軒家——セイフ・ハウスのひとつに着くまで、それはかわらなかった。理由はいうまでもない。ひとたびその気になってしまえば、お互い自分を抑えきれなくなるとわかりきっていたからである。

だから、セイフ・ハウスの中に一歩踏みこんだ瞬間、ぼくらは爆発した。


フェンリルとの最初は嵐のようなものだった。

摑みあうようにしてお互いの衣服を脱がせ、唇を重ねた。

ぼくは触れただけで噴きだしそうになっていたし、彼女は靴のなかまでねっとりとぬめらせていた。生まれて初めて男を迎え入れる彼女のためにその先はベッドルームへたどりつくまで我慢したが、どうもぼくは奇跡を実現したようにおもえてならない。フェンリルとはそれほどの女なのだ。

愛欲にあぶられて火照《ほて》るノーブルな面立ち。半開きになった唇から絶え間なく漏れだす喘《あえ》ぎとうつろな、だからこそ真実にちがいないと確信できる言葉。

彼女はぼくよりも背が高いが、その時はぴったりだ。フェンリル、ぼくのためだけにつくりだされた最強の戦女神《ワルキューレ》は腰から下が全身の三分の二を占めているようなものだからである。

フェンリルはむろん痛みとは無縁であった。彼女の中にも少なからぬ数の男が愛する女との最初の交わりで触れたいと願う薄い肉のシールドが存在していたが、それは彼女の場合、ぼくだけを受け入れるための防御装甲として、あるいはぼくと自分自身にもたらす悦びを増す体内の舌として機能するのだった。

侵入した瞬間、彼女は頂きに達し、ぼくもまた最初の悦びに身をゆだねていた。

むろんぼくらにとってそれは準備運動にもあたらない始まりにすぎなかった。

上になり、下になりながらぼくらはお互いをみつめあう。唇をかさね、舌をからめ、常人には不可能なほど深く結びついた場所がもたらす悦びに昂《たか》ぶりつづける。もちろんぼくは彼女の子宮にまではいりこんでいた。快楽性器として設計された彼女のそこは拳《こぶし》のようになったぼくの先端をしっかりとつつみこみ、先端をおしひらきながら張りだした場所の一番深い部分をえぐるように刺激する。

腰骨が溶けるような悦びに包まれたぼくは果汁をおもわせる彼女の唾液を吸血鬼のように吸いあげ、仰向《あおむ》けになっても物理法則を無視したように上向いたままの乳房をもみしだく。そっと握りこむと指が沈みこみ、次の瞬間、ゴムでできているように小気味よく掌《てのひら》から逃げだす乳房を弄びながら片手をくびれきった脇腹にのばし、指先で何度もなでさする。

すばらしい肢体が小刻みな痙攣《けいれん》をおこし、長く形のよい脚が腰をしめつけ……ついにはぼくをのせたまま背中が完璧なアーチを描く。重ねられた唇は溶けあい、舌だけがお互いを愛撫する。そのあいだも彼女の内部はぼくそのものを溶かすようにうごめき、しめつけ、吸いあげるのだ。

いつまでも耐えられるはずがない。

意識が白熱し、再びぼくは限界に達した。自分自身を痺れさせるような激しい脈動とともに堰《せき》がきれ、痛烈な到達感とともに熱く濃いゲルが噴出をはじめる。それはポンプのような吸引をはじめたフェンリルの子宮に叩きつけられ、その衝撃で彼女の腹膜までも震わせ、さらに強い頂点へと導いてゆく。

長い長い射精のあいだ、ぼくらは小刻みな痙攣をおこしながら一つの生き物になり、無意識の深みを漂う。その時間は決して長くない。卵管を通じて体内にぼくのゲル状リキッドをすべて飲みこんだフェンリルの子宮が再び蠢《うごめ》きはじめ、射精と同時にあらたなリキッドを大量に分泌したぼくの肉体も勢いを増した欲望に苛《さいな》まれるからだ。

やがてぼくは異様な快楽に身体の内側から責めたてられることになった。

フェンリルの子宮に優しく、しかしがっちりと包みこまれたぼくの先端にむず痒さが生じた。

なにかが動いている。探《さぐ》るように動いていた。

感触でわかった。音をたててリキッドを吸いこんだ卵管からなにかが顔をだしていた。蛇のようにぬるぬると滑り、ぼくの先端をまさぐる。

ぼくは呻く。フェンリル、なにか、なにかが、中で、としがみついてしまう。彼女はこたえない。いや、こたえられない。自分でもわからないのだ。リキッドを大量に受け取った彼女の肉体が、これまで眠っていた機能を目覚めさせつつあるに違いない——そして鮮烈な悦びが脳を焼いた。

豊かにもりあがった乳房を潰れそうなほど握りしめながらぼくは泡を吹いた。入ってくる。入ってくるのだ。先端にある切れこみを押し広げ、フェンリルの柔らかな管が入りこんでくる。その数はたちまち増え、ぼくの精管を内側からいっぱいに拡張しながら奥へ、奥へ、とむず痒さと共にもぐりこんでゆく。

意識を白くスパークさせながら気づいた。同じだ。ぼくらは同じなのだ。いまのフェンリルは、ぼくがGETで男に犯された時に発現させた異様な性器官に似たものを機能させているのだ。

こんな感覚だったのか……凄い。凄すぎる。

無数の触手に似たものがちゅっ、ちゅっ、と心地よい疼《うず》きをもたらすエキスを吐きだしながらぼくの奥へ突き進んでいた。内部で何本もの鞭毛《べんもう》のように細いなにか（とりあえず、ニードルと呼ぼう）を分離させ、ぼくのありとあらゆる部分に滑りこみ、貼りつき、まきついてくる。膀胱《ぼうこう》へもぐりこんだものはそこに溜まったぼくの尿ではないなにかをすいあげ、かわりにねっとりとしたものをふきだす。精管の内側から前立腺へ突き刺さった無数のニードルはびくびくとヴァイブレーションをつたえながらそこへなにかを注入した。前立腺小室までこじあけられ、さらになにかを注入されてしまう。射精管開口部へも争うように無数のニードルが潜りこむ。それらは精嚢《せいのう》の内側を責め、さらに精管を突き進んで精巣上体へからみつき……ついに陰嚢へ進入した。ぼくの袋はどくん、どくん、と心臓のような膨張《ぼうちょう》と収縮をはじめた。

無数のニードルがぼくのボールをはじめとする器官へタのようにからみつきつつ先端を突き刺し、破裂しそうなほど大量にエキスを注入しながらぼくを快楽の極みへ追いあげていた。

わけのわからないうちにぼくは達する。フェンリルの器官は精管をさらに広げ、子宮どころか腹部まで運動させてさらに強くバキュームした。

だがぼくは力尽きない。本来の力と、フェンリルが注ぎこんでくれたものがすべてを高ぶらせ、再びぼくを追いあげはじめる。フェンリル自身も異常な状態だ。達している。達し続けている。その状態の中で、脳が燃えあがるほどつよい悦びに向けてさらに上昇してゆく。

ぼくらは理解していた。

これこそが〈アウトフィット〉のつくりだした本当の罠なのだ。ぼくらはお互いを求め合い、人類の域を超えた交わりに到達した。愛おしさが増すたびに、ありえない場所で溶け合い、与え合った。おそらくその悦びは……今後、ますます強まっていくに違いない。それは〈アウトフィット〉の生物学的プログラミングに従った報奨であり、紛れもなく一種の洗脳だった。そうであることを知りながら、立ちどまることなどできなかった。

当たり前である。すべてをためらいもなく与えてくれる女を前にして、迷うことができる男などいない。ぼくはたしかに人ではない。フェンリルもまたそうだ。しかし、男と女であることには違いがない。ならば、悦楽に裏付けられた愛情こそが最強のくびきだ。

おそらくぼくらは、三〇時間以上も交わりつづけていたはずである。

本当は一週間でもそのままでいたいところだった。先進各国によって叩きつぶされた〈アウトフィット〉によってつくりだされたぼくらの能力はそれを可能とするはずでもあった。

欲望の虜《とりこ》とならずに済んだ理由はただひとつだ。時間が限られていたのである。新たな教育的指導のはじまりが迫っていたのだ。

〈エンジェル〉は時間を無駄にしない。彼女たちが正しいと信じる方法で、ただひたすらにぼくへ奉仕《ほうし》する。その実際が血塗れの大殺戮《だいさつりく》であってもためらいなどしない。〈ノバ〉の方も同じだ——ていうか、もっとムチャクチャである。

うう。

なんというか、ぼくは『教育』されているというより『虐待』されてるんじゃなかろうか。いや、わかってるさ。教育と虐待の差はそこに理性があるかないか、そして受ける側に積極的な意志があるかないかだ。ぼくはどうなのだろう？　わかるわけないだろ、ボケが。それがわからないからふらふらしているのだ、終わりなき一七歳のままで（そう、いまのぼくは、自分が年をとることができるかどうかすらわからないのだ）。

「現地にはフェンリルが先行して潜入する」

苦労しつつ身体を離したあとで彼女はいった。声は小憎らしいほどにクールだが、身体は火照りを残したままだ。想像ではない。はっきりと感じとれる。

えーと、で、お仕事の話。

〈エンジェル〉のもとには世界中から無数の『依頼』が寄せられている。政府機関から個人まで、依頼主はさまざまだ。個人依頼主は王族であることもあれば、五歳の少女ということもありえる。

彼女たちはそのすべてを平等に扱う。なにもかも引き受けるわけではない。〈エンジェル〉の目的に合致するかどうかという規準だけで引き受けるべきものを選びだす。つまり、ぼくの教育的指導に役立つか、あるいは〈エンジェル〉の強化〈〈ノバ〉の弱体化〉につながるものを抜きだし、引き受ける。むろん、依頼なしで動く場合も多い。

　フェンリルが口にした『依頼』は前者である。〈エンジェル〉のリーダーでありながらその役目を放りだし、ただぼくだけを愛し、ぼくにだけ仕える悦楽に身を任せている彼女はそのかわりにぼくの面倒をほとんど一人でみなければならない。〈エンジェル〉は常に複数の依頼を引き受けているからだ。

「場所は」ぼくはたずねた。詳しいことはなにも聞かされていなかった。

「高校だ。だから引き受けた。君の希望を実現するために」

　希望ってのはアレ、とりあえずは高校生を営業していたいというぼくの考えのことである。

「偽名は？」

「使う必要はない。われわれは日本の官公庁が摑んだ君のデータすべてに工作を施した。たしかに、黒江徹という少年についてのデータは存在している。しかし……すべて、同姓同名の他者につながるようにしてある。これは……他の主要国も同じだ。いや、もしかしたらそれすら不要かもしれない。この世に、日本中の高校生を即座に分類・検索する統一されたデータベースなど存在しない」

「高伸で受けた全国模試のデータは……」

「模試を実施した会社が〈エンジェル〉の支配下にあるとしたら、どうだ？」

「でも、高伸でだれかが目にして」

「君に成績を見せたのはだれだ？」

　マナ先生しかいなかった。

「じゃ、学校で推薦《すいせん》入学がどうのという話になっていたのも」

「それは事実だよ。ただし、成績というよりは……退職願だけを置いていきなりその生徒とともに姿を消した女性教師が強く主張したからだ。成績が操作された証拠も残されている。そういう場合、普通の人間はどう考えるだろう？　いっておくが、新見里沙《にいみりさ》も君の情報は完璧に偽装していた」

　笑うしかなかった。完璧ではないのかもしれないが、黒江徹という名を使っても問題はないわけだ。きっと、これからもその点は変わらないのだろう。

　フェンリルは水色の紙を用いた大判の封筒を取りだし

た。学校法人新聖高校、と校章とともに刷られている。稲窪という街の郊外にあるらしい。

「ホームページのプリントアウト、〈エンジェル〉が日本国内の情報源に依頼した予備調査の結果も含まれている」

　ぱらぱらと資料をめくった。〈エンジェル〉がつけくわえた大判のポートレイトが一枚あった。目が離せなくなる。モデル・クラブの写真でもまぎれこんだのか？

「月島瑞穂《つきしまみずほ》」フェンリルが教えてくれた。「新聖高校の校長だ」

「どう見ても一〇代だけど」

「的確な判断だ。彼女は現在、一八歳だ」

　フェンリルはからかったわけではなかった。

　月島瑞穂は本当に一八歳で、ぼくが編入されることになった私立新聖高校の校長である。立場はジュネーブに本部のある世界的な教育振興組織、公正教育機構――ニュートラル・エデュケイト・オーガニゼーションの頭文字N、E、Oをとって〈ネオ〉と呼ばれる――の若すぎるエリートというところ。一種の天才で、一五歳でハーバードの大学院を終えている。〈ネオ〉は「子供たちの気持ちが理解できて、なおかつ大人の仕事もできる」ことを理由にスカウトしたらしい。

　まさにそのとおりだったのかもしれない。彼女が校長に就任したのち、新聖高校の名は教育関係者にとって注目に値《あたい》するものとなった。スカウトマンが全国から適格者を選びだす特異な無試験入学制度と、自由な校風がその理由だ。ちなみに、自由な校風という奴はまず確実に大学進学率の低下を招くことになっているが、卒業生がいないため、いまのところその点についての評価はなされていない。といってもすでに結果がでたようなものだとみなされてはいた。業者がおこなう全国統一模試において、灘《なだ》やラサールをしのぐ高得点者を輩出しているからであった。まさに彼女は学校管理者としての天才を発揮していたのだ。

　ちなみに、天才的なのは頭の中身だけではなかった。美しい女性には二種類あるとおもう。生まれつき美しくあるべく定められた女と美しくあろうと努力して美しくなった女だ（ちなみに、フェンリルはどちらにも当てはまらない。彼女の美しさはもっと別の――言葉にできないようなものだ）。

　瑞穂はその点でもおそるべき才能を持っているに違いなかった。

旧華族の出かとおもわれるほどノーブルな面立ちと若々しさに満ちた肢体を、自分をいまの地位までおしあげた能力を投じて獲得した技術、そして金の力によって神々しさの域にまで高めている。大抵の男ならば圧倒されて声をかけることもできないほどのものである。いや、実際にそれが目的なのではないかとぼくはおもった。その程度の計算が簡単にできそうな顔をしている。

「フェンリルの前で他の女の写真を眺めるのがそんなに楽しいか？」ぼくの女奴隷頭がいった。

「フェンリルと一緒に映画を観ていて……女優に溜息をつくようなものさ」ぼくはこたえた。

「なるほど」フェンリルはいった。「だが……君と二人きりのとき、映画を楽しむような余裕はなかったとおもうが」

顔を見た。怒っているのではなかった。瞳にあるのはからかうような色だけだった。そうなのだ。彼女は冗談を口にしたのだ。

飛びかかり、押し倒した。どれだけ見つめ、どれだけ触れても飽きることのないだろう艶やかな肢体のあちこちをくすぐってやる。最初のうちはなんでもないような顔をしていたが、とうとう身をすくめながら笑い声を漏らし始めた。楽しくなってぼくも笑った。フェンリルが反撃してきた。ぼくもひぃひぃ喘ぎながらのたうった。一五分ほどじゃれあったあとで偶然に視線がぴたりと合わさり、そのまま離せなくなった。ぼくらはもう一度交わった。

「君といると……壊れてしまう……」

「何度壊れても直してやる」

フェンリルはぼくをまじまじと見つめた。泣きながら笑っていた。そのまま再びしがみついてきた。

再び苦労に苦労を重ねて身体を離したあと、しなだれかかってきたフェンリルがなにかつぶやいた。はっきりと聴きとれなかった。納得できるような、できないような言葉だったからだ。

『ナマ、うれしい』このうえない慈《いつく》しみとおそるべき残酷さを紡ぎだす機能をともに備えた手が、彼女に合わせて成長し、変形したぼくを包み、そっと動いていた。自制がきかなくなっているのかもしれない——あるいは、もっと深い部分での変化なのか。

即座に反応したいところだが、これでは全然話が進まないとおもいなおして我慢した。彼女の手をそっと外すと質問を再開した。

「依頼主と、引き受けた理由は？」

「依頼主はこの学校の女子生徒たちだが……背景に確認しきれない部分がある。その点については調査中だ。依頼主が〈エンジェル〉への依頼を決意した原因は――」

ざっと概略を語ったあとで彼女はいった。

「もちろん、〈エンジェル〉が依頼を引き受けた理由は事件の解決が目的ではない。それはあくまでも付随的なものとして処理される……あのな、デビル」

「ん？」

「済まないが、フェンリルの乳首をいくら吸ってもなにもでない。まだ君にそこまで開発されていないのだ。いずれはなにかあるとおもうが」

「ごめん」

「いや……ああ、待ってくれ」彼女は胸を抑えながら深呼吸したあとで続けた。

「〈アウトフィット〉の遺物が関わっている可能性があるからだ」

「ロスト・ジェムが？」おもわずため息がでた。「〈アウトフィット〉のテクノロジーは私立高校がどうにかできるものだったのか」

名残惜《なごり》しげにペニスから離した指で自分の唇をなぞりながら彼女はいった。

「むろん違う。いかなる国家が運営する研究機関でもいまだその足元にも及ばない。つまり新聖高校は見かけどおりの存在ではないということだ。フェンリルは〈ユニットEX〉の可能性が高いと予想している」

「〈ユニットEX〉？」

「〈ユニット〉とは〈アウトフィット〉による開発品の通称だ。たとえば〈ユニットC〉ならば化学製品、〈ユニットE〉ならば電子製品で、その下に一連番号やサブコードがつく」

「で、EXのときは？」

「ある程度のことがわかるまで待ってもらえないか、デビル？〈ユニットEX〉は〈アウトフィット〉でも最高機密として扱われていた。現在、その実態を部分的にしろ知っているのはフェンリルとアドニスの二人だけだ……だから、フェンリルはまずその点を確かめたい。新聖高校で活用されているロスト・ジェムがなにかは、まだわかっていない。レベルの低い〈ユニット〉――五年や一〇年で人類が実現してしまいそうなロスト・ジェムで君をわずらわせたとあっては……奴隷としての、恥だ」

うなずいた。そりゃそうだ。わかっていればいきなり襲撃チームを送りこんでしまえばいい。それにしても……恥、か。古風なことをいってくれる。犯罪的なまでのしどけなさ、自分のそうした態度に羞恥《しゅうち》を覚えながらもそうなることを抑えきれないことを詫びるように訴える肢体の微かなうごめきがぼくの視界を紅く染めていく。これが……これが、ぼくの、ぼくだけの女奴隷なのだ。

その女奴隷を、奪った奴らがいる。

猛烈にムカついてきた。いてもたってもいられなくなってくる。拷問も受けたし気持ちも良かった。気分転換はもう充分だ。

枷は手首にぴったり、というわけではなかった。掌がとおらないというタイプである。力で壊せないことはわかっていた。拷問のあいだに何度も試してみたのだ。自分の力で壊せないものが存在することを知って妙に嬉しくなった。

だから、脱出の方法はひとつだ。

枷が壊れないのであれば自分を壊すしかない。

親指を掌に押しつける。見張りの二人がぼくの意図に気づく前におもいきり腕を引きつけた。

枷が肉に食いこむ。さらに引く。皮膚が破れ、肉が裂ける。骨が折れ——両手はすっぽりと抜けた。

はねおきる。上体を折り、無事な指で足かせのロックを解いた。

茫然としていた見張りたちは銃を持ちあげようとしている。

左側の男に飛びついた。首に腕をまわし、防護服ごとひねる。ごきりといい音がして頸椎《けいつい》が折れ、身体から力が抜けた。そいつの身体を蹴飛ばし、もう一人に飛びかかる。構えかけていたサブ・マシンガンをひねり、腹におしつけた。トリガーを絞るのを手伝ってやった。銃声とともに銃が踊り、フェイス・プレートの向こう側が血に染まった。

折れた親指が熱を持っている。すでに痛みはなかった。動かしてみる。響くような痛みはあるが、動かせないわけではない。おもわず笑い声を漏らしてしまった。

見張りの装備を奪う。サブ・マシンガンはヘッケラー・ウント・コッホMP5Kパーソナル・ディフェンス・ウエポンである。MP5をコンパクト化したK型に折曲銃床やサイレンサーを追加したタイプだ。

二人が防護服の腰に巻いていたベルトを外し、互い違いに裸の腰に巻いた。ベルトにはマガジン・ポーチとホルスター、それにナイフ・ホルダーがつけられていた。収められていた銃はファブリク・ナツィオナル・ブローニング・ハイ・パワーMKⅢだ。使用弾はMP5KPDWと同じ9ミリ・パラベラムである。中国の情報機関なのにどうしてヨーロッパの装備ばかりなのだとおもったが、深く考えるまでもないことだった。フリーランスに襲撃させたのと同じことだ。中国の情報部員が中国製の武器を持ち歩いては自分たちから正体を教えているようなものだ。あくまでも――というかせめて武器ぐらいは変えて、謎の中国人でいなければならないのである。

壁に耳を押しつける。すぐに飛びすさり、部屋の隅で銃を構えた。

ドアが乱暴にひらかれ、男が転がりこんできた。トリガーを絞る。頭部を銃弾で砕かれた男は頭蓋骨の破片をまき散らしながら絶命する。続いて飛びこんできた奴にもフルオート射撃を浴びせ、頭部を身体から引きちぎった。

マガジンを交換する。ドアから銃だけをつきだし、左右を掃射する。悲鳴が聞こえた。

外へ飛びだす。病院のような場所を想像していたが、実際はなんの変哲もないビルの通路であった。左側は行き止まりだ。右側の一〇メートルほど先に掃射を浴びた男が倒れている。防護服は着ていない。

そのまま突っ走る。銃を手にした三人の男たちがあらわれたので走りながら連射を浴びせた。二人は胸や頭を砕かれて壁に叩きつけられた。生き残った一人が壁から銃だけを突きだしてきたので、銃把《グリップ》を狙って指を吹き飛ばしてやる。全力で駆け、ちぎられた指をあわてて拾い集めている男を楽にしてやった。

途中で出くわした奴はなんだか面白かった。

ぼくとぶつかると武器を傍《かたわ》らにおき、ニヤっと笑ったあとでハァッ、とかイヤァッとかいう掛け声とともに手足を振り回してきたのだ。なんというのかな、たぶん、中国四〇〇〇年のカンフーというやつなのだろう。面白かったので一〇秒ほど手だけであしらってやったが、すぐにバカバカしくなったので射殺した。きっと、武器を用いずに戦うことがなにかの証明になると考えている頭の弱い人だったのだとおもう。哀れで涙がでそうだ。どんな技術を用いようが戦いは戦いで、殺人は殺人なのに。

というわけでぼくは完全な索敵撃滅モードの殲滅者《アナイアレイター》

と化し、すべての通路や部屋に死と破壊を振りまいた。

もっとも興味深いものを目にしたのは簡単な実験設備を備えた部屋に侵入したときである。本格的な実験室というより、実験素材をそれなりの方法で運搬用の密閉容器におさめるための部屋のようであった。

室内にいた連中はぼくの銃撃でたちまち全滅したが、床にごろごろと転がる死体のなかに、なにかの液体が詰まった透明な容器を抱きかかえている者があった。

とりあげて調べてみた。D‐17‐005と記されたラベルが貼られている。くそっ、ぼくから採取した組織をおさめるための容器なのだ。そういえば、拷問の途中でぶすぶすと注射されて血を抜かれたり、メスで肉をきりとられた覚えがある。本国に送り返し、研究しようとしていたのだろう。

だが……妙であった。封印の済んだ密閉容器はほかにも多数転がっていたのだが……中にそれらしいものが見えないのだ。ホルマリンだかなんだか知らないが、保存用の液体以外、なにもはいっていないのである。どういうことだ？

ぼくがイヤな光景を目にしたのはそのときである。転がっている容器の中に肉片が浮かんでいた。あきらかにぼくの一部だったものである。

それは、急速に分解しつつあった。赤身たっぷりのお肉が急激に白く変質し、溶けるように消え去っていくのだ。

ぞっとした。自分の身体が溶けだしているように感じられた。どういうことなのだ？　いや、想像はついた。

これも防御機能の一つなのだ。ぼくの断片は、本体から切り離されてしばらくしたところで分解がはじまるに違いない。D‐17の秘密は遺伝子にこそあるのだから、当然といっていい。なににつけ入念であった〈アウトフィット〉らしい仕掛けである。ぼくの遺伝子にはある種の自殺機能が組みこまれているのだ。バイオナノマシンやヒト起動物質はどうなのだろう？　似たようなものである可能性が高い。

おもわず身体を撫でてしまった。力に満ちた、不滅の肉体であるはずだが、いまはそれがかげろうのようにはかないものに感じられた。

とはいえ、それ以上たそがれている暇はなかった。新たな中国スパイが攻撃してきたからである。

それからの一〇分間で中国スパイたちをほぼ全滅させたあと、通信室らしい部屋を見つけた。中から悲鳴のような声が響いている。最初にぼくの指をハンマーで折った指揮官らしい奴だ。

ドアを蹴破り、MP5KPDWで掃射を加えた。デジタル通信機が火花をあげ、室内にいた二人の男も被弾して床に倒れた。あ、くそっ、一人はあの拷問役だったが頭に浴びせちまった。あーもう、しっかりマゾの悦びを教えてやろうとおもっていたのに。

いやま、いい。マゾの世界に導いてやりたい奴はもう一人いる。

血塗れになった指揮官は床で苦痛に悶えながらホルスターから銃を抜こうとしていた。大した根性だ。その根性に免じて銃弾で手を吹き飛ばしてやった。反撃を受けないよう、左手も撃つ。

「さて。あんたの部下は全滅したよ、おじさん」ナイフを抜き、奴の腹にまたがった。「どうする？　舌を嚙ませてもらえるなんておもうなよ」

奴はなんだかよくわからない言葉をわめいた。トンヤンキとかなんとか、そんなことをいっているらしい。トンヤンキ？　東洋鬼、かな？　たぶん中国四〇〇〇年の（←こればっかし）日本人への蔑称かなにかなのだろう。鬼か。たしかにね。いまのぼくは鬼だ。なんたって無敵のサディスト・モードに切り替わっている。別にかまいやしない。フェンリルを取り戻すためなら喜んで鬼になろう。でも待て、中国語の鬼ってどちらかというとゴブリンに近いイメージだったかも……ってそんな事にこだわってどうする。

「な……なにも話すものか！　貴様のような東洋鬼の小僧になど！」

血相を変えてわめいている。うるさいので左耳をそぎ落としてやった。まだ騒いでいるので右耳もそぎ落とす。落とした耳を指先でつまみ、目の前でぶらぶらさせてやった。

「次は、チンポだからね。さ、どのみち話すことになるんだから、早く話してよ。あ、べつにあんたの名前とか階級はどうでもいいから。どうせ謎の中国人だろ？　それとも人民解放軍総政治部連絡部所属の陳《ちん》少佐とか……」

「だ、だれが話すもの……」応じつつも、男は青ざめていた。あら、適当にいっただけだったが、本当に陳さんという名前だったようだ。所属も階級もぴったしだったのかもしれない。

平手を張った。男の眼球が横に流れ、白目になる。反対側に張って元に戻してやった。

「さ、話して。なぜ襲った？」

プライドを叩き壊された男は泣きながら話しはじめた。ちょっと驚いた。人民解放軍は自分たちで情報を得たわけではなかったのだ。だれかが——ぼくが稲窪に向かうことを知らせたのだという。というわけであわてて日本に襲撃チームを送りこんだというのだ。

「知らせたのはだれだ」

「わ、わからない……本当にわからないんだ」青ざめながら男はいった。

「あのヘリは？　ぼくの女を奪った連中は？」

「し、知らん。だいいちあの無人機もわれわれでは——」

そのあと五分ほどいたぶったが、返事は変わらない。本当なのだろう。溜息をついてしまった。真の敵は別にいるのだ。

「さ、作戦は完全な失敗だ！　たとえ貴様を捕らえられなくても、細胞の一部でも回収できればいいことになっていたのに……すべて分解してしまった！　なぜだ？」

「聞きたいのはぼくのほうだよ」静かにこたえた。すべての感情が死んでしまったような気分である。

「こ……殺すつもりだな！」ぼくの顔を見た男はわめいた。なにか誤解したらしい。そんなことは考えてもいなかったが、うーん、いわれてみると、そうしたほうがいいかもしれない。

「あ、うん。せっかくだから、そうさせてもらうよ」ぼくはうなずいた。

「せ、せっかくだからって……お、俺を殺してもお、おまえは狙われ続ける！　本国から応援を呼んだ！　人民解放軍最強の第12特殊集団だ！　いざとなれば偉大な人民解放軍三〇〇万も——」

「そりゃまた殺しがいのある人数だね。ご親切にどうも」にこりとして応じたぼくは男の延髄《えんずい》を抉った。

3

朝のショート・ホーム・ルームにはどうにか間に合った。といってもぎりぎりである。

一限は国語総合だった。担当は井沢《いざわ》という老教師だ。一番よい言葉を当てはめても、品の良さそうな、というのがせいぜいの人物である。

しかし、生徒からは嫌われていない。バカにされてもだ。別にたまったストレスを生徒にぶつけることもないし、授業も巧みだからである（ま、新聖の教師は揃いも揃って高レベルなのだが)。高校生だからってなめられてはこまる。仕事のできる大人にはきちんとした点数がつけられるのだ。

井沢先生は森鷗外《もりおうがい》について説明していた。

「で、ドイツ留学から戻ったあとで鷗外森林《りん》太《た》郎《ろう》は……」

う。表現がマニアックだ。ペンネームを頭にして本名を続けるなんていかにもお文学知ってます、という感じである。

驚くべきはわがクラスメイトたちの態度であった。マジメなのである。しっかりと耳を傾けるのみならず、ノートまでとっているのだ。予習と称して『舞姫《まいひめ》』まで読んできた奴もクラスの半数を超えている。ちなみに残り半分は、以前に読んだことがあるというのだった。信じられないほどの模範高校生ぶりである。こいつらに任せておけば日本は絶対に滅びないに違いない、とおもえるほど高校一般の常識を外れている。俺は読んでるぜ、へへん、という奴が数人いる、というレベルではないのだ。教養の平均値がおそろしく高いのである。こんな生徒ばかりの世界に住めると保証されたら全国の国語教師はゾロアスター教にだって入信するだろう。

で、ぼくはといえば……せっかくのすばらしい授業を無駄にしていた。森鷗外はシャレのきかないことばかり書いていた人なので好みではないのだ。『舞姫』だって五ページでやめている。だから、いまは沈没だ。

いつのまにか授業は終わっていた。教室が騒がしくなるがそのまま突っ伏していた。

気配を感じた。が、そのままにしておいた。

直後、ばこん、と後頭部を叩かれた。まさに問答無用である。このところ毎日これをやられていた。いやま、苛められてるわけじゃないけど——いや、苛められてるのか?

「黒江!」後ろの席から響くやたらと元気いっぱいの声が耳に痛い。ひとことやり返さずにはいられなくなった。

「いかにもぼくが黒江徹だが、教科書で後頭部をどついた君は?」

今度は上からの一撃。うっ、背の固いところが当たった。

「うっさいわね! ほら、なんかいうことあるでしょ? こたえなさいよ!」

「……なんかあったか?」

三度、ばこん。今度は力がこもっていた。織羽とヘザーが、ああ、と哀れみの声を漏らした。犯人はわかっていたので二人に軽く手をふる。

「くぉら、なに愛想飛ばしてんのよ！　こたえなさいよ！」

どついてきたのはむろん剣道少女香苗である。くそっ、いい加減犯してやろうか。

「そのポーズだと胸が強調されて、いいな」主にレイプ願望を昇華する目的でぼくはこたえた。

「黙らんかこの色魔が！」香苗は教科書を手にした右手を振りあげた。「朝からあんなことばかり……もうすこしマジメになれないの？」

そろそろいいだろう。四度目の打撃はぱっと手首を摑んでくい止めた。んっ、と香苗は小さく呻く。おもってもみなかったほど色っぽい声である。

なら、もうすこし昇華しよう。かまうもんか。

ぼくは冬服に変わったばかりの手首をむにむにと揉んだ。うむ。剣道なんかやってるから硬いのかとおもったら実にその、いい。かじりたい。

「いいものはいいからな」おもいっきりにやにやしながらいった。「そいつを味わうためなら喜んで色魔になる――忘れるなよ、ぼく、男だからな？」


香苗はたちまち真っ赤になった。

かわいそう……とはおもわない。作用には反作用があることは覚悟しておかねばならないのだ。

だから、する。そういうのが好きだから、というのはむろんだが、もうひとつ理由がある。

目立つわけにはいかないため低空飛行を続けているので、こういうところで自分を印象づけておかないと妙な奴だとおもわれるからだ。正体不明より女好きのほうが疑われない――ママから学んだスパイ活動の鉄則、その応用である。だから、女の子へ声をかけること、軽くじゃれることについて機会は逃さない。一度方針を決めたら多少まずいことがあってもそのままいったほうがいいし、新聖ではマイナス要素にはならないからである。男女比がぶち壊れているからなのか、そちら方面について信じられないほどの放任主義をとっているからだ。他人の目がある場所では本気で発情するな、という不文律さえ守っていればうるさくいわれることはない。

常識からいえば、えーと、鋼鉄製の頑丈な柵の中に羊の群を押しこめ、そのあとで飢えた狼の群を放ち、カウボーイと牧羊犬はお家に帰ったようなものだ。男女どちらが狼なのかは日本国憲法に保障された男女同権を適用するとしても、どのみち問題がおこることは目に見えているはずなのだが……学校側はあまり、どころか本当に気にしていない。そういったことは締めつけないほうがかえっていい、と考えているようだ。生徒たちもその方針を素直に受け入れ、そういった環境を与えてくれた学校へ感謝している。根っこの部分で健全な学校なのかもしれないし、当たり前だともいえる。なにしろ男女を問わず寮への出入りがまったく制限されていないのだ。アダムとイブだって自分から転居届けをだして楽園から引っ越したわけではない。

で、なんの話をしていたかといえば……そう、香苗だ。むろんぼくは気づいていた。

彼女はぼくに好意を抱いている。それは明らかだ。やたらとぼくを叩きたがるのはむろん、恥ずかしがっているからである。サイコなおもいこみじゃない。明らかに彼女はぼくの前でフェロモン分泌を増している。はっきりと感じ取れるのだ。

ま、ぼくだって彼女は嫌いではない。というより、本当に可愛いとすらおもう。

なにしろ反応が面白い。

ぱこぱこ叩くクセに逆襲されると弱いのである。こちらがなんのためらいもなくやってしまうセクハラに出会うと、どうしたものかわからなくなってしまうのだ。いまもそうだった。さきほどまでの勢いは消え、かすかに汗を浮かべながら紅くなっているだけ。うん。黙っていたら本当にかわいい。ぬはは。

「ふざけないでよ」催眠《さいみん》が解けたように手を振り払った香苗は唇を尖らせた。声が弱くなっていた。チャンスだ。

騒がれないように口を抑えつつ、さっと引き寄せる。抵抗しかけた彼女の耳元にささやいた。

「そろそろにしとけよ。ぼくも適当なところで必ずやめてるだろ？　なのにおまえがあまり反応しすぎると加堂や白木まで変な目で見られることになる。おまえの得にもならない。いいな？」

香苗の身体から完全に力が抜けた。手を放す。掌は唾液がついていた。彼女が睨《にら》んでいるのを知りつつ舌でなめとった。

さてどうでるかとおもったら……うつむいて、上目づかいで見つめやがった。戸惑いや落胆が女の艶に直結していた。

「……なにがいいたいの？」

ぞくりとした。香苗は突然こういう部分を見せることがあるのだ。なんというかその、実にいい。できることならもっとこう――じゃない！

「森之宮にもイロイロしてみたいってことさ」立たせてやりながら慌ててこたえた。われながら無理な声をだしていた。

彼女はたちまち立ち直った。

「少しマジメなこと口にしたかとおもえば、結局はそれかぁ、この色魔ぁ！」

ぱこん、ぱこん、ぱこん、いやま、いい。スキンシップだ。今度は乳をもんでやろう。

香苗はなおも何かいいたげだったが、織羽たちがやってきたのでそれきりになってしまう。学食いこうよ、と誘われて立ち上がりかけたとき、肩をがしっ、と掴まれた。

「悪いが、今日の黒江は俺とパワー・ランチだ」

香苗たちはぶうぶういいながら歩み去った。

ほっとしたところで笑いを含んだ声がいった。

「お疲れさま。でも、嫌いじゃないんだろ？」

普通の学校ならもう少しからかいや妬《ねた》みを含んだ言葉になるだろう。そこまでいかないにしてもどこかべたついてしまうのは確実だ（または、その手の話をまったくしないか）。

だが、新聖にはあてはまらない。男女比が世間と逆転している閉鎖環境のおかげで、相手を作ろうとおもえばかなり楽に実現できるからだ。自分にとって魅力的な女の子を目にして仲良くなりたいと願う、あるいはそうなるべく行動にでてみることを宗教的罪悪のごとくみなす奴は皆無といっていい。そっち方面については本当にフリー・ファイア・ゾーンな学校なのである。そうでありながら股間にバルカン砲を搭載しているに違いない奴とか、航空母艦のように多数の野郎を搭載してしまう女子がいないのは奇跡のようなものであった。授業で示すマジメさにあらわれるように、どこかでモラルが保たれているからに違いない。あるいは、そのあたりを自由にしているからきちんとした高校生という演技に力が入るのかもしれなかった。人としては当然だ。確固としたロイヤリティを獲得する最良の手段は納得のいく代価を手渡すことである。それが金だったり、異性だったり、神の愛だったり、祖国への奉仕によってもたらされる陶酔だったりするだけだ。

「まあね。元気すぎて疲れるけどな」ギブアップするように肩の手を叩きながらぼくはうなずいた。

優しい声がさらに大きく笑った。

ぼくより頭一つ高いほっそりした身体に、ほっそりとした形の頭。面立ちは女性的な整い方だ。ひとことでいうなら、美形である。編入され、初めて顔を見たとき、〈ノバ〉じゃないかと疑ったほどだった。しかしNシリーズであればぼくには〝わかる〟から、絶対にそうではないはずだ。いや……でも、〈ノバ〉、いや〈ノバ〉主流派からわかれたナルシスの一派はぼくの前に真嶋《まじま》みさきという少女をつくりだしたことがある。その点からいえば疑ってみるべきなのだが……わざわざ男の美形をぼくの前に送りこむだろうか？　そんなことをしたら疑ってくれといってるようなものだ。やはり、ありえない。

あ、忘れてた。かれの名は遠野《とおの》真《まこと》という。いまのところもっとも話のあう野郎のクラスメイトで、拳法部の部長だ。なお、拳法部の実態は使えそうな体術（本当は躰術なんだそうだが）にくわえ、武道全般ならばなんでもありのバーリ・トゥードな実戦の世界である。武術の達人で美形、おまけに常に学年一〇位以内となれば高校という世界を支配しているようなものだが、いま付き合っている女の子はいない。そのせいもあるのだろうか、これ以上ないというほどに妬むべき条件が揃っているというのに、嫌いになるのが大変に難しい奴である。

「で、黒江くーん」楽しそうに笑いながら遠野はいった。

「こっちはどうかな」

「悪い」

苦笑いをつくりつつこたえた。編入されてから数日後、拳法部への入部をすすめられたのだ。遠野が試すために突きだした拳をついつい止めてしまったからである。

ありがたいお誘いだが、うなずくつもりはなかった。あまりにも不公平だからだ。

「なにを迷ってる？　おまえなら、すぐに強くなる。おれが保証する」

遠野はもう笑っていなかった。まっすぐにぼくを見ていた。

こいつと話すのは本当にイヤじゃない。なんといえばいいのか、人としての包容力があり、しかもそれが押しつけがましくないのである。一種のカリスマなのかもしれない。

「買いかぶりだよ」本当に罪悪感をおぼえながらこたえた。

「おまえの動きはうちの部活向きだ」

「いや、たまたまだ。それにさ、いっただろう。心臓が、ね」

胸を抑えてみせた。心臓に持病があることにしているのだ。

遠野は残念そうな顔を浮かべたが、さっと明るい笑いに切り換えた。

「そういえば、森之宮に身体のことといってないな。女子だから？」

「いいひとぶってるワケじゃない」肩をすくめた。「気にして悩まれるのがイヤなだけだ」

「はは、いってろよ。邪魔はしない。ところで――」

立ちあがった遠野は唐突に左手を突きだした。

おもわず右手が動き、手首を摑んでしまう。が、それこそが奴の狙っていたものだった。遠野は摑まれた左手の指先を開き、腕を返して掌を外へ向けた。摑んでいたぼくの右手が外れながら斜め後ろにおしあげられる。その瞬間、いやほとんど同時に鎌のように一閃した奴の右手が左頰のそばにあらわれ、パチリと指を鳴らした。

「本当なら当て身になる」力を抜いて遠野はいった。

「合気《あいき》稽古の基本動作のひとつだ」

「いい加減にしてくれよ。毎日よく飽きずに色々と教えてくれるな。おかげで古武術とかの技《わざ》には詳しくなってきたけど」ぼくは両手をあげた。技で完璧に引っかけられたことは大したものだと本気でおもっていた。むろん、こちらが本気だった場合、摑んだ手首をそのまま握りつぶしかねないことを無視したうえでの話である。

「いまの、七割は本気で動いた。おまえはついてきた」遠野はにやりとした。「やはり、才能があるんだよ――さて、今日の定食はなんだ？」

先輩、ときれいな声が響いた。戸口に小柄で優しげな面立ちの一年生が立っていた。まっすぐに遠野を見ている。女子がきゃあ、と声をあげ、かけよって撫でまわした。拳法部後輩、たしか君島幸也《きみじまゆきや》くんという名の美少年によるお出迎えだ。

ほんの一瞬、遠野の横顔に困惑があらわれ、すぐに消えた。

「先約を忘れてたな」にやにやしながらぼくはいった。

「済まん。部活の連中そろって打ち合わせをしながら食べる約束だった。それでもよければ黒江も……」

「いや、野郎ばっかしなんて暑苦しくてたまらないから、パス。また誘ってくれ。ほら、急がないと君島くんが女子にこの場で裸にされかねないよ」

いじり倒されていた後輩を助けた遠野は済まなそうに

もう一度うなずくと教室をでていった。いい奴だ。

一人になったところで、あらためて教室の光景を意識した。

楽しげに語らっている連中の組み合わせはほとんどが男女一緒である。そして……明るかった。ひたすら朗らかであった。とてもこの連中のかなりの数が夜になるとさらに親しいとはおもえないほど健全な空気である。

なんとなくたまらないものを覚え、二階にある教室をでた。学食はすでにいっぱいだろう。自販機のあるレクリエーション棟の喫茶室にでもいこうか。

白塗りの廊下から遠くに見える街の様子は人口一〇万に満たない地方都市とはとてもおもえなかった。真新しいビルや小ぎれいな家が建ち並び、整備された街路や公園は絵に描いたように美しく手入れされている。さらに遠くに目を向けると、青々とした緑が映える山の連なりがのぞくところがなおさらといっていい。学校と同じく、夢のような近代的地方都市、それが稲窪である。

名前からもわかるように、もともとは農村だった。市域の中央をゆるやかに流れている三竹《みたけ》川のおかげで水が豊富、土地も肥《こ》えていて、江戸《えど》時代から食うには困らない場所だったそうだ。たいていの人にはただ迷惑なだけである歴史上の一大イベントに巻きこまれたこともない。周囲は山ばかりだし、京都《きょうと》のような山に守られた要塞都市として発展するには中央から離れすぎていた。

戦国時代にも稲窪は眠ったままだったし、幕末も同じだった。日本中の主要都市が焼け野原になった太平洋戦争のあいだも変わらなかった。おかげで、日本の産業が復興した昭和三〇年代以降はとめどもない勢いで過疎化することになった。

廃村になりかけていた村が町に、町が市に発展したのはこの二五年ばかりのことである。原因はただひとつ、新聖高校が――というより、新聖高校の上部組織である〈ネオ〉がこの街をテストベッドに選び、あちこちからかき集めてきた補助金とか寄付金を注ぎこんだのである。むろん、スローガンはあった。『理想的な教育環境の創成』だそうだ。

たしかに稲窪はその実現に向けて努力していた。街は落ち着いており、人は親切で、日々の生活はこのうえもなく穏やかだ。大人たちは優しく自信に溢《あふ》れ、子供たちはいたずら好きで元気いっぱいで――大人と子供の中間にいる、街の郊外に設けられた新聖の生徒たちも例外ではない。いやま、別に悪くはない。こんな街が故郷だったら、とおもうぐらいだ。

校内放送が生徒を呼びだしていた。

『三年A組の大葉正実《おおばまさみ》君、三年C組の増田滋郎《ますだじろう》君、推薦入学資料用の検診がありますので保健室まできてください。くりかえします……』

へぇ、とおもい、通りかかった女の子にたずねた。

「なんの放送、これ?」

「え……?」訝しげな顔を浮かべ、それでもスピーカーを見あげた彼女はなーんだ、という顔をした。「推薦入学の推薦状を大学に送るとき、診断書が必要な大学があるからじゃないかしら」

「あ、そう。ありがと」

「ところであなた……」彼女はぼくを見た。「2Bに編入してきたひと?」

「ああ。挨拶したことなかったな。黒江。黒江徹だ。よろしく」

「彼氏がいなければなぁ」女子はうまいことをいった。

「つまり、うまくいってんだろ?」

「……うん」

「残念だけどお幸せに。でも、名前ぐらいは教えろよ」

「樹里《じゅり》。雨宮《あまみや》樹里。2Dよ。じゃね」

かなりの美少女だったので本気で残念な気分になりながら彼女と別れ、その他にも出くわした顔見知りの連中に挨拶をしながら校舎をでた。

赤屋根校舎は時計塔の載っている中央が管理棟および文科教室棟、向かって左側がクラス棟、右側が理科教室棟が西向きで凹字型《おうじがた》に建てられている。凹《へこ》みの部分は中庭で、その先に体育館、武道場、室内プールなどの施設があった。

管理棟一階にはエントランス・ホールがある。ぼくがでてきたのもそこだ。エントランス・ホールからまっすぐ校門に向かうほぼ一キロ近い道はメインアプローチと呼ばれ、校舎に向かって右側が職員用の住宅、左側に学生食堂、男子寮と女子寮が並んでいる。クラブ棟やレクリエーション棟はその裏手だ。校舎右側に設けられたグラウンドは各種スポーツの専用フィールドが樹木や遊歩道に仕切られて設けられている。

歩いているうちにため息がでた。

設備はぼくがただの人間だった最後の時を過ごした高伸学園以上であり、生徒たちは明らかに高伸よりもなじみやすかった。この学校の生徒は〈ネオ〉が志望者の中から選抜した連中で、坊ちゃん嬢ちゃんの群というわけではないからである。事実、この一カ月は高仲の一年よりもよほど楽しく感じられた。自分でもちょっと信じられないけれど、生まれて初めて学校が好きになりかけているのかもしれない。

寄宿舎やレクリエーション棟への近道であるメインアプローチ脇の遊歩道へ入ろうとしたところで、聞き慣れた声に呼び止められた。

「学食いったんじゃなかったのか」笑みを浮かべてたずねた。織羽たちである。

「手を洗っていたら、遠野と顔をあわせた」織羽がこたえた。「それで、黒江を誘おうかどうか相談していたところだ」

「別にいいのよ、こんなやつ」香苗がふん、と顔をそむける。

「いいよ、いこう。喫茶室だろ?」たったたっと踊り場に降りたぼくはスカートに包まれた香苗のヒップを撫でる。彼女は大げさな悲鳴をあげた。

「あ……いいなあ」ヘザーが本気とも冗談ともつかない声を漏らした。せっかくのお誘いを無駄にしてはいけない。ヘザーの柔らかく張ったヒップも撫でた。彼女の声はじつに心地の良いものだった。

袖をひかれた。見ると、織羽が真面目な顔で見あげている。

「あ、なに?」

「うん。黒江がどうも年上系好みらしいという事実には薄々気づいているのだが、不平等はよくないとおもわないか」

「済まん」たしかにそのとおりだったので織羽のヒップもしっかりと撫でまわした。小さくしまった形のよいお尻である。彼女は堂々とそれを受けた。セクハラというよりは名刺交換でもしているようだった。

「ったく、そろいもそろって」香苗はぶつぶついっている。

「わかった、わかった。もう一度触ってやる」

「そういうことじゃない!」

真っ赤になった彼女へにやりとし、遊歩道を歩きはじめた。タイプ別美少女の展覧会のような三人の軽やかな足音があとに続いた。ぼくはステップ2を——彼女たちとの出会いとその依頼についておもいだしていた。

4

人民解放軍総政治部連絡部襲撃部隊のアジトは稲窪の外れにある、会社の倒産で建設が放棄されたビルの中に設けられていた。使えそうな武器弾薬をひっかきあつめて大型のバッグに詰めこみ、殺した奴らの着替えから合いそうな服を選んで身につけ、外にでたあとでようやくそれがわかった。中国系らしい名前の会社に買い取られたという看板が立てられ、下に不動産会社への連絡先として稲窪の住所が記されていたのだ。

ハデな銃撃戦をくりひろげてしまったが、警察がすっ飛んでくることはないとわかった。周辺に人家はない。立派な道がとおってはいるが、あれはぼくとフェンリルが走っていた県道だ。車どおりはないに等しい。

どうするか――いうまでもなかった。彼女を奪い返すのだ。

が、どうやって奪い返すかが問題である。相手の正体がわからないのだ。ぼくが痛めつけた謎の中国人・陳さんもその点については情報を持っていなかった。

あとは消去法だ。ぼくらが稲窪へ向かうことを知っており、それが自分たちにとっての不利益であると判断しそうな連中。

となると、ひとつしかない。引き受けた『依頼』に関係のある者たちだ。すなわち、予定どおり新聖高校に向かって調べを進め、相手の反応を待つのが一番ということになる。危険だが、他に方法はない。

〈エンジェル〉に連絡しようとはおもわなかった。謎の中国人・陳少佐は事実を口にしていただろうからだ。もし稲窪でぼくの忠実な女奴隷たちと潜入してきた人民解放軍特殊部隊がぶつかったら戦争になってしまう。それじゃあまりにも面倒だ。だが、奴らの行動を邪魔する必要もある。どこかの段階で警察に通報すべきかもしれない。警察が動きだせば奴らも動きにくくなるはずだ。いやま、その前に海上保安庁や自衛隊が潜入に気づいて阻止してくれたら一番いいのだが……わざわざ探知しやすい旧式潜水艦でやってくるわけではなかろう。大量に寄港する中国船を用いてもぐりこんでくる可能性が高い。となると、密入国者を完全にくい止められないのと同様、すべてを防ぐことはできない。いくらかは侵入してくると予想しておかねばならない。

人目につかぬように道を外れて歩き、稲窪市内に入った。のたのたと歩いてＪＲの駅までたどりつくと、ちょっと驚いた。おもった以上に瀟洒《しょうしゃ》な駅舎だったからだ。斬新すぎず、かといって貧乏臭くもない。人の数も多すぎず少なすぎずで、自分には無関係な活気にげんなりすることもなく、うそ寒い空虚さのなかで溜息をついてしまうこともない。駅はこうあって欲しいというイメージを形にしたような駅だった。

人口一〇万に満たない地方都市とはとてもおもえなかった。周囲に、地方都市の駅前に特有のうら寂しい定食屋や傾きかけたタバコ屋の姿はない。ブティックやレストランの入った真新しいビルが建ち並び、小振りなシネマコンプレックスがあり、整備された街路は絵に描いたように美しく手入れされている。さらに遠くに目を向けると、青々とした緑が映える山の連なりがのぞくところがなおさらといっていい。

駅の案内図で街の概要を頭に叩きこむと、ロッカーに荷物を預け、必要なものを揃えにでかけた。

もともと持っていた財布や現金やカードは失ってしまったが、金はある。中国情報部員の財布から役にたちそうなものはすべて奪ってきたのだ。工作資金のおさまっていた金庫もぶち壊して中身を頂いたから、たぶん、二〇〇〇万ぐらいはあるだろう。

スーパーで適当な服と靴を何揃いか買いこみ、トイレで着替え、情報部員の服は捨てた。そのあとで一五分で寸法を合わせるとうたっていた既製服の店にはいり、学生服を二着買う。大型のスポーツバッグも四個ほど手に入れた。

駅に戻り、トイレの大きい方で荷物をバッグへ詰めこむ。武器もスポーツバッグに移した。突撃銃《アサルト・ライフル》、機関短銃、拳銃である。いずれも使用可能なサイレンサーは手に入らなかった。アサルト・ライフルはSG552が二丁と三〇連予備弾倉が六〇個ほど。サブ・マシンガンはMP5KPDW二丁に三〇連弾倉がやはり六〇個。拳銃はブローニング・ハイ・パワーが二丁と予備弾倉二〇個。んでもって驚いたことに日本警察用のSIGザウエルP230改が三丁と予備弾倉一五個である。いったいどこで手に入れたんだろう？　きっと警官に化けるときのために警察から盗みだしたに違いない。奴らは偽物の警察手帳も手に入れていた。ただし、情報が古いらしく、バッジとIDカードの組み合わせになった最近のものではなく、昔ながらの手帳式だった。

荷物を詰めこむと駅前でタクシーにのりこみ、新聖高校に向かった。

書類もすべて失っていたため本人確認に少し手間がかかったが、ぼくがよどみなく自分の情報をこたえたため、正式に編入を認められた。学務課のちょっと色っぽいお姉さんが、前の学校（といっても高仲ではなく、ぼくが通っていたことになっている〈エンジェル〉の保有する国外の学校だ）より楽しいかもしれないわよ、といったのが印象的であった。いやは、うん。ぼくは一応、帰国子女ということになっているのである。

　寮に案内された。二階北端、八畳ほどの部屋で、ユニットバスがついていた。早速、荷物のなかの危ないものをあちこちに隠した。

　その晩はまず寮の談話室で男子に編入の挨拶をし、翌日、クラスで挨拶をした。入ったのは二年B組。依頼者たちのいるクラスである。同じクラスになれた理由はよくわからない。ただの偶然か……〈エンジェル〉がどこかで手をまわしたのか――あるいは、フェンリルを奪った何者かが罠としてそうしたのか。くそっ、スリルがある。

　三人の依頼者――加堂織羽、森之宮香苗、白木ヘザーにはその日のうちに話をした。クラス委員長としての責任感からぼくに話しかけてきた織羽との会話のなかで〈エンジェル〉という言葉を二度挟んだのだ。

　話しぶりにあらわれているとおり、愚かさとはほど遠い彼女はすぐに気づき、わざと声を大きくして放課後、学校を案内してやろう、といった。彼女たちに本当の自己紹介をしたのは、いかにもアレなことをいたしますとばかりに忍びこんだ武道場の更衣室である。外はすでに暗くなっていた。

「信じられないわ、こんな奴」ぼくを目にしたとたんになにかを決意していたらしい香苗がいった。

「信じられなくても事実だ」ぼくはいった。

「男女ペアのエージェントを送ってくると伝えられていたが」織羽がたずねる。疑わしげというより事実を知らせているような態度だ。ろりろりな見かけとは正反対に、頭の中身はよほど発達しているのだろう。

「途中で襲われた。いろいろあってね、ぼく一人になった」

「……まさか」織羽の顔がこわばった。

「いや、違う。拉致《らち》られただけだ。心当たりはこの学校のほかにない。つまり、ここにもぐりこむのはぼくにとっての必要でもあるわけだ。手は抜かないよ」

なにがあったか、かいつまんで説明した。自分の立場が敵には摑まれていることも教えた。なのになぜ予定どおり新聖にやってきたかも。信用させるには、自分にとっても重要なものがこの学校にはあることをわからせておいたほうがいい。

「仲よかったの、そのひとと？」最初から好意もあらわだったヘザーがたずねた。

「ああ。ぼくの女だ」

「お、女って、あんたどうみても高校生——」香苗が目を剝いた。

「この学校じゃ珍しくもないはずだ。違うか？　ともかく、そういうことさ。で……早速で悪いけど、ひとつ問題がある」

「なによ？」香苗が鋭くたずねた。

ぼくは口を開けずに笑顔をつくり、いった。

「君たちが信用できない」

5

「な、なによそれ」香苗がいった。戸惑っているような声だ。

織羽とヘザーを見た。二人とも青ざめている。

「簡単なことさ」ぼくは告げた。


「ぼくとぼくの女はこの新聖高校へ向かっている途中で襲われた。待ち伏せだ。つまり、情報が漏れていたとしか考えられない。そして、ぼくらが新聖高校に向かうという情報を知っていたのは〈エンジェル〉と君たちだけだ。〈エンジェル〉から情報が漏れることはあり得ない。つまり、君たちが、あるいは君たちのだれかが情報を漏らしたことになる。さ、話してくれ。話してくれないなら、話したくなってもらうことになる」

「それで、脅してるつもりなの？」香苗は挑むような口ぶりだった。

「脅しているんじゃない、事実を告げているんだ」そのまま彼女の頰を張った。小さな悲鳴が漏れた。

「どれぐらい真剣かわかったか、森之宮」

涙を浮かべた目が睨みかえしてくる。

「女に暴力を振るう男なんて——」

彼女は怒っていた。それは間違いないし、当然だ。しかし、同時に不思議な魅力を感じた。顔がほんのりと赤らみ、瞳が潤んでいた。もう一度引っぱたいてみたくなる風情だった。

「ぼくはいままで自分と寝てくれた女を二人、殺している。なんの関係もない女を殴る蹴るぐらいのことは朝飯前だ」もちろんそんなはずはなかったが、そうおもわせておきたかった。いちいちこの調子でツッコミを入れられてはまともに話もできないからだ。

「もちろん君たちが裏切っていると決めつけるつもりはない。気づかずに情報を漏らしていた可能性もある。その点をたしかめておきたい」

「なにか話して、簡単に信用するともおもえないが」織羽が静かにいった。

「そのときは方法がある。もし君たちの言葉が信用できなかった場合はそれを使う。本当はそうしたくないんだが、いまは余裕がないし、だいいちぼくはかなり腹が立っているんだ。あらかじめ謝っておくよ」

「レイプでもするの」きっとした表情を浮かべたヘザーがいった。

「そうだとしたらどうする？」

「やられないわ、あんたなんかに」香苗がロッカーの陰に手を伸ばした。そこに置かれていた段ボール箱に差してあった木刀をひっ掴む。

織羽とヘザーも動いていた。自分たちがよりかかっていたロッカーの扉をあけ、それぞれ竹刃《たけば》の薙刀と棒杖《ぼうじょう》を手にする。あらかじめ準備していたらしい。そういえばここで話を、と指定したのは織羽だった。

それぞれの構えを見ただけで、手は抜けないとわかった。自分がこうなってしまう以前に、強くなった気になりたくて読んだ武道雑誌の記事が蘇ってきたのだ。

香苗は中段の構え——星眼《せいがん》に狙いをつけている。ちなみに『星眼』は誤字ではない。中段の構えは本来、正眼、晴眼、青眼、星眼、臍眼の五つの『せいがん』があり、それぞれ狙いをつけている位置が違うのだ。星眼は顔のど真ん中に狙いをつけた状態である。

織羽は薙刀の柄《つか》を持ちあげ、床をするような低さに刃《やいば》を下ろしていた。振りあげて脛《すね》を打つ態勢である。

ヘザーは——もっとも動きが予想しにくかった。棒杖を右手で背中に隠し、左足を踏みだしているからだ。だが、他の二人の攻撃態勢からいって胸を——水月《すいげつ》のあたりを狙ってくるに違いなかった。

「いまのうちに詫びることだ、黒江」黒曜石のような瞳に闘気を宿した織羽がいった。

「もちろん、さっきとは別の意味でね」ヘザーがつけくわえる。薄いエメラルドの瞳はレーザー光線でも放ちそうである。

「話しても無駄よ。おもいしらせて……」

「そうだな」同意してやった。「おもいしらせて貰っちゃおうかな」

はっ、という気合とともにヘザーが動いた。棒杖の先端が唸りとともにもちあがり、右手がその中程を緩《ゆる》く握る。後端へと滑っていた左手がしっかりと棒杖をつかみ、腕のバネを用いて強く送りだした。狙いはやはり水月である。

のけぞって棒杖をかわしながらその先端をつかむ。左足をひいて身体を四五度ぶん回転させ、棒杖を強く引いた。踏みこんだ状態だったヘザーが小さな悲鳴とともに引き寄せられる。

悪いとはおもったが利用させてもらうことにした。

ヘザーの肩を摑み、上体を倒す。飛びあがり、彼女の背中を踏み台にしてさらに高くあがった。慌てて振りあげられた織羽の薙刀をかわしながら彼女の背後に着地する。後ろ抱きするように手を前にまわし、薙刀を握っている彼女の両手を上から摑んだ。

向きをかえた香苗は鋭い気合とともに踏みこんでいた。織羽が楯にされたことに気づいているが、止まろうとしても止まれない状態である。勢いがつきすぎているのだ。

織羽を抱えた状態で遊んでやろうとおもっていたが、万が一を考えると危険である。腕を彼女にまわし、頭を抑えてかばった。右腕を横にあげ、振り降ろされた香苗の木刀を受けとめる。激痛と乾いた音が響いた。骨が折れたのだ。

蒼白になった香苗にいった。

「もう、気は済んだか」

「わた、わたし……こんな……こんなつもりじゃ……」

香苗はその場で膝を折り、座りこんだ。木刀がころりと転がった。自分の会得したものを技として用いることと、暴力として用いることの違いにはじめて気づいたのだ。

織羽を立たせてやると床に倒れているヘザーのもとへ歩いた。

「ごめん、痛かったろ」

ふらふらと立ちあがりかけた彼女に左手をさしだす。ほんの一瞬のためらいのあと、ヘザーはぼくの手をとった。

「手当てを……骨が折れて……」織羽がいった。といっても彼女もふらついている。

「確かに。でも、大丈夫だ。すぐに治る」バイオナノマシンが全力で働いていることを教えるむず痒さを右腕に感じながらぼくはこたえた。ふとおもいつき、たずねる。

「〈エンジェル〉からの返答のメールにぼくのことが書いてあったんだな？　だから、いざというときに備えていた」

三人とも黙ったままだ。ただしその顔は敗北感と女の火照りに彩られている。無理もない。攻撃を受けたぼくはヒト起動物質を大量に放出してしまったのだ。もちろん攻撃そのものが理由ではない。三タイプの美少女に迫られることに喜びを覚えてしまったからだ。それほどに彼女たちの戦う姿は美しかった。

「どう書いてあった？　ぼくの側にいると、どうなるかわからない、とでも？」

「違う」織羽がいった。「それが条件だと書かれていた」

「条件？」

「あんたに……あんたのオモチャになることが依頼を引き受ける条件なのよ！」香苗が吐き捨てるように教えた。

さすがに頭が痛くなった。いったい、返事を書いたのはだれだ。これじゃぼくがまるで性欲に狂った怪人みたい——って、そのものか。

「で？」すでに骨の修復が済んだ右腕を振りながらたずねた。

「条件を受け入れたわ」目を丸くしていたヘザーがなにかを諦めたようにこたえた。

「じゃ、どうして得物をそろえていた？」

「知りもしない男と……できるわけないじゃないの！」

香苗がわめいた。

「つまりアレか、ぼくが君たちに手をだそうとしたら、三人がかりではねつけて……そのあとは事件の捜査にだけ専念させようとしていたわけか」

三人はまたもや沈黙した。溜息をついたぼくは彼女たちが依頼してきた原因である事件について、フェンリルから受けた説明をおもいだした。

6

フェンリルはデジタル映像のプリントアウトを見せた。映されているのは少女だ。

とはいえ、彼女を美しさと結びつけるには正直いってかなりの想像力が必要だ。

学校のグラウンドをおもわせる地面に倒れた彼女の頭はねじ切られてごろりと転がされ、両腕は関節の数が倍に増えたように折れ曲がり、腰が一〇〇度以上も左上を向き、腿《もも》は膝から前側に向けて折られている。両足は反対側を向いていた。制服のブラウスからのぞく平らなお腹が悩ましさを感じるほどに美しいことが、奇怪なダンスを踊っているような印象をおぼえさせた。むろん、通常の感覚でいえば正視に耐えない惨殺死体だ。

「私立新聖高校。二年B組。篠原陽子」彼女はいった。

「二週間前の写真だ。場所は学校のグラウンド」

「マスコミが騒いだだろうな」

「騒がなかった」

「学校が有力者を使って圧力をかけたのか」

「むしろ警察が積極的にそうした」

「どうしてだ」

「見てわからないか？」

もう一度画像に注目した。

「道具を使った形跡がないな」ぼくはいった。「が、身体中に内出血の痕が残されている。手で握りしめたような痕に見える」

「ような、ではない。日本の警察は無能ではないのだ。ほかに力が加えられた痕跡は一切ない、とも。だから、事件を伏せるほかなくなった」

「だよな、これじゃヒグマに襲われたようなものだ。ま、怒ったパンダでもいいけど」

「ああ。人の力だけでここまで人体は破壊できない。少なくとも、残された手の痕から推測できる身長、体重の人間には絶対に——だから、警察は動物の仕業《しわざ》だと発表した。山狩りもおこなった」

「みんな、納得したのか？」

フェンリルは別のプリントアウトをさしだした。警官や猟銃を手にした男たちが射殺された熊《くま》を——かなり大きなツキノワグマを囲んでいる。

「熊には被害者の血が付着していた。みな即座に納得した。喜んだ者もいたようだ」

「納得したかったから好都合だったわけね」

「熊の足跡など見つかっていない。稲窪周辺で熊が目撃されたのは一〇〇年近く前のことになる。だいたい、熊が猟奇殺人に興味を持つはずもない」

「鍵のかかっていない窓を開けて台所に入りこんだヒグマが北海道にいたそうだけどね。冷蔵庫から夕食の残り物をとりだして食べ、きれいに皿をなめてからシンクに全部積んで、窓を閉じてでていったそうだ——でも、冷蔵庫の扉を閉めることだけは忘れていた」

「残酷な話を耳にした時の最良の対抗策はユーモアだ、デビル」

ぼくらは笑った。惨殺された少女の姿を目にしたあとともなれば、気分を変えねばならなかったのだ。

「で、ぼくを気楽に過ごさせてくれるかわりにこの事件を解決しろとでもいうの？」

「そうなる。高校生探偵だな、まさに」

「冗談じゃないよ。だいいちなにをしたらいいんだ？　捜査なんかしたことないのに」

「関係者の尋問は楽なはずだ。地上の掟《おきて》は君のまえでは無意味なのだから」

「わかってるよ、それは。でもそれじゃ高校生探偵じゃなくて秘密警察……」

「だめだ、デビル」真剣な表情を浮かべ、フェンリルが口を抑えた。「君は望めばどんなことでもできるのだ。生まれたばかりの赤ん坊の可能性が無限大であるように。だから、せめて試してみるべきなのだ。われわれ〈エンジェル〉にとってこの世界は無価値、それはひとつの事実だ。だが、君にとっては違う。すくなくとも、君には世界が無価値であるかどうか決める自由がある」

彼女を見つめた。本当はなにをいいたいのかと考えたが、結局たずねはしなかった。あとになってたずねておけば楽だったろうなとはおもったが、おもっただけのことだった。ぼくは自分の意識がつくりだす地平の手前にあるものしか見えない。その点はだれとも違いがなかった。それに、そのときのぼくはフェンリルをどんな風に抱き寄せようか、そのことばかりを考えていたのだ。

7

いい気なもんだ、と罵る気にはならなかった。自分も大事、でも、事件の解決も大事。そういうことだ。

窓に近づき、サッシを一〇センチほどあけた。夜気《やき》がながれこんでくる。ヒト起動物質の効果を薄めるためだった。自分の肉体を代価として提供することについてここまで拒否の姿勢を示したのだから、質問をしてもウソはつくまいと考えたのだ。じゃ、なんでぼくの方は我慢できたかって？　自分でもわからない。

「話を戻そう」びくりと身体を震わせた彼女たちにそっといった。「しないよ。すくなくともいまはしない。ぼくがしようとおもえばできることは、いま、君たちが身体に感じているものでわかるはずだ」

「簡単な説明は受けている」織羽がこたえた。「本当なのか？」

「たぶん、もっとひどい」あっさりとこたえ、話を切り換えた。「で、〈エンジェル〉へ依頼した件についてだ。

最初から話せ。まず、篠原陽子との関係だ」

「クラスメイトだ」織羽がきっぱりと応じた。

「けっこう、好きだったから」ヘザーがこたえた。

香苗を見た。

「君はどうなんだ？」

「――親友だった」

「彼女のためなら見知らぬ男のオモチャになってもいい、と考えるぐらいの親友か」

「それは」腰を浮かせかけたが、すぐにすとんと落ちた。「この学校にきて、最初にできた友達だった。陽子は、いつも明るくて……笑い声が気持ちよくて……」

声が震えていた。すべての演技が消え去っているように見えた。よし。彼女についてはいいだろう。

「君たちはそれほどでもなかったようだな――もちろんクラスメイトとして悲しかった、というのは当然としてだ」

「森之宮が一番の親友だった」織羽がこたえた。香苗を気づかっていた。

「わたしは、香苗が大好きだから。二年前に死んじゃった姉さんをおもいださせるところがあって……」ヘザーがいった。


友達ってのはこういうものか。泣かせてくれる。

「殺されたその日について、なにか知っていることは」

「図書室にいて、校庭にでた時にはすでに遺体は収容されていた」織羽がこたえた。

「わたしは寮でごろごろしてて……面倒にかかわりたくなかったから」ヘザーがいった。つくづく率直だと感心し、かえってその点に心惹かれた。

「わた……しも」香苗は泣いていた。「剣道場にいて、練習してたから、なにも……」

「夏休み中だろ？　そろいもそろって学校に残っていたのか」

「両親は国外だ」と織羽。

「わたしは……んー、家にいてもね。わかるでしょ？」

秘密を明かすようなヘザー。

「練習して、強くなりたかったから」と香苗。

そういうものか。そうなのかもしれない。たしかにぼくも高伸の一年のときは、休みをどう潰したものか考えていた。

「つまり三人とも彼女の……そのときの状況は見ていないわけだな。じゃなぜ、警察の結論を疑った？　〈エンジェル〉に依頼した、というのはそういうことだろう」

香苗とヘザーが織羽を見た。

「わたしが……小耳に挟んだ」織羽は教えた。

「だれからだ」

「校長先生と警官の会話をたまたま耳にしたのだ。警察が伝えた迷いこんだ熊によるもの……という推定を真っ向から否定していた」

「それを香苗に話したわけだ」ぼくはたずねた。

「織羽からきいたとき、信じられなかった」香苗がこたえた。落ち着き始めているらしく、声に力が蘇っていた。「そのまま校長室に走ったの。そして、校長先生にたずねた。最初は迷っていたけど……織羽のいったとおりだと認めてくれた。泣いていた」

「それで〈エンジェル〉に？」

「いいえ」彼女は首を振った。「そのときは〈エンジェル〉なんて知りもしなかった」

「わたしが話したの」ヘザーが口を挟んだ。

「君はどこでそれを知った？　まさか、全国の女子高生のあいだで〈エンジェル〉のことが語られているわけじゃないだろうな？」

「――校長先生から」

なんだよ。もう結論はでたじゃないか。あまりに簡単だったのであくびがでそうなぐらいだったが、我慢してたずねた。

「どこで、どんな風に？」

「職員室へ届けるプリントを集めて、管理棟にいったとき。外人《エイリアン》の――」ちらりとぼくを見た。自分の見かけを理由にからかわれないかとおもったらしい。手を振ってうながすと、かすかな笑みを浮かべて続けた。

「〈ネオ〉の人と廊下を歩いていて、〈エンジェル〉のことを話していた。校長先生は、〈ネオ〉が協力しなければ〈エンジェル〉に依頼するといっていた。脅してるような口ぶりだったわ」

「そんなことを廊下で堂々と話してたのか？」

「フランス語だったの。わたしを見て、〈ネオ〉の人は驚いた顔をしたけど、校長先生はわたしにフランス語はわからない、って安心させてた。でも……わたし、子供のころにしばらく習ってて、いまでもたまに復習してるから。趣味みたいなものだから、願書にも書かなかった」

フェロモン系で実は知性派。ますますたまらん。あー、うん、依頼者の差別はいけない。ちょっとそれっぽいことを質問してごまかそう。

「〈エンジェル〉のアドレスはどこで見つけた？」

「情報科学室のパソコンで検索をかけたらすぐにでた。まずホームページがあって、公開鍵暗号の入手方法が書いてあって……」

疑うべき点はない。〈エンジェル〉はそれをなにかとんでもない方法でどこかに転送し、解読の難しい穴のない公開鍵暗号で依頼者に送らせたメールをふるいにかけるのだ。

軽く手を打ち合わせた。すでにシナリオは理解できていた。

「つまり君たちは利用されたわけだ」ぼくはいった。

「どういう意味よ？」完全に勢いを取り戻した香苗がたずねた。

「まず森之宮の親友がなにものかに殺された。警察は事件に適当にケリをつけた。その事実を香苗の親友──」

「そのつもりでいる」織羽がこたえた。香苗が感謝するようにうなずいた。

「──親友の加堂がたまたま耳にした。森之宮は校長本人からそれを認める言葉を聞いた。涙とともに。つまり校長は篠原陽子の死を深く悼《いた》んでいるというわけだ。そのあとで……もう一人の親友である白木が〈エンジェル〉について校長が怒りとともに話しているのを耳にする。都合が良すぎる。つまり彼女は意図的に君たちへ気づかせたんだ。校内イントラネットから外部にアクセスしたんだよ？　つまり学校のサーバーやセキュリティを経由してる。君たちがアクセスしたことに気づかないはずがない。アクセスしたときのＩＤやパスワードはだれのを使った？」ぼくはたずねた。ＩＤやパスワードは生徒全員に与えられている。

「陽子のを使ったわ」香苗がこたえた。なるほど、考えてはいたわけだ。

「〈エンジェル〉の返答はどうやって届いた？」

「わたしたち三人がサーバーの中に持っているメールボックスに」

「普通のファイルだったのか？」

「開いたとき、すぐに消えるという警告があった……読んでいる途中から字が消えていった。すぐにファイルそのものが消えた」織羽がいった。

「受信履歴は残ったか？」

織羽と香苗は顔を見合わせた。確かめなかったらしい。こたえたのはヘザーだった。

「残らなかった。だから、ちょっと怖くなった」

驚かなかった。〈エンジェル〉が密かにもぐりこませたメールなのだ。学校側、あるいは学校を利用している者たちはその事実を摑んでいるだろうか？　中身の確認はできなかっただろう。受信記録そのものも偽装し、サーバーにはなにも残していない可能性がある。しかし、彼女たちが受け取ったことそのものは察知しているはずだ。彼女たちがつないだのはまず校内イントラネットなのであり、つまりＩＤとパスワードを学校側が知っているのだから、当たり前である。それでなおかつ彼女たちが無事だということは……可能性はひとつだ。中身については重視していなかったに違いない。〈エンジェル〉が返答をよこす。そのことだけで充分だったのだ。他の情報は他の面から摑んでいたのだろう。でなければぼくとフェンリルが襲われるはずがない。

「ともかく、校長だ。彼女を疑う必要がある」

「でも、わたしに話したとき、先生は泣いて……」香苗が反駁《はんばく》しかけた。

「ぼくのママは凄腕の情報部員だった」ま、ウソじゃない。「彼女はその気になれば女にはどんな演技でも可能だと教えてくれたよ」くそっ、本当にウソじゃなくなってしまった。

「……マザコン」香苗が軽蔑しきった声でいった。

「マザコンだな、確かにね。生きてたらいまでもおっぱい吸ってるよ。いや、もう一度吸えるなら地獄に落ちてもいい」

香苗は口を結んだ。目元に浮かんでいるのは嫌悪感、罪悪感のどちらだ？　ぱっと判別がつくようになれば本当の性格が摑めるんだけどな。

「ともかくだ。君たちは校長の望んだ役割を果たしたんだ。おそらく用済みだろう」ぼくは冷たく事実を告げた。

「殺されるということか」織羽が静かにたずねた。

「可能性は低い。数カ月の間をおいて女子生徒に死者行方不明者がでたのでは警察も動かざるをえない。篠原陽子の事件は……面子もあるから熊にやられたという結論を変えまい。だが、君たちが死ねば本気になる。本気になった日本の警察はゲシュタポよりも優秀だ。その種の危険を冒すとはおもえない。ともかくだ。彼女は安全を最大限に確保して、〈エンジェル〉を呼び寄せたかったわけだ」

「でも……〈エンジェル〉に依頼を引き受けてもらうのって、難しいんでしょう？」ヘザーが素直に疑う調子でいった。

「自信があったんだな。かならず応じるという」

〈ユニットEX〉という言葉がよぎった。すくなくともフェンリルが、〈エンジェル〉が重視したのはそれだ。〈アウトフィット〉のロスト・ジェム。予備調査の段階でそれが絡んでいると判断できる要素が存在したのだ。それはなんだ？　決まっている。篠原陽子の異常な死だ。

そして実際は――それすら罠だった。校長は……彼女とつながる何者かは、フェンリルそのものを手に入れるために〈ユニットEX〉という煙を立ちのぼらせたのだ。あるいは、それが実在するかどうかはどうでもよいことなのかもしれない。

なすべきことは決まった。校長、月島瑞穂を調べるのだ。そこから篠原陽子の死の真相に――そしてフェンリルにつながる糸を見つけられるだろう。

「わかった。はじめるよ」立ちあがっていった。「とりあえず……そうだな、君たちにも協力はしてもらう。一応質問しておきたい。いま、君たちに相手はいるのか？　男でも、女でも」

香苗は面食らった顔で首を横に振った。いるわけがなかろう、と織羽はこたえた。これでも好みが厳しくて、とヘザーが応じた。

ぼくはいった。

「なら、いいな。とりあえずぼくの立場を安全にしたい。普通の生徒として振る舞う」

「だってバレバレなんでしょ？　いまさら隠したって」香苗がいった。目には疑うような光がある。

ぼくは唇を結んだまま微笑み、ほとんど口を動かさずにいった。

「それでも偽装は必要だ。ぼくが潜入したつもりでいる、と向こうが考えてくれるかもしれない」

「なんか複雑ね」ヘザーは呆れていた。「えーと、校長先生をだますために、クロくんが……」

「クロくんってなんだよ。ぼくは君の背中を踏んづけたし、いつレイプするかわからないんだぞ」

「なんか面倒だし。で、校長先生を油断させてこっそり調べるために、〝正体が知られているのを知りながら潜入している〟ふりをするのね？」

「三重……いや、四重に皮をかぶるわけか。まるで数学だな」織羽がつぶやいた。いいな、この二人にはユーモアがある。ユーモアほど美しさを引き立てるものはない。で、三人の中でその要素がもっとも不足しているメンバーが文句をつけた。

「……あんなに強いんだから、すぐに片づけちゃえばいいのに。もったいぶることないでしょ？」

「いや、ぶらせてもらうね」厭味《いやみ》にならないように気をつけたが、厭味そのもののように響いた。自分でイヤになった。

「いきなり銃を突きつけることはできる。簡単さ。だが、ダイレクトな行動はダイレクトな反応しか呼び起こさない。銃には銃。レイプにはレイプ。まるでハンムラビ法典だ。ちなみにこちら側で餌食《えじき》にされる第一候補は君たちだ。強姦被害者名簿の順番が五十音順かどうかは知らないけどね」

「だって、来る途中でなにかあったんでしょう？」くじけずに香苗はいった。なかなか鋭い質問である。バカでないことだけは確かだ。

「稲窪にだって警察はいるんだよ。日本中から警官やマスコミがまだ集まっていないところをみると、奴らが戦闘の痕跡を細工したようだけど……面倒は少ないほうがいい」謎の中国人については話さなかった。香苗たちにはなんの関係もないことだからだ。

「ともかくさ、とりあえず静かにやっていれば、生徒が見ている前での手出しは控えるはずだ。向こうもぼくがどこまで摑んでいるのか知りたいはずだからね。だから、まずは普通の生徒として振る舞う。相手があきれるぐらいのんびりとすごす。いまは緊張しているが、ぼくがだらだらしていれば監視体制はルーチンに変わり、隙ができる。そのときを待つ。動きがなければ軽くつっついて反応をみる。わかったか？」

おそらく戦闘の痕跡を消したのは人民解放軍の特殊部隊だろうが、あえて口にしなかった。いかにぼくへの復讐を目的としていても、外国に潜入した正規軍部隊が学校を襲う可能性は低い――というより皆無だ。学校を密かに包囲しつつ、ぼくが校外にでるのを待つだろう。

いや。うん。実はそんなこと、どうでもいい。

ぼくは恐れていた。フェンリルについてだ。あまりに荒っぽく動けば、何者ともつかない敵が彼女を傷つけるかもしれないと考えていた。確かにぼくと交わった者はある種の不死性を手に入れる。〈エンジェル〉ならばなおさらのはずである。しかし、フェンリルがどこまで『進化』したのかぼくにはわかっていない。それになにより――彼女が傷つけられる様子を想像したくもなかった。そして困ったことに、ぼくにはその種の想像力だけは天然の状態でたっぷり備わっているのだ。

納得したらしい香苗たちにいった。

「設定はこうする。編入したとたんに君たちを好きになってしまったことに。んで、どーしよーもないド助平で、一日もはやく君たちとセックスしたくてたまらなくてやたらとべたべたしたがるわけだ。そうしておこう。ま、君たちはそれぞれ魅力的だから、だれも妙だとはおもわない。この学校じゃ野郎一人に女の子複数、という組み合わせも多いみたいだしな」

「わたしたちもそれに応じるわけだな？　この学校ではそれが普通だ」織羽がいった。

「さりげなくわたしたちのこと口説いているような気もするけど……ローマにおいてはローマの法に従うべし、だから」ヘザーがいった。

にこりとし、香苗を見た。

「わたしは……そんなの……」下を向いてぶつぶついっている。拒否しているつもりなのだろうが、妙に色っぽい。なんだろう。なんでだろう？

見つめているとこちらがおかしくなってきそうなので、視線をそらせてからいった。

「それでいいよ。そのままの態度でいい。ぼくは森之宮にしつこくちょっかいをかける。森之宮はその度《たび》にぼくを罵ればいい。そういう展開も含まれていたほうがあきがこなくていい」

扉まで歩いた。ふと気づいて振り返り、たずねた。

「篠原陽子に相手はいたのか」

三人は顔を見合わせた。こたえたのは香苗だった。

「遠野君。遠野真。同じクラスの。拳法部の主将で」

「ああ、あの美形の。マジメそうだよな」

「かれは、真面目よ。陽子とも真剣に付き合ってた。陽子は結婚のことまでいってた」

「じゃ、落ちこんでるわけだ」

再び顔を見合わせている。様子がおかしかった。促すように見ると、織羽がこたえた。

「遠野は……あまり変わっていない。というより、毎日楽しげだ」

揃いも揃ってもじもじしていた理由がわかった。

彼女たちは疑っていた。篠原陽子の彼氏が犯人ではないかと考えていたのだ。

「わかった」そういったのは主に安心させるためだった。

「遠野についても調べてみる。生徒のなかに、校長の協力者がいてもおかしくはないからな」

ぼくはうなずき、今夜はここまでにしよう、といった。

編入初日としてできるかぎりのことはしたつもりであっ

た。

8

「なんかおもしろいことねーかなぁ」

酒田浩治《さかたこうじ》がいった。三人の美少女と演技半分、本気半分の楽しい昼休みを過ごすために向かったレクリエーション棟一階の喫茶室で出くわしたクラスメイトである。この学校のノリとしては無視などできないので誘うと、嬉しそうにテーブルを挟んだぼくの対面に座った。左右は織羽とヘザーが占めていたからだ。

　酒田の体格はぼくと似たようなものだが、体育会系でも文系でもない、覇気を感じさせないタイプの野郎だ。暇さえあれば本を――といっても『魔道界サンダーバスター　6　必殺のバックアタック！』とか『荒鷲《あらわし》学園盛衰記　4　隣町侵攻作戦』とか『おバカ進軍歌　5　蜘《く》蛛巣城《ものすじょう》攻防戦』という類《たぐい》の本ばかりを――読んでいる、心にオレ様ドリーム帝国を建国した日本男児である。ちなみに、ぼくらの年頃には珍しく映画館へ映画を観るためだけにでかける奴だが、やはりナニでアレだ。酒田がこれぞ映画だと信じているのはジョン・ウーの作品ばかりなのである。一度、『男たちの挽歌《ばんか》』は田舎臭くて鼻につくしハリウッドで撮ったやつで文句なしに楽しめるのは『ブロークン・アロー』だけ、それもジョン・トラボルタの演技がよかったおかげで……と軽い気持ちでいったら火を噴いたようになった。

　慌ててあやまったが遅かった。アクションの切れがどうの、演出のテンポがどうの、と難しい演説がはじまったのだ。

　で……黙って引きさがったかといえばぼくも欠点の塊である。聞かされているうちに段々と悔しくなり、衛星放送でたまたま視たことのある名前を並べたててしまった。もう一歩進めばホモの世界、という突き詰めた男のロマンチシズムならサム・ペキンパー、渋さで押すならウォルター・ヒルが趣味でとった作品と本気になったときのジョン・フリン、おフレンチなダンディズムで押すならジャン・ピエール・メルヴィル、バイオレンスの極北を観たいのなら深作欣二《ふかさくきんじ》の『仁義の墓場』、話は弱い、がともかくスタイリッシュさだけを一瞬でも楽しみたければ大和屋竺《やまとやあつし》が一九六〇年代に脚本家や監督として関わった作品、ひたすら格好いい俳優を観たければ若き日の小林旭《こばやしあきら》と宍戸錠《ししどじょう》に痺れていればいい。あ、知ってるか、小津安二郎《おづやすじろう》って無声映画時代にアメリカン・ハードボイルド調の作品撮ってるって？　『非常線の女』って作品でな、これがまた実に……おもしろいんだ、深い意味でも浅い意味でも。

　いやもちろん、系統だてた理解に基づいてたわけじゃない。ただ悔しかっただけだ。本当に知ってることを並べただけだった。どうせ酒田は知らないだろう、というのばかりわざと持ちだしてもいたし、自分でもよくわかっちゃいなかった。要するに厭味である。

　そしてもちろんかれは茫然としていた。普通ならそこでぶすりとしたり、自分のことを棚に上げたおたく扱いを受けて終わりである。だが……酒田は違った。自分もまた新聖の生徒であることを証明したのだ。

　ちょっと疑うような口ぶりではあったが、今度、観てみる、とこたえたのである。

　いい奴じゃねーか、こいつ。

　むろんぼくはすぐに詫びを入れ、話は前よりも通じるようになった。『男たちの挽歌』はオープニングの印象がいいよな、と認めるところまでは妥協したぐらいである。

　なお、かれの持つ人間としての健全さは一度エロ本についての話をフったときに明らかになった。なぜだか知らないが、顔を真っ赤にして怒りだしたのである。いやま、なんか偏《かたよ》ってるような気もしないではないけど、こちらは人生どころか遺伝子まで偏っているのだからとても文句はつけられない。

　それに……酒田はクラスメイトとしては問題のない奴であった。いうまでもなく、こいつと話せるようになるのにヒト起動物質の力は借りていない（ていうかなにがあろうと使うわけがない）。

「だるいんだよなぁ」酒田は再び呻いた。

　喫茶室にはそれなりの設備がある。国道脇の古くさいレストエリアのように椅子とテーブルをのぞけば三〇台近い自動販売機だけが壁を埋めていた。おまけにこの自動販売機の群は無料なのだ。コインを落とすスリットのかわりにタッチパッドがとりつけられており、そこへ自分の学籍番号をうちこめばいい。即座に校内イントラネットのサーバー内におかれたプログラムがそれを確認し、販売機にOKのコマンドを与え、品物がでてくる。学籍番号が暗証ナンバーがわりなのは部外者の無断使用を避けるためと、生徒の健康状態を判断する参考にする……ということだそうだが、喰うものまで記録されているのはあまりいい気分じゃない。

「それはいけない」ぼくの右隣に座っていた織羽がこたえた。「しかしアレだな。毎日おもしろくても大変だぞ。疲れる」

「そりゃそうだけどさ」酒田は唇を突きだすようにこたえた。キツツキのようだった。頬づえをつく。

食べ終わったどちらかといえば大変においしくない、どころではない自販機ウドンの丼《どんぶり》を重ねていたぼくの背筋が寒くなった。テストステロンが急激に放出されるのがわかる。酒田のボタンを外した学生服の下からホルスターと拳銃がのぞいていたのだ。

おもわず腰が浮きかけた。イロイロとありすぎ、短絡的になっていたのだ。普段なら即座にホルスターへ納められた『拳銃』の正体に気づいていたはずである。

ぼくを落ち着かせたのは織羽の呆れた声であった。

「酒田、まだ持ち歩いてるのか。以前授業中に落として赤っ恥をかいたはずだ」

「持ってないと落ち着かないんだよ」酒田はすねたようにいった。

「Cz75か」エアソフトガンだとわかったのでほっとし、おもわず口にしてしまった。

「黒江も好きなのか?」酒田は身を乗りだした。表情も目つきも別人になっている。なんというか……街角で同じ教団の信者と偶然出会った新興宗教野郎のようだ。うおっ、もしかして押してはいけないボタンを……押したな、確実に。

「たいして知らないよ」慌ててとりつくろった。

「どうして」酒田の目つきと口ぶりは某北の国の秘密警察に勤める熟練取調官のようだった。「撃鉄《ハンマー》と摺底《スライド》の尻ぐらいしか見えなかったはずだ。それなのにわかるのは、よほど好きだとしか……」

好きというより必要だったから。本物のCz75も、撃ちこそしなかったものの握ったことがあるよ——なんていえるはずがない。

「たまたまだよ。イギリスの学校にいたとき、射撃場で触らせてもらったんだ」

ははは、そうなのである。ぼくは帰国子女なのだよ、ぬははは。設定って大事だよな。

しかし酒田の局部的に研《と》ぎ澄まされた知性はそれぐらいでは納得しなかった。

「でも、イギリスは銃器所持の法律が厳しくなって、一般人の拳銃所持はほとんど不可能になったはずだぞ」

え、そうだったの? いやはは。どうしたもんか。うーんと。あ、そうだ。以前に、高伸でガンマニア君に聞かされた知識をストーリーにしてしまおう。

「向こうで仲よかった奴がさ、休みのときに実家へ招待してくれたんだ。ロンドン……っていうと離れ過ぎか、えーと、グロセスターの北西にあるヘレフォードって街で、親父さんが貴族出身の中佐かなんかで、たしかトゥエンティ・セカンド・スペッシャル・エア・サーヴィス・レジメントの基地に案内してもらって、そこでこっそりと撃たせてくれた。なんか出入りのチェックがやたらと厳しかったけど、有名なのか？」

いやもちろんわかっている。第二二特殊降下連隊とはすなわち勇名高き英国特殊部隊、ＳＡＳのことだってのは。酒田が楽しめるように無知を装ったのである。

予想通り、かれはずいぶん楽しんでくれた。おまえは自分がどこにいったか意味がわかってない、とか、キルハウスは見たのか、とか。射撃訓練している兵士の命中率はどうで、銃はなんだったか、とか。ほとんど意味がわからないふりをした。こたえたのは、となりで撃ってる人に持ってる銃をたずねたらＣｚ75だと教えてくれたというウソ、んで、自分ではブローニング・ハイ・パワーを撃ったけど手が痛いだけで全然当たらなかった、もう鉄砲なんかさわりたくもない、というウソである。

「ふーん」酒田は悔しそうな顔になった。

「悪いな、あまり興味がないもんだから」ぼくは奴の表情をうかがった。

「つまんねーな」再びキツツキになった酒田が腰に手を伸ばし、さっとＣｚ75を抜いた。さすがにオタ……ああ、好きな人だけあって早い。Ｃｚ75の縁はホルスターと磨《こす》れて角が丸くなっている。自分の部屋では毎日早撃ちの練習をしているに違いない。ぼくも今度から真似してみよう。

「贅沢《ぜいたく》いうなよ」ぼくはいった。「環境もいいし、校則は緩いし、女の子は多いし……おまけにみんなかわいいし。とても現実の光景とはおもえない」

驚くべきことに酒田は率直だった。

「俺もつきあう女の子ができたのはここが初めてだ」

幸せを知っている人間は率直になるものらしい。ていうかおい、こいつ、女いるのか？

ちょっとイメージをあらためなければ、とおもった。異性に関する話題、それもマイナスの話題をユーモアとして口にできるのは勇気のあらわれに他ならないとぼくは考えている。どういう種類のものであるにしろ、このガンマニア兼特殊小説好きのクラスメイトには男として評価すべきなにかがあるのだ。でなければいまの言葉は口にできないし女もできるはずがない。

酒田がうかがうような視線を向け、たずねてきた。

「おまえはどうなんだ?」

「おれの両サイドが見えないのか。たとえ笑われてもいい、という決意の元に努力しているところだ。いずれはアメリカの高校生のように人前で堂々とぶちゅー、ぐらいはしたいものだと願っている」両腕をのばし、織羽とヘザーの肩を抱いた。織羽は背筋を伸ばしたまま堂々と受け入れ、ヘザーはといえば、やん、といいつつもぼくに頭を傾けてきた。

後頭部に一発喰らった。ばこん、ではなく、ばしん、だった。

そりかえって見あげる。つんと突きでた制服の胸と香苗の顔が視界に入った。

「あのなぁ」そのままの姿勢で見あげながらぼくはいった。「いい加減にしとかないと本気で乳揉むぞ」

「色魔」香苗は耳を引っ張った。ヘザーが手を口にあて、織羽がちらりと笑った。予告どおり胸に手を伸ばすと、香苗は耳から手を離し、大げさな仕草でそこを守った。

クラスの女子が近づいてきた。一見目立たないがよく見るとかなりの美人顔である安来《やすき》のぞみであった。かわいらしく手をあげ、酒田の隣に腰掛ける。あはは、ああ、そう、そうだったの。

「喉が乾いた」なぜか唐突にいろいろと悔しくなったので、立ちあがった。香苗にたずねる。

「なにか飲むか」

香苗は健康飲料の名を口にした。もちろん他の子にもたずねる。ミルクティー(ヘザー)と緑茶(織羽)。へいへい。ま、単なる下心に溢れたサービスというわけでもない。野郎の学籍番号が数字四つなのに対して、女の子たちの学籍番号はアルファベットだのハイフンだのはいって入力が面倒なため、大抵はその場にいる野郎が代行することになっている。となるとサーバーの個人ファイルに記録される飲み物と食い物のデータはまったく正確ではないことになってしまうが、問題になっていない。こういうところはどうもいい加減だ。ま、学校という組織に特有のアバウトさ、そのひとつかもしれない。

「俺も……」酒田がいいかけた。

「バカ、お前は安来の注文をきいたあとで手伝え」

ぼくは自販機に学籍番号を打ちこんだ。1097。半分を受け持たせた酒田も打ちこんでいた。０８９３。数字の並びからくだらない語呂合わせがおもいうかんだが、あまりにもくだらなすぎるので頭のなかで考えるのも禁止だ。とはいえ記憶に残るのまではくい止められない。

飲み物が入った紙コップを配り、今度は六人でテーブルを囲む。女の子たちの座り方には性格があらわれていた。窓際の香苗は身体をなかばぼくに向けて。ヘザーはいかにも女っぽい柔らかさで左隣。織羽はといえばちょこりんと、しかし背筋はぴしりと伸ばして。極楽だ。ハーレムだ。もちろん演技のはずだ。泣きたくなってくる。

なお、安来は酒田の面倒をみるかのごとくさらにべったり。距離にすると一メートルもない場所に座っているのだが、火星よりも遠い感じがする。なんか凄くうらやましい。

酒田ばかり見ていたからだろう、安来は手さぐりでもったコップを口に運んだ。

「あ、それ違う」彼女はぼくが口をつけたコップから飲んでいた。大丈夫かな、とおもった。ヒト起動物質のバルブは締めているのだし、唾液に含まれている量も激減しているはずだが……。

「え、あ、やだ……ごめんなさい」安来はあわててコップを置いた。

「うむ。伝説の間接キスというやつだな」織羽がどことなく複雑なものを含んでいる声でいった。

「わたしもしたい。クロくん、しようよ」ヘザーがいった。

「置いた場所が悪かった。ごめん」ヘザーの脇腹をつつきながら即座にあやまった。なにしろ彼氏の酒田が隣にいるのだ。

安来も酒田を見ていた。奴は白々しく眉をあげてみせたが、すぐに、

「俺は心が広いんだ」

と、胸をそびやかした。安来は安心したように抱きついた。ほっとした。ヒト起動物質にしろバイオナノマシンにしろ、影響を与えるような量ではないらしい。

しばらくのあいだ、ただ楽しいだけの会話が続く。いや、それでいいのだし、そうできることを喜ぶべきなのだ。校内放送がまた健康診断のために三年生を呼びだしていた。今度は名前が違う。成績のいい奴がほとんどだけあって、推薦入学者も多いのだろう。

「そういえば、黒江は部活、入らないのか」酒田がきいた。

「そういうのは好きじゃない」ちょうどいい、とおもいつつぼくはこたえた。「女の子がスポーツにいれこんでる姿ならいくらでも見物したいけどな。もちろんデジカメ持って」

「ネットの画像掲示板にでもアップするのか」

「なにをいってる。ぼくだけの宝物にして、どうにもならない気分のときは――」

香苗がすかさず後頭部を引っぱたいた。大げさに痛い、痛い、というと、ヘザーがおー、よちよちと撫でてくれた。あぶぶぶ、ママ、といいながらぼくは胸に顔をこすりつける。

「やはり、黒江は白木が一番か」織羽が溜息とともにいった。

「ヘザーが甘やかすからよ。野良猫みたいな奴なんだから。餌《えさ》をくれそうな家に寄ってくるだけよ」香苗がつっこんだ。

「だってクロくんはわたしのオモチャだし」ヘザーがぼくの頭を抱えこむ。おお。本当に気持ちいい。

「不公平だ」織羽がぶすっといった。「わたしは髪を金色に染め、豊胸手術でも受けるしかないのか」

「あら、織羽もそうなの」ヘザーが笑った。

「恥ずかしながら、そのとおりだ」

「じゃ、どうぞ」あ、人の頭を本当にオモチャみたいに扱いやがった。

今度は小さいが形のよい手が両サイドにあてられ、そっと引き寄せられた。感触はミニマムだが、悪くない。本当に悪くない。

「どうだ、黒江? やはりわたしではつまらないか」

「いいいえ、た、大変に結構なお点前です。こういってはなんですが、大変に幸せであります」

「そうか……」織羽はぱっと微笑んだ。ああくそっ、なんか本気にしたくなるぞ。

「……いろいろと大変だな、黒江」酒田がいった。

「おまえ、もしかしてぼくのことバカだとおもってないか」

「安心しろ、男はみなバカだ」

「君の意見は傾聴に値する、ような気がする」ぼくは同意し、たずねた。「もしかしてうらやましいのか?」

「俺には安来がいる。だから他にはなにもいらない」おもいもよらぬきっぱりした態度だった。安来は真っ赤になっている。正直いえば、酒田につけた点数がさらに上昇した。

「のぞみ、いいわね。わたしだって……」香苗がつぶやくようにいった。感に堪えないような口調だった。

「あ、はい、ぼくなんかどう？」

「織羽と遊んでなさい！」

「そうだそうだ。わたしともっと遊べ」

「……遊んで、いいの？」

「いいぞ。部活と授業のあいだをのぞいてなら」

「じゃ、夜になったら部屋にしのびこむ」

「何時だ？　時間を指定してくれ。なるべく空けておくようにする」

どう切り返したものか迷った。目的があって口にした言葉だったが、彼女の言葉には軽々しく扱えないような響きが含まれていた。その場をなんとか冗談のかたちでおさめられたのは安来のぞみが楽しげに笑いだしてくれたおかげである。くそっ、酒田め。本当にいい女とつきあっている。

といっても実のところぼくは本気だった。今夜、だれかの部屋をたずねる――つまりアリバイづくりに協力してくれる相手を必要としていたからだ。そうなのだ。今日の放課後からゲームの第二段階にはいろうと決めていたのだった。〝つっついて〟みるのだ。

9

放課後、校内をすこしぶらついて時間を潰すことにした。その必要があった。

今日の第一目的は校長・月島瑞穂についてこれまでとは質の違う情報を得ることである。そのためには彼女の自宅と校長執務室にしのびこむ必要があった。なにものかとつながっているのだろう本人から直接きき だすのは様々な危険、ことにフェンリルへの危険が高まるから、いまは、それぞれ人気のない時刻を選んで、ということになる。すなわち教職員用住宅の北端にある校長宅には彼女が帰宅する前に、校長室には学校が空になった夜に、ということであった。

制服のポケットにはすでに潜入用の小道具が放りこんである。技術室からいただいたカッター・ナイフ、コンパクトな工具セットや軍手、スーパーで買っておいた買い物用の布袋に穴をあけたもの（いざというとき顔を見られないための用心だ）。靴は購買部の倉庫から盗みだしておいた学校指定の屋外活動用スニーカーに履き替えていた。サイズはあえてぼくの足より大きめのものを選び、中にティッシュや布をつめて調節した。そうしたのは、靴跡が敵に発見された場合、ぼくに疑いがかけられないようにするためだ。もちろん毎回使った靴を捨てる、という考えかたもあるが、それでは靴ばかり必要になり、なんとなくバカバカしい。それに、靴の捨て場所も考えねばならなくなる。いやま、向こうもぼくが密かに動き回るのはわかっているだろうから、『疑いがかけられないように気を配っている』とだます、ということになるのだけれど。

それはともかく、行動をおこすにはまだ周囲が賑やかすぎた。部活に参加する前に一度寮へ戻る奴が多いので、メインアプローチや遊歩道から生徒の姿が消えない。いや、ぼくの『力』を用いたなら、ぼくがある場所にいたという『印象』を抱かせないことはできるのだが、この力には明確な限界があるのだった。身体から放出されるなんらかのホルモンによる偽装であるため、その効果が及ばない場所にはなんの効果も及ぼさないのだ。だから……校舎やメインアプローチのどこから他人が見ているのかわからない状況では動けない。妙といえば妙だが、ある意味納得できる限界でもある。近距離では『力』で、遠距離ではなんの変哲もない高校生という外見でカムフラージュして危険を避ける――〈アウトフィット〉はぼくをそうデザインしたのだ。

いくらぶらぶらするにしても本当にただ時間を潰していても仕方がない。部活を覗いて歩くことにした。生徒のなかのだれが敵に協力しているのかわからないので、ついでに一般的な『戦闘力』を確かめておこうとおもった。

新聖高校の武道関連施設はかなり贅沢なものである。剣道場と柔道場は別々だし、その他にも汎用の武道場がある。弓道場、アーチェリー用の射場も別々にある。苦い記憶が蘇るためなるべくなら近づきたくないエアライフル射場も設けられている（って、これ、武道か？）。

弦《つる》が鳴った。ある種の心地よさを感じさせる響きだ。放たれた矢は的に向けて突き進み、見事に命中した。が、だれも声など漏らさない。それが普通だからだ。弓道場に並んだ男女は次々に矢を放ち、続々と命中させていく。的の中心部への命中率はほぼ一〇〇パーセントである。

織羽の弓射も見事なものであった。

ピンと糊《のり》のきいた純白の弓道衣——白筒袖《つつそで》、袴《はかま》、白足袋《たび》。革の胸当て。なんていうんでしょうか、戦闘モードの巫女《みこ》さん、という感じである。的を見つめる、研ぎ澄まされた表情が、また、いい。なにかに集中している人間だけがかもしだす空気が、もとから備えられている美しさをさらに引き立てている。

「どうだ」矢を射終わったあと、ぼくの傍らにやってきた織羽はいった。緊張がとけたからだろう、全身からえもいわれぬ優しい香りがたちのぼっている。ひとつの戦いを終えた女の香りだ。ああ、う。抱きしめたい。

「大したもんだ、としかいいようがない」ぼくはいった。自分とつきあいのある女の子の練習を覗きにきている奴は意外に多かったので、目立ってはいなかった。

「だな。高校弓道でここまでのレベルに達している学校は、まずないだろう」織羽は満面に笑みを浮かべた。褒められたのがよほど嬉しいらしい。

「でもな、一番大したものなのは加堂だ」ぼくはいった。本当にそうおもっていた。「薙刀にくわえて弓道まで。それもお遊びで、じゃない」

「ああ、やるからにはな、できるかぎりのことはしたい」

織羽は探るような目を向けてきた。ぼくがからかっているのでないとわかると安堵したように微笑む。

そのあいだも、弦が休むまもなく鳴り続けていた。織羽を手招きして側に立たせると、小さな声でたずねた。

「でも……弓道って、こんなスピーディなものだったか？」

彼女はちらっと部員たちを眺め、真剣な顔でぼくを見上げた。

「弓道の射法には八つの節《ステップ》がある。足踏み、胴造り、弓構え、打起《うちおこ》し、引分け、会《かい》、離れ、残心、だ。基本中の基本だから、破ることは許されない」

「見てると、ひとつの動作としかおもえない」

「それが理想だ」

「理想を実現してるのか、加堂の部は」

織羽は眉を寄せた。ぼくがなにか疑っていることに気づいたようだった。

「奇妙なところがあるのか」

「ない」ウソでも本当でもなかった。ぼくが、弓道部のレベルの高さを仮想敵の戦闘力として捕らえているだけなのだ。実際に敵にするからではなく、『武器』を手にした相手に対しては自動的にそう考えてしまうのである。

「あとで会いたい。部屋にいってもいいか、加堂？」

織羽は軽く唇をかみ、こくりとした。

「昼休みのとき時間を知らせろといったはずだ」

「本気だったのか」

「黒江は本気ではなかったのか」

「いや、本気だった。けど、ひとつ伝えられなかったことがあった」

「なんだ」

ぼくは小さな声でアリバイづくりに協力してもらいたい、という意味の言葉を告げた。

「それも約束している。黒江が編入してきた日の晩に。おまえはただ、その履行を求めたらいいのだ」織羽はこたえた。すっきりとした、迷いのない顔だったのでむしろぼくのほうが驚いた。

じゃあ、と歩きかけたとき、彼女の声がきこえた。

「ああ、あのな、黒江」

「うん?」

「いや、あの、迷惑だったらいいのだが……その、おまえはわたしに劣情を催《もよお》しているのだろう? そういう設定だったな?」

彼女の傍らに戻り、袴に包まれたヒップを撫でた。にこにこしながらうなずく。

「もちろんだ」

いつもどおり堂々とぼくの不埒《ふらち》な行為をうけとめた織羽は微かに頬を染め、いった。

「ならば、姓ではなく名で呼んだほうが自然だ。な、これからは……織羽と呼べ」

なにをいいだすんだ、こいつ。本気で欲情しそうじゃないか。

「あ……いや、うん。そうだな」でへでへと笑いながらうなずいた。「か……いや、織羽。織羽のいうとおりにする」

とおりがかった女子がくすりと笑い、ウィンクしてきた。ぼくはちょいちょいと手を振った。

とどめのように織羽がいった。

「森之宮と白木も同じように扱え。二人はわたしの友だ。差をつけて悲しませたくない」

胴着と防具を身につけた二人が向きあう。えーと、こういう場合でも打太刀《うちだち》、仕太刀《しだち》という区別でいいのかな? ま、いいや。とりあえずそうしておこう。審判の声がかかり、空気が緊張する。隅から眺めているぼくにもはっきり感じ取れるほどアドレナリン放出が増大していた。

　打太刀側がだっと踏みこんだ。速い。しかし仕太刀側は落ち着いたものであった。さっと相手の切っ先を払い、面に打ちこむ。見事に一本が決まった。道場はかなり広く、四面もとれるので男子剣道部もふくめ、他でも試合がおこなわれているが、この二人の勝負が一番はやかった。素早く、厳しい。剣道を究めた人々から嫌われているる一本をとるためだけのスピードに任せた攻撃──いわゆる当てっこ剣道とはまったく違う。どこが違うのかと突っこまれると困るが……なんというか、気合のはいり方が極端なのだ。実際、剣道場には部員たちの放出したアドレナリンが充満していた。

　打太刀と仕太刀が蹲踞《そんきょ》の姿勢をとって竹刀《しない》をおさめ、礼を交わす。見事に面を決めた仕太刀の剣士がすたすたと近づいてきて面を外した。後輩から手拭いを受け取り、微笑む。うーん、格好いい。

　といっても、口からだすことができたのはからかうような言葉である。

「前から剣道は好きじゃなくてさ」汗をぬぐった香苗にいった。「前の学校……ていうか、ああ、中学でちょっとやったけど、どうしても納得できなかった」

「なにがよ」彼女は睨んだ。研ぎ澄まされた表情は織羽とおなじぐらい美しかった。

「竹刀で特定の場所を叩くことの意味がわからなかった。つまり、武器だろ？　刀のかわりだろ？　どこでもいいから相手の体に当たれば、傷は負わせられる。致命傷じゃないかもしれないが、面だの胴だの小手だのに決まらなくても、戦意を喪失する可能性はあるはずだ」

「素人考えね」鼻で笑いやがった。「試してみたらいいのよ」

「君と、か？」

「受けてあげるわよ？」挑むような口調であった。

「いやいやいやいや」両手をあげてぼくはいった。「そういうのはどうもね」

「受けなさいよ」香苗の声は凍っていた。

「だからいいって……」

「受けなさい！」厳しい声が道場に響きわたった。あ、ばか。注目されちゃったじゃないか。

「わかった。打たれてやるよ」しかたなしにうなずいた。つまり彼女はまだぼくを信用していないのだ。引っぱたかれたことを恨んでもいるのだろう。ま、当然だ。解消してやる必要がある。

「防具や胴着は入部希望者用のやつがある。それを使って。形どおりでしてあげるわ。打太刀、仕太刀、どっち？」

「剣道形なんて順番も覚えてない。試合みたいなのでいいよ」

香苗は目を剝き、覚悟しなさいといった。

更衣室で手渡された胴着と防具を身につけた。ほとんど使っていないものらしい。ありがたいことに面や小手は臭くなかった。授業用の小手なんか汗でどろどろで、皮膚病にかかっている奴が一人でもいたら全校に蔓延《まんえん》しそうなのが普通だから、ほっとした。別に『力』があるからって気持ち悪いのが平気なわけじゃない。

なんと呼ぶのか忘れたけど、白線で囲まれたフィールドのなかにはいり、香苗に礼をする。興味津々で見物していた連中から笑い声と、上座、上座、という声があがった。あ、上座への礼を忘れてた。

礼をしなおしたあと、竹刀を左手にさげたまま三歩前にでる。蹲踞し、刀を抜く真似をして竹刀をあわせた。香苗が竹刀を腹のあたりでかまえて五歩ほど引いたので真似して下がる。はじめっ、と声がかかった。

瞬間、というより刹那《せつな》、という言葉を使いたくなった。香苗はなんのためもおかずに踏みこんできた。声はない。

いや、踏みこみという個別の動作すらなかったといっていいだろう。すべての動作がひとつに溶け合っていた。分解して説明できるようなものではなかった。もしかしてこれはアレ、すべての剣士が理想としている無拍子というやつではないだろうか。踏みこみだの打ちこみだのというステップが存在しないため、対応ができない理想の攻撃のことだ。

彼女の竹刀が面にきまる。きーんと耳が鳴り、頭がくらくらとした。香苗がぼくの傍らを銃弾のように駆け抜けてゆく。審判が手をあげた。決まったということだろう。

向き直り、香苗にいった。

「はは、凄いね。わかったよ」

が、彼女は構えをとかなかった。

「本気でやりなさい！」

面の向こうに見える目尻がつりあがっていた。瞳に異様なほどの力強さが宿っている。そんなにぼくを恨んでいたのか？　いや、違う。いまの彼女を動かしているのは何か別のものだ。

考えるまもなく、彼女は二度目の攻撃を加えてくる。げ、今度は喉を突こうとしている。おい、学生剣道って突きは禁止じゃなかったか？

慌てて体を横滑りさせた。辛うじて回避する。しかし安心している暇はない。香苗はあらたな攻撃に移ろうとしていた。ようやくなにがおかしいのかわかった。彼女は、試合ではなく、戦闘状態にあるのだ。ったく。

もちろん片づけるのは簡単だ。が、本気で……竹刀で香苗の攻撃をどうにかするわけにはいかない。ぼくの『力』が周囲に知られてしまう。なんとか素人臭く防がなければならない。となると……キレたように振る舞うのが一番か？

竹刀を上段に構えた香苗と対した。三度目の攻撃を待つ。彼女の足が動いた瞬間、こちらからも突っこんだ。

竹刀は構えなかった。ていうか、攻撃を防ぐ楯として面から胴の前に立てて構えた。となれば小手を狙ってくることはわかりきっているので、姿勢をおもいきり低くする。ダッシュした。香苗の動きに迷いがあらわれた。ぼくの動きは剣道のそれではないからだ。純粋な攻撃なのである。

そのまま全身で彼女にぶつかる。竹刀で受けとめようとしていたが無駄だ。身体についた運動量のまま突進をつづけ、場外に叩きだした。むろん、壁へ叩きつけないよう、最後に力を抜いた。

うおっ、とどよめきがおこる。当然だ。ぼくが用いた対抗策は剣道ではないのだ。

場外に放りだされた香苗はそれでも倒れずに姿勢をなおした。これ以上続けてはいられない。ぼくは即座に面を外した。

「だめだよ、素人だから、ただのケンカになる」

しかし頭に血を昇らせた彼女には聴こえなかったらしい。場外からそのまま突っこんできた——喉を狙っていた。

さすがにシャレにならない。のけぞるように後ろへ倒れながら足を使った。足首をひっかけ、そのまま転ばせる。香苗は勢いよく板敷きの床に叩きつけられた。

すぐに助け起こした。

「卑怯よ……卑怯だわ」彼女はうめいた。ただし、瞳から奇妙な光は消えている。

「だからいったろ、よくわからないって」ぼくはこたえた。「でもさ、剣道の練習に時間を使ってきた香苗が素人のぼくと試合をするのだって卑怯だ。剣道のルールを守ってるかぎり絶対に勝てないんだから、素人としては自分のできることをするしかない」

「名前なんかで呼ばないでよ」

「いや、呼ぶ。加堂に……織羽にそうしろといわれた」上座にいる顧問の教師をちらりと見てからいった。大学剣道ではかなり名を知られていたという、木内《きうち》という若い男だ。こちらには注目していない。というより、どこにも注目していなかった。上座に座り、ただ瞼を閉じている。あれでなにがしかの姿勢を教えているつもりなのか――いや、違うな。身体に緊張がある。恐怖の匂いに近いなにかだ。左手は使いこんだ木刀を軽く握っていた。動いてもいないのに汗を浮かせていた。どうしたんだ、いったい？　なにを恐れているのだ？

それ以上は確かめていられなかった。ぼくらは左右に別れ、蹲踞し、竹刀をおさめて礼をした。周囲から浴びる視線は不思議なものだった。ぼくは明らかに汚い手を――スポーツ剣道の枠からいえば禁じ手どころではない手段を用いたのだが、批判するような空気はまったく漂っていなかったのである。

「あ、それは当然よ」総合武道場で胴着に身をかためたヘザーがいった。

「なにが当然なのさ、ヘザー」

「クロくんのしたことが凄いってわかったからよ」彼女は呼び方の変更を当然のように受け入れながらこたえた。普段と違う、引詰めてまとめたブロンドがまた、いい。顔立ちも凛々しさを増している。それでいてフェロモン系イメージをたもっているのだからいやもう、大したものだ。

「クロくんがしたのはむしろ昔の剣道――剣術のテクニックに近いの。昔は足払いして転ばせてもよかったし、組み打ちで……竹刀を放りだして相手が気絶するまで殴り合ってもよかった。乱暴だったのよ。実戦的ともいえるかな。授業で習ったわ」

「スポーツ剣道じゃ対抗できない、ってことか」

「というより、香苗のレベルに対抗できたことのほうね。あの子、無拍子で打ちこんでくるでしょう？　本当なら足払いや組み打ちでも対抗なんかできないの。その前に一本きめられているはず。一種の天才なのよ。クロくんはその天才を剣術のテクニックであっさり片づけたわけ」

「まずいな」本気だった。「せめて、興奮して我を忘れてたから隙をつくことができた、って話にしないと、警戒するやつがでてくる」

「じゃ、木刀を持って、わたしの相手をして、負けたらいいのよ。まぐれってことになる」彼女は右手に持った得物を示した。二メートル半ほどの棒杖だ。杖道のメインアームである（いや、サブアームなんかないけど）。

「今日は背中を踏んじゃだめよ」いたずらっぽく彼女はいった。

「痛くしないでね」ぼくは頼んだ。

「お姉さんにまかせなさい」ヘザーはくすりと笑った。

木刀を構え、対峙した。ヘザーは木目がはっきり浮きでた棒杖の中程を右手に持ち、体側《たいそく》へ自然にさげた。

「クロくんは普通に構えて……打ちこんでみて」

「打ちこむの」

「ええ」ちらっと微笑む。が、表情と姿勢は別人のものである。普段の、甘ったるい女らしさは消え去っていた。薄いエメラルドの瞳にあるのは刃のような鋭さだ。ぼくにとってはさらに魅力的な姿であった。

どれぐらいの勢いで……と一瞬だけ迷ったあげく、体育の授業レベル・プラス・アルファでいいのだろうと決めた。振りかぶる。踏みだした。

ヘザーの左手がさっと動いた。右脚をひきながら棒杖の先端を逆手で握る。ぶん、と唸りが生じ、回転させつつ掲げられた杖が、木刀の切っ先を受けとめていた。ぐっと押し下げられる。

どうすべきか、と迷った瞬間、左手がさっと杖をひいた。間合いが読めなくなる。

ヘザーが攻撃に転じたのはその瞬間であった。

左足を踏みだし、再び旋回させた杖で頭を狙ってくる。木刀で押し返すと右手をすべらせ、上体をひねらせつつ杖を頭の位置で左旋回させ、再び攻撃してくる。迎え撃ったが、右足で大きく踏みこみながら小手を抑えつけられ、股間にまで押しさげられてしまう。慌てて態勢をたてなおそうと下がった瞬間、さっと左足で踏みこんだ彼女が右手で強く送りだした杖に肋骨の合わせ目の真下、いわゆる水月をとん、と衝かれた。舌を巻くしかない見事な動きだった。

ほっそりした顔から厳しさが消え去る。溶けるような微笑が浮かび、エメラルドの瞳がいたずらっぽく輝いた。

「……おしまい」

「お見事」木刀をおさめる真似をして頭をさげた。ヘザーはさっと棒杖をひき、ぺこりと一礼した。剣道場での噂がひろがったのか、周囲で見物していた連中がうなずいたり、足早に自分の部活へ戻ったりしている。ほっとした。

「まるでダンスをしてるみたいだった」ヘザーにいった。

「棒を振り回す……というより、身体のひねりや踏みこみと連動させるから、意外に無駄のない動きになるの。あと、間合いを読ませないことを重視するし」戦いの興奮に火照った肌が艶やかだった。「それに、棒を送りだされると、けっこうコワイでしょ？」

「ああ、弱点を衝かれると一撃だ。刀の突きより速いし」

本当だ。杖道は優れた武道が常にそうであるように、合理的で効果的である。編入初日、ヘザーと向かい合った瞬間、そのことがわかったのですこし調べていた。図書室には武道関係の書物がかなり揃えられていたから、わざわざネットで検索をかけるまでもなかった。

杖道というとマイナーな感じがするけれど、実際は太極拳などよりよほどメジャーかもしれない。日本人ならだれでも知っている大組織がテクニックのひとつとして杖道を採用しているからだ。

「なんかさ、ヘザーを見てると警察が杖道を取り入れた理由がわかるな」

「警察？」彼女は驚いた。

「あ、知らなかった？　昭和七年に」

「それって何年？」

「あ、えーと、一九三二年に警視庁が要人暗殺や軍部強硬派のクーデターに備えてつくった日本初の対テロ部隊、警視庁特別警備隊が初めて採用した。古武術の……神道《しんとう》夢想流杖術《むそうりゅうじょうじゅつ》だったはずだ」

「新撰組《しんせんぐみ》みたい」

「実際、昭和の新撰組と呼ばれてた」

「ピストルで撃てばいいじゃない」

「昔の警官は持ってなかったらしいよ、普通は。制服にものすごく権威があった時代だから、腐敗してると新聞に叩かれてた政治家は銃で撃てても、警官は撃てなかったからだろう。でさ、当時は拳銃や短刀で要人を狙うのが普通で、それはつまり、すぐそばに近づいて襲うことを意味したから……」

「拳銃でも？」

「普通の人間は五メートル以上離れたら、まともに当てることもできない。暗殺するときは押しつけて撃ってるようなものだったはずだよ。徴兵があって、軍隊にいってた奴が多かったから、当てるのが難しいという知識は広まってたんだな。だから……わかるだろ？」

「うん」にこりとした。「杖であしらえる可能性は高いとおもう」

「実際いまでも警察は逮捕術のなかに杖道をとりいれてる。警杖って名前で装備もしてる」

「ね、クロくん」

「うん？」

「なんか、ムチャクチャおたくっぽい」

「うう」

ちらっと微笑んだヘザーは声をひそめてたずねた。

「それで……なにが目的なの？」

「あとで話すよ」

ヘザーは素直にうなずいた。そしてぽつりとたずねた。

「今夜、本当に織羽のところにいくの？」

「ああ。彼女に頼むことがある」

「わたしのところでも良かったのに」

「サービスしすぎだよ、ヘザー」

「サービスじゃないわ、コーポレイトでしょ、ね？」

「下半身は作動させないつもりなんだ」

「そううまくいくのかな」ヘザーは笑った。「ま、いいわ。あのね、クロくん」

「うん？」

「わたしを三番目にまわしたら本気で怒る。いい？　本気よ？」

ぼくは驚いた。彼女の眼は笑っていなかった。ただ一度、それも後戻りがきかなくなるよりは少ない量を浴びせただけで、ここまで影響を与えてしまうのか、とすこし怖くなった。

10

ヘザーと別れたあとは柔道場を覗いた。

といっても新聖高校に柔道部は存在しない。一大勢力と化した拳法部が男子の格闘系すべてをのみこんでしまったからである。

驚いて、ただ立ち尽くしてしまった。

周囲には鼓膜を裂くような気合が無数に生じていた。人の身体が畳《たたみ》に叩きつけられたことを教える、平手打ちの音を一〇〇倍にしたような痛そうな響きもやむことがない。全員が、作務衣《さむえ》を厚手にしたような胴着だった。ぼくまで気分が昂ってしまうほどにアドレナリンが充満している。

おこなわれている練習は、柔道でいうところの乱取りばかりだ。もちろん寸止めはしているが、まちがって入ってしまうこともあり、泡はおろか鼻血をしたたらせている奴までいる。人を殺せる技を本気でやっているのだから、それでも運がいいということになるのだろう。基準が違うのだ。うう、怖い。

「お、なんだ」

明るい声がぼくを呼んだ。胴着姿の遠野だった。後輩の指導にあたっていたらしい。あいかわらず美形でほっそりしているが、目つきは普段とはくらべものにならないほど研ぎ澄まされている。もう一段階進めばはっきりと自覚したうえで人を殺すことのできる目だった。

「とうとう入部を決意したか」

「いやいやいや」ぼくは腰を引いた。「遠野が強いからさ、きっと部活も凄いんだろうとおもってのぞきにきた」

「そうか」遠野は嬉しそうだった。「どうだ、一年のだれかとやってみないか?」

「いやいやいやいや」なんかクセになってきた。

「女子が騒いでたよ」にやりとした。「森之宮を吹っ飛ばしたって」

「いや、あれは泣きながら両手振り回してたのと同じだ。それに、いまそこで白木に一発でやられてきた」

「悔しくないのか」

「武道に打ちこむ女の子は美しい、それはわかった」

遠野は楽しげに笑った。くそっ、こいつも疑うのか。というより、生徒のなかではもっとも警戒しなければならない奴のはずなのだ。くそっ。

澄んだ気合が響いた。ちらりと見ると、見覚えのある一年生が自分の倍もありそうな二年生を畳へ叩きつけたところだった。

「あいつ、よくおまえを呼びにくる奴だろう? 美少年君で女子に人気のある——うん、物理法則を無視した強さだな」

「それは誤解だ。むしろ物理法則を最大限に活用してる。隙のない動作で、力を無駄なく伝えることができれば、身体の大きさは関係がない。運動エネルギーをいかに的確に活用するか、になるんだ。相手の運動エネルギーの利用も可能だ。ともかく、君島は本当に強いよ。ほとんど三四郎《さんしろう》だな」

「夏目漱石《なつめそうせき》のアレ、武術小説だったのか」

「……あのな、わざといってるだろう? たしかにうちの学校じゃ漱石を読む奴はほとんどいない。俺は好きだけどな——って、そんな話じゃなかろうが? 『姿三四郎』。黒澤《クロサワ》の映画だよ」

「あはは……ていうか、本当にここ拳法部か？　あれはどちらかというと柔術だろ？　本当になんでもありだな」

「結局、技術だからな。なにかのかたちで自分を鍛えられたらそれでいい——俺たちはそう考えてる。ま、ちょっと見てろ」

遠野は大柄な部員を三人呼び、自分を取り囲ませた。掛け声と同時に三人は一斉に襲いかかる。あきらかに高校のスポーツ武道レベルを超えた攻撃だった。

一方の遠野は——構えのようなものはとらない。ただ、身体のバランスを変えたように見えただけだった。

後ろにも目がついているような動きだった。背後から突っこんできた奴をさっと横滑りしてかわし、右側から攻撃してきた奴の脇下——えーとたしか、『脇陰《わきかげ》』と呼ぶ武道の攻撃ポイントに拳の一撃をくわえる。打たれた奴はうぐっ、と声にならない呻きをあげてくずおれた。

「うっ、痛そう」おもわずつぶやいてしまった。

「あれでも手加減しています」傍らから声が聞こえた。君島幸也だった。ある種の賛美をたたえた目で遠野をみつめていた。

「本当は中高一本拳——拳を握った状態で、中指だけを押しだした状態で突くんです」

「ものすごく痛そうだな」

「死にます。殺法《さっぽう》ですから」

頭が痛くなってきた。おそらく、人を殺せる力を自分は備えている——そしてそれを制御する強さもある、といいたいのだろう。

「よくわからないな、やっぱり」遠野が二人めを倒した様子を見ながらぼくはいった。

「なにがですか？」君島はぼくを睨んでいた。きれいだが、ガラス玉のような瞳である。といっても遠野に対する崇拝——というか、なんとなく同性愛的な匂いを感じさせるものは感じ取れた。遠野の方は篠原陽子とつきあっていたぐらいだからそういう趣味ではないのだろうが、君島くんはその気があるのかもしれない。ま、高校生ぐらいの年代ではさほど珍しいことじゃないそうだけど。ともかくちょっとは安心できた。こいつも〈ノバ〉じゃない。ただの情熱的なやおい系美少年だ。

「自分の弱さを知っているからこそ学ぶ、ということなんだろうけど」ぼくはいった。「なんかね、ここまでするのはよくわからない。ただ好きなんだ、というのなら理解できるんだけど。好きなだけじゃ、あそこまではできない」

「黒江先輩ならどうすると?」

「ぼくの名前知ってたの?」

「遠野先輩からいつもうかがっています」

うおっ、なんかホモの敵意みたいなものを感じる。安心しろ、君島くん。ぼくは自分からそっち系にのりだしたことはない(やられたことはあるしこの世に二人といない名器だけど)。

「ぼくなら」遠野が三人目の脇陰を踵《かかと》で叩くのを見ながらいった。「ぼくなら逃げるな。逃げられるかぎり逃げる」

「それでも逃げられないときは?」

笑ってごまかし、遠野にちょいと手をあげてから柔道場を離れようとした。異様な声が響いたのはそのときである。

胴着姿が宙を飛んでいた。さらに数メートル飛んで、畳へ叩きつけられる。

おおお、というどよめきが生じる。

「なにをしている、来い!」仁王《におう》立ちになった奴が叫んだ。おそらく三年生である。

投げ飛ばされた奴がふらふらと立ちあがりかけ、また膝をついた。脳が揺れていて、身体の自由が利かないのだ。

が、かれのそんな様子は三年生をさらに猛らせただけだった。

「こないならこっちからいくぞ!」叫ぶなり、襲いかかる。そのまま脇腹に蹴りを決めた。蹴られた方は畳をごろごろと転がっていく。

と、別の場所からも奇声が響いた。お互いに腕をくりだし、打撃をくわえあっている。こちらは三年生同士だ。まるでカンフー映画に登場するような打撃戦だった。映画と違うのは、お互いに本気で相手を狙っていることだけである。やがて重い呻きとともに血が飛び散り、勝ったほうはガッツポーズを示した。顔に爽やかな笑みが浮かんでいる。一方、負けた方は畳のうえで芋虫のようにのたうっていた。

いくらなんでも厳しすぎないか——君島にそうたずねようとした。が、すでにかれの姿はなかった。遠野とともに部員をかきわけ、練習の枠を越える力が振るわれた二つの現場へそれぞれ駆けつけていた。なにをしている、と勝った側を問い詰めていた。爽やかな笑みを浮かべた勝者たちはきょとんとした顔をしていた。なぜ責められねばならないのかわかっていないのだ。

顧問教師はなにをしてるんだ、とおもった。監督責任という意味でも、ここまで容赦のない練習はまずいはずである。

が……顧問は何事もなかったかのように他の部員たちの指導を続けている。責任を回避しているのではなかった。本当に、注目すべきものではないと考えている態度であった。

だれかが呼びにいったのか、中年の校医がやってきて、倒れた二人の様子をみた。即座に判断をくだす。

「これは……病院だな」

部員たちの手で怪我人が運びだされる。すぐにサイレンの音が響いてきた。立ちあがった校医は、部員たちを見まわし、

「大事な身体だ、気をつけて練習すること！　それから、三年生でまだ諦め悪く部活に顔をだしてる者で……推薦入学の決まっているものは注意すること！　特に診断の済んでないものは怪我に注意して！　推薦が通らないかもしれないぞ！」

冗談めかした口調だったので笑いがおこった。

「ここのところ、多いんだ。みんな、熱心でな。ことに三年は暴れたがる。ストレスだろうな」遠野がいった。

熱心では済まないような気もしたが黙っていた。遠野と君島には憂《うれ》える様子がかいま見えたものの、他の部員たちは練習を再開していたからである。練習相手を病院送りにした二人が、当然のようにそのなかにいるのを見て、少し気持ち悪くなった。


そのあともあちこちの部活を覗いて歩いた。校庭の外縁をめぐり、観察をつづけながら校長宅へ近づこうと考えたからだった。

サッカー、陸上、野球。バレー、バスケット、水泳……覗いて歩くうちに、溜息を漏らしたくなってきた。信じられないほど熱心なのだ。だれもかれもが自分の選んだものに打ちこんでいる。

違和感があった。どうにも説明できないなにかがそこにあった。これだ、と考えがまとまらないのでひどくいらいらした気分になった。

校庭の北端にある森に入ったのはそれが理由だったかもしれない。まだ時間に余裕があるので、人のいない場所で考えをまとめたかったのだ。敷地内をくまなく偵察

しておきたい、ということでもあった。

シュキン、シュキン、という奇妙な音を耳にしたのは一〇メートルほど森にはいりこんだときである。

反射的に腰をかがめ、近くの木を楯にしていた。硬いものがなにかに当たる音が響く。連続していた。木の陰からそっと顔をだし、のぞきこむ。

下生えの払われた森の奥に、酒田の姿が見えた。例のCz75を構え、何かを狙っている。どこからか持ってきたらしい松板だった。トリガーを絞るたびに飛びだしたものが板に当たり、木片を飛ばしている。命中し、もぐりこんでいるのだ。

銃も少し変わっていた。奴は学生服の上着を脱いでいたが、腰にポーチをつけ、ペットボトルのようなタンクを下げている。タンクと銃はホースでつながれていた。

ガス圧を安定させているのだ……というのは以前に高仲で今は亡きガンマニアの御宅《みやけ》君に教わった知識である。しかしあの銃は普通の状態ではない。放っているのもプラスチックのBB弾ではなかった。でなければ松板に穴があくはずがない。オモチャではなく殺傷能力を備えている。

そういえば御宅君は、違法改造についてもなにかいっていた。ガスの供給バルブを無圧バルブに変えて、ガスも高圧の炭酸ガスにして、他にもいろいろと弄《いじ》って、ホームセンターのような店で売られている6ミリ径のスチール製ベアリングに変えると……という話だ。いうまでもなく違法で、無理やりお家に入ってきたお巡りさんが仲良くしてくれたうえ、本物の銃が置いてある警察署で詳しい話に耳を傾けてくれるという改造である。

銃弾に頭を吹き飛ばされた御宅君が実際にそういう改造をおこなっていたのかどうかはわからない。が、酒田は間違いなくそうしていた。

いやま、気持ちはわからないでもない。銃への憧れは自分が持てない絶対的な力の渇望なのだ。違法で危険な改造をしてまで酒田が強い力を欲しがるのも理解できる。ちなみに、全国のガンマニアがおヤクザさんの事務所にでかけてトカレフ売ってください、と頼まない理由は警察につかまるとかヤクザがコワイとかいう前に、買おうとおもえば買えるロシア製や中国製の拳銃が果てしもなくダサいデザインだからだとおもう。どのみち拳銃の不法所持で逮捕されるなら板金工場で職人がウォッカ飲みながらつくったような銃より、スイスのやドイツの匠《たくみ》の技が生きた逸品のほうがいいはずだ。酒田がCz75にこだわっているのも、そのスマートなイメージゆえだろう。本物はチェコで開発されたが、チェコという国には工業国としての伝統があるのだ。

しかし、ぼくは酒田の姿に不安も覚える。

あいつ、なんだってああも真剣なのだ？　好きだから、というだけでは説明のつかない空気を漂わせている。正直なところコワイのだ。人を傷つけられる――当たり所によっては殺せるものを手にしているからではない。酒田の打ちこみように普通ではないものを感じたのである。

結局、そのまま森を離れた。どう声をかけたらいいものかわからなかった。時刻は五時になろうとしているところだ。

目にしたものすべてをどう受け取ったものか迷い続けながら、歩いた。フェンリルがさらわれたこととの関係も。

ここまでは向こうの計画どおりに違いない。ぼくを自由に行動させているのも、なにか目的があってのことなのだ。しかし……その目的とはなんだ？　それがわからない。ロスト・ジェムがどうのといったところで、要するに〈アウトフィット〉最大のロスト・ジェムはこのぼくなのだ。そのぼくを狙わない理由がわからない。フェンリルを拉致し、取引の材料にするというのならわかるが、いまのところそうした動きはない。わけがわからなかった。やはり、唯一の手がかりである校長への調べを進めるほかないのだ。

朗らかな女の声がぼくを呼び止めたのはそのときである。

「あら、黒江……徹くん、よね？」

振り向いた。高価なスカート・スーツをまとった若い女がそこにいた。編入した日に挨拶だけは済ませている相手だった。

軽く頭をさげてぼくはこたえた。

「こんにちは、校長先生」

月島瑞穂は華やかな美貌に優しい笑みを浮かべ、うなずいた。

背はぼくより少し高いが、すべての部分で女性ホルモンに不足はない。ぴしりとしたモデルとはまた異なる姿勢、高い位置でもりあがっている胸と逆ハート型に発達した腰。ほっそりした腕、はち切れそうなほどに張った太腿から引き締まった脛までのライン。放たれている若々しさは紛れもなく一〇代のものだが、ありとあらゆる意味で同い年の生徒たちとは違う段階に到達していた。

身につけているものも、高く秀でた額《ひたい》の奥にあるものが慎重かつ素早い計算の末に決定しているようにおもえた。ダークブラウンのニットシャツ、スリット部のエッジにやはりダークブラウンの太いラインが入ったベージュの膝上丈スカート。靴は飾り気のないパンプス。装飾品の類は皆無。ボディラインを見せつけながら自分が仕事中であることを知らしめる服装であった。すぐに親しくなれそうだが、馴れることだけは絶対に許さない……そういう印象をつくりあげている。

「学校にはもう慣れた？」微笑みをそのままに彼女はいった。

「まだ、これからです」ぼくはこたえた。もちろんにこにこしている。すこし以上は溜まっていて当然の一七歳男子として当然のリアクションとして、彼女の胸とか腰にちらちらと視線を走らせる。別に苦労はなかった。本当にそうしたくなる眺めなのだ。

「でも、もう友達はできたんでしょう？　森之宮さんから噂をきいたわよ」

「あ、そうですか」照れたようにうつむいてやる。腹の中に冷たいものが生じていた。くそっ、裏のある言葉なのか？　だとすると二つの可能性が考えられる。なにかの意図があってぼくを監視していると告げているか、あるいは香苗が自分の側の人間であると――。

「剣道部の練習でちょっと話したのよ」美少女校長はいった。「わたし、時間があるときはなるべくみんなと顔を合わせたいから……それに、剣道も好きなの」

「剣道、やってたんですか」

「おられた、よ。ま、わたしの見かけじゃしかたないけれど」教師らしくたしなめてから彼女はいった。「ええ。好きだったの。普通の勉強はあまりする必要がなかったし、気分を変える必要もあったから……けっこう強いんだから、これでも」

力こぶをつくる真似をする。うう。なんかさっぱりわからなくなってきた。

「あなた、部活はまだみたいだけど、できれば入ったほうがいいわ。学校がもっと楽しくなるから……」

校庭へ身体を向けた彼女は両手をひろげ、いった。

「ね、いい学校でしょ？　そうおもわない？」

「あ、はい。こんな学校は他にないとおもいます」瑞穂の口ぶりに戸惑いながらこたえた。いまの彼女はこの新聖高校を本当に愛しているようにしかみえなかった。

彼女は笑い、手をあげながらいった。

「お友達には——ことに女の子たちには優しくしてあげてね。うちの学校は男女交際については完全に自由だけれど……真剣であろうとなかろうと、恋愛の結末はふたつしかないのだから」

「そうなんですか?」

「そうよ」今度は声をだして笑った。「二度と顔も見たくなくなって別れるか、二度と離れられなくなって共に過ごすか、その二つだけ。忘れちゃだめよ?」

世の中のほとんどの場所ではそうなのだろうとおもった。問題は、ぼくがそのほとんどの場所に属していないようにおもえることだった。月島瑞穂はどこに属しているのだろうと考えた。自分を罵った。これからそいつを調べるんじゃないか。

11

校長宅は教員用住宅のなかで校舎にもっとも近い北側にある。二階建てで、一〇人家族でも楽々と住めそうな広さだったが、いま住んでいるのは校長——月島瑞穂ただ一人のはずだった。不用心といえばまさにそうだ。

だが、他の教員住宅もほとんど同じだった。教職員の妻帯者は稲窪市街に設けられた妻帯者用住宅に住んでいるからだ。でもって、女性教師が多いから……敷地内の教員住宅はほとんど女性の独《ひと》り暮らしなのだった。それでも泥棒だの強姦魔だのが乗りこんできて問題が発生しないのは、敷地の周囲に七メートル以上にもなる頑丈な鉄柵がめぐらされ、セキュリティ・システムも備えられているからだ。内側には緩いが外側には厳しい、という環境なのである。

校長宅の周囲は背の低い生け垣があるだけだった。昼間、何度かさりげなく探ってみたのだが、警報装置らしいものはまったく備えられていない。玄関ドアは普通のシリンダー錠、窓のサッシにも特別なロックはつけくわえられていない。呆れるほどの無警戒ぶりだった。

もちろん、それが罠だという可能性はある。しかし、動かなければ反動もない。さきほどでくわした瑞穂がなにをいわんとしていたのかもわからない。

ポケットから布袋を取りだした。頭にかぶる。ヘッドマスクが手に入らなかったのでこれで代用だ。自分がひどく間抜けな格好をしているような気もするが、『力』の及ばない距離から「あれ、このあいだ入ってきた編入生じゃないのか」と気づかれるよりはマシである。

軍手をはめながら庭から裏口にまわる。キッチンのサッシに手を伸ばした。換気扇を回してもなお残る調理の匂いがイヤなのか、そこを薄く開けたままにしておくことが多いことがわかっていた。もしかしたら鍵を閉め忘れているかもしれない。

やはり閉め忘れていた。ゆっくり、ゆっくりと窓をあけ、三〇センチほど開けたところで窓枠をつかみ、蛇のように滑りこんだ。すぐに靴を脱ぐ。

キッチンは整然としていた。朝食を片づける暇がなかったのだろう、ダイニングのテーブルには汚れた皿が乗ったままであった。瑞穂はトースト派のようだ。

警報装置の有無を確かめながらリビングにはいる。一〇畳ほどの広さがあるそこに置かれていたのは一目見ただけで高級品とわかる家具や大型の壁掛けテレビなどであった。

戸棚を探った。なにかを教えてくれそうなものはない。

二階は書斎と寝室になっていた。当然、書斎から探りを入れた。部屋の中央へ埋めるように置かれた二畳ほどの広さがある机にはパソコンや読みかけの書類が載っていた。学校や教育に関係したものばかりだ。英文の、〈ネオ〉関連の書類もあったが、注目すべき内容ではなかった。

デスクトップパソコンには最初から手を触れなかった。学校のＰＣからも個人所有のＰＣからも校内イントラネットへ自由に接続できるのだが、それはつまり学校側にアクセス解析をおこなわれてしまうことも意味する（この点は携帯その他も同様だ）。自動販売機までイントラネット接続でデータをとっているところからみて、かなりのレベルのアクセス解析がおこなわれているとみていい。それにおそらくは、見られたくないファイルへ触れたとたんに警報が鳴り響くようになっているだろうし——ぼくの正体に気づきつつ泳がせているのであれば、本当のデータが置かれている可能性もまずない。それに、見せてもかまわないと相手が考えているデータは、フェンリルからすべて見せられている。

寝室にはいった。女の香りが酔ってしまいそうなほどに染みついた空間である。

そこを目にしたとき、はじめて驚きを覚えた。シーツも、ピローもカーテンも、すべて黒で統一されていたからである。ベッドの足元側の壁には、リビングにあったのと同じタイプの壁かけテレビがあった。電源ケーブル以外にも配線が延びている。目で追うと、大容量のハードディスク・レコーダーにつながれていた。その上の棚に高画質ビデオ・カメラと三脚がしまわれていた。

リモコンは手にしなかった。ベッドの上に自然に置かれていたので、動かすと元どおりには置けないとおもえたからである。

仕方ないので直接テレビとHDレコーダーを操作した。録画された映画や教育番組が大量に収められているのでいちいち調べることを考えげんなりしたが、そういえば、とおもいつき、プレイリストを開く。声を漏らしそうになった。YOKOとタイトルのついたファイルがずらりと並んでいた。日付は今年の七月末から八月中旬にかけてだ。ようやくあやしげなものを発見した安堵感に溜息を漏らしつつ、再生してみた。

最初は、AVと間違えたかとおもった。若い女二人がベッドの上でからみあっている映像だったからである。が、そのベッドはこの部屋に置かれたベッドであり、一方の女は月島瑞穂だった。そしてもう一人は……殺された篠原陽子に間違いがなかった。

たちまち画面に惹きつけられてしまった。女同士の愛技というのはどうしてこうもそそられるのだろう？

画面の中の瑞穂と陽子はお互いの身体をソフトになでまわしながら絶え間なくついばむようなキスをかわし続けている。男にはとても真似のできない、心のこもった愛撫である。どちらが上になるというのではなく、ただひたすら身体をこすりあわせている。

瑞穂の肉体は服の上から予想したとおり、むしゃぶりつきたくなるような成熟をみせていた。それでいながら、まだ少女のみずみずしさを湛《たた》えた肌に包まれているというアンバランスさがさらに強く欲望をそそる。

が……本当に驚くべきなのは篠原陽子の肉体である。ぼくが惨殺死体としてしか知らない彼女は……まさにセックスが爆発したような肉体の持ち主だったのである。それでいて面立ちには清楚さすら感じさせるのだからたまらない。

二人の絡みあいは延々と続いた。大変に残念だが、全部観ているわけにはいかないので適当に早送りをさせながらプレイリストのファイルを次々に再生する。

はっきりとわかったのは、ファイルが進むごとに二人の交わりが深いものになっていることだった。最初のファイルではフレンチ・キスとソフトタッチの愛撫だけだったのに、いつのまにかお互いの女に手を潜らせ、唾液が乳房にしたたるほどのディープ・キスをかわすようになっていた。ベッドで抱き合って延々と喘ぎ続けている場面では、お互いの太腿に脚をいれあい、股間を休むことなく刺激しつづけていた。

進めば進むほど、立場がだんだんとはっきりしてくる。瑞穂は陽子の愛撫に泣き悶えるようになっていった。背後から抱えられるように愛撫され、キスをかわしながら何度も何度も液体をほとばしらせる。高く腰を掲げ、後ろに埋まった陽子の顔、その隠微な動きにあわせて啼《てい》泣《きゅう》を漏らす。

興味深いのは――ある意味で期待外れだったのは、彼女たちの女に対して用いられるのが指や舌ばかりだということだ。充分に深い悦びを得ているようだったが、侵入は浅く、動きはソフトだ。信じられないが……どうも、二人とも処女らしい。いやうんあの、処女同士のレズプレイでここまでハードってのもなんかアレで燃えてきますが。

もっとも異常だったのは最後のファイルである。二人ではなく、三人の女が映っていた。ただし、新たな一人の顔はわからない。タオルで猿ぐつわをかまされ、うつ伏せの姿勢で瑞穂と陽子の愛撫を受けていた。二人は両側から彼女を挟みこみ、耳とうなじへねっとりしたキスを飽きることなく繰り返し、引き締まった脇腹を休むことなく指でなぞる。拒否するようにうごめいていた引き締まったヒップがやがて持ちあがった。嬌声《きょうせい》に近い声を漏らした二人はそれぞれ清潔な薄桃色をのぞかせ、ライトを反射してきらめくほど濡れている前後へ自分の顔を埋めた。責められているだれともしれない少女が深い喜悦に腰を何度も震わせるのがわかった……。

うーん。堪能した。じゃなくて、えーと。

結局、ぼくにとっての判断の材料となりうる情報は三つだけだった。月島瑞穂と篠原陽子がそういう関係だったということ、そして、もう一人の生徒が絡んでいただろうということ。で、最後に……陽子と瑞穂の仲が本物だったということだ。HDレコーダーは二人の喘ぎだけでなく、交わりの合間にかわされる言葉も記録していたのである。たとえば陽子は、泣くような声で、

『学校も好きだけど、先生も好き……』

と何度も訴えたし、瑞穂の方は、

『陽子はわたしの大事な生徒、大事な恋人よ』と、かきくどくように訴えていた。そうした様子はどれだけ疑いを強くしてもウソには見えなかった。他の部屋で目にしたものからも明らかなように、月島瑞穂が新聖高校を愛

し、生徒たちを大事におもっているのは間違いがないらしい。レズまで進んでしまったのはともかくとして、他のすべての面では立派な、さすが天才と呼びたくなる人物だとしかおもえない。香苗たちを操って〈エンジェル〉に依頼させたのだとしても、その背後には、立派な理由があるとしかおもえなくなってくる。だが、そこまで立派な奴が中国軍の情報部までだまして戦争ごっこをさせるか？　ぼくの女を奪うか？　まさか、陽子を失ったかわりに最高のレズビアンでもある〈エンジェル〉の恋人が欲しくなったわけでもあるまい。

そして、だ。

もっともぼくを混乱させているのは、行動の前提となっている情報がきわめてあやしくなってきたことである。重要度の低い情報から並べてみるとこんな感じになる。

まず第一に、月島瑞穂は『イイモノ』であるらしいこと。困った。

第二は、篠原陽子は遠野真という恋人がいたという事実。そうでありながら瑞穂ともこれほど深い関係にあったとするなら……どういうことを意味するのか？　バイセクシュアルの美少女が男と女の二股をかけていたということか？　いや、世間ではよくあることなのかもしれないが……くそっ、遠野についてももっと調べなければ。

いや、ある意味、ここまでのところはすべて些細な問題なのだ。最後の、第三の情報がぼくを完全に戸惑わせていた。

篠原陽子が年齢に似合わない熟成した肢体と巧みなレズ・テクニックを持っているのはある意味当然であった。強い生命力とともに息づいている彼女を目にしたとたん、惨殺死体からはわからなかった重要な事実を『力』によって見て取ったのだった。

篠原陽子は、あきらかに〈エンジェル〉であった。

あとがき

1　みなごろしの学園　あとがき

お初の方は初めまして。豪屋《ごうや》です。アルカイダの日本テロ攻撃宣言なんかが出て、ますますシャレのきかない感じになってきた昨今、いかがお過ごしでしょうか。

んで、諸般の事情のもとに誕生した『デビル17』をお届けします。

お読みいただければお分かりのとおり、『A君（17）の戦争』とは別の意味でお楽しみいただける内容にしようとしてこうなりました。どんなもんでしょうか。

で、今回のお話は……えーとまあ、コード・ヒーロー成長話、ということになるんでしょうか？

コード・ヒーローとは国家の定めた法（ロウ）や社会的な常識（ルール）よりも自分のなかに存在する厳格な掟《おきて》（内的規範＝コード）を重視する人間のことです。といっても法や常識を無視してただムチャクチャをやる奴のことではありません。一見インモラルなようにみえて、常に自分の定めた掟に従っています。つまりどんな場合でも自分を裏切らない人間、そのためならばすべての手を尽くすことも厭《いと》わない人間——究極のロマンチストです。『一度、人を殺してみたかったから』というクソたわけた理由で殺人を犯すゴミ虫どもの対局にいる存在だといえるでしょう。

もちろん一七歳の高校生である主人公黒江《くろえ》徹《とおる》のコードはまだまだ未完成です。白紙に近いといっていいかもしれません。

このためかれは、撃ったり撃たれたり挿したり挿されたりしながら死と破壊とあとイロイロなものをまき散らしつつ、自分の中に掟をつくりあげてゆくことになります。黒江徹がＳＦ風味を取り入れた特殊な存在であること、またお話のなかで一般エンターテインメント並に暴力とセックスがおおっぴらに扱われている最大の理由は、その過程がはっきりしやすいからです（もちろん、真っ暗な主人公が陰鬱《いんうつ》に成長するより派手に成長したほうが楽しいし、という理由も大いにあります）。

というわけで黒江徹は必要とあれば殺しますし、そのことに悩みは抱きません。『戦いはいつも虚しい』とか『生き残るために殺す』とか『おまえだけは許せない』とか『俺には戦うべき理由がある』なんて逃げ口上は用いません。かれは存在として戦い、殺し、交わり（ぬはは）ながら自分を定めていきます。もちろん現実ではこうさっぱりといきません。そうです。つまり伝説の剣も最強の魔法も耳の尖《とが》ったエルフ姉ちゃんもでてきませんが、このお話は紛れもないファンタジーです。すなわちユーモア・エンターテインメント小説の一変種です。というわけで一読されればおわかりのとおり、暴力とセックスが関わる場面からは徹底的にリアリティを排除しています（でもなければ主人公が［中略］なんてさすがに書けません）。


で……ここまで書いといてなんですが、こういったアレコレは読者の方にはなーんの関係もありません。一巻だから説明しといた方がいいかな、ってぐらいのもので、作者にとってもそれこそ『内的』な理由でしかありません。もうしわけありませんでした。なるべく多くの方々にどんな意味であるにしろ楽しんでいただけて、次もまたおつきあいいただけることだけが本当の目的、唯一の望みです。

というワケで強いご要望さえあれば（↑重要）戦艦大和《やまと》だろうがスケベなことしかしないぬるぬるべっちゃりの触手怪獣だろうがパワードスーツだろうがふたなり姉ちゃんだろうがアイツでオレなハードやおい三連発だろうが擬音つきの眼鏡《めがね》っ娘《こ》委員長（髪形、胸、年齢はオプションです）だろうが片っ端から登場させます。んでもって爆発したり殺されたり汁気たっぷりだったりさせます。かなりほとんどまず適当に本気です。

という次第で、『デビル17』、よろしくお願いいたします！

つけたし

あ、ちなみにA君は打ち切りになったわけじゃありません。早い時期に七巻『はたすべきちかい』（仮題）をお届けすべくちゃかぽことキィを打っております。

拙作をあらゆる意味で素晴らしいイラストで飾っていただいた藤渡《ふじと》先生がＨＰを運営しておられます。http://www2.odn.ne.jp/cdp37840/index.htm へどうぞ！

2　復讐のサマータイム　あとがき

　という次第でデビル17、第二巻であります。今回の内容は学園バイオレンスと呼ぶにはいささか舞台のひろすぎる夏休みスペシャルですが、ノー・プロブレムです。主人公はますます「殺《や》ってるか犯《や》ってるか」×「殺られてるか犯られてるか」の道を突っ走ります。いいんです、そういう話です。どんどんこれからもそうします。絶対にやめません。わはははは。

　でもってアレですな、いつものパターンどおり現実へ目を向けちゃったりすると……さらにエライことになってます。イラクじゃあ莫迦《ばか》と阿呆が生還して立派な人だけは殺されてしまう、という悲しいリアルが続いていますし、日本近海では某ミドルアースの国がええ加減にせえよ、といいたくなるぐらいキナ臭い行動をとりつづけているし、んでもってとうとう小学生女子によるある種の冷静な判断に基づいた殺人。いやまなんつーかもう、日本はいったいどうなる……なんてことはおもいません。小学校の高学年ともなれば殺意のひとつやふたつ持っていて当然だし、周囲の邪魔な連中を皆殺しにするお話を書いていたって異常とはいえません。すくなくとも毎週必ず人の死ぬコミックやアニメを楽しんでいるだけよりはよほど高度だとすらいえるでしょう。そこに異常さを求めるなら……うう、でも結局は裏切りと報復の悲劇ってだけだから、異常さなんてあるんでしょうか？　どうも豪屋にはよくわかりません。

なんて話ばかりしているとまたアレなので、今回はちょっと用語について。『みなごろしの学園』でもちょっと書きましたけど、小説などで用いられる銃器関係の用語はなんだかよくわからないことになっています。プロの翻訳家《ほんやくか》の方がまとめた銃の用語についての本なんかにも目を通しましたが、どうも御本人にもわかっておられないところが多いようでますますわけがわからなくなって……豪屋もいろいろと間違っておるとおもいます。

というわけで今回から、基本的な日本語表記については防衛装備工業会の定めた小火器関連用語を用いることにしました。自衛隊の採用する装備に関するものだけなので銃関係のジャーゴンすべてを網羅してはいないのが残念ですが……ま、そこんところは旧陸軍の用語とか創意工夫でおぎなって、まあそんなにウソではない言葉の表記を目指したいとおもいます。

武器ついでにもうひとつ。今回登場させたバーレットＭ４６８は実在しますが、カービンと呼ばれるものはまだありません。ただし、12インチ長の大型サイレンサーの装着が可能で、伸縮式の銃床を備えた名称不明のサブタイプがあり、これのことを本書ではＭ４６８カービンと呼んでいます。にしてもＭ82もＭ99も登場させた今回はバーレットづくしの感がなきにしもあらず。宣伝料くれないかな。

というわけで次回も血糊《ちのり》と汁気増量でお送りいたします。では！

3　要塞学園（上）　なかがき

……すいません。寝てました。というわけで今回のお話、終わってません。上巻です。ていうかいま現在『要塞学園』全体で（つまり上下巻あわせて）五〇〇ページぶちぬいてますがまだ全然終わりません。どうにもならないんで編プロやめて時間つくりましたがそれでも終わりません。みんな太陽のせいです。ここ数日電波が見えるようになりました。もちろんウソですが本気です。今回、角川《かどかわ》書店富士見《ふじみ》事業部には最大限の支援していただいてます。たとえていえば一九六八年、北ヴェトナム軍のテト攻勢によって包囲されたケサン陣地のアメリカ海兵隊のような立場です、豪屋は。戦略爆撃機まで動員して援護してもらっているのみならず、対空砲火を突破したヘリが焼きたてのステーキや冷たいビールやアイスクリームまで空輸してくれてますが、戦闘は激しさを増すばかりです。どうしよう。

でまあ、今回はとても『あとがき』とは名乗れないので『なかがき』にします。というわけで『要塞学園』自体はあまり述べるべきことがありません（まだ終わってませんので）。読者のみなさんに申しあげられるのは今回もやってます、やらせてもらいます、やめろといわれてもまだまだやります、お楽しみいただければありがたいです、ということのみ。あともうひとつ。

下巻は上巻の翌々月刊行となります。さらに汁まみれ血まみれです。よろしくお願いいたします。

で、ここで新しい電波、じゃなくて豪屋本人も『……本当?』とつぶやいてしまったニュース。
『デビル17』コミック版、『ドラゴンエイジ』で連載開始!

おおおおおお。おお。おまけに描くは料理マンガとかグルメマンガとかいうジャンル分けを無意味にしてしまった最凶主人公バーサーク作品『鉄鍋《てつなべ》のジャン』の西条真二《さいじょうしんじ》先生! ほ、本当か? 本当です。涙の数だけ強くなったり優しくなれたりするふざけた野郎が主人公の小説を書いてなくて本当に良かった、というおもいで涙の数だけ強くなったり優しくなったりできそうです。どうか西条先生の手で展開されるもうひとつの『デビル17』、なにとぞお楽しみください。

それから……また電波。これ、書いていいのかな、とおもわないでもないですが、現在、『デビル17』関連作品の中短編連載企画が進行中です。ていうか冒頭はもう書きました。幸運に恵まれたなら、近々みなさんにお目にかけられるとおもいます。

追記

どうでもいいことかもしれませんが、以前に仮題としてあげた『教師を高く吊るせ』はまだ生きてます。

刊記

デビル17　1　みなごろしの学園　二〇〇四年　一月　富士見ファンタジア文庫
デビル17　2　復讐のサマータイム　二〇〇四年　七月　富士見ファンタジア文庫
デビル17　3　要塞学園（上）　二〇〇四年　一〇月　富士見ファンタジア文庫
3巻は　フェンリル～1章までを収録

編集付記

本書は『デビル17』（富士見ファンタジア文庫）の第1巻から第3巻フェンリル～1章を底本として合本したものである。底本のあとがきとなかがきは本書巻末にまとめた。

豪屋大介

2001年、『A君（17）の戦争１』（富士見ファンタジア文庫）でデビュー。著書に、〈A君（17）の戦争〉シリーズ、〈デビル17〉シリーズがある。

デビル17《セブンティーン》　I

2025年２月10日　初版発行

著　者　豪《ごう》屋《や》大《だい》介《すけ》

発行者　安部順一

発行所　中央公論新社

〒100-8152　東京都千代田区大手町1-7-1
電話　販売 03-5299-1730　編集 03-5299-1740
URL https://www.chuko.co.jp/

ＤＴＰ　ハンズ・ミケ
印　刷　ＴＯＰＰＡＮクロレ
製　本　大口製本印刷

Published by CHUOKORON-SHINSHA, INC.
Printed in Japan　ISBN978-4-12-005884-4 C0093

「魔王領の未来は君とともにある」

豪屋大介

DAISUKE GOYA

A君（17）の戦争

Ⅰ・Ⅱ・Ⅲ

「お前様は——魔王領そのものだからだ」

「僕は、魔族だ。魔王領の総帥だ」

さえない高校二年生が〈魔王〉として異世界に召喚された！　劣勢の魔族を率いて人族との戦いに臨んだ少年は、敵中枢への急襲作戦を発動。だが、人族大同盟機構軍は圧倒的兵力で魔王城に押し寄せる——。小野寺剛士17歳の決断は⁉
長篇ミリタリー・ファンタジーの文庫版９巻を集成。〈Ⅰ〉には特別寄稿・菅沼拓三「豪屋大介は何者か」を収録。

中央公論新社